韩银奎◎著

前清梦影

《红楼梦》的隐身世界

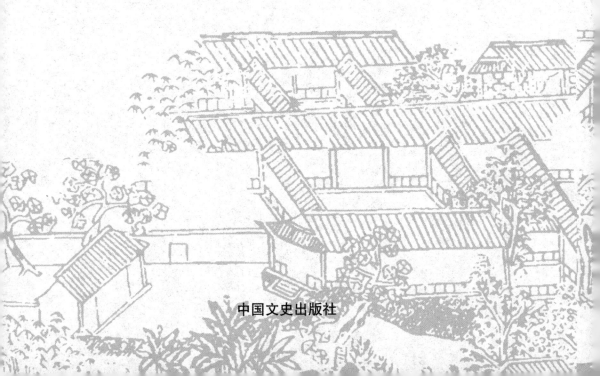

中国文史出版社

引　言

　　《红楼梦》是部百读不厌、百说不厌的谜书。人们可从各个角度来研究《红楼梦》：经学家看到的是《易》，道学家看到的是淫，政治家看到的是历史，流言家看到的是宫闱秘事，文学家看到的是小说……《红楼梦》是小说，但又远远超出了小说的范畴，它是一部盖世奇书，也是中国文学史上的一朵奇葩，不仅吸纳了中国古代文学的各种形式，如诗、词、骚、歌、赋等；还调动了中华文化的方方面面，如建筑、园林、绘画、美食、医学……最终，《红楼梦》还是最好、最有趣的小说，怎么看怎么有趣。如进行研究，一旦找到准确的切入点，犹如环绕的山梁被劈开了一道山缝，山梁那边的景色，一下子尽显眼帘。

　　读懂了《红楼梦》，等于同时读懂了两部书，一部是小说，一部是历史。正面看是贾宝玉与林黛玉、薛宝钗爱情纠葛的小说故事及四大家族从兴盛到衰败的全过程；背面看是康、雍、乾帝位更替时一幅幅灭绝人性、血雨腥风的惨烈画卷及著书人家史被泯灭的隐史真相。

　　小说故事与历史真相的巧妙连接，始终贯穿戏中有戏、戏谜相连这条主线。《红楼梦》又好比是一部难懂的大戏，贾家第一代宁国公贾演与荣国公贾源是同胞兄弟，把二人的名字结合起来，合并掉同类项就成了"演源"，谐音"演员"。既然贾家的第一代领导人是演员，其第二代、第三代、第四代及第五代也都是演员，自然他们也就成了艺术之家。如此类推，正像多米诺骨牌的连锁反应，王、史、薛家以及整部小说中的人物也都成了演员。正面的小说人物"倏为男倏为女，变化无方；忽而隐忽而现，杳冥难寻"，踏雪无痕般便成了背面历史人物的扮演者。尽管是"乱哄哄，你方唱罢我登场"，还是将隐身背后的真实历史淋漓尽致地上演在了红楼迷梦这个大舞台上。扮演这部大戏的演员又各个奇特无比，加上巧

1

妙借用《西游记》的人物特点，皆似齐天大圣一般变化无常，神通广大。尤其是小说人物与历史原型之间纵横穿梭、神出鬼没，稍不留神，小说人物所扮演的真身便发生了改变，这就需要萧何慧眼识韩信、红拂青眼认李靖，愿所有的红迷朋友都能炬眼通晓《红楼梦》。

目　录

第一章 著书人与皇室的关系

　　曹雪芹是否《红楼梦》的作者，这一问题在红学界历来就有争议。在《曹雪芹新传》中，周汝昌先生对曹家的家谱进行了详细的研究，又对曹霑本人进行了系统的探讨，确定他出生于雍正二年（1724）闰四月二十六日。到乾隆七年开始创作《石头记》时，还不满二十周岁，可谓年龄尚小，更没亲历那段纷缭的清史，著出如此大气磅礴的谜书，不能不令人生疑。其实，关于著作权的归属问题，在开篇"成书根由"就做了明确的阐述："因有个空空道人访道求仙，忽从这大荒山无稽崖青埂峰下经过，见一大石上字迹分明，编述历历。空空道人乃从头一看，原来就是无材补天、幻形入世（脂批：八字便是作者一生惭恨），蒙茫茫大士、渺渺真人携入红尘，历尽离合悲欢、炎凉世态的一段故事。"不可忽视著书人的这段忽悠，因为《石头记》不可能也不会在石头上自生出来，这是著书人的幻笔描述，"因毫不干涉时世，方从头至尾抄录回来问世传奇"。

　　空空道人又接着用佛家的观点阐述自己的看法："因空见色，由色生情，传情入色，自色悟空，遂易名为情僧，改《石头记》为《情僧录》。"空空道人才是谜书的原始创作人，分析十六字方针，就能看出端倪。一是"因空见色"：说明谜书的文字有色彩，是涂了颜色的。既然有颜色，就可理解为多义，使义项多元化。二是"由色生情"：其中的色义已定，就要理解这个"情"字。情又生成文本以外的另类文情，说白了，就是谜书所对应的真事隐。三是"传情入色"：空空道人有了爱恋之情的存在，他眼中的"色"，就越来越鲜明，正如情人眼里出西施，情愈浓，色愈明。四是"自色悟空"：空空道人已经悟出，原来这个色，它根本就不存在，是虚幻的东西。就拿女人的美色来说，美不美，根本没有一个具体的评判标准。你认为她美，不美也美，你认为她不美，美也不美，就是它的虚幻性，但"情"是实实在在存在的。情与"清"同音，也就明示了谜书所隐前清历史是真实存在的。空空道人解悟谜书的求证方法，实际上就是著书人暗示给读者的解读法，正像脂砚斋重评《石头记》一样，把解读谜书的方法及所隐历史的真相均巧妙地告诉了读者。

空空道人竟成了"情僧"，又将"毫不干涉时世"的《石头记》屡加评批，便成了可见真情的《脂砚斋重评石头记》。此后，一本书引出了惊天谜案，方有"后因曹雪芹于悼红轩中披阅十载，增删五次，纂成目录，分出章回，则题曰《金陵十二钗》"。此《金陵十二钗》是《红楼梦》的点睛之笔，基本认定曹雪芹就是《红楼梦》的著书人，但并非原创著书人，只是将《石头记》"披阅增删"为《红楼梦》的改编者。

如此留下一谜，原创著书人到底是谁？按小说的叙述内容就可认定：一是"空空道人"，二是成为"情僧"而屡加评批的"脂砚斋"。"今而后，惟愿造化主再出一芹一脂，是书何幸！余二人亦大快遂心于九泉矣！"由脂砚斋评批的"一芹一脂""余二人"足可判定，谜书是由两位著书人共同完成的，同时更进一步判定，脂砚斋就是这部谜书的原创著书人，顺便选几例脂砚斋批语，就能得到佐证。第三回：林黛玉进贾府，"三四人争着打起帘笼"，脂批"真有是事，真有是事"；十六回："现在江南的甄家，独他家接驾四次"后脂批"真有是事，经过见过"；十七回：贾政晋见元妃时，贾政说"岂意得征凤鸾之瑞……"脂批"此语犹在耳"；二十一回首批："茜纱公子情无限，脂砚先生恨几多"；二十五回：写宝钗与母亲商量薛蟠出去做买卖的事，脂批"作书者曾吃此亏，批书者亦曾吃此亏，故特于此注明，使后人深思默戒"；写丫鬟四儿变尽方法笼络宝玉，脂批"又是一个有害无益者。作者一生为此所误，批者一生亦为此所误"；二十八回：在二人世界，宝玉向黛玉说悄悄话"万不敢在妹妹跟前有错处"脂批"有是语"，在"不知怎么样才好"后脂批"真有是事"；六十三回：贾蓉与丫鬟胡调，丫鬟说"知道的说是顽"，脂批"妙极之顽！天下有是之顽，亦有趣甚！此语余亦亲闻，非编有也"等等。

脂砚斋的真身又该是谁？红学界对这位"犹抱琵琶半遮面"的"琵琶女"曾做过大量的猜测，因没想到他就是薛宝钗、林黛玉、妙玉等，结果是阴差阳错，未能见到庐山真面目。脂砚斋还专门提醒道："又如道人亲眼见石上大书一篇故事，则系石头所记之往来。此则《石头记》之点睛处。"由脂砚斋的"石头所记之往来"，足可认定谜书中隐含的故事就是著书人的亲身经历。小说从开始的书名《石头记》，到演变成《脂砚斋重评石头记》，著书人就曾经历过曲折复杂的思想变化，站在隐笔含情的角度讲，脂砚斋一是为《石头记》屡加评批；二是文笔口吻与原著基本一致；三是用其名直接命书名，如《刘心武揭秘红楼梦》《朱自清散文集》《王立群读史记》等，脂砚斋无疑就是原创著书人。

脂砚斋究竟又是谁？二百多年来，猜想种种，都因为隐情太深，无法见到这位评书人的正面肖像。究其原因，在于探究者把《石头记》与《红楼梦》混为一体，看成了一本书，忽略了其中的变化，也没弄清自《石头记》著成到《红楼梦》传世，长达近半个世纪该有多少鲜为人知的神秘故事。如果对两部书名及内容进行比较，也许就能发现其中的秘密，前者《脂砚斋重评石头记》，共八十回，没有结尾，文中夹有大量评批；后者《红楼梦》，完整一百二十回，批语全部删除，成了一般性的章回小说。为何前后出现如此的补偏救弊？原因是《石头记》中有脂砚斋的"碍语"，一度遭到乾隆朝的追缴与查禁。后来的《红楼梦》是"曹雪芹在悼红轩中披阅十载，增删五次"，去掉了让当朝腻烦厌恶的"碍语"，"又历叙了多少收缘结果的话头"，"便替他传述"。可见曹雪芹并非原创著书人，而是替他将谜书问世的传承人。"又历叙了多少收缘结果的话头"，证明后四十回是曹雪芹的补续作品。

著书人开篇自云道："当此，则自欲将已往所赖天恩祖德，锦衣纨绔之时、饫甘餍肥之日，背父兄教育之恩、负师友规训之德，已至今日一事无成、半生潦倒之罪（脂批：明告看者），编述一记，以告普天下人。"这段自云带有著书人明显的自传性质，既然是亲历之事，真故事就与著书人存在着紧密的联系。换言之，知道了著书人的隐秘身份，通过对小说的主要人物石头、绛珠草、神瑛侍者等的解读，结合《红楼梦》问世的年代，就能知道谜书所隐的是哪段历史。

著书人接着自云道："今风尘碌碌，一事无成。忽念及当日所有之女子，一一细考较去，觉其行止见识，皆出于我之上；何堂堂之须眉，诚不若彼一干裙钗女子？（脂批：何非梦幻？何非灵通？作者托言，原当有自。受气清浊，本无男女别。）……我之罪固不能免，然闺阁中本自历历有人，万不可因我不肖，则一并使其泯灭也。（脂批：因为传他，并可传我。）虽今日之茅椽蓬牖，瓦灶绳床，其风尘月夕，阶柳庭花，亦未有伤于我之襟怀笔墨者；何为不用假语村言敷演出一段故事来，以悦人之耳目哉？"将著书人自述的"则自欲将已往所赖天恩祖德，锦衣纨绔之时、饫甘餍肥之日"进行定位，就知道《石头记》的原创著书人是谁。小说一开始就已经告诉了读者，他就是那块经过凡尘历练之后的石头，至于这块石头又是何方人士，完全可依照小说相关的情节与描写推断出具体的人物。这块石头是当初女娲补天时炼成的三万六千五百零一块顽石中的一块，其中三万六千五百块石头成为了补天之石，单单这一块弃之未用。什么是补天之石？所谓的天，其一可指自然天空、广袤宇宙；其二又指人世天下、社稷江山。此处的补天之石，只要按照人格化揣度，就知道是治理天下、匡扶社稷的龙子龙孙，在我国古代天人合一的传统意念中，他就是皇帝。谜书中的这块石头并非是真正的皇帝，因为女娲仅仅准备用来补天，也就是他仅仅是个准备中的皇帝。在两千多年的封建社会中，能够成为准备中的皇帝，除了皇帝的弟弟、儿子，就是皇帝的孙子。然而，谜书中的这块石头，最终被女娲氏弃之不用，"娲皇氏只用了三万六千五百块，只单单剩了一块未用，便弃在此山青埂峰下"。女娲氏变成了"娲皇氏"，就明明白白告诉了读者：这位皇子实际上是被皇上，也就是他的爷爷或父亲所抛弃，尔后，这块石头就把经历红尘的"离合悲欢、炎凉世态"记录下来，让空空道人抄录而去，问世传奇。基本可以判定，原创著书人就是一位有希望成为皇帝、最终被老皇帝所抛弃、没能做成皇帝的皇子皇孙。

到目前为止，人们已发现《脂砚斋重评石头记》手抄本的版本有甲戌本、戚序本、庚辰本、靖藏本等。其中问世最早的手抄本是甲戌本，问世时间是在乾隆十九年。根据谜书记载的"字字看来皆是血，十年辛苦不寻常"来确定，《石头记》最晚也该在乾隆九年就开始了创作。再根据著书人亲历自传的特点，所隐述的历史事件或历史背景就发生在乾隆九年之前。依照脂砚斋评批的内容来看，创作《石头记》的生活基础就是在清朝入主中原之后，更准确点讲是在康熙六下江南之后，到乾隆九年之前这段时间内的历史事件。再考虑《石头记》是部纪实性的自传作品，创作《石头记》的著书人就是康熙、雍正、乾隆朝当中一位到乾隆九至十九年还活在世上，大有希望成为皇帝，但又被抛弃，没能做成皇帝的皇子。加上前半生高官厚禄，后半生潦倒无成，因获罪而被泯灭其历史，还连累闺阁中人的历史一并被泯灭。

翻开前清那段历史，最符合上述条件的便是废太子胤礽的次子爱新觉罗·弘皙。

这位曾被圣祖康熙皇帝誉为"以朕心为心者"的皇嫡孙，在康熙六十一年被雍正封为罗理郡王，后又被封为和硕理亲王，一度成为群臣之首。然在乾隆朝伊始命运就急转直下，被贬被削，直落得"弘晳逆案"载于史册。这样给小说原创著书人进行定位，似乎有些牵强，但通过详细解读谜书，就能发现把被历史泯灭的亲身经历，分别记录在许多人物的名下，还采用亦真亦幻的创作手法，补记了自己的血泪家史。

第一回，石头对空空道人说："竟不如我半世亲睹亲闻的这几个女子，虽不敢说强似前代书中所有之人，但事迹原委，亦可以消愁破闷，也有几首歪诗熟话，可以喷饭供酒。至若离合悲欢，兴衰际遇，则又追踪蹑迹，不敢稍加穿凿，徒为供人之目而反失其真传者。"谜书中的几个女子绝不可小觑，她们的存在与国家的荣辱兴衰具有直接的联系，由此拉开了谜书所隐历史真相的序幕。

"所赖天恩祖德，锦衣纨绔之时、饫甘餍肥之日"，是说著书人在康、雍年间，过着衣食无忧，非常幸福美满的生活。"背父兄教育之恩、负师友规训之德，已至今日一事无成、半生潦倒之罪。"其父是指废太子胤礽，雍正继位后，给了废太子一定的自由空间，还给予多方面的照顾，废太子对雍正是感激涕零。《大义觉迷录》记载胤礽是这样说给弘晳的："我受皇上深恩，今生不能仰报。汝当竭尽心力，以继我未尽之志。"其兄，则是指雍正。虽然他们实为叔侄，又以父子相称，但在长达十多年治理国家的交往中，建立了如同兄弟般的深厚情谊，也包含著书人故意打乱辈分的含糊用意。后因"葫芦僧乱判葫芦案"，使自己陷入异常尴尬的境地，其命运瞬时逆向旋转了一百八十度。"虽今日之茅椽蓬牖，瓦灶绳床，其晨夕风露，阶柳庭花，亦未有妨我之襟怀，束笔搁墨。"这是著书人隐姓埋名，隐居孤岛，著书《石头记》及屡加评批，过着惨淡生活的真实写照。

系统分析脂砚斋的评语，其中有许多瞒人之笔，有时为了隐匿脂砚斋的身份，将评批更换成其他署名。如二十九回"斟情女情重愈斟情"文中，宝玉与黛玉讲到"金玉相对"，写两个人原本是一个心，但多生了枝叶，反弄成两个心了。脂批："'一个心弄成两个心'之句，期望之情殷，每有是事。""近见《疑雨集》中句云：'未形猜妒情犹浅，肯露娇嗔爱始真。'信不诬也。绮园"，此正如脂批"信手拈来无不是"。因批书人就是著书人，评批手笔，亦如著书笔法。署名"鉴堂""梅溪""绮园"等，大多因地取其笔名，也不排除另有他人，比如著书人的好友，当看到某个情节过渡自然、巧妙，或某种写作手法运用得恰到好处等，也会在激动之余，站在评书的角度说上几句，甚至还会把自己的名字签上。这些评语，多是对谜书的创作手法、语言的精练等大加赞赏，不牵涉谜书所隐的真实事件。

再看以著书人身份出现的曹雪芹："后因曹雪芹于悼红轩中披阅十载，增删五次……"脂批："若云雪芹'披阅增删'，然则开卷至此一篇'楔子'又系谁撰？足见作者之笔狡猾之甚。后文如此处者不少。这正是作者用画家'烟云模糊法'处，观者万不可被作者瞒蔽了去，方是巨眼。"结合"一声也而两歌""一击两鸣""一芹一脂""余二人"等脂批来分析，曹雪芹作为著书人的笔名，名下既有原创者也有继承者。通过分析圈内知情人寄怀曹雪芹的诗文就能得到印证。

寄怀曹雪芹

敦　诚

少陵昔赠曹将军，曾曰魏武之子孙。

君又无乃将军后，于今环堵蓬蒿屯。

扬州旧梦久已觉①，且著临邛犊鼻裈。

爱君诗笔有奇气，直追昌谷破篱樊。

当时虎门数晨夕，西窗剪烛风雨昏。

接䍦倒著容君傲，高谈雄辩虱手扪。

感时思君不相见，蓟门落日松亭樽。

劝君莫弹食客铗，劝君莫叩富儿门。

残杯冷炙有德色，不如著书黄叶村。

爱新觉罗·敦诚（1734—1791），字敬亭，号松堂，清太祖努尔哈赤第十二子英亲王阿济格五世孙。乾隆二十年（1755）参加岁试，列优等，此正在其父管理山海关税务之时，便受父命分管喜峰口税务。到乾隆二十四年被糊里糊涂革职，恰与乾隆查禁《石头记》为同一时期。敦诚比曹霑小十岁，这首诗作于乾隆二十二年秋天，此诗中曹雪芹看似是指曹霑，然有许多疑惑之处。开始用"魏武之子孙"来比喻曹霑便有不妥，再曹霑三十多岁"高谈雄辩虱手扪"也非正常所为。若将此曹雪芹看作是弘晳，不

---

① 雪芹曾随其先祖寅织造之任。

6

仅符合"魏武之子孙"，且时年已六十多岁，"高谈雄辩虱手扪"也就不足为奇了。再者，"虎门数晨夕"是指雪芹在虎门为官多年，还是敦诚与雪芹在虎门读书多年？如果是读书多年，敦诚是宗室子弟，曹霑能否进入虎门皇家学堂读书？曹霑上学时期，曹寅已去世多年，其父曹𫖯是否有能力让他走进皇家学堂，值得怀疑。再说，曹霑从未当过官，一直是平民百姓，在虎门为官绝无可能。因弘晳的历史几乎被删削一空，他是否在康熙年间或雍正七年前，曾在虎门任职？如果此推理能够成立的话，"当时虎门数晨夕"也就很好理解了。最关键的一句，是诗文之外批注"雪芹曾随其先祖寅织造之任"更让人感觉不可思议！曹雪芹若指曹𫖯之子的话，他根本就没见过曹寅的面儿，敦诚既然与之是好友，怎么可能对其家史信口开河？初见此诗简直让人琢磨不透，然诗人故意题注此句，根本不可能出现差错。欲解真情，就是诗人亦运用了幻笔，将原创著书人弘晳的笔名曹雪芹幻出；将弘晳祖父康熙幻写为寅；将康熙南巡到江宁织造幻写为"织造之任"。结合谜书"元妃省亲"影射康熙南巡来看，省亲的元妃就是曹寅胞妹——康熙曹贵妃。康熙称曹寅母孙氏"此吾家老人也"。一是因为先有养育之情，孙氏是康熙的奶妈；二是孙氏之女进宫成为康熙的皇贵妃。康熙数次南巡，带爱妃回娘家省亲合情合理，弘晳跟随康熙南巡到江宁织造府回姥姥家也属正常。弘晳生母乃曹寅之女，他亦可称曹寅为先祖。

所有读者都知道省亲之文写得惟妙惟肖，批书人亦有"非经历过如何写得出"点睛，基本认定著书人曾经历过此次的"元妃省亲"。小说中贾政接驾道："臣草莽寒门，鸠群鸦属之中，岂意得征凤鸾之瑞……"脂批："此误语犹在耳。"此批也证实了著书与批书同为一人，这个人只能是随康熙南巡的皇嫡孙弘晳，不然的话，怎么连当场出现的语误都能记述下来？还会犹在耳边？那时的曹霑还未出生，他就无缘听到贾政的错误谬语了。敦诚写此诗时，弘晳已于乾隆四年"病逝"在回京的路上，他岂敢使其再活过来？同时也绝不敢提到"康熙"二字，只好用曹寅替代玄烨了，反正康熙与曹寅老哥儿俩也是铁哥们儿，不分彼此，让曹寅占点康熙的便宜也无关大局。分析著书人亲友留下的寄怀诗文，同谜书一样也采用了隐幻之笔表达真情，这与他们特殊的友好关系是分不开的。用隐幻抒情，起码有利于弘晳在孤岛著书的安全。

诗中最后写到"不如著书黄叶村"。乾隆二十二年所著之书是《石头记》，并不是《红楼梦》，诗人寄怀的曹雪芹并非将《石头记》"披阅增删"为《红楼梦》的曹雪芹，而是原创《石头记》著书之人弘皙的笔名曹雪芹。

"黄叶村"到底在哪儿也值得分析与探究。清光绪年间，天津文人李庚辰著《醉茶志怪》，文中提到："西沽旧名黄叶村，老人犹有知者，近日莫传也。道光年间有诗云：'僧归黄叶村中寺，人唤斜阳渡口船。'黄叶村即西沽。"

清康熙年间的天津诗人查曦还留下一首《东沽野酌》：

> 黄叶村前带酒歌，夕阳欲落晚风多。
> 人家两岸临秋水，坐看牛羊乱渡河。

天津西沽的前身黄叶村是否与曹雪芹著书有关？后西沽又改名叫水西村，三分之一是水面，盛产江南的红菱，有大片竹林，还有梧桐、芭蕉、梅花等，与谜书中的大观园比较相近。黄叶村还有另外的说法，以黄叶入诗历来表达诗人心境凄苦和环境萧瑟的比喻手法，苏轼就有《书李世南所画秋景》：

> 野水参差落涨痕，疏林欹倒出霜根。
> 扁舟一棹归何处？家在江南黄叶村。

苏东坡提到的黄叶村，并非真有其村，只是一种伤怀的感情流露。而敦诚的黄叶村极可能就是天津的西沽。为了保证弘皙的著书安全，他不能把隐身著书明明白白地和盘托出，顺便来个比葫芦画瓢也未尝不可。黄叶村既像大观园中的第二园，又不是弘皙真正的隐身著书地。同时，又通过黄叶一词，把弘皙在孤岛著书凄苦的孤独情绪婉转地表达出来，也算是给弘皙伤感情愫的一种安慰吧。

佩刀质酒歌

敦　诚

秋晓，遇雪芹于槐园，风雨淋涔，朝寒袭袂。时主人未出，雪芹酒渴如狂，余因解佩刀沽酒而饮之。雪芹甚欢，作长歌以谢余，余亦作此答之：

……

> 曹子大笑称快哉！击石作歌声琅琅。
> 知君诗胆昔如铁，堪与刀颖交寒光。
> 我有古剑尚在匣，一条秋水苍波凉。
> 君才抑塞倘欲拔，不妨斫地歌王郎。

前诗尚劝"莫弹食客铗，莫叩富儿门"，此述却是"酒渴如狂"，竟由朋友佩刀质酒来喝。前诗是寄怀曹雪芹，此诗只提雪芹，省略了姓。是雪芹没藏身修书黄叶村？还是这雪芹并非那雪芹？前者"高谈雄辩虱手扪"，后者"酒渴如狂歌声琅琅"，前诗称"曹将军"，此诗称"曹子"，如此反差怎么会是同一个人？

乾隆三十三年（1768），宗室诗人永忠，雍正的政敌十四阿哥允禵的孙子，因墨香得观谜书，后心潮起伏，感慨万千，遂写小诗三首，略释胸臆，其中就有：

> 传神文笔足千秋，不是情人不泪流。
> 可恨同时不相识，几回掩卷哭曹侯！

永忠不认识曹雪芹，却认识与曹雪芹最要好的敦敏、敦诚兄弟。他哭的曹侯，自然是曹雪芹。这年弘晳去世五年有余，他虽然不认识，没见过面，但从敦敏、敦诚兄弟那儿也该知道这曹侯是谁。王侯将相中的这个"侯"，是当官的出身，而且还是不小的官，弘晳具备这个条件。曹霑虽是皇亲国戚，但没当过官，连最起码的"公务员"都不是，属普普通通的布衣百姓，这个"侯"字，跟他还真沾不上边儿。

通过解读真事隐情，发现谜书中史湘云扮演的就是曹頫之子曹霑。"湘云，诗客也。"这位诗才不凡的史大姑娘，不仅在"芦雪庵争联即景诗"中风头占尽，更有"憨湘云醉卧芍药茵"中的娇憨表现，到"脂粉香娃割腥啖膻"中生吃鹿肉，表露出酒渴如狂的豪爽。看谜书中的史湘云："我吃这个，方爱吃酒；吃了酒，才会有诗。若不是这鹿肉，今儿断不能作诗。"显然一副李白斗酒诗百篇的架势。"哪里找这一群花子去！罢了，罢了，今日芦雪庵遭劫，生生被云丫头作践了。我为芦雪庵一大哭。"湘云回敬黛玉道："你知道什么？'是真名士自风流'。你们都是假清高，最可厌的！我们这会子腥膻，大吃大嚼，回来却是锦心绣口。"脂批："联诗，极雅之事；偏于雅前写出小儿咳膻茹血，极腌臢的事来，为锦心绣口作配。"这段批语虽未曾署名，足可看出是史湘云扮演的曹霑所批。

细品红楼，就会发觉谜书中有两段替著书人讲话的内容，即贾雨村的"正邪两赋"论和史湘云的"阴阳一身"说。阴阳之论早见于《易经》：无极生太极，太极生两仪，两仪生四象，四象生八卦，八八生六十四卦。阴阳无处不在，阴极必阳、阳极必阴，阴阳互换，阳中有阴、阴中有阳，阴阳互生。况湘云高谈阔论，论到自己身上时却哑口无言。如此深奥的阴阳论，出自还是小孩子的湘云之口，属不属于荒唐之言？既荒唐，就有隐含，这就变相把两位著书人通过"正邪两赋"和"阴阳一身"两个谜书的主要观点暗示出来：贾雨村是弘皙的扮演者，史湘云是曹霑的扮演者。

清史记载："弘皙逆案"发生在乾隆四年九月（1739），乾隆以"诸处黄缘，肆行无耻"的含混罪名，将奉差在外的正黄旗满洲都统弘升（1696—1754）（康熙五子允祺之子）革职锁拿，"押解来京，交宗人府"。乾隆指出："伊所诮事之人，朕若宣示于众，干连都多，而其人亦何以克当。故朕仍尽亲亲之道，不肯暴扬。"这是福宁首告"弘皙一案"的事发之初，乾隆采取了慎重的态度，对于被牵连者予以保护，并告诫说："此后王公宗室等，当以弘升为戒，力除朋党之弊，念切国家，保全宗室之颜面。"福宁的身份不详，很可能是宗室某一家的成员，或是其属下，还可能就是临时杜撰出来的人物。十月初，宗人府议奏，康熙十六子庄亲王允禄与其子辈弘皙、弘升、弘昌、弘晈等人"结党营私，往来诡秘"，议请分别予以惩处。乾隆认为，允禄"惟务取悦于人，遇事模棱两可"，至其与弘皙等人私相交结之事，"朕上年即已闻知，冀其悔悟，渐次散解，不意至今仍然固结"。"朕看王乃一庸碌之辈，若谓其胸有他念，此时尚无可料其必无。"乾隆还指出，弘皙等人"见朕于王加恩优渥，群相趋奉，恐将来日甚一日，渐有尾大不掉之势，彼时则不得不大加惩创，在王固难保全，而在朕亦无以对皇祖在天之灵矣"。他首次披露，弘皙"自以为旧日东宫之嫡子，居心甚不可问。本年遇朕诞辰，乃制鹅黄肩舆一乘以进，朕若不受，伊即将留以自用矣"。乾隆决定：允禄免革亲王，但革去亲王双俸及议政大臣等职；弘皙革去亲王，仍准于郑家庄居住，不许出城；弘升永远圈禁；贝勒弘昌、贝子弘普、公宁和革爵，宁郡王弘晈仍留王号，永远住俸。此时乾隆已发现弘晳"有不轨之心，因事未显著，是以从轻归结，以见小惩大戒之意"，在他的眼中，"惟以谄媚庄亲王为事"的弘晳，还够不上该案的主犯。

不久，从事邪术活动的巫师安泰在受审中供出，弘晳曾向他问询"准噶尔能否到京，天下太平与否，皇上寿算如何，将来我还升腾与否等语"，这使弘晳所犯事由的性质发生了变化。乾隆据此认为"心怀异志"，"其所询问妖人之语俱非臣下所宜出诸口，所忍萌诸心者，拟以大逆重典，以彰国法，洵属允当"。同时，又发现弘晳曾仿照国制，在府中擅自设立内务府下属机构会议、掌仪等司，此做法俨然含有己为圣尊，与朝廷相抗之意，以致乾隆认为"弘晳罪恶"，较允祀允禵等人"尤为重大"。至于允禄，除发现他"将官物私自换与弘晳"外，并无新的罪证，仍维持原判，弘升等人亦同。对弘晳的处置则单独开庭重新宣判：圈禁地由原郑家庄府邸改于毗邻皇宫的景山东果园内，除宗籍。至此，该案以弘晳为主犯，审理完结，盖棺定论。乾隆七年九月，弘晳在圈禁中去世，终年四十九岁。

看谜书描写的事实是：弘晳在乾隆当上皇帝后被"打草惊蛇"，辞官回归冀东乐亭的皇粮庄。准确一点说，自乾隆元年起，弘晳就没在京城的朝堂之上现过身影，清史记载的"弘晳逆案"是驴唇不对马嘴，迷雾重重。谜书对弘晳离京就有具体的描述："抄捡大观园"对应雍正暴死后的栽赃陷害一案，关键是后面的脂批"打草惊蛇"。打谁？惊谁？著书人借用一句俗语"说曹操，曹操就到"，后面是"宝姑娘来了"，宝钗是弘晳辉煌时期的替身演员，宝钗是来请辞出园的。加上雨村的具体表现："那雨村（弘晳替身）心中虽十分惭恨，却面上全无一点怨色，仍是喜悦自若，交代过公事，将历年做官积的些资本并家小人属，送至原籍安插妥协，却又自己担风袖月，游览天下胜迹。"弘晳携家人落户乐亭的皇粮庄，独把曹王妃（贾宝玉）留住京城监管。究竟在乾隆四年，弘晳又做了些什么，还是在红楼迷宫中寻找答案吧！

在议论"抄捡大观园"时尤氏说过这样一句话："我们家下大小的人，只会讲外面假礼假体面，究竟做出来的事都够使的了。"这是对表面一套、背后一套的直接抨击。脂批："按尤氏犯七出之条，不过只是过于从夫四字，此世间妇人之常情耳；其心术慈厚宽顺，竟可出于阿凤之上。特用之明犯七出之人从公一论，可知贾宅中暗犯七出之人亦不少，似明犯者犹可

11

宥恕，其饰己非而扬人恶者，阴昧僻谲之流，实不能容于世者也。此为'打草惊蛇法'，实写邢夫人也。"何为七出？旧时的七出专指女人的不轨行为：不孕无子、红杏出墙、不孝父母、饶舌多话、偷盗行窃、妒忌无量、身患恶疾。表面看是对应旧社会妇女的"三从四德"，然批语分明是针对"暗犯"，暗犯就不是尤氏的生活作风检点与不检点的问题了，而是七家宗室王爷在乾隆继位之初就被开除了宗籍，被贬被罚。"贾宅中暗犯七出之人亦不少"，意在说明被冤枉的还不止他弘皙一人。邢夫人当然是掌管生杀大权乾隆的替身了。

弘皙因贾家后事早有安排，即秦可卿在王熙凤的梦中对她的嘱托，亦是他自己的心愿。他"将历年做官积的些资本并家小人属送至原籍安插妥协"，故在冀东当地也算是望族。他就在乐亭开办了私塾，其名望不亚于现在北京师范大学的附属中学，门生旧部及宗室子弟纷纷投奔而来，聚集的人越来越多，声势愈来愈大。俗话说"树大招风"，加上"卧榻之侧岂容他人酣睡"，弘皙知道乾隆是如何弑君杀父篡夺皇位的，掌握这等密情的他当然要"食密情（蜜青）果"了。到了乾隆四年，弘历基本坐稳了江山，已无后顾之忧，他岂肯放弘皙在皇宫之外逍遥自在？谜书交代：参他（贾雨村）"生性狡猾，擅篡礼仪，且沽清正之名，而暗结虎狼之属，致使地方多事，民命不堪"等罪名，召弘皙进京。弘皙自知进京必被乾隆所陷，遂途中诈死，归隐到了乐亭海隅的石臼坨岛。脂砚斋在谜书中两次批注"金蝉脱壳"，暗示弘皙曾两次躲过劫难。

考乐亭地方志，有城内李氏一家族谱，还藏有四十六道圣旨，族中的当家人叫李兰，曾经为官，最高做到一品大员、大学士，后来因"不合时宜被劾归"。《志》载李兰做过弘历的老师，弘历当了皇帝，召李兰进京继续做官，结果在进京的途中突然病逝，其主要原因是被吓死的。他性格耿直，在教弘历读书时，见弘历三心二意，就用脚教训过弘历。今考李兰史料，在雍、乾清史中，一品大员的大学士，竟无一字之记载，基本断定，李兰就是弘皙在乐亭的隐用名。弘皙诈死到归隐地，其生活状况就是："茅椽蓬牖，瓦灶绳床，风晨月夕，阶柳庭花。"

回看开篇介绍：甄士隐于书房闲坐，至手倦抛书，伏几少憩，不觉朦胧睡去。"手倦抛书"正对应《增补重订绘图千家注释》题《水亭》诗：

纸屏石枕竹方床，手倦抛书午梦长。

12

睡起莞然成独笑，数声渔笛在沧浪。

此诗是北宋大臣蔡确的名篇，弘晳借典寓真，此番风光正是对藏修地的隐述。谜书还描写了贾雨村归乡的过程：偶至郭外，意欲赏鉴那村野风光。忽信步至一山环水旋、茂林深竹之处，隐隐有一座庙宇，门巷倾颓、墙垣朽败，所谓"智通寺"。脂批："谁为智者？又谁能通？"这儿就是著书人的藏身修书之地。"且说贾雨村升了京兆府尹兼管税务，一日出都查勘开垦地亩，路过知机县，到了急流津……"何为"知机县"？何为"急流津"？针对归隐地而言，"知机县"理当视为著书人归乡所在之县；"急流津"就是大海风浪顿起、波浪滔天的真实体现。弘晳诈死归隐海上孤岛，生存条件是不成问题的，加上有知情亲友秘密上岛探视，加上他的小妾珍珠陪伴，还比较惬意地度过近二十年世外仙园的隐士生活。著书人以"字字看来皆是血"著写谜书，手笔之大超出想象，气势震地撼天，又宛如一曲凄怆邃远的悲歌。

二十二回"听曲文宝玉悟禅机"，写贾琏与凤姐张罗着给宝钗过生日，脂批："一段提纲，写得如见如闻，且不失前篇惧内之旨。最奇者，黛玉乃贾母溺爱之人，也不闻为作生辰，却云特意与宝钗，实非人想得着之文也。此书通部皆用此法，瞒过多少见者，余故云'不写而写'是也。"给宝钗过生辰，评书者称奇，只有弄清扮演者与历史人物之间的关系，才能理解脂砚斋评批的用意。薛宝钗扮演的就是著书人弘晳，是真故事中的第一主人公，操办者是贾琏与凤姐，他们分别扮演的是宝亲王弘历及宝亲王妃富察氏。乾隆惧内可不是野史中的胡编乱造，也不是评书人的栽赃陷害，对当时的朝臣来说无人不知、无人不晓，贾琏惧内确有真凭实据。看小说对特殊背景的一段表述："至二十一日，就贾母院中搭了家常小巧戏台，定了一班新出小戏，昆、弋两腔皆有。就在贾母上房排了几席家宴酒席，并无一个外客，只有薛姨妈、史湘云、宝钗是客，余者皆是自己人……吃了饭点戏时，贾母一定先叫宝钗点。宝钗推让一遍，无法，只得点了一折《西游记》。贾母自是欢喜，然后便命凤姐点。凤姐亦知贾母喜热闹，更喜谑笑科诨，便点了一出《刘二当衣》。"脂批："凤姐点戏，脂砚执笔事，今知者聊聊矣，宁不怨夫！"在这里让人无法理解的是"脂砚执笔事"，脂砚斋究竟是执笔评书，还是执笔写书？再说，凤姐点戏又是如何的点法？要解读隐含的真情，就不要将这场戏真的看成是给主人公薛

13

宝钗过生日，那只是表面文章，著书人要表达的是所点戏文大有隐含。宝钗点《西游记》，凤姐点《刘二当衣》，恰于此处脂批："凤姐点戏，脂砚执笔事。"分析背景，就算凤姐不识字，她要真的点戏，也没必要请脂砚斋写戏单呀，再说，凤姐到哪儿才能找到脂砚斋？所有读者都明白，凤姐与脂砚斋是风马牛的关系，可以断定，脂砚斋的批语必有一定的特指。所点弋阳腔滑稽戏《刘二当衣》，也称《扣当》，开当铺的刘二为富不仁，爱财如命，设计将穷亲戚的当物扣下，以抵前账，加上《西游记》的故事和《鲁智深醉闹五台山》，安排这三出戏，真可谓是讳莫如深。文中自"至二十一日"起，便将戏文锁定在雍正暴死之谜上了，隐含雍正因鲁莽行事，盲目"西游"被诬入陷阱而遭到扣押。清史记载：雍正在八月二十日尚接见大臣，处理日常的朝务；二十一日，朝臣口耳相传的新闻就是雍正的身体状况出现异常；二十二日，雍正病入膏肓，卧床不起；二十三日子时，就龙驭宾天了。把历史记载与点戏描述对应起来看，所谓"凤姐点戏"，隐含的就是宝亲王妃富察氏指点、策划和导演"雍正暴死"这出惊天大戏，而凤姐，显然就是谜书中所谓的"自己人"，雍正皇帝的儿媳。如此再看"脂砚执笔事"，就是弘皙为富察氏执笔，将自己所历雍正被害真故事的全过程隐笔记录在案了。

乾隆继位后，为了掩盖弑君杀父篡夺皇位的不肖行径，大肆删改雍正朝历史，尤其对弘皙的个人资料，可谓清理得干净彻底。乾隆七年，整理雍正上谕内阁工作结束，负责主持修史的和亲王弘昼，曾来到"黄叶村"探视弘皙。他与弘皙私交甚密，就把朝廷如何删改国史、泯灭弘皙家史及相关"闺阁"中人的历史和盘相告，作为弘昼扮演者的宝琴，借用"西洋女孩儿"的一首诗文，足可证明其曾来过弘皙的归隐地：

昨夜朱楼梦，今宵水国吟。
岛云蒸大海，岚气接丛林。
月本无今古，情缘自浅深。
汉南春历历，焉得不关心。

脂批："诗好，颈联壮丽之至！"此诗首联写出了"昨夜"与"今宵"的不同归宿；颔联描写了归隐地渤海的海岛；颈联写出了兄弟俩的深厚感情。著书人弘皙明白了所有被删削的历史内容，便采用幻笔将国史馆写成了太虚幻境，又将国史与家史十分巧妙地糅合在一起，做到了有的放矢补记被删除的历史，正所谓："一局输赢料不真，香销茶尽尚逡巡。"弘皙两次与皇权擦肩而过，算是命运不济，仕途上的彻底失败也就认命了，然乾隆如此篡改历史，颠倒黑白，是可忍孰不可忍。"虽我之罪固不可免，然闺阁中本自历历有人，万不可因我不肖，自护己短，一并使其泯灭也。"一部隐笔补记国史、家史的《石头记》"横空出世，莽昆仑……千秋功罪，谁人曾与评说"。

《石头记》开始创作的时间是在乾隆七年之后，具体完成时间无法确定，由于谜书声明"毫不干涉时世"，在亲友借阅时看不到迷失的隐情，不能理解其中的迷津，甚至不知所以然，创作谜书基本等同于以锥餐壶。这位文学巨匠便别出心裁，独创文学史上一部奇书《脂砚斋重评石头记》，经著书人多次具有针对性的评批，使读者再读谜书，自然起到健脾开胃、益于消化的作用。

到了乾隆二十四年（1759），则有人将弘皙著反书告密至当朝，于是就出现了朝廷派锦衣军到海隅孤岛查禁反书这场轰轰烈烈的革命行动。分析当时的时局，既然弘皙诈死埋名，躲过了劫难，也骗过了朝廷，骗过了时人，朝廷对死人不可能再追究谋逆之罪。曹霑后续书写到王子腾死于进京途中，其人是九省督检点，属武官的爵位，可皇帝偏偏赐谥号"文勤公"。弘皙也是在乾隆四年返京途中"病逝"，乾隆当真，由于抑制不住内心的喜悦之情，还专门赐谥号"文勤公"。文武官员一模一样的谥号，尽管一个出自小说，一个出自清史，这样的巧合一定是著书人的特意安排。弘皙辞官归隐为了逃过死劫，曾以"金蝉脱壳"计诈死埋名。乾隆为美化自己来路正统，命人删改雍正的上谕内阁，泯灭弘皙全部的历史资料。弘皙得知家史被全部泯灭，曾想在世外仙源了却残生的梦幻彻底破灭，整个的内心世界再也无法平静，随之便用隐笔创作出了文学巨著《石头记》。到1759年，乾隆得知弘皙著碍书流传，方知弘皙还活在世上，便下旨严查。他生怕真情泄密，便采取以其人之道还治其人之身的办法，你既诈死著书，我便称你早已圈死，于是清史中便出现了"弘皙逆案"和乾隆七年死于禁所，年仅四十九岁的记载。这些清史记载，实际都是在1759年国史馆编造出来的童话故事，其故事的本身就抟沙嚼蜡，没什么实质性的内容。弘历的目的就是为了忽悠全国的民众，谁会相信一个死去多年的人还会从坟墓里爬出来著书立说？他弑君杀父的真相就不会泄密。由此推理，清史记载的"弘晳逆案"，是国史编著者按照乾隆的指示在乾隆二十四年补续的内容，并非乾隆四年就有这样的结果，稍加分析就能发现破绽：加封"文勤公"与"弘晳逆案"同年出现在清史中，岂不令人生疑？基本肯定，"弘晳逆案"是乾隆及其马屁精们顾头不顾腚的杰作。前后三年时间，和硕理亲王就稀里糊涂死了两回。兄弟俩斗法，斗得无数红迷是一头雾水。

一代鸿儒烟消云散，留下血泪著成的旷世之作，脂批："能解者，方有辛酸之泪哭成此书。壬午除夕，书未成，芹为泪尽而逝。余尝哭芹，泪亦待尽。每意觅青埂峰再问石兄，余不遇癞头和尚何？怅怅！""今而后，惟愿造化主再出一芹一脂，是书何幸！余二人亦大快遂心于九泉矣。甲申八月泪笔。""甲申八月"是乾隆二十九年秋（1764），弘晳去世一年半之后，曹霑还沉浸在巨大的悲痛之中，同时也为谜书没能最终出版问世而殚精竭虑。以上脂批均属曹霑所为，是小芹哭大芹也，因为弘晳的名字绝不能在脂砚斋的批语中出现，他在乾隆四年诈死过一回，乾隆七年又被皇上钦定再死一回，如果连续死第三回，不把乾隆气个半死也得把鼻子气歪。

这位深得康、雍两代帝王钟爱的治国贤才和硕理亲王弘晳，于乾隆二十七年除夕（农历壬午年最后一天）去世，享年六十九岁，恰与康熙同寿。

为了将谜书传世，继承人曹霑"于悼红轩中披阅十载，增删五次"，"替他传述"。"悼红轩"这一场所的出现，是为怀念追悼弘晳专门编撰的书房，"弘"字是碍语，也是乾隆不许、不能随便使用的碍字，只好用"红"字代替了。可以肯定：脂砚斋、曹雪芹属二人的共用笔名，均享有使用权。"大观园试才题额"有这样一段脂批："不肖子弟来看形容。余初看之，不觉怒焉，盖谓作者形容余幼年往事。因思彼亦自写其照，何独余哉？信笔书之，供诸大众同发一笑。"这段脂批乃妙极之笔，直言泄露谜书由两位著书人创作。弘晳的朋友被称作"不肖子弟"，在我幼年时期"来看形容"，就是来试才，引起我的不满；是他弘晳的"自写其照"，也就是他的亲身经历；"何独余哉？"表明又不是我的独创！至于被试才的人是谁，当然是批书人畸笏叟了。

在此，很有必要解读"一芹一脂"和"余二人"的两个名字了。第一个名字"曹雪芹"：弘晳的生母石氏太子妃姓曹，乾隆手下的修史者硬叫她姓石，是曹霑的姑母；弘晳的爱妃姓曹，曹霑的堂姐，均与家史削亡有

16

关。如果弘皙想随母姓的话，也姓曹。雪：即雪耻、雪恨；芹同倾，在我国一些地区，发音一致，意思是倾诉。将"曹雪芹"合为一体就是为曹氏雪耻倾诉。在曹家的家谱中，费尽周折也找不到名扬天下的曹雪芹，是不是怪事？足见曹雪芹就是二人的共用笔名。第二个名字"脂砚斋"：如拆开"脂砚"二字，得四字是"旨月石见"，谐音"自曰史鉴"，意思就比较明白了，就是用自己的经历和血泪著成的谜书，又自作自批，自赏自析，不仅阐明了通部谜书的自传性，同时也证明了著书人和批书人同是一人的事实。"砚"字拆开是"石见"，石兄是谁，就不用多说了；见，既包括看到，也包括亲身经历，整部谜书就是石兄亲身经历的隐史真相。斋，当然是著书人著书立说的藏修地"黄叶村"了。

自弘皙去世之后，曹霑进行了长达二十余载的披阅增删工作。在此期间，他还秘密传播《脂砚斋重评石头记》的手抄本，这些手抄本部分流传了下来。在这些手抄本中，世人看到了曹霑的评批，也知道了原创著书人弘皙去世的准确时间。脂批："'知者寥寥'，芹溪、脂砚、杏斋诸子皆相继别去，今丁亥夏只剩朽物一枚，宁不痛杀！畸笏叟。"丁亥是1767年，在这年夏天，弘皙已去世四年半。"芹溪、脂砚、杏斋诸子皆相继别世"，表面看是三位著书、批书人相继离世，实际是弘皙的三个笔名，离世的就弘皙一人。"朽物"是曹霑的自称，他不过才四十多岁，内心已有老态龙钟之概了。失去弘皙与书稿不能最后出版问世，是他挥之不去的愁绪与心结，这是他在披阅增删过程中发自内心难抑的伤感与哀叹。凡在脂批中著"畸笏叟"，基本属于曹霑所为；凡注明"丁亥"二字，均是无疑。

曹霑为谜书能流传于世，可谓不遗余力，在"贤袭人娇嗔箴宝玉"一回中有一脂批："赵香梗先生《秋树根偶谭》云：兖州少陵台有子美祠，为郡守毁为己祠。先生叹子美生遭丧乱，奔走无家。孰料千百年后，数椽片瓦犹遭贪吏之毒手。甚矣！才人之厄也！因改公《茅屋为秋风所破歌》数句，为少陵解嘲：'少陵遗像太守欺无力，忍能对面为盗贼，公然拆去做己祠。旁人有口呼不得，梦归来兮闻叹息，白日无光天地黑。安得旷宅千万间，太守取之不尽生欢颜，公祠免毁安如山！'读之令人感慨悲愤，心常耿耿。壬午九月，因索书甚迫，姑志于此，非批《石头记》也，为续《庄子因》数句。真是打破胭脂阵，坐透红粉关，另开生面之文，无可评处。""壬午九月"，是乾隆二十七年九月，"索书甚迫"对应朝廷查抄《石头记》不遗余力。为使谜书免遭毁灭，正如修改后的《茅屋为秋风所破歌》："安得旷宅千万间，太守取之不尽生欢颜，公祠免毁安如山！"如果谜书能成千上万册流传于世，就不怕朝廷查抄了。由此批看出，弘晳将谜书准备移交给曹霑，曹霑设想公开出版发行，弘晳也非常支持这一想法。接手后的曹霑一方面用《红楼梦》替代了《石头记》的书名，删掉全部不利当朝的"碍语"，续写后四十回结尾；另一方面又秘密传播带有脂批的手抄本，披露谜书所隐的历史真相。因为"血泪十年"是著书的十年，"披阅十载"是增删的十年，"替他传述"是曹霑接受弘晳的临终遗托，正像诸葛孔明接受刘备临终托孤一样，"鞠躬尽瘁，死而后已"。

巨著《红楼梦》与著书人的笔名一样，都隐谜也，其中所提到的两个十年，是两位著书人不同的著书经历。前有红学研究者把曹霑之死定位于乾隆二十七年除夕，是没揭开脂砚斋的神秘面纱，难怪曹雪芹不到四十岁就离开了人世，没把书稿写完也就不足为奇了。曹霑的去世年月永远成为了历史之谜，因为错误的结论抢先给他画上了句号。起码说到乾隆五十五年（1790），曹霑还活在世上，他才六十六七岁，因为这年《红楼梦》正式出版发行了，他终于完成了"替他传述"之重任，也完成了弘晳之遗愿："安得旷宅千万间，太守取之不尽生欢颜，公祠免毁安如山！"

第二章　贾府就是皇宫

整部小说主要描写的是贾家的故事，贾就是假，假设的一个家族，并非不存在。贾家又分宁国府、荣国府，他们的祖先有宁国公贾演、荣国公贾源。宋朝就有宁国公和荣国公，《宋史·本纪第十九》记载："徽宗于元丰五年（1082年）十月丁巳，生于宫中，明年正月赐名，十月授镇宁军节度使，封宁国公。"又在《宋史·列传第三》发现：原来宋太祖赵匡胤有二子长大成人，长子赵德昭，次子赵德芳。德昭生五子，其中第四子名惟忠，惟忠又有子名从信，从信就被封为了荣国公。宁国公是皇帝，荣国公是四王子之子。宋朝的秘史有点特别，宋太祖赵匡胤离世后，传弟不传子，故北宋九帝，除宋太祖以外，皆为宋太宗一系。到了南宋，事情又发生了变化，宋高宗是宋徽宗之子，但宋高宗有子早夭，近支旁系又全被金人掠走，只好到民间找赵德芳的后代继承大位，庙号宋孝宗。宋孝宗传于宋光宗，宋光宗传于宋宁宗，宁宗又无子，只好到民间找赵德昭的后代继位，庙号宋理宗。南宋九帝，除了宋高宗外，全是赵匡胤的后代。换言之，北宋基本是"宁国公"一系，南宋基本是"荣国公"一系。基本确定，著书人创作谜书构思贾府时，绝对借用了《宋史》中的宁国公和荣国公。

清朝从顺治皇帝算起，第三任皇帝就是雍正，雍正通称四皇子，再与荣国府结合起来，足可确定贾府就是皇宫。"宁"在清皇宫中指慈宁宫，孝庄曾住过的宫殿。宁国府以淫乱著称，书写宁国府的目的，就是隐指雍正的私生活淫乱不堪。宁国府在谜书中的重要作用，主要是通过秦可卿来体现的，确定了宁国府小说人物的真实替身，就确定了整部谜书的时代背景。荣国府的"荣"，在许多方言中发音为"雍"，荣国府就是皇帝的府邸，就是雍亲王的雍和宫。荣公贾源，贾府来源是假的，宁、荣二府在前清根本就不存在。假也是真，真就是胤禛，就是雍正皇帝，贾府就是雍正的皇宫。

　　贾敬名字的含义，这个"敬"字正是雍正死后谥号"敬天昌运建中表正文武英明宽仁信毅睿圣大孝至诚宪皇帝"全称中的第一个字，引用雍正谥号的首字，贾敬就是假的雍正皇帝。由于贾敬在小说中出现的故事情节不多，但仅从小说的只言片语和脂砚斋评批就能看出贾敬与雍正之间的联系，两个人的共同点是：一、雍正是紫禁城里的第三代皇帝，贾敬是宁国府中的第三代；二、两人都喜欢住在都中城外，雍正长住都中城外的圆明园；三、两人都好道，都曾刊刻过亲自加注的劝善文章；四、最重要的一点，两人的死亡状况极其相似，均属无疾而亡，死得不明不白，也没人把死亡的结果调查清楚。

　　谈到贾敬之死，谜书采用了一个不同寻常的词汇——"宾天"。在整个封建社会中，只有皇帝之死才能称"宾天"，普通官宦或百姓之家，是绝对不许使用皇家的专用词语的。正是通过这样一个荒唐之言，看似不通实则准确的词汇，透露出贾敬身后的帝王身份。这种手法在小说中曾多次出现，如秦可卿丧礼上所用的"恭人"，明清两代，四品官之妻封之。《清史稿》一百十《选举五》曰："正、从四品恭人。"贾敬死于都中城外，夜里守更申时服了丹药一命归天，雍正也是崩于都中城外的圆明园。清史料记载，雍正的死确属暴亡，还被列为清朝的四大疑案之一。更加一致的是贾敬和雍正死后，均由其子发放了被锁押的道士，乾隆还公开宣布其父皇对道士"未曾听其一言，未曾用其一药"。谜书写贾敬逝后，祭祀所用银两，着"光禄寺按上例赐祭"。清代的光禄寺是专管皇宫祭祀所用膳食的衙门，且还要按"上例"？想贾敬不过是一介布衣，居然会允许"朝内王公以下文武百官准其祭吊"，竟置当时老太妃的国丧于不顾，无论如何都不能被人理解，属不属于荒唐之言？如把贾敬看成是雍正的替身演员，所有的荒唐均迎刃而解。关于灵柩入城以及入殓的情景，谜书同样做了交代。小说是这样描写的："择于初四日卯时请灵柩进城，一面使人知会诸位亲友。是日，丧仪焜耀，宾客如云，自铁槛寺至宁府，夹路看的何止数万人。内中有嗟叹的，也有羡慕的，又有一等半瓶醋的读书人，说是'丧礼与其奢易莫若俭戚'的，一路纷纷议论不一。至未申时方到，将灵柩停放在正堂之内。"清史记载：八月二十三日晨奉大行皇帝黄舆返大内，当日申刻大殓。两者尽管一个出自小说，一个出自清史，其结果是何等相似！以上种种线索不难看出，著书人通过贾敬的死来隐写雍正的暴亡，这种隐写，完全达到追踪觅影、毫厘不爽的效果。

著书人为什么要把贾敬之死与雍正暴亡的过程描写得如此相似，还处心积虑安排在宝玉生日的后一天？绝对有含沙射影之目的。昨天宝玉生日，今天贾敬死亡，昨天——今天、生——死，具有阴阳关系及相对立的概念。所隐故事就出现在三十八回海棠社三首《螃蟹咏》里，诗中借宝、黛、钗之口对螃蟹一生横行霸道、如今落入锅釜成了众人笑柄，尽抒讽刺挖苦之情。宝钗的压卷之作采用沉稳的词句、辛辣的讥讽风格，一反闺阁女儿稳重之常态：

> 桂霭桐阴坐举殇，长安涎口盼重阳。
>
> 眼前道路无经纬，皮里春秋空黑黄。
>
> 酒未敌腥还用菊，性防积冷定须姜。
>
> 于今落釜成何益，月浦空余禾黍香。

"众人看毕，都说这是食螃蟹绝唱，这些小题目，原要寓大意才算是大才，只是讽刺世人太毒了些。"这里所指的世人，恐怕不是芸芸众生，而是直刺"落釜成何益"的清世宗雍正。既然是讽刺皇帝，只是借小说人物宝玉过生日、一系列欢畅的活动暗自抒发内心的欣喜。

宁国府的当家人贾珍，假即真，真禛，真胤禛，其父贾敬专心向道，住进道观虔诚修炼，欲想成仙，放弃了爵位，贾珍十分不光彩地接掌了宁国府，隐指雍正是靠不正当手段夺取了皇位。贾珍二妾：偕鸾、佩凤。通过二妾的名字，著书人直白地介绍贾珍真正的身份就是皇帝。二十九回，贾珍因贾蓉乘凉不在，大怒之下命一小厮口啐贾蓉，让贾蓉忍受奇耻大辱，他们哪里有丝毫的父子亲情？雍正登基后，将八皇子、九皇子圈禁，称其八弟、九弟与猪、狗同出一辙。

贾蓉，同样隐指雍正的帝位暗藏玄机。蓉字在一些方言中念"雍"，继位前他就是雍亲王，执政后为了证明自己继位的合法性，也可能是自己心虚，引用自己的封号还要加"正"，成为自己朝代的年号。贾蓉名字的含义就是雍正的年号、封号。宁国府三代主人的名字，分别隐含了雍正的谥号、名号、封号、年号，由此推断，谜书的隐史与雍正具备千丝万缕的联系，基本确立了谜书背面故事所发生的具体时间，也就是整个雍正朝。

宁国府的主人就是雍正，宁、荣二府为同一祖先，毫无疑问贾府就是大清的皇宫，贾家的故事就是皇家的历史，解读谜书背后的历史，从雍正入手是最佳的突破口。小说以四大家族为背景，以十二金钗为主要故事人物，反映出大清帝国日渐消亡的没落史。四大家族的贾、史、王、薛，如按谐音"血、王、家、史"排列，就成了血腥的帝王家史。四大家族的诞生，表面看是著书人杜撰出来为小说故事服务的，细分析，还真有具体的生活原型。

谜书故事多发生在大观园，大观园是由两个原型园汇集而成：一个大观园，是雍正后期常住的寝宫——圆明园；另一个大观园，是著书人的归隐修书地——石臼坨岛。这样一来，谜书真故事的背景，就好比时空隧道一般，一会儿是康熙末世，一会儿是雍正末世，变化不定；时而在京都皇宫，时而在海隅小岛，来回穿梭。加上脂批："事者实事，然亦叙得有间架，有曲折，有顺逆，有映带，有隐有见，有正有闰，以至草蛇灰线、空谷传声、一击两鸣、明修栈道、暗度陈仓、云龙雾雨、两山对峙、烘云托月、背面敷粉、千皴万染诸奇书中之秘法，亦不复少。余亦于逐回中搜剔刮剖明白注释以待高明，再批示误谬。"使得大戏看起来真有些眼花缭乱、目不暇接。仔细阅读，就能发现著书人在塑造人物方面，使用的隐笔手法大体可归为三类：一类是一个演员可以饰演多个角色；一类是多个演员饰演一个角色；再一类就是用"正邪两赋""阴阳一身""倏而男、倏而女"来塑造替身演员。

著书人精通戏曲，小说多处借用戏剧来隐含真情，记述的人物都似名角一般，可谓全活儿，生旦净末丑皆可反串饰演。著书人就好比是这场大戏的总导演，谁饰演什么角色，凭其随意安排皆可胜任。表面看皆似荒唐言，背后真情却合情合理，正所谓"闲谈之中见筋骨，梦幻之中有真情"。好在著书人还为读者准备了一面"风月宝鉴"——两面皆可照人，正面看是美女，背面看是骷髅。

前"二玉合传"、后"二宝合传"，是揭示谜书真实历史的主旨，也可理解为真事所隐背后的两条主线。

贾家隐指清朝皇室爱新觉罗氏："宁公居长，生了四个儿子。宁公死后，长子贾代化袭了官（脂批：第二代），也生了两个儿子，长子贾敷（敷衍）至八九岁上便死了，只剩了次子贾敬袭了官（脂批：第三代），如今一味好道，只爱烧丹炼汞（脂批：亦是大族末世常有之事。叹叹），余者一概不在心上。幸而早年留下一子，名唤贾珍（脂批：第四代），因他父亲一心想做神仙，把官倒

22

让他袭了。他父亲又不肯回原籍来，只在都中城外和道士们胡羼。"

"自荣公死后，长子贾代善袭了官（脂批：第二代）（对应清顺治定都北京，康熙为第二代，康熙以仁善治天下，用此"善"字相对极恰），娶的是金陵世勋史侯家的小姐为妻。生了两个儿子，长子贾赦，次子贾政（脂批：第三代）。如今代善早已去世，太夫人尚在，长子贾赦袭着官（谜书以"演说"为题，暗透康熙传位并非雍正，作为尴尬人的贾赦隐指雍正）。次子贾政，自幼酷喜读书，祖父最疼（胤禛搬到圆明园前一直在宫中视养），原欲于科甲出身的。不料代善临终（康熙死前）时遗本一上，皇上因恤先臣，即时令长子袭官外，问还有几子，立刻引见，遂额外赐了这政老爹一个主事之衔（脂批：嫡真实事，非杜拟也），令其入部习学，如今现已升了员外郎了。"康熙根本就没传位雍正之意，当康熙驾崩之时，真正的继位人弘皙被遣回东北祭祖去了，胤禛便混了个"主事之衔"先干上了。"令其入部习学"，雍亲王并没接受过正规的继位培养，"已升了员外郎了"。雍正作为弘皙的继父，抢夺了过继皇子弘皙的皇权，故在继位之初便写下了秘密立储的传位诏书，将来还大位给弘皙，正对应雍正继位名不正不能服人而言，著书人采用的是隐笔记述，故自称是演说。

"这政老爹的夫人王氏（雍正齐妃李氏），头胎生的公子名唤贾珠（弘时），十四岁进学，不到二十岁就娶了妻生了子（贾兰），一病死了。第二胎生了一位小姐（是著书人的幻笔），生在大年初一（初一的娘娘十五的官，大年初一就是娘娘命，隐指老祖宗曹太妃当年被康熙册封为皇后），这就奇了；不想次年又生了一位公子，说来更奇，一落胎胞，嘴里便衔下一块五彩晶莹的玉来。（正因先有生在大年初一的小姐当上了后宫之主，才会有衔玉而诞的曹寅嫡孙女出生后被康熙指婚。）上面还有许多字迹（圣旨当然有字了），取名叫作宝玉，你道是新奇异事不是？"当然新奇了，因为后面会将另一个宝玉夹带其中。

史家隐指皇亲国戚的曹家，定会有红迷不解，谜书中的江南甄家已影射江南曹家了，咋又冒出个史家来代替曹家？谜书中，江南的甄家确是江南的曹家，在北平，史家又是曹家的又一替身，如同明确曹雪芹就是著书人一样，属于"一笔不写一家文字"的范畴。在"贾天祥正照风月鉴"一回，著书人还明确了"风月宝鉴""两面皆可照人"，脂批："此书表里皆有喻也。""不要看这书的正面，方是会看。"在镜子被烧时，只听镜内哭道："谁叫你们瞧正面了！你们自己以假（贾）为真（甄），何苦来烧我?"脂批:"观者记之!"这句"你们自己以假为真"的提醒,可谓是著书人的特别提醒,也就是说,不要把贾家当成甄家,甄家是曹家,贾家可不是曹家。

在"冷子兴演说荣国府"一回,著书人还特别泄露了史家的身份:"贾代善(隐指康熙)袭了官(脂批:第二代),娶的金陵世勋史侯家的小姐为妻(脂批:因湘云,故及之),生了两个儿子,长子贾赦,次子贾政(脂批:第三代)。如今代善早已去世,太夫人尚在。(脂批:记真!湘云祖姑史氏太君也。)"脂砚斋特别批注史氏太君为史湘云姑祖母,看谜书背面,史湘云就是曹頫之子,史氏太君自然就是江南的曹家人了。贾母主要扮演的就是当年进宫成为康熙皇贵妃的曹寅胞妹。例如:在贾政(雍正)大打宝玉(弘时)处,贾母气愤地道:"我和你太太(齐妃李氏)、宝玉立刻回南京去!"证明贾母的娘家就在南京,史家与甄家就融为一体了。正因为江南曹家有一位老太君在宫中坐镇,才有曹寅之女嫁太子胤礽成为石氏太子妃(曹氏太子妃被史笔泯灭);才有曹頫遗腹女"衔玉而诞",一出生便由康熙指婚,长大后嫁给弘晳;才有曹頫次子曹霑常去宫中住上几天,看望老姑奶奶(贾母)和堂姐(贾宝玉)。

王家隐指皇亲国戚的苏州李家,考苏州织造李煦家族谱,多知李煦有胞妹嫁曹寅为妻,却不晓得另一个胞妹嫁给了康熙,李家也是正统的皇亲国戚。再李煦有一女儿嫁给太子为侧福晋(薛姨妈),还有一女儿嫁雍亲王胤禛为侧福晋(王夫人),到了雍正朝,苏州李家仍然是货真价实的皇亲国戚。清史记载:雍正继位后就成了抄家皇帝,抄家皇帝实施的是"正人先正己、擒贼先擒王"的策略,第一个便拿苏州的李家开刀。结果出现李家人、财、物被官府拍卖,一年多无人问津的尴尬局面。谜书真情:王夫人扮演的即雍正齐妃李氏,薛姨妈扮演的即胤礽侧福晋李氏,二人都是李煦之女。作为"舅舅"身份的王子腾,就是李煦之子的替身;作为王子腾女儿的王熙凤,便是王夫人长子贾珠(弘时)福晋的替身,此为"姑舅表姊妹",亲上加亲。弘时在世时,他福晋的替身就是王熙凤;弘时离世后,他福晋的替身就变成了尊礼守法的李纨,小说直接写成李姓姑娘了。王熙凤的巧姐与李纨的贾兰,都是弘时留在世上唯一儿子的替身,巧姐与贾兰的区别,在于小说中所起的作用不同。谜书中的王夫人虽为二太太,却成为主事的太太,深得贾政的宠信,贾赦是假设的人物,大太太也归贾政所有。雍正皇后那拉氏早逝于雍正九年九月,也就是雍正九年后,齐妃自然就是后宫之主，然雍正的史料被乾隆篡改得乱七八糟，自那拉氏去世到雍正驾崩，长达四年没有皇后、后宫虚空，这几乎是不可能的怪异现象。

薛家隐指废太子胤礽一家，由特指的薛姓来确定，与"削"字谐音相通。谜书中有"假借汉唐"一说，考唐朝中间的周朝武则天时期，有太平公主嫁驸马薛绍一段历史。薛绍父亲即为驸马，薛绍再为驸马，与弘晳父亲胤礽为太子，弘晳又被康熙钦定大清的继位人几乎没什么差别。薛绍莫名其妙以谋反罪被判了死刑，又与乾隆时期"莫须有"的"弘晳逆案"相吻合。弘晳将自家拟定为薛姓，亦是假借汉唐之笔，隐述的真情是薛宝钗作为弘晳替身进园待选，待选的职务雍正初年就已拟定。薛蟠扮演的是胤礽长子，为侧福晋李佳氏所生，姓薛无疑，名字却给削掉了，查清史也不知道他具体叫什么，只记载长到十一岁夭折。谜书中还有一位靓丽豁达的薛宝琴，是宝钗的堂妹，其身份恰与弘晳堂弟五皇子弘昼相谶。弘昼既为雍正皇子，怎么会同弘晳一样姓"薛"了呢？这就要从薛姓隐含的史料来确定了。皇五子弘昼与皇四子弘历同龄，雍正非常喜爱弘昼，后来弘历当上了皇帝，弘昼与弘晳一样，都成了不受皇上待见的王爷，他除了留下"荒唐王爷"这一称谓载入史册外，家史同样被削除得干净利索，著书人只好让他姓"薛"了。

正因为家史削亡，著书人才对应真实历史，将被泯灭的国史、家史，幻笔写成贾、史、薛、王四大家族。令人遗憾的是，乾隆继位后对前清，尤其是对康、雍、乾交替时节的历史刻意修改，四大家族的真史也就杳如黄鹤、销踪匿迹了。

贾不假，白玉为堂金作马。

贾不假，就是家不像家，无论长辈、晚辈均是君臣关系。"白玉"可理解为传国玉玺，二字合并为"皇"，"白玉为堂"就成了皇帝坐中堂。"金作马"，"金"是爱新觉罗氏的专用替代词，它不仅代表财富，亦可理解为坐在金銮殿之上。将贾家对号入座为皇家，是解读红楼迷宫的关键。

阿房宫，三百里，住不下金陵一个史。

史家才是真正的曹家，曹寅母孙氏曾为玄烨的奶妈，小玄烨因痘得

25

福，能保全性命基本是孙氏的功劳。康熙继位后称孙氏为"此吾老人家也"，还把其女曹氏册封为皇贵妃。三个皇后相继去世后，康熙朝长达三十多年未册封皇后，由曹贵妃主持后宫的具体事务，实际是康熙早把曹贵妃册封为皇后了，只是乾隆的修史者没同康熙商量，就将她们全部湮没，也包括弘晳的亲生母亲（石氏）太子妃曹氏及爱妃曹氏，故而才有这么大的皇宫，却容不下曹家三代皇后、皇妃的家史。谜书中的史老太君人称老祖宗，若非康熙后宫之主，雍正（贾政）岂会对她百依百顺？

东海缺少白玉床，龙王来请金陵王。

曹家尚有曹寅妻李氏为苏州织造李煦胞妹的记录，李煦另一胞妹为康熙土妃（清史中亦被删除）。李家有此姻亲，在康熙朝也算得上皇亲国戚了。后李煦两个女儿分别嫁给了康熙的两个儿子，李家两个女儿选择的东床，一个是当朝太子，一个是未来的皇帝，按说李煦为"金陵王"不算过分吧！到了李煦孙子辈，其孙女又嫁给了雍正长子弘时。进入雍正朝，苏州李家该是真正的皇亲国戚了，清史中就是没见一点儿记载，不能不说乾隆编撰历史真可谓惜墨如金，家里出了皇后都无人知道，更何况李员外还有两个国舅爷身份的儿子在京做九省督检点，该是九门提督吧。

丰年好大雪，珍珠如土金如铁。

所谓的雪即"薛"，都与家史削亡相通，薛家的历史亦被删除得相当干净。谜书中的"金"和"玉"除了指"金玉良缘"之外，还有其他特别所指：薛家的"金如铁"与常说的挥金如土是否一致？答案是否定的，著书人偏用"珍珠如土金如铁"，针对胤礽两次被废，加上弘晳两番梦断红楼，薛家也就成了珍珠掩埋土中，金子变成了废铁，逢或遇到血腥的年月，王子王孙的性命亦复如是，隐喻清朝已到了末世，亡不旋踵。

贾琏在贾府中，是贾赦的长子，无官无职，在其叔贾政家帮忙，被家人、下人、外人均称为二爷，显然有些矛盾。是不是二爷的称呼写错了？看小说肯定不是，因为自始至终原封未动，且贾琏还乐不可支，这只能属于荒唐言的范畴，有疑问就有秘密。荣国府最大的疑问就是二爷，也只能从历史人物中寻找答案了。

贾琏到底扮演的是哪位二爷？要解读清楚这个疑问，还得从弘历说起。弘历在所有的兄弟中行四，史料也一直称为四皇子。他的大哥弘晖，死于1704年，时年八岁；二哥弘昀，死于1710年，时年十一岁；三哥弘时，死于1727年，时年二十四岁，留有一子，谜书中贾珠是他的替身。在中国的传统观念中，未成年的男子死后不能列入宗谱，弘历在成年兄弟中行二，自然要被称为二爷。再说，贾琏他爹叫贾赦，谐音"假设"，本身就不存在，如此推测，贾琏与邢夫人就一同归属于贾政，贾珠自然就是他大哥。贾琏二爷的脸谱是为弘历安排的，贾珠是为弘时安排的，实际历史的生活中，他们俩也是兄弟。贾琏两口子为贾政家干活管家，就没悬念了吧。在整部谜书中贾琏多为乾隆的扮演者。

康熙自有嫡皇子胤礽后，不到两岁就册立为皇太子，疼爱备至，一直留在身边，两立两废也没离开他的视野，始终圈禁在皇宫之内。他离世前还惦记着胤礽的命运，并在郑各庄修建府邸，想让其安度一生。康熙对胤礽的父子之情，情深似海，也可以说，皇太子胤礽是康熙一生当中抹不掉的痛，他俩如同一对苦命的鸳鸯相伴终生，鸳鸯这个小说人物也是皇太子的替身之一。康熙最疼爱的一个小阿哥病重，大阿哥胤禔在康熙面前只关心太子的举动，对皇弟的病情漠不关心，为此遭到康熙的痛斥。太子被废后，几乎所有的皇子都站在太子的对立面，尤其是大阿哥胤禔。大阿哥处心积虑想继承皇位，皇太子胤礽就像界碑一样挡在他的面前，成为他通往皇帝之路的天然屏障。贾赦执意要娶鸳鸯，就是想取代太子的地位。

《尴尬人难免尴尬事 鸳鸯女誓绝鸳鸯偶》一回首批："此回有本而笔，非泛泛之笔也。只看他提纲用'尴尬'二字于邢夫人，可知包藏含蓄，文字之中莫能量也。"清史记载：太子第一次被废的原因，是受到大阿哥胤禔的魇魔，精神失常，做出了违规之事。贾赦的手段就是大阿哥的魇咒，他警告鸳鸯："凭她嫁到了谁家，也难出我的手心。"贾母骂邢夫人："你倒也三从四德，只是这贤惠也太过了！"就是康熙骂大阿哥，在废太子后，居心叵测、落井下石。贾母述说鸳鸯的诸多优点，就是太子在位时为康熙分担了诸多的工作和忧愁。鸳鸯对贾母的哭诉："我这一辈子，别说是宝玉，就是宝金、宝银、宝天王、宝皇帝，横竖不嫁人就完了！就是老太太逼着我，一刀子抹死了，也不能从命！"这实实在在就是太子为自己申冤叫屈。贾母听了，气得浑身乱战："你们原来都是哄我的！外头孝敬，暗地里盘算我。"骂王夫人，就是康熙骂他的皇子，为争夺皇位，根本不考虑兄弟之情、骨肉之情，恨不得将自己的亲兄弟斩尽杀绝，正是看到这一点，才促使康熙再立胤礽为太子。大阿哥胤禔的所作所为，也没能逃过康熙的眼睛，不久被查处，永久禁锢在府邸，死后以贝子葬之。

　　贾赦强娶鸳鸯的小说情节，就是太子第一次被废的重大历史事件。鸳鸯除了是废太子的替身外，还与香菱、尤二姐、尤三姐等人一样，均属传位密诏的幻身。如按著书人十二金钗的册籍来排列，这些影射传位密诏的人物，都应排在副册之中。谜书只列出香菱，又在副册之首，其他人物就不再露面了，主要为了避讳泄露天机。若将隐含传位诏书的人物像正册一样全都列入副册之中，尤其是卍儿，很容易使人产生联想，进而使真情全部浮出水面，如果读者一眼就能清澈见底的话，后果恐怕就适得其反、背道而驰了。

　　强娶鸳鸯的贾赦还是雍正的替身。金鸳鸯可是史老太君身边至关重要的丫鬟，谜书的背面影射康熙传位诏书汉文本就密藏在老祖宗手里，曹老太君在康熙前三个皇后过世后，自然成了后宫之主，康熙秘密立储一事，肯定是与老太君同心协力商定的结果，谁才是真正的储君，老太君心里百分百门儿清。雍正夺嫡继位，因没有康熙的传位密诏，尽管制造了一份假的满文诏书，毕竟不能以理服人，面对诸皇子的抵制与不服，既无可奈何，又竭力掩人耳目，最终严旨收缴康熙的御笔朱批。可汉文传位密诏就在曹老太君处，雍正说什么也不敢向母亲动粗，作为尴尬之人的雍亲王明知老太君对他的要求置之不理，还自不量力派邢夫人（那拉氏）来找鸳鸯："你知道你老爷跟前没有一个可靠的人（脂批：说得体。我正想开口一句，不知如何说。如此，则妙极是极！如闻如见），打算再买一个，又怕从人贩子那里来的不干净（照猫画虎自然容易些，但假造的诏书就容易被识破），买了来家，三日两日又要禽鬼吊猴的（影射诸皇子闹事）。因满府里要挑一个家生女儿收了，又没个好的：不是模样儿不好，就是性子不好，有了这个好处，没了那个好处。因此冷眼选了半年（是雍正闹心了半年），这些女孩子里头，就只是你是个尖儿，模样儿、为人做事，各方面都很好。我琢磨着向老太太要你去。你和买来的人不一样，一进门就让你正式做姨娘，又体面，又尊贵。你又是个要强的人，俗话说，'金子终得金子换'，谁知你竟然被老爷看上了。这样一来，你平日的大志向可就实现了。跟着我去见老太太吧！"

　　金鸳鸯的出身是："他爹名字叫金彩，两口子都在南京看房子。他哥金文翔，是老太太那边的买办。"脂批："姓金名彩，由'鸳鸯'二字化出，因为而生文也。"著书人写小说是亦真亦幻，加之以物传情，人物交融，直把真故事隐涵得云天雾地，又把读者忽悠得直接晕菜。其实，曹老太君身边的鸳鸯只要不离开她的视线，康熙的传位遗诏和传国玉玺就由她控制，目的是要雍正有朝一日把大位还给弘皙。"两口子都在南京看房子"就把鸳鸯的父母直接与曹家联系在了一起，"姓金名彩"就成了曹老太君的小侄子曹頫的替身，雍正初年，他正在南京任江宁织造主事。

尽管贾赦对老太君毕恭毕敬，然而对金文翔却动用了皇上的口气："我这话告诉你，叫你女人向他（指曹老太妃）说去，就说我的话：自古嫦娥爱少年，他必定嫌我老了，大约他恋着少爷们，多半是看上了宝玉（宝玉又是弘皙的化身，本来这诏书就该归弘皙所有），只怕也有贾琏（暗含诏书最后归了乾隆）。果有此心，叫他早早歇了心。我要他不来，此后谁还敢收？此是一件。第二件，想着老太太疼他，将来自然往外聘作正头夫妻去。叫他细想，凭他嫁到谁家去，也难出我的手心（普天之下莫非王土）。除非他死了，或是终身不嫁男人，我就服了他！若不然时，叫他趁早回心转意，有多少好处。"金文翔连声应"是"，贾赦道："你别哄我，我明儿还打发你太太过去问鸳鸯，你们说了，他不依，便没你们的不是。若问他，他再依了，仔细你的脑袋！"

无论雍正如何索要，老太君自然是稳坐钓鱼台。至于金鸳鸯慷慨陈词，誓死拒绝贾赦的无理要求，大可不必介意，那是小说情节的需要，著书人自然还得照顾正面的小说故事。单看老太君最后被气得浑身乱战，就足可说明问题："我通共剩了这么一个可靠的人，你们还要来算计！"见老太君真的发火了，所有的人均偃旗息鼓、鸣金收兵。说鸳鸯隐指传位诏书，用凤姐儿的话一言道破天机："谁叫老太太会调理人，调理得水葱儿似的，怎么怨得人要？我幸亏是孙子媳妇，若是孙子，我早要了，还等到这会子呢。"凤姐尽管说的是笑话，便把康熙注重嫡长制，欲传位给嫡皇孙弘皙的秘密暗透出来。一场风波之后，贾母与众位女眷打牌，凤姐特意提到一张牌二饼，二饼就是儿子病重，正是贾母所关心，且非常看重，凤姐输钱，不在乎输赢，只为彩头，有彩头就有秘密。这时的老太君又成了康熙的替身，打牌的故事情节、二饼的含义：太子被废、皇弟病重，所隐含的就是众皇子只关心帝位，不讲究输赢，反衬出皇宫中只注重皇权，没有血缘关系，也没有亲情。一个鸳鸯抗婚，引出了贾赦两个替身——大阿哥胤褆和四阿哥胤禛，这是"一笔不写一家事文字"的具体范例。

谜书中的四大家族，按联络有亲来讲，实属一枝几藤，均围绕着贾家而旋转。根据脂砚斋的批语，谜书就有"画家三层染"的人物创作手法，贾政又是政治化的康熙替身，他外出学政，其实是南巡、西巡、北巡和东巡，所以才要在洒泪亭与家人道别。若论贾政身份的高贵之处，谜书中内容很多，如第九回："贾政因问：'跟宝玉的是谁？'只听外面答应了两声，早进来三四个大汉，打千儿请安。贾政看时，认得是宝玉的奶母之子，名唤李贵。因向他道：'你们成日家跟他上学，他到底念了些什么书？倒念了些流言混语在肚子里，学了些精致的淘气。等我闲一闲，先揭了你的皮，再和那不长进的算账！'吓得李贵忙双膝跪下，摘了帽子，碰头有声，连连答应'是'，又回说：'哥儿已念到第三本《诗经》，什么"呦呦鹿鸣，荷叶浮萍'，小的不敢撒谎。'说得满座哄然大笑起来。贾政也撑不住笑了。因说道：'那怕再念三十本《诗经》，也都是掩耳偷铃，哄人而已。你去请学里太爷的安，就说我说了：什么诗经古文，一概不用虚应故事，只是先把四书一气讲明背熟，是最要紧的。'李贵忙答应'是'，见贾政无话，方退出去。"贾政问个话，李贵是磕头有声，又唬得要死。又如贾雨村依托林如海，与贾政算是扯上了关系，贾政轻轻一谋，他便官复原职。贾雨村已是补授大司马、兵部尚书，相当于现在的国防部长，如果贾政只是六品员外郎，怎会轻轻松松就能解决贾雨村官复原职的问题？是不是荒唐之言？

贾政是康熙的替身，最主要的证据就隐藏在贾政的谜语中。读过小说的人都知道，贾政之谜是砚台，由贾宝玉将谜底告诉给了老太君。明言贾政之谜是砚台，实际隐藏的却是玉玺。二十二回在贾政的"身自端方，体自坚硬，虽不能言，有言必应"。脂批："好极！的是贾老之谜，包藏贾府祖宗自身，'必'字隐'笔'字。妙极，妙极！"天下的砚台外形有身自端方的，也有长方形的、圆形的、菱形的，造型各异。唯玉玺是身自端方，有言必应，"'必'字隐'笔'字"，脂砚斋的解释够明白了，此乃皇帝之印。无论想干什么，只要盖上此印，就是一路畅通。皇帝之印与通灵宝玉正面的"莫失莫忘、仙寿恒昌"基本一致，又与反面"一除邪祟、二疗冤疾、三知祸福"对契。说贾政之谜是砚台，属著书人故意使用的障眼法。

贾母：假女性；神瑛侍者：神武英明史姓人者。

贾赦：假赦免，夫人邢（刑）氏。贾赦代表的是皇太子胤礽的兄弟，

30

邢氏代表的是皇子们的帮凶，夫妻二人既是受害者，又是迫害者。

贾琏：假脸人，二爷最大的疑问者，所作所为均与帝王有牵连。

贾环：头上有光环，泛指皇子，也是乾隆的替身之一。

贾府中的四个女子皆以春字命名，将春字拆开，就是"三人日"，三人的天下，即讲述康熙、雍正、乾隆三个朝代、三个皇帝的故事。大清王朝自问鼎中原、统一中国到曹霑时代，已经历顺治、康熙、雍正、乾隆四个朝代，四春就是四个皇帝的替身。春是一年的开始，在中国的封建历史上，皇帝的年号就是从新年的正月初一开始纪年。

贾元春：出生在大年初一，她与贾母均是康熙的替身，是贾府兴衰、荣辱命运的主导者。贾元春自幼跟随贾母，贾宝玉自幼跟随贾元春、贾母。谜书中贾元春和贾母对贾宝玉的特殊关切，都是皇帝对自己宝座的关心，三人的亲近关系，就是皇帝与宝座的特殊关系。从她的判词"虎兔相逢大梦归"来分析，是对康熙、雍正合二为一的真实写照。玄烨于康熙六十一年（1722）农历十一月十三日晚病逝于虎年；胤禛于雍正十三年（1735）农历八月二十三日深夜暴死于兔年。

贾迎春：是真（胤禛）皇帝。

　　　　子系中山狼，得志便猖狂。

这个猖狂的人在谜书中是孙绍祖，孙绍祖也是乾隆，乾隆就是中山狼。他为得到皇位，不惜弑君杀父，干尽了丧尽天良的缺德事。登基之后君临天下，顺我者昌，逆我者亡，更不顾天下的苍生，玩岁愒日。

　　　　金闺花柳质，一载赴黄粱。

是贾迎春替代的雍正，借贾迎春的悲惨命运和惨死揶揄雍正悲惨命运的结局。根据贾迎春在小说中的性格特点，窝窝囊囊，唯唯诺诺，无论干什么都小心翼翼，唯恐给他人造成麻烦与不幸，还真有位皇帝与其性格特点比较相似，揭示贾迎春时再专门解读。

贾探春：是探求未来的皇帝。乾隆的身世一直是个谜，探春的身世同样也是个谜。谜书交代为赵姨娘庶出，探春却不认同。著书人在开篇即讲，有野史之说，在当时的情况下，曹雪芹不可能各个方面都能掌握第一手资料，将部分道听途说的内容加以分析，再进行筛选写进谜书，与史实存在小范围的出入也属正常。

才自精明志自高，生于末世运偏消。

乾隆文功武略之精明、雄心壮志之高，具有一定的才气与野心，却生于即将垮台的封建末期，运气不佳不会有太大的作为。事实证明：乾隆好大喜功，生活奢侈，对吏治放任自流，加上重用大贪官和珅二十余年，致使贪污成风，政治腐败。吏治的腐败外加人口的压力、土地兼并等社会矛盾的火上浇油，从乾隆三十九年山东王伦起义起，各地农民反叛频繁。乾隆四十六年，甘肃、青海发生苏四十三、田五起义；乾隆五十一年，台湾林爽文起义；乾隆六十一年贵州、湖南发生苗民起义；嘉庆元年，爆发了持续九年的白莲教起义。当然，原创著书人弘晳都没有看到，预测的结果还是比较准确的。一系列的农民起义在一个朝代频繁发生，起码说乾隆不是一个合格的皇帝。大清帝国迅速走向了衰败之路，顽皇帝乾隆具有不可推卸的责任。

贾惜春：昔日的皇帝。

勘破三春景不长，缁衣顿改昔年装。

勘破康熙、雍正、乾隆三朝好景不长，脱下龙袍换上缁衣，出家为僧。

可怜绣户侯门女，独卧青灯古佛旁。

可怜宫内的后妃绣女们，只能与昏暗的灯光相伴，与木鱼为伍，在凄凉的古寺庙中走完自己的人生道路。贾惜春的艺术形象，就是顺治皇帝。

贾家之外有一重要人物，须在这里重点提示一下，她就是花袭人：名字的字面是身穿龙衣的人，身穿龙衣却不是皇帝。

枉自温柔和顺，空云似桂如兰。
堪羡优伶有福，谁知公子无缘。

脂批："骂死宝玉，却是自悔。"

枉自温柔孝顺康熙几十年，实际是十分辛苦外加万般焦灼地苦苦等待，总希望早日登上帝位，坐上大清国的第一把交椅，结果变成了悬浮在空中的云，尽管"似桂如兰"很快就涤荡一空。袭人的艺术形象就是皇太子的替身之一，贾母又是康熙的替身。胤礽出生不足两年就被册立为太子，看似很有福泽，令人羡慕，谁知最后与宝座无缘。康熙驾崩，到了该当皇帝的关键时刻，却没他什么事了。

对袭人的评价："本名珍珠，从小服侍贾母，素喜心地纯良，克尽职任，遂与了宝玉。亦有些痴处：服侍贾母时，心中眼中只有一个贾母，如今服侍宝玉，心中眼中只有一个宝玉。"脂批："贾母爱孙，锡以善人，此成为能爱人者，非世俗之爱也。"太子从小就被康熙视为掌上明珠，心地纯良，还能克尽职任。其实，袭人的痴处就是太子被废的主要原因：他在康熙身边时，是温柔孝顺，当登上皇太子的宝座后，眼里心中只有皇帝的宝座（贾宝玉），却把康熙皇帝撂到脑后，置若罔闻。正如小说中的描写，她眼里心中只有宝玉一人，其他人对她都无关紧要，也包括贾母（康熙）在内。袭人比宝玉大两岁，胤礽两岁被封太子，正好比太子宝座大两岁。袭人与贾宝玉偷情，如把回目改写成"花袭人初试云雨情"则更为贴切，隐写的历史是康熙离宫期间，皇太子偷偷行使皇帝的权力，尝试当皇帝的快感和刺激。他在太子位上是鲜花簇拥，使其迷恋忘返，直至昏头昏脑，换回的是十几年身陷囹圄的悲戚命运。

袭人出场，在本名"珍珠"处便有脂批："亦是贾母之文章。前鹦哥已伏下一鸳鸯，今珍珠又伏下一琥珀矣。以下乃宝玉之文章。"从整部谜书看，袭人除了是废太子的替身外，还是其他人的替身演员。当宝玉作为弘晳和曹王妃的替身时，有陪嫁女袭人，后成为弘晳的姜室，这是真正的珍珠；当宝玉作为雍正的替身时，身边就有摘玉的袭人，也是陪嫁女，后来就成了乾隆朝的皇太后。一些野史记载了弘历生母钮祜禄氏原是雍亲王妃那拉氏的陪嫁女，此说是否丑化了乾隆？答案是否定的。弘晳著此谜书补记家史，是确凿无疑的，尤其对赵姨娘和贾环的记述，肯定是钮祜禄氏与弘历母子二人的替身。小说中的赵姨娘经常遭凤姐的训斥，连她自己都说"不如丫鬟袭人"。当然，训斥赵姨娘的凤姐是雍正的替身，反之，换上任何一个人，赵姨娘岂肯忍气吞声？正因为雍正皇帝瞧不上这个陪嫁女，好"争闲气"的赵姨娘才"问计马道婆"，说什么也要将雍正给绝了。

只有宰了雍正，她的儿子才有希望当上皇帝，自己才能坐上皇太后的宝座。乾隆除了美化自己养育宫中外，还得美化这位曾经是陪嫁女的皇太后。清史《实录》载：钮祜禄氏被册封为熹妃；《雍正朝汉文谕旨汇编》载：格格钱氏被册封为熹妃。同在雍正朝，又同封两个熹妃，简直就是拿清史开涮，谁真谁假就不必讨论了吧。可见，当年陪嫁女的身价有多低，连一般的格格都不如，难怪母子俩在红楼迷梦中经常挨训斥，与被打进冷宫相差无几。

一个人的绰号，往往反映其最基本的特性，如宋江诨号"及时雨"，表示此人能替人排忧解难。文学作品中的人物绰号，主要为作者塑造人物形象、为读者解读人物的性格特点起到画龙点睛的作用。贾宝玉多个绰号按说应该同宋江一样，应该反映出他多个方面的性格特征，使之更加鲜明。事实恰恰相反，这些绰号在贾宝玉身上是模糊不清，基本是囫囵语，甚至还是荒唐言，使读者很难看清贾宝玉到底属于哪一类性格的人物特征，这就有理由相信贾宝玉的绰号并非小说人物自身的特点，而是隐藏在小说背后所替代原型人物的特征。解读谜书及追溯谜书的隐史，单单凭借贾宝玉的绰号，就能在谜书之外找到固定的原型人物，从而揭开被尘封二百多年那段特殊的历史。

贾宝玉除了诨号"怡红公子"外，还有"绛洞花王""混世魔王""卓尔不群""诸芳之冠""富贵闲人"和"无事忙"等多个"职称"。为了避免把不同的生活原型搅乱，能全面直观地掌握这些绰号的作用，就要对这些绰号进行排列组合，再进行合理有效的梳理，其人物形象就会渐渐明朗起来。一是"混世魔王"和"绛洞花王"，它们有着相同的外延，脂砚斋批出魔王要与花王对应；二是"富贵闲人"和"无事忙"，相互间存在着矛盾与统一的关系；三是"怡红公子"，来源于建筑物体"怡红院"的名字；四是"卓尔不群"，指才德超出寻常，与众不同；五是"诸芳之冠"，明显替代了皇宫中的女性。谜书虽然把五种绰号划归于同一个人，相互之间虽有内在的联系，但所要表达的内容和显示的人物特征有些就南辕北辙了。魔王、花王代表王者，是"富贵闲人"的前提条件，"富贵闲人"和"无事忙"主要表现王者有着与众不同的社会地位和自我矛盾的性质特点。"怡红公子"所要表达的内容，主要在于建筑背景和拥有建筑的人。"卓尔不群"出自东汉班固《汉书·景十三王传赞》："夫唯大雅，卓尔不群，河间献王近之矣。"其隐含的是原创著书人弘晳的替身。"诸芳之冠"则是另外一种层面，从谜书脂批"阴阳一身"来分析，表面看贾宝玉是男儿身，他所扮演的角色则是女儿，还是著书人心目中最倚重、要竭力表现的女人。由贾宝玉的绰号可以判定：贾宝玉也是一个演员，他在红楼迷梦这个大舞台上，同时扮演着多个人物的形象。

从千米高空俯视贾府，就会发现贾府具有两个中心人物的运动圈：一个是贾母，一个是贾宝玉。从第一层面观察，所有人物均围绕着贾母运动旋转，包括贾府的主要当家人贾政和王熙凤。仔细观察，贾母带着她旋转的运动圈又围绕着贾宝玉旋转，大观园内的众姐妹和大观园外的婆婆妈妈，均围绕着这两个运动圈交织重叠，由此形成了以贾母为中心的第一旋转层面和与贾宝玉为中心的第二旋转层面，两个层面相互衬托、相互依存、相互穿插，井然有序、一丝不乱，一方面折射出了贾宝玉的王者地位，另一方面也显现出贾母的帝王身影。从贾宝玉的穿戴到住所，以及个人所拥有的丫鬟奴仆，清晰显示他就是一个王者。第三回，王夫人对黛玉说家里有个"混世魔王"时，脂批"与绛洞花王对看"。不论花王也好，魔王也罢，两者共通的是"王"。魔和花不过是王的底座和王的外延。从贾府寻找这个"混世魔王"，加上与王夫人的母子关系，他无疑就是雍亲王的长子——弘时。

"王"只是贾宝玉一个象征性的脸谱，与历史上众多的王并无二样，能够与其他王区分开来的，就是贾宝玉具有重要的特征："富贵闲人"和"无事忙"。从表面看，"富贵闲人"和"无事忙"似乎有些矛盾，闲与忙本身就是一对反义词。其实，闲人和无事忙之间并不矛盾，原因是没有工作的人就是闲人，也是无事之人，没岗位、没职衔、没工作之人，没任何政府与组织规定他就不能做事，只要是人，没事找事或无事生非就是这些人的首选目标，"无事忙"也就不足为奇了。"富贵闲人"虽出自宝钗之口，著书人也明确指出了闲人的概念，十九回这样写道："第一个凤姐事多任重；第一个宝玉是极无事最闲暇的。"通过王熙凤的忙和贾宝玉的闲，形成了鲜明的对比，清晰表明贾宝玉不理政事、赋闲在家，从名称到含义皆与第一闲人雍亲王相同。雍亲王在《雍邸集》序言说道："朕昔在雍邸，自幸为天下第一闲人。"他不仅说自己是第一闲人，还对闲人加以解释："朕生当国家鼎盛之时，三逆荡平，四方宁谧。仰蒙皇考钟爱，承欢膝下，位列亲藩，寝门定省之余，无他事事，境之所处闲也。兼之赋性不乐浮华，既无庸皇皇于富贵，更不烦戚戚于贫贱，只期消融机巧，遂觉随处乐天，情之所寄又闲矣。虽然，究其所以优游恬适，得四十年为一闲人者。"

雍亲王的这段表白，清楚表明第一闲人就是没岗位、没职衔、没工作，居闲在家，他每天均寄托于闲情逸致。贾宝玉除了给贾母、王夫人请安外，也没其他事可做，才整天混迹于姐妹之间，生出许多的是是非非。二十三回："宝玉自从进了大观园以来，心满意足，再无别项可生贪求之心。每日只和姊妹丫头们一处，或读书，或写字，或弹琴下棋，作画吟诗，以至描鸾刺凤，斗草簪花，低吟悄唱，拆字猜枚，无所不至，倒也十分快乐。他曾有几首即事诗，虽不算好，却倒是真情真景。"同雍亲王住进了圆明园，心满意足，无所贪求，"倒也十分快乐"，与整天闲中偷忙基本一致。起码这个时候，雍亲王并没觊觎皇位的野心，同时证明，康熙也没传位给皇四子的计划，他不希望也不可能把治理国家的重任转交给像他父亲一样的释迦牟尼弟子的手中。

宝玉正因为无事忙，才闲中偷忙梦入太虚幻境；雍亲王同样是闲中偷忙，有他的《狮子园夏日》诗句为证：

> 石屋荆扉枕翠岗，烟峦朝夕郁丹苍。
> 碁敲绿树荫中局，酒泛红薇架下觞。
> 珠箔画摇新竹影，玉池晚是嫩荷香。
> 居闲漫谓全无事，一榻临风蝶梦长。

自认为无事可做的雍亲王，费尽了心机去研究道家学说的《庄子》，搞得连睡觉都不得安生，他梦见了庄子，缩影化蝶，翩然起舞。贾宝玉大白天也化成庄蝶，神游道家的太虚幻境，当然，还有甄士隐大白天也化蝶来到太虚幻境。太虚幻境是以道家理论为背景幻化而成的，其中的紫府、瑶台、仙女和食菊饮露，皆是道家特有的名词和成仙的过程。贾宝玉和甄士隐的梦蝶，正是雍亲王蝶梦的发展和延续。

"诸芳之冠"这一特殊的雅号，带有十分明显的专指色彩，贾宝玉才是真故事的女主角。"正所谓候而男候而女，阴阳互换；时而老道，时而天真；时为须眉，时着红妆；时而拙劣痴蠢，时而聪慧灵秀。""面若中秋之月，色如春晓之花（脂批："少年色嫩不坚牢"，以及"非夭即贫"之语，余犹在心。今阅至此，放声一哭），鬓若刀裁，眉如墨画，眼似桃瓣，睛若秋波。虽怒时而若笑，即瞋视而有情。"小说中这段描写，正是"诸芳之冠"弘皙王妃曹氏的真实形象。如"贤袭人娇嗔箴宝玉"一回，湘云为宝玉梳头："宝玉因镜台两边俱是妆奁等物，顺手拿起来赏玩，不觉又顺手拈了胭脂，意欲要往口边送，因又怕史湘云说，正犹豫间，湘云果在身后看见，一手掠着辫子，便伸手来'啪'的一下，从手中将胭脂打落，说道：'这不长进的毛病儿，多早晚才改过！'"其实，稍加分析就能看出，宝玉这所谓的毛病儿，是每天梳妆时的习惯动作。著书人连用两个"顺手"，就能说明这一问题。这哪里是什么吃胭脂？分明是用荒唐的人物安排来掩饰真情，属游戏笔墨，其意是曹王妃要往嘴唇上抹口红。

第二回由贾雨村与冷子兴讲解贾宝玉的来历："雨村罕然厉色忙止道：'非也！可惜你们不知道这人来历。大约政前辈也错以淫魔色鬼看待了。若非多读书识事，加以致知格物之功、悟道参玄之力，不能知也……若大仁者，则应运而生，大恶则应劫而生……使男女偶秉此气而生者，在上则不能成仁人君子，下亦不能为大凶大恶。置之万万人中，其聪俊灵秀之气，则在万万之上，其乖僻邪牛不近人情之态，又在万万之下。'子兴道：'依你说，成则王侯败则贼了？'雨村道：'正是这意。'"贾雨村道出了"正邪两赋"论，正如人类历史上的朝代更替，经过和平过渡为大仁，则应运而生；通过内部血腥的争斗或残酷的战争获取政权，为大恶，属应劫而生。谜书中的主要人物大多是女性，中国的皇帝都是男性（武则天除外），贾宝玉的父亲贾政，谐音是假的执政者，真正掌控家政内外大权的是王熙凤。在皇家的饰物上凤指的是女性，王熙凤的谐音为"帝王系女性"。凡王熙凤与贾宝玉同时出现的故事情节，二者结合时的王熙凤就是皇帝，还是大清国的皇帝。谜书隐喻的历史就是清的历史，众多的女性人物就是清的重臣。满族原居中国东北，历史悠久，与肃慎、挹娄、靺鞨有历史渊源关系，是黑水靺鞨的后裔，宋、元、明时期称为女真。明朝末年，爱新觉罗·努尔哈赤统一女真各部落，于1616年建立后金政权。1636年，皇太极继位，改国号为"清"，改"女真"为"满洲"，辛亥革命后称为满族。

《西游记》中六耳猕猴真假孙悟空的故事人人皆知，所谓六耳猕猴就是孙悟空内心世界的另一面，二者都是孙悟空。脂批："灵玉却只一块，而宝玉有两个，情性如一，亦如六耳、悟空之意耶？"宝玉就是玉玺、皇帝宝座，只有一个，两个宝玉同时出现在谜书中，必然有真有假。甄宝玉谐音真的宝玉，即真正掌控玉玺的人，和氏璧的典故世人皆知，最后还是归属于皇帝之家，被制作成玉玺，变成帝王权力的象征，流传于世，和氏璧就是真的宝玉。真假宝玉又该如何辨别呢？脂砚斋告诉读者要采用"烘云托月"法，成语的解释是从侧面渲染以显示或突出主体。甄宝玉读书"必得两个女儿伴着我读书，我方能认得字，心里也明白，不然我自己心里糊涂"。谜书隐喻的是皇家的历史，著书人为了避讳直接描写，就采用了"烘云托月"的笔法。"这女儿两个字，极尊贵，极清净的，比那阿弥陀佛、元始天尊的这两个宝号还更尊荣无对的呢！（脂批：如何只以释、老二号为譬，略不敢及我先师儒圣等人？余则不敢以顽劣目之。）你们这浊口臭舌，万不可唐突了这两个字，要紧。但凡要说时，必须先用清水香茶（脂批：恭敬）漱了口才可，设若失错（脂批：罪过）便要凿牙穿腮等事。""只一放了学，进去见了那些女儿们，其温厚和平，聪敏文雅（脂批：与前八个字嫡对）竟又变了一个。因此，他令尊也曾下死笞楚过几次，无奈竟不能改。每打的吃疼不过时，他便'姐姐''妹妹'乱叫起来。（脂批：以自古未闻之奇语，故写成自古未有之奇文。此是一部书中大调侃寓意处。盖作者实因鹡鸰之悲、棠棣之威，故撰此闺阁庭帏之传。）后来听得里面女儿们拿他取笑：'因何打急了只管叫姐妹做甚？莫不是求姐妹去说情讨饶？你岂不愧些！'他回答的最妙。他说：'急疼之时，只叫"姐姐""妹妹"字样，或可解疼也未可知，因叫了一声，便果觉不疼了，遂得了秘法。'""女儿"一词对甄宝玉是极为重要的。甄宝玉所说的两个女儿：一个代表了清帝，一个代表了清皇家的祖先，对女儿不敬自然就是对清朝皇帝和政权的不敬，就是大逆不道，就是造反，就要受到"凿牙穿腮等事"的惩处，就会造成"暴虐浮躁，顽劣憨痴，种种异常"的灾难。甄宝玉读书"必得两个女儿伴着我读书"，就是提醒读者认识两个女儿的重要性，只有认识了两个女儿，才能看懂谜书，才能明白其中隐秘的历史，否则就会犯糊涂。

第二回冷子兴是这样介绍甄贾两家关系的："甄府和贾府就是老亲，又系世交，两家来往极其亲热。"解读真情，甄府是曹家，贾府是皇家，再从冷子兴的谈话可知："老姊妹四个，这一个是极小的，又没了。长一辈的姊妹，一个也没了。只看这小一辈的，将来之东床如何呢。""老姊妹四个"，指曹寅有两个女儿，李煦有两个女儿，依据曹、李两家上一辈的婚姻关系，"姊妹四个"正是姑舅表亲。"这一个是极小的，又没了"正对应石氏太子妃，弘皙的亲生母亲。谜书常常使用反语表露真情，姊妹四个中的最小，实际就是最大，是曹寅的大女儿。

清史记载：石氏太子妃的出生年月不详，与胤礽的年龄大约相差无儿，石文炳之女，瓜尔佳氏，汉军正白旗人，"本系满洲"。康熙二十一年，石文炳擢副都统，驻防杭州；二十三年十二月升任正白旗汉军都统；二十八年任福州将军，整治有方，四民阅服；三十三年九月复补正白旗汉军都统，十一月赴京师途中病逝。石氏太子妃于康熙三十六年八月十一日卯时生一女，为胤礽第三女，唯一的嫡生女。册立太子妃一事，见于《清圣祖实录》，康熙三十四年六月丁酉所载："以册立皇太子允礽妃，遣官告祭太庙。"是年，胤礽二十二岁。清史另有记载，在胤礽十八岁时，即康熙三十年十二月，其侧福晋李佳氏（雍正二年十二月始封）生下第一个世子（十一岁卒，未留下名字），康熙三十三年，再生胤礽第二个世子弘晳，也就是说，在石氏太子妃未封妃之前，李佳氏已生下两个世子。与李佳氏相比，石氏太子妃的父祖之辈，并无皇亲国戚，官职并非很高，仅有《八旗满洲世族通谱》记载："瓜尔佳氏为满洲著姓，而居苏完者尤著。"按正常的清规讲，石氏被册立为太子妃，她就该生下了世子，按康熙嫡长子皇位继承制的宗旨，该世子即康熙帝的嫡长孙，是继太子胤礽之后皇位的继承人。可清史愣是记载石氏太子妃与世子无缘，直到皇太子第二次被废，亦未生出世子。册立太子妃之际，康熙的三位皇后均已相继病逝，他连个商量的人都没有，就自作主张，封立一个没有世子的太子妃，是不是咄咄怪事？康熙五十四年四月石氏卒，《清圣祖实录》记载了康熙对石氏入宫二十余年来人品的总结："二阿哥福晋秉资淑孝，禀性宽和，作配二阿哥以来，辛勤历有年所。今忽溘逝，凡在内知其懿范者，无不痛悼。"这段史料看似平常，然稍加分析，就能看到重重的迷雾，可谓是破绽百出，不用怀疑，这是经乾隆朝修正过的历史。

一、李佳氏生下二世子，不能封妃，却封没有世子的石氏为太子妃，这不符合康熙嫡长制传国的方针。

二、康熙二十八年之后，三十六岁正值盛年的玄烨就成了孤家寡人，从此再未册后，连被称为"副后"的皇贵妃之位，也一直空缺无人，尤其在三百多年前的封建社会，皇帝与皇后是至高无上的君权象征，被世人称为天地之合，缺一不可，国尚不可一日无君，后宫岂可长期无主？这简直是对当时儒家道德准则的无情践踏，康熙会不会给自己留下这遗憾的一页？答案是否定的。正确的解释就是乾隆朝的修史者愣把康熙的后宫折腾得千疮百孔、人仰马翻。

三、清史记载，石文炳有四个女儿被封王妃：一女嫁康熙太子胤礽，册封为太子妃；一女嫁康熙十五子愉恪郡王允禑，嫡福晋瓜尔佳氏；一女嫁康熙二十四子诚恪亲王允祕，没见石文炳女儿的影子；一女嫁康熙兄福全第三子和硕裕亲王保泰，侧福晋瓜尔佳氏为艾塔之女，与石文炳没有关系。在四位王爷的清代玉牒记载中，除了废太子的石氏太子妃和十五子嫡福晋瓜尔佳氏有记录外，其他两位王爷均与石文炳的女儿没有关系。依照《红楼梦》提供的隐意及清史的记载，江宁织造的曹家倒有四位王妃：1. 曹寅妹嫁康熙成了王妃；2. 曹寅二女皆为王妃；3. 曹颙的遗腹女"衔玉而诞"，嫁弘皙成了王妃。先说曹寅妹这个王妃，清史可谓删除得干净彻底，正与"阿房宫，三百里，住不下金陵一个史"相映衬。追溯曹寅父辈的历史，见《曹玺传》记载："曹玺，字完璧，宋枢密武惠王裔也……补侍卫之秩，随王师征山右建绩。世祖章皇帝拔入内廷二等侍卫，管銮仪事，升内工部。康熙二年，特简督理江宁织造。"从此，曹家算是与南京结下了不解之缘。曹玺之妻孙氏系康熙幼时之保姆，《曹太夫人六十寿序》云："曹母孙太夫人者，司空完璧之令妻，而农部子清、侍卫子猷两君之寿母也。于今辛未腊月朔日，年登六表。"曹玺与孙氏有曹寅、曹宣两个儿子已定，再看曹寅《楝亭诗钞》卷四，一题云："西轩赋送南村还京，兼怀安侯姊丈，冲谷四兄，时安侯同选。"知曹寅有姊嫁于安侯；但其人姓名家世，俱未详。《楝亭诗钞》卷七，一题云："辛卯孟冬四日，金氏甥携许镇帅家伶见过，闻乐也……"知又有妹行适金姓，详细史料，已无从查起。《八旗文经》卷五十七《作者考》甲叶十曹寅传末云："甥富察昌龄，字谨斋，阁峰尚书子，有时名，集未见。"《南涧文集》亦云："昌龄官至学士，楝亭之甥也。"按昌龄乃富察傅鼐之子说，曹寅又有一妹嫁于傅鼐。针对傅鼐的资料，清史倒是给足了面子，《钦定八旗通志》记载：傅鼐十六岁就出任皇四子雍亲王府的侍卫，两人间的关系是"骖乘持盖，不顷刻离"；雍正登极后授其雍和宫之总管兼一等侍卫，寻晋副都统；雍正二年，补兵部右侍郎。袁枚撰《刑部尚书富察公神道碑》记载得更为详细，就不再详述了。在曹寅的三个姊妹中，前两个姊妹的资料少之又少，重点要诠释的是嫁金氏之妹，凡清朝为官的"金"姓，基本可考虑与爱新觉罗氏相联系，单从"金氏甥携许镇帅家伶见过"，就能联想到康熙南巡，携曹贵妃及嫡孙弘皙到江南的曹家驻跸，这"金氏甥"自然就是弘皙了，谜书有脂砚斋批语"真有是事，经过见过"。曹贵妃成为后宫之主基本可以确认，从后来继位的雍正对这位"老祖宗"（贾政对史老太君）的尊重可见一斑。曹寅胞妹就是康熙的皇妃，到康熙二十八年之后，又晋封为皇贵妃、皇后。

再说曹寅的两个女儿，《永宪录续编》记载："颙之祖□□（引者按：指曹玺）与伯寅继为织造，将四十年。寅字子清，号荔轩，奉天旗人；有诗才，颇擅风雅；母为圣祖保母，二女皆为王妃。及卒，子颙嗣其职；颙又卒，令颙补其缺，以养两世霜妇；因亏空罢任，封其家赀，止银数两，钱数千，质票值千金而已，上闻之恻然！"曹寅的两个女儿，一个有史料记载，由康熙指婚嫁给了平郡王，另一个无记载。从"二女皆为王妃"不难看出，曹家另一个不见记载的王妃，就是石氏太子妃。史载弘晳是李佳氏所生，如果他是李佳氏的世子，就不可能是嫡子，因为李佳氏到雍正二年十二月废太子离世后才册封为侧福晋，然乾隆在"弘晳逆案"中称他"自以为旧日东宫之嫡子，居心甚不可问"，存在明显的矛盾。合理的解释是石氏太子妃于康熙三十三年生下嫡子弘晳，于三十四年封妃，时间安排天衣无缝。看史载石文炳的家庭背景并非竹苞松茂，在竞争太子妃的"岗位"亦非以镒称铢，其成功的原因是她是曹寅的长女，皇宫中有位老祖宗坐镇，有关后宫的人事安排，老太君说了算，康熙是言听计从。顺便再分析谜书中"石呆子"一段文字，著书人将曹家冠以"石"姓，"石呆子"明显是曹颙的替身演员，将曹家的曹贵妃幻笔写成"史氏太君"，将曹霑幻笔写成"史湘云"，"石"与"史"谐音，既对应清史中的石氏太子妃，又将"石"与"曹"联系在一起，还隐写出江南曹家被抄的真相。石氏太子妃就是弘晳的生母，估计乾隆的修史者发现十五阿哥的嫡福晋是石文炳的女儿，就把胤礽的曹氏太子妃强拉硬拽过继给了石文炳。曹寅的另一个女儿，清史介绍得比较清楚了，也就不再赘述。

接下来再说说和硕理亲王妃曹氏。因曹王妃是著书人重点补续的对象，谜书中贾宝玉就成了曹王妃的替身演员。康熙五十四年曹颙离世，其堂弟曹頫接任江宁织造，他上折谢恩说："窃奴才母在江宁，伏蒙万岁天高地厚洪恩，将奴才承嗣袭职，保全家口，奴才母李氏闻命之下，感激痛哭，率领阖家老幼望阙叩头，随于二月十六日赴京恭谢天恩，行至滁州地方，伏闻万岁谕旨：'不必来京。'奴才母谨遵旨仍回江宁。奴才之嫂马氏，因现怀妊孕，已及七月，恐长途劳顿，未得北上奔丧。将来倘幸而生男，则奴才之兄嗣有在矣……"曹颙的遗腹子究竟是男是女？无论清史还是曹家族谱，直到曲终人散，也没给出个明确的答案。更有意思的是依照著书人补记家史之笔，从康熙五十四年到乾隆元年，这位曹家嫡传后人正好二十岁，谜书有的版本将贾元春的判词写成"二十年来辨是谁"是不是著书人的本意？有一点不用怀疑，乾隆在泯灭弘晳家史的同时，也顺便泯灭了曹家的家史，这才出现曹家奇怪的不知男女的记载，真该仔细辨一辨她到底是谁。有红学研究者研究出贾宝玉出生于康熙五十四年，此观点十分正确，紧接着又研究出贾宝玉就是曹雪芹，就实在没法苟同了。由于曹氏宗谱没有曹雪芹的影子，有红迷发现宗谱中记录着"天祐，颙子"，加之奏折中颙妻马氏"妊孕，七月"，就把互不牵连的八个字连成一体，凭空想象出三段式定理：曹天祐就是遗腹子，遗腹子就是曹雪芹，曹雪芹就是贾宝玉，贾宝玉的年龄就是曹雪芹的年龄。结果红学界出现了曹雪芹两种出生年月的观点，一种是出生于1715年，一种是出生于1724年，把姐（曹王妃）弟（曹霑）俩全都当成了曹雪芹。

四、李煦的两个女儿在清史记载中只有片言只语：一女儿遁入佛门；一女嫁给了郎中之子黄阿琳。这与谜书中对王夫人、薛姨妈的记叙大相径庭。废太子侧福晋李佳氏就该是李煦之女，外加雍正齐妃李氏，本身就是吃斋念佛之人。雍正初年，李煦被抄家之后，准总督查弼纳来文称："李煦家属及家仆钱仲璇等男女并男童幼女共二百余名口，在苏州变卖，迄今将及一年，南省人民均知为旗人，无人敢买。现将应留审讯之人暂时候审外，其余记档送往总管内务府衙门，应如何办理之处，业经具奏。"其中有句话确令人生疑，那就是"南省人民均知为旗人，无人敢买"。大清从顺治登基到雍正继位，已走过近八十年的历史，加上康熙推行了几十年的满汉融合，到了雍正元年，旗人的威风荡然无存，何况李煦仅是汉军旗，属满洲的包衣奴才。清人周洵谈到旗人："前清中叶以后，穷褛不堪者居多，因房屋为官给，甚有摘拆瓦柱，售钱度日，仅留住一间以蔽风雨者。"查弼纳的来文是避重就轻，所有的官员心里也都门儿清，李煦是皇亲国丈，他这个奴才可就不是一般的奴才了，尽管当时已被收监，但余威尚在，谁会没事找事以卵击石？

黛玉（弘晳）进贾府，进的是雍亲王胤禛的府邸，小说称其是投奔"外祖母"和"舅舅"而来。弘晳如何能称叔父胤禛为舅舅？初读备感蹊跷，如将一捋清皇宫中的人物关系，就能明白隐述的奥秘。若从弘晳生母太子妃为曹寅的女儿来讲，曹老太后就是弘晳的姑外祖母，著书人是自演其说，就没必要在"姑"字上牵丝扳藤，毕竟是他母亲的亲姑妈，叫外祖母绝无差池。曹老太君既是康熙的贵妃，自然就是雍亲王的继母，无论是胤禛的嫡母还是继母，称其为儿子天经地义。按中国的传统叫法，小辈儿叫父亲姑妈的儿子是伯伯或叔叔，叫母亲姑妈的儿子，就一个称呼——舅舅。弘晳称老太君外祖母，是从母亲这边论亲论出来的。若从父亲这边论，自然就得去掉"外"字称祖母了。如按弘晳的母亲与雍正齐妃李氏的关系讲，弘晳还该叫雍亲王姨夫才对。单从弘晳来说，雍正既是他的皇父、四叔，还是他的舅舅、姨夫，皇家的姻亲关系够乱的吧。难怪著书人借凤姐之口道出原委："天下真有这样标致人物，我今才算见了！况且这通身的气派，竟不像老祖宗的外孙女，竟是个嫡亲的孙女。怨不得老祖宗天天口头心头一时不忘！只可怜我这妹妹这样命苦，怎么姑妈偏就去世了！"解凤姐真身，正对应李煦的孙女，弘时的福晋，称曹寅的女儿为姑妈言之成理。如此"连络有亲"，均证明弘晳的生母就是曹寅的大女儿。

演说中所谓"长一辈""少一辈"的"东床如何"，结合清宫历史，所有的后宫之主都将自己家的女儿往皇宫里拉拽，上至孝庄下到慈禧，前后二百多年，贯穿整个清朝的始终。曹老太君当然也不肯落后，自她成为康熙的后宫之主，长一辈的胤礽太子妃曹氏准备成为后宫之主，小一辈的弘晳王妃曹氏"衔玉而诞"，亦准备成为后宫之主。老太妃曹氏（元春）生在大年初一，所谓"初一的娘娘十五的官"，天生就是当娘娘的命。是否曹太后的生日真就是大年初一，这种可能几乎为零，只能是著书人故意引典而已。皇宫中有了这位老娘娘，才会拽来下一辈的新娘娘，下下一辈的新新娘娘，如此看"东床如何"，就是看驸马爷是不是皇帝。

谜书中还涉及困扰读者的"姑舅姊妹"和"两姨姊妹"，此必须从弘晳生母是曹寅女儿说起，宝玉（曹王妃）与黛玉（弘晳）为"姑舅姊妹"，正是姑舅表兄妹成婚的典型事例，从弘晳与曹王妃的表兄妹关系来看，曹王妃的姑妈就是弘晳的母亲。再从宝玉和宝钗的关系来看，宝玉是弘时的替身，由"混世魔王"来验证弘时的真身；宝钗是弘晳的替身，弘时为雍正齐妃李氏（王夫人）所生，弘晳的继母也是李煦之女（薛姨妈），二人虽为堂兄弟，也是姨娘兄弟。薛姨妈毕竟是弘晳的继母，如此称姨娘兄弟觉得还不够完美，就从弘晳的生母曹氏来论，弘晳生母与弘时生母是姑舅姊妹，姊妹之子自然称姨娘兄弟，谜书中特别强调的"姑舅姊妹"和"两姨姊妹"算是彻底澄清了吧。

第三章　借佛恋道的梦幻情结

中国封建社会经过多个朝代的风云变迁，时至清代，已开始走上没落、衰败之路，如同西下的夕阳，尽管会出现短暂的绚烂，但走向黑暗已成定局，任何人为的力量均无法抗拒。其政治高压、吏治腐败、思想僵化、贫富分化已成不治的顽症，苦思必然无解，著书人回顾自己的人生道路，冷观社会的现实，反思历史，乃知已无力回天，直觉心灰意冷，加上佛道思想的广泛传播，使得入世出世思想并存于士人心中，反反复复，彼消此长。在悲观厌世的著书人心中，色空思想、虚无主义逐渐壮大，入世思想日渐消退，直至彻底崩溃。谜书是著书人回顾自己人生道路、表现自己精神探索的伟大著作，"宝玉出家"就是为儒家思想崩溃后在精神上皈依佛门一个具体的例证。

著书人虽然与宝玉一样生活在"花柳繁华地、温柔富贵乡"，就其性格、经历存在诸多的相似之处，但并不完全相同，毕竟小说人物包含很多想象与夸张的成分。贾宝玉的"无故寻愁觅恨，有时似傻如狂""行为偏僻性乖张，哪管世人诽谤"与著书人狂放不羁、行为怪僻、我行我素等基本一致，在世俗的眼中就是"似傻如狂"。现实生活中的著书人无法实现自己的政治抱负，就变成了小说中的贾宝玉，"不通世务""怕读文章"，把仕途经济学问称为"混账话"，称为官做宰的是"禄蠹国贼"，反批"文死谏、武死战"，表现出著书人对儒家思想因失望而厌恶，同时也对封建腐朽的政治因绝望而彻底分道扬镳。

对弘晳来说，两次补天的机会均擦肩而过，使他对清王朝的功名利禄彻底失望乃至绝望，也为了自己的小命苟延残喘或不受囹圄之苦，不惜"金蝉脱壳"、隐姓埋名；对曹霑来说，连续被抄是曹家衰败的主要原因，用他们自己的话说，就是"运偏消"，两次瞬息由贵而贱、由富而贫的经历，使之产生了人生如梦的虚无思想。此外，家族成员的不济也使其非常失望，这些人恃宠而骄，荒淫无度，刁蛮跋扈，不谙世事，历来就是膏粱纨绔的通病，清代八旗子弟于此为甚，曹家当然也概莫能外。七十四回借探春之口说出："可知这样大族人家，若从外头杀来，一时是杀不死的，这是古人曾说的'百足之虫，死而不僵'，必须先从家里自杀自灭起来，才能一败涂地！"此观点正是著书人正常感情的流露，也是自身感受后的精准总结。《大学》曰"欲治其国者先齐其家"，生活在这样的环境之中，自己却无能为力，尤其是接二连三的打击与创伤，使之看不到生活的希望，更对自己的追求茫然无措。

两千多年的封建社会发展到清代，犹如一个人的癌症病变已发展到晚期，虽在康、乾时期出现了短暂的盛世景象，但仅仅是回光返照，正如李商隐所说："夕阳无限好，只是近黄昏。"其实，康、乾盛世也只能是虚假的繁荣，其背后隐藏着重重危机，最严重莫过于引起党争。在整个封建社会中，凡事都由皇上独裁，大臣处于服从地位，争宠献媚、以求自保也就成了他们真实生活的基础。既要自保，大多离不开殚思极虑以提高拍马屁的水平，以讨取皇帝之欢心，再结党营私也是无法回避的社会现实。皇权过大自然加剧了帝位之争，党争与帝位之争结合起来，就如同烈火焚烧的油库，使得政治悲剧"接二连三、牵五挂四"地接连上演。另外，清军人主中原已成名副其实的统治者，但文化层面与大汉民族相比相对落后，这让满人不但自卑，还底气不足。为了强化统治，满足千秋万代的统治利益，他们一边大力拉拢汉族的知识分子为其服务，继续宣扬有利于专制统治的儒家思想；一边大兴文字狱，铲除异己，以儆效尤。生活在这种统治环境中的各色人群，只能故步自封、循规蹈矩及俯首帖耳，否则就会陨霜飞霜、在劫难逃，这与"君子矜而不争，群而不党"的儒家准则恰恰相反，严重阻碍了社会的进步。尤其是"先天下之忧而忧，后天下之乐而乐"的儒家情怀，使著书人产生了比较清醒的认识，在这种极度僵化的社会体制中，著书人无法找到新的精神出路，思想追求一度陷入无助的迷茫之中，极力挣扎，也无济于事，无奈之余只能走向虚幻，美好而又虚无缥缈的太虚幻境，正是著书人梦寐以求的快乐桑梓。

佛教自东汉传入中国，经过两晋、南北朝、隋，逐渐与中国的传统文化相融合，到了唐朝，基本就演变成中国化的佛教。佛教在中国的影响主要是色空思想和轮回思想：色空思想是般若学的理论，佛教把一切有形的物质称为"色"，这些物质均属因缘而生，其本质是空，故色即是空，即认为世上的一切都是"空"，主张通过悟解空无自性去求得解脱；轮回思想在佛教认为一切有生命的东西，如不寻求解脱，即立地成佛，就永远在六道（天、人、阿修罗、畜生、饿鬼、地狱）中生死相续，无有止息。道家与儒家都是中国土生土长的产物，其影响旗鼓相当、此起彼伏、不差上下。其共同点都讲究性善。不同的是儒家讲究"正心诚意"，道家讲究"无为而治"；道家更重视求真，儒家更重视知行。佛、道两家的思想，对封建文人最大的影响就是出世思想与入世思想并存，得意时锐意进取、积极用世、再造辉煌；失意时看破红尘、消极避世、虚度年华。这是中国封建文人共同的思想特征，著书人也没能超凡脱俗。当命运复兴之时，积极进取，欲补苍天；当前景衰落之后，进取之心随之崩溃，就以色空虚无取而代之。为宝玉安排出家的归宿不难看出，著书人无奈放弃了从前的信仰，精神上基本沦为乞丐，在新的救世思想尚未诞生之前，只能沿着老庄与释迦牟尼指引的道路继续前进了。

关于万物创生过程，著书人显然采用了道教的阴阳气化论来化解谜书中的万物和人类。第一回："原来女娲氏炼石补天之时（脂批：补天济世，勿认真，用常言）于大荒山（脂批：荒唐也）无稽崖（脂批：无稽也）炼成高经十二丈（脂批：总应十二钗）方经二十四丈（脂批：照应副十二钗）顽石三万六千五百零一块。娲皇氏只用了三万六千五百块，单单剩了一块未用（脂批：剩了这一块便生出这许多故事。使当日虽不以此补天，就该去补地之坑陷，使地平坦，而不有此一部鬼话），便弃在此山青埂峰下（脂批：妙！自谓落堕情根，故无补天之用）。谁知此石自经锻炼之后，灵性已通（脂批：锻炼后性方通，甚哉！人生不能学也），因见众石俱得补天，独自己无材不堪入选，遂自怨自叹，日夜悲号惭愧。"女娲为道教崇拜的女神，《史记》载她是创造人类的母亲，"三皇五帝"中的一皇，与伏羲生活于同一时代。按神话传说，普通的石头，经女娲锻炼之后，就成了大具灵性的补天石。谜书说此石大有灵性，不但会"动凡心，也想要到人间去享一享这荣华富贵"，而且还会"口吐人言"，脂批："竟有人问口生于何处，其无心肝，可笑可恨之极。"此顽石哀求茫茫大士和渺渺真人将其携入红尘。后茫茫大士被求无奈，只好"念咒书符，大展幻术，将一块大石登时变成一块鲜明莹洁的美玉，且又缩成扇坠大小的可佩可拿"。脂批："奇诡险怪之文，有如韩苏《石钟》《赤壁》用幻处。"然后，携此石"到那昌明隆盛之邦，诗礼簪缨之族，花柳繁华地，温柔富贵乡去安身乐业"。脂批："昔子房后谒黄石公，惟见一石。子房当时恨不能随此石去。余亦恨不能随此石去也。聊供阅者一笑。"

这里的大士念咒书符、大展幻术，道教的法术让佛家人士运用，是著书人佛道合一思想的具体体现。值得注意的是，在这里虽然运用了道家的气化学说，但所说构成人灵魂特征的气息显然是精神之气，是高级的复合之气，流行变化而生成天地与万物。气是万物的本源，《无能子·圣过》开篇即云："天地未分，混沌一炁"；《淮南子》更是直接指出宇宙初始就是"元气"；《庄子·知北游》曰："通天下一气耳。"民间神话传说的盘古开天辟地：他的双眼变成了太阳和月亮；他的四肢，变成了大地上的东、西、南、北；他的肌肤，变成了辽阔的大地；他的血液，变成了奔流不息的江河；他发出的声音，化作隆隆的雷声；他呼出的气息，变成了四季的风和飘动的云……如果人也是气化而生，那么人的魂魄也都属于气。魂魄虽同属气，却是不同的气，分别是阳气和阴气，对人的生命存在来讲自然就注入了不同的意义。阴与阳都是气，天地万物皆由阴气与阳气和合而生，又与谜书第二回贾雨村的"正邪两赋"论联系在了一起："天地生人，除大仁大恶两种，余者皆无大异。若大仁者，则应运而生，大恶者，则应劫而生。运生世治，劫生世危……大仁者，修治天下；大恶者，扰乱天下。清明灵秀，天地之正气，仁者之所秉也；残忍乖僻，天地之邪气，恶者之所秉也。今当运隆祚永之朝，太平无为之世，清明灵秀之气所秉者，上至朝廷，下及草野，比比皆是。所余之秀气，漫无所归，遂为甘露，为和风，洽然溉及四海。彼残忍乖僻之邪气，不能荡溢于光天化日之中……使男女偶秉此气而生者，在上则不能成仁人君子，下亦不能为大凶大恶。置之于万万人中，其聪俊灵秀之气，则在万万人之上，其乖僻邪谬不近人情之态，又在万万人之下。若生于公侯富贵之家，则为情痴情种，若生于诗书清贫之族，则为逸士高人，纵再偶生于薄祚寒门，断不能为走卒健仆，甘遭庸人驱制驾驭，必为奇优名倡。"

"正邪两赋"学说全部吸收了中国哲学气论的精华，该理论认为人类及所有的生灵均禀气而生，但气有正邪，人有善恶。不同的历史时期又有不同的气运变化，它决定了初世、盛世、衰世和末世的相互更替，由此推动了人类社会螺旋式上升般的发展。《周易》曰："天地氤氲，万物化醇，男女构精，万物化生。""一阴一阳之谓道。"此乃第一哲学的万古不易之道。《老子》曰："万物负阴而抱阳，冲气以为和。"天地万物众生无不禀阴阳而生，三十一回通过湘云与翠缕间的问答，把"阴阳一身"的著书理念也自然揭示了出来。史湘云道："花草也是同人一样，气脉充足，长的就好。"翠缕把脸一扭，说道："我不信这话，若说同人一样，我怎么不见头上又长出一个头来的人？"湘云听了由不得一笑，说道："我说你不用说话，你偏好说。这叫人怎么好答言？天地间都赋阴阳二气所生，或正或邪，或奇或怪，千变万化，都是阴阳顺逆，多少一生出来，人罕见的就奇，究竟理还是一样。"翠缕道："这么说起来，从古至今，开天辟地，都是阴阳了？"湘云笑道："糊涂东西，越说越放屁！什么'都是些阴阳'，难道还有个阴阳不成！阴阳两个字还只是一字，阳尽了就成阴，阴尽了就成阳，不是阴尽了又有个阳生出来、阳尽了又有个阴生出来。"翠缕道："这糊涂死了我！什么是个阴阳，没影没形的。我只问姑娘，这阴阳是怎么个样儿？"湘云道："阴阳可有什么样儿？不过是个气，器物赋了成形。比如天是阳，地就是阴，水是阴，火就是阳，日是阳，月就是阴。"翠缕听了，笑道："是了，是了，我今儿可明白了！怪道人都管着日头叫'太阳'呢?! 算命的管着月亮叫什么'太阴星'，就是这个理了。"湘云笑道："阿弥陀佛！刚刚的明白了。"翠缕道："这些大东西有阴阳也罢了，难道那些蚊子、虼蚤、蠓虫儿、花儿、草儿、瓦片儿、砖头儿也有阴阳不成？"湘云道："怎么有没阴阳的呢？比如那一个树叶儿还分阴阳呢。那边向上朝阳的便是阳，这边背阴覆下的便是阴。"翠缕听了，点头笑道："原来这样，我可明白了。只是咱们这手里的扇子，怎么是阳、怎么是阴呢？"湘云道："这边正面就是阳，那边反面就为阴。"翠缕又点头笑了。还要拿几件东西问，因想不起个什么来，猛低头就看见湘云宫绦上系的金麒麟，便提起来问道："姑娘，这个难道也有阴阳？"湘云道："走兽飞禽，雄为阳，雌为阴，牝为阴，牡为阳，怎么没有呢！"翠缕道："这是公的到底是母的呢？"湘云道："这连我也不知道。"翠缕道："这也罢了，怎么东西都有阴阳，咱们人倒没有阴阳呢？"湘云照脸啐了一口道："下流东西，好生走罢！越问越问出好的来了！"

第一回甄士隐到太虚幻境看到一副著名的对联，"假作真时真亦假，无为有处有还无"，就体现了著书人的佛教思想：世界的一切均是阿赖耶识的变现，世人却把此假象当作真实，不言而喻，生活在世上的人，如果想臻化境、功德圆满，就得从梦中醒悟过来，觉而成佛。贾宝玉走的正是这条觉悟之路，即看破红尘，反对读书，厌恶官场中的尔虞我诈。对于宝玉的觉悟，著书人特别提示，空空道人这个名字大含深意，其实就是这副对联的性格化与人格化的推崇与支持。"空空"二字取自"因空见色，由色生情，传情入色，自色悟空"这个佛教宇宙生成之道起始与终结的"二空点"，与宇宙、人才、生死、轮回四过程与人生轮回完全吻合。万物在时间轴上的存在均是有限的，如同人类一样，自古至今那么多的人，都到哪儿去了？相当多的人连个名字都未留下，最终复归于空。阿赖耶识熏习者又会再次进入轮回之中，这四个过程也就体现了人生的生、成、老、死四个阶段。在这四个阶段中，著书人独喜"由色生情"，均从谜书推崇"意淫"和女人变化观体现而来。"意淫"是谜书的最高主题，是女儿尊贵论的实践和理念，主要指精神层面的淫，是天分中生成的一段痴情，同世之好淫者存在本质上的区别。意淫只可意会而不可言传，这就告诉世人："可意会而不可言传，可神通而不可语达。"这里所说的"意会""神通"，就是内心对好色、知情的一种领悟，与宝玉的女人变化观是一致的：他极其喜爱纯情少女，对其他年长的女性一律采取贬损态度，并不考虑善恶。"女孩儿未出嫁，是颗无价之宝珠；出了嫁，不知怎么就变出许多不好的毛病来，虽是颗珠子，却没有光彩宝色，是颗死珠了；再老了，更变的不是珠子，竟是鱼眼睛了。"

分明是一个人，怎么会变出三样人来？这三样人，正是人生"由色生情，传情入色，自色悟空"三个过程的真实写照。具体到实例，就是青春少女思想纯洁，基本未被世俗的现实观念所熏染，追求爱情只求一种真情，没有其他的附加条件，所谓的宝珠，就是女人的纯真；结过婚经过真实的家庭生活之后，发现生活中的油盐酱醋也十分重要，仅靠纯情则无法正常生活，就给原来纯洁的思想蒙上了一层阴影；当生儿育女之后，其感情基础自然转移到下一代孩子的身上，少女时的爱情火花几乎完全熄灭，就变成一个真真正正为生活而忙碌而奔波的女人了。

人生如梦如幻，小说的名字叫《红楼梦》，意指红尘境界为梦幻世界。第一回，甄士隐梦醒之后抱着女儿行至街前，只见从那边来了一僧一道：那僧则癞头跣脚，那道则跛足蓬头。脂批："此是幻象。"即指癞头和尚和跛足道人是红尘中的幻象。谜书脂批多处提及幻字，如第八回脂批："和尚在幻境中作如此勾当，亦属多事。"二十五回脂批："作者是幻笔，合屋俱是幻耳，焉能无闻？""政老亦落幻中。"并提醒读者不要"以幻作真"。谜书中所谓的一僧一道，分别代表着佛教中阿赖耶识孕载体和道教阴阳气合化生体，相当于《易经》中藏载孕育的坤卦和健能化生的乾卦，坤为阴卦而乾为阳卦。《周易·系辞》曰："乾坤，其《易》之门邪？乾，阳物也；坤，阴物也。阴阳合德，而刚柔有体，以体天地之撰，以通神明之德。"在小说中一阴一阳的具体形象，就幻化成了一僧一道，其角色和象征意义，是构架整部谜书大厦的主梁，也是联系全部人物和故事网络的总纲。

有人说著书人既不崇佛也不恋道，原因是对佛、道一律采用俯视的眼光、调侃的笔墨，进行了揶揄与讽刺。茫茫大士和渺渺真人不仅成为构思小说的主要伏线，还被塑造成非圣非俗、不伦不类的怪物：披上百衲破衣，顶上满头癞疮，说着疯疯癫癫的话语，飘飘浮浮，总给人一种四海为家、流浪天涯的感觉。不知道来自哪里，又去往何方。其有没有具体的职业，也无法确定，正所谓人在江湖，信马由缰，至于由谁提供衣食住行，老天也难弄明白。谜书还经常用挖苦的语气刻画僧、道、尼：马道婆贪财，用巫术害人；馒头庵的老尼成了给王熙凤创造发财机会害死一对青年男女的首犯；水月庵的清净庵室成了秦钟和智能儿幽会云雨的场所；国公爷替身的张道长有点儿像玩世不恭的老滑头；道士王一贴是个油嘴……唯一洁净的修行人妙玉，恰好因为"过洁世同嫌""终陷淖泥中"，落到最不干净的地方。僧、尼、道如此不堪，可信奉佛、道的俗人呢？贾氏族长贾敬跑到道观跟道士们胡羼，后因炼丹送了小命；经常吃斋念佛的王夫人，恰好是这位大善人，把服侍她多年像女儿一样的金钏，一巴掌打进水井里，毁灭了花一样的少女，又听信谗言，把晴雯变相致死。著书人在这些章节中是不是对佛、道做了反讽？还是故意拿佛、道开涮？显然是部分读者没能分清谜书中宗教观念的本质，实际是对隐含的世俗宗教和胜义的宗教之分造成的误判，说白一点，就是在佛教、道教之中，同样存在着真与假，同样存在假冒伪劣产品。

其实，著书人这些惟妙惟肖的描写，意在嘲讽癞头和尚——雍正。他自称破尘居士、圆明居士，以示寄情尘外、不受俗累之志，其在佛学方面大量著书立说，进而影响佛教领域。他写有《教乘法数》《圆明语录》《悦心集》《破尘居士语录》《御选语录》等佛学著作。还编有《翻译名义选》《大觉禅师录》《万善同归集》《经海一滴》《宗镜大纲》等佛学作品。他提出自己对禅师确良选录的原则，就是不重虚名浪誉，唯看其是否达真实理地。如果其人真参实悟，则收录无遗；如其不然，其人虽千百年来人人所共推崇，也置之不论。他不仅自己参禅、谈禅，还不惜帝王身份，直接出面干预当时禅宗内部的派系之争，亲自撰制《御制拣魔辨异录》，下令动用政治力量，打一派，扶一派，以期消除外魔知见，弘扬正法。纵览雍正一生修禅持点及见地，直至独到的禅论，可看出雍正禅学思想的最大特点，就是强调习禅者真参实悟。他从自身的禅悟经验认识到，没有实际的修禅功夫，就永远不能断惑证真，即便讲得头头是道，天花乱坠，也不能在日常生活行止中得到真实的实用价值。雍正还恳切奉劝天下宗徒以担荷如来家业、续佛慧命为己任，"参则实参，悟则实悟"，但求觉悟，莫计名利。尤其不可在公案之上盲拈瞎颂，强作解事，此不但自绝圣路，且贻误后人，徒僧罪业。雍正继位登基以后，于政务之暇，不惜以九五之尊，躬自升堂讲经传法，特别是在每卷语录之前，都亲自御制序言，谆谆提示，阐明心要，指示学人，实在是为了佛法事业呕心沥血、殚精竭虑、鞠躬尽瘁、死而后已。

佛法最基本的宗旨是什么？共四个字：三皈五戒。三皈就是皈依佛、皈依法、皈依僧。一是皈依佛：皈是回来，是回头；依是依靠，就是从迷惑颠倒中回过头来，依靠自性觉，叫皈依佛。二是皈依法：法是自性里面的正知正见，也就是《法华》上所说的佛知佛见。佛知佛见是自性里面本来具足的，要求从一切邪知邪见中回过头来，依自性正知正见，叫作皈依法。三是皈依僧：僧是清净的意思，六根清净一尘不染，从一切染污中回过头来，依自性清净心，叫作皈依僧。僧还有一个意义，就是和合。五戒是：一、不杀生；二、不偷盗；三、不邪淫（出家为不淫戒）；四、不妄语；五、不饮酒。且不说三皈，就五戒来说，雍正做到了哪几条？第一条：他屠兄弑弟，连他的亲子也没放过。尤其是在全国范围内，大搞文字狱，制造出的冤假错案不胜枚举，受牵连、受冤屈而死的百姓不计其数。第二条：为了登上皇帝的宝座，勾结隆科多盗窃篡改康熙的传位诏书，这绝不是小偷小摸，是比孙殿英更有过之的窃国大盗。第三条：他嫔妃多名，甚至不惜自己身体的健康，靠仙丹、春药大泄淫欲。第四条：他的话每句都是圣旨，赐其八弟、九弟"阿奇那""塞思黑"的美名。第五条：酗酒之事随处可见。以此证明，著书人并没有讽刺、揶揄真正的佛与道，而是讥笑那些披着佛、道的外衣，干着与佛、道思想理论完全背道而驰的败类，伪佛、伪道、伪君子。王夫人和贾敬在此都是雍正的替身，其实，这类素材都是著书人故意安排的，以揭露、鞭笞伪僧伪道为最终目的。明白了这一点，就能明白那些心怀叵测的政客们，为了奴役万众臣民，不惜屈尊于释迦牟尼和老子的门下，再借用某些对自己统治有利的理论，大肆渲染，进而变成套在全国民众脖子上的精神枷锁。

茫茫大士和渺渺真人在石头要求到人世间一游时说了一段话，脂批："四句乃一部之总纲。"这四句话采取递进的方式，婉转告知人的一生不过是一场大梦。

第一句："那红尘中有些乐事，却不能永远依恃。"第一层意思：好事不可能永远存在，一成不变，比如元妃省亲，富贵之极，也显赫之极，但这种富贵不可能永远存在下去，最终还是"虎兔相逢大梦归"了。《好了歌注》："陋室空堂，当年笏满床；衰草枯杨，曾为歌舞场。"

第二句："况又有'美中不足、好事多磨'八字紧相连属。"第二层意思：好事总是不完美，好事之后会紧跟着磨难，往往会给人留下诸多的遗憾。比如宝黛爱情，恩爱有加，甜甜蜜蜜，最后还是棒打鸳鸯，还是以悲剧收场。《好了歌注》："说甚么脂正浓，粉正香，如何两鬓又成霜？昨日黄土垄头埋白骨，今宵红绡帐底卧鸳鸯。"

第三句："瞬息间又乐极悲生，人非物换。"第三层意思：坏事悲事总会伴随着好事乐事，很快又取而代之。曾经的大观园是多么花红柳绿、金碧辉煌，大观园的人又是多么青春靓丽。乐极生悲，大观园被查抄之后，憩园之人走的走，死的死，瞬时演变成满目疮痍、一派萧瑟凄凉之景象。《好了歌注》："金满箱，银满箱，转眼乞丐人皆谤。正叹他人命不长，那知自己归来丧？"

第四句："究竟是到头一梦，万境归空。"第四层意思：也是著书人迷茫、颓废思想情绪的真实反映。好事坏事，乐事悲事，到头来都不过是一场梦幻，是任何人都无能逆转的大自然的法则。《好了歌注》："乱哄哄你方唱罢我登场，反认他乡是故乡；甚荒唐，到头来都是为他人作嫁衣裳。"

著书人借鉴了佛家学说中的色与空，表达的意义与佛家色空思想并非同日而语、等量价值。谜书是用色与空来概括贾府的衰败，真正的目的并非宣扬佛教，而是借助佛教一切皆空的思想，来托喻"树倒猢狲散"这一封建贵族阶级在崩溃之前所产生的虚幻视觉。著书人从女娲补天的神话，将石头贯穿于全书的始终，用它"幻形入世"，变成悬挂在宝玉项上的"通灵宝玉"。这块无能补天的顽石意义重大，它既是血泪故事的见证者，又是血泪隐史的记录人。依照脂砚斋的评批，谜书中的虚幻描写，是"幻中不幻""情里生情"。由此得出这样的结论：虚幻描写在小说中并非虚无缥缈、幻之又幻，相反，却是现实生活的幻化，真实性情的虚化。有人说，著书人并不信奉佛教、道教，笔者评判：理解正确。如果著书人既不崇佛也不恋道，谜书中的色空观念又该如何理解？其实很好解释，不崇不信的背后，著书人并不排斥，用一个词就能高度概括，那就是借用，如同鲁迅先生的《拿来主义》。要是与佛家《大般若经》中的"色不离空，空不离色，色即是空，空即是色"相比较，还真有些似是而非、貌合神离。著书人曾说"梦幻"等字是谜书的"立意本旨"，所谓的梦与幻，便可认为是著书人血与泪的痛苦经历及对复杂社会的深刻感悟，并非真正的梦幻与虚无。如果著书人完全接受了佛家思想、道家理念，变成了虚无主义者，真正感觉到了万念皆空，他该去道观、寺庙修行才对；他就该"跳出三界外，不在五行中"；他就该与世无争，与世无怨，实实在在做个和尚或道士，无声无息地了却残生。事实却是：他隐姓埋名、隐居孤岛、呕心沥血、辛苦十余年，创作出了一部旷世谜书，隐述国史家史。原因是：欲洁何曾洁，云空未必空。此联明显透露著书人曾想做个情（清朝）僧（和尚），跳出三界之外，无声无息地了却残生。可乾隆逼其爱妃无奈自尽，只能增加他心中的仇恨，加上乾隆不顾一切地删除他的历史及家史，使之更坚定补写隐史真相的决心。想忘掉的一切他忘不掉，想丢弃的东西他也丢不掉，如此一来，他就无法跳出三界之外，成为释迦牟尼的忠实信徒了。

第四章　甄士隐与贾雨村的象征意义

从整部谜书看，真事隐、假语存，闺阁、皇家，女子、男人，表面看在一起是柳影花阴，天怒人怨，风花雪月，毫不干涉时政。当解读开来，就会发现处处不离时政，处处揭示时政。谜书以女子演绎闺阁中的故事，其中的女子隐含的就是朝堂之上清朝的男人，演绎的就是前清康、雍、乾帝位更替血雨腥风的隐史真相。

甄士隐家住仁清巷，葫芦庙的隔壁。仁清巷：认清清朝真相；葫芦庙：今辽宁渤海湾有一岛叫葫芦岛，即辽东，清朝的大本营。满族起源于肃慎，汉朝后期更名挹娄，北魏改号勿吉，唐改为靺鞨，辽宋时期恢复了最早的肃慎名称，但汉语改译为女真。庙，即清朝皇家的家庙、大清朝廷。"不想这日三月十五葫芦庙炸供……于是接二连三、牵五挂四……只有他夫妇并几个家人的性命不曾伤了……投他岳丈家去。"此段文字是说大清庙堂之上发生权力争斗的血腥惨剧，殃及百官及百姓，引发了许许多多家破人亡的历史事件，造成整个社会的动荡、飘摇及国人的惶恐不安。某种意义上说，甄士隐家庭的遭遇，就是著书人在雍、乾帝位更替时遭到最无情、最残酷的打击与迫害。

癞头跣脚和尚：来头先觉；疯跛道人：风波讲述人。贾雨村，湖州人。湖，包含糊涂；州，女真建州。"葫芦僧乱判葫芦案"，前清的权力争斗就是从自身开始的，脂批："起用'葫芦'字样，盖云一部书皆系葫芦提之意也，此亦系寓意处。"与关汉卿《窦娥冤》第三折中一句台词的意义基本相同："念窦娥葫芦提当罪愆，念窦娥身首不完全。"皆含有糊涂的意思。再根据脂批"一笔不写一家事文字"判定，第一糊涂人就是雍正，他费力不讨好亲自撰编的《大义觉迷录》，却把自己弄成了癞头和尚；第二糊涂人就是葫芦僧贾雨村了，贾雨村又何谓糊涂？后文有专节解读。

雍正亲自编撰的《大义觉迷录》，全书共四卷。该书主张大清的正统性和"华夷一家",以期消除汉人的夷夏之防。撰编起因由汉人学者曾静、张熙受到吕留良"华夷之辨"思想的影响,游说川陕总督岳钟琪反清失败后被捕。雍正下令收录两年来关于此案的上谕,以及曾静认罪后写下的《归仁录》,合成《大义觉迷录》。《大义觉迷录》对曾静等人指责雍正的十大罪状,一一进行了辩解。雍正宣称自己是圣君,竭力抨击"夷狄之有君,不如诸夏之亡也"的观点,并强调"中国而夷狄也,则夷狄之;夷狄而中国也,则中国之"。雍正七年(1729),胤禛因曾静反清案而刊布此书,其上谕道:"著将吕留良、严鸿逵、曾静等悖逆之言,及朕谕旨,一一刊刻,通行颁布天下各府、州、县及远乡僻壤,俾读书士子及乡曲小民共知之,并令各贮一册于学宫之中,使后学新进之士,人人观览知悉。倘有未见此书,未闻朕旨者,经朕随时察出,定将该省学政及该县教官从重治罪。"《大义觉迷录》的核心内容,提出并解决了雍正非常关心的两个重要问题:一是满人入主中原君临天下,符合正统之道,岂可再以华夷中外而分论?二是"朕到底是不是谋父、逼母、弑兄、屠弟、贪财、好杀、酗酒、淫色、诛忠、好谀、奸佞的皇帝"。此书是华夷秩序脱离汉人文化中心主义的转折点,代表清朝统治集团反对大汉思想世界观的初步尝试。雍正对汉人"文化的正统性优越性"及"政治支配与主从关系"才是天下正统的统治者进行了有力反驳,特别指出借天正名,纯属欺骗行为。史料载:清政府禁止旗人从事农、工、商各业,当兵就成了旗人唯一正当的职业,虽不事生产,但每月领饷,每季还领季米。满人入主中原到雍正年间,基本上已没仗可打,更不需要继续穷兵黩武,满人的各类生活逐渐开始奢侈堕落,从而导致汉文化的正统性与清朝政权正统性的严重对立。清朝政权对汉人实施文字狱和禁书两种统治手段,更加剧了汉人凭借千年传统的华夷之辨,认为满人就是夷狄,与清朝政权抗争就等于维护了汉人的尊严。原因是康熙朝的帝位之争十分激烈,皇太子两立两废,加上康熙的突然驾崩,雍正突然继位,使雍正继位的合法性受到极大的质疑和挑战。雍正最大的政敌就是以皇八子为首的"八爷党",虽然雍正执政后,重用了皇八子,但仍难灭其夺取帝位之志,对雍正的施政、帝位造成了极大的威胁。后雍正采取了果断措施,将"八爷党"一举歼灭,对所有相关人员实行了圈禁与流放。本来这些人对雍正的继位就怀恨在心,加上再遭重创,就对雍正更加愤懑不平。有关雍正的流言蜚语,随着这些人的传播,迅速在全国蔓延开来,执政皇帝在百姓心目中的形象,可谓声名狼藉、威望扫地。

面对民间流传的谣言，雍正在愠怒之下也不甘寂寞，决定进行反击，决心对这些流言蜚语予以澄清。1729 年他亲自编纂、出版、发行了《大义觉迷录》，并对全国各省、府、州、县的学衙颁布诏令，将《大义觉迷录》作为教材认真学习，力争在民间做到家喻户晓，还命曾静到全国各地巡讲，现身说法朝廷之正确、之英明，痛斥自己不幸误入了邪教歧途。本来大部分民众对流传的谣言不感兴趣，部分是半信半疑，出版《大义觉迷录》的目的是为了辟谣，消除野史传说，化解民族矛盾，但由于《大义觉迷录》存在大量的反清言论、皇家明争暗斗的秘史，后经过人为的添油加醋，真与假就混为一谈，结果是越描越黑，从而导致雍正野史传说更加盛行。正如王熙凤钗令所述：机关算尽太聪明，反误了卿卿性命。这是雍正一生当中干的最愚蠢最糊涂的一件事。

乾隆登基后，面对民间的种种议论、传说，将满腔的怒火、一切的罪愆一股脑儿统统加罪于曾静师徒身上，谕旨缉拿曾静师徒，再审曾静案。乾隆于雍正十三年十二月十九日凌迟处决了曾静师徒，终结了曾静案，并通令全国查抄、销毁《大义觉迷录》。乾隆还下令将《大义觉迷录》宣布为禁书，停刊停发，私藏者治罪。《大义觉迷录》是雍正朝御制国书，刊行全国为了家喻户晓，欲使人人觉迷。转眼之间，乾隆就宣布为特号禁书，凡有私藏者，即有杀头灭门之罪，唯恐有一人觉迷。从此，《大义觉迷录》成为绝世罕见的一部皇帝撰写的御制国书，湮没二百多年不见天日，这一切更增加了它的神秘色彩。正因为乾隆的所作所为，使得世人对这段历史缄口莫言，历史真相被冰封雪盖，著书人欲将这段历史重见天日，又不能冒犯皇威，故采取将真事隐去，借假语村言敷衍谜书的方式演绎、传承了这段历史。可以说销毁禁锢《大义觉迷录》，是乾隆干的一件比雍正糊涂有加的蠢事。

谜书的另一书名《情僧录》，在此很有必要解释清楚了。雍正撰写《大义觉迷录》的基础是借鉴了曾静的《归仁录》，《情僧录》中的情谐音"清"，僧拆"人、曾"二字，录寓意笔录，综合起来就是清朝曾姓人的笔录，外加雍正是在家修行的和尚，由此推理得出《大义觉迷录》就是《情僧录》，这是其一的理解。其二理解是原创著书人隐居海隅孤岛的潮音寺近二十年，长期住在寺庙之中，自比是清朝的和尚，谐音"情僧"，创作出的集文学与历史于一体的千古奇书《石头记》，《石头记》也就成了

《情僧录》。

　　甄士隐这个小说人物，是一个比较特殊的开篇先驱，他在整部谜书中和贾雨村一样，都具有象征意义，即"真事隐、假语存"。他被贾雨村所掩盖，脂批："真不去，假焉来也。"脂砚斋的这一批语，对于整部谜书的立意，起到画龙点睛的作用，证明假对真的掩盖是事实，却不以世人的意志为转移。正因为甄士隐的糊涂，他以假为真，也就是以贾雨村为真，原因是贾雨村心口不一，两面三刀，表面真诚，实则虚假，他极具有迷惑性，上当受骗的比比皆是。甄士隐的糊涂，代表了全人类的糊涂，关于这一点，葫芦庙就是实证，"葫芦"谐音"糊涂"。

　　当甄士隐与葫芦庙为邻时，就喻示了他与糊涂相伴；当他与贾雨村结交时，被贾雨村的假象所迷惑，以假为真，就导致了他彻底的糊涂。甄士隐的糊涂与贾雨村的以假作真，既存在因果关系，还具有不可分割的联系。小说开卷导语：故曰"甄士隐"云云……故曰"贾雨村"云云……著书人一语双关，隐语告诉读者：在谜书中隐去了真事，也用假语涵盖了小说全书，也就是说，读者看到的小说故事情节，包括"金玉良缘""木石前盟"及大观园的兴衰等，都是假的，是著书人编撰出来的小说故事，这不是想要告诉读者的谜书诠释，隐匿在小说故事背后的真人真事，就是康、雍、乾帝位更替的血腥隐史，才是谜书成书的缘由和想要告知读者的真相。著书人开篇自云："因曾历过一番梦幻之后，故将真事隐去，而撰此《石头记》一书也，故曰'甄士隐梦幻识通灵'。何为不用假语村言，敷演出一段故事来，以悦人之耳目哉？故曰'风尘怀闺秀'。"脂批："开卷一篇立意，真打破历来小说窠臼。阅其笔则是《庄子》《离骚》之亚。"基本肯定，著书人是用特殊的文学方式，创作出来的特殊的文学作品；特殊的文学作品，一定要用特殊的文学方式来解读，即荒唐之言，就要荒唐解，否则，就可能是事倍功半。

　　第一回："姓甄（脂批：真。后之甄宝玉亦借此音，后不注）名费（脂批：废）字士隐。（脂批：托言将真事隐去也。）如今年已半百，膝下无儿（脂批：美中不足也），只有一女，乳名英莲（脂批：设云"应怜"也），年方三岁。"甄士隐谐音"真事隐"；甄英莲谐音"真应怜"，父女二人的姓名寓意：隐含的真事应该怜惜。单从二人的姓名寓意来理解，并不兼任任何的历史人物，随着小说故事情节的延续、跌宕、发展和变化，这种隐意就会演变成具体的历史人物。甄士隐"如今年已半百"，作为具体真事的历史人物，隐指的就是雍正的年龄。雍正四十四岁继位，至雍正五年，雍正的野史开始在社会上传播，他四十九岁，那时讲究虚岁，正好五十岁。石头在英莲三岁投胎，隐喻雍正朝、雍正皇帝的历史被诬陷、篡改就是从雍正三年剿灭八爷党开始的。雍正三年三月二十七日，议总理事务王大臣皇八子允祀功过时，雍正言其无功有罪，由此为自己的野史传说埋下了祸根，导致全国性的广泛流传。著书人通过甄费、甄士隐及英莲的姓名寓意交代出"真事隐"的历史渊源；通过甄士隐、英莲的年龄，揭示了真实历史的性质及发生历史事件的具体年代。

如何对待和理解"荒唐言""真事隐""假语村言"，是阅读谜书的基础与关键，如同写字楼里的办公人员都会写字一样。在解读"真事隐"时不要拘泥于传统的就人就事上，随着小说故事情节的发展和变化，小说人物与历史人物之间的关系也会随之变化，也就是说在同一部大戏中，上一场女一号由 A 来扮演；下一场戏中，女一号的扮演者有可能是 C 或 E。石头说："市井俗人喜看理治之书者甚少，爱适趣闲文者特多。"谜书把一帮不谙世事的少年男女塞进大观园，且还是皇贵妃的安排，别说是在二百多年前的封建清朝，就是改革开放的今天，除了住宿学校以外，还真难找出这样的场所。但现在的住宿学校有专人监管，在管理方面又有严格的措施和规章制度，绝非像大观园一样无拘无束、优哉游哉。正如后人的评价：

荒唐故事隐荒唐，荒唐背后有文章。
警幻涵盖真实事，笑谈清史犹梦长。

谜书中的主要人物就是顽石——贾宝玉；绛珠草——林黛玉；神瑛侍者——贾母。确定了他们的历史身份以及三人之间的关系就是"识通灵"，就能解读清楚前清那段隐史的真相。作为小说人物甄士隐，所替代的是不愿与清廷合作并遭受清王朝文字狱株连和残酷迫害乡绅士子的缩影，第一回中的甄士隐和第五回中的贾宝玉都经历了太虚幻境，然在那个非常特殊的地方，两人都曾经历过噩梦般的景象：先是甄士隐"忽听一声霹雳，若山崩地陷，士隐大叫一声"；后是贾宝玉"迷津内响声如雷，有许多夜叉海鬼，将宝玉拖将下去，吓得宝玉汗下如雨，一面失声喊叫'可卿救我'"。暗示了甄士隐和贾宝玉都经历过触目惊心的残酷打击，他俩都具有相同的不幸命运，就隐义而言，则是同一历史人物一分为二的具体描写。

著书人是这样介绍甄士隐及其一家的："当日地陷东南，这东南有个姑苏城。（脂批：是金陵。）城中阊门，最是红尘中一二等富贵风流之地。这阊门外有个十里（脂批：十里开口先云势利，是伏甄、封二姓之事）街，街内有个仁清（脂批：又言人情，总为士隐火后伏笔）巷，因地方狭窄（脂批：世路宽平者甚少。亦凿）人皆呼作'葫芦（脂批：糊涂也，故假语从此具焉）庙'。庙旁住着一家乡宦（脂批：不出荣国大族，先写乡宦小家，从小至大，是此书章法），姓甄名费，字士隐；嫡妻封氏，性情贤淑，深明礼义。（脂批：八字正是写日后之香菱，见其根源不凡。）家中虽不甚富贵，然本地也推他为望族了。（脂批：本地推为望族，宁、荣则天下推为望族，叙事有层落。）因这甄士隐禀性恬淡，不以功名为念。（脂批：自是羲皇上人，便可作是书之朝代年纪矣。总写香菱根基，原与正十二钗无异。伏笔。）每日只以观花种竹，酌酒吟诗为乐。倒是神仙一流人品。"著书人笔下甄士隐一家的悲剧是：不幸意外丢失女儿，一场偶然的焚家大火，外加岳父封肃的暗算，甄士隐一家的遭遇应该说与政治没什么联系，著书人又让甄士隐对跛足道人的《好了歌》做出与政治联系那么密切、那样深刻而令人深思的注解，无论如何也让人匪夷所思。"陋室空堂，当年笏满床（脂批：宁、荣未有之先）（注：明朝以前各朝代大臣上朝均使用笏板，自清朝始废止不用）；衰草枯杨，曾为歌舞场（脂批：宁、荣既败之后）。蛛丝儿结满雕梁（脂批：潇湘馆、紫芸轩等处），绿纱今又糊在蓬窗上（脂批：雨村等一干新荣暴发之家。先说场面，忽新忽败，忽丽忽朽，已见得反覆不了）。说什么脂正浓、粉正香，如何两鬓又成霜（脂批：宝钗、湘云一干人）？昨日黄土垄中埋白骨（脂批：黛玉、晴雯一干人），今宵红灯帐底卧鸳鸯。（脂批：一段妻妾迎新送死，倏恩倏爱，倏痛倏悲，缠绵不了。）金满箱，银满箱（脂批：熙凤一干人），转眼乞丐人皆谤（脂批：甄玉、贾玉一干人）；正叹他人命不长，那知自己归来丧（脂批：一段石火光阴，悲喜不了。风露草霜，富贵嗜欲，贪婪不了）？训有方，保不定日后（脂批：言父母死后之日）做强梁（脂批：柳湘莲一干人）。择膏粱，谁承望流落在烟花巷（脂批：一段儿女死后无凭，生前空为筹划计算，痴心不了）！因嫌纱帽小，致使锁枷杠（脂批：贾赦、雨村一干人）；昨怜破袄寒，今嫌紫蟒长（脂批：一段功名升黜无时，强夺苦争，喜惧不了）。乱哄哄，你方唱罢我登场（脂批：总收古今亿兆痴人，共历幻场，此幻事扰扰纷纷，无日可了），反认他乡是故乡（脂批：太虚幻境青埂峰一并结住）；甚荒唐，到头来都是为他人作嫁衣裳。（脂批：语虽旧句，用于此妥极是极。苟能如此，便能了得。此等歌谣原不宜太雅，恐其不能通俗，故只此便妙极。其说得痛切处，又非一味俗语可到。谁不解得世事如此，有龙象力者方能放得下。）"

　　"不想这日三月十五，葫芦庙中炸供，那些和尚不加小心，致使油锅火逸，便烧着窗纸。此方人家多用竹篱木壁者（脂批：土俗人风。交代滑溜婉转），大抵也因劫数，于是接二连三，牵五挂四，将一条街烧得如火焰山一般。（脂批：写出南直召祸之实病。）只可怜甄家在隔壁，早已烧成一片瓦砾场了。"雍正三年三月十三日，工部于行文时将廉亲王允禩抬写，果亲王允礼等参奏，谕："如此方是，甚属可嘉。王大臣等所行果能如此，朕之保全骨肉，亦可以自必矣。"三月十五日葫芦庙炸供，就是对廉亲王允禩动手的日期，令甄士隐败家的大火是从"葫芦庙中炸供"烧起的。"炸"：信札；"供"：进贡。把"葫芦庙中炸供"连起来，就是进贡给清朝皇帝的信札。那一场文字狱大火正是从清朝宫廷中燃烧起来，"将一条街烧得如火焰山一般。彼时虽有军民来救，那火已成了势，如何救得下？直烧了一夜，方渐渐的熄去，也不知烧了几家。只可怜甄家在隔壁，早已烧成一片瓦砾场了。"至于"油锅火逸，便烧着窗纸"，则是八爷党成员捏造雍正的野史、外泄皇家内部争斗的历史，寓意清朝皇家内部争斗的历史如同窗户纸一般，一不小心就被捅破、外泄，导致流言蜚语、野史传说在民间广泛流传。

"这士隐正痴想，忽见隔壁（脂批："隔壁"二字极细极险，记清）葫芦庙内寄居的一个穷儒，姓贾名化（脂批：假话。妙）表字时飞（脂批：实非。妙）别号雨村者走了出来（脂批：雨村者，村言粗语也。言以村粗之言演出一段假话也）。这贾雨村原系胡州人氏（脂批：胡诌也）。"贾雨村的籍贯是胡州，隐语湖南郴州，连接起来就是湖南郴州的胡诌人，他以教书为业，属穷困潦倒的乡村私塾教师。通过对贾雨村的姓名、表字、别号及籍贯的详尽介绍，揭示的就是曾静的身世。姓名贾化，寓意胡诌人的假话已在乡村广为流传，就因为真相被隐而造成的结果，由此推理"真事隐"就是"假语存"，表面看著书人正在引述假语存，实际还是在揭示真事隐。"自前岁来此，又淹蹇住了，暂寄庙中安身，每日卖字作文为生。（脂批：'庙中安身''卖字为生'，想是过午不食的了。）"贾雨村的淹蹇、寄居"葫芦庙""卖字为生"，就是曾静被捕、变节、投靠清朝的过程。他撰写了《归仁录》，为雍正宣讲《大义觉迷录》，由雍正提供衣食住行。至于"想是过午不食的了"，则是调侃曾静被午时凌迟处决，再也不能饮食了吧。"甄士隐自与雨村携手来至书房中，小童献茶。方谈得三五句话，忽家人飞报：'严老爷来拜。'（脂批：'炎'也。炎既来，火将至矣。）"对于贾雨村而言，这个"严老爷"就是阎王爷。"甄士隐对贾雨村道：'十九日乃黄道之期，兄可即买舟西上，待雄飞高举，明冬再晤，岂非大快之事耶！'"这里特别交代具体日期是十九日，"买舟西上"暗示的就是乾隆诛杀曾静、张熙的谕旨："雍正十三年十二月十九日，谕刑部。曾静、张熙，悖乱凶顽，大逆不道。我皇考世宗宪皇帝，圣度如天，以其谤议，止及圣躬，贷其殊死。然在皇考当日，或可姑容；而在朕今日，断难曲宥。前后办理虽有不同，而衷诸天理人情之至当，则未尝不一；况亿万臣民所切骨愤恨，欲速正典刑。于今日者，朕又何能拂人心之公恶乎？曾静、张熙著照法司所拟，凌迟处死。将来子孙，不得追究诛戮。"

谜书接着叙述道："却说雨村忙回头看时，不是别人，乃是当日同僚一案参革的号张如圭者。（脂批：盖言如鬼如蜮也，亦非正人正言。）"暗示张熙是谋反案紧密的追随者，"张如圭者"，谐音寓意张熙像鬼，他经历过极其残酷的刑讯和千刀万剐地狱般的两次折磨：第一次是张熙到陕甘总督游说岳钟琪反清复明，被捕后受尽了各种酷刑的煎熬；第二次是经过千刀万剐的凌迟处死。"如鬼如蜮"，张熙死后是否会变成厉鬼找乾隆算账，没有依据，起码说张熙死时的样子比鬼还要难看。"俄而大轿抬着一个乌帽猩袍的官府过去。（脂批：雨村别来无恙否？可贺可贺。所谓'乱哄哄，你方唱罢我登场'是也。）偶因一着错，便为人上人。（脂批：更妙！可知守礼俟命，终为饿莩。其调侃寓意不小。）"著书人用甄家的故事揭示历史的真相，再借假语村言继续揭示历史的真相，虽然人物变了，但所讲述的真事还是曾静案。在雍正朝，如果按曾静策反岳钟琪来说，可谓当朝重犯，按大清刑律就该凌迟处死，结果神使鬼差，反由一个落魄文人摇身一变，成了一名御封的《大义觉迷录》讲解官员，官袍加身，戴上了乌纱帽。曾静的侥幸、因祸得福，是用无数无辜江南文人的鲜血换来的，所以官袍是猩红色。

曾静被捕后交代了与其交往过的诸多江南文人，雍正在曾静案处置上采取的就是文字狱牵连法，将所有与曾静、吕留良以及反清文字有关的人通通牵连在内，这些人大多对曾静反清复明的预谋既没参与，更不知情，直到被捕还如堕云雾之中，摸不着头脑。结合"魇魔法姊弟逢五鬼"一起来看："只见凤姐手持一把明晃晃钢刀砍进园来，见鸡杀鸡，见狗杀狗，见人就要杀人（脂批：此处焉用鸡犬？然辉煌富丽非处家之常也，鸡犬闲闲始为儿孙千年之业，故于此处必用鸡犬二字，方时一簇腾腾大舍）。宝玉益发拿刀弄杖，寻死觅活的，闹得天翻地覆。"隐指在南方四处搜捕抓人，搞得人心惶惶、鸡犬不宁。最后处置所有被捕者的手段更是异常残忍，不问青红皂白，一律开刀问斩，相当多无辜的人被冤枉杀害，都是被曾静"接二连三，牵五挂四"牵涉进来的。脂批："屈死多少英雄？屈死多少忠臣孝子？屈死多少仁人志士？屈死多少词客骚人？今又被作者将此一把眼泪洒与闺阁之中，见得裙钗尚遭逢此数，况天下之男子乎？看他所写开卷之第一个女子便用此二语以定终身，则知托言寓意之旨，谁谓独寄兴于一'情'字耶！武侯之三分，武穆之二帝，二贤之恨，及今不尽，况今之草芥乎？家国君父事有大小之殊，其理其运其数则略无差异。知运知数者则必谅而后叹也。"

小说接着描写道："雨村在士隐家偶见丫鬟娇杏，因回头顾他两次，自为是个知己，便时刻放在心上。士隐家遭变后的一日，雨村乌帽猩袍成为本府太爷，遣人送了两封银子、四匹锦缎答谢甄家娘子；又寄一封密书与封肃，转托问甄家娘子要那娇杏作二房。谁想这丫鬟娇杏命运两济（脂批：好极！与英莲'有命无运'四字遥遥相影射。莲，主也；杏，仆也。今莲反无运，而杏则两全，可知世人原在运数，不在眼下之高低也。此则大有深意存焉），自到雨村身边，只一年，便生了一子；又半载，雨村嫡妻忽染疾下世。雨村便将他扶册作正室夫人了。"考究娇杏与英莲，恰恰对应曹家曹寅嫡孙女弘晳王妃娇杏的幸运，正与英莲（曹王妃）形成极大的反差，且曹王妃还是"衔玉而诞"。在清朝康熙年间有二人符合"衔玉而诞"的条件：一人是废太子胤礽，嫡出，一岁半就被册封为太子，如果正常发展的话，将来必是皇上；另一人就是曹家曹頫妻富察氏所生女儿，出生后便注定长大要嫁给弘晳，还是正室，这是康熙钦定的婚姻。至于康熙为何要将曹頫妻刚出生的女儿指婚给皇嫡孙弘晳，应与曹家后宫之主史老太君（曹寅胞妹）的努力分不开。曹寅嫡孙女嫁康熙嫡孙弘晳后，如不出意外，她就是将来大清皇宫的正宫皇后。

"薄命女偏遇薄命郎"一回，虽讲英莲与冯渊是一对"冤孽相逢"，但背后真情却是影射康熙传位诏书的来龙去脉。先看英莲："她就是葫芦庙旁住的甄老爷的小姐，闻得养至五六岁被人拐去（影射康熙的汉文传位诏书在曹家，雍正六年查抄曹家，诏书被抄去），这一种拐子，单管偷拐五六岁的儿女，养在一个僻静之处，到十一二岁时，度其容貌，带至他乡转卖。当日这英莲，我们天天哄他顽耍，虽隔了七八年，如今十二三岁的光景，其模样虽然出脱得齐整好些，然大概相貌自是不改，熟人易认。况且他眉心中原有米粒大小的一点胭脂记，从胎里带来的。"就差直言传位诏书了。再看冯渊："自幼父母早亡，又无兄弟，只是他一个人守着些薄产过日。长到十八岁上，酷爱男风，最厌女子（脂批：最厌女子，仍为女子丧生，是何等大笔！不是写冯渊，是写英莲）。这也是前生冤孽（影射雍正夺嫡继位），可巧遇见这拐子卖丫头，他便一眼看上了这丫头，立意买来作妾，立誓再不交接男子，也再不娶第二个了。（脂批：虚写一个情种。）"这里的"最厌女子"，与清廷结合起来，到"一眼看上了这丫头"，冯渊的思想变化是否与曾静存在惊人的相似？

康熙的传位诏书既然成了"前生冤孽"，到了雍正十三年还翻腾出来做什么？原因是雍正恰恰在位十三年，其龙驭上宾之后，有人要拿圣祖康熙遗诏来正大统。史学界将康熙传位列入前清的四大谜案，对雍正夺嫡有许多非议。今解红楼真情，足可断定雍正绝非康熙选定的继位人，难怪他另选陵地，不愿去给先皇顶脚。雍正无疾暴死，乾隆竟让雍正之死成为千古疑案，从这一点就可判定乾隆是不肖子孙。所谓杀父之仇、夺妻之恨，乾隆为何不让父皇死个明白？为何透出在雍、乾交替时节，薛蟠要强买英莲，目的就是要搬出康熙的传位诏书，正本清源！

正因为乾隆弑君杀父篡夺皇位，弘晳的大哥薛蟠自然要拿康熙传位给弘晳的密诏来正大统。因弘晳的家史削亡，其大哥薛蟠到底叫什么名字，就不得而知了。谜书将此案称之为葫芦案，贾雨村又成了弘晳的替身演员，称葫芦僧，即"糊涂"中的第二人。

贾雨村除了是"假语村言"这一特定的隐意外，还同时扮演着截然不同的两个历史人物，当他成为林黛玉的老师时，就是曾静的替身演员；当他成为"葫芦僧"或做官之时，又成了原创著书人弘晳的替身演员。既然是"葫芦僧乱判葫芦案"，就是弘晳乱判涉及自己命运的大案，才成为真正的糊涂人。谜书用门子来细说案由："这种拐子单拐幼女，养至十二三岁（对应雍正十三年），带至他乡转卖。当日这英莲，我们天天哄他玩耍，极相熟的，所以隔了七八年，虽模样儿出脱得齐整，然大段未改，所以认得，且他眉心中原有米粒大的一点胭脂，从胎里带来的。"名字已变成香菱，正好"出脱得齐整"的时候，拐子才拿出来卖好价钱。按"一声也而两歌"分析这所谓的葫芦案：一是刺客抢走了通灵宝玉，即雍正写给弘晳的传位诏书，以坠儿偷金镯为证，刺杀了雍正；二是庄亲王允禄父子、怡亲王允祥两个儿子、恒亲王允祺一个儿子、果亲王允礼、和亲王弘昼等，他们都是雍正器重的宗室亲王，岂肯把大好的江山交给既无治国能力又无责任之心的弘历？这些"连络有亲"，且有相当势力的朝廷权贵，当然要拿出当年康熙传位皇嫡孙的诏书来说话了。书中门子劝雨村道："老爷何不顺水行舟，做个整人情将此案了结？"隐指弘晳当时若是点头同意，这些康熙的皇子、皇孙立马便将弘历拿下。

然弘晳想到的却是："你说的何尝不是，但事关人命，蒙皇上隆恩起复委用，实是重生再造，正当殚心竭力图报之时，岂可因私而废法？我实不能忍为者。"这就是葫芦僧所谓的乱判葫芦案了。"因私而废法"：指乾隆拿出了强逼雍正写下的传位诏书，坐上了皇位。"实不能忍为者"：因为雍正六年，弘晳就把康熙的传位诏书从江南的曹家抄查出来，转交给了雍正，现手上只留有传国玉玺。弘晳不愿进行宫廷政变，他觉得那样既不合理也不合法，还有碍于皇室的颜面与尊严。正是由于这种糊涂认识，结果使得自己不但不能报效朝廷，亦自身不保，正如酸凤姐所骂："癞狗！扶不上墙的种子！"胤礽两立两废，没有被扶上墙；弘晳基本等同于两立两废，照样扶不上墙。俗话说狗急了还要跳墙，弘晳却变成了"二木头"，难怪后来他们父子俩要用一生的眼泪，来偿还无法还清的情债。

　　前有葫芦僧乱判葫芦案，后有薄命女偏逢薄命郎。薄命女香菱即弘晳王妃曹氏的替身，被栽赃陷害参与了雍正被刺案，身陷囹圄。那薄命郎自然就是弘晳了，他在紧要关头"金蝉脱壳"，隐姓埋名，诈死归隐海隅小岛，用血泪著书《石头记》，一直过着冷寂、孤独和惨淡的非正常人的生活。

第五章　石头的来历和寓意

　　谜书第一回写道："原来女娲氏炼石补天之时，于大荒山无稽崖炼成高经十二丈，方经二十四丈顽石三万六千五百零一块。娲皇氏只用了三万六千五百块，只单单剩了一块未用，便弃在此山青埂峰下。"这些数字除了包含八旗之数和十二金钗及副钗之数外，还隐含太阳历的一年天数。在三万六千五百零一块和三万六千五百块石头处，脂批："合周天之数。"表面上读这组数字，咋看都无法合周天之数，如将其中的万千百删除，就成了三六五太阳历的小年天数，正好合周天之数。三六五零一，也恰好是公历闰年的天数，三六六。三六五块石头恰好补足了一年三百六十五天，四季太平，那块儿自认补天没他份儿而自怨自艾、自嗟自叹的石头，因"先苦其心志，劳其筋骨，饿其体肤，空乏其身"，四年之后终成大才。太阳历为闰年，多出了一天，如果无石补天，天就会塌陷。这多出的一天，竟意外被四王爷胤禛捡了个漏儿，占了个大便宜，补上天去的，却不是女娲炼就的那块石头。谜书所述一块儿是经过"巨石幻玉"补到天上去了，补了天的石头当然影射雍正夺嫡继位，另一块儿就是回到青埂峰下的石头，它是没被补到天上去的那块儿，还是女娲锻炼成型准备要用的。正因为两块"补天石"的阴差阳错，才造成了真假混淆，是非难辨，因为假的补了天，真的反倒成了假的。

　　在小说中，读者也只看到了一块儿通灵宝玉，就是悬挂在贾宝玉脖子上的那块儿，这块儿通灵宝玉到底是真还是假，准确点讲，它既真又假，重点要看把它放在什么地方。首先，谜书的故事是由它引发来的，其前身就是女娲补天剩余的石头；其次，通灵宝玉是真故事的见证者和传播者；第三，在谜书中承担了贾宝玉和通灵宝玉两个角色，也可以说是宝玉的灵魂，没有了它，宝玉不再聪明伶俐，反而失魂落魄、呆傻失常；第四，则是最主要的，就是"不觉打动凡心"，要"在那富贵场中，温柔乡里受享几年"。真与假就出现在这动了凡心，也就是通灵宝玉自到"富贵场中、温柔乡里"就改变了自身的色彩，它不再是吸收天地之精华，颇具灵性的"补天石"。尽管它把上天的漏洞补齐了，却没按娲皇的意旨行事，它自然就成了一块特殊的顽石，是假的通灵宝玉。这一假就整整假了十三年，直到重回青埂峰，返璞归真。

谜书具有正反两面性，反面隐述的是历史，已得到大多红学家和红迷朋友的认可。讲述历史必须交代时间、朝代、人物，谜书是隐述已被泯灭的历史真相，它必须采取一种特殊的方式方法，也就是偷天换日般揭示给读者，否则，读者如何知道是哪一段历史？如果著书人直接运用传统的纪年方式，谜书也就无谜可隐了，特别在那个文字狱猖獗的年代，著书人的担心很快就会变成现实。《葬花吟》提到了"一年三百六十日"，这个天数更符合公历天数，三百六十日是根据一年春夏秋冬太阳的回归年而言，是取三六五或三六六天的整数。阴历小年只有三五四或三五五天，闰年却有三八三或三八四天。另有宝玉为黛玉配药方所说"三百六十两不足"，同样暗示林黛玉的"一年三百六十日"不够天数。

著书人在谜书开始就交代了山是大荒山，石头为女娲氏的遗留之物，大荒山和女娲补天就密切地联系在了一起。女娲究竟在何处补天，毕竟追溯到近五千年五帝时期的古代，没有史料给予说明，也无从稽考。《论衡·谈天篇》载："共工与颛顼争为天子不胜，怒而触不周之山，使天柱折，地维绝。女娲炼五色石以补苍天，断鳌足以立四极。天不足西北，故日月星辰移焉，地不足东南故百川注焉。"传说女娲补天之处是在太行山脉，太行山位于河北与山西交界地区，跨北京、河北、山西、河南四省市，山脉北起北京市西山，向南延伸至河南济源与山西晋城交界地区的王屋山，西接黄土高原，东临华北平原，绵延数百公里，它是中国地形第二阶梯的东缘，也是黄土高原与华北平原的分界线。与大荒山密切联系的地方位于山西，太行山到山西后，就与茫茫的高原相接。女娲补天的地方传说纷纭，有说是河北涉县的凤凰山，有说是河南淇县的灵山……谜书两度提到山西境内的五台山。在给宝钗过生日时，宝钗点的一出戏叫《鲁智深醉闹五台山》，还有王熙凤对贾母说："举眼看看谁不是儿女，难道将来就宝兄弟顶了你老人家上五台山不成？"宝钗点的戏怪，与她的性格爱好格格不入；王熙凤说的话更加离奇，似乎贾母跟五台山扯不上任何关系。其实，著书人借用的是民间流传的歇后语"五台山上拜佛——烧高香"。五台山为四大佛教名山之一，兼有汉传佛教和藏传佛教，清代顺治、康熙、雍正、乾隆、嘉庆五帝，尤尊五台山佛教，再与谜书相结合，大荒山、无稽崖和青埂峰名称均与五台山存在微妙的关系。大荒山自然是太行山了，无稽正与五台山上的五髻文殊的"五髻"谐音，五台山除五台之外，还有四埵，东有青峰埵，与青埂峰的意义基本相同，"埵"和"埂"的字义基本一致。女娲是否就在五台山补天，本身就是神话传说，是真是假就不重要了，反正现代人谁都没与女娲接触过。重要的是五台山与谜书隐写联系了起来，也算为通灵宝玉找到了归宿。

通灵宝玉上有云纹，通灵避邪，《清凉山志》记载："清凉石，厚六尺五寸，围四丈七尺，面方平正，自然文藻。曰曼殊床。"传说这块石头就是鸿蒙之初女娲锻造补天遗留下来的，加上清凉石天然的云纹，与通灵宝玉殊途同归。如果说通灵宝玉有通灵避邪之功能，清凉石同样也具备这一特点，五台山名僧镇澄就有这样的描写：

　　　　一方灵石倚山峦，劫火曾经体正完。
　　　　造化刻雕文藻丽，风云磨拭玉光寒。

雍亲王这位"富贵闲人"在他当皇帝之前，总是闲中偷忙，曾游过不少的风景胜地、名山大川。五台山就曾留下了他稳健的足迹，有《雍邸集》中的《清凉石》为证：

　　　　光寒如镜卧深云，半是云斑半藓纹。
　　　　谁识方方一片里，古今容尽展交纷。

究竟清凉石是否灵验，笔者也不好肯定或否定，生疑者不妨亲自体验一番，反正五台山是著名的佛山、旅游胜地，即使体验不到想得到的灵验，能尽兴游玩一番，也不会遗憾。清凉石，就在清凉谷岭西畔，相传唐宋之前，常有苦行头陀趺坐其上，为大众说法，梵音朗朗，轻雾缭绕，其样子怪异惶怖。后人就把苦行头陀趺坐之石叫曼殊床，明末文人岳梁的《登清凉石有感》就写得很精彩：

　　　　君不见清凉山前异灵石，一片方方大如席。

云是文殊说法座，千古流传夸胜迹。

殷勤立石遍招呼，仆夫累百堪容萃。

始信空中色相真，石能幻化通灵神。

诗句里说清凉石可"幻化通灵"，又与谜书中的"通灵宝玉"完全一致，至于避邪就不用说了，文殊菩萨圣物，岂不避邪？雍亲王也在《清凉纪游·入山》中写道：

清凉境界梵王宫，碧染芙蓉耸昊穹。

万古云封五顶寺，千株松纳四时风。

盘回鸟道珠幡里，缭绕炉烟画障中。

石立俨然如接引，疑逢青鬌化身童。

清凉石除了曼殊床的名字，又叫歇龙石、驼龙石。据传说，古代的清凉山，气候恶劣，冷热温度相差极大，在此讲经的文殊菩萨备感不爽，还易于感冒或中暑，他总想改变这里的气候条件。一次偶然的机会，去东海龙宫化缘，看见青龙太子的床，心中暗自兴奋，也没跟老龙王打个招呼，就跟《西游记》孙悟空获取金箍棒一样，念念咒语，就把青龙太子的床变成弹丸大小的石头，放在袖中带回了五台山。由于歇龙石清凉无比，从此改变了五台山的气候，五台山也就变成了冬暖夏凉的去处。谜书中同样是位叫茫茫大士的菩萨在大荒山念念咒语，把大石头化成美玉，如扇坠大小可佩可拿。"忽见一僧一道而来。"脂批："是方从青埂峰袖石而来也，接的无痕。"准确说出了青埂峰那块袖石，就是文殊菩萨放在袖子里从东海带回的那块石头。

五台山是佛教圣地，也曾有过道教，根据《仙经》云："五台山原名为紫府山。常有紫气，仙人居之。"妙玉扶乩的谶语："噫！来无迹，去无踪，青埂峰下倚古松，欲追寻，山万重，入我门来一笑逢。"在宗教派系中，能开门见笑的唯有佛教的弥勒佛。妙玉的乩言说玉是在大荒山崇山峻岭间的佛寺中，靠在古松树旁。从地理环境上看，五台山方圆几百平方公里均是连绵的山峰，松树是主要树种，又遍布整个山峦沟壑。清凉石原本确是倚靠在古松下，可惜的是，寺庙和古松皆已被毁。

贾宝玉第一次出场与黛玉相见时，著书人描写他的形象穿戴："项上金螭璎珞，又有一根五色丝绦，系着一块美玉。"金螭璎珞、五色丝绦与美玉是系在一起的，黛玉给宝玉做的璎珞就是用来装玉的。璎珞原出自印度，后跟随佛教传入我国，贾宝玉用璎珞五色丝绦装系的通灵宝玉，就是五台山五髻文殊座下的清凉石，又是菩萨袖中藏着的歇龙石。康熙曾在五台山的《碧山寺御制碑文》中题曰："启琉璃之净国，宝树攒香；灿璎珞之红楼，昙花四照。"又在《台麓寺碑文》赋词："焕彩粹容圆满，偕日月以齐辉，璎珞纷披，宝镜照大千之界，莲花璀璨祥烟笼。"前一处璎珞带出"红楼"，成为《红楼梦》一书名的有力借鉴；后一处璎珞带出"宝镜"，成为《风月宝鉴》这一书名的最初依据。原创著书人毕竟是康熙的嫡皇孙，康熙所有的作品，均在他的阅览范围，创作谜书时，自然离不开康熙的身影。

在"黄金莺巧结梅花络"一回中，黄金莺是薛宝钗的丫鬟，她会编梅花络，梅花络应该和中国结差不多，是中国文化的一小部分，一般人不会做，黄金莺就会。"宝钗坐下，因问莺儿：'打什么呢？'一面问，一面向他手里去瞧，才打了半截儿。宝钗笑道：'这有什么趣儿，倒不如打个络子把玉络上呢。'一句话提醒了宝玉，便拍手笑道：'倒是姐姐说的是，我就忘了。只是配个什么颜色才好？'宝钗道：'用鸦色断然使不得，大红又犯了色。黄的又不起眼，黑的太暗。依我说，竟把你的金线拿来配着黑珠儿线，一根一根的拈上，打成络子，那才好看。'宝玉听说，喜之不尽。"什么叫犯了色？按通常的理解，两种物体颜色相同或相近，由此判定通灵宝玉只能是红色，才算犯了色。这是谜书提到通灵宝玉除了是五彩石外，唯一一处交代了它的具体颜色。

第一回：空空道人乃从头一看，原来就是无材补天，幻形入世，茫茫大士、渺渺真人携入红尘，历尽离合悲欢炎凉世态的一段故事。又有一首偈云：

　　无材可去补苍天（脂批：书之本旨），枉入红尘若许年。（脂批：惭愧之言，呜咽如闻。）
　　此系身前身后事，倩谁记去作奇传？

前一句对应的是开篇著书人的自云，寓意著书人的不幸遭遇，由万众仰望的"补天石"变成了销声匿迹的顽石；后一句的重点字是"倩"。倩字有两种含义：一种是请人做某事；另一种是美好，泛指姿容美好、含笑的样子。此处明显是第一种释义，其义就是著书人所见所闻及亲身经历。

众所周知，神话故事中的"补苍天"，是女娲氏锻炼五色神石补足塌陷的天穹，联系到著书人特殊的生活经历和本人所处的社会地位，"补苍天"一词在谜书中是一个双关语，谐音双关正是著书人经常运用的艺术特色，比如茶名"千红一窟"、酒名"万艳同杯"，分别指"千红一哭""万艳同悲"等。"补苍天"明指女娲炼就的顽石，暗喻著书人的远大志向。作为一个封建时代的知识分子，自幼受到封建正统思想儒家文化的教育，形成积极用世的世界观，是极其自然的。通过此偈，至少说明著书人曾经有过积极的人生追求和美好的远景奢望，由于人生的经历出现了意外，理想很快就变幻成飘浮在空中美丽的肥皂泡。后经过深刻的思考，最终改变了原来功名利禄的思维方式，试图走进自己设想的仙源幻境之中。

在封建社会，不能补天就是不能为皇家所用，就是走进了人生的死胡同。已经不能补天，才被弃置在青埂峰下，青埂谐音"情恨"，这个"恨"字，更违反封建社会的伦理观，是著书人精心设计故意而为之。情恨的原因是被封建的主流社会排挤在外，甚至遭到主流社会的唾弃，成了无依无靠的流浪弃儿。那时读书人都向往的出将入相、建功立业，本应是自己的归宿。弘皙在朝做官多年，后阴差阳错被剥夺了补天的机会，无奈隐居孤岛；曹霑与弘皙的命运虽不相同，但在补天这一问题上，很大程度存在着相似之处。他几岁就被雍正抄家，其父曹頫被罢官，长时间戴着重枷在吏部衙门前示众。可十多岁时，曹家再次被抄，其父算是彻底丢掉了乌纱帽，曹霑当然不能继承祖父的官职，走恩荫、靠祖上功德做官的路已被当朝封死，因为他是犯官之子，想通过金榜题名也不可能，这就是那个时代有才华的读书人受到种种条件限制的残酷现实。但天才毕竟是天才，他们总能找到表现自己的机会，正因为"无材可去补苍天"，不幸的命运才给了他们一次亲密合作的机会，他们愤世嫉俗，继承了庄子、屈原的叛逆思想，把自己幻化成一块石头，体验人生，创作谜书，揭示出那段鲜为人知的历史真相。

著书人对石头的具体描写，是在第一回："甄士隐梦中听一僧一道说有一'蠢物'，要到警幻仙宫中交割清楚。原来是块鲜明美玉，上面字迹分明，镌着'通灵宝玉'四字，下面还有几行小字，正欲细看时，那僧便说'已到幻境'，便强从手中夺了去，与道人经过一大石牌坊。"甄士隐没有看见通灵宝玉后面的几行小字，表面来看，这话没什么值得分析，但幻境者，可谓梦境也，梦幻是相通的，谜书的本身就是一场惊天迷梦，亦可称之为太虚玄境。那僧在甄士隐正欲细看通灵宝玉下面几行小字时即言

"已到幻境"，给人留下的是一个思维链接或脑筋急转弯问题。著书人暗示读者，要细看通灵宝玉后的几行小字，才能进入幻境。说得更明白一点，就是弄懂了通灵宝玉下面几行小字的含意，方可进入解谜的境界，通灵宝玉下面的几行小字，也是解开红楼迷梦的一把钥匙。

《史记·秦始皇本纪》："十八年（公元前229），大兴兵攻赵，王翦将上地，下井陉，端和将河内，羌瘣伐赵，端和围邯郸城。十九年，王翦、羌瘣尽定取赵地东阳，得赵王。"秦国攻破赵国，得到了价值连城的和氏璧，随着秦国一统天下，秦王嬴政称始皇帝，咸阳玉工王孙寿将和氏璧雕琢成玺，命丞相李斯篆"受命于天，既寿永昌"八字篆刻在玉玺之上，从此，玉玺就成为国家最高皇权的象征，这八个字，显然就是通灵宝玉所镌"莫失莫忘，仙寿恒昌"的创作原型。著书人借用女娲补天的神话，重点介绍了一块石头，这块石头就是"和氏璧"，就是传国玉玺，就是最高的皇权，就连来自仙界的僧道也不敢有丝毫的不敬。第一回开始石头说道："弟子蠢物（脂批：岂敢，岂敢），不能见礼了。适闻二位谈那人世间荣耀繁华，心切慕之。弟子质虽粗蠢（脂批：岂敢，岂敢），性却稍通；况见二师仙形道体，定非凡品，必有补天济世之材，利物济人之德。如蒙发一点慈心，携带弟子得入红尘，在那富贵场中，温柔乡里受享几年，自当永佩洪恩，万劫不忘也。"所谓的宝玉，顾名思义：玉中至宝、宝中之玉。玉玺用料最讲究、最珍贵，本身就超出一般工艺品的价值。通灵宝玉并不是真正的传国玉玺，著书人依葫芦画瓢弄出八个字写在通灵宝玉上，脂批："画的虽不依样，却是葫芦。"真与假就一清二楚了。既然谜书的主人公叫贾宝玉，自然就得有贾府，可偏偏还有个甄宝玉，也就是江南的甄家。甄贾宝玉年龄相同，长相一样，如同孪生兄弟，乍一看还真是难辨真假。行文时只叫宝玉，均喜欢女色，一个是"姐姐妹妹乱叫"，一个整天混迹于女辈之中，加上"倏而男倏而女，时而隐时而现"，且有七十二般变化，恐怕打假确有相当的难度。脂批："一日卖了三个假，三日卖不了一个真。"

真的宝玉就是传国玉玺，它就在江南的甄家，这还得从康熙传位说起：康熙密诏将大位传给废太子之次子弘皙，传位诏书的汉文本和传国玉玺均由曹老太后保管。康熙驾崩之时，弘皙正好不在京城，雍亲王趁弘皙外出夺嫡继位，作为尴尬之人的雍正，面对诸皇子的强烈不满，只好与曹老太后达成协议，同时也写下由弘皙继承皇位的秘密诏书，曹老太后才出面为雍亲王平息了宫廷内的混乱局面。老太君担心逝于雍正之前，就把传位诏书和传国玉玺寄存在内侄曹𫖳那里，以防雍正来个死不认账，到那时

71

就只有拿出康熙的传位诏书和传国玉玺做证说话了。

谜书中出现的真、假两个宝玉，表面看一模一样，分不出真与假，实际上代表的意义相去甚远。一个是传国玉玺（甄宝玉），一个是雍正皇帝的宝座（贾宝玉），江南的甄（曹）家拥有甄宝玉，京城的贾（皇）家拥有贾宝玉。"假作真时真亦假"，即假的皇帝宝座成就了真的皇权，假皇帝也就成了真皇帝；真的传国玉玺在曹家睡大觉，它起不到皇权的作用，真的皇权也就不存在了。在整部谜书中，贾宝玉自始至终风风火火、无处不在、无时不有，成功塑造了小说的第一主人公，出尽了风头，而甄宝玉则显得相当寂静与安然。

自秦朝开始相传了近两千年的传国玉玺，到清康熙朝以后，就再没出现在皇宫。甄宝玉到底去哪儿了呢？其实，他一直陪伴着林妹妹，林黛玉知道他的具体下落。

第六章　金陵十二钗的出处及皇家背景

　　历史上的金陵十二钗之说，并非《红楼梦》的首创。金陵十二钗源于"金陵青楼十二钗"，最初指的是明代秦淮河畔青楼中的十二名妓或曰花魁。

　　明代作家冯梦龙的《情史·情痴类》中，就记载有当年金陵青楼十二钗："嘉靖间，海宇清谧，金陵最称富饶，而平康亦极盛。诸姬著名者，前则刘、董、罗、葛、段、赵，后则何、蒋、王、杨、马、褚，青楼所称十二钗也。"

　　最早记载的金陵十二钗，是古代文人拿妓女进行选美的产物。古典名著《红楼梦》别名《金陵十二钗》，指的是太虚幻境"薄命司"里记录的金陵十二名最优秀的女子：林黛玉、薛宝钗、贾元春、贾探春、史湘云、妙玉、贾迎春、贾惜春、王熙凤、巧姐、李纨、秦可卿。著书人以金陵十二钗为主线，全方位描绘了当年那个社会的百态人物，也囊括了谜书背面的社会形态。

　　远在盛唐时期，就有文人骚客常与名妓歌女唱和于诗朋酒会之间，赠诗资送与名妓，品评其才艺相貌者层见叠出，承包私养者屡见不鲜。到了北宋，就开始出现正式评选青楼名妓的选美活动，没落士人以此为乐，还美其名曰"评花榜"。所谓评花榜，就是用各类名花来品评名妓，花愈名贵，获取者名气愈大。后索性模仿科举考试的功名，来排列名妓名次，也分一、二、三甲，一甲三名自然是状元、榜眼、探花。正是那些科考的失意考生们，借机对官场的腐败和科考制度，给予戏谑与讽刺。最迟距今九百多年的北宋熙宁年间，汴京就已有评花榜活动，还把名妓郜懿品评为"状元红"，曾红极一时，相当于现在出场费上百万的著名歌星、影视明星。至明代中后期，评花榜则更加盛行，依据"品、韵、才、色"成为评花榜的标准。冯梦龙《情史·情痴类》中只记载了由当时文人才子评品出的金陵青楼十二钗，即十二个金陵青楼名妓，具体叫什么，尽管去问冯老，他只留下了姓，没留下名。

评花榜在客观上造就了一批名妓，所谓"名士品名花，名花倚名士"，这种选美活动在一定程度上刺激了青楼、酒馆等行业的繁荣。尤其到清朝末年，由于戏曲业非常繁荣，甚至受到权贵的追捧，一部分"明星"自然突破了身份等级的限制，获得了与众不同的社会影响力，乃至可以将这种影响力转化为权力。由近代报馆主办的选美大赛，对当时传媒业、照相业、服装业等的拉动，已是不争的事实，但遗憾的是，大清帝国很快走向了衰亡。

谜书借没借冯梦龙金陵十二钗那十二个青楼女子，无证据可考，起码说金陵十二钗不是曹雪芹的首创。如果从谜书中找十二金钗的出处，还真有些蛛丝马迹。"见熙凤贾瑞起淫心"一回中，凤姐走进会芳园见到的是："黄花满地，白柳横坡。小桥通若耶之溪，曲径接天台之路。石中清流激湍，篱落飘香，树头红叶飘飘，疏林如画。西风乍紧，初罢莺啼，暖日当暄，又添蛩语。遥望东南，建几处依山之榭，纵观西北，结三间临水之轩。笙簧盈耳，别有幽情，罗绮穿林，倍添韵致。"

这篇会芳园赞，看似普普通通，极其平常，细分析就能发现隐藏着老大的秘密。著书人刚开始描写会芳园就从黄白入手，直达皇宫。黄白谐音黄柏，是"冷香丸"的药引，也是金陵十二钗的引子。纵观会芳园赞，只写出黄、白、红三种颜色，缺少一个蓝色。蓝色是怡亲王的色，不写方显明朗、清晰。满洲八旗有上三旗和下五旗之分，清军入关前，正黄旗、镶黄旗、正蓝旗由皇太极亲自统领，是皇帝的亲兵，身份高贵，条件待遇优厚，称为上三旗。其余五旗是正红旗、镶红旗、正白旗、镶白旗、镶蓝旗，称为下五旗，由亲王、贝勒、贝子掌管，驻守京师各地。入关后顺治初年，多尔衮将自己所领正白旗纳入上三旗，将正蓝旗降入下五旗。多尔衮病逝后，顺治就将正白旗纳入上三旗，此后清代就成了定制。

"遥望东南"：暗指地处东南的天台山；"纵观西北"：暗指西北的五台山。两山千里相牵源于文殊：五台山有文殊道场，天台山的寒山子被认为是文殊转世金身，两处都有妙玉寻求的贝叶遗文。贝叶即贝叶书，指佛经，是抄写在贝叶上的佛经遗文。古代的印度，佛教徒将最圣洁、最有智慧的经文书写在贝多罗树叶上，后来人们将这种书写在贝多罗树叶上的文字装订成册，称为贝叶书。传说贝叶书虽经千年，其文字仍清晰如初，可流传百世。两者以文殊相连，也是红楼迷梦两个不可缺失的平台。

清朝八旗有黄、白、红、蓝四种颜色，分属东南西北四个方向。天子居中间的皇城，"东南之樹"和"西北之轩"涵盖了东南西北四个方位和黄、白、红、蓝四旗。四正旗又生出四个镶旗，共合成八旗。满、蒙、汉各八旗，总合为二十四旗。满、蒙、汉共有正旗十二，镶旗十二，此该是金陵十二正钗和十二副钗的来历了，也是谜书中金陵十二钗的渊源。谜书对东南西北四个郡王的叙述，以北静王为尊，北静王谐音"北京王"，京城的皇帝。秦可卿丧葬上出现的八公也象征八旗，包括脂砚斋评批的"十二地支"，还有"练成高经十二丈（脂批：总应十二钗）方经二十四丈（脂批：照应副十二钗）顽石三万六千五百零一块"，也与金陵十二钗悄悄地熔于一炉。谜书还特别点到他们都是孙子辈，正如王熙凤所说"满屋孙"。从顺治起到康熙，再到雍正，当然是孙子辈了，加上猢狲寓意胡人，更有猢狲齐天大圣寓意石头出身，无父无母耳。还包括复姓公孙源于黄帝的姓氏，黄帝也是皇帝，公孙与"满屋孙"的意义基本一致。

小说写到从苏州买来十二个女戏子，意在暗示十二金钗全是演员，如同贾家的老祖贾演、贾源合在一起就是"演员"一样，"虽是妆演的形容，却作尽悲欢情状"。第五回中的判词和钗令，并非一人一判一曲，但跟谜书中的女子全能对上号。十二金钗全是女子，也都能饰演男人的角色，俗称北方地区男扮女，像四大名旦梅、程、尚、荀；南方地区女扮男，如施银花、沈兴妹、姚水娟、袁雪芬等。金陵是南京，金陵十二钗自然是南方人，女扮男也就不足为奇了。六十三回中宝玉、湘云、李纨和探春就把芳官、葵官和荳官打扮成小子，这就暗示：十二金钗所扮演的隐身人物大多是男人的角色。谜书中所有的演员，主要采用了"分身法"及"合身法"等创作手法，正如《三国演义》开篇语："话说天下大势，分久必合，合久必分。"著书人有时把小说中的多人合写到现实中的一个人身上，有时又把小说中的一个人，根据不同场景的变换和需要，分别表现几个现实人物。无论是分身还是合身，均选取现实人物的某一性格、某一特点、某一事件或某个方面等给予替代。所替代的人物有时就像文殊菩萨多相，有三十二相之称。五台山有五个山峰，峰顶平坦，叫作五台，每个峰顶均供奉一位文殊菩萨：东台望海寺供聪明文殊、南台普济寺供智慧文殊、西台法雷寺供狮子文殊、北台灵应寺供无垢文殊、中台演教寺供孺童文殊。如想揭开文殊菩萨的神秘面纱，就必须把五方文殊及五方文殊左右的随从集结起来，才可认清文殊菩萨的真实形象，否则，是只知其一而不知其二也。

文殊菩萨一相生众相的佛教理论，被著书人娴熟地运用在塑造谜书的人物上。金陵十二钗是小说中的人物，更是小说隐含现实人物的扮演者，她们均是红楼迷梦这场大戏的演员。既是演员，就不可能一成不变只扮演剧本中的一个人物，她们要听从总导演的安排，随时步入不同的角色，这就要根据剧目、剧情和导演的安排来确定。所以，十二金钗包括正钗、副钗及又副钗等全部在内，全部活跃在红楼迷梦这个大舞台上，正如《淮南子·兵略训》所说："善者之动也，神出而鬼行。"他们行踪飘忽、诡秘莫测，直把读者蒙骗得眼花缭乱。金陵青楼十二钗做的是皮肉生意，始终要考虑经济利益的最大化；谜书中的金陵十二钗，她们不需要做生意，更不必卖身，她们有贾家这一坚强的经济后盾做依托，只须按照总导演的要求和安排，进入自己的角色，把戏演好演到位，再忽悠忽悠读者，最好再赚上几滴眼泪，就算完成了使命。

其实，著书人笔下的十二金钗，都带有很浓的政治色彩，考前清雍正史：雍正七年筹建军机处，第二年便正式取代议政王制度，成为全国最高的统治中心。军机处大臣最多时达十一人，加上雍正刚好对应金陵十二钗。也许这样说有些牵强，但谜书十一幅图画背面的隐情，均在影射军机处的成员。有"画着一张弓，弓上挂一香橼"，影射雍正皇帝；有"画几缕飞云，一湾逝水"，影射十三阿哥允祥；有"画一恶狼，追扑一美女，欲啖之意"，影射宝亲王弘历；有"画着两株枯木，木上悬着一围玉带"，影射蒋廷锡、张廷玉；有"后面便是一座古庙，里面有一美人在内看经独坐"，影射荒唐王爷弘昼……当然，著书人不可能把每位军机大臣都写入图画来，写谜书的最大特点就是避讳过于泄真。之所以对应军机处来写金陵十二钗正册，是因为军机处军机大臣和著书人的历史，大部分被乾隆朝删除，著书人才将自己幻身为黛玉、宝钗等，脂批"钗玉名虽二个，人却一身"，来补记自己已被泯灭的血泪家史。

今解读十二钗判词，万不可将判词分别找来生活原型对号入座，她们在谜书中是演员，所扮演的是历史人物，但绝不仅仅是十二个人的历史。分析这些判词，可能有几首同指一个生活原型；还有可能一首隐含两个生活原型。但有一点可以肯定，这些判词所对应的人物，都是著书人想要补记的真实历史。

其一：

可叹停机德（脂批：此句薛），堪怜咏絮才！（脂批：此句林。）

玉带林中挂，金簪雪里埋。（脂批：寓意深远，皆非生其地之意。）

"停机德"：出自战国时代燕国乐羊子妻停下机子不织布，劝勉丈夫求取功名贤淑之德的故事。凡符合封建社会道德标准的女人，均可称之为"停机德"，表面是赞叹薛宝钗具有封建社会女人的美德。"咏絮才"：指女子咏诗的才华，出自晋朝谢奕女幼年时期的故事。据《晋书·王凝之妻谢氏传》载："王凝之妻谢道韫，聪明有才辩，尝内集，雪骤下，叔谢安曰："何所拟也？"安兄子朗曰："撒盐空中差可拟。"道韫曰："未若柳絮因风起。"安大悦，众称许之。"后世称赞能诗善文的女子为"咏絮才"，这里喻指林黛玉具有很高的诗文才华。

弘皙历史自被皇家宗室删除后，著书人就将这段隐史记录在林黛玉和薛宝钗两个小说人物身上。"玉带林中挂"和"金簪雪里埋"，脂砚斋提示："寓意深远，皆非生其地之意。"其"林中挂"对应两株枯木，隐喻弘皙在军机处的那段历史被分别记在老臣张廷玉和蒋廷锡的名下。《清史稿·军机大臣年表》记载："雍正七年己酉六月，始设军机房。怡亲王允祥六月癸未，命密办军需一应事宜。十月，赐加仪仗一倍。张廷玉六月癸未，以太子太保、保和殿大学士，命密办军需一应事宜。十月，晋少保。蒋廷锡六月癸未，以文华殿大学士，命密办军需事宜。十月，加太子太傅。"初设三人，一起办理机密要务。到雍正八年十三阿哥允祥离世、鄂尔泰入阁之前，张廷玉就成为当时清朝满汉文武百官最受宠信、"宣力独多"的重臣。每当雍正龙体欠佳时，只要遇有密旨，都交其承领，还由他亲自办理。张廷玉的主要贡献就是制定了军机处的规章制度，使军机处成为清廷的中枢机构，对清康乾盛世的延续与发展起到了不可替代的作用。雍正知道张廷玉有喝茶的嗜好，每月赏他好几次贡茶，还赐以品质绝顶的茶具；他爱书，雍正赐给他内府书籍五十二种，其中《古今图书集成》竟独赐两部，这套万卷大书当时总共才刊印了六十四部。通过解读谜书真事所隐，方知清史中的张廷玉，也是个替身演员，他所替代的真实原型，正是大学士、首辅军机大臣和硕理亲王弘皙。其"雪里埋"对应弘皙被乾隆删掉的历史如同被冰雪冷酷掩埋，但总有冰融雪化的时候，真相也总会有大白于天下的那一天。

小说中的宝钗和黛玉均是弘皙的替身，雍正继位前，弘皙曾被康熙选定为皇位继承人，并有传位遗诏汉文本密藏在江南的曹家，谜书隐述雍正因无康熙的传位诏书，便伪造出一份假诏书抢班夺权，登上了皇帝的宝座，但作为"尴尬"之人的雍亲王，自然很想得到真的传位诏书。"滥情人情误思游艺"一回，著书人莫名插入一笔"石呆子"之文，看平儿说给宝钗的一段话，细琢磨一下，就觉得有点意思了。

　　平儿咬牙骂道："都是那贾雨村什么风村，半路途中那里来的饿不死的野杂种！认了不到十年，生了多少事出来！今年春天，老爷不知在那个地方看见了几把旧扇子，回家看家里所有收着的这些好扇子都不中用了，立刻叫人各处搜求。谁知就有一个不知死的冤家，诨号儿世人叫他作石呆子，穷的连饭也没的吃，偏他家就有二十把旧扇子，死也不肯拿出大门来。二爷好容易烦了多少情，见了这个人，说之再三，把二爷请到他家里坐着，拿出这扇子略瞧了瞧。据二爷说，原是不能再有的，全是湘妃、棕竹、麋鹿、玉竹的，皆是古人写画真迹，因来告诉了老爷。老爷便叫买他的，要多少银子给他多少。偏那石呆子说：'我饿死冻死，一千两银子一把我也不卖！'老爷没法子，天天骂二爷没能为。已经许了他五百两，先兑银子后拿扇子。他只是不卖，只说：'要扇子，先要我的命！'姑娘想想，这有什么法子？谁知雨村那没天理的听见了，便设了个法子，诬他拖欠了官银，拿他到衙门里去，说所欠官银，变卖家产赔补，把这扇子抄了来，作了官价送了来。那石呆子如今不知是死是活。"

　　脂尾批："一扇之微，而害人如此其毒。藏之者故是无味，构求者更觉可笑。多少没天理处，全不自觉。可见好爱之端，断不可生。求古董于古坟，争盆景而荡产，势所必至，可不慎诸。"所谓的"石呆子"，他就是曹老太君的内侄曹頫。"他家有二十把旧扇子"，"原是不能再有的"，"皆是古人写画真迹"。那石呆子"饿死冻死，一千两银子一把也不卖。要扇子，先要我的命"。此处的"二十把旧扇子"，就是康熙御制的传位诏书和传国玉玺，当然是前人留下，且相当珍贵、天下无双。分析"石呆子"一段文字，著书人将曹家冠以石姓，来隐述江南曹家被抄真相，又对应清史把弘晳母亲篡改为"石氏太子妃"，是乾隆让曹家姓"石"的。弘晳也没办法，他只好做个顺水人情，将曹家的曹老太后写成史老太君，将曹霞幻笔写成史湘云，将曹頫写成"石呆子"，"史"与"石"同音，其目的为了防止泄密穿帮。在整个谜书的背面，"石"就是乾隆赐给曹家的姓，不用对不起皇恩浩荡。著书人还把自己称为"石头""石兄"，全与"石"姓有关，弘晳如随母姓，就该先姓石，再姓曹，如此一来，他就有三个姓氏，一切皆在隐意之中，还能讨乾隆个欢心。那"该死的风雨村""饿不死的野杂种"，著书人借平儿之口又恨又骂，贾雨村在这里该是谁的替身呢？看这段叙述就能明白："谁知雨村那没天理的听见了，便设了个法子，讹他拖欠了官银，拿他到衙门里去，说所欠官银，变卖家产赔补，把这扇子抄了来。"就把真故事锁定在了雍正五年，康熙的传位诏书汉文本还在江南的曹家，因为贾赦要鸳鸯时，老太君死活就是不给，为了使雍正不再尴尬，弘晳出馊主意以清理欠款为名，查抄曹家，他还是具体的执行人。当然，弘晳也有他的担心之处，雍正继位之初，就下严旨收缴康熙的御笔朱批，曹家竟敢把康熙的传位诏书保存到雍正五年，只要曹老太后好好地活着，曹家就不会有大的问题，反之，"石呆子"随时就有人头落地的危险。因为雍正是反复无常、疑心很重的皇帝，如把他惹恼了，后果不堪设想。遗憾的是他没料到雍正是个短命鬼，竟暴死在了曹老太后之前。由于判断失误，查抄曹家及给他舅舅曹頫带来的灾难——无端进京游艺了一年半。弘晳自知聪明反被聪明误，到他著书之时，内心的悔恨之情油然而生，自己咒骂自己也就不足为奇了。当时，他只考虑查抄传位诏书是一举三得：既保全了曹家，又遂了雍正之心愿，更能表明自己的一片忠心。此举堪称自断经线，也对应"停机德"。至于查抄到的传国玉玺，他没舍得交给雍正，就一直带到了藏身修书地，自此石沉大海。

其二：

　　二十年来辨是非，榴花开处照宫闱。
　　三春争及初春景（脂批：显极），虎兔相逢大梦归。

　　表面意思是元春在宫中生活了二十多年，对人世间的荣辱甘苦有了新的认识，她从凤藻宫到贤德贵妃，荣耀一时，像石榴花盛开时一般火红。在外人看来，作为一个封建社会的女子应该满足了，但元春却懂得了"辨是非"，认识到宫廷内的种种黑暗和腐败，又对自己光彩的生活采取了否定的态度。所谓"初春景"，隐指元春是曹老太后的替身演员，"生在大年初一"，按照我国的传统观点认识，这天出生的女子就是娘娘命，暗含曹老太君被康熙册封为皇后。谜书中贾宝玉的绰号"诸芳之冠"，明显看出是曹王妃的替身，绝不是曹雪芹（曹霑）的替身，1715年出生的只能是曹王妃，正是曹老太君主持后宫的非常时期，康熙就将刚出生的曹王妃指婚给选定的继位人弘晳，贾宝玉的"衔玉而诞"就是佐证。曹王妃五岁进宫寄养在姑外祖母处，十三岁与弘晳订婚，十六岁成婚，二十岁生下龙凤双子，成了真正的和硕理亲王王妃。此时的弘晳已进入辉煌的顶巅，一人之下，万万人之上，恰对应"榴花开处照宫闱"，也就是在这年，曹王妃的人生命运急转直下，被诬陷被圈禁，乾隆二年自尽身亡。

依照脂批"一笔不写一家事文字"，此判词还对雍正的一生进行了高度概括。第一句："二十年来辨是非"，此句关键的一个词是"辨"。"辨"通班，颁布之意。"班"与"搬"谐音，就是搬弄或搬惹的意思。"二十年来"，可把数字颠倒过来看，就成了十二年来。雍正在位实际不足十三年。全句意思就是十二年来搬弄是非。

清史记载：雍正继位后，虽没出现过大规模的农民起义，但零散的反抗浪潮时常发生，他为了确保自己的统治地位，采取的镇压手段近似到发狂的程度，不论抗官的情节，一律以反叛论处，杀无赦。其中有人拒捕，又与禁卫军撕扯一处，他人"共在一处，虽非下手之人，在旁目观，即系同恶共济"，均斩立决。他对民间秘密结社，嘱咐官吏们"时时察访，弋获首恶，拔树寻根，永断瓜葛"。另文字狱也是他维护自己统治的重要法宝，且日益频繁。汪景祺因"谄附"年羹尧而立斩枭首；查嗣庭因"趋奉"隆科多而戮尸示众；陆生楠因议论时政被军前正法。最为轰动的是吕留良案：吕留良是康熙年间具有民族思想的学者，已去世四十余年，后曾静、张熙受到吕留良"华夷之辨"思想的影响，策反陕甘总督岳钟琪，要他反清复明，一不留神酿成前清大案，雍正判吕留良开棺戮尸，其子孙、学生皆处极刑。雍正还建立自己的秘密文网，知识分子动辄得咎，使整个社会氛围沉浸于异常沉闷的环境之中。

雍正还好大喜功，急于求成，往往因为自己的好恶，去干一些徒劳无功的错事。如河南垦荒、四川清丈、陕西挖井、直隶营田，本意为国利民，反造成民间之累。他的性情褊急，喜怒无常，手段残忍，造成了许多冤假错案，也就是搬弄了相当多的是与非。

第二句："榴花开处照宫闱"。榴花，指石榴花。石榴开花自然要结石榴果实，石榴果实含多子多福，意在表达女人的功劳。

康熙在畅春园猝然去世，雍正与时任步军统领、掌管京师兵权的隆科多密谋勾结，夺取了帝位。隆科多是雍正的娘舅，唯一顾命大臣，掌管着朝廷的生杀大权，加上年羹尧是雍正的大舅哥，手握重兵，驻守西安，进可攻击远在青海的十四阿哥，守可断其粮草，关闭其回归中原的大门。雍正能登上龙庭宝座，完全依附于养母孝懿仁皇后佟佳氏和年妃这两个女人裙带关系的"榴花"之上，才照亮了大清国第三春的"宫闱"。

第三句："三春争及初春景"。"三春"，则指清朝前三个皇帝：第一春是顺治，第二春是康熙，第三春自然就是雍正了。可雍正的第三春要与他的爷爷顺治初春争什么呢？如果争治理国家的成就，顺治连边儿都挨不上，他潜心禅佛，哪有心思治理国家？太宗皇太极九子福临在叔父摄政王多尔衮辅佐下即位，成为清入关后的第一位皇帝。多尔衮独断专行、足智多谋，直到多尔衮病逝后，顺治才摆脱傀儡地位。尽管他很想有所作为，终因周围尚未形成以他为主导的一支强有力的政治势力，致使他在与朝中大臣的较量中败下阵来。政治上的失意，使他沉湎于与董鄂氏的爱情之中，随着与佛教高僧的交往，逐渐产生了遁入空门的思想。当他挚爱的皇贵妃董鄂氏病逝后，其精神支柱完全坍塌。顺治是位痴情皇帝，属于那种不爱江山爱美人、致力追求纯真爱情的人，比其父皇太极有过之而无不及。他对爱情专一，愿为心爱者抛弃一切，甚至为她去死。董鄂氏的早逝，使他看破了红尘、万念俱灰，认为"财宝妻孥，人生最贪恋摆拨不下的，朕于财宝固然不在意中，即妻孥亦觉风云聚散，没甚关系"。企望遁入空门，以求精神上的解脱。他曾命茆溪森为其削发剃度，决心出家，后孝庄皇太后百般劝解，命人急召高僧玉林琇抵京。玉林琇闻知后，一面痛责弟子茆溪森，一面命人取来柴薪，用自焚的方式以死戒劝，无奈，顺治才勉强答应蓄发留俗。顺治出家不成，从此一蹶不振，终日郁郁寡欢，结果在爱妃董鄂氏死后仅半年就染上了天花，不久死在养心殿，二十四岁便追随他的爱妃而去，只留下风流天子爱美人的佳话。在民间还有另外一种说法，按禅学的观点看，潜心修炼终成正果，他升天了，成了修佛参禅中人人羡慕的真佛。

清世宗雍正，自幼喜读佛典，广交僧人，不仅宗教俱通，还躬行禅修，被公认是中国历代帝王中唯一的真正亲参实悟、直透三关的大禅师。

他自号圆明居士，俨然以法王自居，是中国历史上唯一集人王与法王之尊于一身的帝王。他登基以后，御制一套一百二十万字的佛教典籍，包括他亲自编著的佛教禅宗《御选语录》和亲自汇编的佛经摘录《御录经海一滴》《御录宗镜大纲》等，尽管如此，与顺治的佛道相比，还是稍逊风骚。顺治终成正果，成了佛身，抛弃了世俗中的一切杂念，步进了佛家的极乐世界；雍正还在为名、为利、为皇权、为自己想得到的一切疲于奔命，无论从哪个方面看，在著书人的眼里，雍正都没法与顺治相比。他永远都不可能达到顺治遁入空门、悟透佛禅、成为真佛的最高境界。

第四句："虎兔相逢大梦归"。其中的"虎兔"是暗喻康熙、雍正和乾隆之间的继位关系。康熙卒于 1722 年，这年是虎年，由他的四子胤禛继位，1723 年是兔年，为雍正元年，这两年正是"虎兔相逢"。康熙驾鹤西去，雍正忐忑登基，到了 1735 年，雍正驾崩。康熙死于虎年，雍正死于兔年，尽管相差十三年，十二属相中的"虎兔"是紧紧连在一起的。这里的"虎兔相逢大梦归"，就是把康熙、雍正安排在一处、一同大梦归，也是著书人幻化出来梦幻般的境界。

其五：

> 欲洁何曾洁，云空未必空。
>
> 可怜金玉质，终陷淖泥中。

前两句是写妙玉的品性，她曾把刘姥姥用过的茶杯丢弃不要，也曾在宝玉过生日时送去贺帖；后两句则是对妙玉结局的暗示和感叹，妙玉会有一个很凄惨的结局，这当然是小说的表面意思。小说背面的隐情就是空空道人，此人亦佛亦道，还多管闲事地将《石头记》传抄至人间，后"因空见色，由色生情，传情入色，自色悟空，遂易名为情僧"。所有佛家子弟都知道，在佛教十二因缘"无明、行、识、名色、六入、触受、爱、取、有、生、老、死"当中，是没有"情"这一缘起的，可"情"在因缘合和中又能起到相当重要的作用。情一旦倒向"迷"的一方（佛缘中的"迷"就是不能超凡脱俗），最能接近的是"受、爱、取"三缘；反之，情要是倒向"悟"的一方，则易产生菩提悲心。令人遗憾的是，情之主体易坠入前者，情之客体易获得后者。著书人在色、空之间强调了"情"的作用，也就是空空道人在传抄《石头记》的过程中自然完成了由道入佛的过程，与著书人的思想轨迹完全一致。由此得出这样的结论：空空道人就是著书人，著书人又是石头，石头就是情僧。原创著书人隐居孤岛之后，本想超凡脱俗，魂断尘缘。当他得知自己的家史被当朝全部泯灭，他的"情"自然倒向了"迷"的一方，强烈的红尘刺激使他"欲洁何曾洁，云空未必空"。加上雍正不明不白地暴亡，乾隆火急火燎登基，其中的猫腻大臣们心中明镜似的，他们欲拥弘皙正大统，他完全有机会取而代之，可他瞻前顾后，没能大丈夫相时而动，却采取了"葫芦僧乱判葫芦案"，情愿推掉唾手可得的皇位，导致再次梦断红楼，使得"玉山倾倒再难扶"。他的父亲两立两废，死前还再三叮嘱"继我未竟之志"，难怪著书人自谓"背父兄教育之恩，负师友规训之德"了。如此的治国栋梁直落得诈死归隐，还被"莫须有"的"弘皙逆案"替代了他辉煌的历史，不能不说"过洁世同嫌""终陷淖泥中"。

其六：

　　子系中山狼，得志便猖狂。
　　金闺花柳质，一载赴黄粱。

"子系中山狼"中的子系二字合成孙的繁体字，指的是迎春的丈夫孙绍祖。"中山狼"即《中山狼传》的典故，喻指凶狠残暴且忘恩负义之人。"得志便猖狂"，是写得志后便为非作歹，横行霸道。孙绍祖在家境困难时曾拜倒在贾府门下，乞求帮助，后来，孙绍祖在京袭了官，又在兵部候缺提升，一跃成为暴发户。贾家衰败后，孙绍祖逼债，任意践踏迎春，这是小说的正面。

背面是乾隆采取最卑劣的手段继承了皇位，如同谜书中的冷子兴，由地位低下、生活在皇宫最下层的冷子，一跃成为暴发户，出人意料地兴旺起来。乾隆为了维护他的统治，又怕灭绝人性的篡位行径暴露在光天化日之下，登基初年就撤销了雍正创建的军机处，目的在于挤对雍正朝的军机大臣。雍正时期的军机处，最多时达十一位军机大臣，去掉七位"弘皙逆案"中跟随弘皙的叛逆者，再去掉弘昼，站在乾隆一边的军机大臣就只剩二人。撤销军机处不仅是乾隆的无奈之举，且有不可告人的目的，为了掩盖自己的丑恶行径，他就得拿替罪羊开刀，弘皙王妃曹氏就成了他一箭双雕的靶子。脂砚斋评批的"打草惊蛇"，"草"即指曹王妃，"蛇"即指弘皙。曹家在乾隆初年被第二次抄家，彻底败落，曹王妃在狱神庙自尽身亡。《葬花吟》中的"一年三百六十日，风刀霜剑严相逼"，正是曹王妃在禁管期间的真实写照。在著书人的眼里，"中山狼"就是忘恩负义、弑君杀父的乾隆。

其八：

凡鸟偏从末世来，都知爱慕此生才。

一从二令三人木（脂批：拆字法），哭向金陵事更哀。

"凡鸟偏从末世来"，指王熙凤是生于末世的乾隆。"凡鸟"是繁体"鳳"字，从凤字拆出来的"凡鸟"，就是庸才，此借用吕安对喜的典故。《世说新语·简傲》载：有一次，吕安久不见嵇康，十分思念，便不远千里，驾车来到安徽宿县嵇家造访，因未事先相约，恰巧嵇康不在家。嵇康的哥哥嵇喜见是弟弟的朋友，喜不自禁，出门迎接。可吕安瞧不起嵇喜，听到嵇康不在家，未进门槛，便要打道回府。嵇喜出于礼貌好客，再三挽留，吕安竟无动于衷，提笔在门上写出一个"鳳"字，回头而去。嵇喜不解其意，以为是客人赏识他而题写的，欣赏良久，沾沾自喜。其实，这个繁体"鳳"字，拆开来就是"凡鸟"，目的是讥讽嵇喜是庸才、笨蛋，俗不可耐。

此典故放在乾隆身上也十分妥当。画里的雌凤靠着的是冰山，指的就是将要融化的贾府，是他的靠山，与走进末世意义相同。"一从二令三人木"，指的是贾链（乾隆）对凤姐的态度变化，此时的凤姐又成为乾隆皇后富察氏的替身。"一从"是新婚后乾隆先"从"，指乾隆惧内，对富察氏百依百顺，样样都听她的；"二令"可注解为"冷"，指乾隆称帝后对富察氏渐渐冷淡；"三人木"用拆字法就是被休弃。此处的"休"并非一纸休书，而是投河回老家悲戚命运的写照。因为富察氏与娘家人合谋，加上钮祜禄氏参与，诱骗、绑架了雍正，力逼写下传位给弘历的诏书后，将雍正杀害，又完成了乾隆的登基大典，应该说富察氏对乾隆能登上皇位功不可没。十三年后，富察氏陪乾隆出巡运河到山东德州，就糊里糊涂投河自尽，丢了小命，正与"三人木"和"哭向金陵"相吻合，此处的"金陵"绝非是南京，因为"金"字与满洲皇家具有特殊的联系，丢掉性命的富察氏要去的地方，自然是皇陵清东陵。

其十一：

情海情天幻情身，情既相逢必主淫。
漫言不肖皆荣出，造衅开端实在宁。

"情天情海幻情身，情既相逢必主淫"之中的"情天情海"，指男女相思之情，亦可理解为情深意切。"幻"是虚幻、荒诞，这句揭示贾珍和秦可卿有不正当的男女关系。"漫言不肖皆荣出，造衅开端实在宁"，不肖子弟都来自荣国府，开头造成祸患的是宁国府，秦可卿是与贾珍通奸暴露后被迫自尽的，这是小说的正面。

背面秦可卿所扮演的人物，与小说中的秦可卿相比，就没法等价置换、公平交易了。谜书隐藏最深的人物该数秦可卿，她既是多个隐史人物的扮演者，又是康熙传位诏书幻身，在整个红楼迷梦大舞台上，她与贾宝玉是棋逢对手、难分伯仲，均与美猴王一般变化无常，"一展眼便失于千里矣"。秦可卿之死，还涵盖了两个末世的归结点：第一个归结点是康熙末世，指康熙没到死期，就着急忙慌地撒手人寰，雍亲王趁机夺嫡登上了皇帝的宝座；第二个归结点是雍正末世，皇权眼看要归还给弘皙，急红了眼的弘历要改天换地，铤而走险，所采取的手段比雍正更加残酷。就"情海情天"来说，绝对是突发状况的罹难之情，是惊天动地的诡秘隐情，并非儿女私情。"情既相逢"：即胤禛与弘皙的帝位之争，堪称两情相逢，由于康熙意外驾崩，雍正趁机夺嫡，抢先登上了龙庭宝座；"必主淫"：淫与"胤"同音，最终是胤禛成了主子。"漫言不肖皆荣出，造衅开端实在宁。"无论是荣府，还是宁府，都是贾家的府邸，贾家就是皇宫，不肖子孙都是皇家栽培出来的，开端出现的就是乾隆，为了皇帝的宝座，什么丧家缺德的事都能干得出来。无论皇家内部的争斗是怎样的血腥，只须加上一块自我陶醉的遮羞布，那就是"胜则王侯败则贼"或"自古皇家无亲情"，给世人的感觉仿佛就变成了襟怀磊落、天下为公，这是不是由于儒家的"君君臣臣、父父子子"或"君让臣死，臣不得不死"的思想观念遮拦了世人的视野？所有的皇权都变成了真理的代表，好像皇帝就不会犯错，即使朝中出现错判，也该由大臣承担责任。雍正暴死成为千古谜案，乾隆自是难脱不肖之嫌，导致这一结局的根源，又必须追溯到雍正抢班夺权上来，如此惨绝人寰的宫廷事变循环往复，的确令人毛骨悚然，如用现在观点给予评判，乾隆就是野心家、阴谋家，无论怎样自我标榜，所作所为还是被世人视如敝屣。难怪乾隆之后的几代皇帝都偃旗息鼓，历史给他们的教训实在是太恐怖、太深刻了。后不少皇家子孙发现，混个王爷、贝勒倒是相当不错的职业。

谜书第五回的判词、钗令，是由贾宝玉梦游太虚幻境引出，这些判词、钗令、钗画及仙曲，又是对整部谜书主题与结局的集中概括，也是红迷朋友公认的结论。解读十二金钗，是所有研读者无法避开的必经之路，就从进入钗册的人物排序和名字就有探究价值。依照贾宝玉翻阅钗籍的顺序排列，晴雯为何排在首位，紧随其后的是袭人，贾府四春拆开排序等，再根据拆字、谐音取意，就能明白其中的隐秘。

晴雯：青天白日文字狱。

袭人：穿龙衣的人。

甄香菱：真相隐藏在钗令中。

林黛玉：林为双木，即权权之争；黛为青黑，黑暗的清朝；玉为王，即帝王。暗示前清帝王之间残酷的权力之争。

薛宝钗：薛，血、血腥；宝，宝座；钗，为头饰。

贾元春：原来的皇帝。

贾探春：探求秘密的皇帝。

史湘云：说历史真相。

妙玉：妙语著书。

贾迎春：应该是皇帝。

贾惜春：昔日的皇帝。

王熙凤：帝王系凤，女真人的皇帝。

巧姐：巧妙连接。

李纨：李，吏治；纨，纨绔子弟。

秦可卿：情可倾，真情倾诉。

将所有名字及隐意连起来，就是著书人想告诉读者的中心议题：在那个文字狱的年代，讲述穿龙衣人的故事，真相就隐藏在钗令中，揭示黑暗、血腥的皇权争斗，包括原来的皇帝，探索原因，说历史真相，妙语著书《石头记》，应该解密昔日满洲的皇帝，与皇家的故事巧妙连接，即使在残酷的吏治下，同样将真情倾诉。

第七章　风月人物秦可卿

　　秦可卿可是解读谜书举足轻重的人物，尽管出场的次数很少，恰似昙花一现，却留给读者太多太多的谜团。她出身养生堂，却有皇帝一般的大殡发丧；生得形容袅娜，竟是集宝钗、黛玉之美于一身；没什么大不了的病，结果是治得了病治不了命。她不仅涉及"药案"，还牵涉"脉案"，所有这些矛盾线索，都很难给秦可卿这一人物一个准确的定位。如想解开秦可卿之谜，就必须弄懂著书人隐述历史的基本笔法："一击两鸣""一声也而两歌""正邪两赋""阴阳一身"。

　　秦可卿之死，基本不用怀疑，她替代了清朝的帝王。先看秦氏一族的出身："这秦业现任营缮郎（脂批：官职更妙！设云"因情孽而缮此一书"之意），年近七十（对应康熙六十九），夫人早亡。因当年无儿女，便向养生堂抱了一个儿子并一个女儿（影射秘密立储写下的满汉两份诏书）。谁知儿子又死了（影射满文诏书），只剩女儿，小名唤可儿（影射汉文诏书）。长大时，生得形容袅娜，性格风流（脂批：四字便有隐意春秋字法）。因素与贾家（影射清室皇家）有些瓜葛，故结了亲，许与贾蓉为妻。"简单的秦氏介绍，就与清圣祖仁皇帝康熙联系起来了。

　　在"张太医论病细穷源"一回，借秦可卿之病继续影射康熙之病，"叫大夫看了又说并不是喜"，表面看是女人的怀孕之喜，实际暗指老皇帝何时驾崩、新皇帝的继位之喜。再说，就算在二百多年前的封建社会，中国的医学水平针对查验女人是否怀孕，应该是小事一桩。正因为找那么多的"太医"，都不敢断定是否"喜脉"，想问题该有多严重了吧。尤氏说给璜大奶奶的一段话，就值得仔细揣摩："偏偏今日早晨他兄弟来瞧他，谁知那小孩子家不知好歹，看见他姐姐身上不大爽快，就有事也不当告诉他——别说是这么一点子小事，就是你受了一万分的委屈，也不该向他说才是。谁知他们昨儿学房里打架，不知是哪里附学来的一个人欺负了他了。里头还有些不干不净的话，都告诉了他姐姐。婶子，你是知道那媳妇的：虽则见了人有说有笑，会行事儿，可他心细，心又重，不拘听见个什么话儿，都要度量个三日五夜才罢。这病就是打这个禀性上头思虑出来的。今儿听见有人欺负了他兄弟，又是恼，又是气。恼的是那群混账狐朋狗友的扯是搬非、挑三惑四的那些人；气的是他兄弟不学好，不上心念书，以致如此学里吵闹。他听了这事，今日索性连早饭也没吃。我听见了，我方到他那边安慰了他一会子，又劝解了他兄弟一会子。我叫他兄弟到那边府里找宝玉去了，我才看着他吃了半盏燕窝汤，我才过来了。婶子，你说我心焦不心焦？况且如今又没个好大夫，我想到他这病上，我心里倒像针扎似的，你们知道有什么好大夫没有？"尤氏絮絮叨叨的陈述，表面看是秦钟与金荣大闹学堂，实际悄悄把谜书的隐情锁定在了康熙的身上，正所谓"言谈之中见筋骨"。当康熙听到皇子们大闹朝堂，必然会恼羞成怒、火冒三丈。"那群混账狐朋狗友的扯是搬非、挑三惑四"，隐示两废太子之后，诸皇子面对皇权的诱惑，个个是摩拳擦掌、有恃无恐，加上紧紧缠绕着诸皇子建立起来的群臣利益圈，很快遍及整个朝野，党争与储位纷争如同即将爆炸的火药库，已成康熙撵之不去的心病。这里所对应的背景，正是康熙六十一年十一月七日，突然病倒的康熙返回了畅春园。据《永宪录》记载："偶感风寒。本日即透汗。自初十至十五日静养斋戒，一应奏章，不必启奏。"康熙的病症就是重感冒伴随着发高烧，正常的情况下，吃上几服中药，休息上几天，就能痊愈。

然而重感冒怎么就要了老皇帝的命？无论如何也让人感觉不可思议。看谜书是怎样将康熙的病与死联系在一起的，尤氏对贾珍道："现今咱们家走的这群大夫，那里要得，一个个都是听着人的口气儿，人怎么说，他也添几句文话儿说一遍。可倒殷勤的很，三四个人一日轮流着倒有四五遍来看脉。"这样的叙述明显属荒唐之言，个个御医都成了呆瓜、笨蛋，谁会相信这样的鬼话？背后的隐情并非御医无能，而是病人之病相当特殊，是生是死谁也不敢妄下断言。于是，就专门请来了"学问最渊博更兼医理极深且能断人生死"的世外高人张友士。张友士诊断："左寸沉数，左关沉伏；右寸细而无力，右关虚而无神。其左寸沉数者，乃心气虚而生火；左关沉伏者，乃肝家气滞血亏。右寸细而无力者，乃肺经气太虚；右关需而无神者，乃脾土被肝木克制。心气虚而生火者，应现经期不调，夜间不寐。肝家血亏气滞者，必然肋下痛胀，月信过期，心中发热。肺经气分太虚者，头目不时眩晕，寅卯间必然自汗，如坐舟中。脾土被肝水克制者，必然不思饮食，精神倦怠，四肢酸软。据我看这脉息，应当有这些症候才对。或以这个脉为喜脉，则小弟不敢从其教也。"

张友士诊断的结果正是"偶患风寒，本日即透汗"。《清圣祖实录》记载：康熙六十一年（1722）十月二十一日，康熙一行人前往南苑行猎；《永宪录》记载：因身体不适，康熙于十一月初七从南苑回到畅春园。在畅春园，康熙的病情逐渐加重，尽管不再看奏折了，但有些事情还必须交代清楚。比如初九那天，康熙卧病不起，便让雍亲王代其前往南郊天坛进行冬至的祭天大礼，祭祀的日子是十一月十五日。从初十到十二，胤禛每天都派太监和护卫去畅春园问安，康熙对每次问安的答复都是"朕体稍愈"。到了十三日凌晨，康熙的病情急转直下，大约凌晨一点到三点之间，命人急召雍亲王前来畅春园。整个白天，胤禛共进康熙的卧室三次，康熙究竟跟胤禛说了些什么，不得而知。当晚戌刻（晚上七至九点），康熙便驾鹤西去了。著书人在这里特别强调"冬至"将临，正对应雍亲王事前遣弘皙去东北祭祖，当然，清史中也就没弘皙的什么事了。

在黛玉辞别处脂批："此处忽遣黛玉去者，正为下回可儿之文也。若不遣去，只写可儿阿凤等人，却置黛玉于荣府，成何文哉？故必遣去，方好放笔写秦，方不脱节。况黛玉乃书中正人，秦为陪客，岂因陪而失正耶？后大观园方是宝玉、宝钗、黛玉等正经文字，前皆系陪衬之文也。"《红楼梦》的前身《石头记》，经脂砚斋屡次评批之后就成了《脂砚斋重评石头记》。著书人之所以要重评，是因为隐笔太深，真情往往被"借阅者迷失"。如此点评，著书人对"遣黛玉去者"特用重笔，若不解黛玉就是弘皙的扮演者，秦可卿之死替代的是康熙之死，就不明白此批的奥妙所在，更不明白"王熙凤毒设相思局"之真谛。雍亲王只有遣走弘皙，老皇帝临终之前才无法将大位传给自己选定的接班人，其中的相思之苦可想而知，如此才有后来王熙凤（雍正）的"协理宁国府"和"弄权铁槛寺"。

小说中的秦可卿是多人的替身演员，其中也包括女性，张太医所述的病症，正是由气而生、积忧成疾。前一回隐述宝玉（胤禛）携秦钟（弘皙）到朝堂亮相，引起众皇子（金荣）大闹朝堂，好事者将此事告知了康熙，康熙肯定是怒不可遏。张友士所下结论，明确不是喜脉，不是喜脉就说明康熙之病并无生命危险，起码说不会着急忙慌地走向死亡。再看张友士所开"益气养荣补脾和肝汤"，就不是并无大碍，而是真的有事了。药方："人参、白术、云苓、熟地、归身、白芍、川芎、黄芪、香附米、醋柴胡、淮山药、真阿胶、延胡索、炙甘草，引用建莲子七粒去心、红枣二枚。"

此方"高明得很"，看过张友士开的"益气养荣补脾和肝汤"后，贾蓉请教"与性命终久有妨无妨"。能断人生死的张友士也只给了囫囵语："大爷是最高明的人。人病到这个地位，非一朝一夕的症候，吃了这药，也要看医缘了。依小弟看来，今年一冬是不相干的；总是过了春分就可全愈了。"虽然张友士没有直言病人的生死状况，起码说暂时不会有生命威胁。不过，从"要看医缘"来讲，第一味药便是"人参"，恐怕就要出大事了。结合清史，有康熙最讨厌人参的记载，谜书中尤氏还特别交代："他那方子上有人参，就用前日买的那一斤好的罢。"这"医缘"还真是弦外有音、话里有话，再加上"天有不测风云，人有旦夕祸福"以及"任凭神仙也罢，治得病治不得命"等处的特别交代，基本证实康熙的生命将要走到尽头、危在旦夕。"王熙凤毒设相思局"之后，林如海就身染重病，贾琏送黛玉（弘皙）去扬州（东北），秦可卿便离奇般夭亡。凤姐（胤禛）"自贾琏送黛玉往扬州后，一日正屈指算行程该到何处"，幻笔写一梦境，秦氏给凤姐托梦。秦可卿是康熙的替身，凤姐自然就是雍正的替身了，所谓秦氏托梦，暗示康熙临终之时，继位人弘皙不在身边，在无可奈何的情况之下，康熙只能让雍亲王代传新君继位了。"这凤姐听得二门上传事云板连扣四下——正是丧音，人回'东府蓉大奶奶没了'，凤姐闻听吓了一身冷汗，出了一回神，只得忙忙的穿衣往王夫人处来。"谜书特别写道："彼时合家皆知，无不纳罕，都有些疑心。"说明病人死得蹊跷。脂批："八字乃为上人之圭臬，当铭于五中。"此批的意思是：这八个字"合家皆知、无不纳罕"，将上人的标准当记在心里。其隐含地提醒读者，著书人将真故事写在了小人物身上，也就是由小说中的小人物来扮演康熙皇帝，重现历史的真相。

小说重笔描写了天香楼盛大的发丧场面："只见府门洞开，两边灯笼照如白昼，乱哄哄人来人往，里面哭声摇山振岳。"又有"秦氏之丫鬟名唤瑞珠者，见秦氏死了，他也触柱而亡。此事可罕，合族人也都称叹"。小说中所提到的丫鬟，实则是康熙身边的侍奉者、知情者，面对康熙匆忙而死的惊天之谜，如果知情者不是雍亲王的亲信、爪牙，后果也只有死路一条。小丫鬟宝珠"甘心愿为义女，誓任捧丧驾灵之任"，基本肯定是雍

90

亲王的心腹、死党，对雍亲王基本忠心，自然就能保住活命，暗示此秘密留下了活口，否则，康熙之死的内幕，恐怕连原创著书人也不可能知道真相了，后文中恰有脂批："好歹留着麝月。"在晴雯作为康熙的替身演员时，麝月就一直在晴雯身边。十三回首批："此回可卿梦阿凤，作者大有深意，惜已为末世，奈何奈何！贾珍虽奢淫，岂能逆父哉？特因敬老不管，然后恣意，足为世家之戒。'秦可卿淫丧天香楼'，作者用史笔也。老朽因有魂托凤姐贾家后事二件，岂是安富尊荣坐享人能想得到者？其事虽未行，其言其意，令人悲切感服，姑赦之，因命芹溪删去'遗簪''更衣'诸文，是以此回只十页，删去天香楼一节，少去四五页也。"谜书再无直言秦可卿如何死法的记述，只交代秦可卿之死"无不纳罕"，足以证明问题严重、非同儿戏。"老朽因有魂托凤姐贾家后事二件，岂是安富尊荣坐享人能想得到者？"此批含义深刻，除了暗指康熙托付雍亲王代其传位外，又与弘皙"金蝉脱壳"后在乐亭办私塾一致。后又写秦业、秦钟相继去世，就更令读者纳罕了，不可能不引起读者的好奇。

为什么秦氏一族父子三人扎着堆儿死在一块儿呢？试想，康熙突然驾鹤西去，其满汉传位诏书幻身的秦氏姐弟都没派上用场，无论"胎死腹中"，还是"吞金自逝"，均等同于秦氏族人一同归天了。谜书叙述道："水月庵智能（影射胤禛）私逃进城（私自进宫），找至秦钟家下看视秦钟（偷取传位密诏）。不意被秦业知觉，将智能逐出，将秦钟打了一顿，自己气得老病发作，三五日的光景呜呼死了。"与康熙之死结合起来看，他于七日偶患风寒从南苑回到畅春园，十三日戌刻去世，仅仅七天时间，著书人不可直言七天光景，那样就是泄密之言，用"三五日"替代七天时间，就能蒙过非探秘看热闹的读者。老皇帝死了，临死前没能将大位传与选定的继承人，正对应秦钟"不中用了"这句囫囵语，也是秦钟对宝玉最后说的话："以前你我见识自为高过世人，我今日才知自误了。"所包含的意思是秘密立储没能做到天衣无缝，反给雍亲王留下了可乘之机。秦钟瞬间又成了康熙的替身，完全可与孙大圣的变化水平相比拟。

探究康熙的死因及过程，还得从晴雯、宝玉、尤二姐身上寻找答案。著书人为了便于隐述，就将上人之事补记在了下人身上，在"胡庸医乱用虎狼药"及"勇晴雯病补雀金裘"两回，康熙这一上层人物就由丫鬟晴雯来扮演了。借晴雯的"小伤寒"对应康熙的"偶患风寒"，将发生在宫廷深处的秘情巧妙地流露出来。话说晴雯与麝月照顾宝玉，自然不如袭人周全，谜书特别安排把袭人遣走，袭人被遣走与黛玉被遣走，同属"一声而两歌"，均是弘晳被遣去东北祭祖，只剩下了晴雯与麝月。几番交代之后，晴雯出门想开个玩笑，在外面一冷，回屋后又一暖，不觉打了两个喷嚏，就这样简简单单伤风感冒了。晴雯由伤风感冒进入角色，随后便拉开了康熙临终之病一场大戏的帷幕。再看谜书的描写："至次日起来，晴雯果觉有些鼻塞声重，懒怠动弹。宝玉道：'快不要声张！太太知道，又叫你搬了家去养息。家去虽好，到底冷些，不如在这里。你就在里间屋里躺着，我叫人请了大夫，悄悄的从后门进来瞧瞧，别回太太罢了。'晴雯道：'虽如此说，你到底要告诉大奶奶一声儿，不然一时大夫来了，人问起来，怎么说呢？'宝玉便唤一老嬷嬷吩咐道：'你回大奶奶去，就说晴雯白日冷着了些，不是什么大病。袭人又不在家，他若家去养病，这里就更没有人了。传一个大夫悄悄的从后门进来瞧瞧，别回太太罢了。'老嬷嬷去了半日，来回说：'大奶奶知道了，说吃两剂药，好了便罢。若不好时，还是出去为是。如今时气不好，恐沾带了别人事小，姑娘们的身子要紧的。'晴雯只管咳嗽，气得喊道：'我那里就害瘟病了？只怕过了人！我离了这里，看你们这一辈子都别头疼脑热的。'宝玉忙按他道：'别生气，这原是他的责任，惟恐太太知道了说他不是，白说一句。你素习好生气，如今肝火自然盛了。'"

晴雯成了康熙的替身演员，宝玉成了胤禛的替身演员，通过描写点明康熙的病只是伤风感冒，雍亲王却故意隐瞒病情，不让曹老太君知道，眼下还没发现有任何的不肖行径。使人不能理解地从后门悄悄请来一个胡庸医，与前文特请能断生死的张友士明显有走板跑调之嫌。胡庸医看病，宝玉竟躲避在书架后，丫鬟也都回避了。既是庸医，就没必要给他那么大的面子呀。这两个不是太医的医生，能给康熙看病，说明了什么？雍亲王为何不用宫廷内现成的太医，偏偏从宫外邀请游迹的野医，其中的奥秘就不言而喻了。谜书还特别交代胡庸医见晴雯手上有两根指甲足有三寸长，亦属荒唐之言，既荒唐，就有用途，后文再解读晴雯两根指甲的用途。诊完脉道："小姐的症是外感内滞，近日时气不好，竟算是个小伤寒。幸亏是小姐素日饮食有限，风寒也不大，不过是血气原弱，偶然沾带了些，吃两剂药疏散疏散就好了。"与康熙之病如出一辙、完全相符，晴雯的戏往下也就好演了。

"宝玉看药方上面有紫苏、桔梗、防风、荆芥等药，又有枳实、麻黄，便道：'该死，该死，他拿着女孩儿们也像我们一样的治，如何使得！凭他有什么内滞，这枳实、麻黄如何禁得。谁请了来的？快打发他去罢！再请一个熟的来。'……茗烟果请了王太医来，诊了脉后，说的病症与前相仿，只是方上果没有枳实、麻黄等药，倒有当归、陈皮、白芍等，药之分量较先也减了些……王太医又来诊视，另加减汤剂。虽然稍减了烧，仍是头疼。宝玉便命麝月：'取鼻烟来，给他嗅些痛打几个嚏喷，就通了关窍。'麝月果真去取了一个金镶双扣金星玻璃的一个扁盒来，递与宝玉。宝玉便揭翻盒扇，里面有西洋珐琅的黄发赤身女子，两肋又有肉翅，里面盛着些真正汪恰洋烟。（脂批：汪恰，西洋一等宝烟也。）"描写晴雯病情，专门插叙一段鼻烟疗法不合常理的故事情节，此亦属荒唐之言。前清时期，那鼻烟还属稀有之物，著书人隐用此物的目的，就是告诉读者，有病的晴雯绝非是丫鬟。在康雍年间，这等宝烟壶根本不会出现在一般的贵族家庭，尤其是贵族家的丫鬟，绝无使用宝烟壶的可能，反之，康熙使用，倒合情合理了。

老皇帝对药理知识也是非常精通的，雍亲王在父皇面前的一番表现，其目的就是秃子头上的虱子，读者自然心里门儿清。获得康熙的好感与信任，是软禁康熙的一步好棋，然而背后胤禛又干了些什么？谜书接着交代道："正值凤姐儿（胤禛）和贾母（曹老太君）、王夫人商议说：'天又短又冷，不如以后大嫂子带着姑娘们在园子里吃饭一样。等天长暖和了，再来回的跑也不妨。'贾母等都觉得好，此事便定下了。"曹老太后究竟知不知道康熙正在畅春园养病？谜书并未交代，但从故事情节的进展状况看，雍亲王还是欺上瞒下、连蒙带骗把曹老太后给忽悠了。园中特添一厨房，就意味着内外失去了联系，园外之人不可能知晓红墙内所发生的重要事件。"宝玉因记挂着晴雯、袭人等事，便先回园里来。"宝玉记挂晴雯之病倒有情可原，她正在园中养病，袭人早回家看母亲去了，人都见不着，他为何还要记挂？因为袭人在这里是弘晳的替身，当然要记挂了，如果弘晳过早回来，就前功尽弃、功亏一篑。"宝玉到房中，药香满屋，一人不见，只见晴雯独卧于炕上，脸面烧得飞红。又摸了一摸，只觉烫手。忙又向炉上将手烘暖，伸进被去摸了一摸身上（正面看是否荒唐?），也是火烧。因说：'别人去了也罢，麝月、秋纹也这样无情各自去了?'晴雯道：'秋纹是我撵了他去吃饭的，麝月是方才平儿来找他出去了。两人鬼鬼祟祟的，不知说什么。必是说我病了不出去。'宝玉道：'平儿不是那样人。况且他并不知你病，特来瞧你，想来一定是找麝月来说话，偶然见你病了，随口说特瞧你的病，这也是人情乖觉取和的常事。便不出去，有不是，与他何干？你们素日又好，断不肯为这无干的事伤和气。'晴雯道：'这话也是。只是疑他为什么忽然又瞒起我来。'（脂批：宝玉一篇推情度理之谈，以射正事，不知何如。）宝玉笑道：'让我从后门出去，到那窗根下听听说些什么，来告诉你。'"既然人家有事相瞒，宝玉为何非要偷听？他又想听到什么？结果偷听之事与窃贼有关，被盗窃的是"金镯"。脂批："极妙！红玉既有归结，坠儿岂可不表哉？可知奸贼二字是相连的，故情字原非正道，坠儿原不情，也不过一愚人耳，可以传奸，即可以为盗。二次小窃皆出于宝玉房中，亦大有深意在焉。"这段脂砚斋的批语与康熙的病情没有关系，重点提示的是盗窃之事。既然是行窃，宝玉所扮演的角色便悄悄发生了改变，这时他又成了"衔玉而诞"皇太子胤礽的替身。宝玉房里两次丢东西：一次是两年前良儿偷玉，加上这次坠儿偷金镯。"玉"和"金镯"均与皇权有关，说白了就是皇太子两次丢了太子位，两次被废。坠儿曾给小红、贾芸传过情之信物，"可以传奸，即可以为盗"，坠儿即成奸盗之人，奸盗之人又出自皇家。分析脂批"红玉既有归结"，指小红被凤姐从宝玉房里要走，归了凤姐，此时凤姐又成了康熙的替身，归了康熙就成了皇子，良儿和坠儿均是康熙的皇子或皇子的党羽，这里的"奸"与"盗"意义基本一致，传奸就是四处传播太子的坏话，太子的宝座相当于被他们偷窃了，他们就是奸贼。再补充说明一下"情字原非正道"：小说的表面是大旨谈"情"，但又不是单纯谈情，情与"清"谐音，就是一边谈"清"，一边借机隐含皇家的历史。如果读者仅仅在"情"字上转圈儿，就不可能真正读懂谜书背面的隐史真相。因为"情字原非正道"，"亦大有深意在焉"才是真正的庐山真面目。

转回来再说宝玉偷听：被盗的金镯就是传位诏书，宝玉明明知道晴雯的脾气，听了这些偷盗之事必然会火冒三丈，必然会加重病情，可结果还是"一长一短告诉了晴雯"。晴雯听了，果然气得"柳眉倒竖，凤眼圆睁，即时就叫坠儿"。老皇帝确实动了真气。雍亲王究竟拿什么话题惹康熙动怒，谜书虽未明讲，表面是坠儿行窃，实际是由谁继承皇位最合适的问题，现成的事例就是明太祖传位给孙子朱允炆的故事，恰恰就是这个孙子，待朱元璋一死，就将矛头对准了诸位叔叔。雍亲王与康熙在接班人的问题上，一定发生过激烈的争论，更准确点讲该是逼宫，他想让老皇帝交出皇权，再立自己为皇储。康熙已被软禁，除了生气，又没别的办法，其结果就是病愈治愈重。

谜书中的故事千头万绪，解读起来只须顺藤摸瓜，关键要看晴雯的病情如何发展：这里晴雯吃了药，仍不见病退，急得乱骂大夫："只会骗人的钱，一剂好药也不给人吃。"脂批："奇文！真娇憨女儿之语也。"小说的故事正所谓真真假假、虚虚实实，也没个准头，但采用荒唐的表述毋庸置疑。试想，如果晴雯的替身也是个丫鬟，如何会在主人面前乱骂，而且还骂得理直气壮，比主人还主人，谁给她那么大的权力？由此判定，晴雯扮演的绝不是丫鬟。晴雯之病为何总不见好？"麝月道：'你太性急了，俗话说：病来如山倒，病去如抽丝。又不是老君的仙丹，哪有这样灵药？你只静养几天，自然好了；你越急越着手。'"麝月的话说得够明白了，就是静养几天，再次表明康熙的病情绝无生命危险。晴雯又骂小丫头子们："那里钻沙子去了？瞧我病了，都大胆子走了。明儿我好了，一个一个的才揭你们的皮呢！"小丫头子篆儿问："姑娘作什么？"脂批："此'姑娘'亦姑姑、娘娘之称，亦如贾琏处小厮呼平儿。皆南北互用一语也。"著书人在此明显的荒唐处加批，目的再明确不过了，他既想让读者一下子就能读懂谜书背面的隐情，又担心过于泄真，节外生枝。

晴雯接着骂道："别人都死绝了，就剩了你不成？"于是，见坠儿前来"填限"。

> 晴雯道："你瞧瞧这小蹄子，不问他还不来呢。这里又放月钱了，又散果子了，你该跑在头里了。你往前些，我不是老虎吃了你！"晴雯冷不防欠身一把将他手抓住（脂批：是病卧之时），向枕边取了一丈青，向他手上乱戳，口内骂道："要这爪子作什么？拈不得针，拿不动线，只会偷嘴吃。眼皮子又浅，爪子又轻，打嘴现世的，不如戳烂了！"麝月劝道："才出了汗又作死。等你好了，要打多少打不的？这会子闹什么！"晴雯命人叫宋嬷嬷进来说道："宝二爷才告诉了我，叫我告诉你们，坠儿很懒，宝二爷当面使他，他拨嘴儿不动。连袭人使他，他背后骂他。今儿务必打发他出去，明儿宝二爷亲自回太太就是了。"

分析这个坠儿，既是宝二爷的手下人，必是雍亲王的亲信、心腹。坠儿做窃贼，所窃之物是传位诏书，这些都是幻笔，试想：康熙的传位诏书哪儿能那么好窃取？实际是雍亲王的门下拿传位诏书说事，故意贬低弘晳的执政能力，抬高雍亲王的治国水平，惹康熙大动肝火，好给病榻中的老皇帝雪上加霜。至于晴雯对坠儿又打又骂，那是小说情节的需要，大可不必当真。

患病中的老皇帝，在雍亲王的"精心"照料之下，总无法得到充足的休息，总有永远干不完的大事等着他。坠儿一事刚过，又发生了一件使人料想不及的怪事："晴雯方才又闪了风着了气，反觉更不好了。翻腾至掌灯，刚安静了些，只见宝玉回来，刚进门就嗐声跺脚。麝月忙问缘故，宝玉道：'今儿老太太喜喜欢欢的给了这个褂子，谁知不防后襟子上烧了一块，幸而天晚了，老太太、太太都不理论。'""勇晴雯病补雀金裘"一回，表面看去，晴雯不过是在病床上修补一件名贵的裘衣，若顺着解读的思路来分析，就存在雍亲王的蓄谋与故意，存心给病中的老皇帝添堵，竭力"劳其筋骨，饿其体肤，空乏其身"，每天给康熙精心规划工作进程。

究其真情，是什么事情非让老皇帝拖着疲惫疾病的身躯劳神到天亮？按谜书"孔雀金线就像界线"来分析，"病补雀金裘"就是影射康熙处理涉及边境的紧急朝务。谜书叙述："宝玉便递与晴雯，又移过灯来，细看了一会。晴雯道：'这是孔雀金线织的，如今咱们也拿孔雀金线就像界线似的界密了，只怕还可混得过去。'麝月笑道：'孔雀线现成的，但这里除了你，还有谁会界线？'晴雯道：'说不得，我挣命罢了。'"谜书反复使用"界线"一词，此案该是国界大事。谜书还透出"哦啰嘶国的裁缝"，表面意思是从俄罗斯进口的裘衣，这是著书人的"假语"，因为这种稀罕东西俄罗斯根本就没有，只有南京的少数人能做，二百多年前，只有江宁织造府能做出来。著书人再次使用了张冠李戴，目的隐含康熙朝与沙俄多有边境争议和边境冲突的事实，此"雀金裘"关系到边境划界或边境冲突事宜，麝月的话明显点出，除了康熙其他人均无权定夺。从明天非穿不可来看，该是沙俄的使者来京谈判，谈判时必须给出明确的结果。究竟这紧急的朝务是真还是假，在清史档案中一查便知，如果清史没有记载，此边境事宜就是雍亲王忽悠康熙的说辞。通过一晚上的"病补"，康熙的身体状况果然要"挣命"了，看谜书描写："晴雯先将里子拆开，用茶杯口大的一个竹弓钉牢在背面，再将破口四边用金刀刮的散松松的，然后用针绫了两条，分出经纬，亦如界线之法，先界出地子后，依本衣之纹来回织补。

96

补两针，又看看，织补两针，又端详端详。无奈头晕眼黑，气喘神虚，补不上三五针，伏在枕上歇一会……一时只听自鸣钟已敲了四下，刚刚补完，又用小牙刷慢慢的剔出绒毛来。麝月道：'这就很好，若不留心，再看不出的。'宝玉忙要了瞧瞧，说道：'真真一样了。'晴雯已嗽了几阵，好容易补完了，说了一声：'补虽补了，到底不像，我也再不能了！''嗳哟'了一声，就身不由主睡下了。"命在旦夕的康熙由此加快了归天的步伐。

清史《永宪录》记载康熙因寒颤病倒，又因血液凝结医治无效，到匆匆忙忙驾鹤西游，著书人再在"苦尤娘赚入大观园"一回，继续隐写雍亲王设计软禁康熙的历史真相。凤姐（胤禛）说："前于十日之先，奴已风闻，恐二爷不乐，遂不敢先说，今可巧远行在外（遣弘晳去东北祭祖），故奴家亲自拜见过，还请姐姐下体奴心，起动大驾，挪至家中。"后吩咐"都不许在外走了风声"，此正表明雍亲王完全控制了畅春园。因为隆科多是雍亲王的铁杆儿，又是九门提督，康熙的一切活动，均在他的掌控之中。自康熙养病畅春园伊始，所有的侍从及服务人员均由雍亲王的心腹所代替，故而就有"丫头善姐便有些不听使唤起来"的特殊状况，更有"弄小巧借剑杀人"，贾赦又把他的丫鬟秋桐赏给贾琏为妾，不论这秋桐影射谁，反正是雍亲王的亲信，畅春园想不热闹恐怕老皇帝只能望洋兴叹了。

谜书交代胡庸医看病："进来诊脉，说是经水不调，全要大补。"表面针对尤二姐肚子里的孩子，若将这孩子看成是传位诏书，此言就另含他意了。就畅春园当时的状况，康熙已被雍亲王完全软禁，如想正常传位，百分百是蒸沙成饭。胡庸医接着又诊半日道："'若论胎气，肝脉自应洪大。然木盛则生火，经水不调亦皆因肝木所致。医生要大胆，须得请奶奶将金面略露露，医生观观气色，方敢下药。'于是，这胡君荣一见露出脸来，竟魂魄如飞上九天，通身麻木，一无所知。"这症候究竟是看病的医生还是病人？谜书常采用囫囵不定之语，到底是谁？肯定是康熙驾崩了。谜书在设计人物方面，往往给名字注入一定的含义，胡太医竟叫"胡君荣"，如此泄露之笔，直接影射大清朝的皇帝。"胡太医道：'不是胎气，只是瘀血凝结。如今只以下瘀血、通经脉要紧。'""通经脉"就是传大位，皇帝驾崩，国不可一日无主，新君继位刻不容缓，当然是"要紧"了。后面补述"竟将一个已成形的男胎打了下来"，即康熙的传位方针按照雍亲王的精心设计顺利流产，又与"觉大限吞生金自逝"同符合契，就是康熙的传位大计胎死腹中，没面世就含笑九泉了。

在"慧紫鹃情辞试莽玉"一回中，谜书中的宝玉又成了康熙的替身。单看影射康熙之笔："宝玉听了，吃了一惊，忙问：'谁？往那个家去？'（脂批：这句不成话，细读细嚼，方有无限神情滋味。）紫鹃道：'你妹妹回苏州家去。'……便如头顶上响了一个焦雷一般……见他呆呆的，一头热汗，满脸紫涨……更觉两个眼珠儿直直的起来，口角边津液流出皆不知觉。给他个枕头，他便睡下；扶他起来，他便坐着；倒了茶来，他便吃茶。"宝玉为何听到林妹妹回苏州家去就痴迷了呢？林黛玉仍是弘皙的替身演员，康熙病重之时，自然很想见到嫡皇孙弘皙，当雍亲王告诉他弘皙不在京城，已到东北祭祖去了，老皇帝犹如听到了晴天霹雳。他费尽心血培养出来的大清国皇位继承人，却在传国宣诏的关键时刻，偏偏到千里之外的北国去观赏那里的冰雪景致了，对老皇帝来说无疑是致命的一击。这上对不起列祖列宗，下愧对臣民百姓的误国之举，不仅给千古一帝留下了终生的遗憾和传位败笔，也给封建王朝的最终覆灭及中华民族的深重灾难留下难以弥补的隐患。

"一时李嬷嬷来了，看了半日，问他几句话也无回答，用手向他脉门摸了摸，嘴唇人中上边着力掐了两下，掐得指印如许来深，竟也不觉疼。李嬷嬷只说了一声：'可了不得了！''呀'的一声便搂着放声大哭起来。急得袭人忙拉他说：'你老人家瞧瞧，可怕不怕？且告诉我们去回老太太、太太去。你老人家怎么先哭起来？'李嬷嬷捶床捣枕说：'这可不中用了！我白操了一世心了！'袭人等以他年老多知，所以请他来看，如今见他这般一说，都信以为实，也都哭起来。"从谜书中年老多知的李嬷嬷都说"不中用了，我白操了一世心了"和众人大哭来看，康熙已经龙驭上宾了。因小说中的宝玉身份特殊，是不可能写宝玉之死的。故下文才有"果真不妨"一说，这一死一生，宝玉的替身就发生了变化，不亚于行者悟空的变化速度。在看似荒唐的描述中，方可品味出著书人刻意所隐的惊天机密，袭人又哭道："不知紫鹃姑奶奶说了些什么话，那个呆子眼也直了，手脚也凉了，话也不说了，李妈妈掐着也不疼了，已死了大半个了！连李妈妈都说不中用了，那里放声大哭，只怕这会子都死了！"其中所说"不知紫鹃姑奶奶说了些什么话"，暗含说给老皇帝的还不止弘皙不在京城这一件事，对应秦家两代人扎着堆儿去死，就因智能"私逃进城要会秦钟"，基本透露有人要挟老皇帝重写传位诏书，结果令老皇帝更加愤怒，加上康熙又处于被软禁状态，身边没一个贴心的人，也真成了无可奈何花落去。"贾母见紫鹃，眼内出火，骂道：'你这小蹄子，和他说了什么?'宝玉'哎呀'醒来，一把拉住紫鹃死也不放，说：'要去连我也带了去。'"贾母此时才刚露面，原因是雍亲王再也无法隐瞒下去了。从老祖宗眼中喷火的情形看，亦可断定老皇帝是赍志而殁。贾母大骂紫鹃，紫鹃就是惊天谜案的帮凶，是雍亲王的铁杆儿党羽，紫鹃该是谁的替身? 从名字"紫"字就能知道是雍正朝初期红得发紫之人，对应雍正朝前期，就有一位呼风唤雨、风光一时、还被雍正封为舅舅的隆科多，在这里紫鹃百分百就是他的替身演员。

从康熙晚年言行来看，他的建嗣计划所培养的接班人绝不是雍亲王胤禛。清史记载：康熙临终，召众皇子觐见，四阿哥提前觐见了康熙，还有物证一说，康熙将先皇顺治"所戴念珠授雍亲王"。朝鲜史书对此也有记载：迎接大清国告讣使官金演听翻译讲，康熙临终前，解脱头项所戴念珠与胤禛讲："此乃顺治皇帝临终赠朕之物，今我赠尔，有意存焉，尔其知之。"有人认为传念珠就是传位江山，这种理解不符合清王朝的传位规则，皇帝临终，首要的任务就是传大位，第一行为就是宣读传位诏书。康熙传念珠的举动，只能理解交给雍亲王一项重要任务，如同秦可卿托梦给王熙凤为贾家办两件事一样，那是选定的继位人不在场，老皇帝无奈，只好嘱托皇四子雍亲王代父传位，再说，被软禁的康熙也找不到其他皇子。面对皇权，跳出三界之外在家修行的圆明居士，照样动心，照样理不直气不壮地欣然笑纳了。另外，从众皇子对雍正登基的态度，也能看出康熙选定的继位人绝不是雍亲王，不然的话，他们不可能在根本不知详情的情况下，对继位人不仅惊异，而且是愤怒。

康熙晚年十分注意打击皇子结党的行为，活动猖獗的皇八子允禩就是重点被打压的对象，然而，他却忽视了另一个觊觎皇位的人，皇四子胤禛。表面看雍亲王不动声色，潜心修佛恋道，实际上已利用裙带关系网罗了年羹尧、李卫等地方大员及皇帝身边的九门提督隆科多，一切均在秘密进行，不显山不露水，老皇帝一直被蒙在鼓里，从未对其有任何的防范，大多把他当成可信赖的皇子留在身边。康熙六十一年十一月十三日晚，在严密控制畅春园并得到玄烨某些内侍协助下，隆科多一方面严密封锁消息，另一方面又矫诏将皇子们急召到畅春园，告知康熙病危。尽管他们参与了对玄烨的照料和抢救，但康熙的病情已严重恶化。这时的皇亲国戚及文武大臣并不知道红墙内的惊天噩耗，如此保密的目的就是为了麻痹允祀、允禵集团成员以及被废皇太子胤礽的亲信，防止他们因此有所警觉，进行反击。

康熙驾崩之后，隆科多才向在场的皇子们宣达了继位诏书，且是修改过的满文本。结果完全出乎皇子们的意料，对允祀、允禵集团和胤礽的亲信们不啻是晴天霹雳。诏令已下，皇子们虽然猜忌、愤恨，但回天乏术，隆科多是雍亲王的死党，他们也能猜到其中的阴谋。当时，还有种说法：晚年的康熙年老体衰、心力消耗过大，这并不是构成康熙猝死的直接原因，造成康熙猝死的直接原因就是强烈、巨大的精神刺激！具体表现从十一月十日起，康熙实际上已处于雍亲王的控制之下，尤其在争论重新拟定接班人的问题上，使康熙受到自二废太子之后最强烈的精神刺激。康熙本无致命疾病，只是偶患风寒，但在隆科多、雍亲王的精心刺激、打击之下，终于精神崩溃，卧床不起，引发高烧。胤禛明知康熙平日最讨厌人参，老年高烧者忌服人参，却又偏用人参，促使康熙的病情朝着恶化的方向迅猛发展，雍亲王挖空心思，就是为了让康熙的生命列车在几天之内如愿运行到终点站。

康熙之死之病症是著书人隐述的主线，开始从秦氏的"药案""脉案"，到秦氏父子扎堆儿离世，再到晴雯感冒发高烧、宝玉突现痴迷、尤二姐"吞生金自逝"，均是康熙从病到死的描述过程。尽管在谜书中比较分散，并不影响形成完整的证据链条。康熙确实是因病而死，不必怀疑，但他的病本不该在短短的七天就寿终正寝，不肖子胤禛急于夺嫡登基，竟给老皇帝对症下药：一用肝火攻其心，二用劳神伤其心，三用相思迷其心，四用人参烧其心……如此这般地折腾，对于一个六十九岁患有重感冒的老人来说，就不只是雪上加霜了。

早年清史专家孟森先生对康熙之死就深感怀疑，他通过阅读大量的文献，就认为康熙之死是雍亲王精心设计的一桩疑案。清史著名学者王仲翰在《清世宗夺嫡考实》一文中认为："康熙被谋害致死之说不是捏造的。"意大利人马国贤身临其境、目击其事的记载是："驾崩之夕，号呼之声，不安之状，即无鸩毒之事，亦必突然大变，可断言也。"谜书没有康熙被毒致死的隐写，意大利人记载的"突然大变"也合情合理。除此之外，雍亲王继位后的系列举动也让世人生疑：他在位期间，没居住康熙生前所居的畅春园，却另拨巨款营建了圆明园，还没去过一次康熙年年必往的避暑山庄，反离开京东的马兰峪，在数百里以外的京西易县另建自己的泰陵。

《大义觉迷录》中雍正上谕的原文是："至康熙六十一年十一月冬至之前，朕奉皇考之命，代祀南郊，时皇考圣躬不予，静摄于畅春园，朕请侍奉左右，皇考以南郊大典，应于斋所虔诚斋戒，朕遵旨于斋所至斋。至十三日，皇考召朕于斋所，朕未至畅春园之先，皇考命诚亲王允祉、淳亲王允祐、阿其那、塞思黑、允䄉、允祹、怡亲王允祥、原任理藩院尚书隆科多至御榻前，谕曰：'皇四子人品贵重，深肖朕躬，必能克承大统。'著继朕即皇帝位。是时唯恒亲王允祺以冬至命往孝东陵行礼，未在京师，庄亲王允禄、果亲王允礼、贝勒允禑、贝子允祎，俱在寝宫外祗候。及朕驰至，问安皇考，告以症候日增之故，朕含泪劝慰。其夜戌时龙驭上宾，朕哀恸号呼，实不欲生。隆科多乃述皇考遗诏，朕闻之惊恸，皆仆于地。诚亲王等向朕叩首，劝朕节哀。朕始强起办理大事。此当日之情形，朕之诸兄弟及宫人内侍与内廷行走之大小臣工，所共知共见者。"雍正的辩解能不能站住脚，看后来的清朝野史，确实于事无补，只能是越描越黑。

清野史记载：康熙传位诏书，一份满文遗诏在隆科多手上，被大展幻术，几经篡改，由雍亲王磕磕绊绊完成了登基大典；另一份汉文遗诏曾密藏在江南的曹家，后在雍正六年也被雍正攫取。康熙除这两份传位诏书外，还有一件重要的传位物证——传国玉玺，即自秦朝流传下来的和氏璧，曹頫于雍正六年转给了弘晳，就一直密藏在弘晳的手中。

康熙晚年，隆科多身居要职，一直掌管着京师卫戍大权，《大义觉迷录》解释道："皇考升遐之日，召朕之诸兄弟及隆科多入见，面谕御旨，以大统付朕，是大臣之内，承旨者唯隆科多一人。"康熙死后，隆科多备受雍正恩宠，成为政治暴发户，命他与大学士马齐等为总理事务大臣，袭一等公爵，又下令称他为舅舅，授予吏部尚书，仍兼步军统领。雍正二年六月，兼领理藩院事，还任纂修《圣祖仁皇帝实录》《大清会典》总裁官，得赐双眼花翎、四团龙补服、黄带和鞍马紫辔。到雍正三年起，其命运急转直下，转眼间被革职、削爵。《清史稿》雍正谕曰："朕御极之初，隆科多、年羹尧皆寄以心腹，毫无猜防。孰知朕视为一德，彼竟有二心，招权纳贿，擅作威福，欺罔悖负。朕岂能姑息养奸耶？向日明珠、索额图结党行私，圣祖解其要职，置之闲散，何尝更加信用？隆科多、年羹尧若不知恐惧，痛改前非，欲如明珠等，万不能也！殊典不可再邀，覆辙不可屡蹈，各宜警惧，毋自干诛灭。"雍正五年闰三月，宗人府告发隆科多私藏玉牒（皇家族谱）缮本，列四十一款罪，禁锢后死于雍正六年六月。

秦可卿是宁国府的贾蓉之妻，第五回将贾宝玉接进自己房间，才有贾宝玉梦游太虚幻境、查阅钗令、聆听仙曲，后与一个鲜艳妩媚似乎是宝钗，婀娜风流又如同黛玉的仙姑发生了关系。贾宝玉看到了争夺他这个宝座的两个人，此时的林黛玉（太子）成为失败者，宝钗（雍正）成为宝座的主人，脂批："妙，盖指薛、林而言也。"这位与宝玉发生特殊关系的仙姑叫兼美，如采用拆字法分析：兼，因小说中秦可卿为女性，生女为"嫌"，嫌的意思就是厌恶，不满意或人见人烦。把美字拆开，就是"大王八"，把兼美的名字合在一起，就是人见人烦的大王八。兼美与宝玉结合，秦可卿扮演的对象就发生了改变。她转眼成了皇帝宝座（贾宝玉）的主人，进而幻化为雍正皇帝。

秦可卿是贾家宁府的第五代，也是未来宁国府的（女）主人，前两代已经作古，现存三代。清朝在关外经历了努尔哈赤、皇太极两代，就是宁公贾演、贾代化。现存的三代是顺治、康熙、雍正。从努尔哈赤算起，雍正正是第五代的清朝皇帝，与秦可卿同辈，是真哥们儿。第五回秦可卿第一次出场：

> 宝玉倦怠，欲睡中觉，贾母命人好生哄着，歇一回再来。贾蓉之妻秦氏便忙笑回道："我们这里有宝叔叔收拾下的屋子，老祖宗放心，只管交给我就是了。"又向宝玉的奶娘、丫鬟等道："嬷嬷、姐姐们，请宝叔随我这里来。"贾母素知秦氏是个极妥当的人，生的袅娜纤巧，行事又温柔和平，乃重孙媳中第一得意之人，见他去安置宝玉，自是安稳的。

贾母对秦可卿的评价，就是康熙对四皇子胤禛的评价，也是对雍亲王平时为人的评价，他平时潜心佛道，似乎对皇位毫无兴趣，康熙对他是极其放心的，其夸赞之词也是从内心流溢出来的。此回故事的地点在宁国府，因为赏花，秦可卿与贾宝玉梦中结合，就是雍正皇帝与皇帝宝座的结合。脂批："这是第一家宴，偏如此草草写。此如晋人倒食甘蔗，渐入佳境一样。"

雍正的继位存在很多疑点，说其矫诏篡立，毋庸置疑，这样说并不是要抹杀他的历史功绩。在封建社会中，即使一个英明的君主也往往采用阴谋手段、残酷斗争、骨肉相残等方式来夺取和巩固自己的政权，像汉武帝、唐太宗、武则天、努尔哈赤等都存在屠兄弑弟、杀子逼父的行为，雍正并非是个例。他作为最高统治者，勤于政务，洞察世情，以雷厉风行的姿态进行整顿改革，其功勋不容抹杀。雍正在位十三年，是清朝统治巩固的重要时期，他承上启下，也为乾隆朝短暂的繁荣打下了坚实的基础。

在秦可卿的丧事上，贾珍请了钦天监阴阳司择日，钦天监是朝廷主管天文、气象、历法的官署，阴阳司是虚构的，在清廷并不存在，当然，钦天监里有阴阳生，负责为皇宫内各种活动选择良辰吉日。贾珍不考虑民间的阴阳先生，直接动用朝廷钦天监官员为秦可卿的丧葬服务，足可确定贾珍与秦可卿的真实身份，绝不是普通的贵族大家，结果定下一个旷日持久的治丧时刻表：停灵四十九天。贾珍还请了一百零八个和尚为秦可卿祈祷，请九十九位全真道士连续为秦可卿打四十九天解冤洗业醮，接受亲友为秦可卿吊丧、收受礼金，"白漫漫人来人往，花簇簇宦去官来"。后停灵在会芳园，灵前请来五十位高僧、五十位高道对坛按七做好事。这么多僧、道所做的就是为秦可卿免罪、解冤、洗业，可见她在世上的一切活动，真是罪孽深重，竟要这么多有道行的人、这么长时间来化解，她的灵魂方可步入极乐世界。

小说背面的隐史就比较明白了，由于雍亲王夺嫡篡位，罪恶昭著，激起了皇族内部的集体抗争，除皇十三子允祥外，其他兄弟都不支持。十四子允禵因表示强烈不满，被从前线调回，永远禁锢；皇八子允禩、皇九子允禟是雍正的死对头，雍正将二人迫害致死；皇十子允䄉和皇三子允祉及他的儿子弘晟均被永远圈禁；皇十二子允祹被降爵贬秩。连他的亲生儿子弘时也不满其所作所为，站在八叔允禩一边，被处罚致死。据朝鲜记载：雍正上台，被杀的宗室、官员达数百人，包括康熙身边一位照料皇帝起居的内务府官员赵昌，在康熙死后就被立即处死，引起举朝震惊。估计赵昌太了解康熙驾崩和传位真相了，方引来杀身之祸，与谜书中的瑞珠之死存在惊人的相似。

雍正登基后的头等大事，就是收缴先皇留下的御旨和朱批，他继任新君十四天就立即下谕："若抄写留存，隐匿焚毁，日后发觉断不宽宥，定行从重治罪。"特别是对大将军王十四阿哥，在康熙去世的第二天，就将英勇善战的延信，由公爵晋升为贝子，又派他火速赶往甘州（今甘肃张掖），命十四阿哥当月二十四日前必须赶回。延信走后不久，雍正紧接着追发了一道秘谕："抵达后，将大将军王所有奏折、朱批谕旨，全部收缴封固后奏送。如果将军要亲自带来，你从速开列缘由，在伊家信带至京城前秘奏。你若手软疏忽，检阅奏文后并不全部交来，朕就生你的气了！若在路上遇见大将军，勿将此谕稍有泄露。"雍正对此举解释道："皇父诸旨今若不收，不肖之徒有皇父谕旨，妄行指称，为生事证据，有关皇父之至治，其一概封进。"大将军王十四阿哥手中到底会有康熙的何种谕旨，雍正的心里应该门儿清，起码说允禵对康熙选定的继位人应该知情。雍正的迷信思想也非常浓厚，如果做了对不起别人的事，就会表现出有悖常理的举止。乾隆说："允禩、允禵觊觎窥窃，诚所不免，及皇考绍登大宝，怨尤诽谤，亦情事所有，将未有显然悖逆之迹。皇考晚年屡向朕谕及，愀然不乐，意颇悔之。"乾隆的话是不是雍正受到良心谴责后，内心深处的真实表露呢？

在祭奠秦可卿的名册上，首先出现的是八公。清朝没有八公，但有八旗、八大贝勒，还有八个铁帽子王：礼亲王、肃亲王、睿亲王、郑亲王、庄亲王、豫亲王、顺承郡王、克勤郡王。贾珍通过太监戴权，即代权，代替皇权，为贾蓉买得五品龙禁尉的官票，灵牌上皆写"天朝诰授贾门秦氏宜人之灵位"，并大书"防护内庭紫禁道御前侍卫龙禁尉"。细想五品龙禁尉，即无品龙禁尉，无品即极品。秦可卿是极品龙禁尉，与她父亲秦业的品位一样，都是无品。秦业是康熙的替身，秦可卿自然就是雍正了。秦可卿的丧礼如此隆重恰在情理之中，这是雍正的国丧，报丧的云板为四下，民间有神三鬼四的说法，此处是特指，即皇四子胤禛归天了。八面诸侯、四方郡王、各方达官贵人及北静王的拜祭，外加越权的太监，诵经的和尚，隆重的仪仗队，组成浩浩荡荡的送殡队伍，从北京出发……具体落实下来，这一系列活动的状况，小说的原文仅有百字："那应佛僧正开方破狱，传灯照亡，参阎君，拘都鬼，筵请地藏王，开金桥，引幢幡；那道士们正伏章申表，朝三清，叩玉帝；禅僧们行香，放焰口，拜水忏；又有十三众尼僧，搭绣衣，靸红鞋，在灵前默诵接引诸咒，十分热闹。"贾珍面对秦可卿之死，哭得泪人一般。脂批："可笑，如丧考妣，此作者刺心笔也。"贾珍哭成泪人，表面看绝对荒唐，"此作者刺心笔也"就能明白，此时的贾珍又成了雍正的替身演员，他在为康熙奔丧，是死了亲爹，即使装也要装出痛不欲生的样子。

对于秦可卿之死，脂批："所谓'层峦叠翠之法'也。野史中从无此法。即观者到此，亦为写秦氏未必全到，岂料更又写一尤氏哉？"读者看到，在这绵延不断的山峦中，每一个山峰、每一个山坡、每一个沟壑都有贾珍的影子，都活跃着贾珍哀痛、繁忙、劳神和担心的身影，从开始报丧，到四十九天守丧，再到选择棺木，都是贾珍在操心、在忙活，直到发丧日，还是贾珍亲自坐了车，到铁槛寺踏看停灵的地方。作为秦可卿丈夫的贾蓉，倒显得无所事事、纸醉金迷，好像秦可卿与他没任何的关系。贾珍还宣布对秦可卿的丧事要"尽我所有"。脂批："'尽我所有'为媳妇，是非礼之谈。父母又将何以待之？故前此有恶奴酒后狂言，及今复见此语，含而不露，吾不能为贾珍隐讳。"此脂砚斋批语，明显要把读者引向小说正面贾珍的"爬灰"之路；实际上，脂批同样存在荒唐之言，真真假假，有时也在蒙人。

再说谜书背面隐情，贾珍就是假的胤禛，整个场面故意表现贾珍，冷淡贾蓉，故意安排小说中的不可思议，甚至是荒唐之言，从而揭示谜书所隐的历史真相。可以说借秦可卿之死，著书人把康熙和雍正的出丧合并在了一起，一同发丧，主要借助于"虎兔相逢大梦归"，解读起来显得眼花缭乱，目的尽显清皇家的排场与奢靡。

秦可卿有两个丫鬟瑞珠和宝珠，瑞珠在秦可卿死后撞柱而亡，小说交代："此事甚罕。"二百多年来，大多红迷认为，瑞珠是为了保守贾珍与秦可卿的苟且秘密无奈自尽，这是小说的正面。如果否定了贾珍的爬灰，瑞珠之死就另有隐情了，清野史给雍正罗列了十大罪状，其中就有逼母撞柱一项。雍正是否逼死生母？《大义觉迷录》说："逆书加朕以逼母之名。"看来当时雍正"逼母"说流传很广。清野史记载：雍正的同胞兄弟允禵接到康熙驾崩的消息后，急匆匆从甘州赶回京城，到达城外接到雍正的谕旨，要他在景陵等候父皇的丧葬大礼。十四皇子常年在外带兵，母子间极少会面，雍正的母亲思儿心切，要求马上见面，雍正不许，最后，雍正的母后撞柱以死相逼，瑞珠之死大有隐指雍正逼母一事。宝珠是秦可卿的另一个丫鬟，在主人死后："因见秦氏身无所出，乃甘心愿为义女，誓任摔丧驾灵之任。"宝珠——宝主子——宝亲王——乾隆皇帝，雍正的丧礼是由乾隆办理的，如同秦可卿与宝珠、雍正与乾隆没有血缘关系一样。

十一回凤姐探视秦可卿的描写："看见秦的光景，虽未甚添病，但是那脸上身上的肉全瘦干了。"正是雍正淫欲过度的身体状况。在秦可卿病重期间，只有贾珍、贾蓉、尤氏、王熙凤、贾宝玉关心其病情：贾珍、贾蓉是雍正的替身，尤氏是有事之人，"胃气疼"，谐音"为妻疼"，雍正的嫔妃能不心疼？王熙凤也是雍正的主要替身之一，有时与秦可卿合二为一，小说中二人的关系亲密有加就不足为奇了。贾宝玉关心秦可卿及后来的吐血，他是皇帝的宝座，雍正是他的主人。作为贾府上下齐夸赞的人，除了这五人之外，还有贾母，她是康熙的替身，已于十二年前驾鹤西去，她就是想关心雍正也鞭长莫及了。其他人对秦氏均显得漠不关心、泰然处之，正是雍正众叛亲离的真实写照。秦可卿是怎么死的？谜书没有交代，与雍正一样，太监发现时已经死亡。雍正之死已成历史之谜，至于秦可卿是怎么死的，就不重要了，重要的是她扮演了雍正。

根据谜书流行的年代、真实的历史、历史环境、传说的野史等，对照谜书的故事及人物，找出谁是谁的替身演员，才是真正理解和揭开谜书秘密的关键。更重要的一点，要理解谐音取意，如甄士隐——真事隐、贾雨村——假语存等。秦可卿作为持疑不定又是十二金钗的重要人物，二百多年来一直是红学研究的重点对象。大多红迷将秦可卿定性为道德沦丧、"爬灰"事件的女主角，更有甚者将秦可卿视为贾家败落的罪魁祸首。研究出的结果往往被小说表面现象所迷惑，揭示出谜书背面的隐情也往往是南辕北辙，原因是著书人的隐匿手法太高明了，如果读者一眼就能清澈见底的话，恐怕著书人及其家属就要遭殃，保护自己是人的第一本能，也是人类的自然法则。

在秦可卿的屋里，可以见到如下设置："案上设着武则天当日镜室中设的宝镜，一边摆着飞燕立着舞过的金盘，盘内盛着安禄山掷过伤了太真乳的木瓜。上面设着寿昌公主于含章殿下卧的榻，悬的是同昌公主制的联珠帐。"几样物品原来的主人都是皇帝或皇家人，对照秦可卿这一人物的名和姓，就能看出她与皇家存在不可分割的关系。秦朝是中华民族完成统一后的第一个朝代，也是中华民族拥有第一个皇帝的封建王朝。秦岭大地是皇帝的诞生地，共执政十四年灭亡，与雍正执政的纪年相仿，如果两头算，包括康熙六十一年在内，雍正执政也是十四年。秦朝是个暴政的朝代，秦嬴政就是个暴君；清雍正朝也是个暴政的朝代，胤禛也是个暴君。其谐音就是秦、清，嬴政、胤禛。在雍正自撰《大义觉迷录》的罪名排序中，屠兄弑弟名列前茅，历史上争权夺利屠兄弑弟者大有人在，最著名的莫过于"玄武门事变"。唐朝的都城建在了长安，是建立在秦国的大地之上，唐太宗李世民也被称之为秦王，他屠兄李建成、弑弟李元吉，最终目的就是争夺皇位。

秦姓本身就是皇帝的代名词。武则天是中国历史上唯一的一位女皇帝，秦可卿室内陈设首先提到的就是武则天的用品，基本点明了秦可卿的帝王身份。武则天当皇帝，是篡夺了大唐的帝位，属于名不正言不顺，她屠杀李家王子几乎要赶尽杀绝。在雍正的野史中，他之所以当上皇帝，是谋害了康熙后抢班夺权，在屠兄弑弟方面毫不逊色于唐太宗和武则天。

秦可卿的出身一直是个谜，谜书交代："他父亲秦业（脂批：妙名。业者，孽也，盖云情因孽而生也），现任营缮郎（脂批：官职更妙，设云因情孽而缮此一书之意），年近七十，夫人早亡。因当年无儿无女，便向养生堂抱了一个儿子并一个女儿。谁知儿子又死了，只剩女儿，小名唤可儿。（脂批：出明秦氏究竟不知系出何氏，所谓寓褒贬、别善恶是也。秉刀斧之笔、具菩萨之心亦甚难矣，如此写出可儿来历亦甚苦矣。又知作者是欲天下人共来哭此情字。写可儿出身自养生堂，是褒中贬。后死封龙禁尉，是贬中褒。灵巧一至于此。）长大时，生的形容袅娜，性格风流。（脂批：四字便有隐意。《春秋》字法。）因素与贾家有些瓜葛，故结了亲，许与贾蓉为妻。那秦业至五旬之上方得了秦钟。"在整部谜书中，著书人正面谈"情"，背面隐义则是说"清"，正所谓"盖云情因孽而生也"。在清朝皇宫中，皇子出生后或交由官员之妻抚养，或交由嫔以上包括嫔位的后宫主位抚养，总之，皇子诞下之后独不可付与生母抚育。皇子们在婴幼儿时期，统一住在紫禁城东北部宁寿宫和景福宫后面的兆祥所，他们均由乳母也称作嬷嬷的保姆哺育照料。秦可卿出身养生堂，就是指清朝皇宫"因孽而生"的特殊制度造成的。雍亲王从小由孝懿皇后抚养，远离自己的生母，可以说从小如同没有生母一样。孝懿皇后就是隆科多的姐姐，雍正称隆科多舅舅，是有真凭实据的，绝非故意贬低雍正。胤禛对孝懿皇后极其孝敬，与自己生母德妃的关系十分紧张，此消息从宫中流传到民间，就是曾静等野史反书中雍正逼母撞柱罪行的创作来源，也是皇家没有血缘亲情的主要原因。

秦业在抱养秦可卿的同时还抱养了一个儿子，小说为何加进一个完全无关的人物？其背景是有原因的。雍正的生母德妃在康熙十九年二月初五再得麟儿，生了皇六子胤祚，胤祚六岁就夭折了。秦业年近七十（康熙驾崩时六十九岁），现任营缮郎，就是负责建造皇宫的官员，正五品。五品就是无品，皇帝的地位最高，是没有品级的，秦业不仅负责监督建造皇宫，还是居住皇宫的官员，他无疑就是康熙的替身演员。秦钟的来历也令人费解：谜书交代秦业年近五十才得秦钟，这就让人迷惑不解了，他既有生育条件，为什么那么长时间没有生育？问题出在哪儿，没有交代。更令人疑惑的是，他无缘无故从养生堂一次性就抱养了一儿一女，为什么？也没交代。著书人如此安排秦氏姐弟的关系，自有他不可告人的小阴谋。清野史记载，雍亲王勾结隆科多密谋篡改传位诏书，篡夺了同胞兄弟十四皇子的帝位，这几乎是人人皆知的，但野史毕竟是野史，其中必有主观想象和猜测的成分。著书人想揭示的是，雍亲王与十四阿哥虽为同胞兄弟，却是政敌、仇敌，如此安排秦氏姐弟的关系，目的是强调他们虽是同父同母所生，其二人的实际关系如同没有血缘关系一样。

秦可卿的判词、钗令中有六个"情"字，且配有悬梁自缢的图画，意在证明秦可卿为"情"而亡。第五回警幻仙子与贾宝玉的对话中出现了"意淫"一词，脂批："按宝玉一生心情，只不过'体贴'二字，故曰'意淫'。"通过对秦可卿的全面解读，"意淫"就是"意胤"，"胤"就是雍正皇帝——胤禛。警幻仙道："吾所爱汝者，乃为天下古今第一淫人也。"脂批："不见下文，是人一惊，多大胆量，敢如此作文！"此批已直白地泄露了真情，暗指雍正登基后，将所有"胤"字辈兄弟中的胤字改成"允"字，即公允，也包括全国所有叫胤字之名的人，必须统统改掉，否则就是大逆不道，就有篡党夺权的嫌疑。雍亲王胤禛就成了天下唯一"胤"字辈的人，也就是"天下古今第一淫（胤）人也"。

贾珍被扣上"爬灰"的帽子，主要因为脂砚斋提示十三回原来的回目叫"秦可卿淫丧天香楼"。如果把"淫"字换成"胤"字，原来回目的意思就相当明白了。现在的回目是"秦可卿死封龙禁尉"，就是雍正死后，封土入葬，真龙天子晋位。两个回目表达的意思几乎相同，后者更加隐秘。脂批："通回将可卿如何死故隐去，是大发慈悲心也，叹叹！"此意隐含谜书的主旨在讲雍正的历史，创作中隐去了雍正皇帝的丑陋行为，本身就是大发慈悲。

王熙凤在丧事上的所作所为，正代表了执政后的乾隆皇帝。秦可卿交代的后事，可理解为雍正的遗言，也可以说是著书人的幻笔或杜撰。"话说凤姐儿自贾琏送黛玉往扬州去后，心中实在无趣，每到晚间，不过和平儿说笑一回，就胡乱（脂批：'胡乱'二字奇）睡了。"批注的"奇"字就是秦可卿的死亡与王熙凤的"睡"是一个意思，均指雍正归天。脂批："荣、宁世家未有不尊家训者。虽贾珍尚奢，岂明逆父哉？故写敬老不管，然后恣意，方见笔笔周到。"此批明确交代：荣、宁两府属于大家族，家训甚严，贾珍绝不会做出叛逆父亲的行为，"爬灰"几无可能。贾敬为何不管贾珍的所作所为？此时贾敬所扮演的替身已发生了变化，他又成了康熙的扮演者，康熙已死，哪儿还顾得上去管雍正？贾珍、王熙凤共同操办秦可卿的丧礼，就是雍正操办康熙的丧礼，乾隆操办雍正的丧礼，贾珍的行为就是雍正的行为，也就是康熙死后雍正悲痛欲绝的真实表现；王熙凤的行为，就是乾隆的行为，再现了乾隆为雍正大办丧事的真实历史。这正是著书人"一笔不写一家文字"的典型范例。

十三回首批："诗曰：一步行来错，回头已百年。古今风月鉴，多少泣黄泉！"是说《大义觉迷录》的撰写刊发，是雍正英明、睿智一生当中所做的最愚蠢、最别扭的一件憾事，他为自己树立了千古骂名，死不瞑目。古往今来多少野史，埋没了多少英魂，"其言其意，令人悲切感服，姑赦之"就是《大义觉迷录》里雍正的上谕内容。从另一方面看，《大义觉迷录》对巩固清朝的统治、驯化国民对皇帝的服从、维护皇家的尊严等也起到了一定的进步意义。

秦可卿在第五回说到她的弟弟，第一次笑道："上月你没看见我那个兄弟来了，虽然与宝叔同年，两个人若站在一处，只怕那个还要高些。"第七回提到："那宝玉自己见了秦钟的人品出众，心中似有所失。痴了半日，自己心中又起了呆意，乃自思道：'天下竟有这等人物！如今看来我竟成了泥猪癞狗了。可恨我为什么生在这侯门公府之家？若也生在寒门薄宦之家，早得与他交结也，不枉生了一世。我虽如此比他尊贵 (脂批：这一句不是宝玉本心之语，却是古今历来膏粱纨绔之意)，可知锦绣纱罗，也不过裹了我这根死木；美酒羊羔，只不过填了我这粪窟泥沟。富贵二字不料遭我荼毒了！' (脂批：一段痴情，翻'贤贤易色'；一句筋斗，便复此后朋友中，无复再敢假谈道义、虚话伦常矣。此是作者大发泄处!)""贤贤易色"即尊重有贤德的人，而看轻貌美的女色。翻这句的筋斗，就是重美貌女色、轻贤良品德的大有人在，尤其是在皇宫。正因为富贵，才"假谈道义、虚话伦常"，也是晴雯撕扇的主要原因，她撕的就是皇家的伪善。第九回说："二人同来同往，同起同坐，愈加亲密，一个腼腆温柔，未语先红；一个性情体贴，话语缠绵。"脂批："秦钟为'情种'。"与秦可卿的判词、钗令中六个"情"字遥相呼应，其中必有隐情。结合宁国府三代主人皆是雍正的替身，秦可卿就是雍正皇帝，显然她的弟弟秦钟也是雍正的替身，著书人巧妙运用人物的分身法交代了雍正不同时期的历史事件。

整部谜书就是通灵宝玉在红尘人世所经历的事件，也是雍正执政十三年的历史，凡小说中出现"十三"这组数字，基本认定与雍正执政的十三年有关。秦钟之所以隐意为"情种"，就是民间流传雍正谋父篡位、屠兄弑弟等罪行，并非人人认可。雍正将《大义觉迷录》刊发全国州、府、县及学衙，予以澄清，纯是画蛇添足、多此一举。小说描写秦钟进贾府及与贾宝玉结识的目的，就是为了进贾府的私塾，隐意就是《大义觉迷录》进了皇家的学衙，在此，秦钟又幻身成了《大义觉迷录》。秦钟在私塾遭受他人的凌辱，就是《大义觉迷录》遭受学子们的戏谑，脂批："设云'情钟'。古诗云：'未嫁先名玉，来时本姓秦。'二语便是此书大纲目、大比托、大讽刺处。""未嫁先名玉，来时本姓秦"这两句出自南梁刘缓的《敬酬刘长史咏名士悦倾城》，全篇本来是一首艳情诗，再将几个典故上的女子描写一番，结果被后人巧妙借用成对朝代更替、皇权迭变的讽刺与揶揄。原楚国有美玉和氏璧，世人皆知，秦统一天下后，和氏璧便成了秦朝的战利品，还被专门制成了传国玉玺。接下来的"不知有汉，无论魏晋"代代遗传，人们就把改朝换代、玉玺相传讥讽成玉玺改嫁。第一个拥有传国玉玺的是秦朝，所以叫"来时本姓秦"。何为"大比托、大讽刺处"？指的是"设云'情种'"，其"纲目"就是"大旨言情"，也就是第五回中脂砚斋的这段批语，"作者视女儿珍贵之至，不知今时间女儿可知？余为作者痴心一哭，又为近之自弃自败之女儿一恨。"还包括雍正执政期间如同苦行僧一般奋发蹈厉、庄敬自强，其对大清的贡献绝对称得上首屈一指，但由于亲自撰刊了《大义觉迷录》，属自作多"情"播下了挨骂的"种"子，将近十三年艰辛的努力全部化为乌有，他为乾隆朝打下的坚实基础，世人知之甚少，可谋父篡位、屠兄弑弟、冷酷残暴、一代暴君的形象却深入人心，世代流传，至今仍是难解之谜。

秦钟死前宝玉曾去探望，两个小鬼惧怕宝玉的威名，允许延长秦钟的性命，最后还是没能挽回。宝玉亲自探望的实际就是雍正的谕旨："朕之子孙将来亦不得以其诋毁朕躬而追究诛戮。""朕治天下，不以私喜而赏一人，不以私怒而罚一人。""曾静系朕特赦之人。"可笑的是老子定案，儿子继位尚未改元就公开翻案，命将曾静、张熙押解到京师，将二人凌迟处死，列《大义觉迷录》为禁书。贾宝玉没能挽回秦钟的性命，秦钟作为秦氏家族最后一员走向死亡。秦氏家族的彻底熸亡，乾隆虽然彻底销毁了《大义觉迷录》，并没有挽回对雍正造成的极大伤害，雍正的恶名仍在民间广泛流传。小说交代："那秦业至五旬之上方得了秦钟。"秦钟的生父秦业此时又成了雍正的替身，也是雍正励精图治执政十三年的光辉业绩，秦钟自然还是《大义觉迷录》的幻身，此书刊刻发行时，雍正正好五十一岁。

　　贾宝玉在幻境中遇险的经历："因二人携手出去游玩之时，忽至一所在。但见荆榛遍地，虎狼同群，迎面一道黑溪阻路，并无桥梁可通。（脂批：若有桥梁可通，则世路人情犹不算艰难。）正在犹豫之间，忽见警幻后面追来，告道：'快休前进，作速回头要紧。'（脂批：机锋。点醒世人。）宝玉忙止步问道：'此系何处？'警幻道：'此既迷津，深有万丈，遥横千里，中无舟楫可通，只有一个木筏，乃木居士掌舵，灰侍者撑篙，不受金银之谢，但遇有缘者渡之。尔今偶游至此，设如堕落其中，则深负我从前谆谆警戒之语矣。'话犹未了，只听迷津内水响如雷，竟有许多夜叉海鬼将宝玉拖将下去。吓的宝玉汗下如雨，一面失声喊叫：'可卿救我！'……却说秦氏正在房外嘱咐小丫头们好生看着猫儿狗儿打架，忽听宝玉在梦中唤她的小名，因纳闷道：'我的小名这里从没人知道的，他如何知道，在梦里叫出来？'正是：一场幽梦同谁近，千古情人独我痴。（脂批：云龙作雨，不知何为龙，何为云，何为雨。）"通过评批可知：云雨之事乃龙所为，龙代表的是皇帝，就是皇家之事，所谓男女苟且之事是不存在的。许多红迷关心贾宝玉的年龄，纠结于贾宝玉十一二岁的孩童，怎能行男女苟且之事？其实，贾宝玉与太虚幻境中可卿的云雨结合，就是雍正与皇帝宝座的结合。"荆榛遍地"是雍正即位后历经磨难，每项改革都充满了坎坷；"虎狼同群"是"八爷党"等密谋勾结、兴风作浪、惹是生非、制造事端，杂搅整个朝局不得安宁；"一道黑溪"是在民间广泛传播雍正十大罪状的流言蜚语；"迷津"是雍正错误地高估了世人的觉悟，他含辛茹苦却不被理解，就如同掉进了万丈深渊；"木居士"是雍正本人，他自称圆明居士，本想通过《大义觉迷录》引渡被迷惑的世人，回到正确的认识上来；"许多夜叉海鬼将宝玉拖将下去"，是雍正自己编撰的《大义觉迷录》，将自己的一世英名毁于一旦；"可卿救我"是著书人通过《石头记》倾诉冤屈，为雍正恢复应有的名誉。脂批："删却'淫丧天香楼'一段，是'菩萨之心'恕可卿；写贾珍丑态，乃'刀斧之笔'揭其画皮也！"脂砚斋批语意在申明对秦可卿形象的爱护，就是给雍正留下了极大的面子；揭贾珍的画皮，就是揭雍正晚年贪图女色、纵欲过度，造成身体的极度恶化，有时候连自己分内的工作也不能完成。

秦可卿与贾珍的"爬灰"是小说正面的结论，这个结论的重要证据就是一条脂批："因命芹溪删去'遗簪''更衣'诸文，是以此回只十页，删去天香楼一节，少去四五页也。"其实，这样的结论有极大的断章取义之嫌。通过对批注的解读，删去"淫丧天香楼"是对秦可卿形象的爱护，也是对雍正的变相宽恕，维护了皇家的声誉。既然著书人删去了"淫丧天香楼"——雍正之死的情节，重塑了秦可卿的形象，是不是现存的秦可卿（雍正）就该是著书人心目中的形象？雍正称帝执政十三年，在自己的兄弟中基本处于众叛亲离、孤家寡人之状态。朝鲜史料有一条说法："雍正晚年贪图女色，病入膏肓，自腰以下不能运用者久矣。"朝鲜使者在给本国国王的报告中有没有听信清廷的旨意，已无从考证，至少没必要故意捏造、肆意攻击，这条史料基本可作雍正晚年身体亏损的一条辅证。清史研究者康熙帝第八世庶孙金恒源这么认为："概括起来，雍正之死同他多年勤政之累的体力透支有很大关系；同他心神长期不得安宁、夜不能寝、精神不能贯注、惧怕报应有很大关系；更同他长期以来不断服用丹药、体内大量积毒有关；他晚年为求长生加大剂量服用丹药，乃至乱服春药更是导致他最终猝死的直接原因。"如详细解读谜书，雍正猝死的原因远非如此，作为第一著书人的弘晳，他就是当时的目击证人，谜书自有详细的隐述，后文再详细解读。

"金寡妇贪利权受辱"一回，交代金寡妇向尤氏状告秦钟、贾宝玉，尤氏极力维护秦可卿、秦钟、贾宝玉的利益，使金寡妇知难而退，并称秦可卿是"打着灯笼也难找的好儿媳"。众多红迷从小说的正面看到秦可卿与公公贾珍有染，焦大口中的"爬灰"就是指贾珍和秦可卿。如果小说背面的真情确有此事，连私塾里的孩子都知道，尤氏不可能不知。按常规理解，金寡妇告状无疑是当面羞辱尤氏，尤氏的脸面何在？尤氏该发火才对，又何来的和颜悦色，还极力维护秦可卿？作为一个女人，绝不可能容忍这种伤风败俗的腌臢事发生在老公和儿媳的身上。由此判定，"爬灰"之事绝不是秦可卿所为，应为秦可卿平反昭雪、恢复名誉。

此回写到受辱的金寡妇、璜大奶奶，按正常的思路来分析，小说中凡出现"金"姓，就是爱新觉罗氏；凡出现"王"姓，就是皇家或皇家的直系亲属，基本可这样判定谜书中的真事所隐。璜又通皇，问题就比较明白了，金寡妇、璜大奶奶就是皇家之人。既然问题出在皇家，璜大奶奶又是金寡妇的小姑，依照谜书的时代背景，就得在康、雍朝寻找原型人物了。

凡读过小说的都知道，贾母早就是老寡妇了，对应康熙老太后曹氏，前文交代秦可卿又代替了雍正之死，雍正死后齐皇后李氏自然也就成了寡妇，加上弘时的福晋也是寡妇。三代老少寡妇都出自皇家，受辱的寡妇该是谁呢？"闲话之间，金荣的母亲偏提起昨日贾家学房里的那事，从头至尾，一五一十都向他小姑子说了。这璜大奶奶不听则已，听了，一时怒从心上起。"脂批："何等气派，何等声势，有射石饮羽之力，动天摇地，如项暗咤。"璜大奶奶"怒从心上起"，所得知的真情，就不仅仅是闹朝堂一事了，实际锁定在了雍正暴死一案上。老少寡妇还知道刺杀雍正的真凶是谁，尽管她们与雍正在世时权力地位大不一样，但凭借皇太后和皇后的名义，也不会轻饶刺客的。秦可卿所扮演的替身随之发生了变化，她又成了雍正谜案刺客的扮演者。

著书人将两个末世混为一谈，书中情节如同时空隧道一般。谜书暗隐，得病的秦可卿就是参与刺杀雍正的刺客之一。王夫人道："前日听见你大妹妹说，蓉哥儿媳妇儿身上有些不大好，到底怎么样？"尤氏道："他这个病，病的也奇。上月中秋，还跟着老太太、太太们顽了半夜，回家来好好的。到了二十后，一日比一日觉懒，也懒待吃东西，这将近有半个多月了。经期又有两个月没来。"这个尤氏，此时又成了富察氏马家大嫂子的替身，宁府自然也就成了富察氏马家的府邸。

富察·马齐是雍正朝军机处成员之一，也是乾隆首任皇后富察氏的娘家伯伯。乾隆对马齐的评价："历相三朝，年逾大耋，举朝大臣未有及者。"作为"二马吃遍天下草"的二马，实指富察·马齐、富察·马武兄弟，也包括富察·马斯喀、富察·李荣保均属谜书中的马家兄弟。乾隆的孝贤纯皇后是富察·李荣保的女儿，富察·米思翰的孙女，李荣保在四兄弟中最小。马家并不姓马，先姓富察后改姓富，谜书以冯家为替身，隐指二马，堪称四大家族之后的第五大家族。不过，富察马家作为"好知青冢骷髅骨，就是红楼掩面人"的第五大家族，著书人因怕泄露天机，就幻笔把富察马家安排进了宁府。宁府的贾珍、贾蓉也包括贾琏在内等人，也都成了富察氏一族的替身演员：贾珍是马齐的替身；贾琏是马武的替身；贾蓉是马齐儿子的替身……秦氏得病的关键期竟是中秋节后的"二十后"。翻开清史雍正龙驭上宾一页，雍正失踪于八月二十一日，二十三日子时宣布驾崩。谜书写冯紫英为秦氏请了个能断生死的张友士大夫，可冯紫英竟在铁网山打围时被"兔鹘捎了一翅膀"，也就是在刺杀雍正的过程中挂了彩。

雍正被刺死后尸首撂进了圆明园，朝野上下就将园中所有的怀疑对象禁管起来，刺客也必在其中。看谜书交代："现今咱们家走的这群大夫，那里要得？（脂批：医毒。非止近世，从古有之。）一个个都是听着人的口气儿，人怎么说，他也添几句文话儿说一遍。可倒殷勤的很，三四个人一日轮流着倒有四五遍来看脉。他们大家商量着立个方子，吃了也不见效，倒弄得一日换四五遍衣裳。"所谓请来的太医都看不透病情，亦属荒唐之言，那么多的太医皆是笨蛋，可能吗？这是刑部在确认凶手，隐意是不敢确认秦氏该不该死。因为秦氏是马家直接参与刺杀雍正的刺客，而马家又是帮乾隆继位的主要力量，事后必然得宠。这有权有势的家族，一定会想办法保住秦氏的性命，"任凭神仙也罢，治得病治不得命。"这句话就有点儿意思了，说明秦氏想保住活命还真是不易，原因是小说中隐写了两个金寡妇之故。雍正齐皇后李氏虽然成了寡妇，已没了权威，但凭曹老皇太后等人在朝的势力，包括弘晳等诸王爷权势尚在，也不可能让刺客留住性命。认定刺客的办法还真的不难，谜书中的茗烟就是贾宝玉的跟班，茗烟就是冯紫英，冯紫英就是雍正的随从。雍正的随从除冯紫英外，全部遇难，唯他留下刀伤还活了下来，刑部的人个个鬼精，探查这样的案子还不是轻车熟路？马家人也不傻，为避免把事件闹大，威胁到皇位，也只能舍卒保帅牺牲他们自家的孩子了。小说中的刺客秦氏"死封龙禁尉"，实际就是给雍正殉葬，也是"一笔不写一家事文字"的具体案例。"龙禁尉"还是马家花钱从太监那儿买来的"头衔儿"。从清史记载来看，雍正册立后妃仅八人，泰陵中埋葬的远多出此数，其中必有马家的殉葬之人。

"庆寿辰宁府排家宴"一回，就写得比较外露，这是庆谁的寿辰？排何等家宴？"话说是日贾敬的寿辰，贾珍先将上等可吃的东西，稀奇些的果品，装了十六大捧盒，着贾蓉带领家下人等与贾敬送去，向贾蓉说道：'你留神看太爷喜欢不喜欢，你就行了礼来。你说：我父亲遵太爷的话未敢来，在家里率领合家都朝上行了礼了。'贾蓉听罢，即率领家人去了。"谁听说过做寿辰寿星不在的新鲜事？送去的"稀奇果品"，该是给死人上供用的吧？一点儿没错，王熙凤一语道破天机："大老爷原是好静养的，已经修炼成了，也算是神仙了，太太们这么一说，这就叫作'心到神知'了。"脂批："此等趣语也不肯无着落。"都成神仙了还庆什么寿辰？看这帮不肖子孙哪里有一丝的敬意？一边给死人送供品，一边在家请客收礼唱大戏，难怪有"造衅开端实在宁"了。这是雍正死后某个祭祀之日，小说通过言谈隐露真情："老太太原是老祖宗，我父亲又是侄儿，这样日子，原不敢请他老人家；但是这个时候，天气正凉爽，满园的菊花又盛开，请老祖宗过来散散闷，看着众儿孙热闹热闹，是这个意思。谁知老祖宗又不肯赏脸。"老祖宗当然不肯赏脸了，面对乾隆和马家这帮败家子，没拿龙头拐杖打将上来，算是给足了面子。另一方面，马家费尽心机收买曹老皇太后，目的是让老太君睁只眼闭只眼，饶刺客秦氏不死。

雍正暴死之后，停灵在所谓的铁槛寺，历时一年多，直到乾隆二年春才入泰陵。所谓的家宴就是乾隆和马家为祭祀雍正特别安排的一个日子，其中包括芝焚蕙叹、兔死狐悲的味道。谜书写道："天有不测风云，人有旦夕祸福。"这"旦夕祸福"就隐述了清王朝两个重要人物：

第一个"旦夕祸福"是用贾敬来隐指死后的雍正。

> 尤氏听了，心中甚喜，因说道："后日是太爷的寿日，到底怎么办？"贾珍说道："我方才到了太爷那里去请安，兼请太爷来家来受一受一家子的礼。太爷因说道：'我是清净惯了的，我不愿意往你们那是非场中去闹去．你们必定说是我的生日，要叫我去受众人些头，莫过你把我从前注的《阴骘文》给我令人好好的写出来刻了，比叫我无故受众人的头还强百倍呢。倘或后日这两日一家子要来，你就在家里好好的款待他们就是了。也不必给我送什么东西来，连你后日也不必来，你要心中不安，你今日就给我磕了头去。（脂批：将写可卿之好事多虑。至于天生之文中，转出好清静之一番议论，清新醒目，立见不凡。）倘或后日你要来，又跟随多少人来闹我，我必和你不依'……"

著书人采用幻笔写死人讲话，是借尸还魂。传说雍正身首异处，当时未找到头，铸金头入陵。小说中凤姐的两句骂言，值得深思回味：

> "你听听，这一起没廉耻的小挨刀的，才丢了脑袋骨子，就胡嗳嚼毛了。再偷攮下黄汤去，还不知嗳出些什么来呢。"
> "天雷劈脑子、五鬼分尸的没良心的种子！不知天有多高，地有多厚，成日家调三窝四，干出这些没脸面、没王法、败家破

业的营生。"

均暗隐雍正死后的脑袋不知流落何处。

　　第二个"旦夕祸福"就是秦可卿替代马家的刺客。在贾宝玉梦游太虚幻境一节，秦氏在贾宝玉入梦前和出梦后，都特别交代"看着猫儿狗儿打架"。宝玉入梦，隐含的是雍正归天，按雍正喜欢玩狗这一嗜好，秦氏就是刺杀雍正的直接参与者，她必须先处理掉雍正的狗和随从。马家刺杀雍正，就是为了弘历能当上皇帝，弘历已当上了皇帝，难道就不能保住马家刺客的性命？现在分析，还真的不能。乾隆最怕什么，他比谁都门儿清，也比谁都更加担心。皇宫中的皇太后、皇后把矛头指向了马家，弘晳及部分王爷也都将矛头指向了马家。他们都犯了方向性的错误，忽略了擒贼先擒王这一最基本的革命道理，最终铸成不可挽回的败局。马家毕竟是帮凶，刺客只是整个棋盘上的一个小卒，不把他的幕后老板赶下台，顶多当时受点儿窝囊气，到了人家腾飞辉煌的时候，照样"二马吃遍天下草"。

　　正因为皇太后、皇后及军机处多数成员具有很强的政治实力，马家刺客倒是说了一句真心话："任凭神仙也罢，治得病治不得命。婶子，我知道我这病不过是挨日子。"秦氏之病并不在身上，而在命上，她犯的可是弑君大罪，请来神仙也救不了她的命。凤姐并没有放弃最后的努力，此时她又成了乾隆皇后富察氏的替身："你只管这么想着，病哪里能好呢？总要想开了才是。况且听大夫说，若是不治，怕的是春天不好（雍正下陵入地宫的时间）。如今才九月半，还有四五个月的工夫，什么病治不好呢？咱们若是不能吃人参的人家，这也难说了；你公公婆婆听见治得好你，别说一日二钱人参，就是二斤也能够吃得起。好生养着罢，我过园子里去了。"谜书后用唱戏来点情："现在唱的这《双官诰》唱完了，再唱这两出也就是时候了。"《双官诰》讲明代儒生薛广外出经商，家留妻张氏，妾刘氏、王氏，刘氏利用丈夫外出之机偷情求欢，被妾王春娥发现……从戏曲的故事看，皇老太后和皇后仍死盯着马家的刺客。

　　凤姐再次来看秦氏，称"这年正是十一月三十日冬至"，到交节的那几日，又有"个症候，遇着这样大节不添病，就有好大的指望了"。包括贴身服侍的婆子说出"最怕冬至"。"冬至"二字真的非同小可，这天是皇家的大祭之日，说不准要拿刺客的脑袋做祭品的，秦氏当然怕冬至了。过了初二，凤姐又来看秦可卿，秦氏说道："好不好，春天就知道了。如今

116

现过了冬至，又没怎么样，或者好的了也未可知。婶子回老太太、太太放心罢。昨日老太太赏的那枣泥馅的山药糕，我倒吃了两块，倒象克化的动似的。"凤姐儿说道："明日再给你送来。我到你婆婆那里瞧瞧，就要赶着回去回老太太的话去。"秦氏道："婶子替我请老太太、太太安罢。"

"枣泥馅的山药糕"表面看是补血养胃的食品，还是老太太赏赐的，问题就出来了，老太太恨不得马上就砍下马家刺客的人头，怎么可能赐食品？其隐情是冬至已过，马家人也没闲着，曾托人做过皇太后、皇后的思想工作，老太太说了些囫囵语，没下狠话，刺客得知这一消息，感觉自己大有存活下来的希望，"倒象克化的动似的"。"婶子替我请老太太、太太安罢"一句，是希望富察氏继续做皇太后、皇后的思想工作，最好能使之撤诉，不再追究。"请安"一词既有刺客内心的期盼和担心，又有莫名的感激。

著书人用大篇笔墨表述马家刺客，其真身该是谁呢？他就是冯紫英，马齐的儿子或侄子。按《风月宝鉴》正面是美女、背面是枯骨来看，秦氏不可能是马家媳妇，而是马家的公子。在"铁网山打围"一节，冯唐与冯紫英均参加了刺杀雍正的行动，冯紫英还被"兔鹘捎了一翅膀子"，这挂了的彩正是脂批中秦氏的"遗簪"，留下了犯罪证据。雍正是被马家人所害，参与者不可能只是一两个人，秦可卿也不可能只替代一人。

在"贾宝玉路谒北静王"一回，脂砚斋批为"宝玉正文"，实际上也是"一击两鸣"。先看路祭的阵容："走不多时，路旁彩棚高搭，设席张筵，和音奏乐，俱是各家路祭：第一座是东平王府祭棚，第二座是南安郡王祭棚，第三座是西宁郡王，第四座是北静郡王的。原来这四王，当日惟北静王功高。"此写路祭一文，时空就穿越到了乾隆二年春，雍正下葬泰陵。正是弘晳等人由归乡地乐亭来到雍正灵柩下葬泰陵的途中，向雍正遗体告别。描写北静王路祭，此等场面绝不可再用裙钗来替代弘晳了，那样就荒唐得过了头，只好幻出北静王来。不过，这也切合实际，弘晳在朝为官时的王府，正是过去的太子府，位于京北的郑家庄。雍正灵柩下葬泰陵时，弘晳早已辞官，谜书交代四王唯北静王功高，而水溶竟是"不以王位自居"。这可不是什么北静王的谦逊，此时的弘晳已经没有了王位官爵，也包括东南西三王同样被削了爵位。正因为没有了爵位，方有路祭的可能，否则，就该随从在送殡的队伍中，如此弄得乾隆还得以国礼相见。北静王的名字水溶，在整部谜书中，仅在此处出现过一次，寓意弘晳刚从大海的水边赶来，与昔日的宗室亲王联合一体，要挑衅寻找乾隆的麻烦。给雍正送殡的队伍中绝不缺少马家之人。"犬妇之丧，累蒙郡驾下临，荫生辈何以克当？"这是富察·马齐出面说话了，意思是劳您大驾可担当不起。"世交之谊，何出此言。"水溶竟是笑着说话，倒是有点像胜利者的微笑。在雍正下葬送殡的队伍中，就有马家的陪葬人，等同于被押上了刑场，对马家人来说，可谓是颜面扫尽。这正是弘晳、皇太后、皇后等死盯不弃的结果。十四回结尾处的总评，倒能看明白此时著书人的心境："大抵事之不理，法之不行，多因偏于爱恶，优柔不断。请看凤姐无私，犹能整齐丧事。况丈夫辈受职于之上，倘能奉公守法，一丝不苟，承上率下，何有不行？"在十五回回前再次特别脂批："北静王论聪明伶俐，又年幼时为溺爱所累，亦大得病源之语。"两段脂批，完全道出弘晳从小看着宫廷皇权争斗长大的，尤其是父亲的两立两废，落下了胆小软弱的病根儿，往往在关键大事的处理上是优柔寡断。

看薛蟠把棺材板给了谁，就能明白著书人的隐意。有关秦可卿棺材板的描写，薛蟠是这样介绍的：

> "我们木店里有一副叫什么'樯木'，出在潢海铁网山上，作了棺材万年不坏。这还是当年先父带来，原系义忠亲王老千岁要的，因他坏了事，就不曾拿去。现今还封在店里，也没人出价敢买。你若要，就抬来罢了。"贾珍问价，薛蟠道："拿一千两银子来，只怕也没处买去。什么价不价，赏他们几两工银就是了。"……纹如槟榔，味若檀麝，以手扣之，玎珰如金玉。

此樯木就是金丝楠木，按秦可卿替代的人物看，此等棺木再好，也不可能给雍正使用，乾隆还不至于惨到向外人借用父皇的棺椁。谜书中薛蟠是胤礽长子的替身，所谓"当年先父带来"，就是皇太子自己给自己准备的，"义忠亲王坏了事儿"一说，影射皇太子被废已无权使用了。

贾珍在此是富察·马齐的替身，问题又来了，薛蟠既是弘晳同父异母的哥哥，也曾两次因弘晳皇位被抢大闹朝堂，他怎么会与刺杀雍正的马家套近乎呢？正所谓此一时彼一时也，大丈夫能屈能伸方为俊杰。当年因为弘晳要坐江山，肯定是打仗亲兄弟，上阵父子兵，冒死也敢闹。可闹了两次，弘晳竟是"癞狗！扶不上墙的种子"，辞官归乡了，哥们儿跟着他也是白忙活了一场，如果再闹，大有掉脑袋的可能，到那时可就真的不好玩儿了，不如见风使舵吧，否则，只能跟着弘晳去海边观鸟捕鱼捉蟹玩了。后在"开夜宴异兆发悲音"一回中，就有薛蟠在贾珍家鬼混，"头一个惯喜送钱与人"，竟成了出名的"呆大爷"，这棺材板给谁用，乃秃子头上的虱子，就不用费劲猜测了吧。

第七回凤姐与贾蓉的一段对话，值得关注，尤其是后面脂砚斋的批语。"凤姐笑（脂批：自负得起）道：'普天下的人，我不笑话就罢了，竟叫这小孩子笑话我不成?'贾蓉笑道：'不是这话，他生的腼腆，没见过大阵仗儿，婶子见了，没的生气。'凤姐啐道：'他是哪吒，我也要见一见！别放你娘的屁了。再不带我看看，给你一顿好嘴巴。'贾蓉笑嘻嘻的说：'我不敢扭着，就带他来。'（脂批：此等处，写阿凤之放纵，是为后文伏线。）"脂砚斋提示"后文伏线"就是对应宁府焦大醉骂一场戏：因贾珍不在家，先骂大总管赖二："不公道，欺软怕硬，有了好差使就派别人，像这样黑更半夜送人的事就派我。没良心的忘八羔子，瞎充管家！你也不想想，焦大太爷跷起一只脚比你的头还高呢！二十年头里的焦大太爷眼里有谁？别说你们这把子的杂种忘八羔子们！"赖二是谁呢？骂得也忒狠了吧！作为下人，夜里送客人很正常啊，何况送的还是凤姐儿和宝玉有脸面的主人。若看谜书的背面，焦大骂得一点儿也不过分，若将茗烟与卍儿苟且看成是马家人偷窃雍正写给弘晳的传位诏书，焦大是替着书人弘晳在骂，所骂之地正在宁府，宁府是马府的隐秘替身，贾珍是马齐，正好不在家，所谓的大总管赖二，影射马武（马二），他是领侍卫内大臣。

宁府到底干了什么罪该万死的事呢？还是让焦大接着往下骂吧："蓉哥儿（马齐的儿子），你别在焦大跟前使主子性儿。别说你这样的，就是你爹你爷爷，也不敢和焦大挺腰子呢！不是焦大一个人，你们做官儿享荣华受富贵？你祖宗九死一生挣下这个家业，到如今不报我的恩，反和我充起主子来了！不和我说别的还可，若再说别的，咱们红刀子进去白刀子出来！"这是在替雍正骂。当年雍正夺嫡时，马齐曾立下不朽的功勋，可不到十三年，雍正偏偏又死在马家人的手上。谁见过红刀子进去白刀子出来的命案现场，表面看是荒唐之言，实际是用红刀子影射正红旗，正红旗为下五旗之首，由诸王、贝勒和贝子分统，隐指皇家。明明是他们自家窝里斗，与曹家没半毛钱的关系，可偏偏栽赃陷害汉白旗的曹家，这就是"白刀子出来"的缘由。

凤姐也不是省油的灯，她作为富察氏的替身，是可忍孰不可忍："以后还不早打发了这没王法的东西，留在这里岂不是祸害？倘或亲友知道了岂不笑话咱们这样的人家连个王法规矩都没有？"于是，特写将焦大拖往"马圈"，这下焦大是不管不顾，连贾珍（大马）都骂了起来："我要往祠堂里哭太爷去。(脂批：'不如意事常八九，可与人言无二三！'——以二句批是假，聊慰石兄。)那里承望到如今，生下这些畜生来，每日家偷狗戏鸡，爬灰的爬灰，养小叔子的养小叔子，我什么不知道？咱们胳膊折了往袖子里藏！(脂批：放笔痛骂一回。富贵之家，每罹此祸。)"贾珍真的"爬灰"？非也！贾珍只做"保山"，他让贾琏偷娶了尤二姐，隐意就是在马齐、马武的帮助之下，乾隆获取了传位诏书，当上了皇帝。至于马齐是不是爬灰，还真的不好确定，起码说他的侄媳多姑娘，就把有权有势之人也包括乾隆在内，考试得所剩无几了。宝玉倒是凤姐的小叔子，可宝玉又是通灵宝玉，是皇帝的宝座，富察氏想当皇后，这个小叔子她真得好好养着不可！根据脂批"一击两鸣"和"一声而两歌"的创作方法，看谜书背面，秦可卿之死绝对与"爬灰"无关，表现秦可卿淫的另一方面就是"养小叔子"，此事是否存在？是否有证据可考？金陵十二钗正册最后一钗令是："画梁春尽落香尘（脂批：六朝妙句），擅风情，秉月貌，便是败家的根本，箕裘颓堕皆从敬（脂批：深意他人不解），家事消亡实在宁，宿孽总因情！（脂批：是作者具菩萨之心，秉刀斧之笔，撰成此书，一字不可更，一语不可少。)"表面意思：美人儿在画梁上结束了生命，靠着美貌卖弄风情就是败家的根本。中断好的家族传统是从贾敬开始，家业败落就因为宁国府家风不正，罪恶的根源就是风月之情。

　　脂砚斋批语"不如意事常八九，可与人言无二三"还真有聊慰石兄的典故：西晋武帝司马炎于公元265年即位后，三国时吴国皇帝孙皓仍占据长江下游及福建、两广地区。晋武帝为了灭吴，派尚书左仆射羊祜（221—278）都督荆州诸军事，以决定平吴之策。羊祜赴任后，首先推行睦边政策，取得江汉一带民心，随后提出伐吴之计。羊祜分析了敌我双方形势后认为：如果以梁州、益州之师水陆并进，以荆楚之兵进夏口，徐州、扬州、青州、兖州之兵进秣陵以为疑兵，一旦突破，吴内部必各行其是、离心离德，很快即可平吴。司马炎赞成他的作战方案，可当时北方边界时常受到侵扰，屡吃败仗，由于有后顾之忧，朝中一时下不了南进伐吴的决心。羊祜又上表陈述意见认为：南平则北必定，应速决伐吴之计。对羊祜的主张，朝中议论纷纷，武帝也动摇不定，致使计划搁浅。为此，羊祜叹道："天下不如意，恒十居七八，故有当断不断，天与不取，岂非更事者恨于后时哉！""天下不如意，恒十居七八"，后渐变成"不如意事常八九"，又加了"可与人言无二三"，含义也发生了变化，表示不能称心如意的事不少，能与人讲的却不多，形容有难言之隐。

著书人弘晳在揭示自己老祖宗的苟且之事方面，确实有难言之隐。历史就是历史，是确确实实存在的事件，他敢于直面真实的历史、敢为历史负责，证明谜书隐写的历史是真实的，绝非胡编乱造。后一脂批"放笔痛骂一回。富贵之家，每罹此祸"是曹霑所为，在他看来，焦大的醉骂，如同曹家的先人在对清廷说事，的确解气，的确淋漓，的确畅快。他的祖先为后金问鼎中原，建立大清江山，曾立下不可磨灭的功绩，过去还不到百年，皇太极的不肖重孙们，就卸磨杀驴，两次查抄曹家，使其一败涂地。焦大骂宁府的这些话，淋漓尽致地描绘出统治阶级满洲新贵的种种丑态，同时也揭示了清王朝大厦即将倾倒的必然命运。

既然"爬灰"与秦可卿无关，那"养小叔子"是否与秦可卿有关呢？仔细推敲谜书，小叔子就是比贾蓉还要风流还要俊俏的贾蔷，秦可卿和贾蔷乱搞，责任在长嫂，因而焦大骂"养小叔子的养小叔子"，指明行为的责任人是秦可卿。贾蔷正是靠着贾珍的豢养才跟秦可卿勾搭成奸，其实，这样的描写正是著书人的聪明之处，也是狡猾之处。小说开始就给予了说明："假作真时真亦假，无为有时有还无。"加上贾雨村这个特意安排的人名，意在告诉读者，小说的表面就是小说故事，是编造出来的，是假的，除了在谜书当中，哪儿都找不到。正如小说的另一个书名《风月宝鉴》提醒读者，小说具有它的两面性，正面是小说故事，背面才是隐记的历史。秦可卿作为谜书中的演员，是导演的特意安排，她扮演的是康熙、是雍正，他们与"爬灰"有没有关系呢？起码说史料上没有这方面的记载。"养小叔子"就更无可能，包括康熙、雍正的嫔妃在内。至于焦大所骂的"爬灰"与"养小叔子"，清野史还真有记载。

将清朝的历史向前推进到皇太极时期，多尔衮是清太祖努尔哈赤的第十四子，生于明万历四十年（1612）十月二十五日，为太宗皇太极的异母兄弟。他的母亲是努尔哈赤最喜欢的一个妃子，据说多尔衮相貌最像其父，深得父亲喜爱，努尔哈赤曾有意将其作为自己汗位的继承人。1626年努尔哈赤去世，多尔衮的母亲太妃乌喇那拉氏被逼殉葬，不满十五岁的多尔衮根本没能力争夺汗位。皇太极继承大统之后，年轻的多尔衮足智多谋、英勇善战，很快就以卓越的战功、出众的才干和对兄长皇太极的忠心，超越几位兄长，被封为睿亲王，领正白旗，参决军国大事，并娶了庄妃的妹妹为妻，与皇太极成了连襟。

"爬灰"和"养小叔子"来自焦大酒后的漫骂，爬灰、养小叔子的人是谁？首先要确定焦大扮演的是谁，确定了焦大的身份，才能确定具体的当事人。关于焦大的介绍：

> 尤氏叹道："你难道不知道这焦大的？连老爷都不理他的，你珍大哥也不理他。只因他从小儿跟着太爷出过三四回兵，从死人堆里把太爷背了出来、得了命，自己挨着饿，却偷了东西给主子吃，两日没得水，得了半碗水给主子喝，他自己喝马溺。不过仗着这些功劳情分，有祖宗时另眼看待，如今谁肯难为他去。他自己又老了，又不顾体面，一味吃酒，无人不骂。我常说给管事的，不要派他差事，全当一个死的就完了，今儿又派了他。"凤姐道："我何曾不知这焦大。倒是你们没主意，有这样的，何不打发他远远的庄子上去就完了。"

依照小说中的介绍，焦大从小就跟从太爷随军作战，按长征路上最小的红军战士为例，也该有十岁，他又伺候了四代主人，少说也是九十岁以上的老人。这么大年龄的老人还在为主人服务，显然不符合正常的退休原则，就是在二百多年前的前清，也绝无发生的可能，站在谜书的角度去理解，绝对是荒唐之言。有人认为是著书人的笔误，想想著书人会那么马虎吗？其实，著书人想反映的不是焦大的年龄，而是焦大的辈分。听焦大叫骂的是贾蓉、贾宝玉与王熙凤，恰好三人均是雍正的替身，从雍正往上推，他的太爷就是皇太极，再对照焦大的狂放不羁、居功恃傲，下场被小厮们制服，是不是康熙制服鳌拜的历史再现，焦大所替代的历史人物，就该是鳌拜。

清史记载，当皇太极去世以后，再次出现皇位之争，很快形成了多尔衮与皇太极长子肃亲王豪格两派的严重对立。双方都握有重兵，多尔衮有两白旗的支持，豪格则有两黄旗的拥护，一时间剑拔弩张，各不相让。但双方又各有顾忌，一旦兵戎相见，血溅朝堂，谁也没有必胜的把握。最后，在五大臣会议上，多尔衮审时度势，拒绝了拥戴者对自己的推荐，提出由皇太极第九子——年幼的福临继位，由他和郑亲王济尔哈朗共同辅政。既然立的是先帝之子，两黄旗大臣也无话可说，此议很快就得到各方认可，从而避免了在明灭亡前夕的关键时刻，清朝内部的分裂和相互残杀。多尔衮虽然没能当上皇帝，但在粉碎政敌豪格的同时，大大强化了自己的权力和地位，也成为前清王朝实际的统治者。几个月后，多尔衮敏锐地抓住时机，接受明朝山海关总兵吴三桂的请求，亲率大军入关，击败刚刚推翻明王朝李自成的农民起义军，占领北京。顺治元年（1644）九月，奉迎两宫皇太后和幼帝福临入京，定鼎中原，实现了努尔哈赤和皇太极梦寐以求的夙愿。在分兵南下继续征战的同时，多尔衮又取法于前明，总揽朝纲，尽心王事。在明清王朝更替的过程中起到中流砥柱的作用，其权势越来越大，地位越来越高，称号由"叔父摄政王"晋为"皇叔父摄政王"，最后直至"皇父摄政王"，就等于是太上皇了。

传闻的依据之一是多尔衮"皇父摄政王"的称号。多尔衮既非皇帝，又不是皇帝之父，既称皇父，必然是娶了皇帝的母亲，"不如意事"与多尔衮和孝庄的特殊关系分不开的。《清朝野史大观》有这样的记载：多尔衮趁着皇太极在前线作战的时候，经常往皇太极家里跑，就跟他的嫂子孝庄有了美丽的爱情。等皇太极归西之后，两人的爱情更加炽烈如火，后范文程说他可以做媒。最为离奇的是，范文程要说服顺治小皇帝，他告诉顺治：现在的多尔衮摄政王就是你的父亲，皇后就是你母亲，你父亲和你母亲如此相爱，要住在一起。其实，多尔衮的称号，是一步步抬高的，顺治元年十月，顺治被迎入北京举行登基大典后，多尔衮因功被封为"叔父摄政王"，共同辅政的郑亲王济尔哈朗被封为"辅政叔王"，自然低了一格；到顺治五年（1648）十一月，以南郊礼成，颁布恩诏大赦天下，第一条即称"叔父摄政王治安天下，有大勋劳，宜增加殊礼，以崇功德"。经部院大臣集体讨论，多尔衮的称号定为"皇父摄政王"。从时间上看，皇父摄政王这一称号的确定，比传闻皇太后下嫁的时间早了一年多，现存清代档案可证。另据朝鲜李朝《实录》记载：顺治六年二月，他们接到的清朝咨文就已称"皇父摄政王"了。因多尔衮的王妃是顺治六年十二月去世的，后才有皇太后下嫁的传闻。显然，"皇父摄政王"之称号实为崇显表彰其功德，沿用古代国君尊称臣下尚父（周武王称姜子牙）、仲父（齐桓公称管仲）、相父（蜀汉后主刘禅称诸葛亮）的遗留习惯而已，绝非多尔衮真的做了顺治小皇帝的继父。但多尔衮与孝庄的苟且关系，流传颇多，一个年轻守寡的女人，年龄与小叔子相同，又需要小叔子鼎力相助，成就大清的稳固江山，出现有悖常理的乘鸾跨凤，在所难免。

逮杀豪格后强占他的王妃福晋，是多尔衮引起福临愤怒的一个焦点，顺治元年四月，以往支持豪格的正黄旗头子何洛会，向多尔衮告发豪格图谋不轨，说豪格后悔当初在继位大事上有失谋算，其中有句侵犯多尔衮的话说："我豪格恨不得扯撕他们的脖子。"多尔衮以诸将请杀虎口王（豪格）为理由，企图谋杀豪格，由于他的弟弟顺治小皇帝哭泣不食，才得以免死。顺治五年，反对豪格的人建议将豪格处死，多尔衮虚情假意道："如此处分，实在不忍！"便将豪格囚禁起来，等于判了无期徒刑，数月后，豪格就不明不白地死在狱中。顺治七年一月，多尔衮强迫豪格的福晋博尔济锦氏做自己的妃子，又将豪格的另一妃子赠予胞兄阿济格，他害怕此事贻笑后人，则秘密布置大学士刚林在史档中不要留下任何痕迹。多尔衮作为叔叔强娶侄媳妇，还将侄媳妇送与同胞兄弟，这不能不说是乱伦、爬灰。

第八章　滴泪成血的林黛玉

　　林黛玉属十二金钗之首，原型人物名字叫李香玉，是康熙年间苏州织造李煦的孙女、两淮盐课李鼎的掌上明珠。李煦即小说著书人之一曹霑嫡亲祖母的胞兄，曹寅的大舅子。康熙二十九年曹寅任苏州织造，三年后移任江宁织造。康熙四十二年起与李煦隔年轮管两淮盐务，凡四次。曹寅过世后，由其子曹颙继任父职，不满三年，曹颙死于京师，由其堂弟曹頫继任，曹頫即曹霑的父亲。

　　曹寅遗孀李氏每年到苏州探望年近九十岁的文氏太夫人时，必携曹颙遗腹女曹氏前往，还常寄居于李鼎家的拙政园。李鼎之女香玉与曹寅孙女年龄相仿，自幼就时常相聚，常在一起玩耍，亲密无间。康熙末年，李鼎夫妇不幸双亡，膝下仅遗香玉，此女聪颖过人，深得曹寅遗孀李氏的喜爱，便接来江宁织造抚养。好景不长，李煦因宫廷党派争斗被革职查抄，李煦的死亡之日就隐藏在林黛玉身上，六十二回说林黛玉生于二月十二日，暗指李煦的死亡日。小说提到林黛玉和袭人是同一天生日，袭人两个字可分解成"龙衣人"，暗指李煦是被穿龙衣的皇帝害死的，这个皇帝当然是雍正，因为李煦死于雍正七年。

　　林黛玉是个最清净纯洁的女子，但香玉毕竟是孑然一身，到雍正六年，曹家同遭被抄的厄运，家业荡然，举家迁京，香玉随之。在京城，曹家尚能得到曹老太君等亲朋的照料，香玉自感寄人篱下，不免郁郁寡欢，加之生来多愁善感，虽有曹王妃（贾宝玉）回家给予她一定的宽慰，但曹王妃毕竟是"衔玉而诞"，常住宫中，相聚时少分时多。随着年龄的渐增，忧思难平，抑郁过度，没几年，竟香消玉殒。李香玉的离世，给曹王妃年幼的心中抹上了一层无奈、伤感的印痕。当她与弘晳结婚之后，总不断提起她幼时的伙伴，久而久之，就在弘晳的脑海中形成了一个挥之不去的少女的特殊形象。到提笔著书《石头记》时，李香玉的形象则在弘晳的脑海中变得格外清晰，当然，也寄托了他对曹王妃深深的思念之情。

林黛玉是李香玉的替身还有旁证，即《情切切良宵花解语　意绵绵竟日玉生香》一回，贾宝玉和林黛玉相对而卧，为宽林黛玉的心，贾宝玉胡编了一个小耗子偷香芋的故事：一天，老耗子叫众耗子分头去偷米粮和瓜果办腊八粥，一小耗子自荐去偷香芋。众耗子笑它身体瘦小，小耗子胸有成竹地说："我变成香芋，滚在香芋堆里，使人看不出……却用分身法搬运。"众耗子叫它变成香芋看看。小耗子就摇身一变，却变成了一个最标致美貌的小姐。众耗子说："变错了。"小耗子现形道："我说你们没有见过世面，只识得这果子是香芋，却不知道盐课林老爷的小姐才是真正的香玉呢。"很明显，著书人借这个故事暗示林黛玉就是李香玉的替身演员。

著书人笔下的林黛玉，作为金陵十二钗之首，作为小说人物中的重要演员，绝不可能只是为了怀念曹王妃的幼年旧友，她将有大的用途和重要的角色。先从她的姓氏说起：林源自子姓，是商朝末年名臣比干的后裔，商末，纣王无道，比干犯颜直谏被杀。比干正妻夫人陈氏逃入长林山中，生下了儿子泉，周灭商后，因泉生于林中，被周武王赐以林为姓。林黛玉在仙班还叫绛珠草，脂批："细思绛珠二字，岂非血泪乎？"也有红玉的意思。她的姓由双木组成，木大成梁，再与红玉相结合，林黛玉瞬时幻化成梁红玉的替身。梁红玉是南宋著名的抗金名将，与花木兰、穆桂英、樊梨花并列为中国古代四大女中豪杰。花木兰、穆桂英、樊梨花都是评书中虚构的女英雄，其生活原型未必像评书中颂扬的那样，梁红玉可是真实存在的抗金民族女英雄，她的名字和光辉业绩早在八百多年前，就载入了史册，被广为传颂。

说到梁红玉的结局，后世的笔记小说和各种话本，说梁红玉是在韩世忠辞去军权后共同归隐山林，白头偕老，在韩世忠死后两年才病死。这虽然反映了后人对女英雄的崇敬和仰慕，但结局与历史不符。著书人妙趣慧心地引出梁红玉，其目的为了什么？后文由十二金钗最小的公主用佛手帮忙为读者指点迷津。

依照《大义觉迷录》的具体案情来分析，林黛玉与贾雨村合体扮演了曾静师徒两人的角色。第三回："正门之上有一匾，匾上大书'敕造宁国府'五个大字。"脂批："以下写荣国府第，总借黛玉一双俊眼中传来。非黛玉之眼，也不得如此周密详细。"林黛玉第一次进荣府的季节是残冬岁末，从西边角门进入。按照清朝进出皇宫的规定，西边角门是专门押解犯人进出的，林黛玉作为假话、胡诌人士贾雨村的学生，她隐秘的历史身份就成了假语村言的替身。小说正面是林黛玉进住荣国府，揭示的是曾静、张熙第一次押解进京到皇宫被雍正召见的历史。

《大义觉迷录》中曾记叙了押解犯人曾静、张熙的进京安排：本月二十二日兵部火牌递到，怡亲王等公字，内开雍正六年十二月二十五日，奉上谕："前岳钟琪奏呈曾静、张熙逆书，朕览之不觉失笑，不知从何处得此奇幻荒诞之语……若供出之人审究确实，着同曾静等一并解京，如不得其人，即将曾静等解送。着杭奕禄、海兰带领前来，途中加意照看，勿令受苦。至各省提解人犯，其在浙江者，已经解京。其余人犯者已解楚，一并解送等因。并抄颁上谕一折，到臣等。钦此。"谜书接着写道："只听后院中有人笑声，说：'我来迟了，不曾迎接远客。'"（脂批：另磨新墨，搦锐笔，特独出熙凤一人。未见其人，先使闻声，所谓'绣幡开，遥见英雄俺'也。第一笔，阿凤三魂六魄已被作者拘定了，后文焉得不活跳纸上？此等文字非仙助即神助，从何而得此机括耶？）黛玉纳罕道：这些人个个皆敛声屏气，恭肃严整如此，这来者系谁，这样放诞无礼？""绣幡开，遥见英雄俺"出自《西厢记》："你助威神擂三通鼓，仗佛力，呐一声喊。绣幡开，遥见英雄俺，你看半万贼兵先吓破胆。"指戏曲演员未露面而先在幕后演唱，也称之为闷帘，隐喻凤姐是扮演皇帝的演员。"第一笔，阿凤三魂六魄已被作者拘定了，后文焉得不活跳纸上？"此批可解读为著书人会拘神遣将，凤姐就是天神下凡，刚接触地气，就被著书人牢牢地拘定了，至于后面该干什么或不该干什么，其所作所为必须听从总导演的安排，自然上台后的戏就好演了。

王熙凤本是女性，也是谜书唯一带有"凤"字的演员。凤姐出场时人未见，而声先至，"这些人个个皆敛声屏气，恭肃严整"的表现，令黛玉纳罕。这是用曾静、张熙的眼光来看朝堂之上的场景，也是皇帝驾到朝堂时的真实情景及朝堂官员的实际表现，此时的凤姐就是雍正的替身演员。王夫人对林黛玉说："你舅舅今日斋戒去了，再见罢。"脂批："点缀宦途。赦老不见，又写政老。政老又不能见，是重不见重，犯不见犯。作者惯用此等章法。"贾政谐音寓意是"假的执政者"，王熙凤谐音寓意"帝王就是女人"，这个女人其实是满洲前身女真人的替代用词，凤姐的见，就是贾政的见，因为他们是一个皇帝的替身。

林黛玉作为贾雨村的学生，她隐秘的历史身份就发生了改变。贾雨村与林黛玉是师生关系，如同曾静与张熙的师生关系一样。林黛玉第一次由贾雨村带入荣国府的年龄是六岁，实则就是雍正六年，曾静、张熙密谋反清复明的计划失败，第一次进入清朝统治者的视野，也正式进入了历史籍册。"贾雨村轻轻谋（脂批：《春秋》字法）了一个复职候缺，不上两个月，金陵应天府缺出，便谋补（脂批：《春秋》字法）了此缺，拜辞了贾政，择日上任去了。（脂批：因宝钗故及之。一语过至下回。了结雨村。）"贾雨村通过贾政的推荐，得以重用，实则就是假的执政者雍正力排众议赦免曾静，委派曾静到湖南观风整俗使衙门任职，宣讲《大义觉迷录》。两次脂批《春秋》字法的寓意，就是隐指雍正赦免了曾静、编撰刊印了《大义觉迷录》。

"葫芦僧判断葫芦案"一回中："这个被打之死鬼，乃是本地一个小乡绅之子，名唤冯渊（脂批：真真是冤孽相逢），自幼父母早亡，又无兄弟，只他一个人守着些薄产过日子。长到十八九岁上，酷爱男风，最厌女子。（脂批：最厌女子，仍为女子丧生，是何等大笔！不是写冯渊，正是写英莲。）这也是前生冤孽，可巧（脂批：善善恶恶，多从可巧而来，可畏可怕）遇见这拐子卖丫头，他便一眼看上了这丫头，立意买来作妾，立誓再不交结男子（脂批：谚云：'人若改常，非病即亡。'信有之乎？也是幻中情魔），也不再娶第二个了（脂批：虚写一个情种），所以三日后方过门。"一段精心叙述，明写冯渊，实写曾静。"酷爱男风，最厌女子"："男风"隐指与清朝共存的南明王朝，"女子"隐指女真人的清朝政权。曾静十分怀念大明王朝，加上道听途说有关雍正的十大罪状，自认为反清复明的时机基本成熟，就于雍正六年投书岳钟琪，劝其造反，与清廷分道扬镳，由此引发了雍正朝第一大案，造成了历史上一场血腥罕见的文字冤狱，害死了无数江南文人志士，诞生了一部《大义觉迷录》。《大义觉迷录》的发行，本想为负面的雍正消除影响、恢复名誉，结果是越描越黑，反造成民间对雍正皇帝进一步的曲解。曾静梦想反清复明，计划失败后，由反清到效忠满洲，就是"立誓再不交结男子"，最终还是死于女真人之手，与冯渊的结局完全一样。第四回，英莲出场就改名为香菱，谐音"相凌"，隐意曾静与历史真相均遭到凌迟式的毁灭，"真事隐"与"真相凌"的父女合传，不仅交代了历史真相，还隐含了历史人物的最终结局。

开场第一回，描写林黛玉的来历就与众不同："西方灵河岸上三生石畔（脂批：妙！所谓'三生石上旧精魂'也。全用幻。情之至，莫如此。今采来压卷，其后可知）有绛（脂批：点'红'字）珠（脂批：细思'绛珠'二字岂非血泪乎）草一株。时有赤瑕（脂批：点'红'字红'玉'字二。按'瑕'字本注：'玉小赤也，又玉有病也。'以此命名恰极）宫神瑛侍者日以甘露灌溉，这绛珠草便得久延岁月，后既受天地精华，复得雨露滋养，遂得脱草胎木质，得换人形，仅修成女体，终日游于离恨天外。饥则食蜜青果为膳，渴则饮灌愁海水为汤。（脂批：饮食之名奇甚，出身履历更奇甚，写黛玉来历自与别个不同。）只因尚为酬报灌溉之德，故其五内便郁结着一段缠绵不尽之意。（脂批：妙极！恩怨不清，西方尚如此，况世之人乎？趣甚警甚！以顽石草木为偶，实历尽风月波澜，尝遍情缘滋味，至无可如何，始结此木石因果，以泄胸中恼郁。古人之'一花一石如有意，不语不笑能留人'，此之谓也。）恰近日这神瑛侍者凡心偶炽（脂批：总悔轻举妄动之意），乘此昌明太平朝世，意欲下凡造历幻（脂批：点'幻'字）缘，已在警幻（脂批：又出一警幻，皆大关键处）仙子案前挂了号。警幻亦曾问及灌溉之情未偿，趁此倒可了结的。那绛珠仙子道：'他是甘露之惠，我并无此水可还。他既下世为人，我也去下世为人，但把我一生所有的眼泪还他，也偿还得过他了。'（脂批：观者至此请掩卷思想，历来小说中可曾有此句？千古未闻之奇文。知眼泪还债，大都作者一人耳。余亦知此意，但不能说得出。恩情山海债，唯有泪堪还。）因此一事，就勾出多少风流冤家来（脂批：余不及一人者，盖全部之主惟二玉二人也）陪他们去了结此案。"绛珠草下世后，就成了姑苏城里的林黛玉。在"接外孙贾母惜孤女"一回中，宝玉初见黛玉，因神仙似的妹妹没有玉，便登时发起痴狂病来，摘下那玉，狠命摔去，黛玉伤心流泪，脂批："此非伤感，来还甘露水也。"绛：赤色，深红；绛珠，红珠也，暗蓄了一个"红"字。在黛玉的名字里，却是一个"黛"字。"西方有石名黛，可代画眉之墨。黛为青黑色。"第三回，林黛玉作为荣国府的养女，她自己也说，"原是无依无靠投奔了来的"，"不过是草木之人"罢了，她的原貌也实为草胎木质。黛即"代"的谐音，黛玉会不会就是"代育"？谜书中多用谐音，完全可能。到二十四回，写小红本姓林，小名红玉。脂批："红字切绛珠，玉字则直通矣。"她说因"玉"字犯了黛玉、宝玉，便把这个字隐起来，改叫小红，其实，她犯的不只是玉，"红"和"玉"两字都犯，看脂批就能明白。脂砚斋曾告诉读者：黛玉就是红玉，红玉是小名。看赤瑕宫脂批："点'红'字'玉'字二，按'瑕'字本注：'玉小赤也，又玉有病也。'以此命名恰极。"相传西汉末王莽篡权，皇帝刘婴年仅两岁，玉玺由孝元太后掌管，王莽命安阳侯王舜逼太后交出玉玺，遭太后怒斥，太后暴怒掷玉玺于地，玉玺被摔掉一角，后以黄金瑕之，从此留下瑕痕，这应该是赤瑕宫的来历吧。

还是在第三回，另一个回名叫"荣国府收养（脂批：二字触目凄凉之至！）林黛玉"，作为绛珠草化身的林黛玉，抛家弃父来到京城荣国府。小说交代是应贾母之思念，实际林黛玉要投奔的就是贾母，是追随贾母而来，正契合了绛珠草追随神瑛侍者的神话。神瑛侍者对绛珠草的灌溉之恩，就是父母的养育之恩。贾母说："今将宝玉挪出来，同我在套间暖阁儿里，把你林姑娘暂安置碧纱橱里。等过了残冬，春天再与他们收拾房屋，另作一番安置罢。""碧纱橱"就是一种用隔断成两个房间的中间隔门，由多扇的隔扇门联成一体，只留中间的两扇可以开关，在开关门扇表面装有帘架，门扇打开时可挂帘子。贾府的一大房间经碧纱橱隔开后就成了两间，黛玉睡里间，宝玉睡外间。

绛珠草为什么还泪？什么债需要用眼泪偿还？神瑛侍者给予绛珠草的又是什么？林黛玉就是绛珠草，她修炼成女体之后投胎转世，这是不争的事实。探索著书人塑造林黛玉这一艺术形象，首先要从绛珠草的来历、也就是林黛玉的出身说起，绛珠草得益于神瑛侍者："日以甘露灌溉，这绛珠草便得久延岁月。后来既受天地精华，复得雨露滋养，遂得脱却草胎木质，得换人形，仅修成个女体，终日游于离恨天外，饥则食蜜青果为膳，渴则饮灌愁海水为汤……他是甘露之惠，我并无此水可还。他既下世为人，我也去下世为人，但把我一生所有的眼泪还他，也偿还得过他了。"脂批："恩情山海债，惟有泪堪还。"绛珠草下凡人间的目的就是为了还债。小说中的神话、梦话能让石头、花草修炼成精，转化成人体，现实中的人身都来自父母，人的成长历程都来自父母的培养，有句俗话叫"生母不如养母"，父母培养儿女成长的过程所付出的巨大艰辛，也包括感情、物质等的投资，是没办法用具体的金钱或等价物来衡量的。神瑛侍者对绛珠草的栽培与浇灌，就是父母的教育培养，即"甘露之惠"，就是父母对儿女的养育之恩，儿女对父母当然就没这种甘露了，也就是绛珠草并无此水可还。作为儿女的绛珠草为什么要"把我一生所有的眼泪还他，也偿还得过他了"？父母养育儿女是人类进化的法则，儿女孝顺父母天经地义，是反哺之私、菽水承欢。

杀人偿命，欠债还钱，这是大自然的法则，天下只有父母的养育恩情是无法偿还的，用眼泪偿还父母恩情的人，除绛珠草之外，范例还真的不多。神瑛侍者中途抛弃了绛珠草下凡，明显隐含了神瑛侍者与绛珠草之间发生了重大裂痕，也可以说绛珠草曾给神瑛侍者造成了难以挽回的伤害，神瑛侍者在绛珠草还没完全修炼成形之前就抛弃了她，至少说明绛珠草对神瑛侍者犯下了不能原谅的深重罪孽，她要还的是悔恨的泪水，并发誓用

"一生所有的眼泪"还债，而且还是血泪债。顺便提示，这里的"血泪"并非阶级仇、民族恨，而是滴泪成血的感情债。

神瑛侍者是三个梦幻人物之一，确定了神瑛侍者的真实隐身，就是"梦幻识通灵"。贾母谐音假母，假的母亲。绛珠草并非神瑛侍者母体所出，"只因西方灵河岸上三生石畔，有绛珠草一株，时有赤瑕宫神瑛侍者，日以甘露灌溉，这绛珠草便得久延岁月"。神瑛侍者所做的就是保护、养育了绛珠草，所尽的是父母的义务和责任。林黛玉年幼进住荣国府，贾母就承担了她父母的义务和责任，也就成了林黛玉假的母亲。第二回，雨村拍案笑道：

> "怪道这女学生读至凡书中有'敏'字，皆念作'密'字，每每如是；写字遇着'敏'字，又减一二笔，我心中就有些疑惑。今听你说的，是为此无疑矣。"子兴叹道："老姊妹四个，这一个是极小的，又没了。长一辈的姊妹，一个也没了。只看这小一辈的，将来之东床如何呢。"

小说交代贾家荣国府文字辈只有兄妹三人，贾赦、贾政和贾敏，冷子兴偏偏说"老姊妹四人"。按"一笔不写一家事文字"的脂批来理解，"老姊妹四人"究竟是谁？黛玉在书写母亲贾敏的"敏"字时，避讳为"密"字，贾敏又亡故。与前后文联系起来，黛玉避讳"敏"字为"密"字，揭示的就是胤礽的死亡，即废太子死后被追封理亲王，谥"密"。说是"长一辈的姊妹，一个也没了"，小说中的贾赦、贾政还活得好好的，其中的隐意就另有他指了。说白了，这"老姊妹四个"的秘密就是清朝的努尔哈赤、皇太极、顺治和康熙，胤礽被废，"小一辈的东床"自然就没他啥事了。

第三回黛玉叙述："来了一个癞头和尚（脂批：奇奇怪怪一至于此。通部中假借癞僧、跛道二人点明迷情幻海中有数之人也。非袭《西游》中一味无稽、至不能处便用观世音可比），说要化我去出家，我父母固是不从。他又说：'既舍不得他，只怕他的病一生也不能好的了。若要好时，除非从此以后总不许见哭声（脂批：爱哭的偏写有人不教哭。作者既以黛玉为绛珠化身，是要哭得了，反要使人先叫他不许哭，妙），除父母之外，凡有外姓亲友之人，一概不见。'（脂批：惟宝玉是更不可见之人。方可平安了此一世。）"黛玉在这里明显成为废太子的替身演员，癞头和尚度化黛玉出家，实则就是把胤礽圈禁起来，方能消

131

除他内心的魔障，挽救其生命，保全满洲朝廷的颜面，避免历史上留下不光彩的一页。这就是贾母多配的一服丸药，叫"人参养荣丸"，脂批："人生自当自养荣卫。""除父母之外，凡有外姓亲友之人，一概不见。"实则就是康熙对胤礽实行了最严密的圈禁，他人想见废太子，还真是件不易之事。"惟宝玉是更不可见之人。"宝玉此是皇帝的宝座，是皇权的代名词，废太子正因为想尽早得到宝玉的缘故，才被康熙彻底废黜。"不许见哭声"：假设胤礽能吸取第一次被废的教训，改掉纨绔奢侈的习性，低调处理兄弟之间及其他的人事关系，再以平和之心坚持上一段时间，继承皇位就水到渠成，后来以血泪还债的悲剧就不会发生。

黛玉只带了两个人来："一个是自幼奶娘王嬷嬷，一个是十岁的小丫头，亦是自幼随身的，名唤作雪雁。（脂批：新雅不落套，是黛玉之文章也。）贾母见雪雁甚小，一团孩气，王嬷嬷又极老，料黛玉皆不遂心省力的，便将自己身边的一个二等丫头，名唤鹦哥者与了黛玉。（脂批：妙极！此等名号方是贾母之文章。最厌近之小说中，不论何处，满纸皆是红娘、小玉、娇红、香翠等俗字。）"林黛玉第一次住进荣国府，结合前文的交代，也只有六岁，丫鬟雪雁十岁，而且还是自幼随身的丫鬟，难道雪雁四岁就服侍林黛玉了？显然是荒唐之言。背后所隐是林黛玉从家乡带来的丫鬟叫雪雁，雪雁生长在北方，即在诉说林黛玉的故乡在北方，起码说林黛玉所扮演的剧中人物是北方人，她还是女儿，是陪甄宝玉读书的两个女儿之一。再者，王嬷嬷极老，到底有多老？一个六岁孩子的奶妈应有多大年纪？谜书在此继续使用了荒唐之言。从丫鬟雪雁的年龄十岁来解读，揭示的是康熙五十一年（1712）十月一日谕旨再废皇太子，监禁咸安宫。康熙要求所有大臣及众皇子："各当绝念，倾心向主，共享太平。若有奏请皇太子已经改过从善、应当释放者，朕即诛之。"直到康熙六十一年十一月十三日玄烨病逝，胤礽被康熙圈禁了整整十年，也是他滴泪成血的十年。嬷嬷一词源于满语，王嬷嬷隐指林黛玉的隐秘身份与帝王有关，更准确点说，林黛玉是由康熙帝带大的，就与废太子连成一体了。从王嬷嬷极老的年龄来解读，她该是辅佐幼年康熙的托孤大臣、胤礽生母孝诚仁皇后的爷爷老索尼，正因为胤礽是在索尼一生英名的庇护之下出生的，才成就了他"衔玉而诞"。王嬷嬷在林黛玉的生活里并非实有其人，隐含的目的就是为了揭示废太子的历史根基，与索尼对康熙的鼎力辅助具有密切的关系。在小说后面的描写中，王嬷嬷再没出现在林黛玉的生活中，就能明白著书人的写作目的。追溯到康熙朝的皇太子，他的母亲在生育他的当天死于难产，康熙悲痛之余，将对皇后的思念之情全都倾注在了太子的身上，胤礽虽然失去了亲生母亲，可他从康熙这儿得到了双倍的爱。对太子胤礽而言，康熙虽是父亲，也承担着母亲的责任，这就是由贾母扮演康熙的全过程。

第一回，甄士隐和贾雨村，"二人愈添豪兴，酒到杯干。雨村此时已有七八分酒意，狂兴不禁，乃对月寓怀，口号一绝云：时逢三五便团圆（脂批：是将发之机），满把晴光护玉栏。天上一轮才捧出，人间万姓仰头看。（脂批：这首诗非本旨，不过欲出雨村，不得不有者。用中秋诗起，用中秋诗收，又用起诗社于秋日。所叹者三春也，却用三秋作关键。）"

"十"逢三五：指康熙十三年五月三日，是太子胤礽与父母唯一一次的团圆日。满人把所有的眼光都投到了摇篮中的婴儿，一岁半被封为皇太子，天下尽知，百姓齐望。

神瑛侍者与绛珠草是真实的父子关系，谜书借假语村言将他们敷衍成外婆与外孙女的关系。"甄士隐梦幻识通灵"，识的就是假语村言，还包括著书人自云的"满纸荒唐言"，只有"识通灵"才能"解其中味"。孝诚仁皇后离世后，皇太子在康熙的精心哺育下，得以健康成长，为了把他培养成切实可靠的接班人，康熙从胤礽五六岁就开始教他认字、读书；到了上学的年龄，专门招贤纳士，聘请德高望重之士给予教育和培养。凡教过的知识胤礽一学就会，从小就显示出他的聪明与机灵。史载皇太子读书："自初读至终篇，为时甚久，目不傍视，身不斜倚，无惰容，无倦志，正襟端坐，口诵手披。诸臣仰睹睿容，罔不欣忭。"由皇子到皇太子的转变，就是"得脱却草胎木质"，又"仅修成个女体"：综观人类的发展史，不包括原始母系社会，上溯到六千五百年前的伏羲时代，就存在男尊女卑的事实，当家做主的往往是男人。皇帝与皇太子之间的关系如同夫妻之间的男女，女人没有当家做主的权力，"女体"就是皇太子的身份地位，尽管穿着龙袍，实际不是天子。由于康熙对皇太子的过分宠爱，忽视了德育的培养和教育，外加皇太子特殊的身份和权力，又没兄弟姐妹的手足情深，以致养成了过分骄纵和凶暴残忍的性格。康熙要培养的是大清帝国未来的接班人，皇太子对皇帝之位自然产生了浓厚的兴趣，可康熙身体健康，始终没有退让之意，从而造成了绛珠草与神瑛侍者之间的感情纠葛。"饥则食蜜青果为膳"，脂批："饮食之名奇甚，出身履历更奇甚，写黛玉来历自与别个不同。"表面看是"饥饿"的意思，还要"食蜜青果"，如果站在历史的高度看，就是另外一番景象了。胤礽不满两岁就被册立为皇太子，包括王公大臣、后宫嫔妃、身边的兄弟都得高看他一眼，尤其是各方面的待遇，除皇帝外，谁都不能与他相比，是真正生活在大清国的蜜罐里。"渴则饮灌愁海水为汤"：此句中的"渴"，绝非生理上的要求，而是心理上的渴望，对皇太子来说，他渴望的是皇位，虽经过长时间的努力，仍遥不可及，以致做出让康熙十分费解与愤怒的事来。

清史记载：确立皇太子是在康熙十四年，当时玄烨二十二岁，就册立不满两岁的皇次子为皇太子。这么早册立皇太子的原因，是当时政治斗争的需要：三藩之乱如火如荼，朱三太子阴魂不散，满汉民族矛盾水火不容，华夷之辨风起云涌。为了稳定政局，康熙诏告天下，正式册封了皇太子，目的是获取汉族的人心，完全继承了前朝汉人的传位方式，这个决策，肯定是康熙和其祖母孝庄太皇太后共同做出的。康熙册立皇太子，是清朝的第一次，也是唯一一次公开册立的皇太子，当时，康熙只有两位皇子，皇长子四岁，其母尚无封号，地位低微，皇次子是皇后所生，为嫡子。皇太子聪明过人，学啥会啥，不但精通汉、满、蒙三种文字，诗、词、赋等样样精通，还娴熟骑射之艺。康熙对皇太子的智育教育无疑是成功的，但遗憾的是他忽略了皇太子的德育教育，则不可避免地惹祸招愆。滥用职权而缺少监督则是致命的腐蚀剂，任何国家、任何朝代都是这样，也可称之为颠扑不破的真理。皇太子从小就处于优越的地位，他是未来的皇帝，他周围所有的人都得惧着他，让着他，在他的眼中，整个世界都归他所有，除他皇阿玛之外，所有的人都是他的奴仆，所有的财物都是他的库存。他蛮横残暴，视人如牲畜，动辄打骂是家常便饭，就算王公大臣，他照打不误。他毒打过纳尔赛、贝勒海普、公普奇等王公贵族。随着年龄的增长和环境的变化，他逐渐由一个纯真的稚童蜕变成一个畸形的冷血动物，对于真心关心爱护他的父皇，如同陌生人一般，也没表现出丝毫的敬重之意，好像别人给予他的这一切，都是理所应当、天经地义。

康熙二十九年，三十七岁的康熙亲征噶尔丹时，患病滞留在塞北行宫，他十分想念十七岁的胤礽，便派人快马加鞭到京城叫来了皇太子。从京城赶来的皇太子面对病榻上的康熙神态冷漠，如同素不相识的路人一般，毫无体贴关心之意，这使期盼渴望中的康熙非常失望，愤懑之余立即命其回京。皇太子满怀欣喜地离开了康熙，他非常厌恶留在父皇身边，这里没他想要的个人生活，处处受到限制，还不能随心所欲，只有回到他的小天地，才能有他想要的绝对自由。皇太子的冷漠及寡情，使康熙受到深深的刺激，他开始重新审视与观察皇太子，渐渐发现其身上的致命弱点。

温和宽厚的康熙总认为皇太子是能够改造好的，只要方法正确，加上沉重打击其党羽以警醒本人的办法，他相信皇太子就能如他之愿，成为一个德才兼备的栋梁之材。

皇太子党羽的首要人物就是索额图，索额图在智擒鳌拜时曾立过大功，康熙对他非常信任，但索额图为将来着想，想要为自己及子孙留下更大的生存空间，康熙认为他"议论国事，结党妄行"，于康熙四十二年五月将其逮捕圈禁宗人府，九月二十一日因饥饿而死。打击太子党的主要人物，并没有遏止皇太子的恶行，康熙四十七年九月初六，因帐殿夜警事件，康熙毅然废黜做了三十多年的皇太子。所谓的帐殿夜警，即木兰秋狝时皇帝驻跸的营帐。木兰：系满语，汉语之意为捕鹿；狝：在这里指狩猎，秋狝就是秋天去狩猎。据康熙自己陈述，胤礽"每夜逼近布城裂缝向内窥视，令朕未卜今日被鸩，明日遇害，昼夜戒慎不宁，似此之人，岂可付以祖宗弘业"。五十四岁的康熙在忍无可忍的情况下，废掉了三十三岁的皇太子。废掉当了三十一年的皇太子，就等于三十一年的教育和培养完全失败，所费心血完全付诸东流，经过反复考虑，康熙还是下定了决心。

皇太子被废，为各皇子争夺太子位提供了一个百年不遇的竞争平台，各位皇子及围绕各个皇子形成的皇子党，均是明修栈道、暗度陈仓，表面看杨柳轻风，实则是暗流涌动，正悄悄进行着激烈的党争及帝位之争。老谋深算的康熙看在眼里，痛在心上，他不断地告诫各位皇子，让他们"勿令生事，安分而行"，可在巨大皇权的诱惑下，有希望登上人生顶巅的皇子们，谁不想赌上一把，成就自己的伟业？活着干，死了算，铤而走险也心甘情愿，这就是他们的赌徒逻辑。储位之争的形势是剑拔弩张、刀光剑影，整个朝局在摇摆、在动荡，此时的康熙是进退维谷、骑虎难下，一时陷入极度的苦闷与彷徨之中。在废掉皇太子两个多月后，康熙萌生悔意，想把原来的皇太子再立起来，就不断说明自己的意图，向下灌输。原因是"梦中见太皇太后颜色殊不乐，但隔远默坐，与平时不同"，还有孝诚仁皇后"亦以皇太子被冤见梦"。尤其是患病后的康熙，一次次传废太子入见，"召见一次，胸中疏快一次，胸中亦不更有郁结矣"。借机下令释放了皇太子，于康熙四十八年三月十日，复立了皇太子。

实践证明，康熙此举完全是独断专行、刚愎自用。复立后的皇太子实在是一块无法雕琢的朽木，他很快就恢复了被废前的本来面目，依然我行我素、结党营私，处处都与皇帝看齐，唯恐他人不知道他就是皇太子。康熙为了管束他，使他成为一个合格的接班人，总是把他带在身边，须臾不离左右。这位过惯了自由生活的皇太子，实在忍受不了康熙强加在他身上的羁束，常对父皇发出愤懑的怨声，甚至说："古今天下，岂有四十年太子乎？"胤礽做皇太子近四十年，离自己登上皇位的日子还遥遥无期，加之周围险恶的政治环境，他自然对康熙愤愤不平，进而做出了大逆不道的行为，设计力逼康熙退位。康熙得知这一情况后，加上经过近四年的观察与期待，认为他"怙恶不悛""毫无可望"，于康熙五十一年再次废掉了皇太子。这年，康熙五十九岁，胤礽三十八岁，共当了三十六年的皇太子，被两立两废。

著书人自云"满纸荒唐言，一把辛酸泪"，谜书中有些对宝玉的描述看似荒唐，几近胡说八道，实际是对"满纸荒唐言"的最佳解读，符合"一击两鸣"的创作方法。皇太子胤礽作为储君，未来的帝王，虽然是一人之下，万万人之上，但终究不是皇帝。贾宝玉"衔玉而诞"，表面看是大福大贵之人，被认为是贾家的未来，备受贾府上下及一些皇亲贵族的关照，特别受到贾母、元妃的特殊宠爱。贾母、贾元春又都是康熙的替身，联系到贾母、贾元春对贾宝玉特殊的宠爱，就是康熙对皇太子特殊的宠爱。贾宝玉的主要形象之一就是皇太子的扮演者，皇太子也是"衔玉而诞"。十八回有这样的一段叙述："当日这贾妃未入宫时，自幼亦系贾母教养。后来添了宝玉，贾妃乃长姊，宝玉为弱弟，贾妃之心上念母年将迈，始得此弟，是以怜爱宝玉，与诸弟待之不同。且同随贾母，刻未相离。那宝玉未入学堂之先，三四岁时，已得贾妃手引口传，教授了几本书、数千字在腹内了。其名分虽系姊弟，其情状有如母子。"小说对贾元春的称呼，有元妃、娘娘，在此用的是贾妃，隐意就是假的皇妃。元妃省亲影射的是康熙南巡驾临江宁织造曹家的历史，同时也交代了贾元春与贾宝玉的关系，"其名分虽系姊弟，其情状有如母子"。就是康熙与皇太子之间的关系，贾妃也是康熙的替身演员。

第三回宝玉出场：后人有《西江月》二词，脂批："二词更妙。最可厌野史'貌如潘安''才如子建'等语。"其词曰："无故寻愁觅恨，有时似傻如狂。纵然生得好皮囊，腹内原来草莽。潦倒不通世务，愚顽怕读文章。行为偏僻性乖张，那管世人诽谤！""富贵不知乐业，贫穷难耐凄凉。可怜辜负好韶光，于国于家无望。天下无能第一，古今不肖无双。寄言纨绔与膏粱：莫效此儿形状！"脂批："末二语最紧要。只是纨绔膏粱，亦未必不见笑我玉卿。可知能效一二者，亦必不是蠢然纨绔矣。"

这两首词正面是评价贾宝玉的，实则是对皇太子一生的总结与评价，著书人通过叙述贾宝玉从出生到成年，本身就演绎了皇太子的成长过程；通过贾母、元春对贾宝玉的溺爱，演绎出康熙对皇太子胤礽的溺爱，正是这种溺爱，为皇太子未来的不幸命运埋下了致命的祸根。将废太子与贾宝玉的主要特征相比较，三个方面具有紧密的联系：一是他们的出身，都是嫡出，根正苗红。二是他们的性情，太子的书法文章都不错，当个诗人作家没问题，可惜欠缺心机城府，不适合在政治的决斗场逐争。贾宝玉的诗词也相当不错，但对官场政治毫无兴趣，整天在女儿堆里混迹。三是下场类似，皇太子终身圈禁，一生抑郁，贾宝玉虽然自由，抑郁一生。废太子面对自己犯下的不赦之罪，父皇还是给予了极大的恩情和眷顾，加上他一生追求皇位梦想的破灭，悔恨交加的心情可想而知，也只能用自己悔恨的泪水洗刷自己的灵魂，来报答康熙的恩情了。

二十五回：贾母等正围着宝玉哭时，只见宝玉睁开眼说道：

"从今以后，我可不在你家了！快收拾了，打发我走罢。"（脂批：语不惊人死不休，此之谓也。）贾母听了这话，如同摘心去肝一般。赵姨娘在旁劝道："老太太也不必过于悲痛。（脂批：断不可少此句。）哥儿已是不中用了，不如把哥儿的衣服穿好，让他早些回去，也免些苦；只管舍不得他，这口气不断，他在那世里也受罪不安生。"（脂批：大遂心人必有是语。）这些话没说完，被贾母照脸啐了一口唾沫，骂道："烂了舌头的混账老婆，谁叫你来多嘴多舌的！你怎么知道他在那世里受罪不安生？怎么见得不中用了？你愿他死了，有什么好处？你别做梦！他死了，我只和你们要命。素日都不是你们调唆着逼他写字念书（脂批：奇语，所谓溺爱者不明，然天生必有是一段文字的），把胆子唬破了，见了他老子不象个避猫鼠儿？都不是你们这起淫妇调唆的！这会子逼死了，你们遂了心，我饶那一个！"一面骂，一面哭。

作为皇长子的胤禔一直觊觎着皇太子的宝座，废了皇太子胤礽，估摸着皇太子就该轮到自己了，在所有庶出的皇子中，自己是老大。为彻底铲除他心中的隐患，竟奏请杀掉胤礽："今欲诛胤礽，不必出自皇父之手。"

康熙听了，十分震惊，加之后来皇三子胤祉奏称胤禔与蒙古喇嘛巴汉格隆合谋魇魔皇太子，康熙震怒："朕思胤禔为人凶顽愚昧，不知义理，倘果同允祀聚集党羽，杀害胤礽，其时但知逞其凶恶，岂暇计及于朕躬有碍否耶？似此不谙君臣大义，不念父子至情之人，洵为乱臣贼子，天理国法皆所不容也。"于康熙四十七年十一月将其夺爵，责令在其府内严加看守，也就等于被判了无期徒刑，直到雍正十二年去世。

小说中的赵姨娘就是皇长子胤禔的替身，贾母骂赵姨娘就是康熙骂皇长子胤禔以及那些图谋皇太子地位的皇子。皇太子一生经历了两立两废，第一回有关神瑛侍者对绛珠草雨露之恩的神话，就是康熙一立皇太子；神瑛侍者弃绛珠草下凡，就是一废。林黛玉母亲的去世，就是隐指皇太子死亡，将"敏"字改成"密"字，就是皇太子死后封为"赠理密亲王"的谥"密"。根据对"满纸荒唐言"的理解，林黛玉避讳的原因就是避讳皇太子的身份，贾敏是林黛玉的母亲，她们母女在特定的场合又都是皇太子的扮演人。

林黛玉有两大缺点：一是身体健康情况极差，天天有吃不完的药。其隐含的意义就是皇太子的人品、言行极差，除了每天死盯皇帝的宝座之外，就是尽情地享受。林黛玉经常以泪洗面，就是皇太子被圈禁后追悔莫及的真实感受，也就是有吃不完的后悔药。二是心胸狭隘、目中无人。当时的实际状况是：所有的皇子都死盯着太子的宝座，按常理讲，父亲的信任、兄弟们的拥护、大臣的爱戴才是坐稳太子宝座的基础。看林黛玉的境遇，虽得到了贾母（康熙）的喜爱，拥有贾宝玉（皇帝宝座）的钟情，但并没赢得贾府上下一致拥戴。皇太子两次被废，与兄弟们诬陷攻击和自身所作所为及使康熙大失所望具有密不可分的联系。林黛玉争夺贾宝玉爱情的失败，就是皇太子争夺皇帝宝座的失败，皇太子失败后且苟延残喘，林黛玉失败后即瘗玉埋香，也许是著书人怜香惜玉，不愿再看那带血的眼泪了。

贾元春将"有凤来仪"赐名"潇湘馆"，就是康熙废黜皇太子的历史；林黛玉入住"潇湘馆"，就是皇太子第二次废黜后圈禁生活的开始；林黛玉还泪的过程，就是皇太子在禁所对康熙所犯罪孽的极度忏悔。皇太子的余生是在圈禁中度过的，过的是悔恨交集、以泪洗面的生活。林黛玉的住所"潇湘馆"，外面有数千百竿潇湘竹，潇湘竹也称泪竹。陈鼎《竹谱》称："潇湘竹"，"泪痕竹"，竿部生黑色斑点，颇为美丽。《阵物志》："尧之二女，舜之二妃，曰'湘夫人'，舜崩，二妃啼，以涕挥竹，竹尽斑。"《群芳谱》："斑竹即吴地称'湘妃竹'者。"潇湘竹即竿具紫褐色斑块与斑点，分枝亦有紫褐色斑点，皆为泪痕，为著名观赏竹。眼泪是咸的，太子被禁的场所叫"咸安宫"，就与潇湘馆合为一体了。

二十八回："宝钗抿嘴笑道：'想是天王补心丹。'（脂批：慧心人自应知之。）王夫人笑道：'是这个名儿，如今我也糊涂了。'宝玉道：'太太倒不糊涂，都是叫"金刚""菩萨"支使糊涂了。'（脂批：是语甚对，余幼时所闻之语合符，哀哉伤哉!）"林黛玉需要服用"天王补心丹"，补的就是自己的良心债，正好对应了神瑛侍者弃绛珠草下凡的原因，同时也揭示了绛珠草需要用"一生所有的眼泪"还债的原因。"王夫人又道：'既有这个名，明儿就叫人买些来吃。'宝玉笑道：'这些都不中用的。太太给我三百六十两银子，我替妹妹配一料丸药，包管一料不完就好了。'王夫人道：'放屁！什么药就这么贵?'宝玉笑道：'当真的呢，我这个方子比别的不同。那个药名儿也古怪，一时也说不清，只讲那头胎紫河车，人形带叶参，三百六十两不足。龟大何首乌，千年松根茯苓胆，诸如此类的药都不算为奇……'（脂批："前'玉生香'回中，颦云：他有金，你有玉；他有冷香，你岂不该有暖香? 是宝玉无药可配矣。今颦儿之剂若许材料皆系滋补热性之药，兼有许多奇物，而尚未拟名，何不竟以暖香命之，以代补宝玉之不足，岂不三人一体矣。"）脂砚斋评批要说的是：薛宝钗是娘胎里带的热毒，需要降温，得服冷香丸；林黛玉是先热后冷，受深度疏冷之遇，需要增温，得服暖香丸。"以代补宝玉之不足"就是"三百六十两不足"，合周天之数，就是林黛玉需要日复一日，年复一年，渴望暖香丸的补给，直至终其一生。

九十八回："黛玉便叫雪雁开箱，拿出一块白绫绢子来。黛玉瞧了，撂在一边，使劲说道：'有字的。'紫鹃这才明白过来，要那块题诗的旧帕，只得叫雪雁拿出来递给黛玉。"黛玉焚烧诗稿的情节细腻、端庄、凄惨、悲凉，令无数读者情不自禁泪流满面，这是后续书中的经典章节。黛玉焚烧的诗稿，就是皇太子焚毁了本属于自己的史稿。皇太子被康熙、雍正圈禁十几年，日复一日、滴泪成血，尤其到了晚年，重病缠身，内心的苦痛加上病痛的折磨，其惨状可想而知。同一回里，"黛玉叫道：'宝玉，宝玉，你好……'说到'好'字，便浑身冷汗，不作声了。紫鹃等急忙扶住，那汗愈出，身子便渐渐的冷了。探春李纨叫人乱着拢头穿衣，只见黛玉两眼一翻，呜呼，香魂一缕随风散，愁绪三更入梦遥!"皇太子于雍正二年十二月十四日戌刻在幽禁中死亡，终年五十一岁。林黛玉的死亡时间也在夜里，死亡时间基本吻合。林黛玉临死之前的呼唤，就是皇太子一生追随皇天大梦的解脱，她临死只有丫鬟陪着，没有亲人，没有朋友，这大概就是皇太子生命终点时的真实写照吧。

　　第三回贾宝玉与林黛玉第一次见面，听说林黛玉没有玉，贾宝玉"登时发作起痴狂病来，摘下那玉，就狠命摔去。（脂批：试问石兄：此一摔，比在青埂峰下萧然坦卧何如？）骂道：'什么罕物，连人之高低不择，还说通灵不通灵呢！我也不要这劳什子了！'吓的众人一拥争去拾玉。贾母急的搂了宝玉道：'孽障！（脂批：如闻其声，恨极语却是疼极语）你生气，要打骂人容易，何苦摔那命根子！'（脂批：一字一千斤重。）宝玉满面泪痕泣……（脂批：千奇百怪，不写黛玉泣，却反先写宝玉泣）。"这一段隐述的是皇太子被废后装疯卖傻的经历，贾宝玉装疯卖傻是通过林黛玉的视角展示的，按照"二玉合传"的理解，林黛玉与贾宝玉实则就是一人。"摘下那玉，就狠命摔去"，玉是什么？玉就是皇太子的宝座，狠命摔玉就是皇太子第一次被废后的自我表现。"吓的众人一拥争去拾玉"：只须改掉两个字，"'喜'的众人一拥争去'抢'玉"，就可诠释假语村言中宝、黛、钗三人感情纠葛背后的历史。皇太子被废，重新燃起长久觊觎皇位的诸皇子的野心，由此拉开了康熙朝帝位争夺战血腥历史的序幕。贾宝玉的哭就是林黛玉的哭，名分二人，实则一人，都是皇太子第一次被废后对康熙哭诉自己的冤屈。第一回："雨村吟罢，因又思及平生抱负，苦未逢时，乃又搔首对天长叹，复高吟一联曰：'玉在椟中求善价，钗于奁内待时飞。'"脂批："表过黛玉则紧接上宝钗。前用二玉合传，今用二宝合传，自是书中正眼。"脂砚斋评语中的"二玉合传"与"二宝合传"，一直都是困惑红迷的重要字眼，在小说故事中，读者看到的是三人演绎的三角恋爱，宝玉到底真心爱谁，好像也没个准头儿。正由于他的"情不情"，的确给很多读者的思绪蒙上了一层浓雾，如果换个角度，去寻找藏匿在谜书背面的隐情，问题就很好理解了。表面看林黛玉、薛宝钗二人争夺的是贾宝玉，争夺的是荣国府未来女主人的归属问题，实际是皇太子胤礽、皇四子胤禛争夺皇帝宝座的历史。此时的宝玉又成了皇帝宝座，实则是皇太子的宝座，脂批："将薛、林作甄玉、贾玉看书，则不失执笔人本家。丁亥夏。笏叟。"这要从薛、林的真、假排序说起，即"二玉合传"与"二宝合传"，林黛玉与贾宝玉的结合就是"二玉合传"，是假玉，起源是真玉，自太子被废之后就成了假玉；薛宝钗与贾宝玉的结合就是"二宝合传"，是真玉，指皇四子胤禛，后来成为雍正皇帝，这个"玉"就是皇权，皇帝的宝座，谁是皇帝，谁就拥有了这块真玉。林黛玉、薛宝钗争夺宝玉的故事，演绎出来就是皇四子胤禛、皇太子胤礽之间争夺皇位的历史。

贾宝玉与林黛玉的感情纠葛以及二人的特殊关系，就是"二玉合传"，几乎都是皇太子假语村言的历史再现。"二玉合传"表明作为绛珠草化身的黛玉和石头化身的宝玉同为一人，由此推断，黛玉还泪就与宝玉无关了。探究绛珠草还泪的真情，明了神瑛侍者是谁，不仅关系到林黛玉这个红楼人物的形象，更关系到这部巨著的主题思想及著书人的立意本旨。开篇第一回，著书人通过女娲补天后的余石历世、绛珠还泪两个神话，带出小说故事男女主角及红楼故事的一条主线。脂砚斋批语中的"二玉"，就是黛玉、宝玉；"合传"所指就是贾雨村所做的五言律诗，脂批："这是第一首诗。后文香奁闺情皆不落空。余谓雪芹撰此书，中亦有传诗之意。"

> 未卜三生愿，频添一段愁。
> 闷来时敛额，行去几回头。
> 自顾风前影，谁堪月下俦？
> 蟾光如有意，先上玉人楼。

揭示的是康熙两立两废皇太子的历史，这首诗对康熙来说，不知把大清的江山交给谁，"频添"了一段忧愁，郁闷时皱眉思考，两立两废几回头，他只顾自己当皇帝，谁会介意陪伴皇帝几十年、当了几十年的皇太子？如果康熙有意，也考虑考虑皇太子，可在自己有生之年，让太子登上皇帝的宝座。

甄士隐解注的《好了歌》，如按"一声也而两歌"的创作方法来理解，就是对皇太子一生的高度总结：当年奏折满床，现在变成陋室，无人探望；当年唱歌跳舞的风流快活之所，现在变成乱草丛生、枯柳败杨，一片荒凉之地。想当年是多么风光荣耀，娶妃纳妾，晕头转向，转眼间就进入了暮年，还辜负了康熙的期望，成为不肖子孙。过去是金银满箱，现在乞丐不如。期盼康熙早日归天，自己好登上皇位，结果是身陷囹圄还丢了小命。康熙为了培养新的皇帝，教子有方，哪知太子着急继位，做出了强盗一般大逆不道之事。身为一人之下万万人之上还不满足，致使枷锁缠身，落得如此卑贱的下场。当年蟒袍裹身，今日破袄御寒。皇帝来了又走，走了又来，大清朝发迹于白山黑水之间，错把京城的皇宫当成自己的家，可谁又能把大好的江山扛走？简直是荒唐透顶，到头来都是留给后人为他人做嫁衣裳。

林黛玉除了是废太子胤礽的替身外，还是谜书的原创著书人弘皙的替身演员。作为弘皙的替身，黛玉进贾府，小说第三回除了"接外孙贾母惜孤女"这个回目外，还出现另外两个回名：一个是"荣国府收养林黛玉"，一个是"林黛玉抛父进京都"。根据脂砚斋提示"看书要看背面"，都属于小说的隐含，都是为了掩饰真实的历史事件。

原创著书人以林黛玉为替身所要表达的真情，主要隐述弘皙青少年时期及晚年的往事。在"演说荣国府"一回中，是这样交代黛玉的父亲林如海的："这林如海姓林名海，表字如海（脂批：盖云'学海文林'也。总是暗写黛玉），乃是前科的探花，今已升至兰台寺大夫。（脂批：官制半遵古名亦好。余最喜此等半有半无，半古半今，事之所无，理之必有，极玄极幻，荒唐不经之处。）本贯姑苏（脂批：十二钗正出之地，故用真）人氏，今钦点出为巡盐御史，到任方一月有余。原来这林如海之祖，曾袭过列侯，今到如海，业经五世。起初时，只封袭三世，因当今隆恩盛德，远迈前代，外加恩，至如海之父，又袭了一代；至如海，便从科第出身。"如此一番交代，林黛玉的家世就不仅仅是林黛玉的家世了。满洲自太祖努尔哈赤起兵自称英明汗，国号后金，年号天命起，经过太宗皇太极、世祖福临，到圣祖玄烨是第四世，第五世为世宗胤禛。弘皙父亲胤礽自幼被册立为太子，虽两次被废，但与胤禛是异母兄弟，同为康熙的皇子，如海正对应胤礽"业经五世"。"起初时，只封袭三世。"三世是封袭的，单从这个"袭"字看，就专指清军入关，定都北平从顺治君临天下算起，到胤礽册立太子，正好在第三世上。

著书人为了着重点明林如海所隐含的原型身份，故意在有可考之处重复用笔。"因当今隆恩盛德，远迈前代，额外加恩，至如海之父，又袭了一代。"脂批："可笑近时小说中，无故极力称扬浪子淫女，临收结时，还必致感动朝廷，使君父同入其情欲之界，明遂其意。何无人心之至！不知彼作者有何好处？有何谢报到朝廷廊庙之上？直将半生淫污秽渎睿聪；又苦拉君父作一干证护身符，强媒硬保，得遂其淫欲哉！"批书人之言，竟直指当朝，主要影射乾隆为美化自己的来路正派，顾头不顾腚地篡改历史，造成前清的野史胜过国史，也难怪乾隆要将《石头记》列为禁书。

"林海便是科第出身，虽系钟鼎之家却亦是书香（脂批：要紧二字，盖钟鼎亦必有书香方至美）之族，可惜这林家支庶不盛，子孙有限，虽有几门，却与如海俱是堂族而已，没甚亲支嫡派的。（脂批：为黛玉极力一写。）"著书人着力强调胤礽乃康熙唯一嫡生子。清帝位传承不以长幼、嫡庶为基础，所有皇子均有继承的权利，关键的关键是看谁能得到先皇的青睐。自康熙起，特别注重满汉融合，学习并接受了大汉民族儒家的经典思想，研究中国历朝的统治经验，深谙立嫡子为储君有利于皇权的连续性与稳固性，是巩固清王朝统治的头等大事。康熙开始接受历代皇位继承的经验，尤其是明朝嫡长制继承皇位的制度，立储注重嫡生。在康熙三十五个皇子中，成人排序有二十四人，论嫡生只有胤礽一子。史料记载：康熙共册封皇后三人，第一位是孝诚仁皇后，赫舍里氏，生有二子，一子承佑，加上同父异母的哥哥承瑞及后面两个同父异母的弟弟均早殇，也就是说，大阿哥胤禔前面就有四个哥哥没成人，后有个弟弟一出生就夭折了。赫舍里氏二子胤礽在所有皇子中行七，在所有成人皇子中行二，不到两岁就被册立为太子。第二位孝昭仁皇后，钮祜禄氏，无子女。第三位孝懿仁皇后，佟佳氏，就是隆科多的姐姐，只生一女。

谜书接着叙述："今如海年已四十，只有一个三岁之子，偏又于去岁死了。虽有几房姬妾（脂批：带写贤妻），他命中无子，亦无可如何之事。今只有嫡妻贾氏，生得一女，乳名黛玉，年方五岁。夫妻无子，故爱女如珍。且又见他聪明清秀（脂批：看他写黛玉，只用此四字。可笑近来小说中，满纸'天下无二''古今无双'等字），也使他读书识得几个字，不过假充养子之意，聊解膝下荒凉之叹。（脂批：此叙法，方是至情至理之妙文。最可笑者，近小说中满纸班昭蔡琰、文君道韫。）"谜书做此解说，不过是为表述林黛玉进贾府而做的表面文章。康熙立储注重嫡生，两废太子后，秘密立嫡皇孙弘晳为"以朕心为心者"的接班人，故而谜书对嫡生多有重笔。

贾氏病故后，林如海对黛玉说："'汝父年将半百，再无续室之意；且汝多病，年又极小，上无亲母教养，下无姊妹兄弟扶持。（脂批：可怜！一句一滴血，一句一滴血之文。）今依傍外祖母及舅氏姊妹去，正好减我顾盼之忧，何云不往？'黛玉方洒泪拜别（脂批：此一段是不肯使黛玉作弃父乐为远游者。以此可见作者之心宝爱黛玉如己），随了奶娘及荣府几个老妇人登舟而去。（脂批：老师依附门生，怪道今时以收纳门生为幸。）"洋洋洒洒一段演说，谜书中的林如海便成了胤礽的替身，其"再无续室之意"，隐说胤礽继承宗室大业已无希望。考太子胤礽第一次被废黜，发生在康熙四十七年，作为胤礽嫡子弘晳替身的黛玉，"以此可见作者之心宝爱黛玉如己"，在"金兰契互剖金兰语"一回，有"我又不是他们这里正经主子，原是无依无靠投奔了来的""我长了今年十五岁"，脂批："黛玉才十五岁，记清"。弘晳生于康熙三十三年，到胤礽第一次被废黜太子位，恰好十五岁，那时，都讲究虚岁，到现在还有许多地方，主要是农村还按虚岁计算。这就出现了黛玉离开扬州是六岁，到了荣国府之后，第一次报年龄是十五岁，如此的叙述，不知黛玉在路上走了多长时间？亦是读者感觉不可思议的地方，这正是谜书中的荒唐之言。隐意黛玉离开扬州时是曾静的学生，故事就发生在雍正六年；黛玉到荣国府之后，其扮演的对象发生了变化，她又成了弘晳的替身演员，时间正好是皇太子第一次被废之日，当然就成长到了十五岁。

清史记载：康熙特喜爱孙子弘历。这是马屁精为了奉迎乾隆，抹掉弘晳历史，进行的移花接木之笔。康熙自从第二次将太子废黜之后，已意识到明立储君的诸多弊端，才决定秘密立储，并告诫诸大臣，"今欲立皇太子，必能以朕之心为心者方可立之"，不再提及立储之事，严令大臣们也不要再提，"到彼时，尔等只遵朕旨而行"。即秘密选定弘晳为继位人，老皇帝便精心培养，让其接受各方面的锻炼。如清史记载的千叟宴向老臣执爵献酬，连续临幸雍亲王的赐园圆明园赏花，在镂月开云殿见孙子，祖孙俩到避暑山庄"朝夕不离，寝食与共，相互间感情日益增进"。这时，弘晳已过继给胤祯，与其一同生活，所有这些，尽管清史记载的是弘历，而不是弘晳，稍加分析就能明白康熙真正培养的接班人是弘晳而不是弘历。

康熙为何选定嫡皇孙弘晳为接班人？具有五方面的优势：一是两废太子，对胤礽毕竟有些不公，以此弥补能平复康熙心中复杂的情感；二是康熙确实喜爱弘晳这个嫡长孙，符合"以朕心为心者"的立储原则；三是弘晳本人德才兼备，具备治理好国家的潜在素质；四是符合康熙确立嫡长制传国的大政方针，有利于满汉融合；五是性格特点祖孙俩比较接近，均属于温和派的执政理念。正如"通灵宝玉"背面"疗冤疾"之说，把皇位传与两废太子的儿子，对胤礽来说，尽管没当上皇帝，结果一跃就成了太上皇，也该没啥遗憾的了。但在老皇帝弥留之际，弘晳没在京城，大位无法正常相传。正是"赤瑕宫"中"瑕"字的隐义，关键就出在秘密立储确有瑕疵。

在"起嫌疑顽童闹学堂"一回，弘晳被幻写成老皇帝"朕所钟爱"的秦钟，与胤祯替身的宝玉上学堂，借孩童玩闹之词，透露出弘晳被康熙选

144

定为接班人，并让其到朝堂之上崭露头角，使得众皇子得知康熙秘密选定的继位人是弘皙。小说中的金荣大闹学堂，璜奶奶要找去理论等情节，均表现一些皇子相当不满，尤其是皇八子允禩腹诽心谤，想找康熙问个究竟，但见到康熙便不敢开口了。康熙曾试探性地让弘皙接触朝政，只是没公开宣布，皇子们也都心照不宣。在秦可卿丧事前，将黛玉遣走解读为弘皙被遣出京，回东北老家祭祖，如今回来又该是怎样的情形呢？当然是大势已去，康熙已经归天，叔父雍亲王胤禛继位。谜书中的表述是"宝玉只问得黛玉'平安'二字，余者也就不在意了"，与前文宝玉想黛玉想到痴迷形成极大的反差。因前文宝玉是康熙的替身演员，此时宝玉是雍正的替身演员，表现出来的情感自然不同。雍亲王篡夺了弘皙的皇位，怕他来找麻烦，毕竟康熙的汉文传位诏书还在曹老太君的手上，自然担心弘皙的态度，问得"平安"二字，看弘皙会不会闹事。实际状况黛玉进府，见面时彼此悲喜交加，未免又大哭一阵，后又致喜庆之词。脂批："世界上亦如此，不独书中瞬息。观此，便可省悟。"小说用黛玉父病逝和元春省亲之喜突出了"悲喜交接"之情，很显然，是著书人的故意掩饰之笔，也是小说故事的合理安排。真正的先悲后喜之情，是弘皙从东北老家奔丧回来，先大哭祖父康熙的离世，后恭喜雍亲王登基。谜书接着写到宝玉将鹡鸰念珠转赠给黛玉，史传康熙将鹡鸰念珠临终前交给雍亲王，可理解成作为传大位的物证，让雍亲王代其传位的，面对炙手可热的皇位，亦是释迦牟尼忠实信徒的雍亲王也爱不释手了。"黛玉道：'什么臭男人拿过的？我不要他！'宝玉只得收回。（脂批：略一点黛玉性情，赶忙收住，正留为后文地步。）"雍亲王到底是想把康熙的遗物转给弘皙，还是虚心假意让位，此"正留为后文地步"。

弘皙寄养宫中这一辉煌史，被移宫换羽，变成了乾隆弘历养育宫中，分析一些相关史料，便可发现其中的瑕疵。清史有康熙的遗嘱记载："废太子胤礽、皇长子胤禔性情不顺，依前拘囚，丰衣美食以终其身；废太子第二子朕所钟爱，其特封为亲王。"史料记有朝鲜使臣回国向国王汇报："皇长孙颇贤，难于废立。或云太子之子甚贤，故不忍立他子。"由此可以肯定，立弘皙为储君已成大势所趋。然康熙立遗嘱封王这一举措的真实性就令人如堕五里雾中，因为历来不见有皇帝立遗嘱封王的现象，若欲封王，康熙在世时即可，何必多此一举另立遗嘱？此确是丈二和尚。《清世宗本纪》记载："壬戌，封贝勒允禩为廉亲王，胤祥为怡亲王，胤祹为履郡王，废太子胤礽之子弘晳为理郡王。"雍正继位之后，先册封"弘晳为理郡王"，为了掩盖自己夺嫡篡位的真相，就没与康熙商量，自作主张替康熙拟定了一份遗嘱，到他再传大位时，将自己拟写的传位诏书与康熙的这份遗嘱，同时展现给文武百官，弘晳继位，既是两代皇帝的愿望，还显得自己是多么无私。如不是弘历横刀夺爱，雍正夺嫡篡位的真相恐怕就彻底淹没在历史的长河之中，后来乾隆的修史者，不可能无中生有，为这位被革除宗室的失败者添彩。也只能理解雍正私自为老皇帝立下了一份遗嘱，一直躺在国史馆内，到乾隆朝，也没被发现，成了漏网之鱼，才意外留下这不可思议的一笔史记。

清史记弘历"恩逾常格、养育宫中"实属自相矛盾，大有牵强附会之说。稍加分析清史留下的雍正遗诏，就能看出隐藏着的猫腻。现将雍正遗诏摘录如下：

　　自古帝王统御天下，必以敬天法祖为首务。而敬天法祖本于至诚之心，不容一息有间。是以宵旰焦劳，无日不兢兢业业也。朕蒙皇考圣祖仁皇帝为宗社臣民计，慎选于诸子之中，命朕缵承大统，绍登大宝，夙夜忧勤，深恐不克负荷。惟仰体圣祖之心以为心，仰法圣祖之政以为政，勤求治理，抚育烝黎。无一事不竭其周详，无一时不深其祗敬。期使宗室天潢之内，人人品端形方，八旗根本之地，各各奉公守法。六卿喉舌之司，纪纲整饬，百度维贞，封疆守土之臣，大法小廉，万民乐业。十三年以来，竭虑殚心，朝乾夕惕，励精政治，不惮辛勤，训诫臣工，不辞谆复。虽未能全如期望，而庶政渐已肃清，人心渐臻良善，臣民遍德，遐迩恬熙，大有频书，嘉祥叠见。朕秉此至诚之心，孜孜罔释，虽至劳至苦，不敢一息自息，方翼图安保泰，久道化成。今朕躬不豫，奄弃臣民，在朕身本无生，去来一如。但皇考圣祖仁皇帝托付之重，至今虽可自信无负，而志愿未竟，不无遗憾。宝亲王皇四子弘历，秉性仁慈，居心孝友，圣祖皇考于诸孙之中，最为钟爱，抚养宫中，恩逾常格。雍正元年八月，朕于乾清宫召诸王、满汉大臣入见，面谕以建储一事，亲书谕旨，加以密封，收藏于乾清宫最高之处，即立弘历为皇太子之旨也。其后仍封亲王者，盖令备位藩封，谙习政事，以增广识见，今既遭大事，著

146

继朕登极，即皇帝位。仰赖上天垂佑，列祖贻谋，当兹寰宇乂安，太平无事，必能与亿兆臣民共享安宁之福。至于国家刑法禁令之设，所以诘奸除暴，惩贪黜邪，以端风俗，以肃官方者也。然宽严之用，又必因乎其时。从前朕见人情浇薄，官吏营私，相习成风，罔知省改，势不得不惩治整理，以戒将来，今人心共知儆惕矣。凡各衙门条例，有从前本严而朕改易从宽者，此乃从前部臣定议未协，朕与廷臣悉心斟酌，而后改定，以垂永久者，应照更定之例行。若从前之例本宽，而朕改易从严者，此乃整饬人心风俗之计，原欲暂行于一时，俟诸弊革除之后，仍可酌复旧章，此朕本意也。嗣后遇此等事，则再加斟酌，若应照旧例者，仍照旧例行。自今以后，实愿内外亲贤股肱大臣，念朕朝乾夕惕之苦衷，仰答皇考圣祖仁皇帝利益社稷之诚念，各秉忠良，屏除恩怨，一心一德，仍如朕在位之时，共相辅佐，俾皇太子弘历成一代之令主，则朕托付得人，追随列祖皇考在天之灵，亦可不愧不怍也。弘历仰承列祖积累之厚，受朕教诲之深，与和亲王弘昼同气至亲，实为一体，尤当诚心友爱，休戚相关。亲正人，行正事，闻正言，勿为小人所诱，勿为邪说所惑。祖宗所遗之宗室宜亲，国家所用之贤臣宜保，自然和气致祥，绵祖宗社稷万年之庆也。庄亲王心地醇良，和平谨慎，但遇事少担当，然必不至于错误。果亲王至性忠直，才识俱优，实国家有用之才，但平时气体清弱，不耐劳瘁，倘遇大事，诸王大臣当体之，勿使其伤损其身，若因此而损贤王精神，不能为国家办理政务，则甚为可惜。大学士张廷玉器量纯全，抒诚供职，其纂修《圣祖仁皇帝实录》宣力独多；大学士鄂尔泰志秉忠贞，才优经济，安民察吏，绥靖边疆，洵为不世出之明臣。此二人者，朕可保其始终不渝。将来二臣着配享太庙，以昭恩礼。其应行仪制，悉遵成典。持服二十七日，释服。布告天下，咸使闻知。

史书记载：雍正于八月二十三日崩殂，于二十七日将遗诏颁布天下，正式定稿前又经历三日的撰拟。由此推断，这份雍正遗诏是否出自雍正的内心，就值得怀疑，或许，乾隆就没与雍正商量，随便伪造出一份替代品。就这份遗诏而言，稍加分析，就能发现是枝节横生。

其一，清史料载：雍正死于八月二十三日子时过后的圆明园寝宫。据张廷玉《澄怀园自订年谱》记："十三年八月二十日，圣躬偶尔而违和，犹听政如常，廷玉每日进见，未尝有间。二十二日，漏将二鼓，方就寝，忽闻宣召甚急，疾起整衣，趋至圆明园。内侍三四辈，待之于园之西南门，引至寝宫，始知上疾大渐，惊骇欲绝。庄亲王、果亲王、大学士鄂尔泰、公丰盛额、讷亲、内大臣海望先后至，同到御榻前请安出，候于阶下。太医进药罔效，至二十三日子时，龙驭上宾矣。廷玉与鄂尔泰告二王、诸大臣曰：'大行皇帝因传位大事，亲书密旨，曾示我二人，外此无有知者。此旨收藏宫中，应急请出，以正大统。'王、大臣曰：'然。'因告总管太监，总管曰：'大行皇帝未曾谕及，我辈不知密旨之所在。'廷玉曰：'大行皇帝当日密封之件，谅亦无多，外用黄纸固封，背后写一封字者，即是此旨。'少顷，总管捧出黄封一函，启视之，则朱笔亲书传位今上之密旨也。"与雍正遗诏"亲书谕旨，加以密封，收藏于乾清宫最高之处，即立弘历为皇太子之旨也"存在矛盾。一份密诏同时出现在圆明园、乾清宫两个地方，是雍正搞错了位置，还是张廷玉记错了地方？张廷玉怎么会对密诏存放的位置那么清楚？又有庄亲王等人的奏复中指出："如大学士鄂尔泰、张廷玉者，久在圣明洞鉴之中，是以特书谕旨，密封内廷。"是说雍正曾向张廷玉、鄂尔泰视看过密诏。雍正凭什么要将传位密诏让两位大臣视看？其保密性能何在？除非雍正的脑袋被驴踢了！

其二，雍正遗诏载："宝亲王皇四子弘历，秉性仁慈，居心孝友，圣祖皇考于诸孙之中，最为钟爱，抚养宫中，恩逾常格。"考康熙两立两废皇太子的历史，老皇帝在选定大清国继承人的问题上，简直伤透了脑筋，如果康熙真心喜欢弘历的话，直接下诏书传大位不就完事，他有这个权力啊，何必先传位给其父，再由其父传位其子，转了一大圈儿？再说，他把关系到大清国生存命运的大事托付给雍亲王，难道就没后顾之忧？雍亲王可是喜怒无常，康熙不可能不知道胤禛的性格。摆在康熙面前的事实是：胤礽不到两岁就被确认为有英雄气象，结果还是两立两废，几十年付出的心血全部付之东流，这样深刻的教训如不管不顾，除非脑袋进了水，或神经出现了错乱。再说，实行嫡长制是康熙与孝庄太皇太后共同制定的传国方针，康熙晚年是否真的患上了老年痴呆症？只要把弘晳与弘历的相关史料一一对比，康熙心目中的接班人是谁，就能一目了然：一、弘晳是康熙的嫡子嫡孙；弘历是康熙庶子雍亲王妃陪嫁女之子。二、弘晳曾于康熙五十六年"仪封张清恪公以当代大儒典顺天试,房考嘉定匠门先生暨商邱兰挥先生得公卷大惊,呈荐主司击节叹赏,以第一人领解";弘历于康熙六十一年才与玄烨初次见面,康熙问了几个问题,弘历对答如流,就认为弘历"有英雄气象"。朝鲜迎接大清告讣使的金演,听翻译讲,康熙生命垂危时,曾诏阁老马齐来当面交代,"第四子雍亲王胤禛最贤,我死后立为嗣皇。胤禛第二子有英雄气象,必封为太子"。三、康熙六十一年弘晳的实际年龄二十八岁,且二十三岁便崭露头角,显露出高深的造诣,直接传位,不留任何的遗憾;到康熙六十一年弘历的实际年龄十一岁,康熙还得先传位给雍亲王,再由雍正传位给弘历,康熙会不会干这种把饭叫饥、没事找抽的事?

清史给出的理由是:康熙六十一年一月,年届六十九岁的老皇帝在紫禁城内的乾清宫再摆千叟宴,刚刚十一岁的弘历,第一次见到祖父康熙,就与其他皇孙一起向老臣执爵献酬。试想:如此盛大的招待场面,怎么可能让一小孩儿在大堂之上左右逢源?清史又称,三月间,康熙生辰之际,应四子胤禛之请,四天两次到圆明园赏花,还在镂月开云殿见到了弘历,活泼兴奋的弘历与腼腆拘束的弘昼,同向康熙叩拜,却没雍正十八岁长子弘时的啥事,那时的雍亲王与弘时可没啥利害冲突呀,清史几乎把他抛到了九霄云外。拜毕,康熙便考学业,问国语、讲天算,聪颖的弘历神态自若、对答如流,给康熙的印象是天庭饱满、活泼可爱、颖悟绝人,康熙满心欢喜,当即决定将弘历"养育宫中"。是否老皇帝太着急了,选拔接班人岂能这样草率?一个多月后,康熙巡游塞外,携弘历同行,到了避暑山庄,在万壑松风读书……祖孙二人形影不离,相互间的感情与日俱增。九月底,康熙携弘历回到北京,再往后一个多月,康熙便因病去世,十分放心地把大清的江山寄托在了弘历身上。

其三,雍正遗诏载:"雍正元年八月朕于乾清宫召诸王、满汉大臣入见,面谕以建储一事,亲书谕旨,加以密封,收藏于乾清宫最高之处,即立弘历为皇太子之旨也。"雍正继位初年的基本状况:一是夺嫡继位造成众皇子的强烈不满,稳定朝局需做大量的工作,其整天是焚膏继晷、通宵达旦,选定接班人又不是非做不可的头等大事;二是雍正继位时四十五岁,也没必要急于立储。当时,雍正有皇长子弘时(齐妃所生),还有比较宠爱的福惠(年妃所生)。弘历的生母钮祜禄氏只是陪嫁女的身份,清史记载生弘历时为雍亲王的格格(清朝满洲王爷妻妾的称呼有四:嫡福晋、侧福晋、格格、侍妾。格格比侧福晋小，福晋亦可称妃）。无论从哪一方面，立弘历为皇储都不靠谱，就算捂住雍正的眼睛乱抓，也不会摸到弘历身上。

通过考究，所谓"恩逾常格，宫中收养"，是弘晳在父亲被废黜太子位后，康熙将皇嫡孙养在雍亲王府，至于过继一事，是康熙出的馊主意。史考胤礽与胤祯兄弟二人曾同时在孝懿皇后处抚养，孝懿皇后到康熙二十八年去世，这两位皇子就养在曹贵妃处，谜书中贾政对史老太君尊怕有加，应与那段经历有关。兄弟二人的关系还是很亲近的，后来二人还成了连襟，同娶了李煦的女儿（薛姨妈与王夫人）。从太子二次被废后的弘晳，就真成了"林黛玉抛父进京都"，一个回目便将真情隐含其中，弘晳两次经历父亲被废黜太子，两次被捧上天，然后被弃于地，也难怪"天上掉下个林妹妹"来了。弘晳长到十九岁，著书人便把扮演者改换成了贾芸，小说对贾芸是这样描写的："容长脸，长挑身材，年纪只好十八九岁，生得着实斯文清秀，来给宝叔请安，宝玉笑道：'你倒比先越发出挑了，倒像我的儿子。'"其中写到贾琏在一旁打掩护："好不害臊！人家比你大四五岁呢，就替你作儿子了？"随后又故意写"摇车里的爷爷，拄拐的孙子"等解脱之语。实际上，隐笔泄露了十九岁的弘晳在父第二次被废后，过继到雍亲王的门下，这是康熙的创意，也是康熙一手安排的。

第三十七回"秋爽斋偶结海棠社"，有贾芸写给宝玉的一封字帖："不肖男芸恭请——父亲大人万福金安！男思自蒙天恩，认于膝下，日夜思一孝顺，竟无可孝顺之处。前因买办花草，上托大人金福，竟认得许多花儿匠，并认得许多名园。因忽有白海棠一种，不可多得，故变尽方法，只弄得两盆。大人若是认男是亲男一般，便留下赏玩。因天气暑热，恐园中姑娘们不便，故不敢面见。奉书恭启，并叩台安！男芸跪书。"看这样的故事情节安排，纯属著书人的瞎编乱造，无疑是荒唐之言。小说故事中的贾芸比宝玉大三四岁，即使写信，称其小叔合情合理，称"父亲大人"咋看都觉得不着调。如与雍正朝的历史结合起来，再解读历史真情，乃正是滴水不漏、无懈可击。"白海棠两盆"就是弘晳王妃曹氏生下了龙凤双子，影射两个"偶结"的婴儿，是弘晳向皇父雍正报喜。雍亲王搬到圆明园之前，一直都住在雍和宫，并不像大阿哥、三阿哥等养在他处。"恩逾常格，养育宫中"是弘晳而非弘历。当然，弘历也一直跟着他老子住在雍和宫，并没受到康熙的"常格恩逾"。

小说中的王夫人时常居坐宴席，亦不在正室，只在正室东边的三间耳房内，显然，她的真身并非正宫皇后。雍正皇后为乌喇那拉氏，原步军统领费扬古之女，生长子弘晖，八岁夭折，雍正对她并不宠爱。虽为正宫，如同谜书中长房邢夫人一般，不怎么管事，王夫人虽为二房，却主持家政，正对应雍正齐妃李氏而写。黛玉来见王夫人："靠东壁，面西设着半旧青缎靠背引枕。王夫人却坐在西边下首，亦是半旧青缎靠背坐褥。见黛玉来了，便往东让。黛玉心中料定这是贾政之位。"脂批："写黛玉心到眼到。伧夫但云'为贾府叙座位'，岂不可笑！"脂砚斋在这条批语之前批到："此不过略叙荣府家常之礼数，特使黛玉一识阶级座次耳，余则繁。"从以上两条脂批来看，荣府就是皇宫，是讲究座次的，能识座次的弘晳已不是刚进雍和宫时的年龄了，起码说已步入了仕途。著书人用幻笔将大小不同的林黛玉，同时写进了荣府，单从顺序来看，就一个字：乱。在"挨炕一溜三张椅子上也搭着半旧的弹墨椅袱"处，脂批："此处则一色旧的，可知前正室中亦非家之用度也。可笑近之小说中，不论何处，则曰'商彝''周鼎''绣幕''珠帘''孔雀屏''芙蓉褥'等字眼。近闻一俗笑语云：一庄农人进京，回家众人问曰：'你进京去，可见些个世面否？'庄人曰：'连皇帝老爷都见了。'众罕然问曰：'皇帝如何景况？'庄人曰：'皇帝左手拿一金元宝，右手拿一银元宝，马上捎着一口袋人参，行动人参不离口。一时要屙屎了，连擦屁股都用的是鹅黄缎子。所以京中掏茅厕的人都富贵无比。'试思凡稗官写'富贵'字眼者，悉皆庄农进京之一流也。盖此时彼实未身经目睹，所言皆在情理之外焉。又如人嘲作诗者，也往往爱说富丽话，故有'胫骨变成金玳瑁，眼睛嵌作碧琉璃'之诮。余自评《石头记》非鄙薄前人也。"由脂评可见，虽未明说是皇宫，描写内容皆是皇宫的景象，正所谓："座上珠玑昭日月，堂前黼黻焕烟霞。"这副对联是对荣府显赫荣耀的社会地位所设置的艺术妙笔。王夫人正是皇子弘时（贾珠）的生母。弘晳进军机处的时间是雍正七年的后半年，雍正皇后那拉氏尚在，故齐妃李氏"不在正室"，到雍正九年那拉皇后去世后，齐妃李氏理该成为真正的王夫人。再从谜书邢夫人居长不主事来看，那拉皇后就是在世，也是虚设的皇后，远不及齐妃得宠。那拉皇后去世由谁接替，证据就在荣府放着，清史偏偏不见雍正册后的记载，国尚不可一日无君，后宫就可四年无主吗？似乎没道理啊。其实，这就是前清的历史，也是被乾隆修改得面目全非、漏洞百出的历史，若不是谜书的补记，估计谁也见不到曹皇后、李皇后这等称谓了。"黛玉便向椅子上坐了，王夫人再四携他上炕，他方挨王夫人坐了。王夫人因说：'你舅舅今日斋戒去了，再见罢。'"著书人写雍正，运用了多个替身演员，贾政所表现的，是其为君的一面，贾赦属虚设的人物，也有隐指雍正的一面，脂砚斋故意批注"重不见重"，暗透雍正一个真身是用多个替身来扮演的幻笔写法。

"贾宝玉梦游太虚境"中写道："宝玉……随警幻来至后面，但见珠帘绣幕，画栋雕，说不尽那光摇朱户金铺地，雪照琼窗玉作宫；更见仙花馥郁，异草芬芳——真好个所在！（脂批：已为省亲别墅画下图式矣。）又听警幻笑道：'你们快出来迎接贵客。'一语未了，只见房中又走出几个仙子来，皆是荷袂蹁跹，羽衣飘舞，姣若春花，媚如秋月。一见了宝玉，都怨谤警幻道：'我们不知系何贵客，忙地接了出来。姐姐曾说，今日今时必有绛珠妹子的生魂前来游玩，故我等久待；何故反引这浊物来污染这清净女儿之境？'"文中所谓"绛珠生魂"，隐指弘晳，宝玉隐指胤禛，大失所望的众仙子隐指诸皇子，由此说明弘晳被康熙指定为接班人，清廷满朝大臣及诸皇子全都门儿清。在"金兰契互剖金兰语"一回中，黛玉对宝钗说道："你如何比我？你又有母亲，又有哥哥，这里又有买卖、土地，家里又仍旧有房有地。你不过是亲戚的情分，白住了这里，一应大小事情，又不沾他们一文半个，要走就走了。"著书人用幻笔写少年时的弘晳与仕途辉煌时的弘晳自剖金兰语，属卖弄家私之笔。对照脂批："能解者，方有心酸之泪哭成此书。"谜书中的黛玉是冰雪聪明，为人却尖酸刻薄，稍不顺意就以泪洗面，还有吃不完的后悔药，这个形象正是弘晳身处逆境幻化出来的病身，她还泪而来，泪尽而逝。另除"二玉合传"和"二宝合传"黛玉见宝钗就心生嫉妒外，宝钗还是弘晳飞黄腾达时的正身，黛玉属逆境中的弘晳，她见宝钗照样是醋意大发。读者如果见二人单独在一起，千万不要让著书人给忽悠了，非找出现实中两个原型真身不可。

"送宫花贾琏戏熙凤"一回中写道："谁知此时黛玉不在自己房中，却在宝玉房中大家解九连环顽呢。周瑞家的进来笑道：'林姑娘，姨太太着我送花儿与姑娘带来了。'宝玉听说便先问：'什么花儿？拿来给我。'一面早伸手接过来了。开匣看时原来是宫制堆纱新巧的假花儿，黛玉只就宝玉手中看了一看便问道：'还是单送我一人的，还是别的姑娘们都有呢？'（脂批：在黛玉心中，不知有何丘壑。）周瑞家的道：'各位都有了，这两枝是姑娘的了。'黛玉冷笑道：'我就知道，别人不挑剩下的也不给我。'（脂批：

吾实不知黛玉心中有何丘壑。）周瑞家的听了一声儿不言语。（脂批：余阅'送花'一回，薛姨妈云'宝丫头不喜欢这些花儿粉的'，则谓是宝钗正传。又出阿凤、惜春一段，则又知是阿凤正传。今又到颦儿一段，却又将阿颦之天性，从骨中一写，方知亦系颦儿正传。小说中一笔作两三笔者有之，一事启两三事者有之，未有如此恒河沙数之笔也。）"这里的宫花，对贾府的姑娘们来说，可谓无足轻重，再简单不过了，给人留下的印象是林黛玉小肚鸡肠，斤斤计较，似缺少薛宝钗大家风范的气度，如用《风月宝鉴》来照看，里面的奥秘就值得寻味了。这时的林黛玉与薛宝钗合二为一，成了同一个人，其宫花也并非所谓的宫花，而是传位诏书。再看其他五人，王熙凤、秦可卿为同一皇帝，王熙凤应该有的，秦可卿自然也就有了，只是谜书中多出一道手续，还得由王熙凤转交给秦可卿。迎春、探春、惜春又均是皇帝，她们理应获取过传位诏书，只是惜春作为顺治皇帝的替身，特别加以说明：出家当了和尚，当然就用不着传位诏书了。薛宝钗是自己放弃的，林黛玉也是自己放弃的，尽管描写放弃的过程有些区别，结果是殊途同归。宝钗、黛玉都是弘晳的替身，他两次与皇权擦肩而过，一次是鼎鼐调和，一次是愤懑不平，这就是林黛玉心中的"丘壑"。"未有如此恒河沙数之笔也"是指把数位皇帝放在一起写，历代小说中真的未曾见过。"恒河沙数"，指历代帝位的更替是永恒不变的，至于一百年后就取消了帝制，著书人在他的太虚幻境还从未梦想到这一点。

在"潇湘馆春困发幽情"一回，先写"凤尾森森，龙吟细细"，这是著书人对故事发生地的暗示。什么地方会有此景？当然是藏龙落凤的皇家内院了。"宝玉信步来到潇湘馆，一缕幽香从碧纱窗中暗暗透出。宝玉便将脸贴在纱窗上，往里看时，耳内忽听得细细的长叹了一声：'每日家情思睡昏昏。'宝玉听了心痒，再看便见黛玉在床上伸懒腰。宝玉在窗外笑道：'为什么每日家情思睡昏昏？'一面说一面掀帘子进来了。"此故事情节只能出现在《红楼梦》里，若放在其他任何地方，贾宝玉皆难逃脱耍流氓的嫌疑，此绝对是荒唐的故事情节。

往下看就更荒唐了："宝玉走过来正要搬黛玉的身子，只见奶娘及婆子说：'妹妹睡觉呢，等醒来再请来。'"刚还假装睡觉的黛玉竟"翻身坐起来，笑道：'谁睡觉呢！'（脂批：妙极！可知黛玉是怕宝玉去也。）"这些细节的描写，给人的感觉正是一对儿进入青春期恋人的你情我愿，好容易才凑到一起，大有情真意切、不离不弃之感。"紫鹃进来伺候，黛玉坐在床上整理鬓发，笑向宝玉道：'人家睡觉，你进来作什么？'宝玉见他星眼微饧，香腮带赤，不觉神魂早荡，笑道："你才说什么？"黛玉称没说什么，宝玉笑道："给你个榧子吃，我都听见了。'"这个玩笑是否开大发了，戏也不好再往下演了。"混世魔王"又转移了目标，对丫鬟紫鹃笑道："好丫头，若共你多情小姐同鸳帐，怎舍得叠被铺床！"如此纵情不羁，假戏也确有些演过了头儿。著书人便让黛玉登时摞下脸来，开始"恼道：'二哥哥，你说什么？'"后又"哭道：'如今新兴的外头听了村话来，也说给我听；看了混账书，也拿来取笑儿。我成了爷们解闷的。'"

一场荒唐的游戏由宝玉赔不是、发洋誓才算结束。表面看，这场爱情游戏荒唐到肆无忌惮，若从背面来看这场荒唐戏，是不折不扣的历史再现。只要把小说中的扮演者与真实人物对上号，荒唐的背后就是真情。这时的黛玉仍是弘皙逆境时的替身，雍正抢走了本该属于他的皇位，尽管他很难受，还是"小惠全大体"。贾宝玉此时是"混世魔王"，雍正的长子弘时。他虽为皇长子，却对继承皇位表现出一副混世的模样，因为他知道弘皙的皇位被父王抢夺了，他与堂兄互为知己，还千方百计逗堂兄开心，想给堂兄一定的宽慰。著书人将兄弟二人嬉戏的真情，幻笔写成了你有情我有意、相互配合荒唐的爱情假戏了。

第三回："我最不放心是一件（脂批：王夫人嘱咐与邢夫人嘱咐是同而迥异。而女垒心，我欲代伊哭述一回愁苦）：我有一个孽根祸胎（脂批：四字是血泪盈面，不得已无奈何而下。四字是作者痛哭），是家里的'混世魔王'（脂批：与'绛洞花王'为对看），今日因庙里还愿去了（脂批：是富贵公子），尚未回来，晚间你看见便知了。你只以后不要睬他，你这些姊妹都不敢沾惹他的。"这里所说的"孽根祸胎"是谁，脂砚斋为何要"血泪盈面"？贾宝玉是众多隐身人物的替身，只要以"混世魔王"的身份出现在谜书当中，他就是雍亲王与齐妃的亲生子、李纨的丈夫——爱新觉罗·弘时。雍正在位期间，对弘皙赏识、恩宠和重用，大大超过其他皇子、皇侄。虽然康熙"朕所钟爱"选定弘皙为继承人，但阴差阳错，雍正抢先继承了皇位。绛珠仙草"后来既受天地精华，复得雨露滋养，遂得脱却草胎木质，得幻人形"，在雍正突然暴亡之后，弘皙便自食"密情之果"，自饮"灌愁之水"，如日中天的情形一去不返了，这就是他"仅修成个女体，终日游于离恨天外"。

清史记载雍正得暴病而死，传说是五花八门。著书人在谜书中以贾敬为替身，在"老爷宾天了"文后，直言明确"好好的并无疾病，怎么就没了"，重笔隐记了雍正之死。野史传说雍正死后有身无头，后制一金头下葬，看这"不能超生"一说，是否与无头相关呢？脂批："一切颇似说辞，在玉兄口中，却是衷肠之语。己卯冬夜。""'撂开手'句起至'才得托生'句止，此一段作者能替宝玉细诉受委屈后之衷肠，使黛玉竟不能回答一语。其心思为何如，真令人叹服。余曾亲历其境，境有'相逢半句无'之事，余固深悔之。阅此，恍惚将余所历之委屈细陈，心身一畅。作者如此用心，得能不叫绝乎！绮园。"理解这一段评批，完全有理由相信，是弘晳将真情载于谜书之中，并作批提醒读者。著书人在此故意不用脂砚斋落款，而写为"绮园"，是讳世人皆知脂砚斋为著书人的笔名，其实是换汤不换药的文字游戏而已。此评批中所称的"亲历其境"，若非著书人，谁会有此亲历？不要因为著书人的一通忽悠，就迷失方向，其过程就是弘晳的亲身经历，他在为雍正的暴死陈明原因。

谜书表述：

那黛玉正自悲伤，忽听山坡上也有悲声，心下想道："人人都笑我有些痴病，难道还有一个痴子不成？"想着，抬头一看，见是宝玉，林黛玉看见便道："呸！我当是谁，原来是这个狠心短命……"刚说着"短命"二字上，又把口掩住，长叹了一声，自己抽身便走了。这里宝玉悲恸了一回，见黛玉去了，便知黛玉看见他躲开了。自己也觉无味，抖抖土，起来下山，寻归旧路往怡红院来。可巧看见林黛玉在前头走，连忙赶上去说道："你且站住。我知道你不理我，我只说一句话，从今以后撂开手。"林黛玉回头见是宝玉，待要不理他，听他说"只说一句话，从今撂开手"这话里有文章，少不得站住，说道："有一句话，请说来。"宝玉笑道："两句话，说了你听不听？"黛玉听说，回头就走。

宝玉在身后面叹道："既有今日，何必当初！"林黛玉听见这话，由不得站住，回头道："当初怎么样？今日又怎么样？"宝玉叹道："当初姑娘来了，那不是我陪着顽笑？凭我心爱的，姑娘要，就拿去（脂批：我阿颦之恼，玉兄实摸不着，不得不将自幼之苦心实事一诉，方可明心，以白今之故。勿作闲文看）；我爱吃的，听见姑娘也爱吃，连忙干干净净收着等姑娘吃。一桌子吃饭，一床上睡觉。丫头们想不到的，我怕姑娘生气，我替丫头们想的到。我心里想着：姊妹们从小儿长大，亲也罢，热也罢，和气到了头，才见得比别人好。如今谁承望姑娘人大心大，不把我放在眼里，倒把外四路的什么宝姐姐、凤姐姐的放在心坎上（脂批：用此人瞒看官也，瞒颦儿也。心动阿颦，在此数句也。一节颇似说辞，玉兄口中却是衷肠话），倒把我三日不理、四日不见的。我又没个亲兄弟亲姊妹——虽然有两个，你难道不知道是和我隔母的？我也和你是独出，只怕同我的心一样。谁知我是白操了这个心，弄得我有冤无处诉！"说着，不觉滴下泪来。（脂批：玉兄泪不是容易有的。）

　　林黛玉耳内听了这话，眼内见了这形景，心内不觉灰了大半，也不觉滴下泪来，低头不语。宝玉见他这般形景，遂又说道："我也知道，我如今不好了。但知凭着怎么不好，万不敢在妹妹跟前有错处。便有一二分错处，你道是或教导我，戒我下次；或骂我两句打我两下，我都不灰心。谁知你总不理我，叫我摸不着头脑，少魂失魄不知怎么样才是。就便死了也是个屈死鬼，任凭高僧高道忏悔也不能超生；还得你申明了缘故，我才得托生呢！"（脂批：又瞒看官及批书人。）

　　这段描写看似平常，是贾宝玉与林黛玉爱情纠葛中的小插曲，从脂砚斋接连批语和"又瞒看官及批书人"来看，就得考虑是否动用了司马迁的笔墨。要想知道谜书背后的故事，就先得确定这二人是谁的替身演员，才能分析出对话的隐意。林黛玉自然还是弘皙，贾宝玉已不再是"混世魔王"弘时了，在这里他是雍正。黛玉说宝玉"短命"，自然是指雍正短命，没病没灾的五十八岁就突然一命呜呼了，肯定是人祸，绝非正常死亡。

　　"谁知你总不理我，叫我摸不着头脑，少魂失魄不知怎么样才是。就便死了也是个屈死鬼，任凭高僧高道忏悔也不能超生；还得你申明了缘故，我才得托生呢！"这段话含有几层隐意：一是"叫我摸不着头脑"，头脑都摸不着了，还会长在脖颈之上？传说雍正死后无头不是空穴来风。二是"少魂失魄"，就是无魂无魄，生命自然就不存在了。三是"也是个屈死鬼"，而且"弄得我有冤无处诉"，雍正死得冤屈，是被自己的直系亲属所杀，真成了家丑不可外扬。四是"不能超生"，可谓应验了有身无头的传说。古人都这样认为，无头就不能超生，他真希望林黛玉能查明真相，把丢失的脑袋给找回来。

　　从"林黛玉耳内听了这话，眼内见了这形景，心内不觉灰了大半，也不觉滴下泪来，低头不语"来分析，弘皙是"余曾亲历其境，境有'相逢半句无'之事，余固深悔之"，意在说明他没有站出来揭露真相。究其原因：一是认为家丑不可外扬，有失皇家的脸面与尊严；二是自认为自己具有很强的治国能力，即使乾隆当了皇帝，治理好国家还是第一要务，重用自己应该没啥问题，幻想能得到半碗残羹剩饭。这只是弘皙的一厢情愿，可他没想到的是，乾隆既然敢弑君杀父夺取皇位，对他这个掌握着第一手资料的政敌岂会瞬动恻隐之心？正如马道婆所说："非把他两个绝了不可。"乾隆还真叫个不含糊，马上采用"打草惊蛇"之法，逼其辞官。这时的弘皙没胆量拔刀相向，只考虑宫廷政变会给社会带来动荡和灾难，却采取了"葫芦僧乱判葫芦案"，错过了主宰自己命运的大好时机，结果只好自食"密情之果"，自饮"灌愁之水"了。可以说，在他隐居著书之时，"余固深悔之"，简直把肠子都悔青了。正如第二回诗云："一局输赢料不真，香销茶尽尚逡巡。"

在整部谜书中，无论弘皙的替身是林黛玉，还是贾雨村，这两个小说人物均具有心理残疾的一面，不让人看好，也显露出在大是大非面前瞻前顾后、心理脆弱的特征。谜书对历史人物的把握还是客观公正的，著书人并没因为自己心理残疾而护短，由此得出这样的结论：写小说他是高手，是绝顶的文学家，但他不完全具备政治家的素质，缺乏果敢、坚毅的性格，即使当上皇帝，能否成为叱咤风云的风流人物，还是一个谜。

在"情中情因情感妹妹"文中，借宝玉挨打，实际隐喻曹王妃生下双子，这也属于"一声也而两歌"的范畴。谜书中写众人来看宝玉。第一个是宝钗，宝钗也是弘皙的替身；第二个便是黛玉来看望："宝玉从梦中惊醒，睁眼一看，不是别人，却是林黛玉（弘皙）。宝玉（曹王妃）犹恐是梦，忙又将身子欠起来，向脸上细细一认，只见两个眼睛肿得桃儿一般，满面泪光——不是黛玉却是哪个？宝玉还欲看时，怎奈下半截疼痛难忍，支持不住，便哎哟一声，仍旧倒下，叹了一声，说道：'你又做什么跑来！虽说太阳落下去，那地上的余热未散，走两趟（先一趟用宝钗为替身）又要受了暑。我虽然挨了打，并不觉疼痛。我这个样儿，只装出来哄他们，好在外面布散与老爷听，其实是假的，你不可认真。'"此时林黛玉不是号啕大哭，而这等无声之泣，气噎喉咙更觉恰到好处。"听宝玉这话，抽噎说道：'你从此可都改了罢！'宝玉听说，便长叹一声，道：'你放心，别说这样话，我便为这些人死了，也是情愿的！'"解读此时的宝玉，正是弘皙王妃曹氏的替身。最后一句，挨打的宝玉怎么想到了死？正所谓"情中

157

情"的经典之笔,从"因情感妹妹"来看,头胎得了双生子的曹王妃是难产。过去女人生孩子如同过鬼门关,借挨打之情来隐述难产之情,显露出曹王妃对弘晳的忠贞不渝之情。老太君有一大段的表白,就把曹王妃的生育之情完全表露出来:"以后凡有会人待客诸样的事,你老爷要叫宝玉,你不用上来传话,就回他我说了:一则打重了,得着实将养几个月才走得;二则他星宿不利,祭了星不见外人,过了八月才许出二门。"宝玉挨打是五月份,过了八月才可出二门,历时三个多月,恰好符合女人生子一百天的"公休产假"。既然是补记家史,曹王妃生世子本身就是重要事件,岂能不使重笔显现?

"埋香冢飞燕泣残红"一回,著书人特写四月二十六芒种节,隐含真故事发生的时间是可以推算出来的,查万年历便可知道,康、雍、乾交替时期,芒种节与阴历四月二十六相交共有两次:一次是雍正三年(1725),另一次是乾隆元年(1736)。从整个真故事主写末世来看,饯花日就是雍正末世后的乾隆元年。结合雍正被刺后圆明园内群芳被禁管来讲,饯花日就是乾隆对群芳进行大处理的大体日期。脂砚斋回末批:"埋香冢葬花吟乃诸艳归源。《葬花吟》又系诸艳一偈也。"与"三春过后诸芳尽"的意义相同,脂批:"此句令批书人哭死!"分析雍正暴死后的情形:朝中一片混乱,弘历不顾一切地仓促登基,其中必有鬼蜮伎俩。皇帝死了,却死因不明,怎么向天下人交代?结果是没有交代。前文提到马家一族事先做了密谋,一箭双雕,"把他两个都绝了",宫中当时就将圆明园中的群芳管制起来,也包括弘晳王妃曹氏。弘晳被乾隆"打草惊蛇"之后,于乾隆元年初就抱病辞官了。曹王妃被禁管在狱神庙,必然要被审问。起初尚有太皇太后、皇太后等的保护,曹王妃相对还好过一些,随着大势已去的一方败下阵来,太皇太后、皇太后亦自身难保,也就没人再保护曹王妃了。

回顾悲泣动人的《葬花吟》诗文,诗后脂批:"余读《葬花吟》凡三阅,其凄楚感慨,令人身世两忘,举笔再四,不能加批。有客曰:'想先生身非宝玉,何得而下笔?即字字双圈,料难遂颦儿之意,俟看过玉兄后文再批。'噫唏!客亦《石头记》化来之人,故掷笔以待。"亦有再批:"开生面,立新场,是书不止'红楼梦'一回,惟此回更生更新。且读去非阿颦无是佳吟,非石兄断无是章法行文,愧煞古今小说家也。畸笏。"这段批语是曹霑的补充,一是由《石头记》更名为《红楼梦》;二是"余读《葬花吟》凡三阅,其凄楚感慨,令人身世两忘,举笔再四,不能加

158

批"是在"披阅增删"中难抑的复杂心绪；三是"有客曰：先生身非宝玉，何得下笔？"是说原创并非本人，不能随意就给《葬花吟》下评语；四是"读去非阿颦无是佳吟，非石兄断无是章法行文"，点明《葬花吟》是弘晳的作品。从曹霑对诗文批注分析，是借黛玉葬花表达弘晳对曹王妃无限的悼怀之情。《葬花吟》悲悲切切、凄凄楚楚，与《芙蓉女儿诔》遥相呼应。将二者对比看，一个通俗易懂，一个深刻含蓄。虽著书人号称天下第一才子，所著文学迷宫气势恢宏，但从谜书的写作方法、故事架构及语言的通俗易懂，特别适宜大众阅读，在我国的文学史上到目前仍是无法逾越的峰巅。

在用眼泪哭成的谜书中，用黛玉一首《葬花吟》，将宝黛之间的情感戏推到了顶峰。

> 未若锦囊收艳骨，一抔净土掩风流。
> 质本洁来还洁去，强于污淖陷渠沟。
> 尔今死去侬收葬，未卜侬身何日丧。
> 侬今葬花人笑痴，他年葬侬知是谁？
> 试看春残花渐落，便是红颜老死时。
> 一朝春尽红颜老，花落人亡两不知！

富察·明义在《题红楼梦》一诗中写道：

> 伤心一首《葬花词》，似谶成真自不知。
> 安得返魂香一缕，起卿沉痼叙红丝。

亦是著书人的好友对《葬花吟》的深刻理解，从标题来看，《葬花吟》似乎另有隐含。谜书中的香冢，是林黛玉在大观园专门选定、宝玉积极参与共同葬花的地方，大观园的第二原型，就是海隅孤岛石臼坨，原创著书人隐身石臼坨惨淡修书近二十载，后因发生突然变故，所著谜书遭到朝廷抄检，虽有继承人披阅增删将谜书传承了下来，为将真相大白于天下，仅存文学迷宫似乎还不足了却夙愿。根据弘晳超前的智慧和见识，秘藏在归隐地该有与这部谜书相匹配的物证。

谜书入世只是将真情传世的第一步，除此之外，修书地必然还有可以用来佐证谜底的实物以备后人考究。俗话说：耳听为虚，眼见为实。要想说明问题的关键，还在于物证。从文献资料进行考证，只能说是开启了红楼迷宫的大门，要彻底揭开谜底，拿出实在的物证才令人信服。林黛玉的葬花，与后续书提到的"断碣"具有密不可分的关系，事实上，谜书所涉及的物证就一直藏在隐修地石臼坨。2007年春，石臼坨岛上出土了一口康熙年间铸造的铁钟，钟名"西浮石山龙王老爷庙"，正对应"庙名久隐、断碣犹存"，外加石臼坨上原有"朝阳庵"，遭变故后易名"潮音寺"，均透露一明一暗两大物证，明的是"断碣"，暗的是"铁钟"。除此之外，暗藏的还该有特别物证，想林黛玉在大观园葬花，就不该仅葬一口康熙年间的大铁钟，还包括价值连城的传国玉玺（和氏璧），才是整部谜书隐写历史最重要的见证。由张献忠岷江沉银联想到"石沉大海"，此成语出自元朝张国宝《罗李郎大闹相国寺》："出门去没一个人知道，恰便似石沉大海，铁坠江涛，无根蓬草，断线风筝。"它的落脚点就该在从大陆到石臼坨孤岛行船沿线的海峡中，传国玉玺重见天日之时，才是真正的石破天惊。

在续书"昧真禅雨村空遇旧"一回，写兼管税务的贾雨村："出都查堪开垦地亩，路过知机县，到了急流津。……只见村旁有一座小庙，墙壁坍颓，露出几株古松……但见庙内神像金身脱落，殿宇歪斜，旁有断碣，字迹模糊，也看不明白。……雨村长揖请问：'老道从何处修来在此结庐？此庙何名？庙中共有几人？或欲真修，岂无名山；或欲结缘，何不通衢？'那道人道：'葫芦尚可安身，何必名山结舍。庙名久隐，断碣犹存。形影相随，何须修募？岂似那"玉在椟中求善价，钗于奁内待时飞"之辈耶！'"从查勘开垦地亩过知机县到急流津来分析，与去石臼坨路径相吻合。著书人归隐世外仙源，首先就得解决自给自足的问题，开垦荒地实属必然，归隐所在的县就是"知机县"。欲寻高士去，一径隔溪幽。从大陆到孤岛，中间必隔一道峡溪，这溪正是"急流津"。再看对庙宇的记述，加上"断碣"在旁，亦对应石臼坨上古刹小庙"潮音寺"。

《乐亭县志》记载断碣的全文：

　　粤稽石臼坨由来久矣，自唐王东征，厥名已立，地势荒凉，人迹罕到。其中只有茅庵一座，观音大士一尊。嗣后于翁职宰乐亭，以海寇故，不得已遂焚其庵，后复捐资首倡而修大殿六间，前三间左塑伏魔大帝；右塑龙神，中塑弥勒；后三间遂为大士祠堂，以镇海内。厥后诸佛相继而登，自是人踪渐觉烦多，而游魂冤鬼往往作祟。兹因三经会与娘娘会屡次上坨超度，庶乎稍安，虽众会人等之诚心，实借观音大士之法力也。僧智元踵前之故事，又新修大殿三间，塑观音大士一尊，以表佛门无边之法力也，欲竖碑以志，局笔于余，余愧才陋学浅，不能道佛门寔事，惟即耳所习闻者，偶述一二。

盖闻观音大士，佛门中显著者也，其生平出处不可得而详，而其行事大要以清净为本，慈悲为怀者也。慧心慧性，修道于普坨中；参妙参玄，谈禅于紫竹林下。迨功成行满，遂具无边法力。注静水于瓶底，洒甘露于枝头。倏为男倏为女，变化无方；忽而隐忽而现，杳冥难寻。感应遍乎天下，威灵及于遐荒，一切救厄扶困，拯危悯急之事不可尽述，此所以俎豆千秋，声名百代者也。夫坨偏隅也，圣教之所不及，而菩萨能化之，亦僻壤也。王化之所力，菩萨能感之，是菩萨之妙用，不惟有功于佛门，且兼以补圣教，赞王化也。是以渔翁舟子戴菩萨之慈悲，感神圣之默佑，罔不教服，爰作庙宇用志矣。尊左边护法，则有妙道真君，右边护法则有伏魔大帝。丛林既成，竖碑以志，余述所闻，不知有当于一二否？

诰封邑庠生安汝林　通议大夫安于德　儒学教谕陈永清　乾隆夏五穀旦立拜撰并书　石工李超李玉刊

"断碣"的独特之处只断碑头，碑身和碑文都完好无损，基本判定，这断了头的碑，是在刻碑之前就是断头石，含有人为的故意。无头碑除了对应谜书中"断碣"外，还有什么用意？古人竖碑对碑头是很有讲究的，碑头的大小形状及图案都要与碑主人的身份地位相匹配，故意不刻碑头的"断碣"，恰好对应原创著书人弘晳的身份，他先为宗室最高爵位的和硕理亲王，后被革除宗籍隐姓埋名成为"情僧"和"石头"，如此确实不好给自己定位，只好故意做成"断碣"。

"断碣"上铭刻的"观音大士"，与《石头记》原创著书人这位高士几乎一模一样，"倏为男倏为女，变化无方；忽而隐忽而现，杳冥难寻"，又与谜书中的"正邪两赋""阴阳一身"互为对契，与邢岫烟评价妙玉"僧不僧，俗不俗，女不女，男不男"完全一致。石臼坨上的"断碣"，就是著书人或圈内知情人留给后人考证红楼迷梦的物证，与"石上大书一篇故事"的《石头记》相谶。"断碣"正好是龟驮碑，在"西厢记妙词通戏语"一回，有贾宝玉这样一段台词："好妹妹，千万饶过我这一遭，原是我说错了。若有心欺负你，明儿我掉在池子里，教个癞头鼋吞了去，变个大王八，等你明儿做了一品夫人，病老归西的时候，我往你坟上替你驮一辈子的碑去。（脂批：原是混话一串，却成了最新最奇的妙文。）"这龟驮碑并非一般人可配使用，曹王妃早为和硕理亲王弘晳申请过了专利。

据《乐亭县志》中的《朝阳庵碑记》记载："乾隆二十四年，创修佛殿两座，费千金有余。志在修整未逮，适遭恶徒慧林抢劫之变。幸蒙府县断明，枷杖递籍，勒令还俗。仍给告示，严禁晓谕，镌铭碑阴，以杜后患。"解读此说，关键在于《志》书与谜书皆隐笔含情，记事笔法如出一辙，修志者是谁，就值得思考了。《志》书明记"朝阳庵"之变故，暗含《石头记》一书被人密告至朝廷，曾遭到毁灭性的破坏。其中的"镌铭碑阴，以杜后患"，隐指著书人和圈内人将许多真情或树碑立传，或撰入家谱地方志，也包括向世上不断散发前八十回带脂砚斋评批的手抄本。后重建寺庙，易名为"潮音寺"，暗含接受传承重任的曹霑将《石头记》"披阅增删"后，改朝阳为潮音，去掉有碍朝廷的脂砚评语，续写了"收缘结果"，"潮音寺"也就成了后来传世的《红楼梦》。《志》书隐述道："斯时也，智元已圆寂矣。其徒慧辰，续其衣钵，尽所有以终其志。自丙辰三月，至今告成。佛殿六楹、廊房六间，门宇墙垣无不焕然一新。""丙辰三月"就是乾隆元年的三月（1736），这正是弘晳辞官离京的时间，也属于建寺（著书）的开始，反正继承人曹霑是这样认为的。"佛殿六楹、廊房六间，门宇墙垣无不焕然一新"，其中出现的两个"六"，代指一百二十回本的《红楼梦》，这"焕然一新"正是继承人"披阅增删"的地方，也包括后四十回续书在内。

黛玉自仙界而来，又回归于仙界，是著书人一生无法抹去的痛。他笔下所写的太虚幻境神出鬼没、时幻时真、时有时无，解读谜书自然离不开解读林黛玉，对黛玉的解读更要超出时间与空间的界限，展开想象的翅膀。既然三生石畔绛珠仙草是黛玉的原身，黛玉又是弘晳的幻身，如此理解"黛玉之死"便涵盖了不同的真实意境：有复还本质，石归山下；有泪尽而逝，真魂出壳；有幻笔而死，幻笔而生，某种意义上也可理解为梦幻的破灭及梦幻的升华。

林黛玉还有一场戏，又是十三阿哥怡亲王允祥的替身演员。怡亲王允祥是雍正朝初建军机处的首辅军机大臣，本节开始说到小耗子偷香芋的笑话，这个笑话还隐含着另外一层寓意：耗子们聚在一起熬腊八粥并非闲来之笔，更不是什么笑话，是真正动用了司马迁的笔墨。

在这个简单的故事中，委婉叙说了一个重大的历史事件：就是雍正朝的"火耗归公"改革。耗子们去偷庙里的粮豆等熬腊八粥，熬腊八粥只产生一次火耗，自然就节约了大量的燃料。如果米归米，豆归豆，莲子归莲子，花生归花生……增大火耗就不可避免；如果把多种粮食放在一口锅里煮，腊八粥只出现一次火耗，这就是火耗归公。由于节约了燃料，把羡余部分作为官员的补贴，提高了他们的收入，自然就减少了铺张浪费。耗子只偷一个庙里的粮食，也就是全归宫庙一家耗羡。宝玉借小耗子现形道："我说你们没有见过世面，只识得这果子是香芋，却不知道盐课林老爷的小姐才是真正的香玉呢。"盐课即盐税，耗羡归公说的正是税收，盐税代表的就是朝廷皇家。《尔雅·释诂》曰："林，君也。"所以林家也可指皇家，香玉也的确在皇家，有贾母所得的皇家御赐香玉如意为证。由于朝廷实行了定额一税制，减少了苛捐杂税，官员们得到了好处，百姓也从中得到了真正的实惠。这项功德无量的改革，总设计师就是怡亲王允祥。

相传若耶之溪为西施家乡的浣葛之处，《越绝书》载："若耶大冢者，勾践所徙葬先君夫镡冢也，去县二十五里。当造此剑之时，赤堇之山，破而出锡；若耶之溪，涸而出铜。"若耶之溪是流经绍兴平水的一条江溪。西施在此浣葛，因有病痛，故常常颦蹙，有东村粉丝模仿她皱眉的样子，因而就有了"东施效颦"的成语。颦字代指病西施，美不美在此无关紧要，关键在于林黛玉的小字也叫颦颦，浣葛之处就通往了解颦之路。怡亲王允祥怎么会与林黛玉联系在一起？这还得从雍正在怡亲王去世周年的悼念诗句"节届香蒲陈似旧，贡来细葛赐谁先"找答案。在这里，雍正明确表示往年如有贡品细葛，第一赏赐的就是怡亲王，如今却因贡葛首先赏赐给谁的问题，引起对怡亲王的怀念，也道出允祥平日喜欢细葛。怡亲王好葛和西子颦浣葛就联系在了一起，尽管有些牵强，也不失为一证据链条，当然，仅靠浣葛好葛这一理由，还真的无法让人信服。林黛玉从小就有病根儿，与允祥从小留下的病根儿相通，更重要的是"颦"的冠名权归属允祥。频与颦在古代是一个意思，雍正在怡亲王碑文上留下"义隆加谥，冠频字以示宠褒"，此处的频是平等的意思，与皇帝平起平坐，雍正特旨怡亲王不必避讳，用胤祥名。林黛玉的颦颦也可读作频频，不但音同，意也相同。脂批："名字真及，文雅是假。"单一个"频"字还不够，著书人还把林黛玉的母亲命名为贾敏，允祥母亲章佳氏就是康熙的敏妃，后来雍正又追封为敬敏皇贵妃，同带有"敏"字。怡亲王的冠名"频"与其母封号"敏"与林黛玉小字"颦"和其母名"敏"完全一致。著书人通过西施颦眉和浣葛典故为媒介，就把怡亲王和林黛玉连接在了一起。

西方灵河岸上绛珠草，实际为北京灵山下潭柘寺里的红桦树，红珠的称呼出于雍正的"含桃密缀红珠树，嫩箨新抽碧玉竿"之句，红珠树为雍正，碧玉竿就是怡亲王。在绛珠草后脂批："单点'红'字。细思'绛珠'二字岂非血泪乎。"绛珠血泪典出自何处？看《雍正实录》的一则上谕就能明白："朕亲临其丧，亦祗以血泪巾帕及所佩香囊附棺中，示含玉之意，志永诀之哀。盖王天性节俭，一生服食之需，爱惜物力，不肯多费丝粟，故拳拳于身后如此，且识见高明，深凛古人宝玉送死之戒。"这段上谕直白地点明了三件事：一、雍正真的流下了血泪，可血不是从眼里流出来的，是贾宝玉听说秦可卿死讯时急火攻心吐出来的；二、雍正把带血泪的巾帕敬奉给棺材里的胤祥，表示无以回报，雍正还留下香囊，表示含玉新生之意；三、古人喜欢用蝉形的玉放在死人口中，希望死者托生个富贵之家。贾宝玉的"衔玉而诞"就是希望怡亲王也能含玉出生。基本认定，林黛玉手中的血泪巾帕就是雍正放在怡亲王棺椁中的血泪巾帕，林黛玉作为死去怡亲王的形象，雍正的血泪手帕就藏在她的身上。宝玉送帕，黛玉题诗，及后来黛玉血泪染帕，二人的血和泪就融为一体了。

天台指浙江的天台山，据说，汉明帝时有叫刘晨和阮肇的，两人进入天台山得道成仙，天台山由此名声大噪，其山上的国清寺与雍正颇有渊源。雍正十一年，皇帝降旨重修国清寺，并钦赐该寺珍贵智者遗物——贝叶经。雍正还把天台山两个唐代隐士寒山子及其好友拾得封为和合二圣，亲自给《寒山子诗集》作序，给予高度评价。谜书中的一僧一道源自天台山的和合二圣，和合二圣又来自雍正追封。追踪溯源，和合二圣也就代表了雍正与怡亲王和合兄弟的亲密关系，和合二圣是一人手持荷花，一人手捧盒的形象，在三十七回中，袭人打开一个盒子，里面装的是红菱与鸡头两样鲜果，此处红菱代表鸿福降临，芡的花托像鸡头也叫鸡头，芡的叶子酷似荷叶代表荷，也就是和，加上盒子的谐音就组成了"鸿福降临，和谐好合"。

胤祥是康熙的二十二子，排行十三，俗称十三阿哥，他的母亲为章佳氏，参领海宽之女。胤祥十三岁的时候，章佳氏就过世了，逝后被康熙封为"敏妃"，后来雍正又追封为"敬敏皇贵妃"，迁葬于景陵。胤祥有两个同母妹妹，分别是和硕温恪公主和和硕敦恪公主，她俩都在二十几岁死去。敏妃过世之后，胤祥及两个妹妹均年幼，康熙则将他们分配给其他妃嫔代育。胤祥由德妃代育，德妃就是胤禛的生母乌雅氏，他俩才有幸成为同个屋檐下的好兄弟，彼此间互为知己，虽然有时弄出点小误会，皆属小儿游戏。胤禛与胤祥早期的亲密关系，可从雍正写给胤祥的祭文略见一斑："忆昔幼龄，趋侍庭闱，晨夕聚处。比长，尊皇考之命，授弟算学，日事讨论。每岁塞外扈从，形影相依。"雍正用"晨夕聚处""形影相依"之语，足见他俩的亲密程度了。

胤祥从小就得了难治之症，名叫鹤膝风，西医称为关节结核。由于胤祥一生同病魔相伴，加上过度劳累，四十五岁就离开了人世。在他去世时，雍正恰巧不在他身边，所以雍正极度难过。在胤祥去世两年后，北京、沈阳、苏州和杭州四处同时建造贤良祠，雍正希望借此万世祭奠怡亲王。

十三阿哥胤祥的信息资料，至少有十处与林黛玉相关或相同：一、胤祥年少丧母，林黛玉也是年少丧母；二、林黛玉有个相差一岁死去的弟弟，胤祥和他的大妹也就相差一岁；三、胤祥的母亲封号有一个"敏"字，封为敏妃，黛玉的母亲叫贾敏，两人母亲的名字几乎相同；四、林黛玉的父亲叫林如海，此名带有并包含了怡亲王外祖父的名号，林如海阔或者海宽；五、雍正在怡亲王碑文上写有"义隆加谥，冠频字以示宠褒"，怡亲王冠名的"频"字同林黛玉的小字颦儿的"颦"音同，字意相似，在古代这两个字的意思也相通；六、胤祥丧母后由德妃代为养育，叫代育，与黛玉谐音，黛玉丧母后寄养在贾家，两人的命运基本一致；七、林黛玉从小得了一个难以治愈的"不足之症"，且和季节有关，特别是在春分、秋分就会发作，胤祥从小得了鹤膝风，同林黛玉从小体弱多病大致相同；八、雍正在胤祥棺木中留下了血帕和香囊，林黛玉身上也有香囊和血帕；九、胤祥去世时，雍正恰巧有事处理，不在胤祥身边，林黛玉西归之时，贾宝玉同样不在她身边；十、在清代，南方属正蓝旗，林黛玉就出生在南方，与怡亲王同属正蓝旗。再者，在苏州建有贤良祠，贤良祠供奉的主神就是怡亲王。林黛玉生在苏州同胤祥也颇有渊源，如此推断，林黛玉就成了怡亲王胤祥的替身演员。

四十二回，林黛玉和薛宝钗这对儿三角恋的对立双方却成了好朋友。

林黛玉在两宴大观园的酒席上当众念了两句在当时属于禁书的话，一句是"良辰美景奈何天"，一句是"纱窗也没有红娘报"，这在当时无疑就是引火烧身、堕坑落堑。林黛玉没意识到，其他人也没在意，宝钗却是个有心之人，就把林黛玉叫到她那里，推心置腹地教育了一番。脂批："真能受教。尊重之态，娇痴之情，令人爱煞！"

一向尖酸刻薄的林黛玉被抓了短处，乖乖向宝钗低头，满嘴叫着好姐姐，两人从此就成了好朋友。薛宝钗对林黛玉的教育，是真心为林黛玉好还是耍心眼？如果薛宝钗不提醒林黛玉，林黛玉有可能会继续我行我素，下次再搞个什么宴会，再来两句《西厢记》，发现的可能就不仅仅是薛宝钗一个人了。如果一旦被封建家长们发现，林黛玉能否在大观园混下去，恐怕是个大大的问号。薛宝钗及时提醒林黛玉不要再看这样的书，不要再当众说，完完全全是呵护她，是真心爱护，是真为林黛玉好。其实，薛宝钗与林黛玉的关系早被隐含在谜书当中了，还"合二为一"。其中有"金玉良缘"（薛宝钗与贾宝玉的关系）和"木石前盟"（林黛玉与贾宝玉的关系），均与石头（贾宝玉）有关，如合并同类项，把石头合并掉，就变成了"金木良缘"或"金木同盟"（薛宝钗与林黛玉的关系）。薛宝钗是雍正的替身，因雍正的幻身由多人组成，又各自替代雍正的某一方面或某一性格特点，就像文殊师利多相一般，雍正自然是"金"；林黛玉是怡亲王胤祥的替身，他一直认定自己是草木之人，就是"木"，由此结合起来的"金木同盟"，曾为大清江山奠定了坚实的基础。雍正在位期间进行过一系列改革，整肃吏治，清缴钱粮亏空，实行摊丁入亩、火耗归公等，均渗透着怡亲王胤祥的心血。胤祥是雍正王朝前、中期最倚重、最信赖的大臣，被封为和硕怡亲王，王位世袭罔替，是清入关后恩封的第一位铁帽子王。胤祥很有才干，在雍正朝长期主管户部和三库事务，善于理财，曾受命于总理水利营田，对直隶水利加意营治，开水田七千余顷。他还曾负责会考府事务，统领圆明园禁军，筹办军务等，为雍正王朝的文治武功做出了相当大的贡献。胤祥为人、为政风格有独特之处：荣宠不惊，敬谨持身，宽仁有加，恩宠不衰。他对雍正王朝的政局及雍正本人脾气相对暴躁、刻薄等均有较多的影响和不可替代的作用。

第九章　大运不济的薛宝钗

薛宝钗位居金陵十二钗第二名，与林黛玉恩怨交织，时而是难解难分的情敌，时而又是无话不说的闺蜜。研读谜书，可通过脂砚斋批语看出一些庐山真面目来。"钗、玉名虽二个，人却一身，此幻笔也。今书至三十八回时，已过三分之一有余，故写是回使二人合二为一。请看黛玉逝后宝钗之文字，便知余言不谬矣。"评书人透露出的信息亦是荒唐之言。分析人物特点，一个是鸿儒硕学，满腹珠玑；一个是冰雪聪明，体弱多病。论才识学问，相貌人品，都是出类拔萃、不同凡响。两个人先后进住荣国府，又同时入住大观园，都是小说的主人公。解谜真情，她俩作为情敌时，一个是胤礽的替身，为"二玉合传"；一个是胤禛的替身，为"二宝合传"。她们共同争抢宝玉这一个皇帝的宝座，最终以黛玉失败、皇太子胤礽被废而告终。到三十八回，"已过三分之一有余"，是指小说八十回的文本，如果按一百二十回文本计算，就不够三分之一了，这段脂批是曹霑所为。谜书到三十八回之后，小说主人翁所替代的历史人物均发生了改变，这回之后，黛玉和宝钗就"合二为一"，均扮演一个现实中人的生活原型。从小说的故事看，自三十八回之后，她俩就不再争风吃醋，也不再给宝玉难堪了，两个人变成了一个人，自然就成了闺蜜。小说所隐的历史是废太子已被圈禁，雍正坐上了皇帝的宝座，两个主要的小说人物均在为弘皙补记历史，此正是"玉带林中挂，金钗雪里埋"，将两个人的判词放在一起的原因。"请看黛玉逝后宝钗之文字，便知余言不谬矣"是"披阅增删"中的曹雪芹准备续写后四十回，顺便提醒读者，如想知道黛玉逝后宝钗的状况，就得把续补的小说一口气读完。

看黛玉身世，影射弘皙童年、少年以及初入仕途的青年时期，还包括弘皙走下坡路与乾隆斗法的中老年时期，"滴泪成血的林黛玉"一节已做了解读。宝钗进京待选，影射弘皙的事业正处于辉煌时期，雍正在继位之初就与曹老太后协商确定弘晢为继位人，她待选的就是皇帝一职。宝钗出园，影射弘晢辞官归乡；黛玉还泪，影射弘晢在隐身著书《石头记》过程中难抑的复杂心绪，也包括还泪给曹王妃。面对雍正被害，他知根知底，掌握着第一手资料，却没有该出手时就出手；面对曹王妃被陷害，他却忙着辞官回归皇粮庄，只顾自己生存的安全，错失了最佳的营救良机，造成了他一生的遗恨，故有脂砚斋批语："余固深悔之。"细品脂砚斋评批之意，如醉梦初醒，两个才貌出众的小说主人翁"合二为一"，其原型只能是这旷世谜书的原创著书人。著书人补记国史家史，仅用两个小说人物来表现还是不够的，在其他小说人物的身上，也有著书人的影子，正是采用了《西游记》所广泛运用神出鬼没的分身术。如开篇的甄士隐和贾雨村，均同时成了弘晢的替身，有时还会幻身他人，如谜书中的宝玉、妙玉、柳湘莲、贾芸等，也都有原创著书人的身影。

薛宝钗作为谜书中的三大主角之一，著书人将其刻画成一个完完全全的东方女性，她体态柔润丰腴，行为得体大方，性格少语温和，做事沉着稳重，妆饰淳厚简朴，穿戴半新不旧，学识博古通今。细细品味，就会发现她缺少清代女性特有的脂粉味儿，唇不点而红，眉不画而翠，一切顺其自然，不少现代男人竟把她当成自己生活伴侣的首选标准，也可以说，在她的石榴裙下，倾倒了一大片的大老爷们儿。尤其对当时只有男人才追求的仕途经济、为官之道、政治前途和人际关系等，她都相当谙熟，甚至连老庄的理论和释迦牟尼的经典也十分精通，正所谓："金紫万千谁治国？裙钗一二可齐家。"此句写于"秦可卿淫丧天香楼"的文后，凤姐作为裙钗之一，"协理宁国府"，对应雍正夺嫡继位，另一位齐家治国的"裙钗"就是薛宝钗。宝钗自进荣府"待选"，一直到搬出"大观园"，算是贾府最辉煌最显赫的一个时期，令人大惑不解的是宝钗一家进京，不住自家的"办事处"，却挤进了荣府的"梨香院"。按人们的正常理解，宝钗入宫待选，属于正常的选妃行为，也无可厚非，但入住荣国府，且一住下来就不是三两天的亲戚行为，大有不把贾家搜刮干净誓不罢休的阵势，与作为皇商的薛家来说，无论如何也不相称。薛家有"驻京办事处"，咋看都脱离不了荒唐故事的编撰嫌疑，既荒唐，其中就有隐情。谜书是这样描写的：薛姨妈又私下与王夫人说明："一应日费供给，一概免却，方是处常之法。（脂批：作者题清，犹恐看官误认今之靠亲投友者一例。）王夫人知他家不难于此，遂任从其愿。"从此，薛家母子就在"梨香院"住了下来，且遥遥无期。

薛家不是因家境困难来投亲访友，也不属正常的走亲戚，谜书背面的隐含：弘皙一家住进了雍正赐给军机大臣在圆明园附近的公用住房。清史记载：雍正在圆明园附近，修建宅第赐予亲重大臣，以便利他们到园内办公。宝钗进住大观园，影射弘皙已成为军机处的成员，深得雍正的宠信。

翻阅相关的清史资料，根本找不到有关弘皙做官的记载，起码说这是"家史削亡"的应谶之语。雍正初年的清宫资料，确记载了弘皙在康熙六十一年十二月受封多罗郡王，基本成为八阿哥、十三阿哥、隆科多、马齐之后的一颗政治明星。到雍正八年，四大老臣死的死、退的退，八年来弘皙又没任何的差错，理应成为雍正的得力助手。然清史却不见弘皙的踪影，也不知让他去哪儿游玩去了。到了乾隆四年，突然冒出个"弘皙逆案"，而且还是逆案的主谋，连叔父辈的庄亲王允禄，外加雍正朝部分宗室权贵也成为他的追随者。尽管"弘皙逆案"是乾隆精心编撰用来忽悠世人的童话故事，但基本肯定弘皙在雍正朝后期如日中天，是继十三阿哥之后的首辅军机大臣。

谜书还几次隐写到军机处，如"秋爽斋偶结海棠社"中，所谓成立的"海棠社"，就是把筹建军机处采用幻笔透露出来的。宝玉道："这是一件正经大事，大家鼓舞起来，不要你谦我让。各有主意自管说出来，大家平章。"接着黛玉说："既然定要起诗社，咱们都是诗翁了，先把这些姐妹叔嫂的字样改了。"李纨说："我是定了'稻香老农'，再无人占的。"又说："序齿我大。"闲谈之中见隐情，为幻人幻身奠定了基础。解读李纨，隐指十三阿哥允祥，允祥进入军机处最早，雍正七年他的爵位最高。蘅芜君宝钗隐指弘皙，黛玉也隐指弘皙，富贵闲人宝玉隐指雍正，探春也隐指雍正，清史中雍正有"富贵闲人"之说。如"栊翠庵茶品梅花雪"中，妙玉成了弘皙的替身演员，军机处值班室幻名为"栊翠庵"。先用贾母一句"不喝六安茶"，确定老太君知道军机处备有各种贡茶，加上妙玉使用各种世间罕见的名贵茶具，影射雍正十分重视军机处。"栊翠庵"特别安排取杯倒茶的"小幺儿"一职，隐说作为军政中枢的军机处重地，包括雍正朝的王爷大臣，有事也要在门外等候，等待通知，都知道避嫌而不入。军机处全称"办理军机事务处"，作为清廷内部的重要机构，取代了议政王大臣议会，成为国家大政所出的首辅机关。其职责由皇帝每日召见军机大臣，商议军国大事；军机大臣拟写成文，经皇帝审批后传达给中央各部和地方官员执行。军机大臣由皇帝选派亲臣、重臣担任，军机处仅设军机大臣、军机章京两种官职，军机大臣俗称大军机，由皇帝从满汉大学士、尚书、侍郎内特别选拔，或由军机章京升任，名额无定，多少均由皇帝所欲，其特点是简、勤、密、速。雍正十年春，军机处启用办理军机印信，白银铸造，印钥以领班军机大臣佩之，另有镌"军机处"三字的金牌，值日章京佩之。军机处凌驾于内阁及各部、院之上，军国大计，无不总揽。打扫卫生、送水倒茶等服务，均取十五岁以下不识字的儿童若干，满语称"苏喇"，又称"小幺儿"。

弘晳在军机处的这段光辉历史，被乾隆批红判白，改记在张廷玉、蒋廷锡的名下，此说有充足的证据可考：其一，清朝任用官吏，历来满高于汉，哪怕是包衣旗人，宗室高于旁系，这几乎是恒久不变的定律。史料所载，胤祥死后到鄂尔泰入阁前，雍正将张廷玉作为第一宠臣，宣力独多，起码让满人不能服气，雍正有没那个胆量将汉臣提拔到首辅军机大臣，相当于大清国接班人的位置，确令人生疑。其二，寒江血凝在《红楼梦影》一书中提到，清史记载，"最早担任军机大臣的张廷玉在自陈履历中，备言历任各种官职和世爵以及临时性的差使，唯独没提担任军机大臣的事"。作为第一宠臣大军机的张廷玉，怎么会遗忘自己如此光辉的历史？其中的猫腻是不是秃子头上的虱子？看小说第五回，林黛玉的钗画是："只见头一页上便画着两株枯木，木上悬着一围玉带。""两株枯木"对应张廷玉、蒋廷锡，当时，张廷玉五十八岁，蒋廷锡六十岁，算是雍正朝的老人了。"玉带"，隐指弘晳在军机处的历史，被泯灭之后，悬挂在了"两株枯木"之上。其三，雍正八至十三年的那段历史与史实严重不符。乾隆登基后，命和亲王弘昼主编整理雍正八至十三年的御批奏章等，到乾隆六年结束，取名"上谕内阁"。不过，装订成册的数量仅占雍正朝前七年上谕内容的四分之一，这段时间正是军机处成立后最繁忙的时期，不可能没有大量的奏折与批文，可以说多经过弘晳之手，这段最艰辛、最繁忙的历史，糊里糊涂就变成了雍正轻松执政、游戏人生的滑稽历史。其四，弘晳在整个雍正朝，清史几乎找不到他的影子，偏偏到了乾隆四年，一下子就冒出个"弘晳逆案"，其追随者有怡亲王允祥的世子弘昌、弘晈，恒亲王允祺的世子弘升，庄亲王允禄次子弘普，镇国公宁和等，甚至连庄亲王允禄也对弘晳暗送秋波，这些人都成了"弘晳逆案"的团队人员。一个毫无建树的废太子之子，哪儿来这么大的活动能量？再看怡亲王允祥与雍正是啥关系，他的世子为啥不追随已坐上皇帝宝座的弘历而追随弘晳？其五，清史记载雍正朝军机处所有成员：爱新觉罗·允祥、张廷玉、蒋廷锡、马尔赛、鄂尔泰、哈元生、马兰泰、福彭、钮祜禄·讷亲、博尔济吉特·班第、丰盛额、海望、莽鹄立、纳延泰。令人疑惑的是，作为当时最高权力地位象征的军机处，除了十三阿哥允祥被首次选进，康熙其他子孙均被排除在外，尽管康熙的儿子大部分站在雍正的对立面，起码十三阿哥还算对得起雍正，到雍正八年允祥去世后，他的儿子应该得到雍正的重用吧？就拿弘昌、弘晈为例来看清史的记载：弘昌，怡亲王允祥第一子，康熙四十五年（1706）十一月十六日子时出生，雍正元年（1723）四月封为贝子。乾隆称弘昌"秉性愚蠢，向来不知率教，伊父怡亲王奏请圈禁在家"，允祥死后才被雍正释放，乾隆四年十月被革去贝勒。弘晈，怡亲王允祥第四子，康熙五十二年（1713）五月二十五日辰时出生，雍正朝被封为郡王，乾隆四年与其兄均被牵连进"弘晳逆案"。在雍正执政的十三年中，包括弘晳在内，弘昌、弘晈均赋闲在家，可想雍正是多么铁面无私、冷酷无情，康熙所有的子孙（允祥除外），均不被看好，这样的清史，究竟有多大的可信度，由此联想到谜书的隐述，"虽我之罪固不可免，然闺阁中本自历历有人，万不可因我不肖，自护己短，一并使其泯灭也"。

虽然清史很少有弘晳的记载，但从残存的一些资料来看，仍可见雍正十分宠信弘晳。例如弘晳奏请雍正给予供给："仰蒙皇父之恩，授封为王。因臣子弟众多，皇父又思虑周详，赏赐一年给养。臣弘晳全仰赖皇父之恩而生存，时至今年九月，可满一年养育之恩。恳请皇父格外施恩，再赏一二年养育之恩。"雍正朱批："知道了，按议再赏给三年。"雍正七年因对西北用兵，首创军政中枢军机处。八阿哥允祀等人早在雍正三年皆被处理，朝中只有和硕怡亲王允祥身份高过弘晳。雍正八年允祥病逝，弘晳自然成为首辅军机大臣，此说有四个方面可以佐证：一是雍正晋封弘晳为和硕理亲王。二是谜书中以成立"诗社"为名对应雍正成立军机处。宝玉、探春为雍正幻身，李纨为允祥幻身，宝钗、黛玉皆为弘晳幻身。所谓蘅芜稿为上，潇湘居二，影射弘晳制定军机处章程制度，受到雍正的高度重视与赞赏。三是薛姨妈（胤礽侧福晋、弘晳继母李氏）与宝钗（弘晳）住进雍正特别为军机大臣准备的"梨香院"。四是宝钗已佩戴金锁，还是个癞头和尚给的，实指领班军机大臣所佩的印钥。

著书人幻笔写出的贾家四艳，也隐含雍正四个皇子之意。三十五回贾母说过这样的一段话："提起姊妹，不是我当着姨太太的面奉承，千真万真，从我们家四个女孩算起，全不如宝丫头。"薛姨妈听说，忙笑道："这话是老太太说偏了。"王夫人忙又笑道："老太太时常背地里和我说宝丫头好，这倒不是假话。"谜书中贾母对宝钗的评价，就是弘晳深得雍正的情有独寄。当然，还与康熙对嫡皇孙弘晳"朕所钟爱"具有密不可分的关系。由于后来雍正暴亡，皇权传到弘历手上，这"待选"也就无果而终。谜书没对宝钗"待选"的结果做任何交代，只写宝钗因抄检大观园时借故离开，至少说明"待选"失败。宝钗与湘云二人回房"打点衣衫"，他们二人是同时离开大观园的。

关于乾隆继位后撤销军机处一说，谜书也有对应之笔及隐述。前文说过"秋爽斋偶结海棠社"隐述的是雍正七年成立军机处，在"凸碧堂品笛感凄情凹晶馆联诗悲寂寞"一回中，湘云劝黛玉："可恨宝姐姐，姊妹天天说亲道热，早已说今年中秋要大家一处赏月，必要起社，大家联句，到今日便弃了咱们，自己赏月去了。社也散了，诗也不作了。倒是他们父子叔侄纵横起来。你可知宋太祖说的好：'卧榻之侧，岂许他人酣睡！'他们不作，咱们两个竟联起句来，明日羞他们一羞。"文中所说"宝钗自己家去赏月去了"，就是隐述弘晳在雍正暴亡之后辞官回归了皇粮庄；"社也散了，诗也不作了"，正对应雍正成立的军机处首次被撤销。这位博学多才、出类拔萃的高士，运用神来之笔创空前的文学迷宫，把被故意泯灭的国史、家史用幻笔补记在了谜书当中。康熙、雍正两代皇帝钟情的补天良材，如此被弃于荒野，成为一块任凭风雨践踏的顽石。如果要追究相应的责任，康熙、雍正自然脱不了干系，但负主要责任的人还是弘晳自己，正如他自己所说，"万不可因我之不肖，自己护短"，道出了自己所导致的最大失误，就是没能正确理解"该出手时就出手"，不但毁害了自己的一生，还糟毁了闺阁中人的大好前程。由于他过分谨慎、过分循规蹈矩，均来自他亲眼目睹了其父两废的过程。后著书《石头记》，无论自己曾犯下多大的错误，都要如实反映真实的历史，都敢直面残酷的现实，都要承担自己应负的责任。

在"敏探春兴利除宿弊"一回中，雍正是夺嫡继位，缺乏治理国家的经验，加上弟兄二十多个，大多对他继位有成见，如谜书中讲述执事媳妇们要看新主人的笑话，与雍正继位之初的朝局基本吻合。"宝姑娘如今在厅上一处吃，叫他们把饭送了这里来"，是弘晳的大位被雍亲王抢占，"不干己事不开口，一问摇头三不知"。后经过亲姨娘王夫人的再三嘱托，才不计个人得失，以大局为重，"小惠全大体"。当宝钗走进议事厅后，各个执事媳妇马上就按部就班、固守成规了。题为探春"兴利除宿弊"，内容却是宝钗"去小就大"。通过宝钗的讲解与疏导，使得"三四代的老妈妈"们欢声鼎沸，表示"我们再不体上情，天地也不容了"。隐含的内容就是弘晳为了稳定朝局，面对皇位被抢的他不仅毫无怨言，还劝说他的皇叔及诸位大臣要以国事为重，以保障黎民百姓的生活利益为重。雍正从此得到弘晳的辅佐，在执政的十三年中，推行新政，致力于改革，为国家的兴盛起到不可或缺的作用。从解读谜书的真故事来讲，雍正与弘晳虽为君臣，情同父子，实为知己，跟哥们儿几乎一样。

雍正后期因身体欠佳，加上修禅悟道，已有让位于弘晳的念头。二十二回"听曲文宝玉悟禅机"，就是指雍正迷道恋佛的故事，清史对雍正参禅理佛则有许多记载，如雍正穿着僧衣，自称僧人等。宝玉（雍正）参禅说到"大家彼此"，又有《寄生草》"赤条条来去无牵挂"原诗句，谜书两次写到宝玉说："你死了，我作和尚。"黛玉回问道："想是你要死了，胡说的是什么？你家倒有几个亲姐姐亲妹妹呢，明儿都死了，你几个身子去作和尚？明儿我倒把这话告诉别人去评评。"这些话是不是动用了司马迁的笔墨，答案是肯定的，可得"评评"，此言虽对应顺治出家，其对象明显是弘晳讲给雍正的。雍正"悟禅机"，恰与历史记载雍正烧丹念佛相呼应，他尽管是夺嫡继位，但却是一个勤勉治国的皇帝。雍正继位后，整天忙于朝务，没有足够的休息时间，以致造成身体欠佳。在此之前，他总感觉当皇帝是世界上最惬意、最痛快、最幸福的事，可当上皇帝之后才知道，要想当个好皇帝，把大好河山治理得像模像样，使全国的百姓过上衣食无忧、幸福安康的生活，并非易事，他切身体会到了"为君难"！"宝玉悟禅机"正是雍正想效仿他的祖父顺治，放弃皇位，出家成佛。谜书引出黛玉与宝钗的旁敲侧击，劝其放弃出家让位的念头。脂批："前以《庄子》为引，故偶续之。又借颦儿诗一鄙驳，兼不写着落，以为瞒过看官矣。此回用若许曲折，仍用老庄引出一偈来，再续一《寄生草》，可为大觉大悟矣。以之上承果位，以后无书可作矣。却又轻轻用黛玉一问机锋，又续偈言二句，并用宝钗讲五祖六祖二实偈子，使宝玉无言可答，仍将一大善知识，始终跌不出警幻幻榜中，作下回若干回书。"结果是雍正没能出家，"以之上承果位，以后无书可作矣"，隐意就是如果雍正真像先祖顺治一样，悟禅出家，这部旷世谜书自然就不存在了。畸笏叟的一段批语说得更加明白:"问的却极是,但未必心应。若能如此,将来泪尽夭亡已化乌有,世间亦无此一部《红楼梦》矣。""黛玉说无关系,将来必无关系。余正恐颦、玉从此一悟则无妙文可看矣。不想颦儿视之为漠然,更曰'无关系',可知宝玉不能悟也。余心稍慰。盖宝玉一生行为,颦知最确,故余闻语则信而又信,不必宝玉而后证之方信也,余云恐他二人一悟则无妙文可看,然欲为开我怀,为醒我目,却愿他二人永堕迷津,生出孽障,余心甚不公矣。世云损人利己者,余此愿是矣。试思之,可发一笑。今自呈于此,亦可为后人一笑,以助茶前酒后之兴耳。而今后天地间岂不又添一趣谈乎?凡书皆以趣谈读去,其理自明,其趣自得矣。"脂砚斋大段批语讲宝玉:"这又何必。总因慧刀不利,未斩毒龙之故也。大都如此,叹叹。""宝玉参禅"只不过是一时兴起,参禅是真,其出家的决心与顺治相比,则相去甚远,不可同日而语。

"薛宝钗小恙梨香院"一回,小说叙写宝玉去看宝钗,到了梨香园:"薛姨妈忙一把拉了他,抱入怀内,笑说:'这么冷天,我的儿,难为你想着来!'"如按小说的人物安排,宝玉来看宝钗,本身就不符合封建礼教的规矩,因为男女授受不亲,是儒家经典规定的贵族家礼。小说故事中的宝钗是大家闺秀,她深居闺阁,即使生病,也不该安排一个公子嘘寒问暖。再说,薛姨妈的亲近也显得过分,毕竟是大小伙子了,符合荒唐之言的标准。表面看是荒唐的记述,背面却是真情的再现,著书人大展幻术,以"阴阳互换"笔法,将真故事中的男女主人公同时交叉互换角色,联袂上演了一台爱情大戏。正面写宝钗是一美女,背面替代的却是身份不凡的和硕理亲王弘晳;正面写宝玉是公子哥儿,背面却是弘晳王妃曹氏,隐含的历史是弘晳因病休养,曹王妃来看望弘晳。诗曰:

古鼎新烹凤髓香,那堪翠瞿贮琼浆。
莫言绮穀无风韵,试看金娃对玉郎。

一首回前诗,题在宝钗与宝玉"比通灵"处,谁为金娃? 又谁是玉郎? 清史记载:康熙两废太子后,考虑到再预先立储,仍避免不了诸皇子之间的派系争斗,便决定秘密立储。客观分析康、雍交接班的过程,雍正改诏登基虽属野史记载,却仍具较高的可信度,史学界就将康熙传位列为清宫四大谜案之一。在"比通灵金莺微露意"一回,所讲述的金娃与玉郎;金娃对应宝钗,弘皙作为首辅军机大臣佩带军机印钥;玉郎对应宝玉,曹王妃出生后由康熙指婚为"衔玉而诞",长大后要嫁给弘皙,他们是"金玉良缘"。小说用宝玉的"通灵宝玉"与宝钗的金锁"比通灵",所隐含的并非"金玉良缘",起码隐说了三个方面的内容。

第一个方面要比的是弘皙的"光灿灿胸悬金印,威赫赫爵位高登"与宝玉的"通灵宝玉""莫失莫忘,仙寿恒昌"及"一除邪祟,二疗冤疾,三知祸福"。依照脂砚斋批语"不要只看书的表面。此书表里皆有喻也"的提示,"通灵宝玉"隐含的意义就是不要丢失帝位,不要忘记皇帝的身份,才能保住神仙般的生活永远长寿昌盛。其三大作用:"一除邪祟",如康熙能正常传位,他秘密立储的种种传说及各种谣言不攻自破;"二疗冤疾",康熙将大位传给弘皙,既可抚慰太子胤礽两次被废的冤屈,又可化解废太子淤积在心中的病痛,虽没当上皇帝却直接当太上皇,该是相当不错的归宿;"三知祸福",指弘皙如能继位自然是福,若不能继位,后果就是祸。再看宝钗的"金锁":"宝钗一面说,一面解排扣,从里面大红袄上将那珠宝晶莹、黄金灿烂的璎珞掏将出来。"确显得太过荒唐了,当着公子哥儿的面,没一点儿羞涩之感,哪儿还有大家闺秀的风采?本来还有宝钗的丫鬟金莺在屋里,著书人硬是让宝钗两次撵其去倒茶,好像故意创造出自由和谐的二人世界。公子哥儿和大家闺秀此时的言行举止,总感觉与当今电视剧中的爱情故事一样,就差来个热烈拥抱和狂吻了。如果用宝玉有叛逆精神一类的理由来搪塞,似乎还勉强,然小说中的宝钗自始至终就是举止端庄、知书达理,叫她当着公子哥儿的面"解排扣""比通灵",无论咋说都算是荒唐透顶。脂砚斋偏偏批曰:"细!"真有些极力纵容越轨与偷欢不嫌事儿大的嫌疑。其实这个"细"字,指的是"大红袄",批书人因怕泄真明显,故接着批道:"在宝卿口中说出玉兄学业,是作微露卸春褉之萌耳。是书勿看正面为幸。""是作微露卸春褉之萌耳","卸"与泄谐音,"春褉"即春光的意思,"萌"是谋的音讹。春光乍泄就是略微露了露一线春光,与杜甫《腊日》"侵陵雪色还萱草,漏泄春光有柳条"不谋而合。著书人借宝钗之口,道出了宝玉的学业,从"解排扣"到"大红袄"显现出来的是官袍,掏出来的"金锁"正好与官袍相匹配,目的隐指弘皙作为首辅军机大臣,掌管着军机处的印钥,再把"通灵宝玉"与军机大印联系在一起,传国大业就该责无旁贷地落在弘皙的身上。

第二个方面要比的是弘皙与皇权失之交臂。小说中丫鬟金莺两次插言："我听这两句话，倒像和姑娘的项圈上的两句话是一对儿。"又说："是个癞头和尚送的，他说必须錾在金器上。"雍正是在家修行的和尚，因编撰《大义觉迷录》被搞得焦头烂额，自然就成了癞头和尚，宝钗的金锁当然是雍正送的。"宝玉忙托了锁看时，上面镌刻'不离不弃，芳龄永继'。（脂批：'不离不弃'与'莫失莫忘'相对；'芳龄永继'又与'仙寿恒昌'一对，请合而读之。'花看半开，酒饮微醉'，此文字是也。）因笑问：'姐姐这八个字，倒真与我的是一对？'（脂批：余亦谓是一对，不知干支中四注八字可与卿亦对否？）"可以肯定，批书人隐含地告诉读者，作为宝钗替身的弘晳，作为雍正朝军机处的首辅军机大臣，符合"待选"的条件，所有军政大臣都明白，雍正已确立了弘晳的储君之位，"不知干支中四注八字可与卿亦对否？"正对应宝钗"待选"无果，大运不济，再一次与皇权擦肩而过。

　　第三个方面要比的才是弘晳与曹王妃的"金玉良缘"。曹王妃身怀有孕，肚子里已有小宝玉了。看谜书中的描述："宝玉与宝钗相近，只闻一阵阵凉森森、甜丝丝的幽香。"脂批："此香可得一闻否？"二人是何等关系？若从谜书正面看，真是太无礼了，毕竟是男女授受不亲，毕竟是在二百多年前的封建社会。若从谜书的背面看，此情此景入情入理，还真是无懈可击。人家是夫妻关系，是两口子在"比通灵"。丈夫盼望妻子生个大胖小子，得世子才算是真正的通灵宝玉，她才能成为真正的王妃。说得再白一点，哪里是什么比通灵，明显是弘晳要看曹王妃肚子的变化及婴儿的发育状况，毕竟他相当于多半个医生，丫鬟在场当然不合适了。

　　二十回有句描写："宝玉正和宝钗顽笑，忽见人说：'史大姑娘来了。'"之后有段脂批："凡宝玉、宝钗正闲相遇时，非黛玉来，即湘云来，是恐泄露文章之精华也。若不如此，则宝玉久坐忘情，必被宝卿见弃，杜绝后文成其夫妇时无可谈就之情，有何趣味哉？"放在此处恰如其分，黛玉还真就来了。然后就有薛姨妈招待吃酒一节：

　　　　宝玉说："不必温暖了，我只爱吃冷的。"薛姨妈忙道："这可使不得，吃了冷酒，写字手打战儿。"宝钗笑道："宝兄弟，亏你每日家杂学旁收的，（脂批：着眼！若不是宝卿说出，竟不知玉卿日就何业。是书勿看正面为幸！）难道就不知道酒性最热，若热吃下去，发散的就快，若冷吃下去，便凝结在内，以五脏去暖他，岂不受害？从此还不快不要吃那冷的了。"宝玉听这话有情理，便放下冷酒命人暖来方饮。（脂批：宝玉亦听得出有情理的话来，与前问读书、家务，并皆大奇之事。）

　　分析以上脂批，依据"是书勿看正面为幸"和"每日家杂学旁收"，是说宝玉日就的职业并不在庙堂之上，既不必忧君，也不必忧民，而是小家庭的日常家务，且有孕在身。吃冷酒不但对孕妇的身体不利，对胎儿也有一定的影响。

　　在这一节里，黛玉数次讽刺挖苦宝玉，脂批："吾实不知何为心，何为齿、口、舌？句句尖酸，可恨可爱。实不知颦儿心中是何丘壑？"这就是"《石头记》立誓一笔不写一家文字"具体的描写方法。这一段的叙述，包含两个方面的隐意：一方面写弘晳与曹妃夫妻间的生活场景，不喝酒或不喝冷酒关心曹王妃的身体及小儿的健康；另一方面又写黛玉的尖酸刻薄突显胤礽（黛玉）与胤禛（宝钗）争夺宝玉（皇帝宝座）的隐情。这一回发生在三十八回之前，正如脂砚斋提醒读者的话："此则神情尽在烟飞水逝之间，一展眼便失于千里矣。"还属"二玉合传"与"二宝合传"激战正酣之时，黛玉的酸与宝玉的憨就跃然纸上了。

　　当宝玉接近宝钗，闻到"凉森森、甜丝丝的幽香"。宝钗称是药香，说自己是"胎里带来一股热毒"，脂批："凡心偶炽，是以孽火齐攻。""孽火"二字点明宝钗的热毒并非身体之病，而是隐指弘晳才干突出，深得雍正宠信，所有朝臣都能明白雍正选定的接班人是谁，这一切都是弘晳容易发热的原因，且是命中带来的热毒，当然得服"冷香丸"了。对应此说，宝玉进一步点明："怪不得他们拿姐姐比杨妃，原来也体丰怯热。"隐说弘晳就像杨贵妃得到唐明皇专宠一样得到雍正异乎寻常的荣宠。

　　在"享福人福深还祷福"一回中，曹王妃喜生双子过"百岁儿"生日，庆贺之举过于隆重。谜书叙述道："只见人报：'冯将军家有人来了。'"原来冯紫英家听见贾府在庙里打醮，连忙预备了猪羊香烛茶银之类的东西送礼……只见冯家的两个管家娘子上楼来了。冯家两个未去，接着赵侍郎也有礼来了。于是接二连三，都听见贾府打醮，女眷都在庙里，凡一应远亲近友，世家相与都来送礼……凤姐又说：'打墙也是动土，已经惊动了人。'"这段文字特别提到冯紫英和赵侍郎，"已经惊动了人"，隐指引起马、赵（即富察氏和钮祜禄氏）两家人的眼热，弘晳也感觉到了自身过热，方与曹王妃发生了不愉快，故而全书唯一一次写到宝钗大怒。正因为弘晳事业家庭"楼子上起楼子"，太顺了，才有吃"冷香丸"降火一说。

谜书将"冷香丸"称为"海上方"，药引子是"异香异气的"，脂批："卿不知从哪里弄来，余则深知。是从放春山采来，以灌愁海水和成，烦广寒玉兔捣碎，在太虚幻境空灵殿上炮制配合者也。"隐喻弘晳辞官之后，在海上孤岛著书近二十年，才使他的大脑真正地冷静下来。

在"薛宝钗羞笼红麝串"一回，又有一桩药案，与宝钗的"冷香丸"相对，即所谓的"暖香丸"。宝玉笑道："当真的呢，我这个方子比别的不同。那个药名儿也古怪，一时也说不清。只讲那头胎紫河车，人形带叶参，龟大的何首乌，千年松根茯苓胆，如此类的药都不等。那为君的药，说起来唬人一跳。前年薛大哥哥求了我一二年，我才给了他这方子。他拿了方子去又寻了二三年，花了有上千的银子，才配成了。太太不信，只问宝姐姐。"脂批："前'玉生香'回中，颦云：'他有金，你有玉，他有冷香，你岂不该有暖香？'是宝玉无药可配矣。今颦儿之剂，若许材料皆系滋补热性之药，兼有许多奇物，而尚未拟名，何不竟以'暖香'名之，以代补宝玉之不足，岂不三人一体矣。己卯冬夜。"解读"暖香丸"药案，竟都是大补之剂，宝玉说完这些滋补奇物之后，便有黛玉"用手指头在脸上画着羞他"。"暖香丸"是宝玉用来大补补过了头儿，暗指曹王妃喜得龙凤双子后，无所顾忌地大操大办，任何事物都存在物极必反的可能，弘晳在雍正朝各个方面都一帆风顺，不留一点缺憾，基本确定距离皇帝宝座只差半步之遥，在此紧要的关头，势必会"惊动了人"，势必会遭到妒忌与反击，在浩瀚大海大风大浪都身经百战的雍正与弘晳，却在小河沟里翻了船。

在"贤袭人娇嗔箴宝玉"一回："只见袭人进来，看见这般光景，知是梳洗过了，只得回来自己梳洗。忽见宝钗走来，因问道：'宝兄弟那去了？'袭人含笑道：'宝兄弟那里还有在家的工夫！'宝钗听说，心中明白。又听袭人叹道：'姊妹们和气，也有个分寸礼节，也没个黑家白日闹的！凭人怎么劝，都是耳旁风。'宝钗听了，心中暗忖道：'倒别看错了这个丫头，听他说话，倒有些识见。'宝钗便在炕上坐了，慢慢的闲言中套问他年纪家乡等语，留神窥察，其言语志量深可敬爱。"脂批："此是宝卿初试，以下渐成知己。盖宝卿从此留心，察得袭人果贤女子也。逐回细看，宝卿待人接物，不疏不亲，不远不近——可厌之人，亦未见冷淡之态形诸声色；可喜之人，亦未见醴密之情形诸声色——今日'便在炕上坐了'，盖深取袭卿矣。二人文字，此回为始，详批于此，诸公记清之。"著书人

178

亦在提醒袭人渐入金屋，为后文纳袭人为妾暗伏一笔。就在这时，宝玉进来，宝钗出去了。宝玉当然要问袭人："怎么宝姐姐和你说得这么热闹，见我进来就跑了？"作为曹王妃陪嫁丫鬟身份的袭人，见主人如此一问，自然没法回答。宝玉再问一声，袭人方道："你问我么？我那里知道你们的原故。"回言含你们是夫妻，不是我能管得了的。"怎么动了真气？""我那里敢动气！只是从今以后别进这屋子了。横竖有人伏侍你，再别来支使我。我仍旧还伏侍老太太去。"看她脸色非往日可比，这丫鬟竟长了脾气，要撂挑子辞职，要炒主子的鱿鱼，问题严重了。脂批："醋妒妍憨假态至矣尽矣，观者但莫认真此态为幸；文是好文，唐突我袭卿，吾不忍也；这是委屈了石兄；亦属囫囵语，却从有生以来肺腑中出，《石头记》每用囫囵处，无不惊绝奇绝，却总不觉相犯。"此处宝玉那句问话让袭人多了心，宝玉却不知，又问麝月："你姐姐怎么了？"得到的回答是："我知道么？问你自己便明白了。"可谓是"娇嗔箴"的具体表现。对一夫多妻的女方来说，时不时就会醋意大发，无论老大、老二还是老三，实行一夫一妻才是正确的选择。

在"识分定情悟梨香院"一回：宝钗独自行来，顺路走进了怡红院，意欲寻宝玉闲聊，以解午倦。有些不对头了吧，按旧式礼教，别说是大户人家，即使平常人家，午休时间也不会到别人家拜访的，何况还是没出嫁的大姑娘，去拜访一个公子哥儿，如不是荒唐之言，这样的事件绝不会发生。按隐史分析，是弘晳中午下朝，回家来看望曹王妃和刚出生不久的龙凤双胞子女。接着写到"一并连两只仙鹤在芭蕉下都睡着了"，其中的隐意再明白不过了。"宝钗便顺着游廊来至房中，只见外间床上横三竖四，都是丫头们睡觉"，有众多下人，无疑是主人的辉煌时期。"转过十锦槅子，来至宝玉的房内。宝玉在床上睡着了，袭人坐在身旁，手里做针线，旁边放着一柄白犀尘。"此情此景，谜书正面是极尽荒唐的，背面的真情又恰在情理之中。这个袭人，原是曹王妃自宫里带来的贴身丫鬟珍珠，在曹王妃生子后，因侍奉小宝玉而渐入金屋。谜书特意写王夫人做主，给袭人每月"二两银子一吊钱"的月钱，那是"识分定"的月俸标准，袭人的身份已发生了变化，与姨娘同等待遇。袭人真身是谁，姓甚名谁已无可考证，她毕竟不是主要的历史人物，只知道跟宝玉之前名叫珍珠。此时的宝钗，就是身为丈夫的弘晳，利用中午休息时间，来看望生下龙凤双胞胎的妻子曹王妃，否则，身为大家闺秀、知书达理的宝钗，怎么可能在午睡时间，到公子哥儿宝玉的房间胡屬？

谜书借袭人侍奉宝玉多了一两银子的喜事儿，将丫鬟袭人纳为妾室之情隐含其中，这样的描述，是"情中情"的独到之处。宝钗进屋的描述："宝钗走近前来，悄悄笑道：'你也过于小心了，这个屋里哪里还有苍蝇蚊子？还拿蝇帚子赶什么？'袭人不防，猛抬头见是宝钗，忙放下针线，起身悄悄笑道：'姑娘来了，我倒也不防，唬了一跳。姑娘不知道，虽然没有苍蝇蚊子，谁知有一种小虫子，从这纱眼里钻进来，人也看不见，只睡着了，咬一口，就像蚂蚁夹的。'"著书人将宝钗悄悄进屋袭人不防唬一跳之举，再一次提醒读者，宝钗绝不是宝玉的相好，初恋中的少男少女。《礼记·曲礼》规定："男女不杂坐，不同施枷，不同巾栉，不亲授。"宝钗到公子哥儿的房间，不可能不带丫鬟，更不可能直闯进来。既然谜书故意这样描写，隐含人家是夫妻关系，自然不必履行那一整套繁杂的手续了。"宝钗道：'怨不得，这屋子后头又近水，又都是香花儿，这屋子里头又香。这种虫子都是花心里长的，闻香就扑。'说着，一面又瞧他手里的针线。原来是个白绫红里的肚兜儿，上面扎着鸳鸯戏莲的花样，红莲绿叶，五色鸳鸯。宝钗道：'哎哟，好鲜亮活计！这是谁的，也值得费这么大的功夫？'袭人向床上一努嘴儿，宝钗笑道：'这么大了，还带这个？'"这是著书人在替读者发问，究竟这"肚兜儿"是给谁做的呢？其实读者心里早就门儿清了。袭人笑道："他原是不带，所以特特的做好了，叫他看见由不得不带。如今天气热，睡觉都不留神，哄他带上了，便是夜里纵盖不严些儿，也就不怕了。"解读背面真情，床上睡着的是曹王妃和两个刚出生的婴儿，丫鬟袭人绣的肚兜就是给小宝玉用的。"宝钗笑道：'也亏你耐烦。'袭人道：'今儿坐的工夫大了，脖子低的怪酸的。'（脂批：随便写来，有神有理，生出下文多少故事。）又笑道：'好姑娘，你略坐一坐，我出去走走就来。'说着，便走了。宝钗只顾看着活计，便不留心，一蹲身，刚刚的也坐在袭人方才坐的所在，因又见那活计实在可爱，不由的拿起针来，替他代刺。"袭人要给人家夫妻儿女让方便，随后便有林黛玉、史湘云来给袭人道喜，道的是渐入金屋之喜。三十六回尾批："绛芸轩梦兆是'金针暗度法'，夹写月钱是为袭人渐入金屋留地步。梨香院是明写，大家蓄戏不免奸淫之陋——可不甚哉，甚哉！"谜书特写林黛玉来至窗外，只见宝玉穿着"银红纱衫子"，也可称之为睡衣，随意睡在床上。宝钗坐在身旁做针线，旁边放着蝇帚子，是典型的借黛玉说事儿之笔，故意掩饰谜书背面的隐情。此黛玉所见，宝玉午睡，衣冠不整，宝钗前来，也不知晓。这是著书人的幻笔，黛玉所见就是宝钗所见，如果这时的黛玉不是弘晳的替身，她根本就不会在此出现，后面又做了点醒，当宝玉知道宝钗在其午睡时来看过他，将此失礼说成是"亵渎了他"。这是正面小说的需要，大可不必当真。"这里宝钗只刚做了两三个花瓣，忽见宝玉在梦中喊骂说：'和尚道士的话如何信得？什么是金玉姻缘，我偏说是木石姻缘！'薛宝钗听了这话，不觉怔了。忽见袭人走过来，笑道：'还没有醒呢。'宝钗摇头。"这句"木石姻缘"从宝玉口中突然冒出来，使不少读者变成了丈二和尚。因为弘晳与曹王妃一个佩金、一个戴玉，二人的姻缘由康熙钦定，加上弘晳要做继位人，是"金玉良缘"。至于"木石前盟"，还得追溯到三生石畔的绛珠草，石头、仙草幻身下凡尘，下凡之前，黛玉是木，宝玉是石，他们是"木石前盟"。三十八回之后，黛玉与宝钗就"合二为一"了，这"金玉良缘"也好，那"木石前盟"也罢，无论宝玉跟谁结合，落实到具体的历史人物身上，意义完全一致。再者，曹王妃已嫁弘晳为妻，并且有了小宝玉，她已经是真正的王妃了，怎么在梦中与和尚道士较上了劲？曹王妃口中的和尚道士自然指向雍正，而且还是个癞头和尚。从宝玉的叫骂声中不难发现，这"木石姻缘"与"木石前盟"可谓天差地别、相距遥远，按著书人自谓的石头来看，花袭人就是木，花、木同属嘛，都属于植物一类，还是雍正家的齐皇后硬把他们撮合在了一起。袭人绣鸳鸯就在宝玉床前，如此二人在屋内旁无他人地说着悄悄话，难怪曹王妃心怀嫉恨了，谜书意在提醒读者，弘晳与袭人的婚姻才是"木石姻缘"。

在"滴翠亭杨妃戏彩蝶"一回中，借用饯花节，讲述众人园中玩耍。凡交芒种节的这天，要摆设各色礼物，祭饯花神。"言芒种节一过，众花皆要败谢，花神退位。"大观园所有的少男少女尤为喜欢这种风俗："大观园中之人，都早起来了。那些女孩子们，或用花瓣柳枝编成轿马的，或用绫锦纱罗叠成干旄旌幢的，都用彩综系了。每一棵树上，每一枝花上，都系了这些事物，满园里绣带飘飘，花枝招展。"脂批："数字抵省亲一回文字，反觉闲闲有趣有味的领略。"此等描述，纯属借物喻理、托物言志，表面看是芒种节饯花，实际是弘晳得双生子之后，园中大举新生儿百岁的庆贺。还特别交代"文官等十二个女孩子也来了"，脂批："一人不漏。"军机处最多十一人，隐指军机大臣及雍正都来贺喜，才够十二人之说，也与十二金钗相对应，小说中的十二金钗都有自己复杂的经历和背景，绝非等闲之辈。"忽见面前一双玉色蝴蝶，大如团扇，一上一下的迎风翩跹，十分有趣。"谁见过大如团扇的蝴蝶？纯属荒唐之言，既荒唐，两个方面应引起注意：一是隐说弘晳正给两个孩子过"百岁儿"生辰，"玉色蝴蝶"代表两个孩子，要写进清朝宗人府档案的玉牒，"蝶"与"牒"同音。写宝钗"欲扑来玩耍"，脂批："可是一味知书识礼女子行止？写宝钗无不相宜。"明确"扑蝶"绝非知书达礼女子该干的事，宝钗一直都是端庄稳重、矜持大方，为何此处冒出与其性格相矛盾的举止？脂砚斋还加"无不相宜"四字，荒唐之言外加矛盾的人物形象，起码说宝钗扑蝶是虚构的场景，弦外之音就不是扑蝶那么一回事了。二是谜书所述："一双蝴蝶忽起忽落，来来往往，穿花度柳，将欲过河去了。倒引得宝钗蹑手蹑脚的一直跟到池中滴翠亭上，香汗淋漓，娇喘细细，宝钗也无心扑了。"无心扑蝶的这个"蝶"，又可解读为传位诏书，"大如团扇"也符合传位诏书的大小，尽管她已尽心尽责，"香汗淋漓，娇喘细细"，为了完成父亲的未竟之志，实现登上皇帝宝座这一目标，他不仅勤于政务、呕心沥血，还得处处小心、卧薪尝胆，以免重蹈其父两次被废的覆辙。可正如"不知干支中四柱八字可与卿亦对否"之疑问，弘晳的命运，竟同其父一样，最终还是什么也没能捞到，到最后不仅"无心扑了"，还得"金蝉脱壳"，远离是非之地，以确保自己的生命安全。

宝钗扑蝶到了滴翠亭，无果而终，刚要抽身，听到小红和坠儿秘密私语"丢帕"案，脂批："'狱神庙'回有茜雪、红玉一大回文字，惜迷失无稿。"脂批提示的"迷失无稿"，并非指被借阅者把书稿丢失了，其意是指读者不能明白著书人想要表达谜书背面的隐情。其实，著书人所谓"迷失"的"红玉一大回文字"，就写在"宝钗扑蝶"的后面。小红这个小说演员，她不仅扮演人，同时还扮演物，当作为物时，则属传位诏书幻身，原在宝玉身边，也就是在雍正身边，竟被凤姐替身的富察氏"认作女儿"要了去，与要挟逼迫雍正重写传位诏书惊人一致；当作为人的替身时，小红与坠儿是一伙的，坠儿的行窃就是小红的行窃，宝玉房中的金镯被盗，就是雍正秘藏传位给弘晳的诏书被盗，属窃贼一伙。另外，著书人写小红口齿伶俐，说话舌灿莲花，又悬河注水般道出一大堆"奶奶"来，还对"五奶奶"进行了重笔描述。"五奶奶"正对应谜书四大家族之外的五大家族——马家。乾隆当上皇帝，马家就有了"舅奶奶"，譬如灯姑娘、多姑娘之类，就成了皇亲国戚，就是乾隆的大舅哥儿奶奶。小红一番奶奶说，或许就能看出些眉目来："平姐姐叫我回奶奶：才旺儿进来讨奶奶的示下，好往那家子去，平姐姐就把那话按着奶奶的主意，打发他去了。""平姐姐说，我们奶奶（马武妻）问这里奶奶（富察氏）好。原是我们二爷（马武）不在家，虽然迟了两天，只管请奶奶放心。等五奶奶好些，我们奶奶还会了五奶奶来瞧奶奶呢。五奶奶前儿打发人来说，舅奶奶（多姑娘）带了信来了，问奶奶好，还要和这里的姑奶奶寻两丸延年神验万全丹（想救马家的刺客不死）。若有了，奶奶打发人来，只管送在我们奶奶这里，明儿有人去就顺路给那边舅奶奶带去的。"

回到"宝钗扑蝶"，透过著书人的幻笔写道："宝钗在外面听见这话，心中吃惊（脂批：四字写宝钗守身如此），想道：怪道从古至今那些奸淫狗盗的人，心机都不错。（脂批：道尽矣。）这一开了，见我在这里，他们岂不臊了。况才说话的语音，大似宝玉房里的红儿的言语。他素昔眼空心大，是个头等刁钻古怪东西。今儿我听了他的短儿，一时人急造反，狗急跳墙，不但生事，而且我还没趣。如今便赶着躲了，料也躲不及，少不得要使个'金蝉脱壳'的法子。犹未想完，只听'咯吱'一声，宝钗便故意放重了脚步（脂批：闺中弱女机变，如此之便，如此之急），笑着叫道：'颦儿，我看你往那里藏！'一面说，一面故意往前赶。那亭内的红玉坠儿刚一推窗，只听宝钗如此说着往前赶（脂批：此句实借红玉反写宝钗也，勿得认错作者章法），两个人都唬怔了。宝钗反向他二人笑道：'你们把林姑娘藏在那里了？'（脂批：像极！好煞，妙煞！焉的不拍案叫绝！）坠儿道：'何曾见林姑娘了？'宝钗道：'我才在河那边看着林姑娘在这里蹲着弄水儿的。我要悄悄的唬他一跳，还没有走到跟前，他倒看见我了，朝东一绕就不见了。别是藏在这里头了。'（脂批：像极！是极！）一面说，一面故意进去寻了一寻，抽身就走，口内说道：'一定是又钻在山子洞里去了。遇见蛇，咬一口也罢了。'一面说一面走，心中又好笑（脂批：真弄婴儿，轻便如此，即余至此亦要发笑）：这件事算遮过去了，不知他二人是怎样。"所谓的"手帕子"，就是雍正的传位诏书，宝钗所听的秘密，就是雍正被逼迫写给乾隆的传位诏书，前文已展现过"雍正遗嘱"的具体内容，其中有那么多不可思议之处，稍加分析就能看出破绽。暂且不论小红和坠儿是谁的替身，就小红和坠儿的对话，还包括雍正被害的内容，弘晳听得真真切切，这些描写，就是弘晳披露雍正被刺惊天谜案的隐秘揭示。脂批："借扇敲双玉，是写宝钗金蝉脱壳。"按著书人的幻笔来看，脂批中的"金蝉脱壳"，对应雍正死后，乾隆继承皇位，弘晳深知乾隆继位内幕，没能大丈夫相时而动，却选择了相反的方向，急流勇退，离开仕途，辞官回乡，与皇位再次擦肩而过。

所谓"打草惊蛇法"，便是谜书提到的甄家被抄，乾隆初年，曹家二次被抄，导致曹家彻底败落，弘晳王妃曹氏，因雍正暴死时与弘晳同住在圆明园旁的"梨香院"，受牵连被禁管，脂批："写宝玉可入园，用'禁管'二字，得体理之至。壬午九月。"康熙老太后曹氏，先时作为"老祖宗"，受人尊敬，乾隆登基后竟每况愈下，到乾隆二年仙逝。说到弘晳著书，读过清史的人必然会问：清史记载中的"弘晳逆案"，作为主谋的弘晳，不是在乾隆七年就死于禁所了吗？若只相信清史记载，此大梦就永无苏醒之日。两代帝王钟爱的接班人弘晳，被乾隆钦定"逆案"不假，那是乾隆没征得弘晳同意编撰出来的童话故事，加上死于禁所纯属小儿游戏，是弟兄俩捉迷藏、闹着玩儿。所谓的"弘晳逆案"，完全是按照南宋"莫须有"的案例编造出来的，正因为著书人负屈含冤，家史被当朝泯灭，方辛苦十余年用血和泪创作《石头记》，补记历史。弘晳通晓历史，曾编修过《圣祖仁皇帝实录》，康熙能以千古一帝留下美谈，与弘晳渊博的学识是分不开的。谜书有"假借汉唐"说，若将前清历史真相与汉唐对比，基本可认定是"玄武门事件"历史悲剧的重演。

著书人两处用重笔隐述了详情：一是"葫芦僧乱判葫芦案"。所谓葫芦案，就是乾隆弑君杀父之后，宗室王爷拥立弘晳为新君，紧密相连的两大糊涂案，因弘晳按甲寝兵、挟冰求温，各个宗室的王爷无所作为，方得安堵如故。二是"冷二郎一冷入空门"。冷二郎柳湘莲亦是弘晳的替身演员，他将"吾家传代之宝"鸳鸯剑作为定情物，影射弘晳随身收藏着传国玉玺。乾隆篡夺皇位，继位的传位诏书确是雍正亲笔写下的，弘晳如想正大统，就得追根溯源，证明康熙当年秘密立储的接班人是自己，最有力的证据就是康熙写给自己的传位诏书，可已被雍正收搁起来，又不知流落何处，他唯有拿出传国玉玺，方可证明雍正夺嫡是抢了自己的皇位。遗憾的是，没了康熙的传位诏书，就等于没了真凭实据，只用传国玉玺说话毕竟言微势孤，还得把雍正置于大逆不道的尴尬境地。联想到雍正对自己恩宠有加，且有"一饭之恩死也知"之感慨，便失去了夺回皇权的勇气。所谓情小妹尤三姐，是著书人将传国玉玺拟写成人，柳湘莲索回定情物，就等于"情小妹耻情归地府""玉山倾倒再难扶"，最后落得出家的结局，传位玉玺也石沉大海。

《乐亭县志》记载，经筵讲官礼部尚书兼《四库全书》馆总裁曹秀先撰墓表云："呜呼！岂天为国生材不使竟其用耶，抑何夺其算若是之速耶？说者谓盛世明良如腹心之于手足。公自释褐，即蒙圣祖仁皇帝拔植清华，叠邀恩眷。恭遇世宗宪皇帝缵承大统，膺喉舌之司，受心膂之寄伏勤至死，义无所逃。一闻先帝大行，即于是年不禄，岂非先帝在天之灵，默然有所召而追随，扈从一如生时耶？"

曹秀先（1708—1784），江西南昌新建县人。乾隆元年中进士，授翰林院编修。充世宗实录馆编修。他为官清廉，人称诚敬勤慎，秉公执法，深得民心。并多次用自己的薪俸在家乡设置义田，兴办义学，兴修水利。乡民将御赐的"秩宗衍泽"匾额一直悬于曹氏宗祠，以褒扬其德尚。他还擅书法，取法钟、王，自成一家。时人以拥有他的书法作品为珍宝。曹秀先这是写给谁的墓表呢？再看张廷玉一篇墓表，也许就能明白。

《乐亭县志》记载："康熙六十一年冬，皇上初登大宝，群臣并进爵秩。既又及于其亲，若存若亡，咸被宠命。于前翰林院检讨李君兰得以其爵，推赠厥考文学公如其官。去赠公之卒十有八年矣。余时在掌院与李君朝夕禁近，因得悉赠公家世及其行事，所谓质行君子也。又八年，李君奉命总藩江南，以治行为天下最。于是，赠公之遗绪日益光显……"有《弘晳逆案之谜》一文是这样解读张廷玉的墓表的："张廷玉表云康熙六十一年与李兰朝夕禁近，十八年后，李兰去世，卒年四十五岁。说明康熙六十一年时，李兰只有二十七岁。大家知道，张廷玉乃三代老臣，是雍正帝最宠信的汉籍官员，李兰竟会与其朝夕相处于宫禁中？并且，若是汉臣，不足三十岁，便深得雍正帝宠信，派去江南招考人才，这可能吗？"再看张廷玉的墓表，"又八年，李君奉命总藩江南，以治行为天下最"。从康熙六十一年，到雍正七年设立军机处，正好八个年头，也是李兰在江南的工作时间，又与敦诚《寄怀曹雪芹》中的诗句"当时虎门数晨夕"相吻合。因清史中无论康熙、雍正还是乾隆朝，均无大学士李兰的记载，《志》书中的李兰无疑就是弘晳。这两则墓表均来源于乾隆四年，弘晳回京的路上意外"离世"，为了假戏真演，与弘晳荣辱与共、风雨同舟的袍泽，就找张廷玉与曹秀先撰写弘晳的墓表，并告诉他们弘晳已改名叫李兰。对当时的乾隆来说，召弘晳回京做官的目的，就是要他永远把嘴闭上，他弑君杀父的行径就不会外泄，而弘晳在回京的路上突然"病故"，可谓是"着意栽花花不发，无意插柳柳成荫"，不费吹灰之力则大功告成，乾隆自然会感到喜从天降，还假惺惺追认弘晳为"文勤公"。乾隆四年，弘历还没把弘晳作为自己的敌对势力，也就是在谜书传播之前，并不存在"莫须有"的"弘晳逆案"，曹秀先与张廷玉撰写的墓表，还不会引起乾隆的反感，再说，他俩的墓表并未广泛流传，只留存在一个县的地方志中，相信乾隆也不会与一个死人分金掰两。再说，当乾隆发现弘晳还活在世上，已过去了二十年，他哪里还会记得曹秀先与张廷玉撰写的墓表呢？

张廷玉的墓表足可认证李兰就是弘晳；曹秀先的墓表足可印证，康熙、雍正朝的大臣们均知弘晳是两位先皇选定的接班人，只因乾隆文字狱手段之残酷，又遍及全国的方方面面，就没人敢提那段被刻意泯灭的历史了，除谜书的隐述之外，其他地方还真的难找蛛丝马迹。雍正朝的野史传说是铺天盖地，乾隆朝的野史传说咋就偃旗息鼓了，这还得从双方处理反对势力的方法说起。雍正采取的办法大多是流放，在流放的过程中，雍正的兄弟就能散布朝中的言论，无论真假，沿途的民众均信以为真，原因是散布言论的人，身临其境掌握着第一手资料，再加上一些闲散文人的添油加醋，就变成了清朝的野史大观。乾隆采取的办法是圈禁，凡被他削爵削籍的被打击对象，均在京城圈禁起来，基本堵死了传播野史的渠道，乾隆所有不光彩的轶事，外溢很少，只从朝廷的一个窗口向外传播信息，留给世人的均是对乾隆的赞美之词。以大清的三代元老张廷玉为例，因年老多病祈求退休，乾隆很不高兴："朕以为，作为人臣，如果心意预先有辞官而去的想法，必将对一切事物漠然视之，敷衍了事疏于政务，年龄已到就奉身告退辞职，谁还会全力为国家管理实务？"实际上是乾隆不放张廷玉离开朝廷，他要亲自看着他驾鹤西去。清野史记载雍正是篡夺了允禵的帝位，这并不影响乾隆的执政地位，也不会损害乾隆的光辉形象，屎盆子尽管往雍正头上扣，乾隆根本不会在乎他的名声，是不是谣言随便传播，只要不编排乾隆继位内幕，不提弘晳，就与他无关，弑君杀父的丑陋行径就不会泄露。在乾隆以后的执政过程中，无论是对曹秀先的重用还是对张廷玉的排挤，与他们撰写墓表均无关。皇八子允祀离开了雍正的视线，制造出诸多的野史传说；弘晳同样离开了乾隆的视线，创作出隐述历史真相的《石头记》，其给世人留下真情实感的效果，就不言而喻了。

在"含耻辱情烈死金钏"一回，回前提示："前明显祖汤先生有怀人诗一截，读之甚合此回，故录之以待知音：'天情无尽却情多，情到无多得尽么。解到多情情尽处，月中无树影无波。'"且不论诗意有多深，"情尽"是可以肯定的。分析小说人物，金钏与宝钗的名字，可互为隐含，都是金饰中的极品。金钏因与宝玉说了一句圆圈语："金簪子掉在井里头，有你的只是有你的。"便招致王夫人连打带骂，又非撵出去不可。这样不寻常的描述，著书人肯定要用荒唐之言隐饰真情。"'这是那里说起！金钏儿姑娘好好的投井死了！'袭人唬了一跳，忙问：'那个金钏儿?'那老婆子道：'那里还有两个金钏儿呢? 就是太太屋里的。前儿不知为什么撵他出去，在家里哭天哭地的，也都不理会他，谁知找他不见了。刚才打水的人在那东南角上井里打水，见一个尸首，赶着叫人打捞起来，谁知是他。他们家里还只管乱着要救活，那里中用了！'宝钗道：'这也奇了。'"是奇事无疑，在讲是谁死得奇怪? 按谜书中的真故事来讲，金钏之死，就是影射弘时之死。因宝钗与金钏名字的含意相同，宝钗是弘皙的替身，弘皙又与弘时关系密切。再根据金钏"含耻辱情烈"一说，她是弘时的替身就没多大异议了。清史载弘时因"性情放纵，行事不谨"，于雍正五年遭皇父严惩，被消除宗籍，不久死去。王夫人哭道："你可知道一桩奇事? 金钏忽然投井死了！"宝钗道："怎么好好的投井? 这也奇了。"又写出一奇，可见弘时之死亦是谜案。

　　撇下弘时，单说宝钗劝王夫人的内容，便属于借事说事，另含他情了。"王夫人道：'原是前儿他把我的一件东西弄坏了，我一时生气，打了他几下，撵了他下去。我只说气他两天，还叫他上来，谁知他这么气性大，就投井死了。岂不是我的罪过。'宝钗叹道：'姨妈是慈善人，固然这么想。据我看来，他并不是赌气投井。多半他下去住着，或是在井跟前憨顽，失了脚掉下去的。他在上头拘束惯了，这一出去，自然要到各处去顽顽逛逛。岂有这样大气的理！纵然有这样大气，也不过是个糊涂人，也不可为惜。'（脂批：善劝人大见解！惜乎? 不知其情，虽精美玉之言不中，奈何?）……王夫人道：'刚才我赏了他娘五十两银子。原要还把你妹妹们的新衣服拿两套给他妆裹。谁知凤丫头说可巧都没什么新做的衣服，只有你林妹妹作生日的两套。我想你林妹妹那个孩子素日是个有心的，况且他也三灾八难的，既说了给他过生日，这回子又给人妆裹去，岂不忌讳。因为这么样，我现叫裁缝赶两套给他。要是别的丫头，赏他几两银子也就完了，只是金钏儿虽然是个丫头，素日在我跟前比我的女儿也差不多。'口里说着，不觉泪下。宝钗忙道：'姨娘这会子又何用叫裁缝赶去，我前儿倒做了两套，拿来给他岂不省事。况且他活着的时候也穿过我的旧衣服，身量又相对。'王夫人又道：'虽然这样，难道你不忌讳？'宝钗笑道：'姨娘放心，我从来不计较这些。'一面说，一面起身就走。王夫人忙叫了两个人来跟宝姑娘去。"谜书特写宝钗将两套衣服给了死去的金钏，正对应第二次脂批的"金蝉脱壳"，弘晳回乡后被招进京，回京的途中意外"病故"。在曹霑的续书《红楼梦》九十六回写道："舅太爷是赶路劳乏，偶然感冒风寒，到了十里屯地方，延医调治，无奈这个地方没有名医，误用了药，一剂就死了。"与弘晳诈死如出一辙。弘晳每逢劫难都能化险为夷，都以"金蝉脱壳"之术脱身，也是谜书中她把衣服送给了死去的金钏。金钏穿上了宝钗的衣服，都以为死者就是宝钗，其实不然。如果不是谜书问世，暴露了弘晳的行踪，乾隆还真的认为他的"爱哥哥"正在黄泉路上艰难跋涉呢。

全书由脂砚斋两次批到"金蝉脱壳"：第一次是抱病辞官，回归乡里；第二次是诈死埋名，归隐藏修地。著书人将归隐前的皇家御园圆明园幻笔写成了大观园；又将归隐后的世外仙源石臼坨也幻笔写成了大观园，还把当朝删除雍正朝历史及自己家史，幻笔写成在太虚幻境贾宝玉翻看"十二金钗"册籍。正所谓第一盘棋是弃甲曳兵，输得很惨，就因为有所顾虑，不敢相向而动；归隐后的第二盘棋，他要将真相写出，告知天下，多少挽回一些自己扫地以尽的颜面。

谜书在隐写薛宝钗是雍正替身的同时，影射薛蟠也是雍正的扮演者。第四回："这薛公子学名薛蟠，表字文龙，五岁上就性情奢侈，言语傲慢。虽也上过学，不过略识几字（脂批：这句加于老兄，却是实写），终日惟有斗鸡走马，游山玩水而已。"由脂砚斋批语证实，弘晳确有个大哥存在，清史记载是李佳氏所生的世子，出生于康熙三十年十二月，康熙四十年十一月夭折，十一岁，没留下名字。看谜书弘晳同父异母的哥哥薛蟠一直活得有滋有味，尽管没交代真实名字，其性格特点跃然纸上。

薛蟠作为弘晳同父异母的哥哥，还真整出不小的动静。尤其在康、雍、乾帝位更替时期，他是最不安分的活跃分子，结合谜书隐指，还得从"大闹学堂"说起，所谓的闹学堂，就是新皇登基时大臣闹朝堂。闹朝堂一事在雍正继位和乾隆继位都曾发生过，第一次闹朝堂是在康熙末年，当年康熙传位给弘晳，胤祯与弘晳叔侄俩正是一对儿情友，老皇帝选定嫡皇孙弘晳为接班人，特让胤祯（宝玉）带着弘晳（秦钟）到朝堂之上亮相。可想而知，康熙众皇子为了储位都争红了眼，看出隔辈的弘晳将成为新君，自然有人跳出来大闹一番。弘晳做储君虽然已成不争的事实，但结果还是雍正抢先坐上了皇位、当上了皇帝，薛蟠可就不干了，此时的薛蟠所扮演的就是弘晳同父异母的哥哥。在"葫芦僧判断葫芦案"中，有薛蟠强买英莲事件的记载，此英莲乃康熙传位诏书的幻身，作为弘晳的大哥，自然要大闹雍正，最后以弘晳主动放弃皇权复归平静。第二次"大闹学堂"就发生在乾隆继位之后，雍正被刺身亡，乾隆匆忙登基，必然会引起众王爷的质疑，这些王爷大多是雍正朝最受恩宠和器重的宗室大臣，也包括薛蟠在内。正所谓"起嫌疑顽童闹学堂"，"起嫌疑"的主要原因由香怜和玉爱引起，这两个学童分明就是传位诏书。谜书交代薛蟠强买英莲，英莲长到十二三岁，被拐子拐卖，正对应雍正十三年。雍正十三年九月初三，正是乾隆的登基之日，为了说明闹学堂是两次，后文特交代了宝钗的心思："难道我就不知我的哥哥素日恣心纵欲，毫无防犯的那种心性？当日为了一个秦钟，还闹得天翻地覆，自然如今比先又更厉害了。"谜书没有明言薛蟠是怎样闹的朝堂，按实际分析，眼见本该属于弘晳的皇位又被乾隆抢走了，就意味着弘晳正大统彻底没戏，薛蟠岂肯善罢甘休，肯定闹得"更厉害了"。以薛蟠打死冯渊为证，他与马家就进行过激烈的交锋。

薛蟠字文龙，身份皇商，谐音"皇上"，文龙颠倒过来就是"龙文"，又成了雍正的《大义觉迷录》。薛蟠在特定的情节中就是《大义觉迷录》的代名词，名带"虫"字旁，隐意雍正不但是暴君，还是个糊涂虫。《大义觉迷录》的刊刻发行，其后果使自己声名狼藉、恶孽远扬。薛蟠强抢英莲（香菱），寓意雍正编撰刊印《大义觉迷录》，也阐明了部分历史真相；乾隆查抄销毁《大义觉迷录》，属于变相隐藏了历史真相，某种意义上说，查抄《大义觉迷录》与查抄《石头记》的结果完全一致，都是乾隆不想让世人知道隐藏着的秘密。香菱被薛蟠强抢为妾，隐意真相与皇商（皇上）有关，部分历史真相就藏在雍正的《大义觉迷录》（龙文）当中。

六十七回薛蟠外出做买卖回来，曾经给宝钗带回一尊自己的泥塑像。宝玉曾说："男人是泥做的，女人是水做的。"在整部谜书中，雍正的替身演员有男也有女，泥与水合成就是泥塑的人物雕像，北京故宫博物院仅存的一件雍正泥捏塑像就是薛蟠带回的那尊。第四回门子道："当日这英莲，我们天天哄他顽要，虽隔了七八年，如今十二三岁的光景，其模样虽然出脱得齐整好些，然大概相貌，自是不改，熟人易认。"表面看英莲失踪了七八年的时光，与谜书的整体故事无关，实则是著书人利用读者习惯性思维，隐藏的就是雍正五到十三年间的历史。英莲更名香菱则寓意历史真相被销毁隐藏，揭示雍正十三年乾隆第二次审理了结了曾静案，历史人物曾静被凌迟处决。

薛蟠的生日在谜书中也大有文章，二十六回："转过大厅，宝玉心里还自狐疑，只听墙角边一阵呵呵大笑，回头只见薛蟠拍着手笑了出来，笑道：'要不说姨夫叫你，你那里出来的这么快。'焙茗也笑道：'爷别怪我。'忙跪下了。宝玉怔了半天，方解过来了，是薛蟠哄他出来。薛蟠连忙打恭作揖赔不是，又求'不要难为了小子，都是我逼他去的'。宝玉也无法了，只好笑问道：'你哄我也罢了，怎么说我父亲呢？我告诉姨娘去，评评这个理，可使得么？'薛蟠忙道：'好兄弟，我原为求你快些出来，就忘了忌讳这句话。改日你也哄我，说我的父亲就完了。'宝玉道：'嗳，嗳，越发该死了。'又向焙茗道：'反叛肏的，还跪着作什么！'焙茗连忙叩头起来。薛蟠道：'要不是我也不敢惊动，只因明儿五月初三日是我的生日，谁知古董行的程日兴，他不知那里寻了来的这么粗这么长粉脆的鲜藕，这么大的大西瓜，这么长一尾新鲜的鲟鱼，这么大的一个暹罗国进贡的灵柏香熏的暹猪。你说，他这四样礼可难得不难得？那鱼、猪不过贵而难得，这藕和瓜亏他怎么种出来的。我连忙孝敬了母亲，赶着给你们老太太、姨父、姨母送了些去。如今留了些，我要自己吃，恐怕折福，左思右想，除我之外，惟有你还配吃，所以特请你来。可巧唱曲儿的小幺儿又才来了，我同你乐一天何如？'"

薛蟠的生日，是明儿五月初三，意思现在过的还不是薛蟠的生日，是提前了一天，要等到下一天才是他的真正生日，这样的安排，恰与皇太子胤礽结合起来，胤礽的生日正是五月初三。其中的隐含就是要等到皇太子被废之后，才是薛蟠的出头之日，此"明儿"大有政治意涵。由此唤出薛蟠是雍亲王的替身演员，实际就是明日的皇上。如果没有皇太子的被废之日，也就永远没有薛蟠的生日可过，雍亲王的生日正好来自皇太子的废日，薛蟠与胤礽的生日是同一天，还得提前一天过，即一废一立。薛蟠是贯穿全文的书中正人，给人的印象奇陋无比，他不是全部的雍正，只是雍正性格特点的一个方面，比如雍正性格情绪波动较大，常爱发脾气，一发脾气，说不定就会干出意想不到的蠢事，这样的雍正由薛蟠来扮演，可谓是恰如其分。再者，雍正一生当中干的最蠢的一件事，就是编撰发行了《大义觉迷录》，使自己的形象与对历史的贡献大打折扣，薛蟠正好替代雍正被折扣掉的那一部分。

薛蟠与贾宝玉的对话也透露出是假借贾政之名把宝玉诓骗出来的，贾政并不知情。薛蟠言道："好兄弟，我原为求你快些出来，就忘了忌讳这句话。改日你也哄我，说我的父亲就完了。"看似是极荒诞的玩笑话，薛蟠的父亲早逝，这是小说中的情节安排，实际贾政就成了薛蟠的父亲，"说我的父亲就完了"，因为父亲并不知情，薛蟠是假借父亲之名，把自己的生日定在五月初三，五月初三就是皇太子的象征，隐意薛蟠自己把自己破格册封成了皇太子，其历史就是雍正坐上了皇帝的宝座，并不是康熙的授意，父亲并不知情，是他自己册封自己，自编自造出了一份康熙的传位诏书，让隆科多当众宣读，这就是薛蟠的可爱之处。

谜书讲得明明白白："本是书香继世之家。只是如今这薛公子幼年丧父，寡母又怜他是个独根孤种，未免溺爱纵容些，遂致老大无成；且家中有百万之富，现领着内帑钱粮，采办杂料……"只有把薛蟠写成丧父，薛姨妈是寡母，才能回避薛姨妈带着一双儿女到贾府投亲之嫌，这是小说故事情节安排的需要。因为他们本身就是贾府的人，不然薛姨妈怎能长住在贾家，又怎能与贾母平起平坐？薛姨妈也具有相当的势力，连犯两条人命的薛蟠，不但不入监牢，还像没事的人一样，顾自而去，大不了花几个钱了事。"呆"是薛蟠的真性情，人称"呆霸王"，可他见不得藏头露尾之事，凡事皆来真的，从不会耍心眼儿。十三岁的宝玉与凤姐被魔魇时，独薛蟠更比他人忙到十分去："又恐薛姨妈被人挤倒，又恐薛宝钗被人瞧见，又恐香菱被人臊皮，忽一眼瞥见了林黛玉风流婉转，已酥倒在那里。"理解著书人精心设计这段文字的隐意，就能看出雍正性格特点的另一方面，与其相关联的三个女性，外加一个林黛玉，雍正不但爱发醋意，还贪色好淫。雍正在《大义觉迷录》中是这样吹嘘自己的："朕常自谓天下人不好色未有如朕者。"谁信啊！凡雍正身上污浊、淫秽的一面，均能在薛蟠身上淋漓尽致地表现出来。

在"呆霸王调情遭苦打"一回里，这"呆霸王"薛蟠还是雍正的替身吗？答案是否定的，著书人已明确了他是宝玉的表兄。这时的宝玉是曹王妃的替身，薛蟠当然就成了曹王妃的娘舅或娘舅表兄了。雍正朝领侍卫内大臣马武当然知道曹王妃是被栽赃陷害的，弘晳审理"葫芦案"也知道马武在刺杀雍正惊天谜案中是什么角色，雍正死后，柳湘莲（弘晳）与薛蟠（马武）必有一番较量。柳湘莲先让薛蟠发毒誓："我要日久变心，告诉人去的，天诛地灭！"然后便不管三七二十一暴打起来。在薛蟠挨打之后，马家小一辈儿的贾蓉（傅恒）对因何挨打做了补白："薛大叔天天调情，今儿调到芦苇坑里来了。必定是龙王爷也爱上你风流，要招驸马去，你就碰到龙犄角上？"著书人还连用了几个"马"字，影射被打的薛蟠就是马武。

第八回对薛宝钗是这样评价的："罕言寡语，人谓藏愚，安分随时，自云守拙。"脂批："十六字方是宝卿正传。与前写黛玉之传一齐参看，各极其妙，各不相犯，使其人难其左右于毫末。画神鬼易，画人物难。写宝卿正是写人之笔，若与黛玉并写更难。今作者写得一毫难处不见，且得二人真体实传，非神助而何？"雍亲王胤禛为了争夺皇位，自定的策略是：诚孝皇父、友爱兄弟、勤慎敬业、戒急用忍。二者对比惟妙惟肖、异曲同工。薛宝钗作为雍亲王胤禛的替身，即"二宝和传"，也就是在谜书三十八回之前，尤其遇见林黛玉这个醋坛子时，薛宝钗替代的就是雍亲王。综观薛宝钗的一言一行，就是雍亲王争夺皇位前性格品行的历史再现。他未当皇帝之前，就因为一直坚持诚孝、友善、勤慎、隐忍这一谋略，才夺嫡篡位取得成功，就连老奸巨猾的康熙均被他忽悠了。

薛宝钗又是雍正另一方面的替身，与薛蟠相比，正好是他的反面。

第十章　幻身多变的王熙凤

　　谜书第三回，著书人用极浓笔墨描写了王熙凤的出场："头上戴着金丝八宝攒珠髻，绾着朝阳五凤挂珠钗，项上戴着赤金盘螭璎珞圈，裙边系着豆绿宫绦，双衡比目玫瑰佩，身上穿着缕金百蝶穿花大红洋缎窄裉袄，外罩五彩刻丝石青银鼠褂，下着翡翠撒花洋绉裙。一双丹凤三角眼，两弯柳叶吊梢眉，身量苗条，体格风骚，粉面含春威不露，丹唇未启笑先闻。"脂批："为阿凤写照。试问诸公：从来小说中可有写形追像至此者？"但她是面艳心狠，正如六十五回中兴儿的形容："嘴甜心苦，两面三刀，上头一脸笑，脚下使绊子，明是一盆火，暗是一把刀，都占全了。"她是贾琏之妻，王夫人的内侄女。她精明强干，深得贾母和王夫人的信任，在贾府中，她是实际的大管家。

　　第五回："后面便是一片冰山，上面有一只雌凤。"冰山从质地而言，如同白玉，汉字王字旁又称玉字旁，白玉组合在一起就是一个"皇"字。整篇小说所有的人物中，只有王熙凤一人有"凤"字，又谐音"帝王系凤"，暗指女真人满洲的皇帝。其判词是：

　　　　凡鸟偏从末世来，都知爱慕此生才。
　　　　一从二令三人木，哭向金陵事更哀。

　　就单词元素而言，"凤、冰山、从、令、休、末世、此生才、金陵"等关键词，结合起来就是一个系统的整体。"凡鸟偏从末世来"："凡鸟"是繁体"鳳"字的拆字，与册籍上的雌凤相呼应，均紧扣王熙凤一个"鳳"字。"偏"字带惋惜意义，就是她生不逢时。"末世"指一个朝代的末期，临近衰败与危亡。谜书中数次出现末世，是指两千多年的封建社会已经走到了衰败末期，没几天可支撑的了。"都知爱慕此生才"，十三回回末题句云："金紫万千谁治国？裙钗一二可齐家。"王熙凤肩负着管家重任，"一日少说，大事也有一二十件，小事还有三五十件，外头从娘娘算起，以及王公侯伯家，多少人情，家里又有这些亲友的调度，银子上千钱上万，一天都从他一个人手里出入，一个嘴里调度"。她协理宁国府，免除诸弊，严厉政令，又通过办丧事，验证了她非凡的才能。秦可卿托梦给她："婶婶，你是个脂粉队里的英雄，连那些束带顶冠的男子也不能过你……"秦氏认为置祭产是个良策，"便败落下来，子孙回家务农，也有个退步"。便把此重任托付给凤姐。贾母是她的靠山，"那凤姐素日最喜欢揽事办，好卖弄才干"，多事逞才，"爱慕此生才"的评语也算有了着落。王熙凤的作风是一面执行家政，一面擅权聚敛钱财，她弄权铁槛寺、毒设相思局、私放高利贷、残害尤二姐等，都让凤姐在名利场上露尽了头脸，所作所为均带有很浓的政治色彩。她跟贾琏做夫妻纯属小说的故事安排，与小说背后的隐情关系不大，背后的隐情他俩经常合为一人。

"一从二令三人木"，是对她第三句的判词。"从"字可以理解成自从、跟从、从业、从夫、从众、三从四德、从来等，这几种意思都不符合凤姐的风格，如果着眼于管理家政、机关算尽、令行禁止等这个角度去理解，基本断定是从政。在当家实践中，她发号施令，"凭是什么事，我说要行就行"。她对自己的政令行事，十分得意，也赢得了贾母和部分下人的称赞，"称扬凤姐素日许多善政"，这是"二令"的基本诠释。同时，她积怨树敌渐多，恶积祸满，罪不容诛，加上后来贾母亡故，失去了靠山，凤姐的旧账均被翻腾出来，就是"三人木"的结局。正是："机关算尽太聪明，反算了卿卿性命。"这是小说正面看到的王熙凤，脂批："凡看书，从此细心体贴，方许你看，否则此书哭矣。"就"王熙凤毒设相思局"一回，王熙凤也非王熙凤，贾天祥并非贾天祥，他俩都是谜书中的演员。王熙凤扮演的是康熙，贾瑞扮演的是皇太子胤礽。

事件的缘由是王熙凤看望秦可卿回来的路上巧遇贾瑞，他们之间有段对话内容值得注意："猛然从假山石后走过一个人来，向前对凤姐儿说道：'请嫂子安。'凤姐儿猛然见了，将身子望后一退，说道：'这是瑞大爷不是？'贾瑞说道：'嫂子连我也不认得了？不是我是谁！'凤姐儿道：'不是不认得，猛然一见，不想到是大爷到这里来。'凤姐儿是个聪明人，见他这个光景，如何不猜透八九分呢，因向贾瑞假意含笑道：'怨不得你哥哥时常提你，说你很好。今日见了，听你说这几句话儿，就知道你是个聪明和气的人了。这会子我要到太太们那里去，不得和你说话儿，等闲了咱们再说话儿罢。'贾瑞道：'我要到嫂子家里去请安，又恐怕嫂子年轻，不肯轻易见人。'凤姐儿假意笑道：'一家子骨肉，说什么年轻不年轻的话。'贾瑞听了这话，再不想到今日得这个奇遇，那神情光景益发不堪难看了。"

康熙不可能不认识胤礽，只是没想到在此相遇而已，与废太子夜里窥视康熙的帐篷相似，不可能不引起康熙的高度警惕。康熙为了稳住胤礽，"就知道你是个聪明和气的人了"，这句话应该反过来理解，胤礽急欲继位，经常使个小阴谋、小诡计，根本瞒不过康熙的眼睛，加上他的性格粗鲁暴躁，除对康熙之外，估计与他人再没如此和气过。"年轻"与"难请"谐音，寓意想与康熙好好谈一谈或表示悔过之意，回答是："一家子骨肉，说什么年轻不年轻的话。""一家子骨肉"表面看是荒唐之言，王熙凤与贾瑞怎么可能是一家子骨肉，只有康熙与胤礽才是一家子骨肉。再看贾瑞的表情："那神情光景益发不堪难看了。"皇太子这次费尽心思与康熙的照会，却没能取得康熙的谅解。后面才有王熙凤的想法："这才是知人知面不知心呢，那里有这样禽兽的人呢！他如果如此，几时叫他死在我的手里，他才知道我的手段！"此时的康熙已经做好了废太子的思想准备。平儿就成了一个帮凶："癞蛤蟆想天鹅肉吃，没人伦的混账东西，起这个念头，叫他不得好死！"她比王熙凤还狠，死还不够，还要不得好死。平儿自然是大阿哥胤褆的替身，他觊觎皇太子的宝座由来已久，置皇太子于死地是他最大的夙愿，搬掉皇太子这块儿绊脚石，登上皇帝宝座自认为自己的优势最大。

谜书写道："此时贾瑞前心犹是未改。"脂批："四字是寻死之根。苦海无边，回头是岸。若个能回头也？叹叹！"王熙凤第一次设局，把贾瑞冻了一夜，就是康熙给皇太子下的结论："不法祖德，不遵朕训，惟肆虐众，暴戾淫乱。"皇太子第一次被废。几个月后，康熙弄清了皇太子是被魇魔致狂，立即召见胤礽，问及以前所作所为，胤礽竟全然不知。到底是魇魔灵验还是皇太子故意装傻充愣，只有胤礽自己明白，修史者也未必清楚。康熙确信胤礽是被魇魔所害，又经过反复的思想斗争，加上群臣纷纷建议，于是复立皇太子。皇太子复立后，并未接受第一次被废的教训，仍然我行我素，照旧招兵买马，纠合了一批亲信大臣，如步兵头领托合齐、兵部尚书耿额、刑部尚书齐世武等，甚至大摆太子派头，一切仪制服用全与皇帝相比。他贪财好色的脾性丝毫未变，稍有不满，便责打控告他的地

195

方官员。更为严重的是他还策划逼父让位，这让康熙忍无可忍、怒不可遏，于康熙五十一年十月再一次下诏，废掉胤礽太子之位，将其永远禁锢在咸安宫，并下令逮捕了太子党人。将托合齐焚尸扬灰，将耿额、齐世武等人锁拿审问。这就是王熙凤第二次对贾瑞的惩罚。

贾瑞已完全明白王熙凤是在玩弄他，结果如何？"自此满心想凤姐（脂批：此刻还不回头，真自寻死路矣。孙行者非有紧箍儿，虽老君之炉、五行之山，何尝屈其一二），只不敢往荣府去了。"后贾瑞得了相思之病，这是废太子第二次被圈禁后的状况。谜书写道："忽然这日有个跛足道人来化斋，口称专治冤业之症。贾瑞偏生在内就听见了，直着声叫喊说：'快请进那位菩萨来救我！'……从褡裢中取出一面镜子来——两面皆可照人，镜把上面錾着'风月宝鉴'四字。递与贾瑞道：'这物出自太虚幻境空灵殿上，警幻仙子所制，专治邪思妄动之症，有济世保生之功，所以带他到世上，单与那些聪明杰俊，风雅王孙等看照，千万不可照正面，只照他的背面，要紧，要紧！三日后吾来收取，管叫你好了。'""聪明杰俊，风雅王孙"，不应该是贾瑞吧，就凭贾代儒的社会地位，无论从哪个方面，贾瑞也称不上"风雅王孙"。著书人为了点明用"一手二牍"的方式写成的谜书，特亮出了风月宝鉴。镜子具有正反两面比喻谜书的创作手法，这就出现了书里、书外警语不断，故事、隐史跌宕起伏。脂批"此书表里皆有喻也"是在告诉读者，文字表面有比喻，文字背面更有隐喻。

谜书中的风月宝鉴是单与那些"聪明杰俊、风雅王孙"照看的，千万不可照正面，只照它的背面，脂批："谁人识得此句。观者记之，不要看这书正面，方是会看。""贾瑞收了镜子，想道：'这道士倒有意思，我何不照一照试试？'想毕，拿起'风月鉴'来，向反面一照，只见一个骷髅立在里面。"脂批："所谓'好知青冢骷髅骨，就是红楼掩面人'是也。作者好苦心思。"著书人再次把创作谜书的意图告诉给读者，镜子的正面，就是小说故事，反面才是隐写的历史。表面文字就是镜子的正面，描写的是大观园中那些大家闺秀、美貌女子，如林黛玉、薛宝钗、贾探春、晴雯等；镜子的背面才是谜书隐含的已经作古的历史人物，如顺治、康熙、雍正等"青冢骷髅"。谜书接着写道："贾瑞一去，代儒夫妇哭的死去活来，大骂道士：'是何妖镜！若不早毁此物，遗害于世不小。'"脂批："凡野史俱可毁，独此书不可毁。"

"妖镜"一语道破了小说的本质，不可毁的镜子就是不可毁的《石头记》，它具有两种不同的功能，正看它是言情故事，反看它是前清的隐史，

《石头记》既不是淫书，也不是野史，它隐写的是前清的历史。贾瑞的下场不是书的问题，是人的思维和眼光问题。正如镜子所言："谁叫你们瞧正面了！你们自己以假为真，何苦来烧我？"脂砚斋尾批道："儒家正心，道者恋心，释辈戒心。可见此心无有不到，无有不能者，独畏其入于邪而不反，故用心练戒以缚之。"

王熙凤作为皇帝与皇后身份来来往往反复转换的替身演员，身兼皇帝、皇后双重身份。当她作为雍正皇帝的替身时，具有超人的智慧，卓越的政绩，为了上对得起列祖列宗，下对得起黎民百姓，他励精图治，勤俭治国，在中国历史上以勤政、睿智、冷酷、残忍著称于世，在王熙凤掌管荣国府、协理宁国府时均得到充分的体现。

作为雍正替身的王熙凤有四大怪，如果能发现这四大怪，且深度分析，恐怕王熙凤原型替身早就浮出了水面。一是出场怪：林黛玉刚进荣府，王熙凤无根无源，就突然冒了出来，至于她是如何进荣府的，一概不知。后虽然补说她和贾琏一起替贾政管理家务，但于情于理也讲不通呀。贾政家有王夫人，又有李纨，均是贾政的嫡系，为何不用？至于什么原因，没有交代。二是容貌怪：谜书对凤姐的描写，"这个人打扮与众姑娘不同，彩绣辉煌，恍若神妃仙子……一双丹凤三角眼，两弯柳叶吊梢眉，身量苗条，体格风骚，粉面含春威不露，丹唇未起笑先闻"。如去掉那些华丽的装饰以后，剩下的便是一双丹凤三角眼，两弯柳叶吊梢眉，身材苗条，体态风骚，粉面含春，丹唇微笑，活脱脱一个泼辣货。如果将上述描写再简化一下，就成了"一张粉脸，一对儿三角眼，两弯吊梢眉"，脂批："非如此眼，非如此眉，不得为熙凤，作者读过《麻衣相法》。"《麻衣相法》是宋初大相术家陈抟的师父麻衣道者所作，是以人的面貌、五官、骨骼、气色、体态、手纹等推测吉凶祸福、贵贱夭寿的相面之术。无论哪位作家，对自己笔下小说人物的描写，基本找不到加上"三角"二字进行修饰眼睛的，显然这是著书人有意而为之，且是独一无二人物外貌的描写。估计有人注意到了雍正的遗像，真是一对儿三角眼，基本肯定，王熙凤初次出现在谜书当中时，她就是雍正的替身。三是娘家怪。怪在王熙凤有哥、有舅、有姑妈，偏偏没有至关重要的父母。王熙凤的舅父王子腾，京营节度使、九门提督、大学士，与隆科多的官职好有一比。雍正的皇阿玛康熙被他几经折腾，匆匆忙忙驾鹤西去，母亲见他们兄弟反目，也紧随康熙而去，到了王熙凤管家之时，还真成了无父无母。四是工作怪：王熙凤是贾赦夫妇唯一的儿媳妇，贾赦夫妇不但不把儿子贾琏留在家里，还连同儿媳妇一同送出为贾政服务，家里只剩下两个老鬼，还无怨无悔，乐在其中，情理上讲不通啊。谜书的背面，贾赦是"假设"的人物，本身就不存在，贾琏也就成了贾政的儿子，贾珠的弟弟，王熙凤是贾政的儿媳，他们俩在贾政家做管理员，管理贾政家庭事务，合情合理，贾赦岂有不高兴之理？著书人叫他怎样高兴他就怎样高兴，其他人还真就管不着。再者，王熙凤大字不识一箩筐，贾府咋说也是人才济济，为何专请一个不识字的人来管家？是不是荒唐之言？王熙凤不识字，人皆信以为真，试问如果她真不识字，如何能"协理宁国府"？她自己也说，学着看菜单，慢慢地也认识了几个字，更为突出的是著书人竟让她吟出一句诗来："一夜北风紧"。稍加分析就能明白，这是著书人有意告诉读者，凤姐不识字只是一种假象，其目的另有他图，也是一个秘密。"字"与"子"同音，不识字就是"不识子"，不认识自己的儿子，雍正并不知道弘历不是他的亲儿子。

野史称乾隆生母为浙江海宁的陈氏，即乾隆为汉族人陈阁老之子，其母为陈夫人。据《清宫遗闻》记载：康熙年间，雍亲王与大臣陈阁老关系甚密，陪嫁女钮祜禄氏与陈阁老夫人常有来往，陈阁老五十多岁时，其夫人怀孕，钮祜禄氏也怀了孕。1711年，钮祜禄氏与陈夫人同月同日分娩，陈夫人生了个男孩，钮祜禄氏生了个女孩。钮祜禄氏身边李妈为解其忧虑，设计将两个小孩调了包，但陈阁老内心明白，将儿子换去，想日后肯定是个王爷，还有可能当皇帝。他嘱咐夫人不得声张，否则性命难保。此后，陈阁老便告老还乡，回到浙江海宁。后来陈家与皇帝同宗的说法，不胫而走，当弘历称帝后，得知身世，几次借口南巡，去海宁陈家探望，以尽孝道。

另有《清代外史》的一部野史，作者是晚清文人天嘏，他认为乾隆知道自己不是满洲人，常在宫中穿汉服，还问身边的宠臣自己是否像汉人。历史上的乾隆的确常穿汉服，现在故宫还保存着不少乾隆穿汉服的画像。其实，这些广为流传的说法，全是捕风捉影。按清史记载：所谓的陈阁老，就是陈世倌，乾隆六年担任内阁大学士，时间不长，就因起草谕旨出错被革职，当时乾隆骂他"少才无能，实不称职"。根据皇室族谱可知：乾隆出生时，雍正的长子、次子虽已幼年早夭，但第三个儿子弘时已经八岁，另一个王妃过三个月又要生产。这时的雍正才三十四岁，正当壮年，他怎会在已有一个八岁的儿子，另一个格格耿氏即将生产的情况下，允许用自己的女儿去换陈家的儿子？至于乾隆为什么六下江南，四次到海宁并住在陈家私人花园，据考证，乾隆南巡到海宁，主要视察耗资巨大的钱塘江海塘工程，浙江海宁是一个偏僻的小县，当时找不到比陈家花园更好的地方让皇帝居住了。再说，陈家花园离陈家住宅实际还有几里路程，乾隆在陈家花园住过四次，但对陈家子孙一次也没有召见过，更谈不上探望亲生父母了。现在看来，所谓野史乾隆是丑女生在草棚里，或者是陈阁老儿子的民间说法，均不攻自破。至于乾隆的出生地，史学界虽有不同的说法，但从清宫档案来分析，落脚点就是雍和宫。如果从乾隆弑君杀父夺取皇位来说，雍正真是没有看清他的本来面目和狼子野心，单从这个方面考虑，雍正确实不认识他这个儿子。尽管历史上皇家多次出现过宫廷政变，但杀父继位总不是亲子的正当之举，王熙凤不识这个"子"也在情理之中。

判词中的"都知爱慕此生才"，明显说她是一个男人，如果把"此生"二字解释为这一辈子，文法不通，此生者，这个男人也。小说中有一个情节，藕官给她死去的女搭档烧纸，回目是"假凤泣虚凰"。对应十四回凤姐哭秦氏，也是假凤在哭。藕官是唱小生的，凤姐也是唱小生的，且多才多艺。五十四回女先儿说书讲到的那位名叫王熙凤的，是上京赶考的公子，是"残唐五代的故事"。残唐五代就是末世，正符合判词中的"凡鸟偏从末世来"。谜书的隐意暗示读者：王熙凤是封建社会末世的一位满洲人，她同谜书中的秦可卿同样是龙章凤彩、丰标不凡。

二十五回"魇魔法姊弟逢五鬼"，王熙凤与贾宝玉同时受到赵姨娘和马道婆的魇魔，双双命悬一线，后得到一僧一道的帮助，才化险为夷。"和尚从贾政手里接过通灵宝玉，擎在掌上，长叹一声道：'青埂峰一别，展眼一过十三载矣！人世光阴，如此迅速，尘缘满日，若似弹指！可羡你当时的那段好处。'……又摩弄一回，说了些疯话，递与贾政道：'此物已灵，不可亵渎，悬于卧室上槛，将他二人安在一室之内，除亲身妻母外，不可使阴人冲犯。（脂批：是要紧语，是不可不写之套语。）三十三日之后，包管身安病退，复旧如初。'"隐含的故事是：贾宝玉作为雍正皇帝的宝座已十三年，雍正已死，通灵宝玉自然回归。凤姐作为雍正的替身死而复活，在许多场合由宝玉陪伴左右。不少红迷认为与养小叔子有关，其实，那些都是假象。试想，皇帝与皇帝的宝座是啥关系？形影不离均在情理之中，如果皇帝没了宝座，就成了赋闲在家的"离退休人员"。二人复归之后，山亦不是原来那座山，河也不是原来那条河了。和尚提到的"三十三日之后"，就是"十"字两边的两个"三"字，尤为重要，前一个"三"指雍正八月二十三日的驾崩，后一个"三"指乾隆九月初三日的登基，凤姐和宝玉均活了过来。十天之内的一死一升，凤姐随之转化成乾隆的替身演员，宝玉也成了乾隆的皇帝宝座。

判词第一句是"凡鸟偏从末世来"，凤即凤凰，凰字可拆为"凡皇"二字，著书人所说的"凡鸟"即"凡皇"，均属庸才、笨蛋一个系列。王熙凤，末世的凡皇，著书人认定乾隆就是末世的皇帝，就是个庸才。凤姐是多个历史人物的替身演员，扮演乾隆只是其中之一，她在小说中还是贾琏的老婆，一个鲜活女强人的人物形象。在小说中她还干了一件大事，就是处理贾琏与尤二姐不正当的男女关系方面，表现出了特殊的聪慧与机智。说起贾琏偷娶尤二姐，偷娶总有见不得人的一面，没办法光明正大。尤二、尤三双姊妹，谜书中实际就是一对儿传位诏书。这时的贾琏也是乾隆的替身，表面看与凤姐是夫妻，实际就是一人。谜书交代："老爷宾天了。""众人听了唬了一大跳，忙都道：'好好的并无疾病，怎么就没了？'"此借贾敬之死，影射雍正的暴亡，接下来对应历史传说，来了一番"炼丹服砂"的解释。在崇佛恋道方面贾敬就是雍正的替身，与秦可卿之死存在一定的区别，贾敬之死只替雍正一人。

六十三回："死金丹独艳理亲丧"。贾敬死后，尤氏着急办理的不是什么丧事，而是将她的继母接来住在宁府看家，她继母也没办法，只好将两个未出嫁的小女带来，一并生活才放心。这段故事有些蹊跷，道理上也讲不通，完完全全就是荒唐之言：公公死了，竟从娘家接来一双等待嫁人的小姨子，无论如何也让人匪夷所思。如果对应历史的真相看，完全合情合理，且结合得浑然一体。雍正突然暴亡，接下来的首要任务就是皇位更替、新君登基，新君登基自然离不开传位诏书，如此关键的时刻，必须现身的就是尤氏二姊妹，明摆着准备好了让贾琏来偷娶的，贾琏只有偷娶了尤二姐，整个谜书的背面故事才能有条不紊地进行下去。谜书对尤二、尤三的描述，就是一对儿"淫奔女"，可谓人见人爱，根本不讲伦理，更不必在乎该不该喜爱。谜书借贾蓉对尤二、尤三俩姨娘的垂涎，信口开河、胡言乱语点睛："各门各户，谁管谁的事？都够使的了。从古至今，连汉朝和唐朝，人还说脏唐臭汉，何况咱们这宗人家。谁家没风流事，别讨我说出来。连那边大老爷这么利害，琏叔还和那小姨娘不干净呢。凤姑娘那样刚强，瑞叔还想他的账。那一件瞒了我?"

再看贾琏偷娶过程的记述："话说贾琏、贾珍、贾蓉等三人商议，事事妥帖，至初二日，先将尤老和三姐送入新房。尤老一看，虽不似贾蓉口内之言，也十分齐备，母女二人已称了心。鲍二夫妇见了如一盆火，赶着尤老一口一声唤'老娘'，或是'老太太'；赶着三姐唤'三姨'，或是'姨娘'。至次日五更天，一乘素轿，将二姐抬来。各色香烛纸马，并铺盖以及酒饭，早已备得十分妥当。一时贾琏素服坐了小轿而来，拜过天地，焚了纸马。那尤老见二姐身上头上焕然一新，不是在家模样，十分得意，搀入洞房。"清史载乾隆登基，择定吉日九月初三，紫禁城内举行盛大的新君登基大典。这天黎明，弘历先穿素服向雍正梓宫行九拜之礼，焚烧阴司所用仪品，然后换上龙袍，将皇太后请到永寿宫，向她也行九拜之礼，最后到中和殿接受内大臣与执事官们的行拜。先丧后喜，先素服后礼服，自古至今，此等礼法恐怕只有皇家老皇帝驾崩、新君继位才独有的活动，他们不用申请专利，也不会有第二家与其竞争。再将贾琏"偷娶"尤二姐与乾隆继位对应起来看，礼法上倒也无懈可击，亦属正常行为，只因"偷娶"二字，就将正常的行为变得不正常了。这"偷娶"隐含着惊天谜案，隐含着先皇雍正无疾暴亡，其中的秘情只好用一个"偷"字来代替了。

写贾琏与尤二姐有一番幻笔记述："那贾琏越看越爱，越瞧越喜，不知怎生奉承这二姐。乃命鲍二等人不许提三说二的，直以奶奶称之，自己也称奶奶，竟将凤姐一笔勾倒。有时回家中，只说在东府有事羁绊，凤姐辈因知他和贾珍相得，自然见或有事商议，也不疑心。在家下人虽多，都不管这些事。便有那游手好闲专打听小事的人，也都去奉承贾琏，乘机讨些便宜，谁肯去露风。于是贾琏深感贾珍不尽，贾琏一月出五两银子作天天的供给。若不来时，他母女三人一处吃饭；若贾琏来了，他夫妻二人一处吃，他母女便回房自吃。贾琏又将自己积年所有的梯己，一并搬了与二姐收着，又将凤姐素日之为人行事枕边衾内尽情告诉了他，只等一死，便接他进去。"果不其然，雍正一死，"偷娶"便成了登基大典。

对应乾隆登基的"正经日子"，在"闲取乐偶攒金庆寿"一回，大观园内群芳于九月二日给凤姐过生日。脂批："看他写与宝钗作生日后，又偏写与凤姐作生日。阿凤何人也，岂不为彼之华诞大用一回笔墨哉？只是亏他如何想来：特写于宝钗之后，较姊妹胜而有余；于贾母之前，较诸父母相去不远。一部书中，若一个一个只管写过生日，复成何文哉？故起用宝钗，盛用阿凤，终用贾母，各有妙文，各有妙景。余者诸人，或一笔不写，或偶因一笔带过，或丰或简，其情当理合，不表可知，岂必谆谆死笔，按数而写众人之生日哉？"顺着雍正被刺这条隐线来看，贾琏"偷娶"了尤二姐，成了乾隆的替身，凤姐就得顺坡下驴，替身随之发生了改变，她还得继续做贾琏的老婆，此时就成了乾隆皇后富察氏的替身。凤姐的"生日"，正是富察氏的好日子，乾隆的登基大典定在九月初三，谜书为了避讳九月初三这个特殊的日期，特写凤姐的生日为初二，再用"大宴三天"，正好对应乾隆的登基大典，初三才是"正日子"，才是凤姐可以荣升为皇后的好日子。其实，凤姐早就知道皇后一职非她莫属，赵姨娘早就写下了"承诺书"，环儿继承家业后，凤姐（马道婆）想要什么就该有什么。按"一声而两歌"和"一笔不写一家文字"的脂批来理解，凤姐九月初三的"生日"为虚写，一年后群芳的宴请，才是实写为凤姐过生日。被禁管的群芳为了把曹王妃两个孩子送出去，用凑份子的方式给管事的凤姐凑起了一顿"鸿门宴"。

　　贾母真身此时仍为曹氏皇太后，如果老祖宗在康、雍年间，想给谁过生日，只是一句话的事儿，哪用费劲纠缠凑份子？只有在禁管期间，才出现主人尚不如仆人的荒唐现象。"贾母先道：'我出二十两。'薛姨妈笑道：'我随着老太太，也是二十两了。'"薛姨妈客人级别的都要与老太君并肩，看似有些不合情理，这是小说的表面，如按谜书人物所扮演的真身来看，就合情合理了。薛姨妈是曹王妃的婆母，两个小儿是她的亲孙子，为救她的孙子，群芳才想出这鸿门一宴，如果不是处于最困难时期，整个费用就该由她自己承担。正因为情况特殊，于情于理她都该出资最高，才算尽到了地主之谊。"邢夫人、王夫人道：'我们不敢和老太太并肩，自然矮一等，每人十六两罢了。'尤氏李纨也笑道：'我们自然又矮一等，每人十二两罢。'贾母忙和李纨道：'你寡妇失业的，那里还拉你出这个钱，我替你出了罢。'"这话说得倒有点儿意思，老太君咋心疼起了寡妇？李纨是弘时的遗孀，作为皇家媳妇，出这点儿钱本是小事一桩，可在诸芳禁管期间，生活条件的艰难程度就可想而知了。"赖大之母因又说道：'少奶奶们十二两，我们自然也该矮一等了。'贾母听说道：'这使不得。你虽该矮一等，我知道你们这几个都是财主，分位虽低，钱却比他们多。你们和他们一例才使得。'（脂批：惊魂夺魄，只此一句。所以，一部书全是老婆舌头，全是讽刺世事，反面春秋也。所谓痴子弟正照风月鉴，若单看了家常老婆舌头，岂非痴子弟乎？）众妈妈听了，连忙答应。贾母又道：'姑娘们不过应个景儿，每人照一个月的月例就是了.'"管事的婆子们竟然与奶奶们并肩，说明她们已改变了下人的身份，谜书虽未明确，但从查夜一节就能想象出来，不然的话，就凭贾老太君的身份、地位，怎么可能会与下人搅和在一起？亦可谓此一时彼一时也。脂砚斋的批语，已解释得相当明白了，表面看是"老婆舌头"，实际上"全是讽刺世事，反面春秋也"。

在"变生不测凤姐泼醋"一回，为凤姐举办了"鸿门宴"。"原来贾母说今日不比往日，定要叫凤姐痛乐一日。本来自己懒待坐席，只在里间屋里榻上歪着和薛姨妈看戏，随心爱吃的拣几样放在小几上，随意吃着说话儿；将自己两桌席面赏那没有席面的大小丫头并那应差听差的妇人等，命他们在窗外廊檐下也只管坐着随意吃喝，不必拘礼。"生日宴可是贾老太君全力促成的，当真正到了凤姐的生日，老太君反变得无精打采了，其中的奥妙就在老太君的话上："让凤丫头坐在上面，你们好生替我待东，难为他一年到头辛苦。"时间是群芳被禁管一年后的某一天。贾母又道："快拉他出去，按在椅子上，你们都轮流敬他。他再不吃，我当真就亲自去了。"这才是老太君给凤姐过生日的真正目的，就是要将凤姐灌晕、灌傻，直到不省人事找不到北为止。

看谜书中的详细描写，便知端倪："尤氏听说，忙笑着又拉他出来坐下，命人拿了台盏斟了酒，笑道：'一年到头难为你孝顺老太太，太太和我。我今儿没什么疼你的，亲自斟杯酒，乖乖儿的在我手里喝一口。'凤姐儿笑道：'你要安心孝敬我，跪下我就喝。'尤氏笑道：'说的你不知是谁！我告诉你说，好容易今儿这一遭，过了后儿，知道还得象今儿这样不得了？趁着尽力灌丧两钟罢。'（脂批：闲闲一戏语，伏下后文，令人可伤，所谓盛筵难再。）凤姐儿见推不过，只得喝了两钟。接着众姊妹也来，凤姐也只得每人的喝一口。赖大妈妈见贾母尚这等高兴，也少不得来凑趣儿，领着些嬷嬷们也来敬酒。凤姐儿也难推脱，只得喝了两口。鸳鸯等也来敬，凤姐儿真不能了，忙央告道：'好姐姐们，饶了我罢，我明儿再喝罢。'鸳鸯笑道：'真个的，我们是没脸的了？就是我们在太太跟前，太太还赏个脸儿呢。往常倒有些体面，今儿当着这些人，倒拿起主子的款儿来了。我原不该来。不喝，我们就走。'说着真个回去了。凤姐儿忙赶上拉住，笑道：'好姐姐，我喝就是了。'说着拿过酒来，满满的斟了一杯喝干。凤姐儿自觉酒沉了，心里突突的似往上撞，要往家去歇歇，只见那耍百戏的上来，便和尤氏说：'预备赏钱，我要洗洗脸去。'尤氏点头。"最后这两句话，似乎是闲来之笔，没大意义，其实不然。酒席中间偏偏写"耍百戏"的上来，还要中途洗脸。戏没演完，演员就要卸妆，似有撂挑子的嫌疑，这举动是否荒唐？当联想到戏班子是从外面请来，耍百戏的就是弘晢请来的帮手，只有里应外合才能将小宝玉带走，也就合情合理了。

凤姐离席捉奸，难抑怒气打了平儿，隐含的是平儿帮助曹王妃把两个孩子安全送出，引起乾隆的严重不满，还发狠话要杀了凤姐儿。凤姐也不是省油的灯，自知参加鸿门宴上了当，还有苦说不出，就拿平儿撒气，也叫借题发挥。"喜出望外平儿理妆"，是宝玉在怡红院给挨打后的平儿理妆："宝玉道：'好姐姐，别伤心，我替他两个赔个不是罢。'""平儿素习只闻人说宝玉专能和女孩儿们接交，宝玉素日因平儿是贾琏的爱妾，又是凤姐儿的心腹，故不肯和他厮近，因不能尽心，也常为恨事。平儿今见他这般，心中也暗暗的戡戮：果然话不虚传。"这段平儿的心理描写，把其中的隐意完全流露出来。"喜出望外"一词，在刘姥姥离开大观园时曾出现过一次，这次理妆再次出现，其隐意完全相同，无论对平儿还是对宝玉，都可以说是"喜出望外"。经过群芳的设计，共同努力，大家最终救走了一对新生儿女，了却了曹王妃的凤愿，宝玉怎能不"喜出望外"？

为平儿理妆的宝玉只能是曹王妃的替身演员，若将宝玉看成纨绔子弟，那就真是荒唐之言了。清朝的封建礼教名目繁多、监管甚严，深宅大院的公子哥绝无可能成为理妆大师。看下面大段脂批，就能理解著书人的创作意图："忽使平儿在绛芸轩中梳妆，非世人想不到，宝玉亦想不到者也。作者费尽心机了！写宝玉最善闺阁中事，诸如脂粉等类，不写成别致文章，则宝玉不成宝玉矣。然要写，又不便特为此费一番笔墨，故思及借人发端。然借人又无人，若袭人辈，则逐日皆如此，又何必拣一日细写，似觉无味；若宝钗等，又系姊妹，更不便来细搜。袭人之妆奁，况也是自幼知道的了。因左思右想，须得一个又甚亲又甚疏、又可唐突又不可唐突、又和袭人等极亲又和袭人等不大常处、又得袭人辈之美又不得袭人辈之修饰一人来，方可发端。故思及平儿一人方如此，故放手细写绛芸闺中之什物也。"

贾琏偷娶了尤二姐，登上了皇帝宝座，其并未出现雍正无诏继位的尴尬局面，他的继位诏书确是雍正亲笔书写的。当然，雍正初年写给弘晢的秘藏诏书，照应坠儿偷金镯一事，必落马家之手，尤三姐也相当于偷嫁给了贾琏。谜书是这样交代尤三姐的："哄得男子们垂涎落魄，欲近不能，欲远不舍，迷离颠倒。他以为乐事……反说：'姐姐糊涂。咱们金玉一般的人，白叫这两个现世宝玷污了去也算无能。而且他家有一个极利害的女人，如今瞒着他不知，咱们方安；倘或一日他知道了，岂有干休之理？势必有一场大闹，不知谁生谁死？趁如今我不拿他们取乐作贱准折，到那时白落个臭名，后悔不及。'"尤三姐自表："姐姐今日请我，自有一番大理要说。但妹子不是那愚人，也不用絮絮叨叨提那从前丑事，我已尽知，说也无益。既如今姐姐也得了好处安身，妈也有了安身之处，我也要自寻归结去方是正理。但终身大事，一生至一死，非同儿戏。我如今改过守分。只要我拣一个素日可心如意的人，方跟他去。若凭你们拣择，虽是富比石崇，才过子建，貌比潘安的，我心里过不去，也白过了一世。"

既然已经被两个现世宝玷污的尤三姐，如何思嫁？又思嫁谁呢？脂批："全用醍醐灌顶，全是大翻身大解语法。"谜书交代："贾琏正在新房中，闻得湘莲来了，喜之不尽。湘莲道：'客中偶然忙促，谁知家姑母于四月间订了弟媳，使弟无言可回。若从了老兄背了姑母，似非合理。若系金帛之订，弟不敢索取，但此剑系祖父所遗（影射传位玉玺），请仍赐回为幸。'"

柳湘莲对尤三姐的污浊之身很有看法，在记述尤三姐自杀之后，小说幻写梦境："小厮带他到新房之中，十分齐整。忽听环佩叮当，尤三姐从外而入，一手捧鸳鸯剑，一手捧着一卷册子，向湘莲泣道：'妾痴情待君五年矣（宝钗进京待选影射弘晳，雍正八年成为首辅军机大臣，距雍正暴亡恰巧五年）。不期君果冷心冷面，妾以死报此痴情。妾今奉警幻之命，前往太虚幻境修注案中所有一干情鬼（对应著书之事）。''来自情天，去由情地。前生误被情惑，今既耻情而觉，与君两无干涉。'"梦中幻景随一阵香风无影无踪，醒梦后的弘晳"将万根烦恼丝一挥而尽"，辞官归隐，后历经梦幻，终到太虚幻境。正因为冷二郎情冷，嫌人家"东府除了那两个石头狮子干净，只怕连猫儿狗儿都不干净"，"我不作这剩忘八"。隐居后的弘晳本想斩尽"万根烦恼丝"，不再过问庙堂之事，谁料荒唐王爷没事找事上了岛，告知了他家史被泯灭的全过程，一石激起千层浪，弘晳复杂的心绪和难抑的愤怒同时涌向心头，"欲洁何曾洁，云空未必空"，他再也不想沉默了，激愤的心绪促使他愤然提起笔来。

乾隆做皇帝长达六十年，怎么又冒出"吞金自逝"说？著书人既要照顾小说正面的故事，又用幻笔隐现历史的真相，其人物时空均在著书人的笔下不断变幻与运动，如想解读清楚谜书背面的隐情，就得按脂砚斋的指示"打破胭脂阵，坐透红粉关"，就得将著书人刻意隐藏在谜书背面的真情掇菁撷华、披沙拣金。贾琏虽属"偷娶"，但已办完了婚事，乾隆已举行过了登基大典，成为大清第四代皇帝已成定局、水覆难收。可后面描写的"赚入大观园"及"大闹宁国府"等文，就让人摸不着头脑了，欲解真情，关键在于凤姐到底是谁的扮演者。如凤姐还是妒妇，乾隆皇后富察氏，贾琏是偷娶，名不正言不顺，凤姐设计谋害了尤二姐，尤二姐死有余辜。可真事所隐就有些不对头了，尤二姐可是传位遗诏幻身，它是皇帝的宝座、大清的江山，作为乾隆皇后的富察氏，说啥也不舍得将刚刚到手的皇帝宝座无故丢弃或掐死，更不可能转交他人。如把这时的凤姐转换成雍正的替身，时间再退回到十三年之前，康熙蹊跷而死的前前后后，所有的困惑均可迎刃而解。返回看雍正夺嫡秘情，作为雍正替身的凤姐，具体采取了夺嫡三部曲：一是先把尤二姐"赚进大观园"，就是安排康熙住进畅春园养病；二是"毒设相思局"，遣走继位人弘皙，到东北老家祭祖，使老皇帝无法正常传位；三是"协理宁国府"，在康熙死后大办丧事，还要"尽其所有"。

"贾琏起身去后，偏值平安州节度使在外，约一个月方回。贾琏未得确信，只得住在处等候。及至回来相见，将事办妥，回程已是将两个月的期限了。谁知凤姐心下早已算定，只待贾琏前脚走了，回来便传各色匠役，收拾东厢房三间，照依自己正室一样装饰陈设。"回顾康熙死前胤禛将弘皙遣走，就是贾琏带黛玉回原籍，此处写贾琏刚走，凤姐便按正室操办起来，素衣素盖迎娶新娘恐怕是《红楼梦》的专利，天下无双。自"苦尤娘"进住大观园，直到"吞金自逝"，仅七天时间。先皇驾崩，最首要的任务就是新皇继位，要当皇帝就得有传位诏书，不然群臣怎知新君是谁？凤姐先说的原委是："我们家的规矩大。这事老太太一概不知，倘或知二爷孝中娶你，管把他打死了。如今且别见老太太、太太。我们有一个花园子极大，妹妹住着容易，没人去的。你这一去，且在园里住两天，等我设个法子回明白了，那时再见方妥。"清史载：康熙十三日丑刻死，十四日传出先皇康熙谕胤禛继皇位遗言，十六日才颁布诏书。

所谓"酸凤姐大闹宁国府"，描写凤姐的"酸"，就是曹老太后见康熙秘密立储的计策完全失败；描写凤姐大闹，就是重笔写凤姐如何大骂之闹。贾琏偷娶的时间定位在乾隆登基大典的九月初三；凤姐大闹的时间定位在康熙驾崩的十一月十三日。"至十四日便回明贾母王夫人，说十五日一早要到姑子庙进香去。只带了平儿、丰儿、周瑞媳妇、旺儿媳妇四人，未曾上车，便将原故告诉了众人。又吩咐众男人，素衣素盖，一径前来。"此段是康熙驾崩后雍亲王的表现，大闹的凤姐称"上有三层公婆"，三层公婆当然是指努尔哈赤、皇太极和福临三位开国元老了。这时的凤姐瞬时转变成康熙后宫曹老太后的替身，其中涉及凤姐大闹的场面，还涉及三句"种子"的大骂之言。直到康熙驾崩之后，雍亲王才想起禀报后宫之主曹老太后，老太君听到这一消息，当时都"眼中冒火"了，岂肯善罢甘休？谜书中的三句大骂，都是曹老太后得知雍亲王夺嫡继位怒不可遏的破口大骂。

一骂："癞狗！扶不上墙的种子！你细细的说给他，便告我们家谋反也没事的。不过是借他一闹，大家没脸。若告大了，我这里自然能够平息的。"这个"种子"是老太君在骂两次被废的皇太子胤礽，"扶不上墙"就是把康熙的传位计划全部打乱了。其中的"借他一闹"是指雍正继位，名不正言不顺，皇子们不服。"我这里自然能够平息的"，证明雍正朝初期的混乱局面是由曹老太后出面平息的。

二骂："天雷劈脑子、五鬼分尸的没良心的种子！不知天有多高，地有多厚，成日家调三窝四，干出这些没脸面、没王法、败家破业的营生。你死了的娘阴灵也不容你，祖宗也不容，还敢来劝我！"第二个"种子"是曹老太后在骂雍正，雍正死前遭受毒打确信无疑。大学士张廷玉记述当时见到雍正死后之躯，其惨状令人"惊骇欲绝"。更有传说雍正身首异处，下葬时铸了一个金头。正符合"天雷劈脑子、五鬼分尸的没良心的种子"。都因为雍正贪心不足，干了些没头没脸、偷鸡摸狗的勾当，造成这样的恶果纯属自取其咎。

三骂："孽障种子，和你老子作的好事！我就说不好的。"第三个"种子"是骂康熙秘密立储有毛病，曹老太后也深知立储的内幕。立储之初就劝康熙，"我就说不好的"，康熙怕诸皇子找麻烦，自作聪明秘密立储，结果叫四阿哥雍亲王钻了空子，造成了无法收拾的局面。

凤姐哭着两手搬着尤氏（康熙替身）的脸，紧对相问道："你发昏了？你的嘴里难道有茄子塞着？不然他们给你嚼子衔上了？为什么你不告诉我去？你若告诉了我，这会子平安不了？怎得经官动府闹到这步田地？你这会子还怨他们？自古说'妻贤夫祸少，表壮不如里壮'。你但凡是个好的，他们怎得闹出这些事来？你又没才干，又没口齿，锯了嘴子的葫芦，就只会一味瞎小心图贤良的名儿。总是他们也不怕你，也不听你。"可以想象，此情此景正是康熙后宫之主曹老太后对已逝的康熙在哭诉，尤氏当然没一句话了，死人还咋会说话？然事已至此，已成为皇太后的曹氏面对国不可一日无君的局面，只好"胳膊只折在袖子里"。正如贾蓉所言："儿子糊涂死了，既作了不肖的事，就同那猫儿狗儿一般。婶子（胤禛称曹太后）既教训，就不和儿子一般见识的，少不得还要婶子费心费力将外头的压住了才好。原是婶子有这个不肖的儿子，既惹了祸，少不得委屈，还要疼儿子。"从雍正后来孝敬老祖宗（贾政对待老太君）来看，面对当年的传位风波，曹老太后也无可奈何，只能帮雍亲王平息事端。这就使康熙传位给嫡皇孙弘皙的传位计划，在雍亲王的操办下彻底流产。

究竟有多少艳芳在红楼大梦中"千红一哭""万艳同悲"，可谓无计其数，然脂砚斋又批出"红楼外梦"一例，则使整个谜书更加扑朔迷离，谜上加谜。既然是谜，就有义务解读清楚，不然，有愧于曹雪芹老先生的煞费苦心和精心设计。今解读谜书所隐的真故事，谁会如此幸运地成为红楼的"外梦"之人，独树一帜呢？著书人多用幻笔，使小说人物与生活原型飘忽不定，尤其是凤姐，又是多人的替身演员，如果来一脂批"凤姐，乃齐天大圣是也"，才算把凤姐是多个历史人物的扮演者表现得完美无缺。只看"恃强羞说病"一回，凤姐真身原型就比较清晰了，她就是后来成为乾隆第一任皇后的富察氏。这位红楼迷梦的佼佼者和胜利者，对应谜书的群芳来看，她既是红楼梦中之人，亦是红楼外梦之人，身份还真的有些特殊。

清史对乾隆第一任皇后传说颇多，就其性格特点及为人，就与小说中的凤姐并行不悖。乾隆继位后，第二年册封王妃富察氏为皇后。富察皇后生有二子，一是次子永琏，乾隆元年七月册立为皇太子，然在乾隆三年就不幸夭折了；第二个儿子是七子永琮，乾隆十一年四月出生，弘历亦打算立其为储，但他也不争气，只活到乾隆十二年十二月，一年零八个月，就去找他的亲哥哥去了。在乾隆执政的前十多年里，对富察皇后之宠绝对是异乎寻常。就在乾隆十三年随弘历东巡祭拜孔庙、游历泰山、济南之后，泛舟运河回銮到德州，却稀里糊涂投河自尽了，结果是给后人留下了一道难解的"哥德巴赫猜想"，真可谓是谜中之谜。

小说中贾琏与多姑娘的所作所为，可以说是整部谜书中最阴暗、最猥琐、最无耻的一段描写，著书人所述贾琏两次的风流故事，都与多浑虫之妻多姑娘有关。贾琏和多姑娘的风流苟且之事，又恰与野史传说乾隆和孝贤纯皇后之兄富察·傅恒夫人相好遥相呼应。小横香室主人撰编的《清朝野史大观》是这样记载的："高宗孝贤皇后，傅文忠公恒之妹也。相传，傅恒夫人与高宗通，后屡反目，高宗积不能平。南巡至直隶境，同宿御舟中，偶论及旧事，后诮让备至，高宗大怒，逼之坠水。还京后，以病殂告，终觉疚心，谥后号孝贤。"

凤姐如果见到贾琏偷情竟偷到自己的娘家，岂肯善罢甘休？谜书中的第一处情节有平儿相救，此故事最后用"淑女从来多抱怨，娇妻自古便含酸"收结，真可谓"包尽古今万万世裙钗"。第二次的风流过程是在"变生不测凤姐泼醋"一回："凤姐一脚踢开门进去，也不容分说，抓着鲍二家的撕打一顿。又怕贾琏走出去，便堵着门站着骂道：'好淫妇！你偷主子汉子，还要治死主子老婆！平儿过来！你们淫妇忘八一条藤儿，多嫌着我，外面儿你哄我！'说着又把平儿打几下，打的平儿有冤无处诉，只气得干哭，骂道：'你们做这些没脸的事，好好的又拉上我做什么？'说着也把鲍二家的撕打起来。贾琏也因吃多了酒，进来高兴，未曾作的机密，一见凤姐来了，已没了主意，又见平儿也闹起来，把酒也气上来了。凤姐儿打鲍二家的，他已又气又愧，只不好说的，今见平儿也打，便上来踢骂道：'好娼妇！你也动手打人！'平儿气怯，忙住了手，哭道：'你们背地里说话，为什么拉我呢？'凤姐见平儿怕贾琏，越发气了，又赶上来打着平儿，偏叫打鲍二家的。平儿急了，便跑出来找刀子要寻死。外面众婆子丫头忙拦住解劝。这里凤姐见平儿寻死去，便一头撞在贾琏怀里，叫道：'你们一条藤儿害我，被我听见了，倒都唬起我来。你也勒死我！'贾琏气的墙上拔出剑来，说道：'不用寻死，我也急了，一齐杀了，我偿了命，大家干净。'"

从这段贾琏与凤姐感情纠葛的场面描写来看，富察氏也是个相当难缠的主儿。平儿这一原型，就是乾隆第二皇后乌喇那拉氏的替身。乾隆十三年富察氏投水自尽后，在皇太后钮祜禄氏的力主下，乾隆册立乌喇那拉氏为皇后。富察皇后所生两子皆夭亡，那拉皇后也生有两个儿子，但都是在当上皇后之后所生，可见富察皇后还是比较霸道的。可后来这位继任皇后竟早亡于冷宫之中，死后既无谥号，也无陵寝，将其葬在一皇妃陵寝中，不享太庙，不受任何祭祀。根据著书人对俏平儿这一人物的好评来判断，乾隆后来对这位皇后的无情之举，很可能与乾隆得知《石头记》的相关真情有关。依照脂批："琏史不分玉石，但负我平姐。奈何奈何！"从脂批语气来分析，批书人是曹霑。乌喇那拉氏和曹王妃的年龄相仿，比弘晳小二十多岁，弘晳称"平姐"几无可能，曹霑称姐就合情合理了。脂批的意思：贾琏的丑陋行径，自己无所顾忌，他毕竟是平姐的夫君，绝对有损平姐的光辉形象，真的没有办法啊。此等批语若让乾隆看见，顽皇帝再纨绔，相信他也会对号入座。另一方面，谜书中有平儿暗中帮助曹王妃的记述的平儿行权；更有平儿帮曹王妃将两个孩子救出禁所的"喜出望外"。考乾隆乌喇那拉皇后，乾隆三十年正月，那拉皇后陪乾隆皇帝第四次南巡，这次南巡竟成了那拉皇后人生命运的转折点。南巡初期，一切都很正常，皇帝还为她庆祝四十八岁千秋。闰二月十八日，他们来到杭州，在风景秀丽的"蕉石鸣琴"进早膳时，乾隆还赏赐给她许多膳品，但到了当天晚上进晚膳时，那拉皇后就没再露面，陪着皇帝进晚膳的有令贵妃魏佳氏、庆妃陆氏、容嫔和卓氏。

乾隆四十三年，因金从善事件，皇帝自己给了一个解释："孝贤皇后崩逝时，因那拉氏本系朕青宫时皇考所赐之侧室福晋，位次相当，遂奏闻圣母皇太后，册为皇贵妃，摄六宫事。又越三年，乃册立为后。其后自获过愆，朕仍优容如故。乃至自行剪发，则国俗所最忌者，而彼竟悍然不顾。然朕犹曲予包含，不行废斥。后因病薨逝，只令减其仪文，并未降明旨削其位号。朕处此事，实为仁至义尽。且其立也，循序而进，并非以爱选色升。及其后自蹈非理，更非因色衰爱弛……"金从善一案，在《清史稿高宗本纪五》中，仅有以下简单记载："九月甲午，锦县生员金从善，以上言建储、立后、纳谏、施德，忤旨，论斩……"

乾隆这一疑窦重重的解释，也未能说服当时的文人士子，清野史就出现了多个版本的乌喇那拉皇后，其中之一记载乾隆是风流天子，他模仿康熙不断南巡，趁机寻花问柳。曾在清江浦得到一个叫昭容的女伶，带在身边，后来又特命用钿车锦幡送回扬州，赐给她玉如意、粉盝、金瓶、绿玉簪等。另一个女伶名叫雪如，美貌多姿，乾隆携其行幄之中，颇受眷顾，皇后再三劝谏，甚至哭着劝谏，乾隆不仅不听，反说皇后精神出了问题，就派人将她送回京师。南巡结束，乾隆即下令收回皇后手中的四份册宝，即皇后一份、皇贵妃一份、娴贵妃一份、娴妃一份，第二年七月十四日，乌喇那拉氏便默默离开了人世，终年四十九岁。

二十一回《贤袭人娇嗔箴宝玉　俏平儿软语救贾琏》，著书人先在回前脂批："按此回之文固妙，然未见后之三十回，犹不见此之妙。此曰'娇嗔箴宝玉''软语救贾琏'，后曰'薛宝钗借词含讽谏''王熙凤知命强英雄'；今只从二婢说起，后则直指其主。然今日之袭人之宝玉，亦他日之袭人他日之宝玉也；今日之平儿之贾琏，亦他日之平儿他日之贾琏也。何今日之玉犹可箴，他日之玉已不可箴耶？今日之琏犹可救，他日之琏已不能救耶？'箴'与'谏'无异也，而袭人安在哉？——宁不悲乎！'救'与'强'无别也，甚矣。今因平儿'救'，此曰阿凤如何英气也；他日之'强'何身微运蹇，展眼何如彼耶？人世之变迁，如此光阴。今日写袭人，后文写宝钗；今日写平儿，后文写阿凤。——文是一样情理，景况光阴事却天壤矣。多少恨泪洒出此两回书！"脂砚斋的上述批语，袭人、平儿都有两个截然相反的原型：当宝玉是曹王妃的替身时，袭人就是曹王妃的陪嫁女珍珠，后被弘晳纳妾，"桃红又是一年春"，陪伴弘晳至终；当宝玉是"富贵闲人"雍正的替身时，袭人就是负责摘玉的雍正皇后那拉氏的陪嫁女钮祜禄氏，后陪嫁女成了乾隆朝的皇太后。平儿是随着凤姐的原型来确定她的替身：当凤姐为雍正的替身时，平儿就是内侍卫大臣马武；当凤姐是乾隆富察皇后的替身时，平儿就是继任皇后乌喇那拉氏。

贾琏风流成性，正是乾隆不折不扣的替身，他在外招蜂引蝶、寻花问柳，在家正如《论语·阳货》载，"子曰：'色厉而内荏，譬诸小人，其犹穿窬之盗也与？'"著书人在谜书中唯一一次说出的淫秽言词，就表述了这位风流皇帝的丑态。在贾琏与多姑娘一段"可以喷饭"的文字后面，特有脂批："一部书中，只有此一段丑极太露之文，写于贾琏身上，恰极！当极！看官熟思：写珍、琏辈，当以何等文方妥方恰也？此段系书中情之瑕疵者，为'阿凤生日泼醋'回及'夭风流宝玉悄看晴雯'回作引，伏综千里外之文笔也。"所谓的"千里外之文"就是为宝玉悄看晴雯作引，晴雯的嫂子灯姑娘，也就是多姑娘，就是将"满宅内便延揽英雄，收纳材俊，上上下下竟有一半是他考试过的"傅恒之妻。当时还想借机考试宝玉，宝玉对她兴趣索然，考试失败。

乾隆对两位皇后的冷酷无情，谜书也有交代。贾琏有言："你两个一口贼气。都是你们行的是，我凡行动都存坏心——多早晚都死在我手里！"此断言与两个皇后命运恰巧相符，也印证了两位皇后的替身演员就是小说中的凤姐与平儿。

曾为乾隆越位篡权立下汗马功劳，又被乾隆十分看重的富察皇后为何想到了投河自尽？历史总是将难解的谜团留给后人。著书人在谜书中似有泄露，但也是猜测，证据的链条不够充分。在"王熙凤恃强羞说病"一回中，鸳鸯来探望凤姐儿，先见平儿，"悄问道：'你奶奶这两日是怎么了，我看他懒懒的。'平儿见问，因房内无人，便叹道：'他这懒懒的也不止一日了，这有一月之久便是这样。又兼这几日忙乱了几天，又受了些闲气，从新又勾起来。这两日比先又添了些病，所以支持不住，便露出马脚来了。'"此言一出，显然是著书人有意而为之之笔，显然是在故意袒露富察皇后的"马脚"。"凤姐道：'昨晚上忽然作了一个梦，说来也可笑（脂批：反说可笑，妙甚！若必以此梦为凶兆，则思反落套，非红楼之梦矣），梦见一个人——虽然面善，却又不知名姓（脂批：是以前授方相之旧数十年后矣），找我。问他做什么，他说娘娘打发他来要一百匹锦。我问他是那一位娘娘，他说的又不是咱们家的娘娘。我就不肯给他，他就上来夺。正夺着，就醒了。'（脂批：妙！实家常触景闲梦必有之理，却是江淹才尽之兆也。可伤。）旺儿家的笑道：'这是奶奶的日间操心，常应候宫里的事。'（脂批：淡淡抹去，妙！）"结合脂批，谜书描写梦中夺锦，竟是凤姐日常之事的应候，就如同做了亏心事，害怕半夜鬼叫门一般。究竟是谁派人向凤姐索要"一百匹锦"？对应前文，著书人讲述凤姐丧尽天良，被其谋害之人沉冤未雪，自然要找上门来讨个公道。"锦"对应的是诏书，凤姐必是向人家强取过传位诏书，脂批"十年后"，又批"却是江淹才尽之兆也"。虽说"江淹才尽"属借典，借典寓真又是著书人惯用之笔法。该典出自《南史》卷五十九《江淹列传》："淹少以文章显，晚节才思微退，云为宣城太守时罢归，始泊禅灵寺渚，夜梦一人自称张景阳，谓曰：'前以一匹锦相寄，今可见还。'淹探怀中得数尺与之，此人大恚曰：'那得割截都尽。'顾见丘迟谓曰：'余此数尺既无所用，以遗君。'自尔淹文章踬矣。又尝宿于冶亭，梦一丈夫自称郭璞，谓淹曰：'吾有笔在卿处多年，可以见还。'淹乃探怀中得五色笔一以授之。尔后为诗绝无美句。时人谓之才尽。"

　　把批书人提醒的人与事，同乾隆第一任皇后相联系，脂砚斋正是提醒读者，小说中的凤姐就是十三年后投水自尽的富察皇后。将思绪拉回到第五回，警幻仙姑携宝玉与可卿，来至陷阱，宝玉遇难。此时的宝玉是雍正的替身，警幻仙姑自然是谋害雍正的宝亲王妃富察氏，著书人特别撰写了一篇《警幻仙姑赋》："方离柳坞，乍出花房。但行处，鸟惊庭树；将到时，影度回廊。仙袂乍飘兮，闻麝兰之馥郁；荷衣欲动兮，听环佩之铿锵。笑春桃兮，云堆翠髻；唇绽樱颗兮，榴齿含香。纤腰之楚楚兮，回风舞雪；珠翠之辉辉兮，满额鹅黄。出没花间兮，宜嗔宜喜；徘徊池上兮，若飞若扬。蛾眉颦笑兮，将言而未语；莲步乍移兮，待止而欲行。羡彼之良质兮，冰清玉润；羡彼之华服兮，闪灼文章。爱彼之貌容兮，香培玉琢；美彼之态度兮，凤翥龙翔。其素若何？春梅绽雪。其洁若何，秋菊被霜。其静若何，松生空谷。其艳若何，霞映澄塘。其文若何，龙游曲沼。其神若何，月射寒江。应惭西子，实愧王嫱。奇矣哉！生于孰地，来自何方？信矣乎！瑶池不二，紫府无双。果何人哉？如斯之美也！"脂批："按此书凡例，本无赞赋闲文，前有宝玉二词，今复见此一赋，何也？盖此二人，乃通部大纲，不得不用此套。前词却是作者别有深意，故见其妙；此赋则不见长，然亦不可无者也。"此赋竭尽华丽之辞藻，采取了反复的铺陈，不厌其烦的比喻及合理的渲染与赞叹，透过一篇《警幻仙姑赋》，尽释心中的忧郁之情，写出了孝贤皇后之美。因为富察氏平时为人十分节俭，虽贵为中宫皇后，但装饰打扮用品并非金玉珠翠，反是简简单单的通草绒花，她办事很有条理，主持后宫不偏不妒，对待太监宫女宽和仁慈，还把乾隆各位妃子所生的子女都视为己出，后宫上下都盛赞她的美德。著书人隐述的历史人物，基本采取功过分明、曲直对比的方法，给予准确的评价。此赋在创作方法上，充分借鉴了曹植的《洛神赋》。《洛神赋》是公元222年，魏黄初三年，曹植从邺返回封地鄄城的途中，写下的一篇文章，曹植说自己在途经洛水时邂逅了传说中的伏羲之女——洛神。

曹植极尽描摹这位佳人的风采神姿，字里行间透露出强烈的倾慕之情，把所能想象到最美好的词汇，都毫不吝惜地加诸这位女子身上。传说曹植对曹丕的甄妃怀有仰慕之情，却终不可得。唐代李善在《昭明文选》中注解了这个故事：最初想娶甄妃的是曹植，结果被曹丕抢了先，曹植一直念念不忘。在曹植的心中，《洛神赋》里的洛神，就是甄妃。著名作家梅毅先生却不认同这样的观点，他经过自己的考证，认为站在封建伦理道德上的小叔恋嫂，就是畸形之恋、禽兽之行，况甄妃还比曹植大十岁，这种恋情本身就没存在的可能，他认为这个美貌绝伦的洛神，就是指曹植自己。为什么曹植会自比美女？因为那时的古代文人，像屈原等写赋时，都善于把自己比喻为香草或美人，目的象征自己的高洁。如屈原《离骚》中写道："惟草木之零落兮，恐美人之迟暮。"如此理解，又与著书人的"阴

213

阳一身""倏而男，倏而女，变化无方"的创作理念相一致。由此证明，采取"阴阳一身"的行文技巧，也不是著书人的首创。《警幻仙姑赋》正是著书人特为富察皇后量身制作的一套新衣，表面看用尽了华丽的词语，真与《洛神赋》好有一比，实际是在为孝贤皇后投水自尽而慨叹、而惋惜。再看"梦中夺锦"之人，自然是指被杀的雍正阴魂不散，来找富察氏的目的就是想找回诏书。

富察氏投水究竟为了什么，似乎与当时的身体状况欠佳及皇七子永琮夭折的关系不大。永琮夭折已过去近三个月，应该说悲痛期早过，毕竟是一岁多点儿的孩子，留着青山在，还怕没柴烧？他们游玩泰山的岱庙，济南的趵突泉、大明湖等，至少说明富察氏心情畅快。再说，历史记载富察氏投水的原因、经过，只是乾隆的一面之词，具体过程没人知晓，同船随行人员包括皇太后在内早已统一了口径。这时的钮祜禄氏也未必像十三年前那样喜欢富察皇后了，保住自己和儿子的一生清名比什么都重要，也许这就是"飞鸟尽、良弓藏；狡兔死、走狗烹"吧。依愚之见，富察氏自恃乾隆能坐上皇帝的宝座，她们马家功不可没，有时还会以此相要挟，进而达到自己私欲之目的。久而久之，作为一国之君的乾隆帝，必然会从内心深处生出反感之情，但又不能当着文武大臣或后宫诸妃奈她何。乾隆最怕弑君杀父的罪孽公布于世，留着她早晚都是一大祸患，趁外出巡游的机会，要么就是大干了一场，富察氏气性过大，投水自尽；要么就是一不做二不休，让她把嘴永远闭上，反正乾隆又不缺女人。第二种可能性更大。正在游船上的乾隆根本不用自己动手，就能处理得干净利索，回朝之后，顶多再滴几点儿鳄鱼的眼泪。《清朝野史大观》记载的可信度较高，"高宗大怒，逼之坠水"。后乾隆为孝贤皇后还专门写了一篇《述悲赋》：

易何以首乾坤？诗何以首关雎？惟人伦之伊始，固天俪之与齐。念懿后之作配，廿二年而于斯。痛一旦之永诀，隔阴阳而莫知。昔皇考之命偶，用抡德于名门。俾逮予而尸藻，定嘉礼于渭滨。在青宫而养德，即治壸而淑身。纵糟糠之未历，实同甘而共辛。乃其正位坤宁，克赞乾清。奉慈闱之温酼，为九卿之仪型。克俭于家，爰始缫品而育茧；克勤于邦，亦知较雨而课晴。嗟予命之不辰兮，痛元嫡之连弃。致黯然以内伤兮，遂邈尔而长逝。抚诸子一如出兮，岂彼此之分视？值乖舛之迭遘兮，谁不增夫怨恝？况顾予之伤悼兮，更怳悢而切意。尚强欢以相慰兮，每禁情而制泪。制泪兮，泪滴襟，强欢兮，欢匪心。聿当春而启辔，随予驾以东临。抱轻疾兮念众劳，促归程兮变故遭，登画舫兮陈翟偷，由潞河兮还内朝。去内朝兮时未几，致邂逅兮怨无已。切自尤兮不可追，论生平兮定于此。影与形兮离去一，居忽忽兮如有失。对嫔嫱兮想芳型，顾和敬兮怜弱质。望湘浦兮何先徂？求北海兮乏神术。循丧仪兮徒恍然，例殿禽兮谥孝贤。思遗徽之莫尽兮，讵两字之能宣？包四德而首出兮，谓庶几其可传。惊时序之代谢兮，届十旬而迅如。睹新昌而增恸兮，陈旧物而忆初。亦有时而暂弭兮，旋触绪而欷歔。信人生之如梦兮，了万世之皆虚。呜呼！悲莫悲兮生别离，失内位兮孰予随？入椒房兮阒寂，披凤幄兮空垂。春风秋月兮尽于此，夏日冬夜兮知复何时？

表面看乾隆对富察氏是思念万千、痛不欲生，好像夫妻间的感情情深似海，是真是假就值得怀疑了。

第十一章　皇宫里的"原应叹息"

贾府四姐妹元、迎、探、惜四春是薄命司金陵十二钗中的可悲女儿，又个个绚丽，人人夺目，乃清靓之典范，实为金钗之翘楚，是著书人满含激情、爱情和悲情精心塑造的艺术之花。虽然她们各有各的命运遭际和青春情怀，但由于生错了时代，已到了封建大厦即将倾斜的危险期，又走错了家门，等待她们的只能是被践踏、被肆虐、被荼毒、被戕害的悲剧命运。在"千红一哭""万艳同悲"的大悲剧中，虽然她们各有各的生活向往和对幸福的尽情追求，但都在自己最美好的人生春天里，遇到了最残酷的暴风雪，这是小说中四春的形象及命运。如按"风月宝鉴"的提示，还是从这些可爱、靓丽的小姐背后，去寻找她们所替代的骷髅，方是正解。

贾 元 春

元春是金陵十二钗的第三名，在小说里是贾政的女儿，贾宝玉的姐姐，属小说的正面人物。在谜书的背面，她身上却隐藏着清王朝三代皇帝的历史背景。

贾元春后来被晋封为贵妃，还故意称之为"元妃"。单从元妃这个称呼，就隐藏着著书人既煞费苦心，又荒唐至极，还有不可直接告人之目的。什么叫"元妃"？表面上看，就是元春的"元"字加上贵妃的"妃"字，并无深意，似乎一切都很正常，细分析就不是那么回事了。自秦朝始皇开始，到明末崇祯吊死煤山，任何朝代对皇帝的贵妃均没这种称呼，且绝对不允许有这样的称呼。"元妃"一词在皇宫中是个专用称呼，只能用于太子王妃的身上，还必须是在老皇帝驾崩、太子登基前那段特殊的时间内，太子的正妃才能称之为元妃。如果从老皇帝驾崩到太子继位，整个过程在短时间内是连续性的，一气呵成，往往就把元妃这一称谓省略掉了，直接由太子妃晋升为皇后。皇宫中其他任何皇妃，均不得称"元妃"！

小说中的元妃，身份似乎更加特殊，如果称元春为元妃，其丈夫应该是太子，但谜书中元春的丈夫却是皇帝，且还欢蹦乱跳活得很滋润。既然皇帝还活着，其妻妾应该称皇后、皇妃，而不是元妃；既然称元妃，其丈夫应该是太子而不是皇帝。表面看谜书中"元妃"的称呼自相矛盾，其实，这种矛盾的状况在明末清初两个朝代共同存续期间，还确确实实存在过。自李自成攻陷北京之后，马士英等权臣就拥戴福王在南京即位，后称为弘光帝。福王继位之初，并没直接称帝，而是称监国。他虽无皇帝的名分，事实上已是皇帝，只差一道手续，此时他的王妃，虽有皇后的事实身份，但只能称之为"元妃"。弘光的嫔妃在洛阳被清军攻破之时，均死于乱兵之中，但有一位姓童的妇人自称是弘光的继妃，乱离中与弘光走散。大臣越其杰、刘良佐深信不疑，一边飞马奏报一边派人护送。童氏抵达南京的当口就被送进监狱，且由锦衣卫审讯。童氏自述："年三十六岁。十七岁入宫，册封为曹内监。时有东宫黄氏，西宫李氏。李生子玉哥，寇乱不知所在。黄氏于崇祯十四年生一子，曰金哥，啮臂为记，今在宁家庄。"弘光帝批驳道："朕前后早夭，继妃李殉难，具经追谥。且朕先为郡王，何有东西二宫？"还没等审问出任何结果，清兵就攻占了南京，弘光逃跑，这童氏元妃也不知流落何处。南明时期，不仅有弘光冒出了轰动朝野的元妃案，唐王和鲁王两个小朝廷成立之初，也均实行监国制，均册封原来的王妃为元妃，在《南渡录》《弘光朝实录》等文献中都有明确的记载。

在封建社会，哪个朝代都有太子，也必然有元妃，但真正视同太子为监国，又册封元妃的，只在南明时期连续发生过三次，还冒出个轰动朝野的元妃案，是真是假就不重要了，重要的是著书人特意在谜书中写进这个"元妃"，故意让"元"与"妃"搭配在一起，特意留下这荒唐的称谓。既荒唐，就有其荒唐的用意，其目的就是暗露真故事的时代背景，也为了让读者明白谜书揭示的是哪段历史。

贾元春的生辰就是清王朝的国诞，这一切都要从贾贵妃的生辰八字说起。她生于农历甲申年、丙寅月、乙卯日，小说多次强调元春出生于正月初一，又由甲申年（1644）推测出是顺治建立大清的第一年。按理说，凭她的出生就可以代表大清帝国的圣诞，因为每个皇帝的纪年都是从正月初一开始算起的，但元春的八字有问题，证据还足，原因是顺治元年的正月初一不是乙卯日。当初，贾母把元春的八字夹在其他人八字里一起送给算

217

命先生看，算命先生说问题就出现在乙卯日，明确了顺治元年的正月初一，肯定不是乙卯日。乙卯日到底是哪一天？查一查天干地支就能知道，它就是甲申年的十月初一，因为这一天，后金将国都建在了燕京，改国号为大清，爱新觉罗·福临正式登上了皇帝宝座；也就是这一天，将大清纪年改为顺治元年。由此得出：贾元春的生日既包含顺治元年的正月初一，也包含大清帝国正式诞生的十月初一，她的出生既代表大清国和大清国的圣诞，同时也代表了大清国的第一春。

元春省亲安排在十八回，寓意代表顺治十八年结束。贾元春省亲驾临大观园，先把大门上的"天仙宝境"匾额改成"省亲别墅"，这是著书人独具匠心的安排。荣国府的"荣"字本义为梧桐，暗指圆明园里的梧桐院是一派兴荣景象。"省亲别墅"的名称，影射的是清皇陵，元春（顺治）要省亲，就意味着他要去见父母亲和爷爷奶奶，但顺治没葬在皇太极的福陵，他是清王朝的开国第一帝，在陵寝问题上，重起炉灶另开张也不足为奇，就新建了更为豪华的清东陵别墅。"省亲别墅"是元春省亲时，接受朝觐和驻跸的场所，也就是顺治新的清皇陵，正与"风月宝鉴"隐含的意义相一致，正面是金碧辉煌的大观园，背面为阴气氤氲的枯骨坟场。贾元春到"省亲别墅"省亲，也就意味着顺治进入陵墓，宣告了他十八年来统治大清国的生涯到此结束。作为皇帝身份的贾元春，还在"省亲别墅"正殿题了一副对联：

> 天地启宏慈，赤子苍头同感戴；
> 古今垂旷典，九州万国被恩荣。
> 横批：顾恩思义。

看内容是后辈缅怀大清先祖的丰功伟绩，并为其歌功颂德。如把此联放在朝堂或衙门的门口，给人的感觉是不伦不类；如放在宗庙或墓地的牌坊上，怎么看就怎么顺眼，哀而不伤。尽管"省亲别墅"是大观园的一小部分，仍不失为清朝的宗庙和皇陵。某种意义上说，著书人又把皇帝家的宫殿与皇陵悄无声息、隐介藏形般一同搬进了大观园。

建大观园是贾元春省亲的重头戏，园子建成后，贾政近水楼台也在情理之中。接下来贾政等畅游大观园，其行程路线：

贾政刚至园门前，只见贾珍带领许多执事人来，一旁侍立。贾政道："你且把园门都关上，我们先瞧了外面再进去。"贾珍听说，命人将门关了。贾政先秉正看门。只见正门五间，上面桶瓦泥鳅脊，那门栏窗槅，皆是细雕新鲜花样，并无朱粉涂饰，一色水磨群墙，下面白石台矶，凿成西番草花样。左右一望，皆雪白粉墙，下面虎皮石，随势砌去，果然不落富丽俗套，自是欢喜。遂命开门，只见迎面一带翠嶂挡在前面。众清客都道："好山，好山！"贾政道："非此一山，一进来园中所有之景悉入目中，则有何趣。"众人道："极是。非胸中大有丘壑，焉想及此。"说毕，往前一望，见白石崚嶒，或如鬼怪，或如猛兽，纵横拱立，上面苔藓成斑，藤萝掩映，其中微露羊肠小径。贾政道："我们就从此小径游去，回来由那一边出去，方可遍览。"

贾政把大门一开一闭之间，就好像打开了谜书的首页，那正门五间分别写着：《石头记》《情僧录》《风月宝鉴》《金陵十二钗》《红楼梦》。正门五间，书有五名，但理只有一条，不管哪一间，风景都一样；不管书的名字是哪一部，读到的内容基本相同。小说只说有大门五间，未细述门上之楼，大观门上自然是大观楼，大观楼却被著书人淡淡隐去，似乎有些虚无缥缈、扑朔迷离。如果把整个大观门、大观楼合成一体，是不是就成了北京天安门城楼？走进天安门，放眼所及之处，包括直到午门，纯一色的红楼红墙尽收眼帘，《红楼梦》是否由此得名，尽管去问曹露老先生，还包括纳兰性德笔下的红楼，不管是在第几层，均与故宫的红楼密切相关。天安门城楼还有三十六扇菱花门，贾宝玉在此打开了"金陵十二钗"正副钗及又副三十六钗之门。金水桥中间的蟠龙御道，又与薛蟠字文龙也轻轻挂上了钩，两边的亲王大路刻有荷花，形如山峦般的午门不仅挡住臣民的去路，还挡住了谜书解密的渠道。山还是山，它是北京的西山、燕山、圆明园的小终南山；园还是园，它是大观园、圆明园、渤海海隅的石臼仙园。

一伙人开始逐径探幽，不走大道，反走羊肠小路。宝玉用古诗"曲径通幽处"为题，脂批："好景界，山子野精于此技。此是小径非行车舆通道，令贾政原欲游览其景，故指此等处写之。想其通路大道，自是堂堂冠冕气象，无庸细写者也。后于省亲之时已得知矣。"是贾政改变了本来想走大路的想法，走小径能辨别众多小路，与妙玉的"歧熟焉忘径"基本一致。在前面带路的贾珍好像在为谜书作引文，贾政扶着宝玉来到山口，脂批："此回乃一部之纲绪，不得不细写，尤不可不细批注。盖后文十二钗书，出入来往之境，方不能错乱，观者亦如身临足到矣。今贾政虽进的是正门，却行的是僻路，按此一大园，羊肠小道不止几百十条，穿东度西，临山过水，万勿以今日贾政所行之径，考其方向基址。故正殿反于末后写之，足见未由大道而往，乃逶迤转折而经也。"看到一块镜面白石，正是山子野留给园主的题名处。大家分别题出几个名字，其中有叫"赛香炉"的，就是取自"日照香炉生紫烟，遥看瀑布挂前川"；有取"紫气东来"的，含有吉祥之意。此镜面正在洞口之上，需要以洞为题，它不仅是美如仙园的洞口，也是走进谜书的洞口。贾宝玉以"编新不如叙旧，刻古终胜雕今"为理由，梳理了壶中天的基本思路，题了"曲径通幽处"的名字。那么大一个花园，贾政偏偏要从山坳石洞进去，犹如当年陶渊明探宝桃源洞一样，不仅体现出圆明园壶中天的景观，又把葫芦里的风光尽显在读者面前，别具一番韵味。初看谜书就像没嘴的闷葫芦，贾母又说花袭人是锯了嘴的葫芦，既是锯了嘴的葫芦，肯定要留下一个洞口，此葫芦洞口就在"曲径通幽处"。一行人来到花香袭人的"禅房花木深"处，乍一看竟是葫芦中的蓬莱仙境："佳木葱茏，奇花闪灼，一带清流，从花木深处曲折泻于石隙之下。再进数步，渐向北边，平坦宽豁，两边飞楼插空，雕甍绣槛，皆隐于山坳树杪之间。俯而视之，则清溪泻雪，石磴穿云，白石为栏，环抱池沿，石桥三港，兽面衔吐，桥上有亭。"著书人从大观园着笔伊始，就把整部谜书塞进了葫芦洞，再与葫芦庙中的糊涂二字相联系，是否感觉掉进了糊涂的红楼迷宫?!

小说开头，著书人就以一正一副、亦佛亦仙的和尚、道士做向导，进入了迷茫混沌的糊涂世界，无论和尚的"破衲芒鞋无住迹"，还是道士的"相逢若问家何处，却在蓬莱弱水西"，都在昭示一处胜景，那就是壶中日月蓬莱仙境。开篇出现的一僧一道把人们的视野引入葫芦庙，基本等同来到了壶中世界，也等于为红楼迷梦中的糊涂人物上台表演拉开了序幕。仙洞之口既题"曲径通幽处"，入洞迎来的自然是"花木深深"花香袭人和时隐时现的海市幻境。梦境中的清溪与白石为栏看似普通，其实大有深意：清溪对于大清之龙来说绝不可小觑，它寓含着大清江山千秋万代如清澈的溪流般汩汩向前，从康熙的"清溪书屋"之名就可见一斑。谜书接连不断描写白石护栏，白石为汉白玉大理石，是清朝皇宫主要的建筑石材。回头看贾宝玉梦入太虚幻境时的描写："但见朱栏白石，绿树清溪，真是人迹希逢，飞尘不到。"脂批："一篇《蓬莱赋》。"贾宝玉梦游的太虚幻境和贾政进入的壶中天，环境基本相同，且都有清溪和白石。基本断定，贾宝玉梦中的蓬莱仙境就是现实中的圆明园。

小说中的故事多发生在大观园，大观园又如科学幻想的时空隧道，在著书人的幻笔描摹之下，打破了时间和空间的界限，将不同时间、不同地点和不同空间的真故事汇集一处，组成了大观园一道靓丽的风景线。究竟大观园有没有真实的原型？回答是肯定的。著书人既要把被泯灭的国史家史昭传天下，就必然要把真故事的发生地和著书地勾勒出来，如开篇楔子中"锦衣纨绔之时，饫甘餍肥之日"的温柔富贵乡，以及归隐后"茅椽蓬牖，瓦灶绳床"的无可奈何地，均写进集天下事于一园的大观园中。通过探究发现，著书人笔下的大观园：一个是以和硕理亲王身份就任首辅军机大臣供职的所在地、皇家御园——圆明园；一个是诈死归隐藏身修书的世外仙源——石臼坨岛。具体采用时空穿梭、如影随形、情景交融，巧妙地将两个旧园汇集成无懈可击的一个整体。

玄烨于康熙四十八年（1709）将畅春园北一里许的园林赐给了四阿哥胤禛，雍正三年（1725）在南面增建宫殿衙署，使其不仅是皇帝休憩游览的地方，也是朝会大臣、接见使者、处理政务的场所。其中有上朝听政的正大光明殿，祭祀祖先的安佑宫，举行宴会的山高水长楼，模拟《仙山楼阁图》的蓬岛瑶台，还再现了《桃花源记》境界的武陵春色图。雍正后期长住在圆明园寝宫，并将处理军政要务的军机处也迁设在园内，使其成为当时的朝政中心。

所谓藏修地一说，在著书人亲友的寄怀诗中，有许多隐露弘晳藏修地的环境描述，其好友张宜泉在《伤芹溪居士》中就有具体描写：

> 谢草池边晓露香，怀人不见泪成行。
> 北风图冷魂难返，白雪歌残梦正长。
> 琴裹坏囊声漠漠，剑横破匣影铿铿。
> 多情再问藏修地，翠叠空山晚照凉。

从众多充满孤寂、无奈和凄凉的诗文亦可看出，弘晳归隐的"黄叶

221

村"，是在海隅，且人迹罕至，又与波涛浩渺的大海浑然一体。在"大观园试才题对额"一回，便有"丽藻抽丝，点景绘象"的幻笔描写，乍一看是风和日丽，山清水秀，仿佛给人一种心旷神怡的感觉，如细思细想，就会发现这景色迷人的背后却暗含着其他成分。大观园试才一开始，便有"非胸中大有丘壑焉想及此"之说，又有"苔藓成斑，藤萝掩映"之词，均与渤澥桑田、薛庭花院相关联。脂批："曾用两处旧有之园所改。"脂砚斋的批语点得够明白了吧，著书人把两个原型园累加一处，虽一路描写引经据典，竭尽侈丽闳衍，可其中的荒芜与苍凉均隐含在大观园的景色之中，又透过纵横驰骋的神奇妙笔，好像把读者带进了世外仙源，不妨细看著书人幻笔下大观园部分场地和景色，就能得到证实。

潇湘馆："忽抬头看见前面一带粉垣，里面数楹修舍，有千百竿翠竹遮映。众人都道：'好个所在！'于是大家进入，只见入门便是曲折游廊，阶下石子漫成甬路。上面小小两三间房舍，一明两暗……又有两间小小退步。后院墙下忽开一隙，得泉一派，开沟仅尺许，灌入墙内，绕阶缘屋至前院，盘旋竹下而出。"著书人故意用大小反差之笔，描写这里的景色。试想，那千百竿翠竹掩映，得有多大一片？房舍却是小小的三间，三间房舍的院子又如何容得下这大片的翠竹？假如确有那么大的院子，又只有三间房舍，潇湘馆是不是反差太大、不伦不类了？灌溉翠竹的开沟仅尺许，引一股小小水流，这么小的水流，如何去灌溉那么大片的翠竹？由此断定，长在院中的"千百竿翠竹"是将小片芦苇幻笔写成大片翠竹。谜书还提到"若能月夜坐此窗下读书，不枉虚生一世"，又用"淇水遗风"与"睢园雅迹"两个文学典籍，来隐说著书人就在此隐居著书。"淇园"是西周时卫国的竹园，是我国古代著名的三大产竹基地之一，由《诗经》中的《淇奥》歌咏淇园的竹子："瞻彼淇奥，绿竹猗猗……绿竹青青……绿竹如箦。""睢园"是说西汉梁孝王刘武，被封于梁，以开封为都城。他建了一座很大的梁园。《滕王阁序》有"睢园绿竹，气凌彭泽之樽"。"淇水遗风"和"睢园雅迹"是形容大观园潇湘馆中茂盛的竹子。这就是潇湘馆的布局与景色，除了那千百竿翠竹能显现出大家豪门的气魄，其他均显现出小的布局和小的景致，只能说是幻笔写出的千百竿翠竹，实际是生长着一小片芦苇。

怡红院："院外绕过碧桃花，竹篱花障编就的月洞门，就见粉墙环护，绿柳周垂。院内两边都是游廊相接。院中点衬几块山石，一边种着数本芭蕉，那一边乃是一棵西府海棠，其势若伞，丝垂翠缕，葩吐丹砂。院内略略有几点山石，种着芭蕉，那边有两只仙鹤在松树下剔翎。一溜回廊上吊着各色笼子，各色仙禽异鸟。上面小小五间抱厦，一色雕镂新鲜花样隔扇，上面悬着一个匾额，四个大字，题道是'怡红快绿'。后院是满架的蔷薇、宝相，沁芳溪在这里汇合流出大观园，有一白石板桥跨在沁芳溪上可通对岸。"抱厦、隔扇、匾额、大穿衣镜、碧纱橱、填漆床、联珠瓶、十锦格、自鸣钟、金西洋自行船等室内元素构成了怡红院豪华的室内场景。其中既有圆明园的景观，又有石臼坨的痕迹。

蘅芜院："因而步入门时，忽迎面突出插天的大玲珑山石来，四面群绕各式石块，竟把里面所有房屋悉皆遮住，而且一株花木也无。只见许多异草：或有牵藤的，或有引蔓的，或垂山巅，或穿石隙，甚至垂檐绕柱，萦砌盘阶，或如翠带飘摇，或如金绳盘曲，或实若丹砂，或花如金桂，味芬气馥，非花香之可比。（脂批：前三处皆还在人意之中，此一处则今古书中未见之工程也。连用几'或'字，是从昌黎《南山诗》中学得。）贾政不禁笑道：'有趣！'（脂批：前有'无味'二字，及云'有趣'二字，更觉生色，更觉重大。）"长在这个院中的全是天然草药和野生海产，著书人对这些草药故意用学名来描述，可见其基本精通中国的医药文化。弘晳隐居孤岛近二十年，谁都无法保证身体状况不出现差池，一旦出现意外，他必须自己解决自己的健康问题。蘅芜院周围尽是异草，如蘅芜、茝兰、清葛、金簦草、玉路藤、紫芸、青芷、藿菂、姜荨、纶组、紫绛、石帆、水松、扶留、绿荑、丹椒、蘼芜、风连等，细看这些名字，大多是草药类，且尽用学名来描述，外加海水中生长的海藻、海菜及珊瑚。按蘅芜院的景物说，就可认定地处海边，有沙滩水草，以及各种可入药的野草，石臼坨堪称野生草药园，只有海水里才能生长的海带、紫菜、珊瑚、海藻等又与天然草药园汇集一处，可想著书人归隐之地的环境是何等独特与卓殊了。石臼坨野生资源也相当丰富，盛产鱼虾蟹贝，潮汐所经，晒而成盐，加上岛上特有的蒺草，均属隐居者的必备用品。

稻香村："转过山怀中，隐隐露出一带黄泥筑就墙，墙头上皆稻茎掩护。有几百株杏花，如喷火蒸霞一般。里面数间好屋，外面却是榆、槿，各色树稚新条，随其曲折，编就两溜青篱。篱外山坡之下，有一土井，旁有桔槔辘轳之属。下面分畦列亩，佳蔬菜花，漫然无际……'只是还少一个酒幌，明日竟作一个，不必华丽，就依外面村庄的式样作来，用竹竿挑在树梢.'"描写出来的稻香村具有古时典型农家院落的布置,最好还有一酒幌,整个院落置于一圈黄泥墙之中,墙上尚有野草生长,四周假山环绕,院内的屋舍之外,交织掩映着各色树木,篱笆外的山坡下有一口古井,还有几分田畦。用黄泥筑就的矮墙,墙头用稻草掩护,青篱环围,坡下土井,辘轳取水,耕田种菜,这样的一幅田野风光,文中直接用"武陵源",引出"秦人旧舍",均出自陶渊明《桃花源记》的典故,指秦人避难于此,无忧无虑地生活了上百年,他们"不知有汉,无论魏晋"。好一派归农的景象,说明在此隐居具备长期生存的自然条件,既可避开尘世,又可衣食无忧。

芦雪庵:"原来这芦雪庵盖在傍山临水河滩之上,一带几间,茅檐土壁,槿篱竹牖,推窗便可垂钓,四面都是芦苇掩覆,一条去径逶迤穿芦度苇过去,便是藕香榭的竹桥了。"脂批:"诸钗所居之处,若稻香村、潇湘馆、怡红院、秋爽斋、蘅芜苑等,都相隔不远,究竟只在一隅,然处置得巧妙。使人见其千丘万壑,恍然不知所穷,所谓会心处不在乎远。大抵一山一水,一木一石,全在人之穿插布置焉耳。"芦雪庵,顾名思义,是一片芦苇塘旁的茅庵,秋后苇花雪白,像平铺了一层积雪;芦花因风飘荡,又像漫天的雪花,极尽缭绕着海天一色的寂静世界。

《乐亭县志》载:"唐太宗东征经此,驻跸十九日,故名十九坨。"《志》又记:"环坨沙阜隆起,中凹似石臼,又名石臼坨。"因石臼坨生长珍贵树种小叶朴,现人们又把它称为菩提树,菩提树在此甚多,成为石臼坨的一大亮点,此岛又叫菩提岛。《石臼坨纪略》也见于《乐亭县志》:"洞天福地,妄夸仙境于只园。圆峤方壶,多现神山于渤海。惟惜桃源误入,空劳渔父之舟。琼岛难逢,枉驾穆王之马;(石臼坨)孤悬海上,不烦鳌戴而来;近在县南,岂待鹢航以达。风帆沙鸟,结人世之奇缘;云影波光,开天然之画本。飞绀霞于贝阙,如献蜃楼;滴玉露于珠盘,拟来鲛室。钟声佛号,抑扬大海潮音;蟹火渔灯,掩映一天月色。嵌二龙于如来殿上,鬼斧神工;凿千佛于不灭山头,奇形异状。豆棚瓜架,客来则庭月品茶;牛栈鸡栖,春至则耕烟种药。欲明厥美,盍往观乎。为志其详,有如此者。"由此联想到"见熙凤贾瑞起淫心"一回中,著书人描写的会芳园中风景,却与石臼坨十分吻合。再从地势上说,东南建榭与西北临水,又与石臼坨的地形完全一致。石臼坨有建于明代的朝阳庵和建于清代的省级历史保护文物潮音寺,前者现仅存残碑及石砾,后者存有后殿五间,内有佛像及雕刻的五百罗汉。石臼坨四周环海，呈南北向狭长状，南北三公里，东西一公里，地形四周高，中间凹似一小盆地。岛上草木丛生，一半为草地，有野生树酸枣、杜梨、洋槐、朴树、野葡萄等；花草有蔷薇、芍药、山竹、萱莲等；野生药材有白芨、黄精、野菊、枸杞等。海巾草为岛上特产，用其编蓑衣经久耐用，绿色不退；南部有苇塘，周边有盐蓿；有农田可种各类农作物；野生动物有蛇、野鸡、野兔、季节性鸟类。

在世人眼里，石臼坨简直是太一般、再普通不过了，它悬浮在近海，小岛总面积不足三平方公里，最高处海拔八米。岛上草木丛生，既无名山大川的磅礴气势，亦无上古园林的绮丽风光。这只是表象，倘或深入其中，接触到荒芜背后的文化底蕴，就会令人感到惊奇、兴奋、质疑，进而浮想联翩。

在修建大观园的过程中，石臼坨是唯一符合奉旨修建的"省亲别院"。依据是：一、谜书中写建造"省亲别院"，全亏一个"胡老明公号山子野者筹画起造"，又有"几位世交门下清客相公"参与。这山子野应该是国家规划局顶级的园林建造专家，是朝廷派来专门操办此事。既然是朝廷派人指导修建，便符合奉旨的条件。二、谜书提示："从东边一带，借着东府里花园起，转至北边，一共丈量准了，三里半大，可以盖造省亲别院了。"所谓南北三里半，基本符合石臼坨方圆大小，脂批："园基乃一部之主，必当如此写清。大观园系玉兄与十二钗之太虚玄境，岂可草率！"这就把"省亲别院"与大观园结合在了一起。特别提醒："省亲别院"与"省亲别墅"尽管只有一字之差，意义却相去千里之遥。弘皙归隐石臼坨长达近二十年，"点景绘象，丽藻抽丝"，便是将荒岛写成太虚幻境中的大观园。三、谜书讲到建园所用资费，是"不用从京里带去"，属于自筹资金。与建造大观园第一原型圆明园没有关系了，专指大观园的第二原型——石臼坨。对应弘皙家族及其他皇族在乐亭的皇粮庄，修建费用先由皇粮庄垫支，然后到年底一同结账。这就把修建石臼坨的时间向前推进到了雍正朝，可以确定建造"省亲别院"时雍正尚在，弘皙正贵为和硕理亲王，属奉旨而行。那时的弘皙不可能，也不会想到是为自己将来的归隐做准备，可在这孤岛之上大兴土木，无论如何也让人匪夷所思。考雍正史，他自称僧人有想出家的记载，这一方面，倒是继承了他爷爷顺治的衣钵，究其原因，三个字就能概括：为君难！雍正夺嫡继位，首先愧对他的父皇康熙，同时也愧对真正的继位人弘皙，自认为当皇帝是件极快乐极惬意的事，龙廷一坐，万民朝拜，说什么就是什么，想干啥就能干啥。可事实完全出乎他的意料，来自各方面的压力接踵而至：诸阿哥不服，不得不弑兄屠弟；国库空虚，落下一个抄家皇帝的"美名"；政体不稳，顶着压力推行新政；为了洗清自己身上被泼的污水，费尽心思编撰《大义觉迷录》……实话实说，雍正在勤勉治国方面，包括历代君王在内基本算得上名列前茅，这方面仅从雍正一个生活侧面就能得到证实。他四十五岁登基到五十八岁暴卒，这个年龄段对一个皇帝来说，无疑是年富力强、精力旺盛的最佳时期。他执政十三年，连一个新宠的爱妃都没有，所有八人皆在做皇帝之前就已圈定，且仅在雍正十一年生一子（弘瞻），与康熙三十五子、二十女相比，可谓是小巫见大巫了，再与风流皇帝乾隆相比，不用细说，红迷们的心里也都门儿清。

谜书中有"宝玉参禅"一回，也包括"宝玉悟禅机"，此时的宝玉正是雍正的替身，他两次提到出家，倒是宝钗、黛玉极力劝阻，又因"慧刀不利"而终止。雍正曾有过出家的想法，实有铁证，无须怀疑。雍正继位后如何勤勉治国，谜书也有这方面的描写：一是有"双悬日月照乾坤"；二是"裙钗一二可齐家"。"双悬日月"和"裙钗一二"，表面指的是凤姐和宝钗，其替身就是雍正与弘晳，再从凤姐治理荣、宁二府，先去掉凤姐替代他人的成分，单说尽心尽职、辛勤劳作这一方面，就是雍正十三年勤勉执政的缩影，雍正在感叹"为君难"的同时，准备让位说也不是空穴来风。

考《石臼坨纪略》，有"洞天福地"和"嵌二龙"的记载，所谓嵌二龙：一是指"唐王李世民在石臼坨驻跸十九日"。李世民在石臼坨真的住过十九天吗？回答是否定的，此荒唐的记载与谜书中的"满纸荒唐言"如同一口，实际隐写弘晳在石臼坨隐身修书十九年。二是指康熙到过石臼坨，此说还真没历史记载。既然第一条真龙来坨驻足属于假说，第二条真龙来坨驻跸到底是真还是假？冀东地区的民间传说倒是有点蛛丝马迹。民间实际传说的"嵌二龙"，是指顺治出家就在这里当的和尚，基本是在朝阳庵度过了余生。康熙闲暇之时，驻跸此岛来探视他皇阿玛，也属人之常情。顺治假死后落脚点就在石臼坨，除了民间传说还真拿不出具体的实证材料给予佐证，包括清野史在内，足见孝庄太皇太后的保密水平绝对让人叹为观止。既然把前清两位真龙天子都请进了石臼坨，还牵涉前清四大谜案之一的顺治出家，是真是假确不好判断，正如谜书得出的结论："假作真时真亦假"，起码说石臼坨的文化底蕴不可小觑。

十六回"盖造省亲别院"处有一脂批"大观园系玉兄与十二钗之太虚玄境，岂可草率"中的"玄"字，可谓修建"省亲别院"发出的特殊亮点，全书都称太虚幻境，只有此一处偏用"玄"字。如果把此批定位是弘晳的批语，圣祖仁皇帝康熙的名字就叫玄烨，出现如此避讳之字，几乎没有可能。细分析这一亮点不但无懈可击，反恰恰说明弘晳并没触犯这一原则性的错误。以余之见，脂批用"玄"字要比"幻"字更为准确，玄字可理解为虚伪、不真实、不可靠，具有玄虚之意；幻可理解为空虚的、不真实的，具有虚幻、不存在之意。全书皆用太虚幻境，正因为弘晳在避讳玄字，此处为何将幻字写成玄字，正是继承人曹霑评批之笔。原因很简单：一是曹霑不必避讳康熙名字；二是批语中的"玉兄"就是对弘晳的称呼。此处故意出现这一玄字，本来费尽心思给雍正修建的禅修之所，阴差阳错倒成了弘晳的避难所、修书地，也包括成为"情僧"的主要原因，其中也包含无心插柳柳成荫，乃上苍的特意安排，真够"玄"的吧。著书人在这里驻足修书，基本的生活居住条件还不算太差，也算享受着无品皇帝"离休"后特殊的生活待遇了。

元妃省亲，写众姐妹题诗，从诗文的内涵来分析，均是将归隐修书之地描绘成了大观园。文中的重笔在于夹写点戏之文，之所以称点戏如此关键，是戏中含有真情。脂批："所点之戏剧，伏四事，乃通部书之大过节、大关键。"

第一出：《豪宴》。脂批："《一捧雪》中，伏贾家之败。"

据《明史》和《张汉儒疏稿》记载，"一捧雪"为明代著名玉杯，当时的权臣严嵩欲将玉杯据为己有，玉杯的主人莫怀古弃官改姓隐居他乡，一捧雪在嘉靖年间失踪。另据《新野县志》详载：明朝嘉靖年间，太仆寺卿莫怀古曾于风尘中提拔汤勤，并将其荐于当时权盛一时的严世蕃。汤勤受到严世蕃的重用之后，不但没感恩莫怀古，反对莫怀古之妾雪艳垂涎三尺。为达到占有其妾之目的，就撺掇严世蕃向莫家索取家藏古玉杯一捧雪。慑于严世蕃的权威，莫怀古则以赝品献之。严世蕃得到古玉杯后，不知真假，非常高兴，并升莫怀古为太常。但汤勤却认得玉杯的真假，就将真相告知了严世蕃。严世蕃非常愤怒，命人强行到莫府搜取真杯，莫府仆人莫成将真杯藏了起来，没被搜走。莫怀古害怕再被严世蕃逼交古玉杯，就弃官而逃。严世蕃不仅在朝堂之上弹劾莫怀古，还派人缉拿，结果在蓟州这个地方将莫怀古缉获，并命蓟州总镇戚继光就地斩首。戚继光欲救莫怀古但无计可施，多亏仆人莫成与主人长相极似，愿舍身救主。

根据玉杯的传说故事，明末清初戏剧家李玉写出了《一捧雪》。《豪宴》又是《一捧雪》中的一折戏，主要写莫怀古因为补官到京城，以世交的关系拜谒严世蕃，又把自己的门客汤勤推荐给了严世蕃。最后莫怀古的命运是遭到中山狼汤勤和奸佞权臣严世蕃的联合打击，被抄家之后，弃官弃家舍妾而逃，还将莫姓改为李姓，隐蔽落户，变成了一个仍活在世上的死人。

对应谜书隐史，弘皙自得康熙"朕所钟爱"，秘立为储君；又得雍正情有独钟，欲将大位相传。可一着不慎，丢掉了类似一捧雪样的传位诏书，还落得谋逆大罪。无奈之下，诈死埋名，归隐石臼坨。戏剧中的莫怀古，就是著书人弘皙。"贾家之败"就是隐指弘皙在皇位的竞争中败下阵来，结果与莫怀古的悲惨命运没什么两样。

第二出：《乞巧》。脂批："《长生殿》中，伏元妃之死。"

《长生殿》为清初洪升创作，取材自唐代诗人白居易的长诗《长恨歌》和元代剧作家白朴的剧作《梧桐雨》。该剧主要表现了唐明皇与杨贵妃的爱情故事。大唐天宝年间，唐明皇李隆基纳杨玉环为贵妃，以金钗钿盒作为定情表记。玉环不仅得宠，杨氏一门也尽得拔擢，其兄杨国忠位列丞相，却穷奢极欲，纳贿专权。《乞巧》属《长生殿》中的一折戏。嫦娥知李隆基通识乐理，将梦中的玉环召唤至月宫，传授她《霓裳羽衣》仙乐。玉环依照梦中记忆的谱曲，与明皇合制了《霓裳羽衣曲》。明皇惊艳玉环的才艺，对玉环更是宠爱有加。玉环喜嗜荔枝，明皇就特命快马进献。递送的驿吏踏死了无数百姓的良田，民怨四起。疏于朝政安逸于太平盛世的唐明皇，又毫无防范地将觊觎大唐江山的安禄山远调边关，由此埋下了叛乱的祸根。七夕之夜，玉环与明皇相携盟誓，正当他们赏阅秋景之时，忽传安禄山兵变，攻破了长安的门户潼关。李隆基仓促中避乱西蜀，在马嵬驿，军士擅自宰杀了专权祸国的杨国忠，并执意要唐明皇赐死杨玉环以安军心。玉环为保明皇安危，请命自尽。

脂砚斋批语中的"伏元妃之死"，就是指杨妃之死。小说中能够称妃的只有贾元春一人，《长生殿》又是专门讲述杨贵妃的故事，这元妃与杨妃就结合在一体了。在整部谜书中，只有贾宝玉称薛宝钗为杨妃，杨妃又成了元妃。剧目中的"伏元妃之死"就是伏薛宝钗之死，薛宝钗又是弘皙的替身。对应隐史，清雍正帝对弘皙可谓是独宠一人，就与唐明皇独宠杨贵妃相一致，此正是假借汉唐之笔。究竟这杨贵妃之死有什么蹊跷？其中还真有点意思。谜书中有薛宝琴的《马嵬怀古》一首诗，揭示的谜底是：唐天宝十四年，安禄山造反，唐玄宗携杨贵妃西逃，到马嵬驿时，在众军士的压力下，被迫缢杀了杨贵妃，葬于马嵬坡。后来有人去移葬杨贵妃，墓中竟然只有香囊，不见尸身。有一考证说，当时太监高力士根本就没有缢杀杨贵妃。究竟当时是怎么一回事，已没记载，很难复原当时的过程，但马嵬坡杨妃墓属衣冠冢，确认无疑。综合《长生殿》与怀古诗，透露弘皙与杨妃之死如同一辙，同属诈死埋名、残喘余生。

第三出：《仙缘》。脂批："《邯郸梦》中，伏甄宝玉送玉。"

中国人善于做梦，也善于写梦，历代文学中的撰梦之作比比皆是，汤显祖在这个领域又是难得的写梦高手。《仙缘》是《邯郸梦》中的一折戏，主要讲述八仙之一的吕洞宾瞄见一个叫卢生的穷书生有些仙气儿，便想度其成仙。无奈这个卢生热衷仕途，功名心太炽，吕洞宾就通过一个有魔法的枕头引卢生入梦。梦中的卢生娶妻、入仕、遭贬、受奖、挂帅、封相、受诬、戴罪、昭雪、复官、享乐、寿终，一个跌宕起伏的人生让卢生觉得死而无憾。他梦醒之后一锅黄米饭竟然还没煮熟，妻儿财官都是虚幻，生死祸福也无非大梦一场。他开悟了，离了红尘，给何仙姑当了个扫花仙子。

谜书中的宝玉本来就有仙缘，到最后悬崖撒手，纵有宝钗为妻，麝月为婢，也无可留恋。第二回有段脂批："甄家之宝玉乃上半部不写者，故此处极力表明，以遥照贾家之宝玉，凡写贾家之宝玉，则正为真宝玉传影。""灵玉却只一块，而宝玉有两个，情性如一，亦如六耳、悟空之意耶？"所谓的"传影"，就是二者彼此是对方的影子一样。甄、贾宝玉实为一人，送玉自然就不存在了，度人升仙才是目的。贾宝玉的升仙，撒手人寰，也就是弘皙归隐世外仙源，藏修旷世谜书《石头记》，玉石亦是石头，石头也是《石头记》的简称，其实就是"甄宝玉"给读者"送玉"。

第四出：《离魂》。脂批："《牡丹亭》中，伏黛玉之死。"

谜书多次提及《离魂》为《牡丹亭》第二十折，杜丽娘生病魂离的故事。南安太守杜宝之女名丽娘，才貌端妍，从师陈最良读书。当读到《诗经·关雎》时，触动了她思春的温情，后在伴读使女的引领下偷偷游了花园。久困闺房的丽娘，在大好春光的感召下，百感交集，思绪万千。她回

229

屋之后，忽做一梦，梦中见一书生持半枝垂柳前来求爱，两人就在牡丹亭畔幽会，尽其所爱。梦醒之后，第二天又去花园，寻找梦境，失望之下相思成病，从此愁闷消瘦，一病不起，以致死于非命。汤显祖解释道："天下女子有情，宁有如杜丽娘者乎？梦其人即病，病即弥连，至手画形容，传于世而后死。"三年后，柳梦梅赴京应试，借宿梅花庵观中，在太湖石下拾得杜丽娘画像，发现杜丽娘就是他梦中见到过的佳人。杜丽娘魂游后园，和柳梦梅再度幽会。柳梦梅掘墓开棺，杜丽娘起死回生，两人结为夫妻，前往临安。

脂砚斋批："伏黛玉之死。"后续书中有"苦绛珠魂归离恨天"，明确了黛玉死后魂归太虚幻境。因为林黛玉是还泪而来，泪尽而去，这里的"魂归"并非死亡，而是生魂到了"三生石畔"，加上黛玉乃绛珠幻身，无魂无魄，自然就不存在死亡一说。谜书中的黛玉又是弘皙幻身，称其归到太虚幻境，也就是诈死归隐到石臼坨岛，与林黛玉的"魂归"完全一致。具体到《牡丹亭》所含真情，谜书还特别交代了《游园》《惊梦》两出戏。真实的故事是梦中相会还是另有隐情，这就要在谜书中寻求答案了。曾一度跟随曹王妃的丫鬟袭人，在曹王妃生子后，弘皙纳其为姜，所谓"桃红又是一年春"。雍正暴死之后，弘皙先称病辞官回归故里，后里应外合救出了两个小儿。花袭人没能劝住毅然走向不归路的曹王妃，辗转来到弘皙身边，如此生生死死的悲欢离合，恰与《牡丹亭》中杜丽娘复活，和柳梦梅终成眷属的故事相吻合。

返回看脂砚斋所批"所点之戏剧，伏四事，乃通部书之大过节、大关键"。所谓伏四事、四出戏，皆为著书人到达归隐地、著书《石头记》一事服务。这就是"通部书之大过节、大关键"处。如果读者没把原创著书人的著书经历和过程弄明白，就不可能读懂谜书背后所隐的历史真相，正像有人把贾家当成曹家一样，研究来研究去，总走不出"胭脂阵"与"红粉关"的怪圈。

返回第五回看贾元春判词后所画的一张弓，弓上挂一香橼。这个"弓"字就能联想到雍正的象征符号为"弓箭手"。"弓"与"宫"谐音，暗示橼就在宫里。橼又与"冤"谐音，"弓"和"橼"就与雍正存在密不可分的关系了。雍正暴死前有人偷走了弘皙王妃曹氏的香橼，这香橼又留在了雍正暴死的现场，曹王妃就不明不白成了刺杀雍正的重点嫌疑人，被禁锢在狱神庙。雍正之死本来就是一场悲剧，属于前清"四大谜案"中最大的谜案，"香橼"又从一场谜案中引出另一场冤案。正是：

厚地高天，堪叹古今情不尽；
痴男怨女，可怜风月债难偿。

既然贾元春还是雍正的替身演员，关于贾元春的钗令，细分析就真有点意思了。

喜荣华正好，恨无常又到。眼睁睁，把万事全抛。荡悠悠，把芳魂消耗。望家乡，路远山高。故向爹娘梦里相寻告：儿命已入黄泉，天伦呵，须要退步抽身早！（脂批：悲险之至！）

这首曲子暗含了对雍正调侃、揶揄、挖苦和幸灾乐祸之情，又可理解为雍正皇帝的自叹曲。如果不是为了躲避文字狱的打击，著书人完全可把曲名改为"雍正归天咏叹调"，再加上"青枫林下鬼吟哦"，就能淋漓尽致地刻画出雍正暴死后的阴魂不散。该曲留给读者的印象是：雍正在清西陵那个人迹罕至的地方，夕阳西下之后，独自的鬼魂面对起起伏伏连绵不断的一黛远山，加上寂寥、悲苦的情绪压抑着，情不自禁哽哽咽咽、泣涕涟涟。

"喜荣华正好，恨无常又到，眼睁睁，把万事全抛。"前十个字里包含"雍正无道"四个字，可能有人认为这是牵强附会。不管著书人写这十个字时，有没有这种想法，细分析十八个字，全是嘲讽挖苦的语气。俗话说，一旦无常万事休，雍正活着的时候正可谓跋扈恣睢、为所欲为，对臣下、对百姓冷酷无情，动辄举起夺命的屠刀，"见鸡杀鸡，见狗杀狗，见人就要杀人"，尽耍帝王之淫威，谁都万般无奈、任其所为。但当阎王派来无常使者请他的魂灵时，他只好撒手尘寰、命赴黄泉。生关死劫谁能躲？这是任何人都无法改变的大自然的规律，他雍正自然概莫能外。

"荡悠悠，把芳魂消耗。望家乡，路远山高。"是曲中难解的两句。人死了应该埋在什么地方？一般要埋在自己的家乡，即祖先陵墓所在地。雍正的家乡在哪里？谜书有多处暗示：一位老太妃薨了，"这陵寝都来往得十来日之功"；十八回乌庄头进京，走了一个月零两天，路上"外头都是四五尺深的雪"；十三回秦可卿死了，棺材来自潢海。著书人在介绍刘姥

231

姥时:"恰好忽从千里之外,芥豆之微,小小一个人家……"刘姥姥带一个小孩早上起身步行,先找到周瑞家的说了好多话,到了平儿屋里又好多时,时钟才打八九下。她家离荣国府应该很近呀,可为什么要说"千里之外"呢?想必就是荒唐言所致。第六回写刘姥姥的村庄上,地下能压三四尺深的雪。这些描写均暗示满洲皇族的祖籍,是在北方极其遥远又十分寒冷的地方。

秦可卿托梦给王熙凤,可理解成雍正的阴魂对乾隆想要说的话,"我们家赫赫扬扬,已将百载",指清军入关近一百年,就是顺治、康熙和雍正三朝九十二年的总和。现大清的气数将尽,已病入膏肓,任何药方都不管用,还是退步抽身为好。强调"祖茔附近多置田庄房舍地亩",照应了《恨无常》中"荡悠悠,把芳魂消耗。望家乡,路远山高",意在暗示子孙后代好延续祖宗的香火,死后能埋在故乡,不至于成为他乡野鬼。

雍正没埋在关外的祖籍,也没埋在顺治、康熙的东陵,而是埋在了西陵——太行山麓的宿县,离关外的老家更远了,是不是"反认他乡是故乡"?他成了孤魂野鬼,不仅与关外先祖相隔千里,且跟亲爹娘都见不上面,周围没有一个亲人。那些被他陷害致死的冤魂,人人向他唾骂索命,"荡悠悠,把芳魂消耗",因为他是女真人的后代,故称芳魂,游来荡去,凄苦难言,只好哭啼啼向爹娘"梦里相寻告"了。

怎么样才能退步抽身呢?最好的方案就是"各自须寻各自门",哪来哪去,放弃中原,回关外老家发展。"须要退步抽身早!"就是要从长计议,现在就应该在老家办学校,或许可能保全祖宗的香火和剽悍尚武的文化传统,不然就会同古代鲜卑人一样,与中原各民族融为一体。后来的历史正如著书人假想的一样,经过二百多年的辅车相依,满族人民亦逐步融入了中华民族的大家庭。

作为扮演康熙皇帝的贾元春,在小说中很少出场,一旦出场,全家上下男女老少皆不得安宁,真可谓举足轻重。这还得从省亲谈起,对于省亲一大段情节,脂批:"大观园用省亲事出题,是大关键处,方见大手笔行文立意。借省亲事写南巡,出脱心中多少忆昔感今。""借省亲写南巡",省亲的主角是贾元春,南巡的主角是康熙,就把贾元春与康熙结合在一起了。考虑康熙说曹家孙夫人"此吾家老人也",曹家把康熙看成自家人也顺理成章。省亲中的贾元春和家人会面,就是南巡的康熙和曹家人的会面,谜书中的姐弟情、姐妹情就是兄弟情、兄妹情;父女情、母女情就是父子情、母子情。著书人把省亲场面写得那么感人，暗指康熙和曹家关系非同一般，确实是一家人。十八回总评脂批："此回铺排，非身经历，开巨眼，伸大笔，则必有所滞挂牵强。岂能如此触处成趣，立后文之根，足本文之情者？且借象说法，学我佛阐经，代天女散花，以成此奇文妙趣。"写康熙南巡，弘皙伴其左右，所经所历亲眼目睹，康熙对弘皙的"朕所钟爱""以朕心为心者"绝非空穴来风，祖孙俩的感情绝对是情深意浓。

二十七回"埋香冢飞燕泣残红"：宝玉叹道："我又没有个亲兄弟亲姊妹。虽然有两个，你难道不知道是和我隔母的？我也和你是独出。"脂批："玉兄口中却是衷肠话。"明明贾宝玉与贾元春、贾珠是一母同胞，为什么著书人非要说贾宝玉也是"独出"？加上脂砚斋的肯定批语，就是书中的大疑，也就是非常明显的荒唐之处。如果贾宝玉是历史真人的原型，贾元春就必然是个假的历史人物，由此推理，"元妃省亲"就成了虚构的故事。在记叙贾宝玉出生到三四岁时，全由贾元春体贴照顾，脂批："批书人领至此教，故批至此，竟放声大哭：'俺先姊仙逝太早，不然，余何得为废人耶！'""俺先姊"这一批语，表面看是贾宝玉对贾元春的称谓。宝玉本身就是石头，石头又是著书人，著书人也是批书人。石头没有姐姐，只有爷爷康熙，贾元春自然就成了虚构的小说人物。"批书人领至此教"是指小时候的弘皙，康熙教过他认字一事。康熙活到六十九岁，在那个年代应该说不算年轻了，为什么脂砚斋不仅说早，还说"俺先姊仙逝太早"。对原创著书人弘皙来说，康熙确实是"仙逝太早"，哪怕再晚上十几天或几十天，等他从东北老家祭祖返回，就不是无能补天被废弃荒野的顽石了。对披阅增删的著书人曹霑来说，康熙就是活一百岁，也还是太早，真得万岁万岁万万岁才行。史实是：康熙死后，曹家被抄，曹霑再想走仕途之路，绝无可能，他自然也就成了大荒山中的废石一块。

回头看曹家与康熙的关系，就知道脂砚斋批语的真正内涵了。在《林潇湘魁夺菊花诗　薛蘅芜讽和螃蟹咏》中写道：

> 贾母听了，又抬头看匾，因回头向薛姨妈道："我先小时，家里也有这么一个亭子，叫做什么'枕霞阁'。我那时也只象他们这么大年纪，同姊妹们天天顽去。那日谁知我失了脚掉下去，几乎没淹死，好容易救了上来，到底被那木钉把头碰破了。如今这鬓角上那指头顶大一块窝儿就是那残破了。众人都怕经了水，

又怕冒了风，都说活不得了，谁知竟好了。"凤姐不等人说，先笑道："那时要活不得，如今这大福可叫谁享呢！可知老祖宗从小儿的福寿就不小，神差鬼使碰出那个窝儿来，好盛福寿的。寿星老儿头上原是一个窝儿，因为万福万寿盛满了，所以倒凸高出些来了。"未及说完，贾母与众人都笑软了。

　　这段内容隐写康熙出生时正值天花大流行，其两岁时不幸染上了天花。按照宫廷的规定，由乳母正白旗汉军包衣曹玺之妻孙氏抱玄烨离开紫禁城，栖身于西华门外的一座宅邸。由于孙氏的精心呵护，愣是把幼年玄烨从天花地狱里奇迹般抢了回来，但康熙的脸上却刻下了永久的疤痕，一脸的麻子。

　　谜书中贾母的落水遇险，隐喻康熙得水痘死里逃生；鬓角的窝坑，掩盖的是满脸的麻子；凤姐口中的万福万寿，就是对康熙的祝福。天花在前清是一种极具危害的传染病，由于康熙自身经历过天花的病痛，后来对天花的预防极为重视，并采取了许多防治的措施，取得了一定的成效，也是康熙的历史功绩之一。脂批："看他忽用贾母数语，闲闲又补出此书之前似已有一部《十二钗》的一般，令人遥忆不能一见，余则将欲补出衕阁中十二钗来，岂不又添一部新书？"

　　十六回"贾元春才选凤藻宫"中写道："一日正是贾政的生辰，宁荣二处人丁都齐集庆贺，闹热非常。忽有门吏忙忙进来，至席前报说：'有六宫都太监夏老爷来降旨。'唬的贾赦贾政等一干人不知是何消息，忙止了戏文，撤去酒席，摆了香案，启中门跪接。早见六宫都太监夏守忠乘马而至，前后左右又有许多内监跟从。那夏守忠也并不曾负诏捧敕，至檐前下马，满面笑容，走至厅上，南面而立，口内说：'特旨：立刻宣贾政入朝，在临敬殿陛见。'说毕，也不及吃茶，便乘马去了。贾赦等不知是何兆头。只得急忙更衣入朝。"一家人心中皆惶惶不定，不停地派人飞马来往报信，闹了半天却成了元春封妃，如果读者明白了康熙继位那点事，一切问题都很好解释。康熙继位之前，顺治必须驾崩，驾崩之前必须会有个生病的过程，作为皇家的嫡系，曹家应该知道顺治病重，如果曹家为顺治竭力祈祷，才算正常的行为，可贾政在家过生日，还是一派兴高采烈、热闹非凡的景象，这就相当不对头了。太监未到就吓得贾政把过生日的物品全撤了，太监叫贾家人进宫，预示顺治正在弥留之际，康熙继位也已内定，内部的"红头文件"已打印好，只等顺治一死，便马上下发传达。果然，两个时辰后宣布元春封妃，谜书是借元春封妃凸显康熙继位。即便从纯文学的角度分析，也能得出相同的结论：贾政过生日与元春封妃是同一天，小说中的元春封妃就是贾家的生日，等于现实中康熙继位就是曹家的生日。整部谜书仅此一回贾府影射曹家，其他方面均与曹家没有关系。

曹家为了迎接康熙南巡，在康熙睁一眼闭一眼的默许下，曹寅在扬州西南方三汊河畔宝塔湾建造了行宫，这巍峨壮丽的行宫建有前、中、后三殿和后罩房，其中有富丽堂皇的茶膳房、朝房、书房、桥亭、戏台、看戏厅、楼阁亭台等，还有射箭和放烟火的地方，三汊河行宫也就成了康熙南巡休息和游乐的地方。康熙南巡曾一次在宝塔湾逗留了二十多天，那个地方的舒适程度可与避暑山庄相媲美。康熙四十四年三月十二日，玄烨在行宫又看戏又摆宴，晚上行宫灯如龙、夜如昼，曹寅还向皇帝和皇太子进献精巧的古玩，龙颜大悦。修建行宫奢靡华贵和花费之巨，正如诗人张符骧《竹西词》中所写：

> 三汊河干筑帝家，金钱滥用比泥沙。
> 想到繁华无尽处，宫灯巧对梵灯红。

康熙住进宝塔湾行宫，也多感到不安，且自我表白地写下："每至南方，览景物雅趣、川泽秀丽者，靡不赏玩移时也。虽身居九五，乐佳山水之情，与众何异！但不至旷日持久，有累居民耳。所以一目即过者，亦恐后人借口实而不知其所以然也。至于茱萸湾之行宫，乃系盐商百姓感恩之诚而建，虽不与地方官吏，但工价不下数千。尝览汉书，文帝惜露台百金，后世称之。况为三宿，所费十倍于此乎？故作述怀近体一律以自警，又粘之壁间，以示淮扬之众。"

曹寅接驾使用了上百万两银子，不仅把他兼任盐政所得到的几十万两银子搭进去，还造成大量亏空。曹寅博取康熙高兴的虚热闹，造成了曹家的真亏空，也成为曹府后来被雍正抄家的主要原因。令雍正想不到的是，从曹家并没抄出他想象中的金银财宝，反而抄出许多借券。

元妃省亲是不是就是康熙南巡？它可算也可不算，元妃省亲看到的景致，有些地方很像瘦西湖。也就是说，她起到了原型的作用，并不是百分百的康熙，因为元妃还扮演着顺治、雍正，道理很简单，康熙南巡是历史事件，元妃省亲是小说故事，同样暗含了皇家风范，同样折射出皇家的奢靡风气。

元春坐到船上看到的大观园是："只见清流一带，势若游龙，两边石栏上，皆系水晶玻璃各色风灯，点的如银光雪浪；上面柳杏诸树虽无花叶，然皆用通草绸绫纸绢依势作成，粘于枝上的，每一株悬灯数盏；更兼池中荷荇凫鹭之属，亦皆系螺蚌羽毛之类作就的。诸灯上下争辉，真系玻璃世界，珠宝乾坤。"费了这么多的金银，用了这么多的人工，就是为了让元妃坐在船上瞄上一眼。这样的场面，这样的气派，这样的奢华，多么荣耀，充分表现了贾府的财大气粗、不可一世。就连从皇宫里走出来的皇妃，都在船上默默叹息："太奢华过费了。"

贾府为迎接元妃归省几乎要倾家荡产，得到元妃的赏赐是："贾母是金、玉如意一柄，沉香拐杖一根，念珠一串，还有金锞、银锞和宫缎；邢夫人、王夫人减了如意、拐杖；贾敬、贾赦、贾政等是书、墨、酒杯；宝玉和姐妹们得到的是新书、宝砚、金银锞。还有千两金银，赏给两府服役人员。"比起贾府盖大观园和装饰的开销来，所有的赏赐显得有些可怜，相当于九牛一毛。著书人如此夸张反差的描写，正为凸显江南的曹家为康熙南巡接驾，把亏空的钱都花在了皇家身上。针对盐课亏欠的事，康熙很是理解："朕知其中情由。"可到了雍正朝，仍未逃脱被抄家的命运。由此得出这样的结论：马屁拍到马蹄上也照样倒霉！

贾元春作为皇妃，她又是雍正的母亲德妃的替身，德妃去世之后，其丧事处理得极其简单，与秦可卿的丧事相比，乃天壤之别。秦可卿的丧事就是康熙的丧事，雍正为其办理，正如贾珍说的那句话："要尽我所有。"贾元春的丧事就是德妃的丧事，雍正处理自己生母的丧事十分低调，并且上谕："倘不胜暑热，力不能支，亦不勉强。"

通过贾元春的死亡过程与雍正的上谕对比，可以解释贾元春身上的谜团：贾元春死于痰疾，就是德妃死亡的原因，续书九十五回贾元春死亡细节的描述，就是雍正生母德妃死亡的情景再现："且说元春自选了凤藻宫后，圣眷隆重，身体发福，未免举动费力。每日起居劳乏，时发痰疾。因前日侍宴回宫，偶沾寒气，勾起旧病。不料此回甚属利害，竟至痰气壅塞，四肢厥冷。一面奏明，即召太医调治。岂知汤药不进，连用通关之剂，并不见效。"贾元春的死亡年龄是四十三岁，基本可以推断贾珠的年龄是四十四或四十五岁，贾珠是哥，元春是妹，按李纨的年龄推算，贾珠也该大元春两岁，就是四十五岁。贾珠谐音是"假主子"，假主子隐指的是雍正，因为雍正是夺嫡篡位的胜利者，他没按常规出牌，当上皇帝有失公允，属名不正言不顺。既然已坐上了皇帝的宝座，无论才能还是心智，都堪称康熙皇子中的佼佼者，作为他的母亲，该高兴才是。清野史载：德妃和雍正的关系非常紧张，雍正即位后，她即刻表露："钦命吾子继承大统，实非吾梦想所期。"而且还要为康熙殉葬，被雍正阻止了。尔后又拒绝受封皇太后，拒绝移居太后应住的慈宁宫，几个月后，便生病而亡。元春之死又替代了德妃，德妃去世是雍正元年的五月二十三日，这年雍正正好四十五岁，与贾珠同龄。元春的四十三岁，还取意《大义觉迷录》中的雍正上谕："朕受鞠育深恩，四十年来，备尽孝养，深得母后之慈欢，谓朕实能诚心孝奉。而宫中诸母妃咸美母后，有此孝顺之子，皆为母后称庆，此现在宫内人所共知者。及皇考升遐之日，母后哀痛深至，决意从殉，不饮不食。朕稽颡痛哭，奏云：'皇考以大事遗付冲人，今圣母若执意如此，臣更何所瞻依，将何以对天下臣民，亦惟以身相从耳。'"雍正自己说四十多年来，对母亲"诚心奉孝，深得母后之慈欢"，能站得住脚吗？清野史答曰：非也！

十三回秦可卿托梦王熙凤，其中说道："眼见不日又有一件非常喜事，真是烈火烹油、鲜花着锦之盛。"就是指十六回"贾元春才选凤藻宫"。因为康熙的归天，德妃才荣升为皇太后，也是贾元春才选凤藻宫的原因。但好景不长，孝恭仁皇太后在康熙驾崩的第二年就匆忙离世，去紧追康熙的脚步了。康熙死于虎年，德妃死于兔年，他俩是雍正的父母，加上雍正也是死于兔年，元春又是雍正父母及雍正的扮演人，合三为一完全符合"虎兔相逢大梦归"的谶语。小说九十五回写到元春的死亡日期："是年甲寅年十二月十八日立春，元春薨日是十二月十九日，已交卯年寅月。"虽然死在甲寅（虎年）十二月，但是在立春之后，就算进入了兔年，按十二地支配属，这个时间就是"卯年寅月"，确实是"虎兔相逢"了。

贾 迎 春

迎春是贾家的二小姐，贾赦之女，贾琏之妹。她有着和探春一样庶出的身份，很早就没了母亲。不知是否因从小失母亲，给她幼稚的心灵留下了阴影，仅从小说的表现就能认定，迎春的确是沉默寡言了，她常常对着棋枰，默默发呆，好似她的人生天地里，棋枰就是她的追求、她的梦想，黑与白也就成了她捍卫自身尊严的重要色彩。要么是所向披靡、旗开得胜；要么是四面楚歌、腹背受敌。八十回回前批："叙桂花妒，用实笔。叙孙家恶，用虚笔。叙宝玉卧病，是省笔。叙宝玉烧香，是停笔。"虚指虚假，"虚笔"即假笔。"叙孙家恶，用虚笔"，即讲孙家的故事是假的，虚假的背后所隐的真故事又该是什么？在谜书中，迎春与元春、探春、惜春一样，都是皇帝的替身，不然，咋能对得起著书人给她的一个"春"字呢？

寻找迎春到底扮演哪位皇帝，还得把时间往前推进到大清的国诞。顺治建立清朝后，还真有一位皇帝与贾迎春的性格、特点大致相同，他就是大明最后的永历皇帝明昭宗朱由榔（1623—1662）。永历于明熹宗天启三年生于北京，他的父亲桂王朱常瀛，是明神宗第七子，封于湖南衡州（衡阳）。崇祯十六年（1643），张献忠攻陷衡州，朱常瀛逃往广西。弘光元年（1645）病死于苍梧（梧州），谥号端。其子朱由榔称帝后，追尊其为皇帝，庙号礼宗，谥号"体天昌道庄毅温弘兴文宣武仁智诚孝端皇帝"。

1646年，隆武帝朱聿键在福建汀州被清军俘虏，旋即被杀。国不可一日无主，按明朝当时的继承制度，皇位应该由明神宗朱翊钧的直系男性后裔继承，当时明神宗的男性后裔只剩下朱由榔一人。在广西巡抚瞿式耜等人的拥立下，朱由榔于隆武二年十月十日在肇庆称监国，丁魁楚为首席大学士兼兵部尚书，瞿式耜为东阁大学士兼吏部左侍郎管尚书事，同时任命了各部院官员。监国七天之后，赣州失守的消息就传到了肇庆，肇庆距离赣州还有相当一段路程，但举朝惶恐不安，监国的喜庆气氛顿时消失得无影无踪。司礼监太监王坤主张立即逃难，首辅丁魁楚随声附和，大学士瞿式耜等力主镇定，也只推迟了四天，十月二十日，朱由榔便逃往梧州。

这种行为无异于放弃了广东，导致永历朝在广东人心散尽。同年十一月二日，隆武朝大学士苏观生同广东布政使顾元镜、侍郎王应华等在广州奉请隆武帝之弟朱聿𨮁监国，且抢在朱由榔之前，于同月初五正式称帝，改明年为绍武元年。朱聿𨮁在广州即位的消息传到梧州，为收买广东民心，由丁魁楚、瞿式耜、李永茂等一大批文臣武将云集肇庆，拥万历神宗帝之孙、桂王朱常瀛之子、流亡广西梧州的朱由榔称帝，还选肇庆府为陪都，定丽谯楼为皇宫。在此登基后，次年定为永历元年，史称南明。同时，追尊其父朱常瀛为端皇帝，嫡母王氏为慈圣皇太后，生母马氏为昭圣皇太后。

当丁魁楚、瞿式耜等上表拥戴朱由榔称帝时，桂王太妃王氏坚决反对："诸臣何患乎无君？吾儿仁柔，非拨乱才，愿更择可者。"朱由榔确实仁柔，面对势如破竹的南下清军，他拿不出任何主见，只是明朝残余势力的一面旗帜而已，加上内部派系之争，永历政权从建立伊始就处于风雨飘摇之中。永历帝在四处搬迁流离之中艰难地撑持了明朝最后的十六年。

1646年农历十二月十五日，正当绍武政权与永历朝廷激战正酣，且占据上风的时候，清军在佟养甲、李成栋统率叛清的明军，伪装成明朝军队，出其不意攻占广州，绍武帝及首辅苏观生自杀殉国，广东沦陷。十二月二十六日，永历帝离开肇庆，再度逃往广西。永历元年（1647）正月初一，朱由榔到达梧州，又经平乐府（今桂林东南）逃到桂林，这时的永历帝完完全全成了一只惊弓之鸟。李成栋部于顺治四年一月十九日由三水进至高明，留守肇庆的明两广总督朱治涧不战而逃，李成栋命部将罗成耀留镇肇庆，自己领主力进攻梧州，梧州守将陈邦傅弃城而逃。二十九日，李成栋占领梧州，二月间，明内阁首辅丁魁楚投降、被杀。二月十五日，永历逃奔全州，投靠军阀刘承胤，大学士瞿式耜等自请留守桂林，稳定混乱的局势。四月十五日，朱由榔在刘承胤的唆使下，迁入湖南武冈州，以岷王府为行宫。刘承胤迎驾有功，晋封为武冈侯。五月，改武冈州为奉天府，晋封刘承胤为安国公。

顺治三年八月，清廷以恭顺王孔有德为平南大将军，偕怀顺王耿仲明、智顺王尚可喜、续顺公沈志祥、真金砺、梅勒章领兵征战两湖、两广。明军坚强抵抗，无奈寡不敌众，次年八月，孔有德进逼武冈，刘承胤欲挟持永历降清，可在刘母出面干预下，永历和少数朝臣带着宫眷匆忙出城逃难至柳州。途中，太子及大学士吴炳被清军截获，押到衡州，吴炳拒降自缢。顺治四年十二月，朱由榔再次迁驻桂林。

七十二回："平儿和鸳鸯二人正说着，只见小丫头进来向平儿道：'方才朱大娘又来了。我们回了他奶奶才歇午觉，他往太太上头去了。'平儿听了点头。鸳鸯问：'那一个朱大娘？'平儿道：'就是官媒婆那朱嫂子。因有什么孙大人家来和咱们求亲，所以他这两日天天弄个帖子来赖死赖活。'这孙家乃是大同府人氏（脂批：设云大概相同也。若必云真大同府则呆），祖上系军官出身，乃当日宁荣府中之门生，算来亦系世交。如今孙家只有一人在京，现袭指挥之职，此人名唤孙绍祖，生得相貌魁梧，体格健壮，弓马娴熟，应酬权变（脂批：画出一个俗物来），年纪未满三十，且又家资饶富，现在兵部候缺题升。因未有室，贾赦见是世交之孙，且人品家当都相称合，遂青目择为东床娇婿。亦曾回明贾母。贾母心中却不十分称意，想来拦阻亦恐不听，儿女之事自有天意前因，况且他是亲父主张，何必出头多事，为此只说'知道了'三字，余不多及。""官媒婆"指旧时官府批准以做媒为业的妇女，亦从事贩卖妇女等活动；还指旧时官府中的女役，负责女犯的看管解送等事。著书人笔下的官媒，隐意就不只是提亲说媒那么简单了，这官媒是为"孙大人求亲"，孙大人就是孙绍祖。把孙绍祖的名字分解开来就是"子系扫帚"，扫帚即扫帚星，能给人招致灾祸的人。迎春是永历皇帝的替身，是谁能给永历带来致命的灾难？人们自然就会想到大汉奸吴三桂，求亲的隐义就变成了历史事件，指顺治十四年（1657），吴三桂建议清廷大举进攻云南、贵州，消灭南明的最后一股势力。"原来贾赦已将迎春许与孙家了"，贾赦即清王朝，历史事件是顺治十七年，吴三桂再度上疏清廷，请兵进攻缅甸。如丧家之犬的朱由榔早已逃亡缅甸，苟延残喘，惶惶不可终日。

"这孙家乃是大同府人氏。"自朱元璋称帝直至明朝中叶，为了保障北方边境的安全，先后设置了九个重镇，称为九边镇。其中的辽东镇（辽宁锦州北镇）和大同镇（山西大同）属其中的两个重镇。吴三桂是辽东人，自然属辽东镇，此处脂批"设云大概相同"，是著书人故意称其为"大同府人氏"，目的为了真事隐中的假语存。"祖上系军官出身"，指吴三桂之父，明朝天启二年（1622）武进士。崇祯年间先后任都指挥使、都督同知、总兵二中军府都督及辽东总兵等重要职务。"如今孙家只有一人在京"，指崇祯十七年（1644），吴三桂引清兵入关，李自成盛怒之下，将在京的吴氏一门三十八口全部处死。"现袭指挥之职"，指顺治十六年（1659），吴三桂以藩王身份留镇云南。"年纪未满三十"，子曰"三十而立"。"未满三十"，就是吴三桂虽留镇云南，但吴藩之势尚未形成，不能自立，还得处处听从清廷的调遣，尚不敢越雷池半步。"家资饶富"，指吴三桂具有较强大的军事实力。"在兵部候缺题升"，指吴三桂即将晋封亲王。"遂青目择为东床娇婿"，指顺治十七年清廷同意吴三桂进兵缅甸的请求，并命其追剿永历。"贾政又深恶孙家，虽是世交，当年不过是彼祖希慕荣宁之势，有不能了结之事才拜在门下的，并非诗礼名族之裔。"这里的彼祖"希慕荣宁之势"，就是吴三桂的舅舅祖大寿希慕女真人的强势，叛变投敌；"有不能了结之事"，是因为明末农民起义军中的刘宗敏霸占了陈圆圆，吴三桂冲冠一怒为红颜，与其舅舅一样叛变大明，"才拜在门下的"。他们"虽是世交"，翻开历史便知，他们还真是不一般的世交，这还得从皇太极与祖大寿的关系说起。

崇祯四年（1631）农历十月初七，皇太极再次致书祖大寿，祖大寿派出一位叫韩栋的将领到金营谈判。十月二十五日，祖大寿最后下了决心，当晚派祖可法、祖泽润、刘天禄、张存仁四人随金军代表石廷柱一同到了金兵大营。皇太极亲自迎接，四人跪倒便拜。皇太极急忙上前一步搀扶，以女真人最高贵的礼节抱腰礼相见，然后设盛宴款待，四人被请至座中。十月二十八日，祖大寿杀死宁死不降的何可纲，大开大凌河城门，率众将来到金营。皇太极与代善、莽古尔泰及众贝勒大臣，一齐隆重迎接祖大寿一行。

投降后的祖大寿向皇太极建言，自己的妻子儿女均在锦州城里，趁锦州不知自己已经投降，愿带一支兵马去锦州，在城里当内应，夺取锦州城。可祖大寿一回锦州就与皇太极翻了脸。被忽悠了的皇太极三番五次派密使前来，提醒祖大寿不要忘记以前的约定，祖大寿以各种理由搪塞，并多次与清兵激战。

1638 年农历十月，皇太极亲率部队进攻明朝，由郑亲王济尔哈朗、豫亲王多铎出宁远、锦州大道；睿亲王多尔衮为左翼，自青山关入；贝勒岳讬为右翼，自墙子岭入。祖大寿在中后所（今辽宁绥中县城）屯兵，领兵偷袭多铎，多铎战败。第二天，多铎与济尔哈朗合兵出战，祖大寿收兵回中后所，闭门谢客。不久，皇太极亲自来到中后所，派使者给祖大寿带话，祖大寿却始终没有露面。次年二月，皇太极再次进攻明朝，以武英郡王阿济格为前锋，亲自督军包围松山。崇祯下召命祖大寿前去支援松山，结果是祖大寿刚刚行军，清军就到了，祖大寿只好去宁远驻守。1640 年农历五月，皇太极到义州视察，蒙古苏班岱等请求归降，皇太极命济尔哈朗等率军一千五百人前去迎接。祖大寿得知清军人少，命松山总兵吴三桂、杏山总兵刘周智合兵七千人出击，却被济尔哈朗打败。后皇太极命多尔衮、济尔哈朗等带兵轮番攻击锦州，直到 1641 年。锦州长期被清军包围，既得不到粮草的补给，又等不来援军的支持，明军大乱。三月初，被围困了整整一年的锦州城再度重演杀人相食的惨状，祖大寿于三月初八亲率部众开城出降。经过十多年的恩恩怨怨、打打杀杀，皇太极与祖大寿终于成了一对好哥们儿，也是俗话不打不成交的完整体现。

"贾政又深恶孙家"，"深恶"的原因是孙家"并非诗礼名族之裔"。"诗礼"一词指的是《诗经》和《周礼》，又指礼教，泛指儒家的经典。儒家将修身、齐家作为治国、平天下的基础，旧时书香人家的大门上，往往写有"诗礼传家"四字，以标榜门风。由于孔子提倡诗礼传家，历代文人学士都将"诗"和"礼"作为立身、传家之宝。一般民众也把知书达礼作为有知识、有教养的标准代代相传。而孙家咋就成了"诗礼"之家的另类？这还得从吴三桂的人品说起。

崇祯十七年三月初（1644），李自成破大同、真定，逼近北京。崇祯飞檄加封吴三桂为平西伯，令其放弃宁远班师回京。吴三桂却不慌不忙，至三月中旬才抵山海关，二十日抵达河北丰润。吴三桂正在悠闲地行军之中，李自成的起义军却大踏步地开进了北京，崇祯在煤山自缢，北京失陷。吴三桂听到这一消息，又撤兵退回山海关。李自成后多次招他归降，却因其妾陈圆圆被李自成的部将掠去，反上书多尔衮，请清兵入关讨李。李自成怕清兵入关，决定灭吴保关。四月十三日，李亲率二十余万起义军直奔山海关，攻讨吴三桂。二十二日的山海关之战，吴军初败，他马上求救多尔衮，引清兵入关，与清军联合大败李自成。接着变成清军的先锋，追击李自成，镇压陕西、四川等地的反清农民军。顺治十六年（1759），清廷命他镇守云南，他引兵入缅，迫缅王交出永历帝。康熙元年（1662），清廷晋封他为亲王，兼辖贵州，形成割据之势，与镇守福建的靖南王耿精忠、镇守广东的平南王尚可喜遥相呼应，成了拥兵自重的三藩。1673年康熙下令撤藩，吴三桂闻讯后叛清，自称周王，发布檄文。联合平南王世子尚之信、靖南王耿精忠及广西将军孙延龄、陕西提督王辅臣等，以反清复明为旗号，号召起兵反清，挥军入桂、川、湘、闽、粤诸省，战乱波及赣、陕、甘等省，史称三藩之乱。

吴三桂作为大明的臣子时，投清弃明，加速了大明的覆灭；当他作为大清的臣子时，又反清复明，给前清制造出灾难性的恶果。这种反复无常、见异思迁、有奶便是娘的小人，不可能是"诗礼"之家培养出来的，说他"并非诗礼名族之裔"证据确凿。贾政在此是康熙的替身演员，他"深恶孙家"也无可厚非。

从迎春搬出大观园之日，就是暗示朱由榔逃亡缅甸之时。贾宝玉见紫菱洲寥落凄凉之景，情不自禁，信口吟成《紫菱洲歌》，脂批："可见迎春是书中正传，阿呆夫妻是副，宾主次序严肃之至。其婚娶俗礼一概不及，只用宝玉一人过去，正是书中之大节。"此诗是对永历帝流亡缅甸的生活写照：

> 池塘一夜秋风冷，吹散芰荷红玉影。
> 蓼花菱叶不胜愁，重露繁霜压纤梗。
> 不闻永昼敲棋声，燕泥点点污棋枰。
> 古人惜别怜朋友，况我今当手足情！

诗题中的"紫菱"即红菱，"紫菱洲"代指南明永历皇帝。首联写清军大举进攻云贵，直捣永历的老巢，永历无力与清军抗衡，只好亡命缅甸。"秋风"代指清军；"芰荷"指菱叶与荷叶；"红玉影"指红色的菱花和荷花；均代指永历朝及永历帝。颔联和颈联均显现在清军的铁蹄之下，永历帝亡命缅甸后的南明形势。

迎春（永历）好弈，却是被司棋（孙可望）摆弄的棋子，犹如被人任意拨弄的算盘。二十二回由迎春的灯谜给予了准确的解释："天运人功理不穷，有功无运也难逢。因何镇日纷纷乱？只为阴阳数不同。"脂批："此迎春一生遭际，惜不得其夫何！"

谜底是算盘。算盘上的子靠人手去拨，这些子或碰在一起，或分离，在没有计算出结果之前，谁也不知它是离是合。每次运算的数字既不一样，算盘子所代表的数字又不相同，这就难怪进退上下、乘除加减，整天纷纷不止了。此处说明永历帝相当繁忙，整日就是罅隙侳偬、席不暇暖、马不停蹄、疲于奔命，以致亡命于缅甸，故谓"不闻敲棋声"和"燕泥污棋枰"。

孙可望（1602—1660），原名孙可旺，明末张献忠农民起义军大西政权的主要将领，又是南明永历时期的主要权臣。崇祯三年，张献忠在陕北起义，出身贫苦的孙可望参加义军，被张献忠收为养子。成年后，他勇敢、狡黠，惯用心计，每遇敌，就率部下沉着应变。崇祯十七年八月，张献忠在成都建立大西政权，孙可望位列群将之首，为平东将军，另加监军。张献忠在川北牺牲后，孙可望与李定国等率大西军余部南下攻占云贵一带，坚持抗清，后改投永历政权，实际变成武力挟制永历的主要人物。

孙绍祖娶迎春，就是顺治十八年十二月，吴三桂在缅甸俘获永历。八十回中所谓迎春重回大观园，就是永历被吴三桂从缅甸押解回国。迎春回来哭诉道："（孙绍祖）一味好色，好赌酗酒，家中所有的媳妇丫头将及淫遍。略劝过两三次，便骂我是'醋汁子老婆拧出来的'（脂批：奇文奇骂，为迎春一哭，又为荣府一哭）。又说老爷曾收着他五千银子，不该使了他的。如今他来要了两三次不得，他便指着我的脸说道：'你别和我充夫人娘子，你老子使了我五千银子，把你准折卖给我的。好不好，打一顿撵在下房里睡去。当日有你爷爷在时，希图上我们的富贵，赶着相与的。论理我和你父亲是一辈，如今强压我的头，矮了一辈。又不该作了这门亲，倒没的叫人看着赶势利似的。'"

"你老子使了我五千银子，把你准折卖给我的。"这句话是对康熙而言，"五千银子"，代指南明五个政权。吴三桂引清军入关，清军才得以消灭南明五个小朝廷，多尔衮还答应将云南永历朝廷的大本营，占领之后归吴三桂的驻镇之地。"你别和我充夫人娘子"是吴三桂说给朱由榔的，他不承认永历是皇帝，更不承认他是主子。"当日有你爷爷在时，希图上我们的富贵，赶着相与的。论理我和你父亲是一辈，如今强压我的头，矮了一辈。"这句话又是对康熙的，吴三桂降清之时，多尔衮曾许诺道："今伯若率众来归，必封以故土，晋为藩王，一则国仇得报，一则身家可保，世世子孙长享福贵，如河山之永也。"如按祖亲来论，吴三桂的舅舅祖大寿投诚的是皇太极，自然与皇太极称兄道弟。皇太极是康熙的爷爷，到了康熙朝，吴三桂自然要降一辈了。"又不该作了这门亲，倒没的叫人看着赶势利似的。"是吴三桂从缅甸擒回永历，向清廷献媚，清廷决定晋封吴三桂为亲王。

返回看第五回中迎春之判词："子系中山狼，得志便猖狂。金闺花柳质，一载赴黄粱。"钗画中还画着一条恶狼，追扑一美女，欲啖之意。

"子系中山狼，得志便猖狂。""子系"即孙字的繁体，指孙绍祖，也就是吴三桂。中山狼是忘恩负义的代名词。吴三桂率军入缅决定擒拿永历时，永历曾给吴三桂写过一封绝笔信，这封信可视为吴三桂就是中山狼的诠释：

> 将军本朝之勋臣，新朝之雄镇也。世膺爵秩，藩封外疆，烈皇帝之于将军可谓甚厚。讵意国遭不造，闯逆肆志，突我京师，逼死我先帝，掠杀我人民。将军缟素誓师，提兵问罪，当日之本

244

衰原未尽泯也。奈何清兵入京，外施复仇之虚名，阴行问鼎之实计。红颜幸得故主，顿忘逆贼授首之后，而江北一带土宇，竟非本朝所有矣。南方重臣不忍我社稷颠覆，以为江南半壁，未始不可全图。讵鸾舆未暖，戎马卒至。闵皇帝（指弘光）即位未几，而车驾又蒙尘矣。闵镇兴师，复振位号，不能全宗社于东土，或可偏处于一隅。然雄心未厌，并取隆武皇帝而灭之。当是时，朕远窜粤东，痛心疾首，几不复生，何暇复思宗社计乎？诸臣犹不忍我二祖列宗之珍祀也，强之再四，始膺大统。朕自登极以来，一战而楚失，再战而西粤亡。朕披星戴月，流离惊窜，不可胜数。幸李定国迎朕于贵州，奉朕于南（宁）、安（隆），自谓与人无患，与国无争矣。乃将军忘君父之大德，图开创之丰勋，督师入滇，犯我天阙，致滇南寸地曾不得孑然而处焉。将军之功大矣！将军之心忍乎？不忍乎？朕用是遗弃中国，旋渡沙河，聊借缅国以固吾圉。出险入深，既失世守之江山，复延先泽于外服，亦自幸矣。迩来将军不避艰险，亲至沙漠，提数十万之众，追茕茕羁旅之君，何视天下太隘哉！岂天覆地载之中，竟不能容朕一人哉！岂封王锡爵之后，犹必以歼朕邀功哉！第思高皇帝栉风沐雨之天下，朕不能身受片地，以为将军建功之能。将军既毁宗室，今又欲破我父子，感鸱鸮之章，能不惨然心恻耶？将军犹是中华之人，犹是世禄之裔也。即不为朕怜，独不念先帝乎？即不念先帝，独不念二祖列宗乎？即不念二祖列宗，独不念己身之祖若父乎？不知新王何亲何厚于将军，孤客何仇何怨于将军？彼则尽忠竭力，此则除草绝根，若此者是将军自以为智，而不知适成其愚。将军于清朝自以为厚，而不知厚其所薄，万祀而下，史书记载，且谓将军为何如人也。朕今日兵单力微，卧榻边虽暂容鼾睡，父子之命悬于将军之手也明矣。若必欲得朕之首领，血溅月日，封函报命，固不敢辞。倘能转祸为福，反危就安，以南方片席，俾朕备位共主，惟将军命。是将军虽臣清朝，亦可谓不忘故主之血食，不负先帝之厚恩矣。惟冀裁择焉。

"金闺花柳质"，代指永历，也曾是高贵的血统，皇帝的身份。"一载赴黄粱"，就是 1661 年，吴三桂从缅甸俘回永历；1662 年，缢杀永历于昆明。

《红楼梦》妙曲《喜冤家》，就是对迎春悲惨命运的高度总结："中山狼，无情兽，全不念当日根由。一味的骄奢淫荡贪还构。觑着那，侯门艳质同蒲柳；作践的，公府千金似下流。叹芳魂艳魄，一载荡悠悠。"

"中山狼，无情兽，全不念当日根由。"与判词第一联寓意相同。吴三桂全然不顾明朝对他的培养和重用，背信弃义、过河拆桥、恩将仇报。

"一味的骄奢淫荡贪还构"，指吴三桂对云贵的南明永历是穷追猛打。"构"：挑拨离间，指吴三桂主动上疏清廷，请兵进攻缅甸、珍灭永历，决心置明朝于死地而后快。

"觑着那，侯门艳质同蒲柳；作践的，公府千金似下流。"吴三桂从缅甸擒回永历。"觑"，看；"侯门艳质""公府千金"，均代指永历；"蒲柳"，即水杨柳，大众树木，易生易凋，代指平凡低贱的普通大众。暗指永历帝被吴三桂折腾得如同平民百姓中的罪犯一般，故称之为"下流"。

"叹芳魂艳魄，一载荡悠悠。"与判词第二联寓意相同。"芳魂艳魄"代指永历，"荡悠悠"，指吴三桂派人进帛，永历自尽。

贾迎春的外貌，"肌肤微丰，合中身材，腮凝新荔，鼻腻鹅脂"，姿色还算动人。她的性格、为人处世却是被动忍让，正如兴儿所言："二姑娘的诨名是'二木头'，戳一针也不知嗳哟一声。"这样软弱可欺的迎春又该是谁的替身呢？稍加注意雍正暴死前后那段特殊的历史，就不难发现，作为康熙"以朕心为心者"的嫡皇孙弘晳，在皇位的取舍问题上，他就是"二木头"。七十三回，是描写迎春的重头戏，此回弄清邢夫人是谁的替身，是解读"二木头"的关键。邢夫人因说道："你这么大了，由着你奶妈行此事，你也不说说他。如今别人都好好的，偏咱们的人做出这事来，什么意思？（脂批：'咱们'二字便见自怀异心。从上文生离异发沥而来，谨密之至，更有人于此者，君未知也。一笑。）""迎春低着头弄衣带，半晌答道：'我说他两次，他不听也无法。况且他是妈妈，只有他说我的，没有我说他的。'（脂批：妙极！直画出一个懦弱小姐来。）""邢夫人道：'胡说！你不好了，他原该说；如今他犯了法，你就该拿出小姐的身份来，他敢不从，你就回我去才是……若是被他骗了，我是一个不再给的，看你明日怎么过节！'"脂砚斋批"更有人于此者"指的是什么？是理解此节内容的关键。迎春作为弘晳的替身演员，邢夫人绝不是弘晳的养母，顺便还得把这个"奶妈"弄明白，"奶妈"又是谁？被偷去的"金凤"又是什么？表面看金凤是一种首饰，迎春、探春、惜春三人都有，但没明确是谁给她们的。脂砚斋既然"君未知也"，干吗还要提及？看来还是君有所知，他还希望读者也能知。显然，希望读者知道的绝不是奶妈的赌博案，基本肯定，"金凤"就是传位诏书，如与康熙之死之谜结合起来，偷金凤的"奶妈"就是雍正的替身。从"你这么大了，由着你奶妈行此事，你也不说说他"的语气便知，邢夫人就是康熙朝掌管后宫曹老太后的替身，"若是被他骗了，我是一个不再给的"，试想皇帝的宝座只有一个，老太君绝无能量分裂国家，弄出第二个皇帝的宝座来，她就是想给也给不了啊。老太君已发现雍正言而无信，将他们以前的君子协定全部抛之脑后，瞒天过海、欲盖弥彰，还拿着康熙写给弘晳的诏书在竞技场上做了"赌本"，输给了乾隆，且输得干净利落，想再要回几无可能。悔恨交集的曹老太后对雍正失望至极，也就是脂批"'咱们'二字便见自怀异心"。从"直画出一个懦弱小姐来"便知，雍正是皇帝，还是弘晳的继父，弘晳毕竟是朝臣，位卑言轻，徒托空言。"旁边伺候的媳妇们便趁机道：'我们的姑娘老实仁德，那里像他们三姑娘伶牙俐齿，会要姊妹们的强。他们明知姐姐这样，他竟不顾恤一点儿。'（脂批：杀杀杀！此辈专生离异。余因实受其蛊，今读此文，直欲拔剑劈纸。又不知作者多少眼泪洒出此回也。又问：不知如何顾恤些？又不知有何可顾恤之处？直令人不解愚奴贱婢之言。酷肖之至。）"就媳妇们这么一句话，脂砚斋竟发那么大的火，可谓恨之入骨，令人不可思议。如与当时的隐史结合起来，就会觉得惬心贵当。"专生离异"是指挑拨离间、搬弄是非的小人行为，此处的探春是雍正的替身，诏书是被雍正偷走了，"余因实受其蛊"，指这些小人故意挑唆弘晳与雍正的关系，还想把惊天谜案栽赃在弘晳的身上，他怎能不义愤填膺、怒火中烧？她们让探春"顾恤一点"，"不知如何顾恤些？又不知有何可顾恤之处？"试想：雍正已把诏书输给了乾隆，又到释迦牟尼那里报到再就业了，哪里还顾得上迎春的日子好不好过、能否坐上皇帝的宝座？

"绣橘因说道：'如何？前儿我回姑娘，那一个攒珠累丝金凤竟不知那里去了。回了姑娘，姑娘竟不问一声儿。我说必是老奶奶拿去典了银子放头儿的，姑娘不信，只说司棋收着呢。问司棋，司棋虽病着，心里却明白。我去问他，他说没有收起来，还在书架上匣内暂放着，预备八月十五日恐怕要戴呢。姑娘就该问老奶奶一声，只是脸软怕人恼。如今竟怕无着，明儿要都戴时，独咱们不戴，是何意思呢？'（脂批：这个'咱们'使得恰，是女儿喁私语，非前文之一例可比。写得出，批得出。）"弄清"咱们"一词

247

的隐指，方能明白历史人物之间的关系。绣橘谐音"绣姐"，也就是七夕乞巧中的大姐大，由此联想到十二金钗之一——直不说话的巧姐，巧姐就是绣姐，她有佛手，能给整部谜书的糊涂人和读者指点迷津。她不是不会说话，她要说的话，均被绣橘取而代之了。这样一来，绣橘可就不只是一个丫鬟了，她摇身一变就成了小姐，既是小姐，就是有身份、有地位、有影响的人物，又时常伴随在迎春的身边。迎春是"二木头"，是弘晳的替身，能长期在弘晳身边的小姐，除了曹王妃就是珍珠，她们是弘晳的妻妾，用"咱们"一词当然"使得恰"，再把"女儿喁私语"改成夫妻喁私语，也就是"写得出，批得出"了。

针对"金凤"被偷之事，迎春的态度是："罢，罢，罢。你不能拿了金凤来，不必牵三扯四乱嚷。我也不要那凤了。便是太太们问时，我只说丢了，也妨碍不着你什么的，出去歇息歇息倒好。（脂批：写女儿各有机变，个个不同。）"此处迎春说出的"我也不要那凤了"，就是弘晳甘愿向乾隆俯首称臣，具体的行为就是"葫芦僧乱判葫芦案"。"不必牵三扯四乱嚷"，隐指雍正偷了诏书，坐上了皇帝的宝座，结果又把皇位作为"赌本"输给了乾隆，站在弘晳的角度，他不愿为了皇位大闹朝堂，或发动宫廷政变，再揭雍正的伤疤，他更不想把雍正的丑陋行为完完全全暴露在光天化日之下。

著书人还重点写到北宋时期的《太上感应篇》，该书被誉为古今第一善书，旨在劝善，简称《感应篇》，其内容融合了较多传统中的民族思想。它所宣扬的入世行善以求长生乃至成仙的理论，使积善成仙的这一修行法门得以流行和推广。该典籍还涵摄了儒、道两家的主流思想，最大限度地扩充了社会的行善群体，促进了人世间善业的发展。加之提倡"诸恶莫作，众善奉行"，尤其符合统治阶级的利益，到了明清时期，奇迹般得到了空前的推崇。该书的理论内涵正是弘晳想要表达的思想境界。脂批："神妙之至！从纸上跳出一位懦弱小姐，且书又有奇，大妙！"

如果说迎春丢掉了"金凤"，与皇权擦肩而过，自认倒霉，也就罢了，可她丢掉了司棋，就不仅仅是自认倒霉那么简单了。这不雅的绰号"二木头"非她莫属，因为司棋的丢失，给她留下的却是终身的遗恨。

在整部谜书中，"惑奸谗抄检大观园"，是真事隐最要紧的章节。七十四回首批："司棋一事在七十一回叙明，暗用山石伏线，七十三回用绣春囊在山石上一逗便住，至此回可直叙去，又用无数曲折渐渐逼来，及至司棋，忽然顿住，接到入画，文气如黄河出昆仑，横流数万里，九曲至龙门，又有孟门、吕梁峡束，不得入海。是何等奇险怪特文字，令我拜服！"在谜书的故事发展中，"绣春囊"是抄检大观园的导火线，"绣春囊在山石上"被发现与司棋相关，"山石"就是伏线。这条"伏线"就是小情人被惊散之后，"虽未成双，却也海誓山盟，私传表记，已有无限风情了"。其中的"私传表记"正是后来抄检大观园搜出来的物证，也隐含了"绣春囊"在整个惊天谜案中的重要性。真实的抄检大观园就是查检圆明园，这就定格在雍正突然离奇暴亡，所有聚居在圆明园的皇后、皇妃、小姐、丫鬟等均成了嫌疑人。与雍正的暴亡结合起来，"绣春囊"正是雍正的私人用品——香橼。

　　"二木头"迎春是弘晳的替身演员，司棋又是迎春的贴身丫鬟，亦是伴随在弘晳身边的贴身女人，再与"香橼"结合起来，她就成了曹王妃的替身。下面的一段描写，就能看得明明白白。"因司棋是王善保的外孙女儿（脂批：玄妙奇诡，出人意外），凤姐倒要看看王家的可藏私不藏，遂留神看他搜检。先从别人箱子搜起，皆无别物。及到了司棋箱子中搜了一回，王善保家的说：'也没有什么东西。'才要盖箱时，周瑞家的道：'且住，这是什么？'说着，便伸手掣出一双男子的锦带袜并一双缎鞋来。（脂批：险极！）又有一个小包袱，打开看时，里面有一个同心如意并一个字帖儿。一总递与凤姐。凤姐因当家理事，每每看开帖并账目，也颇识得几个字了。便看那帖子是大红双喜笺帖（脂批：纸就好。余为司棋心动）……凤姐看罢，不怒而反乐（脂批：恶毒之至）……这王家的只恨没地缝儿钻进去。凤姐只瞅着他嘻嘻的笑。"王善保可不是一般的人物，把他的名字稍一颠倒，就成了"善保王"，也就成了专门负责管理圆明园、保护皇上的领侍卫内大臣马武。马武是曹王妃的娘舅，"司棋是王善保的外孙女儿"，由外甥女变成"外孙女"也就不"出人意外"了。另一个负责抄检大观园的总管王熙凤又该是谁的替身呢？从王善保家的在她面前战战兢兢、唯唯诺诺的样子，就知道王熙凤很有来头，可想雍正皇帝突然遇害，整个圆明园全园查封，贼喊捉贼的重任也就责无旁贷地落到了乾隆的身上，王熙凤也就成了乾隆的替身。凤姐看着司棋落入陷阱不怒反乐，已显示出她是有备而来，栽赃陷害与"打草惊蛇"的计划天从人愿，她肯定是得意忘形、眉开眼笑。脂砚斋连续把王熙凤的笑批成"恶毒之至"，就把真事所隐明确无误地告诉给了读者。

司棋如同尤三姐一般性情刚烈，她不会吟风弄月、托咏传情。对她的描写着墨不多，但个性鲜明，她的脾性具备火一般的任达不拘，面对别人对她的陷害，不惜以命相护。凤姐抄出潘又安给司棋的情书之后，司棋"并无恐惧惭愧之意"，直到周瑞家的带她出园的时候，也没对谁说出求饶的话来。当司棋跪求迎春说："姑娘，好狠心啊！哄了我又两日，如今怎么连一句话也没有？"……迎春含泪道："我知道你干了什么大不是，我还十分说情留下，岂不连我也完了。你瞧入画也是几年的人，怎么说去就去了。自然不止你两个，想这园里凡大的都要去呢。依我说，将来终有一散，不如你各人去罢。"顺便说明：请假出园与被赶出园的性质判若天渊，请假出园是真正的请假回家，被赶出园就是圈禁，如同现在的收监。不然咋会有那么多被赶出园的丫鬟，不是殉情，就是哭闹，或索性来个跳井上吊。迎春是弘皙的替身，面对曹王妃遭人陷害，他没敢大胆揭露事件的真相，反怕连累自己，这种懦弱、怕事、迟钝、麻木，几乎就是残忍。谜书七十七回有关司棋被赶出园的大段描写，脂砚斋却是缄口莫言，一个字也没有评批。重评《石头记》时的他，曹王妃早已离他而去，内心的负疚、怅惘、追悔和仇恨相互交织着，如同毒蛇般撕咬着他的中枢神经，任何的评批，均显得是那么苍白，都无法体现他内心深处的复杂情愫，最后只能用"二木头"取而代之了。

在司棋被赶出园的事件中，还有一个重要人物须交代清楚，他就是司棋的表弟潘又安。七十一回，潘又安与女友司棋在花光柳影、诗意绵绵的大观园约会，不巧被鸳鸯撞见，他带着一丝胆怯、一丝惊恐和自己的一份期待，离开了贾府，畏罪潜逃了。潘又安又该是谁的替身呢？他是司棋的表弟，又是司棋的恋人。司棋是曹王妃的替身，弘皙是曹王妃的表哥，又是她的老公，潘又安自然就成了弘皙的替身。在潘又安的名字后有脂批"名字便妙"，如按谐音"盼有安"来讲，只要自己能够得到安全，暂时牺牲爱妃，他并没觉得有什么大逆不道。"我知道你干了什么大不是，我还十分说情留下，岂不连我也完了？"实际上他也是这样做的，为了保住自己的性命，"金蝉脱壳"，不惜把曹王妃撂在京城遭受囹圄之苦，早早地躲进皇粮庄苟延残喘。

谜书到九十二回，已是曹霑的续写部分。此时的弘皙已离开人世，故事的发展就变成了司棋的妈不同意他们的婚姻。司棋说道："一个女人配一个男人。我一时失脚上了他的当，我就是他的人了，决不肯再失身给别人的。我恨他为什么这样胆小，一身作事一身当，为什么要逃。就是他一辈子不来了，我也一辈子不嫁人的。妈要给我配人，我原拼着一死的。今儿他来了，妈问他怎么样。若是他不改心，我在妈跟前磕了头，只当是我死了，他到那里，我跟到那里，就是讨饭吃也是愿意的。"当她明确地表白了自己的贞操与决心之后，仍不能得到她母亲的原谅，司棋突然一头撞在墙上，从容赴死。赶来看她的潘又安叫人抬了两口棺材进来说："一口装不下，得两口才好。"就这样简单明了地拔刀自刎而死。相比之下，司棋之死，死得日月无光，死得铁骨铮铮，充满了浩然正气；潘又安之死，却显得悄无声息。

凤姐听了这段奇闻之后说："哪有这样傻丫头？偏偏的就碰上这样的傻小子了！"在凤姐的眼中为爱情而死，如此的刚烈确有些傻。而在曹霑的心目中，就与凤姐大不相同了。司棋是曹王妃的替身，曹王妃是曹霑的堂姐，他对堂姐的了解远超他人。小说的安排是为爱情而死，隐史则是她被栽赃陷害，被冤枉入狱，还要忍受种种无端的提审和"莫须有"的凌辱。在长达一年多被侮辱、被伤害的环境中，她孤立无援，连个下人都不如，又无法洗刷干净被他人泼在身上的脏水。她简单、她洒脱、她坚决，但她不会鬼蜮伎俩，又不甘任人宰割与蹂躏。她不进油盐般的固执、毅然决然的义无反顾，并像飞蛾扑火般走向自己年轻的终点，她死得其所，去得从容。"及至司棋，忽然顿住，接到入画，文气如黄河出昆仑，横流数万里，九曲至龙门，又有孟门、吕梁峡束，不得入海。"其中的棋、画都是曹王妃的替身演员，这也就是脂砚斋评批隐含的意义了。

贾 探 春

探春是《红楼梦》贾府里的三小姐，为贾政和妾赵姨娘所生。小说描写的探春："削肩细腰，长挑身材，鸭蛋脸面，俊眼修眉，顾盼神飞，文彩精华，见之忘俗。"从判词"才自精明志自高"就可看出是有远见、有抱负的女子，她办事干练、令行禁止，最为出色的表现是在凤姐患病期间治理大观园，大胆改革，兴利除弊，再就是在抄检大观园时，无所畏惧，为维护自己的尊严狠抽了王善保家的一记耳光，表现出决断果敢的性格特征，众人对她的评价是"带刺的玫瑰"。她才貌出众，著书人把她安排在金陵十二钗的第四位。

可以肯定，贾探春也是皇帝的替身。在"秋爽斋偶结海棠社"一回中，特写探春差翠墨送花笺给宝玉，商榷起诗社一事。姊妹们都在大观园住着，什么事不可当面讲，书信往来显得太严肃，给人的感觉是匪夷所思。"宝玉说：'可是我忘了，才说要瞧瞧三妹妹去的，可好些了，你偏走来。'翠墨道：'姑娘好了，今儿也不吃药了，不过是凉着一点儿。'"探春是否成了林黛玉，有吃不完的药？细分析隐意，还真与林黛玉没丝毫的关系。此时探春是雍正的替身演员，隐写的是药王，也就是雍正在执政后期，身体一直欠佳，他吃的可是治病的真药，并非林黛玉的后悔药。如果借"花笺"将时空进行定位，必是君臣之间的奏折和御批，其真情就是雍正决定成立军机处，先与弘晳协商，令其制定出具体的规章制度和实施方案。谜书中先暂时让宝玉替代弘晳，待呼出宝钗、黛玉之后，再将宝玉的替身进行转换，属于借用《西游记》人物变化特点的具体范例。小说特写探春认王夫人而弃赵姨娘的故事情节，正对应了史笔描述。据清野史记载，胤禛从小就在孝懿仁皇后处视养，与生母的关系日渐疏远。雍正继位后，先封隆科多为舅舅，对生母置之不理，迟迟不下尊号，由此得出探春与雍正神肖酷似、毫发不爽了。在起雅号的过程中，复将雍正的替身转化为宝玉："天下难得的是富贵，又难得的是闲散，这两样再不兼有，不想你兼有了。就叫你'富贵闲人'罢了。"待宝玉转化为雍正的替身后，宝钗自然成为弘晳的替身，后一直由宝钗、黛玉替代弘晳出现在"诗社"当中。宝玉将这所谓的"诗社"称为"正经大事"，李纨又称："雅的紧！要起诗社，我自荐我掌坛。前儿春天，我原有个意思的。我想了一想，我又不会作诗，瞎乱些什么？因而也忘了，就没有说得，既是三妹妹高兴，我就帮你作兴起来。"李纨雅号为"稻香老农"，又自称"序齿我大"，从背面隐情看，李纨就是十三阿哥允祥的替身。清史记载这位"稻香老农"曾将南方水稻北引而营造水田，并负责在直隶地区大面积种植。他还是初建军机处三人中的首辅军机大臣，清史记载雍正七年对准噶尔策妄阿拉布坦用兵，设立军机处。六月，雍正发出上谕："两路军机，朕筹算者久矣。其军需一应事宜，交与怡亲王、大学士张廷玉、蒋廷锡密为办理。"这时的军机处已正式建立，清史记载的是允祥、张廷玉、蒋廷锡主持军机要务。今解读真情，乾隆在修史时，把军机大臣弘晳修成了张廷玉，乾隆的修史工程是何等波澜壮阔，能将弘晳全部的家史削亡，还真是费尽了心机。正因为弘晳的历史被泯灭，他在《石头记》"秋爽斋偶结海棠社"一回中，才对应创建军机处进行了幻笔补记。

　　小说中起诗社时所提七人，"把姐妹叔嫂的字样改了"后，李纨自称"稻香老农"，实为允祥；探春称"秋爽居士"，又称"蕉下客"，隐指雍正；宝玉称"无事忙"，又称"富贵闲人"，亦隐指雍正；黛玉称"潇湘妃子"实为弘晳；宝钗称"蘅芜君"亦指弘晳；外加迎春、惜春。脂批："迎春、惜春固不能答言，然不便置之不叙，故插他二人问。近日诸豪宴集之时，座上或有一二愚夫不敢接谈，偏好问，亦可厌之事也。""不敢接谈，偏好问"，正符合迎春的性格；喜欢绘画，又是惜春的特点。将二人结合起来，就是大学士蒋廷锡，尤其是绘画，蒋廷锡的画作在前清是声名鹊起、垂馨千祀。采取合并的办法，七人就变成了四人，正符合清史初建军机处时的人员配备。谜书写李纨作评，迎春、惜春懒于诗词，就探春、宝钗、黛玉、宝玉作诗四首。最后总评是宝钗、黛玉所作两首难分高下。背面的隐情就是创建军机处运行机制和相关章程多由弘晳拟定，再由雍正签署执行。当然，清史中将这么辛苦的劳动，均安排给了五十八岁的张廷玉，怪不得老张承受不起这繁重的脑力劳动，坚决否认这么一段光彩的历史。

　　在"探春持家"一回，所谓的"兴利除弊"，表面看是写在大观园内，新官上任三把火，搞起了承包制。实际上，对应雍正继位后，推行一系列政治经济改革的具体措施。考雍正继位后，自雍正元年起，便开始清亏惩贪、清理积欠、耗羡归公、节制绅衿、重农抑末等新政，尤其是拟定了摊丁入亩的税赋制度，雍正二年开始在各地推行。所谓的"摊丁入亩"，就是把过去的人头赋税，按照土地的数量，分摊到所有的地亩上。这一新政的推行，使占有土地的人增加了税赋，土地越多，就纳税越多，没有土地的贫民反得到了解脱，不承担分厘的税负。此新政消灭了人头税，符合益贫损富利国的大致方针，虽然没能达到"打土豪、分田地""均贫富"的理想境界，但在中国历史上绝对是一大进步。因为当时大部分土地归旗人、富户圈占所有，推行这样的新政，所有既得利益者在劫难逃，所受阻力，不言而喻。清史记载：摊丁入亩决策始于雍正元年，雍正七年之前，福建、陕西、甘肃、江西、湖北、江苏、安徽等省先后推行，山西到雍正九年才开始推行，基本肯定推行新政具有相当的难度。

　　探春作为雍正的替身与赵姨娘的特殊关系，正对应雍正与生母乌雅氏的特殊关系。《东华录》卷二十四记载："母孝恭宣惠温肃定裕赞天承圣仁皇后乌雅氏，原任护军参领加封一等公爵卫武之女，尝梦月入怀，华彩四照，已而诞上，时康熙十七年戊午十月三十日寅时也。诞生之夕，神光煜熖，经久弗散。"在康熙众多皇子尤其是年长的皇子中，胤禛母亲的家世属于"位卑未敢忘忧国"一类，她生下胤禛时还没有正式的名分。胤禛出生的第二年，被册为德嫔，又二年进德妃。胤禛从小就受孝懿仁皇后的抚养，她和儿子的关系命舛数奇、成见极深。在老皇帝驾崩半年之后，乌雅氏六十四岁无疾暴卒，时人多传她是自杀，清野史也有记载。雍正对养母及舅舅的亲近、对生母疏远的秘闻如多米诺骨牌一般，推进迅速，地球人几乎全知道。针对雍正这一特点，著书人在小说中，鲜明塑造了探春只认养母王夫人、疏远生母赵姨娘一大不近情理的形象。当然，探春只是雍正勇于改革这一个方面的替身，其他方面均有他人替代。

在"欺幼主刁奴蓄险心"一回，著书人借用"探春持家"来隐述雍正继位之初的朝野政局，其中有凤姐与平儿的对话，可谓"言谈之中有筋骨"，正是著书人泄露真情之笔。这里凤姐正是雍正的替身演员：

> "你知道，我这几年生了多少省俭的法子，一家子大约也没个不背地里恨我的，我如今也是骑上老虎了。虽然看破些，无奈一时也难宽放；二则家里出去的多，进来的少，凡百大小事仍是照着老祖宗手里的规矩，却一年进的产业又不及先时。多省俭了外人又笑话，老太太、太太也受委屈，家下人也抱怨刻薄；若不趁早儿料理省俭之计，再几年就都赔尽了。"平儿道："可不是这话？将来还有三四位姑娘（胤礽、胤祥、胤禄各有一女寄养在宫中），还有两三个小爷（弘时、弘历、弘昼），一位老太太（曹太后）这几件大事未完呢。"凤姐道："我也考虑到这里，倒也够了：宝玉（曹王妃）和林妹妹（弘晳）他两个一娶一嫁，可以使不着官中的钱，老太太自有梯己拿出来。二姑娘是大老爷那边的，也不算。剩了三四个，满破着每人花上一万银子。环哥（弘历）娶亲有限，花上三千两银子，不拘哪里省一抿子也就够了。老太太事出来，一应都是全了的，不过零星杂项，使费也满破三五千两，如今再省俭些，陆续也就够了。只怕如今平空又生出一两件事来，可就了不得了。咱们且别虑后事，你且吃了饭，快听他商议什么。这正碰了我的机会，我正愁没个臂膀。虽有个宝玉

254

（弘时），他又不是这里头的货，纵收服了他也不中用。大奶奶是个佛爷，也不中用。二姑娘更不中用，亦且不是这屋里的人。四姑娘小呢。兰小子（弘时之子）更小。环儿（弘历）更是个燎毛的小冻猫子，只等有热灶火炕让他钻去罢，真真一个娘肚子里跑出这样天悬地隔的两个人来，我想到这里就不服。再者，林丫头和宝姑娘（二人一身都指弘晳）他两个倒好，偏又都是亲戚，又不好管咱家务事。况且一个是美人灯儿，风吹吹就坏了；一个是拿定了主意，'不干己事不张口，一问摇头三不知'，也难十分去问他。倒只剩了三姑娘一个，心里嘴里都也来得，又是咱家正人，太太又疼他，虽然面上淡淡的，皆因是赵姨娘（乾隆生母钮祜禄氏）那老东西闹的，心里却是和宝玉一样呢。比不得环儿，实在令人难疼，要依我的性早撵出去了。如今他（弘晳）既有这主意，正该和他协同，大家做个膀臂（脂批：阿凤有才处全在择人，收纳臂膀羽翼，并非一味倚才自恃者可知。这方是大才），我也不孤不独了。按正理，天理良心上论，咱们有他这个人帮着，咱们也省些心，于太太的事（国家大事）也有些益。若按私心藏奸上论，我也太行毒了，也该抽头退步、回头看看了，再要穷追苦克，人恨极了，暗地里笑里藏刀，咱们两个才四个眼睛两个心，一时不防，倒弄坏了；趁着紧溜之中，他（弘晳）出头一料理，众人就把往日咱们的恨暂可解了。还有一件，我虽知你极明白，恐怕你心里挽不过来，如今嘱咐你：他（弘晳）虽是姑娘家，心里却事事明白，不过是言语谨慎；他又比我知书识字，更厉害一层了。"

封建社会"三从四德"的教育发展到清代，对一个未出嫁、有父亲的女孩子来说，绝对没有独立的财产、地位和权利，她只能是父亲的附属物。如果一个女孩子出嫁前在娘家与她在世的父亲拥有平等地位，整日出现在官场或商场，无疑就成了人世间的怪物或洪水猛兽，必会遭到所有人的唾弃。著书人故意写出有悖常理的"探春持家"，尤其是兴利除弊，还触动很多权势人物的利益，正与历史上雍正继位之初相吻合。著书人故意安排谜书中的不可思议或荒唐之言，目的是影射雍正并非康熙钦定的传位继承人，尽管掌管了朝中大权，属名不正言不顺。

"凤姐病了，王夫人便命探春、李纨暂时协理大观园，每日在'议事

255

厅'处理园中事务。一日，吴新登媳妇进来回说：'赵姨娘的兄弟赵国基昨日死了。昨日回过太太，太太说知道了，叫回姑娘、奶奶来。'说毕，便垂手旁侍，再不言语。彼时来回话者不少，都打听他二人办事如何。若办得妥当，大家则安个畏惧之心；若少有嫌隙不当之处，不但不畏伏，出二门还要编出许多笑话来取笑……"这段描写明显看出吴新登的媳妇藐视李纨老实，探春是未出阁的姑娘，故意给新主子摆难题，试探她二人的实际能力和管理水平。隐含的真情便锁定在雍正继位之初，众皇子及与雍正三心二意的大臣们，均在朝堂之上公开不配合或故意看热闹，造成了雍正左右为难、孤立无援的局面，亦同雍正夺嫡继位初期的朝局完全一致。

在"探春兴利除弊"中，意在隐述雍正兴利除宿弊，尽管他聪敏好学，可毕竟没接受过治理国家的正规教育，才会在新登基时被大臣们看笑话。弘晳的皇位被雍亲王抢占，一开始也无法接受，这就出现了"不干己事不开口，一问摇头三不知"。后经过齐妃相求，弘晳还能从大局出发，不计较个人得失，"小惠全大体"。宝钗的出现，很快就扭转了雍正尴尬难堪和孤掌难鸣的局面："妈妈们也别推辞了，这原是分内应当的。你们只要日夜辛苦些，别躲懒，纵放人吃酒赌钱就是了。不然，我也不该管这事。你们一般听见，姨娘亲口嘱托我三五回……"

再看"小惠全大体"的宝钗：

"大奶奶如今又不得闲儿，别的姑娘又小，托我照看照看。我若不依，分明是叫姨娘操心。你们奶奶又多病多痛，家务也忙。我原是个闲人，便是个街坊邻居，也要帮着些，何况是亲姨娘托我。我免不得去小就大，讲不起众人嫌我。倘或我只顾了小分沽名钓誉，那时酒醉赌博生出事来，我怎么见姨娘？你们那时后悔也迟了，就连你们旧日的老脸也都丢了。这些姑娘小姐们，这么一所大花园，都是你们照看，皆因看得你们是三四代的老妈妈，最是循规遵矩的，原该大家齐心，顾些体统。你们反放纵别人任意吃酒赌博，姨娘听见了，教训一场犹可，倘或被那几个管家娘子听见了，他们也不用回姨娘，竟教导你们一番，你们这年老的反受了年小的教训。虽是他们是管家，管得着你们，何如自己存些体统，他们如何得来作践？所以我如今替你们想出这个额外的进益来，也为大家去齐心把这园里周全的谨谨慎慎，使那些有权执事的看见这般严肃谨慎，且不用他们操心，他们心里岂不敬服伏。也不枉替你们筹画进益，既能夺他们之权，生你们之利，岂不能行无为之治，分他们之忧。你们去细想想这话。"家人都欢声鼎沸说："姑娘说的很是。从此姑娘奶奶只管放心，姑娘奶奶这样疼顾我们，我们再要不体上情，天地也不容了。"

弘晳出面为雍正解围，雍正可谓是咸鱼大翻身，试想，康熙选定的继位人都没有怨言，其他大臣自然就没必要干卿底事闲操心了。

返回再看赵姨娘大闹议事厅的一段描写：

"你们请坐下，听我说。我这屋里熬油似的熬了这么大年纪，又有你和你兄弟，这会子连袭人都不如了，我还有什么脸？连你也没脸面，别说我了！"探春道："这是祖宗手里旧规矩，人人都依着，偏我改了不成……"赵姨娘说道："太太疼你，你越发拉扯拉扯我们。你只顾讨太太的疼，就把我们忘了。"探春道："我怎么忘了？叫我怎么拉扯？这也问你们各人，那一个主子不疼出力得用的人？那一个好人用人拉扯的？"李纨在旁只管劝说："姨娘别生气。也怨不得姑娘，他满心里有拉扯，口里怎么说的出来？"探春忙道："这大嫂子也糊涂了。我拉扯谁？谁家姑娘们拉扯奴才了？他们的好歹，你们该知道，与我什么相干？"赵姨娘气的问道："谁叫你拉扯别人去了？你不当家我也不来问你。你现如今说一是一，说二是二。如今你舅舅死了，你多给了二三十两银子，难道太太就不依你？分明太太是好太太，都是你们尖酸刻薄，可惜太太有恩无处使。姑娘放心，这也使不着你的银子。明等出了阁，我还想你额外照顾赵家呢。如今没有长羽毛，就忘了本，只拣高枝飞去了！"探春没听完，已气的脸白气噎，抽抽咽咽地一面哭，一面问道："谁是我舅舅？我舅舅年下才升了九省检点，那里又跑出一个舅舅来？我倒素习按理尊敬，越发敬出这些亲戚来了。既这么说，环儿出去为什么赵国基又站起来，又跟他上学？为什么不拿出舅舅的款来？何苦来，谁不知道我是姨娘养的？必要过两三个月寻出由头来，彻底来翻腾一阵，生怕人不知道，故意的表白表白，也不知谁给谁没脸？幸亏我还明白，但凡我糊涂不知理的，早急了。"

赵姨娘提到的赵国基之死，时空隧道瞬时穿梭到了雍正七年，此时的赵姨娘又成了李煦妹妹的替身，暗指李煦在大北方服刑期间，连饿带冻，含冤而死。探春是雍正的替身，李煦也算是雍正的舅舅外加老丈人，因为李煦的妹妹嫁给了康熙，是康熙的皇妃，雍正自然就是李煦妹妹的儿子了。探春只给二十两银子，表面看赵姨娘嫌少大闹理事厅，实际是李煦的皇妃妹妹为李煦含冤而死大闹雍正的金殿。赵姨娘说探春："如今没长羽毛就忘了根本！"是在骂雍正刚上台就害舅舅，抄李煦的家，毫不顾忌亲情及李煦对康熙朝所做的贡献。赵姨娘提到舅舅时，探春说："谁是我舅舅，我舅舅早升了九省的检点了。""九省"就是关系多的意思，暗指李煦在做苏州织造期间，广纳朋友，加上与康熙的特殊关系，早就形成了自己的势力范围。探春说贾环每天跟着赵国基上学，暗指李煦与皇八子允禩来往密切，不管在财力还是在官场，都给予允禩极大的支持。雍正即位后首先解决的便是他的政敌，并于雍正元年正月初十，复查李煦亏空一案，查抄没收其家产，李煦被收监，这也符合雍正执政初期"正人先正己"的大致方针。雍正六年曹家被抄，在查抄曹家的同时又查出李煦曾为皇八子允禩买过五个侍女，李煦再次入狱，后被流放到打牲乌拉（吉林北部），不满一年去世，时年七十五岁。探春因赵姨娘的吵闹有口难辩，实指雍正很尴尬，他感到了理亏。赵姨娘的兄弟名叫赵国基，暗指李煦等被害之人都是国家的基础，赵国基死了，大清国的基础开始摇晃，清王朝走到了末世，到了即将崩溃的边缘。

史料称：雍正元年查抄李家，家产及家仆二百余名，在苏州变卖达一年之久，竟无人问津，督臣查弼纳奏请："以臣愚见，现将应审之人暂停质审，而其余人俱行造册，由臣资助盘费，坐船乘驿，押送内务府，以奏请圣主。如此办理当否，臣未敢擅便，肯请圣主批示，以便遵行。"谜书隐写王熙凤对平儿说："如今俗语'擒贼必先擒王'，他（指雍正）如今要作法开端，一定是先拿我开端。倘或他要驳我的事，你可别分辩，你只越恭敬越说'驳的是'才好。千万别想着怕我没脸，和他一翚，就不好了。"谜书人物的替身瞬时发生了变化，凤姐与平儿亦均转变了关系，她俩便成了李煦的女儿与孙女，即雍正齐妃李氏与弘时福晋，也透露出雍正的齐妃李氏是进退维谷。此番描写对应查抄李煦家的真实事件，谜书所谓

258

的"擒贼必先擒王"，隐指先抄的就是苏州织造李煦的家，还有"世人皆知老虎屁股摸不得"，隐指江南的曹家，特别是在雍正初年，曹老太后还在宫中坐镇，雍正尚不敢不分畛域。

探春是贾家四春中的第三春，与雍正成为大清国皇家的第三代一致，她虽为庶出，但在贾家众姐妹中，才华出众，同样得到较高的重视。她在协理大观园中，大刀阔斧进行开源节流、兴利除弊的改革，成效显著；在凤姐等众人查抄大观园时，她敢于反抗，胆略兼人；在为王夫人辩屈时，她心思缜密、聪慧过人。这样一个见之忘俗的女子，难怪王夫人疼她爱如己出。

六十三回，众人玩占花名儿游戏时，探春占得一枝杏花，并注有"得此签者，必得贵婿"，以至"众人笑道：'……我们家已有了个王妃，难道你也是王妃不成。大喜，大喜。'"

二十二回，探春做了一个谜语，谜面是："阶下儿童仰面时，清明妆点最堪宜。游丝一断浑无力，莫向东风怨别离。"脂批："此探春远适之谶也。使此人不远去，将来事败，诸子孙不致流散也，悲哉伤哉！"

谜语由贾政解出，谜底是风筝。七十回又有众人放风筝玩耍时，探春放的是个凤凰形状的风筝，"那喜字果然与这两个凤凰绞在一处……谁知线都断了，那三个风筝飘飘摇摇都去了"。这"喜"字风筝，正对应探春"占花名儿"时，众人所言的"大喜"。小说中探春放风筝的情节，暗隐了她的婚事，也就是说，她会像断了线的风筝一样，远嫁他乡，将"骨肉家园齐来抛闪"。

还是在七十回，探春与宝玉合作了一首《南柯子》小词，探春作了前半阕："空挂纤纤缕，徒垂络络丝。也难绾系也难羁，一任东西南北各分离。"

这半阕词的意思是讲柳条虽然如缕如丝，却难系住柳絮，只好任其各分离了。这个"才自清明志自高"的女子，最终远嫁他乡。风筝隐指她的命运，她放的风筝是凤凰形状。凤凰，在我国封建社会可是皇帝的皇后或皇妃的代名词，龙凤结合才能呈祥。探春到底远嫁到了什么样的人家？基本确定她嫁的就是帝王之家。再联系小说"占花名儿"时众人对她的戏言，就能猜想到她嫁的夫君至少是王爷一级的人物！

返回再看大清皇宫，有谁会跟贾家三小姐的人生命运相同或基本相同？翻看清史细细寻找，还真有一位，应是著书人特意选定的原型人物，她正是康熙第三女——固伦荣宪公主！贾探春行三，贾府的三小姐，是贾宝玉同父异母的妹妹；固伦荣宪公主是康熙的第三女，太子胤礽同父异母的姐姐。康熙的皇三女是固伦荣宪公主，皇三子是允祉，皇三子与皇三女是一母所生，他们的母亲是康熙的庶妃——马佳氏。贾府的三爷与三小姐也是一母所生，他们的母亲是贾政之妾赵姨娘。小说中的三爷贾环、三小姐探春与康熙的皇三子允祉、皇三女固伦荣宪公主完全没有差别，这是不是无独有偶、不谋而合？再根据贾宝玉"衔玉而诞"，就是皇太子胤礽的替身，由此得出其父贾政就是康熙的替身；再联系谜书故事，三小姐探春就是皇三女固伦荣宪公主的替身。这样的安排，正是著书人经常善用打乱辈分与年龄给予隐匿的创作手法。在此特别提示，贾环可不是允祉的替身，他们除了"行三"一样外，其他方面均无联系。

在清代，满蒙联姻是清帝笼络蒙古族人的重要措施，努尔哈赤在逐步统一女真诸部的同时，也要做好与明朝抗衡的准备，这就使他不得不认真考虑如何处理与林丹汗为首的蒙古察哈尔部的关系。努尔哈赤首先考虑与科尔沁联盟，分化蒙古察哈尔的势力，为将来与明王朝争雄消除后患。为了达到这个目的，他迎娶科尔沁明安女之后，继续推动满蒙通婚。满蒙联姻，是满洲入主中原与边区的蒙古族保持了三个世纪的通婚，建立了世代姻亲关系。正是这种姻亲关系，对中国北方两大民族的长期和好、对清廷统辖与治理边疆蒙古地区，起到了重要作用。在长期的满蒙通婚过程中，清朝皇帝把握着皇室及宗室王爷子女的婚配权，往往以指婚的形式决定他（她）们的婚姻命运。皇女、皇孙女及宗室王爷的女儿，均由皇帝或太后择取八旗及蒙古王爷的适龄俊秀子弟指配聘嫁。入关前后的整个清朝，满蒙联姻总计五百八十六次，皇家出嫁到蒙古的女子就多达四百三十人，清朝的《满蒙联姻》均有记载。

事实上，许多皇家女儿不愿远嫁蒙古，尤其是清朝入关之后，所居住的环境、生活条件，均与游牧民族的生活特点发生了质的改变。北方的蒙古民族，仍处于一成不变马背上的生活状态，加上自身的距离，相隔千里。有些亲王为逃避女儿远嫁，将生下的女儿隐瞒不报，再提前私聘与京城旗人。因远嫁蒙古并不是皇家女子理想的选择，反是当事人感到痛苦极力躲避的事儿。探春远嫁的册画中，有"一只大船，船中有一女子掩面泣涕之状"，可想哪家女儿愿"将骨肉家园齐来抛闪"，远嫁他乡，不哭才怪！

在清朝满蒙联姻的大背景下，康熙皇三女固伦荣宪公主也同样无法逃脱被指婚远嫁的命运。康熙三十年（1691），她受父命，被指婚给了蒙古巴林部札萨克多罗郡王鄂齐尔的次子乌尔衮，出嫁时三公主年方十九岁，乌尔衮二十二岁。到康熙四十三年（1704），额驸乌尔衮嗣封王爵，固伦荣宪公主还真成了王妃。六十三回占花名时，"众人在贾探春抽得的'必得贵婿'后，笑言道：'我们家已有了个王妃，难道你也是王妃不成？'"明显告诉读者：家里已经有了一个"王妃"。从谜书的表面看，已有的王妃就是贾元春，可从小说的背面看，贾元春是清朝皇帝的王妃，与探春远嫁这一历史事实没有关系。正因如此，另一个王妃就该另有其人，起码说不是清朝皇宫内的任何一个王妃，应与固伦荣宪公主一样，是清室的公主，后成为王妃。"家里已有的王妃"又该是谁呢？翻阅清廷的满蒙联姻史，在固伦荣宪公主前，还真有一位老王妃，她就是皇太极第五女固伦淑慧长公主。她与顺治的关系非同一般，是孝庄文皇后的亲生女儿，也就是康熙的亲姑姑、固伦荣宪公主的亲姑姥姥，正经八百的嫡生。固伦淑慧长公主的侄孙女下嫁的正是她的亲孙子乌尔衮！当康熙皇三女出嫁时，固伦淑慧长公主才五十九岁，还没病没灾、能吃能喝，身体状况良好，她才是"家里已有的王妃"。

七十回众人放风筝时，探春的凤凰风筝与外面一个凤凰风筝相绕，又与一个"喜"字风筝相缠。原文是："只见那凤凰渐逼近来，遂与这凤凰绞在一处。众人方要往下收线，那一家也要收线，正不开交，又见一个门扇大的玲珑喜字带响鞭，在半天如钟鸣一般，也逼近来。众人笑道：'这一个也来绞了。且别收，让他三个绞在一处倒有趣呢。'说着，那喜字果然与这两个凤凰绞在一处。三下齐收乱顿，谁知线都断了，那三个风筝飘飘摇摇都去了。""凤凰"与"喜"字风筝相缠，而后断线远去。"两个凤凰"隐指两位公主的大婚与远嫁。"一个门扇大的玲珑喜字带响鞭，在半天如钟鸣一般"，这个细节描写显得非常荒唐，谁见过放飞在空中的风筝还受遥控器的牵制，能在半空中点燃鞭炮，尤其是在三百多年前，人类的发展，还没用上电，遥控绝无可能。荒唐的背后隐述了婚嫁时的热闹场面，也暗含祖孙两代公主都嫁入了蒙古巴林部，还都做了王妃，她们有着相同的、凤凰般的母仪地位。

探春远嫁还隐含着另一件大事，就是暗写曹家被赶出金陵遣送回北京，也是著书人"一笔不写一家事文字"的具体情节。在五十六回，探春有一段话非常精彩，当时赵姨娘为二十两银子的事与探春寻闹，"凤姐打发平儿来对探春说：'如今是姑娘裁度，再添一些也使的。'探春说：'好好的添什么？谁又是二十四个月养的？不然，也是出兵放马，背着主子逃出命来的不成？'"话中的"二十四个月"暗指曹家在雍正五年十二月二十四日被查封，这"二十四个月"既是十二个月的翻倍，又是二十四日的代名词。还有话中的"出兵放马，背着主子逃出命来"，其意是说，曹家的先祖曾在战场上用生命救过皇家的主子，如今却落得被抄的结果，与文中焦大的醉骂大同小异。

贾惜春

从谜书安排的十二金钗来看，元、迎、探、惜都是皇帝的替身，最明显莫过于惜春了。先看钗画：一所古庙，里面有一美人，在内看经独坐，这是顺治晚年的真实写照。贾惜春好佛、善画，最后出家，与顺治的野史传说基本一致，贾惜春的艺术形象就是顺治皇帝。

顺治从小受到摄政王多尔衮的压制和阻挠，基本没受到完整的教育，多尔衮死后，才获得发奋学习的机会，加上他先天聪颖，又刻苦用功，很快就成为一名博学多才、满腹经纶的君主，甚至还慢慢对西学和佛学产生了浓厚的兴趣。在顺治亲政初期，主要以儒家学说作为治国的指导思想，对佛教并不崇信，甚至还给予嘲讽和贬斥。在《清世祖实录》中记载，顺治十年，福临与大学士陈名夏商讨天下治乱之因和国家长祚之法的时候，曾对喇嘛僧道予以贬斥道："喇嘛竖旗，动言逐鬼，朕想，彼安能逐鬼，不过欲惑人心耳。"到顺治十四年，他便开始接触僧人，很快便成了佛教的忠实信徒。这年，顺治在太监的劝说下游幸了海会寺，正好见到了临济宗龙池派高僧憨璞聪禅师。憨璞聪是福建延平顺昌人，俗姓连，十五岁出家于天王寺，三年后剃发，二十五岁起游历四方，其师为百痴行之。顺治问曰："从古治天下，皆以足足相传，日对万机，不得闲暇，如今好学佛法，从谁而学？"憨璞聪答："皇上即是金轮王转世，凤植大善根、大智慧，天然种性，故信佛法，不化而自善，不学而自明，所以天下至尊也！"憨璞聪禅师还真不含糊，会拍马屁，他巧言阿谀，说得顺治欢欣鼓舞、晕晕乎乎，真有点找不到北了。

憨璞聪是一位政治和尚，他很会逢迎皇上，为了赢得顺治的重视，得到他想得到的一切，又广交皇帝身边的太监，很快受到顺治的青睐。从此以后，顺治多次将憨璞聪召到宫里，详细询问佛教界的佛学，并赐他"明觉禅师"封号。在憨璞聪的教诲与感化之下，顺治对佛教的信仰是愈学愈虔，愈修愈诚。顺治十五年九月，憨璞聪特意推荐了南方的三位高僧：玉林琇、木陈忞和茆溪森。顺治特意遣使者赶赴江南湖州报恩寺召名僧玉林琇来京，玉林琇本人以清高自持，起初不肯入京。顺治派使者就像刘玄德三顾茅庐一般，连续邀请，到顺治十六年，玉林琇终于启程进京。见到玉林琇的顺治自称弟子，请求为自己起一个法名。玉林琇推辞再三，顺治不仅不生气，还请求给自己的法名要用丑一点的字，玉林琇只好为顺治写了十余字，顺治最终选择了"痴"，上用龙池派中的"行"，从此法名就叫"行痴"。

在练就即心即佛、佛性禅心的过程中，顺治忘却了人世间的烦恼和难题，并在他的影响和带动下，后宫大多太监和宫女，甚至嫔妃也都开始信佛，短短的几个月内，皇家的后宫竟变成了僧侣的寺院。在众僧的包围之下，顺治产生了出家的想法，他曾对木陈忞说："朕想前身的确是佛，今常到寺，见僧家明窗净几，辄低回不能去。""若非皇太后一人挂念，便可随老和尚出家去。"木陈忞不同意顺治出家，劝他只有现帝王真身，才能光扬法化，万勿萌生此念。在顺治人生的最后几年，更加迷信痴情佛教，尤其面对一些现实生活中的矛盾，他莫衷一是，只得在佛法中寻求解脱。当他钟爱的董鄂妃去世后，再次萌生了出家的念头。玉林琇再次劝顺治道："若以世法论，皇上宜永居正位，上以安圣母之心，下以乐万民之业；若以出世法论，皇上宜永作国王帝主，外以护持诸佛正法之轮，内住一切大权菩萨智所住……"顺治基本听从了玉林琇的劝告。

前身色相总无成，不听菱歌听佛经。（脂批：此后破失，系再补。）
莫道此生沉黑海，性中自有大光明。（脂批：此惜春为尼之谶也。公府千金至缁衣乞食，宁不悲夫！）

惜春的灯谜，谜底是佛前的海灯，即供于佛像前的长明灯。从物谜的角度看，此谜以灯喻人，通过写灯写出惜春的佛涯生活。此谜语的精妙之处在于它所蕴含的历史内容，著书人通过灯谜十分精确地写出了顺治的奇特经历，也就是说，海灯的谜底是顺治，此谜就是写顺治的。

"前身色相总无成"的寓意：色相是佛教用语，指一切有形状、颜色

263

等可见的东西。说海灯前身被置于尘世不能悟道成佛，不能体会佛性的真谛。在史书的记载中，顺治于公元1661年正月初七日就驾鹤西去了，他的前生已经结束，并没有出家，也就是没能悟道成佛。若从史书的记载来看，顺治的确没有出家，他所谓的出家或修成正果就成了假说或虚幻，如果人们只相信清史的记载，就不能发现顺治出家的真相，更不能理解他的悟道成佛，也如同管中窥豹一般一叶障目，不见泰山，恰好达到孝庄皇太后造假的目的。

"不听菱歌听佛经"的寓意："菱歌"指乐府中的莲歌菱曲，内容多属男欢女爱的情歌。海灯前身在本性上不适于世俗生活，可在未能悟道成佛前亦能看破红尘。顺治不贪恋世俗的生活，一心向佛，就是一个典型的范例。他深受佛教的感召，尤其在董鄂妃死后执意出家，最后终于出家成佛，了却了自己的夙愿。顺治被记成死人的日子是正月初七日，正月初七在江浙一带，被称为菱生日。《浙江风俗简志·嘉兴篇》记当地农谚："七菱八谷九豆十棉花。"指的是正月初七为菱生日，初八为谷生日，初九为豆生日，初十为棉花生日。顺治抛弃皇位出家，被历史记载死于正月初七，即世俗生活彻底结束。"不听菱歌"是他不贪恋世俗的生活，朝堂之上的是是非非及朝堂之下的菱歌艳舞，与他再没关系了。皈依佛门后的"听佛经"、念佛经，才是他的首要任务和每天要做的具体工作。

"莫道此生沉黑海"的寓意：形象上的"沉黑海"是指灯线浸入黑海一样的油中，寓意所有投身佛门的佛家弟子，在世人看来，就好比走向黑暗的深渊一样。顺治就更像史书记载的那样，已经成了一个死人，被火化后葬入孝陵，确好似沉入黑海一样，他世俗的旅行列车，已真真正正运行到了终点站。

"性中自有大光明"的寓意：指灯线与灯油的本性能使海灯发出耀眼的光亮，从佛理上讲，海灯供奉佛前并非走向了黑暗，而是找到了真正的归宿。就惜春来说，她最终皈依了佛门，走上了一条光明之路。此暗示顺治并没有真死，他与西方的普照大光明菩萨一样，修成了真正的佛身，步入了光明的佛家世界。

谜书第二回写到智通寺的龙钟老僧，其实就是顺治晚年情景的写照，正因为这个老僧有如此重要的作用，脂批："毕竟雨村还是俗眼，只能识得阿凤、宝玉、黛玉等既觉之先，却不识得既证之后。"这段批语的寓意：著书人通过凤姐、宝玉和黛玉等人写与顺治的关系，是假语存；通过这个龙钟老僧来写顺治是"既证之后"，就不单单是假语存的问题了，同时也是真事隐。谜书第二回交代顺治的老年景象，从写作方法上看，属倒叙法，接上段批语之后的批语是"未出宁荣繁华盛处，却先写一荒凉小境。未写通部入世迷人，却先写一出世醒人，回风舞雪、倒峡逆波，别小说中所无之法。"堂堂一国之君，出家做了和尚，如此重要的新闻，这在当时即使上不了头版头条，也该在报纸的夹缝里有点显示吧？然遗憾的是，这种说法只在清朝的野史里有所体现，"行痴"师父圆寂之后就没下文了，清野史的说法还真有一定的可信度。

清史记载：顺治死于天花。顺治十八年的大年初二，他亲送太监吴良辅代己出家；初四患病的消息向外公开；初五就大赦天下并传令民间不许炒豆、点灯及泼水，这是当时为天花患者祈福的风俗；初七深夜，就传出顺治驾崩的消息。从传出他生病到死亡仅短短的四天时间，他会不会也是"金蝉脱壳"？现在看来不仅是藏了起来，且藏得很隐秘，从他二十四岁起，一藏就是几十年，这一切都得归功于康熙的老奶奶——孝庄太皇太后。做到这一点，其实很简单，只要对大臣和天下百姓说一句谎话就可以了，可撒谎容易圆谎难，假戏必须真演，才能忽悠全国的臣民。皇帝驾崩了，葬礼是没办法省略的。举办葬礼就得有一具尸体，最好的办法就是火化，火化可以解决一切难题。清史记载：顺治十八年正月初七，紫禁城里的第一位清朝皇帝顺治因患天花病死在养心殿，距董鄂妃之死仅隔半年。二月初二，顺治梓宫移至景山寿皇殿，停放百日之后，于四月十七日由与顺治关系密切的高僧茚溪森主持，在寿皇殿前焚烧火化。次年五月，顺治的宝宫——骨灰坛，由辅政大臣索尼、明珠、鳌拜等护送，与董妃的宝宫一同葬入遵化清孝陵。

关于顺治的火化，《清圣祖实录》记载：顺治十八年四月十七日，"上（康熙）诣世祖章皇帝（顺治）梓宫前，行百日致祭礼"。康熙元年一月七日，即顺治的周年纪念日，"上诣世祖章皇帝宝宫前，行期所致祭礼"。"康熙二年四月辛酉，奉移世祖章皇帝宝宫往孝陵。"康熙所祭分别为梓宫和宝宫，梓宫是有尸体的棺椁，宝宫是尸体焚化后的骨灰盒。

写惜春就是隐写顺治，惜春为四小姐，顺治被记成死人时，他上头还活着三个哥哥，太宗四子、六子和七子，著书人只好暂时安排他行四了。蓼风轩中的暖香坞是惜春的卧室，也是顺治的墓穴。顺治的宝宫被葬入孝陵的时间是康熙二年六月初六。六月初六时当盛夏，故为"暖"；古代称六月初六或六月二十四为荷花生日，又称观莲节，故为"香"；四面高而中间低的山地称为"坞"。孝陵中的地宫，也就是安放顺治骨灰盒的地方，当然是四面高中间低了。惜春的册画和判词，就是顺治出家这一事实更形象、更具体的写照。大观园有一重要的景观建筑叫藕香榭，藕香榭也是惜春的住所，其实就是顺治被葬孝陵的隐语，《释名》云："榭者，借也。借景而成者也。或水边，或花畔，制亦随态。"正因为园景的重要，海棠结社时，惜春的诗号才叫"藕榭"。

"勘破三春景不长，缁衣顿改昔年妆。"重点注意"勘"字，有三种意思：1. 校对、复看核定、校勘；2. 实现调查、探测：勘测、勘探、勘查；3. 审问囚犯：勘问、推勘。第二种意思在这里表现尤为明显，"三春"与"三春过后诸芳尽"中的"三春"意义基本相同，实指三个朝代。实际是著书人替顺治推测、判断清王朝的好景不长，犹如三春过后，花草必然凋谢一样。顺治预测到清朝的好景已不长久，遂作长远之计，早遁佛门。

"可怜绣户侯门女，独卧青灯古佛旁。"著书人的真实意图，除了顺治也包括那些明末遗士同样遁入佛门、独守青灯古佛，其内心的悲凉可想而知。这是著书人用世俗的眼光来看遁入佛门的人是可怜兮兮，但真正的佛家弟子未必这样认为。

对应"红楼梦曲"《虚花悟》是惜春的钗令："将那三春看破，桃红柳绿待如何？把这韶华打灭，觅那清淡天和。说什么天上夭桃盛，云中杏蕊多。到头来，谁把秋捱过？则看那，白杨村里人呜咽，青枫林下鬼吟哦。更兼着，连天衰草遮坟墓。这的是，昨贫今富人劳碌，春荣秋谢花折磨。似这般，生关死劫谁能躲？闻说道，西方宝树唤婆娑，上结着长生果。"

这支曲子指惜春看破了红尘。所谓看破红尘，就是看破自古兴旺替代贫穷，富贵贫寒也是轮回流转的。不过，像惜春这样的侯门千金，如想出家，随便说说轻而易举，真正做起来却是举步维艰。是什么使她铁定了心非出家不可？判词中说她"勘破三春"，这是主要原因，"躲是非"又一直是她的初衷。惜春历经了凡尘的鸥鹚弄舌，看透了社会的丑陋百态，选择一条遁入佛门的不归之路，自在情理之中。惜春说自己"一个姑娘家，只好躲是非的"，"是非"是说眼下的是是非非，比如入画的私藏，再比如闲言碎语、风波不断的大观园等。当然，还暗指以后的是是非非，她都要躲。原因是"我清清白白的一个人，为什么叫你们带累坏了"，才变成了一个心冷嘴冷的人，顺治出家与惜春基本一致，庙堂之上的是是非非时时相伴，欲躲无路，欲化不能，遁入空门才是最省心、最惬意的解决办法。

惜春任凭入画如何地苦苦哀求，均置若罔闻、麻木不仁，数年主仆之情瞬间变成了沤浮泡影。著书人给她的判词有这样几句话："说什么天上夭桃盛，云中杏蕊多，到头来谁把秋捱过?"再联系一句"闻说道西方宝树唤婆娑，上结着长生果"，前句是出家人的思索，后句就是答案。惜春出家之后，已没了是是非非，只求长生不老获得正果，她选择的是一条通向西方佛家世界艰难的求索之路，与所有皈依空门的佛家弟子没什么两样，一生漂泊不定，更不会有什么稳定的住所。与顺治的经历相比，可用《庄子·天下》的理论给予概括："大同而与小同异，此之谓小同异；万物毕同毕异，此之谓大同异。"

第十二章 梦幻中的阴阳身

梦是谜书的核心意涵，也是宏著的重要特色。小说在开篇立意明确写道："此回中凡用'梦'用'幻'等字，是提醒读者眼目，亦是此书立意本旨。"谜书将情与梦浑然一体，梦又是情的弥合与拓展，它在追溯历史事件、推动小说情节发展、塑造人物及刻画人物性格、深化作品主题等方面均发挥了重要作用。梦可视为谜书的精华、特色和灵魂，梦与幻又贯穿了谜书的全过程，它还为烘托小说中心、隐写历史真相起到推波助澜的作用。

妙 玉

妙玉属金陵十二钗之一，苏州人氏，是一个带发修行的尼姑。她美丽聪颖，心性高洁，遭人嫉恨，举世难容；她感情上又尘缘未了，不洁不空。妙玉的钗令是：

> 欲洁何曾洁，云空未必空。
>
> 可怜金玉质，终陷淖泥中。

其中的隐喻，前一句本想抹掉心中的仇恨，忘掉家族的血泪史，避开世俗的束缚，跳出三界之外，安度余生，可清廷的所作所为，却让他无法释怀，欲罢不能，欲进不得；后一句可怜自己大好的青春年华、聪明才智，被无情淹没，付之东流，最终陷入痛苦的淖泥之中。如按隐喻来分析，妙玉的身份就不是道姑，而是活生生的原创著书人弘皙。妙玉的孤僻、好洁，就是弘皙孤傲、愤世的自我体现；妙玉的艺术形象，可谓是专门为和硕理亲王量身定做的鸿衣羽裳。

谜书中妙玉这一人物着墨不多，给读者留下的印象却相当深刻，也为解读真故事留下了广阔的空间。妙玉虽然洁癖古怪，但文墨极通，模样极好，堪称诗仙，又精通茶道，所有这些特别之笔，均能看到著书人弘皙的影子。小说主要采用了"阴阳互换"法，正面描写的是美女，背面隐述的是大老爷们儿和硕理亲王弘皙，脂批："不要只看此书的表面，此书表里皆有寓意。"用著书人提供的"风月宝鉴"来照看这位神秘道姑，其真实替身就自然浮现在读者眼前。妙玉出场仅在"荣国府归省庆元宵"暗出一次，给读者留下了一定的悬念；"品茶栊翠庵"正式出场，展现在读者眼前的是才华馥郁、品位高雅的道姑形象；"寿怡红群芳开夜宴"里，送生日贺笺暗出一次；"凹晶馆联诗"再次展现妙玉满腹经纶、脱凡超俗的气质；后续书部分写到贾母病危，妙玉不请自来；妙玉遭难，被盗贼劫持到海上，是她的归宿。现将分散在不同地方的妙玉综合起来，就能理清弘皙的生活简历。

谜书对妙玉进园的描述，有林之孝家的来回："采访聘买的十个小尼姑、小道姑都有了，连新做的二十份道袍也有了。外有一个带发修行的，本是苏州人氏，祖上也是读书仕宦之家。因生了这位姑娘自小多病，买了许多替身皆不中用，促的这位姑娘亲自入空门，方才好了，所以带发修行。今年才十八岁，法名妙玉。如今父母俱已亡故，身边只有两个老嬷嬷、一个小丫头伏侍。文墨也极通，经文也不用学了，模样儿又极好。"脂批："补出妙卿身世不凡，心性高洁。""如今父母俱已亡故"，依照历史事实，康熙驾崩之时，废太子胤礽仍苟活于世，是否有些夸大其词的感觉？其实，废太子一直处于圈禁之中，与被判了死刑没什么两样，等同于父母双亡，再到雍正二年，弘皙也就真成父母双亡了。

著书人在介绍妙玉出场处，脂批："妙玉世外人也，故笔笔带写，妙极，妥极！"写妙玉进园，最关键一段是："因听见长安都中有观音遗迹并贝叶遗文（传位诏书），去岁随了师父（康熙）上来，现在西门外牟尼院住着。他师父极精演先天神数，于去冬圆寂了。妙玉本欲扶灵回乡的，他师父临寂遗言，说他'衣食起居不宜回乡，在此净居，后来自然有你的结果'，所以他竟未回。"对应康熙朝历史，在康熙六十一年四月十三日至九月二十八日，康熙去承德热河避暑，到木兰围场行围，清史记载是由弘历陪伴，这完全是偷天换日之笔，实际上是由弘皙相陪。这时的康熙正传授治国之道，竭力培养大清国的一代新君。"去冬圆寂"是指康熙于十一月

269

十三日驾崩，"衣食起居不宜回乡"，隐指康熙离世之时弘晳不在京城，他受雍亲王之命"回乡"东北，要在冬至之日祭奠先祖，此正对应圆圐语"不宜回乡""后来自然有你的结果"，正因为"回乡"错过了传大位的大好时机，他的结果自然就烟消云散了。这一系列的隐述，均采取反证的方法，影印了弘晳第一次与皇权擦肩而过。"王夫人笑道：'他既是官宦小姐，自然骄傲些，就下个帖子请他来何妨。'林之孝家的答应了出去，命书启相公写请帖去请妙玉。次日遣人备车轿去接。"脂批："补尼道一段，又伏一案。"从脂砚斋"又伏一案"的批语来看，妙玉进园隐含的真情就不止一处。由"命书启相公写请帖"，这个"请"字，就能想到"探春持家、兴利除弊"一回中，有"姨娘亲口嘱托我三五回"之说。此回中的"请"与彼回中的"嘱托"同出一人之口，都是王夫人的软语温言，两案亦可并轨一案。此回中的妙玉与彼回中的宝钗又结合在了一起，两个人变成了一个人的替身，属异曲同工之笔。

作为妙玉的重头戏，在"栊翠庵茶品梅花雪"一回，"贾母道：'我们才都吃了酒肉，你这里头有菩萨，冲了罪过。我们这里坐坐，把你的好茶拿来，我们吃一杯就去了。'妙玉听了，忙去烹了茶来。宝玉留神看他是怎么行事。只见妙玉亲自捧了一个海棠花式雕漆填金云龙献寿的小茶盘，里面放一个成窑五彩小盖盅，捧与贾母。贾母道：'我不吃六安茶。'妙玉笑道：'知道。这是老君眉。'"六安茶为安徽六安市地区的名茶六安瓜片，老君眉系产于洞庭湖的君山。贾母与妙玉的一段对话，一是贾母与妙玉之间的关系非同一般、至戚世交，实际是曹老太后与弘晳祖孙间的对话；二是贾母知道妙玉这里有各种名贵贡茶，才挑三拣四，尽其所好。若真理解成尼姑庵，哪儿来这许多皇家的贡品？"贾母接了，又问是什么水。妙玉笑回'是旧年蠲的雨水'。贾母便吃了半盏，便笑着递与刘姥姥说：'你尝尝这个茶。'刘姥姥便一口吃尽，笑道：'好是好，就是淡些，再熬浓些更好了。'贾母众人都笑起来。"先写泡茶的水特别讲究，应属于专供用水，这尼姑庵肯定不是一般的场所；后写众人所用的茶杯，是清一色官窑脱胎填白盖碗，全是御赐珍玩。皇家的东西咋就堂而皇之地流落到了尼姑庵？此处肯定是著书人使用了幻笔。其实，那御赐珍玩就是雍正帝赏赐给军机大臣张廷玉的，又与清史记载对应起来，弘晳的历史皆被乾隆修除，有些不能或不宜删除的内容，就强拉硬拽安在张廷玉身上，与第五回林黛玉的钗画"画着两株枯木，木上悬着一围玉带"形成了完整的链条。若再将栊翠庵看成是尼姑庵，把妙玉当成道姑，那可真是"满纸荒唐言"了。"栊翠庵"无疑就是圆明园的军机值房，此时的弘晳正是"光灿灿胸悬金印，威赫赫爵位高登"的首辅军机大臣，身处最耀眼的辉煌期。"那妙玉便把宝钗和黛玉的衣襟一拉，二人随他出去。宝玉悄悄的随后跟了来。只见妙玉让他二人在耳房内，宝钗坐在榻上，黛玉坐在妙玉的蒲团上。妙玉自向风炉上扇滚了水，另泡一壶茶。宝玉便走了进来，笑道：'偏你们吃梯己茶呢。'二人都笑道：'你又赶了来蹭茶吃，这里并没你的。'妙玉刚要去取杯，只见道婆收了上面的茶盏来。妙玉忙命：'将那成窑的茶杯别收了，搁在外头去罢。'宝玉会意，知为刘姥姥吃了，他嫌脏不要了。又见妙玉另拿出两只杯来。一个旁边有一耳，杯上镌着'瓟瓟斝'三个隶字，后有一行小真字是'晋王恺珍玩'，又有'宋元丰五年四月眉山苏轼见于秘府'一行小字。妙玉便斟了一斝，递与宝钗。那一个形似钵而小，也有三个垂珠篆字，镌着'点犀盉'。妙玉斟了一盉与黛玉。仍将前番自己常日吃茶的那只绿玉斗来斟与宝玉。"若说妙玉有洁癖，成窑杯因刘姥姥用了嫌脏不收，为何却用自己日常吃茶的绿玉斗斟茶给宝玉？此举若按谜书的正面看是绝对不合情理的。有红迷解释为妙玉的心中装着宝玉，痴想有朝一日嫁给宝玉，那是没有弄清真事所隐，如能解读出隐匿在谜书背后的真故事，找到历史人物的真身，一切疑问均可迎刃而解。妙玉代替的是军机大臣弘晳，宝玉是弘晳王妃曹氏，二人本身就是夫妻关系，共用此杯也就不足为奇了。"宝玉笑道：'常言世法平等，他两个就用那样古玩奇珍，我就是个俗器了。'妙玉道：'这是俗器？不是我说狂话，只怕你家里未必找得出这么一个俗器来呢。'宝玉笑道：'俗说随乡入乡，到了你这里，自然把那金玉珠宝一概贬为俗器了。'妙玉听如此说，十分欢喜，遂又寻出一只九曲十环一百二十节蟠虬整雕竹根的一个大海出来，笑道：'就剩了这一个，你可吃的了这一海？'宝玉喜的忙道：'吃的了。'妙玉笑道：'你虽吃的了，也没这些茶糟蹋……'"脂批："茶下糟蹋二字。成窑杯已不屑再要。妙玉真清洁高雅，然亦怪谲孤僻甚矣！实有此等人物，但罕耳。"看此评批，本身就自相矛盾，著书人往往在隐述过露时，总设法故意掩饰一番。说到妙玉清高怪癖，真意并不在品茶，而是在品人上，此妙玉之洁癖，正对应"成窑杯"。表面看丢掉的是茶杯，实际丢掉的是皇权，此处的洁癖，也不是真正的字面意义。在整部谜书中，有三个人物的性格特点突出了一个"洁"字，他们分别是妙玉、林黛玉和柳湘莲。解释清楚他们

"洁"的隐义，是读懂谜书的又一关键，不然，就会"不识庐山真面目"，就会被著书人一通的忽悠一时半晌找不到北。

妙玉的性格古怪，难以捉摸，加上自尊心极强，不可轻犯。虽然人们当其面无所表示，背地里对她的孤僻是众口一词。妙玉孤僻的性格、怪诞的行为给她罩上了一层孤冷的外表，其内心深处是清冷、抑郁、迷惘的结合体，正因为受到内心复杂情绪的驱使，表现出来就是孤冷和清高，"天生成孤僻人皆罕""不合时宜"，所以才会"太高人愈妒，过洁世同嫌"。小说中的林黛玉是"孤高自许，目下无尘"，如果说潇湘馆中的绿竹就是她品格象征的话；那栊翠庵中傲霜斗雪、吐苞怒放的红梅，更该是妙玉高洁品性的真实写照。可妙玉的高洁，却是如此不融洽、不协调，甚至到了"过洁世同嫌"的地步。

凡读过小说的都知道林黛玉是洁净的化身，似无瑕的碧玉，一尘不染。从小说表面看，专指男女关系，她自始至终洁身自好，尽管深爱着宝玉，也绝不越雷池半步，正如《葬花吟》所述"质本洁来还洁去""一抔净土掩风流"。林黛玉自身的"洁"，表面看具备儒家思想的传统美德，总给人一种无可奈何花逝去的感觉。恰恰因为她的"洁"，直接导致她体弱多病，还有吃不完的药，结果是一辈子都吃不完的后悔药。脂批："余固深悔之。"

柳湘莲又称冷二郎，原系世家子弟，他父母早丧，读书无成。在谜书中和宝玉最合得来，"素性爽侠，不拘细事"，八字概括了他主要的性格特征。他对朋友绝对讲诚信，尽管一贫如洗，也要留几百钱为朋友秦钟重修坟墓。贾琏要把绝色的小姨子尤三姐介绍给他，尤三姐与贾珍早有苟且之事，却暗中相中了柳湘莲。当尤三姐通过尤二姐提出自己的想法与追求时，马上得到贾琏的认可，还竭力撮合。当柳湘莲悉知尤三姐在东府待过之后，马上反悔，不想做"剩忘八"。这就有点不对头了，如果尤三姐只是"淫奔女"，柳湘莲嫌弃她，问心无愧。可尤三姐又是传位诏书的化身，弘晳又很想得到它，这就让人无法理解了。谜书交代，柳湘莲有一怪癖，就是心理疾病，叫"情冷"，因为情冷而放弃传位诏书，也讲不通啊。

"洁癖""洁净""情冷"是他们三人的主要性格特征，其三人又均是原创著书人弘晳不同时期的替身演员。对妙玉来讲，她的"洁癖"，并非是洁身自好、不为外物所污的习性，与强迫性神经官能症没一点儿联系；对林黛玉来讲，她的"洁净"也与男女之间的苟且之事不沾边儿，反映她的无可奈何倒是实实在在；对柳湘莲来讲，他的"情冷"，与尤三姐的爱情完全是南辕北辙。假如尤三姐由贾珍介绍给柳湘莲，尽管柳湘莲十分清楚贾珍与尤三姐的苟且之事，他眼中的尤三姐就会像林黛玉一般洁净无瑕，相信他会不加思索欣然笑纳。可事实是贾琏介绍的，贾琏又是乾隆的替身，尤三姐就变成了人见人爱的"淫奔女"。再说，贾琏当然知道尤三姐十分喜欢柳湘莲，雍正在位期间的所作所为早就告诉了他，到手的传位诏书乾隆哪会轻易转让？著书人在此故意虚晃一枪。隐含的意思是：弘皙若想从乾隆那儿得到传位诏书，就得抢，就得夺，就得发动宫廷政变，就得与乾隆拼个你死我活。"太高人愈妒，过洁世同嫌"是对妙玉的准确评价，因为弘皙的官位太高，首辅军机大臣，遭到部分人的嫉妒也属正常。"过洁"就是太干净，没一点点的灰尘和污垢。隐喻他太在乎做人的道德标准了，所有的行为都要照章办事，不违规，不枉法，一切都照常规出牌，包括获取传位诏书，也必须要按部就班，得由雍正直接传大位给他，不能越雷池半步，这就是所谓的"洁"。"世同嫌"，与谜书开篇的一段话意义相同，"虽我之罪固不能免，然闺阁中本自历历有人，万不可因我不肖，则一并使其泯灭也"。也就是说，他自己的"过洁"，不仅亲手毁害了自己的大好前程，还包括闺阁中人同他一起走向了毁灭，那一帮好哥们儿能对他没意见吗？林黛玉的"洁净"，与妙玉的"洁癖"意义相同，她与妙玉都有吃不完的后悔药，再加无奈的哀叹："天尽头，何处有香丘？"最终结果就是钗令中的《世难容》："气质美如兰，才华阜比仙。（脂批：妙卿实当得起。）天生成孤僻人皆罕。你道是啖肉食腥膻（脂批：绝妙！曲文填词中不能多见），视绮罗俗厌。却不知太高人愈妒，过洁世同嫌。（脂批：至语。）可叹这，青灯古殿人将老，辜负了，红粉朱楼春色阑。到头来，依旧是风尘肮脏违心愿。好一似，无瑕白玉遭泥陷，又何须，王孙公子叹无缘。"

谜书对刘姥姥使用过的成窑杯是这样处理的："宝玉向妙玉赔笑道：'那茶杯虽然脏了，白撂了岂不可惜？依我说，不如就给那贫婆子罢，他卖了也可以度日，你道可使得？'妙玉听了，想了一想，点头说道：'这也罢了。幸而那杯子是我没吃过的，若我使过，我就砸碎了也不能给他。你要给他，我也不管你，只交给你，快拿了去罢。'宝玉笑道：'自然如此，你哪里和他说话授受去，越发连你也脏了。只交与我就是了。'"刘姥姥带走的名贵成窑杯，除暗喻皇权外，还隐指什么？《乐亭县志》记载：清代乐亭有一士族大家——汀流河刘家。刘家世称京东第一家，其家中藏有善本书《古今图书集成》一部。全书分门别类，计三十二典，共六千一百零九部，雍正四年印成，共印六十四套，价值白银万两。这等罕见的成套大书，为何流入民间，又为何落户在乐亭刘家？据载：此书是乐亭另一士族大户史家所藏，后转卖给汀流河刘家。

史家咋有这部大书？如果与雍正没有关系，就算家有黄金万两，也不会买到此书。看清史，方知这套大书雍正独赐张廷玉两套，而其中必有一套属于弘皙。再说，弘皙姓史（石）是乾隆的御辞，为了照顾乾隆脆弱的心理，弘皙只好谢主隆恩了。雍正暴死后，弘皙辞官归乡就将此书带回了乐亭。成窑杯落户刘姥姥家，就是著书人将《古今图书集成》幻笔写成成窑杯，落户到汀流河刘家。

六十三回，"宝玉忙问：'这是谁接了来的？也不告诉我。'袭人、晴雯等见了这般，不知当是那个要紧的人来的帖子，忙一齐问：'昨儿谁接下了一个帖子？'四儿忙飞跑进来，笑说：'昨儿妙玉并没有亲来，只打发个妈妈送来，我就搁在那里。谁知一顿酒就忘了。'众人听了，道：'我当谁的，这样大惊小怪。这也不值的。'宝玉忙命：'快拿纸来。'当时拿了纸，砚了墨，看他下着'槛外人'三字，自己竟不知回帖上回那个什么字样才相敌。只管提笔出神，半天仍没主意。因又想：'若问宝钗去，他必又批评怪诞，不如问黛玉去。'想罢，袖了帖儿，径来寻黛玉。刚过了沁芳亭，忽见岫烟颤颤巍巍地迎面走来。宝玉忙问：'姐姐那里去？'岫烟笑道：'我找妙玉说话。'宝玉听了诧异，说道：'他为人孤僻，不合时宜，万人不入他目。原来他推重姐姐，竟知姐姐不是我们一流的俗人。'岫烟笑道：'他也未必真心重我，但我和他做过十年的邻居，只一墙之隔。他在蟠香寺修炼，我家原寒素，赁的是他庙里的房子，住了十年，无事到他庙里去作伴。我所认的字都是承他所授。我和他又是贫贱之交，又有半师之分。因我们投亲去了，闻得他因不合时宜，权势不容，竟投到这里来。如今又天缘凑合，我们得遇，旧情竟未易。承他青目，更胜当日。'"

清史记载的"拜褥事件"，在此很有必要解释清楚，不然，就不明白妙玉为何要自称是"槛外人"？那是康熙三十三年春清明节前，按惯例，每年清明，皇家在皇帝的率领之下，都去奉先殿祭祖。按内大臣、议政大臣索额图的吩咐，礼部向皇帝奏报皇家的祭奠安排，提及把太子胤礽的拜褥也放在大殿的门槛之内，无疑是对康熙的一种试探，意在太子已长大成人，可以接替皇帝处理一些军国大事了。康熙同意与否，直接关系到太子能掌握多少皇权。康熙当即指示礼部尚书沙穆哈："太子的拜褥应设槛外。"被夹在皇帝、太子和索额图之间的沙穆哈，既不敢违拗圣意，又不好向太子和索额图陈明理由，他请求皇帝允许全部记录在案，以期为自己开脱，结果触动了康熙那根过敏的神经。《圣祖仁皇帝实录》记载："谕大学士等：礼部奏祭奉先殿仪注，将皇太子拜褥设置槛内。朕谕尚书沙穆哈曰：'皇太子拜褥应设槛外。'沙穆哈即奏请朕旨，记于档案，是何意见。著交该部严加议处。寻议，尚书沙穆哈应革职，交刑部。侍郎席尔达、多奇均应革职。得旨，沙穆哈著革职，免交刑部。席尔达、多奇俱从宽免革职。"对应到槛内祭祖只能是皇帝，证实了皇太子与弘皙的命运相同，他俩均无缘进槛拜祖。谜书用有史记载的"槛外人"，透露出妙玉就是弘皙的替身演员。

返回看迷茫中的宝玉，他就像齐天大圣般具有七十二番变化，此处瞬时转变成雍正的替身，也只好将邢岫烟幻成曹王妃的替身。曹王妃是曹颙的遗腹女，五六岁便到姑祖母曹老太君处宫中养育，邢岫烟所言，恰好符合曹寅嫡孙女的经历。此时，曹王妃进宫已满十年，十五六岁，与弘皙订婚，尚未完婚。"我和他又是贫贱之交，又有半师之分。"对应历史可判定在雍正六至七年间，此时弘皙正在江南为官。"只见宝玉听了，恍如听了焦雷一般，喜的笑道：'怪道姐姐举止言谈，超然若野鹤闲云，原来有本而来。正因他的一件事我为难，要请教别人去，如今遇见姐姐，真是天缘巧合，求姐姐指教。'说着，便将拜帖取与岫烟看。岫烟笑道：'他这脾气竟不能改，竟是生成这等放诞诡僻了。从来没见拜帖上下别号的，这可是俗语说的僧不僧，俗不俗，女不女，男不男，成个什么道理。'"此言正对应脂砚斋批语："访奇采异，极巧穷研；候而男，候而女，变化无方；忽儿隐，忽儿现，杳冥难寻。"宝玉与邢岫烟的大段对白，是否历史上真有其事，是否存在老公公与没过门的儿媳那么随便的情形，不得而知。更有可能是著书人的幻笔，他还得照顾小说的正面，就没必要那么较真儿了，关键要看二人话中的隐含。

"宝玉听说，忙笑道：'姐姐不知道，他原不在这些人中算，他原是世人意外之人。因取我是个些微有知识的，方给我这帖子。我因不知回什么字样才好，竟没了主意，正要去问林妹妹，可巧遇见了姐姐。'岫烟听了宝玉这话，却只顾用眼上下细细打量了半日，方笑道：'怪道俗语说的闻名不如见面，又怪不得妙玉下这帖子给你，又怪不得上年竟给你那些梅花。既连他这样，少不得我告诉你原故。他常说：'古人中自汉晋五代唐宋以来皆无好诗，只有两句好，说道："纵有千年铁门槛，终须一个土馒头。"所以他自称"槛外之人"。又常赞文是庄子的好，故又或称为"畸人"。他若帖子上是自称畸人，你就还他个世人。畸人者，他自称是畸零之人；你谦自己乃世中扰扰之人，他便喜了。如今他自称"槛外之人"，是自谓蹈于铁槛之外了；故你如今只下"槛内人"，便合了他的心了。'宝玉听了，如醍醐灌顶，哎哟了一声，方笑道：'怪道我们家庙说是"铁槛寺"呢，原来有这一说。姐姐就请，让我去写回帖。'岫烟听了，便自往栊翠庵来。宝玉回房写了帖子，上面写'槛内人宝玉熏沐谨拜'几字，亲自拿了到栊翠庵，只隔门缝儿投进去便回。"所谓"言谈之中见筋骨"，此处的妙玉，影射的是皇家到奉先殿祭祖时只能在槛外的弘皙；此处的宝玉，影射的是唯一可进入奉先殿跪拜的雍正；邢岫烟是弘皙王妃曹氏的替身，难怪他对妙玉如此了解。

"凹晶馆联诗悲寂寞"一回，是紧接在抄检大观园之后，黛玉"对景感怀""倚栏垂泪"，湘云前来相慰，深夜硬拉她到凹晶馆的水边联诗；贾府的中秋赏月充满了阴郁和黯淡，"贾母犹叹人少，不似当年热闹"，大观园最后的晚餐是草草收场。当黛玉、湘云吟出悲凉凄怆的"寒塘渡鹤影，冷月葬花魂"后，妙玉忽从栏外山石后转出，特邀她俩到栊翠庵吃茶。在栊翠庵"妙玉遂提笔一挥而就"《右中秋夜大观园即景联句三十五韵》，她独创十三韵，且不说是否值得逐句推敲，其中一定蛰伏着她命运走向的神秘暗码。七十六回回末总评："只一品笛，疑有疑无，若近若远，有无限逸致。"大观园被查抄之后，弘皙就遭到了"打草惊蛇法"，此正设想"金蝉脱壳"，抱病辞官，回归皇粮庄。

续书一百零九回写到贾母病重："只见妙玉头带妙常髻，身上穿一件月白素绸袄儿，外罩一件水田青缎镶边长背心，拴着秋香色的丝绦，腰下系一条淡墨画的白绫裙，手执麈尾念珠，跟着一个侍儿，飘飘拽拽的走来……众人见了都问了好。妙玉走到贾母床前问候，说了几句套话。贾母便道：'你是个女菩萨，你瞧瞧我的病可好得了好不了？'妙玉道：'老太太这样慈善的人，寿数正有呢。一时感冒，吃几帖药想来也就好了，有年纪人只要宽心些。'贾母道：'我倒不为这些，我是极爱寻快乐的。如今这病也不觉怎样，只是胸膈闷饱，刚才大夫说是气恼所致。你是知道的，谁敢给我气受，这不是那大夫脉理平常么。我和琏儿说了，还是头一个大夫

276

说感冒伤食的是，明儿仍请他来。'"在整部谜书中，妙玉就是弘皙的替身。此时正是乾隆二年，曹老太后病重，弘皙从乐亭的皇粮庄赶到北京，不请自到，至少说明他与老太君的感情情逾骨肉。此段重点要理解大夫说的"气恼所致"，前文已经揭晓，乾隆继位之后，将圆明园诸芳全部禁管起来，连起码的自由都没有，曹老太君怎能高兴？"你是知道的，谁敢给我气受？"此句是正话反说，关键词"你是知道的"，弘皙当然十分清楚，乾隆为了夺取皇位，干尽了禽兽不如的缺德事，丧尽天良。曹老太君所提到的"琏儿"，就是乾隆，他现在大权在握，什么事都是他说了算，哪怕给老太君请个大夫看病，都得向他请示。

续书一百一十二回写妙姑遭劫是何隐意？看小说中的描写："天已二更。不言这里贼去关门，众人更加小心，不敢睡觉。且说伙贼一心想着妙玉，知是孤庵女众，不难欺负。到了三更夜静，便拿了短兵器，带些闷香，跳上高墙。远远瞧见栊翠庵内灯光犹亮，便潜身溜下，藏在房头僻处。等到四更，见里头只有一盏海灯……却说这贼背了妙玉，来到园后墙边，搭了软梯，爬上墙跳出去了，外边早有伙贼弄了车辆在园外等着。那人将妙玉放倒在车上，反打起官衔灯笼，叫开栅栏，急急行到城门，正是开门之时。门官只知是有公干出城的，也不及查诘。赶出城去，那伙贼加鞭，赶到二十里坡，和众强徒打了照面，各自分头奔南海而去。"被劫持到海上的妙玉是不是弘皙的替身？答案毋庸置疑。看小说描写妙玉被劫的过程是既惊险又刺激，道姑的下场肯定是既可叹又可悲。再看小说中的妙玉，自始至终不声不吭，没有反抗，"那知那个人把刀插在背后，腾出手来将妙玉轻轻的抱起，轻薄了一会子，便拖起背在身上。此时妙玉心中只是如醉如痴"。表面看妙玉遭迷药所致，任由盗贼劫持与猥亵，背后的隐情恐怕就是"周瑜打黄盖"了。对应弘皙第二次的"金蝉脱壳"，完全可理解成妙姑遭劫归仙源。妙玉被劫持到南海，相当于弘皙被"劫持"到了石臼坨岛。因为整部谜书的真故事，就发生在大观园，无论是圆明园，还是石臼坨，都距南海数千里，南海之名出现在小说当中，无疑是著书人使用了幻笔。当然，妙玉最终"遭劫"的地点是在乐亭的皇粮庄，而石臼坨岛所处的位置正是乐亭南方的海面上，站在乐亭遥看石臼坨，当然就是"南海"了。看小说中的"盗贼"，也完全是著书人的正话反说，再与乾隆四年弘皙应招回京，结果"病故"在路上，亲临皇粮庄招他回京的人是谁？他们就是小说中的"盗贼"，应该与"弘皙逆案"中的六家宗室王爷有关，而且还把"劫持"方案规划得相当缜密，其道姑被"劫持"的过程就是假戏真演，目的是忽悠乾隆。

史 湘 云

说到史湘云，可是谜书中的神秘角色：她年龄不大，天生淘气，嗜酒成癖，啖膻鹿肉，肆意醉眠，作诗出口成章。她时不时来荣国府厮混上一段时间，再干一些不着调的荒唐事，还深得荣府上下的爱戴，谁都知道她是史老太君的内侄孙女。除这些特征外，著书人始终没对史大姑娘的外貌进行描写，长相是否漂亮，什么样的发型，什么样的打扮，什么样的身材，没有结论。

在"拾麒麟侍儿论阴阳"一回，嗜酒贪玩的小湘云，能够说出成书理念的阴阳论，亦属荒唐的安排，即荒唐，就有著书人的特殊用意，其故意透露史湘云就是著书人之一曹霑的替身演员。谜书对史湘云这一人物的描述，同样采用了阴阳互换法，即正面是一个大家闺秀，实际上却是一个公子哥儿；虽口口声声史大姑娘，言语间表露出的却是浑小子。三十一回："随着一声'史大姑娘来了'，便见史湘云带领众多丫鬟、媳妇走进院来。"湘云来贾府要干什么？如果是走亲戚，带个丫鬟倒没问题，可又带这么多的媳妇婆子就有问题了。谜书隐情，曹霑的堂姐曹王妃生下龙凤双子，史湘云与家人来皇宫探视，如同现在有些地区娘家人给婴儿过满月一样，喝满月酒保佑婴儿平安健康成长。宝钗、黛玉忙迎至阶下相见，"青年姊妹间经月不见，一旦相逢，其亲密自不必细说。一时进入房中，请安问好"。相互招呼寒暄过后，便是众人对湘云身份的泄露之言。

贾母说："天热，把外头的衣服脱脱罢。"一言道出大体时间，与"荷花尚未开"来看，是六月份，史湘云忙起来宽衣。"王夫人笑道：'也没见穿上这些作什么？'史湘云笑道：'都是二姐姐叫穿的，谁愿意穿这些。'宝钗一旁笑道：'姨娘不知，他穿衣裳，还更爱穿别人的衣裳。可记得旧年三四月里，他在这里住着，把宝兄弟的袍子穿上，靴子也穿上，额子也勒上，猛一瞧，倒像是宝兄弟，就是多两个坠子。他站在那椅子后边，哄的老太太只是叫："宝玉，你过来！仔细那上头挂的灯穗子招下灰来，迷了眼。"他只是笑，也不过去。后来大家撑不住笑了，老太太才笑了，说："倒扮上男人好看了。"'……"文中所讲的宝玉，就是曹王妃的替身，即曹霑的堂姐。谜书对姐弟两个的隐述，同样采用了阴阳互换法，将曹王妃写成公子哥儿，将曹霑写成千金小姐。写湘云穿宝玉的衣服，只能是小弟穿大姐姐的衣裳，"旧年"一词一般情况下指去年，如"海日生残夜，江春入旧年"。去年的曹霑十一岁，正是天真淘气的时候，反之，别说没有小姐穿男人服装的道理，尤其是男大女小相差八九岁，个头都成问题，即使穿上也会不伦不类。著书人通过湘云的淘气暗透其是浑小子的身份。"林黛玉道：'这算什么。惟有前年正月里接了他来，住了没两日，就下起雪来。老太太和舅母那日想是才拜了影回来，老太太的一个新新的大红猩猩毡斗篷放在那里，谁知眼错不见，他就披了，又大又长。他就拿了汗巾子拦腰系上，和丫头们在后院子扑雪人儿去，一跤栽到沟跟前，弄了一身泥水。'"这样的淘气，确实不像大家闺秀，是调皮男孩儿无疑。"宝钗笑问周奶奶道：'周妈，你们姑娘还是那么淘气不淘气了？'"问姑娘淘气不淘气，好像没有这样的问话，纯属荒唐之言。"迎春笑道：'淘气也罢了，我就嫌他爱说话。也没见睡在那里，还是咭咭呱呱笑一阵说一阵，也不知那里来的那些话。'"试想，如果湘云就是个小姐，被众人一通数落，恐怕早就赧然汗下、脸红耳赤了，可谜书中的史湘云照样是有说有笑，权作是数说他人而若无其事。

　　"王夫人道：'只怕如今好了。前日有人家来相看，眼见有婆婆家了，还是那么着？'"按旧时封建礼教，女孩十岁便不再出家门，正所谓大门不出，二门不迈，待嫁闺房。湘云已到了该找婆家的年龄，此时的她还时不时走亲戚，每次来还住上几天。"贾母问：'今儿还是住着，还是家去呢？'周奶奶笑道：'老太太没有看见衣服都带了来，可不住两天？'"湘云根本就不可能是小姐身份，真实年龄十二岁，旧时都讲虚岁，此故事正发生在雍正十三年六月。"史湘云问道：'宝玉哥哥不在家么？'宝钗笑道：'他再不想着别人，只想宝兄弟，两个人好憨的。这可见还没改了淘气。'贾母道：'如今你们大了，别提小名儿了。'"考虑到读者会以为湘云年龄小，不必遵守传统的封建礼教，但从该找婆家一语证明，湘云已经长大了。"刚只说着，只见宝玉来了，笑道：'云妹妹来了。怎么前儿打发人接你去，怎么不来？'王夫人道：'这里老太太才说这一个，他又来提名道姓的了。'"这又是怎么说呢？难道这"云妹妹"也是小名儿不成？若不是小名儿，王夫人此言又如何解释呢？看他过去爱穿曹王妃的衣服，这个"云妹妹"的绰号就他莫属了。林黛玉道："你哥哥得了好东西，等着你呢。"黛玉一言正对应曹王妃喜得龙凤双胞胎子女。

整部小说有四大最美的场景描写：黛玉葬花、宝钗扑蝶、晴雯撕扇、湘云眠芍。"憨湘云醉卧芍药裀"的场景被著书人描写得酣畅淋漓，实在令人啧啧称赞。史湘云在大观园中是最活跃最有趣的一分子，她饮酒赋诗，划拳猜枚，呼三喝四，神采飞扬，字里行间刻画出一个纯真、直爽、可爱和憨态可掬的少女形象，是入画的绝佳题材。"玩了回，散席时却忽然不见了湘云。正说着，只见一个小丫头笑嘻嘻的走来：'姑娘们快瞧云姑娘去，吃醉了图凉快，在山子后头一块青板石凳上睡着了。'众人听说，都笑道：'快别吵嚷。'说着，都走来看时，果见湘云卧于山石僻处一个石凳子上，业经香梦沉酣，四面芍药花飞了一身，满头脸衣襟上皆是红香散乱，手中的扇子在地下，也半被落花埋了，一群蜂蝶闹穰穰的围着他，又用鲛帕包了一包药花瓣枕着。众人看了，又是爱，又是笑，忙上来推唤挽扶。湘云口内犹作睡语说酒令，唧唧嘟嘟说：'泉香而酒冽，玉盏盛来琥珀光，直饮到梅梢月上，醉扶归，却为宜会亲友。'众人笑推他，说道：'快醒醒儿吃饭去，这潮凳上还睡出病来呢。'湘云慢启秋波，见了众人，低头看了一看自己，方知是醉了。原是来纳凉避静的，不觉的因多罚了两杯酒，娇嫩不胜，便睡着了，心中反觉自愧。连忙起身扎挣着同人来至红香圃中，用过水，又吃了两盏酽茶。探春忙命将醒酒石拿来给他衔在口内，一时又命他喝了一些酸汤，方才觉得好了些。"谜书交代，湘云自小父母双亡，依附叔婶，婶子待她如同草芥，连女红针黹都要她做，常至半夜三更。这是小说的虚构部分，著书人还得抽出一半儿的精力，照顾谜书的正面故事。当湘云来到大观园后，孤苦无助的生活阴影一掠而去，"英豪阔大宽宏量"的性格展现无遗，活脱脱一个任达不拘浑小子的形象。史湘云本来就是男儿身，但为了照顾小说的故事情节，故意显现出女孩儿的特征来，皆属著书人运用囫囵语、荒唐言幻化出来的身份。单从"醉卧芍药裀"而言，也不该是女孩儿的做派，假如史湘云的真身就是女儿的话，她的醉卧，后果肯定要遭到一系列的批判，结果非但没受到批评，反给大家带来无限的欢乐。她一尘不染，热情奔放，还总有说不完的话；她与人交往从无高贵卑贱之分，更不考虑男尊女卑，说话做事季布一诺；她总是嘻嘻哈哈，爱说爱笑，哪里有她，哪里就有欢声笑语；她随心所欲，活得天然，饭桌上是海吃海喝，兴奋中挥拳拇战，写诗时别具一格、独辟蹊径。她是人见人爱的大活宝，即使遭到批评与数落，仍能泰然处之。

四十九回这样写道："大家散后，进园齐往芦雪庵来，听李纨出题限韵，独不见湘云宝玉二人。黛玉道：'他两个再到不了一处，若到一处，生出多少故事来。这会子一定算计那块鹿肉去了。'（脂批：联诗极雅之事，偏于雅前写出小儿啖膻茹血极腌脏的事来，为锦心绣口作配。）正说着，只见李婶也走来看热闹，因问李纨道：'怎么一个带玉的哥儿和那一个挂金麒麟的姐儿，那样干净清秀，又不少吃的，他两个在那里商议着要吃生肉呢，说的有来有去的。我只不信肉也生吃得的。'众人听了，都笑道：'了不得，快拿了他两个来。'黛玉笑道：'这可是云丫头闹的，我的卦再不错。'"文中的宝玉与湘云，正是男女互换，时间是雍正十一年，由薛宝琴、邢岫烟、李绮、李纹加入诗社为证。这年雍正把军机处扩编到十一人，自然包括薛宝琴、邢岫烟、李绮、李纹了。宝玉、湘云姐弟俩大的不过十八九，小的才十来岁，贪玩乃是他们的天性。尤其是湘云，总能"生出多少故事来"。"李纨也随来说：'客已齐了，你们还吃不够？'湘云一面吃，一面说道：'我吃这个方爱吃酒，吃了酒才有诗。若不是这鹿肉，今儿断不能作诗。'说着，只见宝琴披着凫靥裘站在那里笑。湘云笑道：'傻子，过来尝尝。'宝琴笑说：'怪脏的。'……黛玉笑道：'那里找这一群花子去！罢了，罢了，今日芦雪庵遭劫，生生被云丫头作践了。我为芦雪庵一大哭！'湘云冷笑道：'你知道什么！"是真名士自风流"，你们都是假清高，最可厌的。我们这会子腥膻大吃大嚼，回来却是锦心绣口。'"闺阁弱女，作此豪言，足见其豁达豪爽和心直口快。赏雪芦雪庵，她一身男装，"穿着里外发烧的大褂子，头上戴着大红猩猩昭君套，又围着大貂鼠风领"。其装束，与封建社会要求女子"坐莫动膝，立莫摇裙，喜莫大笑，怒莫高声"大相径庭。

"因麒麟伏白首双星"一回，湘云与翠缕论阴阳一段，论到最后，"翠缕道：'这也罢了，怎么东西都有阴阳，咱们人倒没有阴阳呢？'湘云照脸啐了一口道：'下流东西，好生走罢！越问越问出好的来了！'翠缕笑道：'这有什么不告诉我的呢？我也知道了，不用难我。'湘云笑道：'你知道什么？'翠缕道：'姑娘是阳，我就是阴。'说着，湘云拿手帕子握着嘴，呵呵的笑起来。翠缕道：'说是了，就笑的这样了。'湘云道：'很是，很是。'翠缕道：'人规矩主子为阳，奴才为阴。我连这个大道理也不懂得？'湘云笑道：'你很懂得。'"此处专门用翠缕的话点明史湘云就是公子哥儿，就是曹霑。翠缕的话看似荒唐，属小儿戏言，著书人就是借荒唐之言反映真实状况。

　　"秋爽斋偶结海棠社"有这样一段描述："袭人打点齐备东西，叫过本处的一个老宋妈妈来（脂批：'宋'，送也。随事生文，妙），向他说道：'你先好生梳洗了，换了出门的衣裳来，如今打发你与史姑娘送东西去。'那嬷嬷道：'姑娘只管交给我，有话说与我，我收拾了就好一顺去的。'袭人听说，便端过两个小掐丝盒子来。先揭开一个，里面装的是红菱和鸡头两样鲜果；又那一个，是一碟子桂花糖蒸新栗粉糕。又说道：'这都是今年咱们这里园里新结的果子，宝二爷送来与姑娘尝尝。再前日姑娘说这玛瑙碟子好，姑娘就留下顽罢。（脂批：妙！隐这一件公案，余想袭人必要玛瑙碟子盛去，何必骄奢轻发如是耶？因有此一案，则无怪矣。）这绢包儿里头是姑娘上日叫我作的活计，姑娘别嫌粗糙，能着用罢。替我们请安，替二爷问好就是了。'宋嬷嬷道：'宝二爷不知还有什么说的，姑娘再问问去，回来又别说忘了。'"这段给湘云送东西的描写，对应的是弘晳离开海岛，回到北京一个比较隐蔽的家中，时间是乾隆二十四年的秋天，乾隆抄反书已把石臼坨涤荡一空。证据有三：一是弘晳的子孙大多住在北京，乾隆没对他们采取任何行动，仍享受着皇家固有的待遇。因为弘晳早在乾隆四年就"病故"在回京的路上，乾隆的心病已除，自然不会对他的子孙有啥反应。二是弘晳离世，就葬在北京。2006 年 5 月，在北京石景山玉泉路某施工现场意外挖掘出一具清代干尸，尸长 1.73 米，左脚长有六趾。此人下葬棺椁头上所载"皇清诰授中宪大夫拙吾黄公之灵枢"。干尸的身份为清康熙时期的中宪大夫黄拙吾，专家们寻遍清史，也没发现任何关于黄拙吾的记载。令人奇怪的是，按清代官服制度，文官补服绣飞禽，武官补服绣走兽。中宪大夫为四品文官，四品文官的官服应该绣鸳鸯等飞禽才对，可男尸所穿补服上绣的却是麒麟，这是一品武官才有的官服。不仅如此，还穿着四爪蟒袍和五爪龙袍，四爪为蟒，五爪为龙，此人不过是四品文官，身穿只有亲王以上才有资格穿的四爪蟒袍和五爪龙袍。另外，清代发式为前面坤发，后面辫子，干尸却系着发髻，与清规剃发令也不相符。尤其是黄拙吾，谐音皇黜吾，此人曾被皇帝废黜。如果把四品文官及不伦不类的装扮与《石头记》结合起来，加上"一篇立意，真开卷打破历来小说窠臼"，再联系史湘云"溪壑分离，红尘游戏，真何趣"的谜语，谜书本身就是不按小说套路创作的荒唐作品，与干尸的爵位、打扮等照样不按清廷的套路出牌是否如出一辙？此人定是弘晳无疑，他总能别出心裁，干出一些荒唐之事，尤其是离开官场之后。另在曹霑《红楼梦》后续书中，王子腾是九省督检点，即九门提督，属武官爵位，可皇帝偏偏下谥号为"文勤公"。由此联想到，在弘晳出丧的过程中，曹霑一直陪伴左右，写王子腾"文勤公"一笔，估计是从弘晳下葬时所穿戴的装束得到的灵感。三是"曹雪芹于悼红轩披阅十载"的故居，就在西山脚下的乡间，远离红尘。基本可以肯定，弘晳晚年与曹霑的来往相当密切，他从乾隆二十四年离开石臼坨，到乾隆二十七年除夕去世，就住在北京一个比较隐蔽的孩子家中，他除了与曹霑秘密沟通外，几乎不再与外界联系。难怪史湘云敢对谜书夸下海口："数去更无君傲世，看来惟有我知音。"这句诗的意思就是对于这部谜书，其他人都不可能读懂读透每一个细节，只有史湘云才是它唯一的知音。"宝玉回来，先忙着看了一回海棠，至房内告诉袭人起诗社的事。袭人也把打发宋妈妈与史湘云送东西去的话告诉了宝玉。宝玉听了，拍手道：'偏忘了他。我自觉心里有件事，只是想不起来，亏你提起来，正要请他去。这诗社里若少了他还有什么意思。'"

袭人这时已是专门陪伴弘晳的正室夫人，"玛瑙碟子"是曹王妃的遗物，此时的弘晳已年迈体弱，谜书被严禁查抄，如想问世，已力不从心，他特别需要有人替他传承下去。袭人在此重大问题上，首先想到了曹王妃之堂弟，依据她对曹王妃的理解及深厚的感情，曹霑会答应她的。送水果只是正常的人情世故，而送"玛瑙盘子"才是目的，有物归原主的意思，目的是邀请传承人到弘晳密室一叙。后宝玉所说"正要请他去，这诗社里若少了他还有什么意思"，此时的宝玉，已不再是曹王妃，而是弘晳的替身演员。宝玉所说的"诗社"，也不再是雍正设立的军机处，而是专指《石头记》了。传承旷世谜书，非曹霑莫属，他才情超逸、诗思敏捷，文化功底相当深厚，又赋闲在家，无他事可做，只有他来传承，弘晳才一百个放心。

史湘云每次联句、赛诗，都来得又快又多。在咏白海棠时，别人捷足先登，好说的内容几被占尽，她竟别出心裁、独树一帜，连吟两首；芦雪庵联诗，她诗兴大发，竟与宝琴、宝钗、黛玉对峙争雄，大有三英战吕布之豪情。美玉微瑕，即说话大舌头，叫弘晳二哥哥变成"爱哥哥"，姐妹们时常学之，撩逗打趣，调侃嬉戏。脂批："今见'咬舌'二字加以湘云，是何大法手眼，敢用此二字哉？不独不见其陋，且更觉轻俏娇媚，俨然一娇憨湘云立于纸上。"一系列的幻化描写，是弘晳执笔，把十几岁的小表弟跃然纸上，活脱脱变成一个大活宝，人见人爱。站在弘晳的角度，曹霑比他小三十岁，每见到他，也难抑内心的喜爱之情。

湘云每次到大观园，不是住黛玉处，就是住宝钗处，黛玉与宝钗都是著书人弘晳不同时期的替身，也就是湘云原型的表哥加堂姐夫。所有这些不近情理的表述，都在对应著书人"满纸荒唐言"，目的是让读者在"闲谈中见筋骨"。著书人写众人对湘云的评论，是为读者解读谜书之谜故意留下的破绽。

李 纨

"桃李春风结子完，到头谁似一盆兰。"隐指弘时作为皇长子，在其春风得意之时十八岁喜得贵子，到头来谁登上了皇帝宝座？他的福晋李纨作为长房长媳，儿子贾兰又作为嫡孙，都没能得到应有的身份和地位，此判词中特点出李纨的名字。钗画中李纨身着凤冠霞帔，作为女子，有名、有姓还有字，十分罕见。"女子无才便是德。"取其反意，隐喻贾珠才华横溢，品行特征"混世魔王"，最终导致了他悲惨的命运，李纨还是弘时谜案的见证人。

乾隆在长大成人的兄弟中行二，也是荣国府多二爷的主要原因。弘时，1727年离世时二十四岁，留有一子。弘时的母亲就是雍正的齐妃李氏，李纨又是弘时母亲的内侄女，亦属姑舅表亲成婚。从人物形象刻画上看，在大观园她完完全全是雍正的儿媳、乾隆的大嫂、弘时的遗孀。按常理说，弘时应是雍正择嗣的首要人选，他既在诸子中排行最先，又已成人，且有子嗣，其生母李氏在雍邸时已是侧福晋，名分仅次于嫡福晋乌喇那拉氏，弘时的优势，都是弘历所不具备的。清史记载：雍正建储时弃长而择幼，选中比弘时小七岁，尚是一位少年的弘历，其生母钮祜禄氏在雍邸时并无正式封号。择嗣弘历的原因是康熙对其"我之最爱"，特为雍正安排的接班人。弘时二十岁以前，曾经历过康熙两废皇太子，诸皇子为谋取皇位不惜钩心斗角、尔虞我诈、拉帮结派、党同伐异，他是看在眼里，愤懑心中，既为他的叔伯们感到可怜又感到可怖，无奈何之余，就把自己装扮成玩世不恭的"混世魔王"。弘历当上皇帝之后，是这样评价弘时的："从前三阿哥年少无知，性情放纵，行事不谨，皇考特加严惩，以教导朕兄弟等，使知儆戒。今三阿哥已故多年，朕念兄弟之谊，似应仍收入谱牒之内。著总理事务王大臣酌议具奏。"

《清皇室四谱》记载:"弘时长大,且已有子,忽于雍正五年八月初六日申刻,以'年少放纵,行事不谨,削宗籍死'。"事实真是如此吗?恐不尽然。谜书所记"孽根祸胎""混世魔王"的宝玉,便是弘时的替身,看宝玉这一身的行头:"头上周围一转的短发,都结成了小辫,红丝结束,共攒至顶中胎发,总编一根大辫,黑亮如漆。从顶至梢,一串四颗大珠,用金八宝坠角。身上穿着银红撒花半旧大袄,仍旧戴着项圈、宝玉、寄名锁、护身符等物,下面半露松花撒花绫裤腿,锦边弹墨袜,黑底大红鞋。越显得面如敷粉,唇若施脂;转盼多情,语言常笑;天然一段风骚,全在眉梢;平生万种情思,悉堆眼角。"这才是少年时期弘时作为胤禛世子的速写。

黛玉进荣府所表述的背后真情,是弘晳先后多次所见的情节。宝玉说给黛玉"少小同榻,一桌吃饭"等语,就是弘晳与弘时同在一个屋檐下的生活写照。虽然弘时行为怪异,具有率直、任性的性格特征,但与弘晳感情深厚,互为知己。弘时之死,有三个案例可做参考:一是贾瑞被凤姐"毒设相思局"所害;二是贾环"手足耽耽小动唇舌",宝玉便遭到父亲严惩;三是"含耻辱情烈死金钏"。究竟弘时如何死法,谜书只用"金钏投井"作为影射,再没弘时之死的证据。解密谜书中的贾环,明显是弘历的替身演员,同父异母兄弟的"小动唇舌",极有可能就是弘时之死的主要原因。

尽管尚无史料可以佐证,根据雍正勒令弘时去做允禩之子这一状况,似可判定早在雍正继位之前,弘时对允禩等人,就有一定的好感。他对康熙晚期储位之争有看法,具有与其父截然不同的倾向,尽管如此,雍亲王与弘时之间并无明显的利益冲突。当雍正父子二人分别完成从皇子到皇帝、从皇孙到皇子的角色转换之后,由于弘时生母地位较高,外加各个方面都具备立储条件,自认为雍正立储板上钉钉、水到渠成。然而,雍正秘密建储之后,父子之间的关系很快走向对立,双方矛盾的性质,也随之发生了改变。笔者认为:弘时与雍正改变关系的主要原因,在于雍正元年正月初十,复查李煦亏空一案,查抄李煦家产,李煦、李鼎父子被送往审问,其余押往内务府衙门计二百余名,或赏给功臣,或遭变卖。毕竟李煦是弘时的外公,李鼎是弘时的岳父,李家遭此劫难,势必要牵动李家女儿的心,弘时的心情也就可想而知,加上他玩世不恭、年轻气盛,与雍正发生剧烈的碰撞就在所难免。尽管发生了较为激烈的冲突，但他们毕竟是父子关系，吵归吵、闹归闹，过上一段时间，心中的愤懑之情自然烟消云散。清史记载的原因可就有些不着调了。雍正元年八月秘密建储，尽管做得十分缜密，仅仅三个月，雍正本人就自泄天机。这年十一月十三日是康熙周年忌日，雍正没有亲至景陵致祭，却派年仅十二岁的弘历代其前往，少年弘历总能做出一些惊天之举。

乾隆在祭祀祖宗这一问题上用史笔大书特书，其隐含意味深长，那就是在位的皇帝派遣未来的皇帝向升天的皇帝致祭，百年大计已定，储位已有所属，祈求先帝在天之灵的佑护。对于雍正这一举措最为敏感，最为沮丧者，莫过于弘时。一年后，弘时的疑虑再一次被证实，雍正二年十一月十三日康熙再期忌日，十三岁的弘历第二次祭奠景陵，弘时的帝位梦幻彻底破灭。在懊恼、怨恨和嫉妒等多种情绪的支配下，他鬼使神差倒向了雍正反对派允祀的一方，对其父所做的一切均视而不见、漠然置之。清野史记载：雍正继位，使允祀等人拥戴皇十四子允禵的帝梦成空，他们作为雍正的对立面，不断地挑起事端、无事生非。弘时与允祀等人的政治主张完全相通或相近，最终为皇权所不容。值得注意的是，雍正继位之后与弘时之间的矛盾呈阶段性向前发展，尤其是残酷打击允祀等人后，弘时与雍正的关系便产生了空前的裂痕，直至势不两立。

清史记载：弘时是被雍正削宗籍圈禁而死。按说应该母以子贵，儿子死了，李氏反成了后宫之主，道理上讲不通啊！著书人明言主写末世，雍正皇后乌喇那拉氏死于雍正九年，贵妃年氏早死于雍正三年，此二人均无世子存活到雍正后期。弘历生母钮祜禄氏，虽清史记载册封为贵妃，均属弘历继位后连续破格提拔的结果，直到最高级别的皇太后。谜书将弘历生母幻笔写成赵姨娘，将弘历的替身幻写成贾环，可知这对儿母子当时所处的地位是何等的低微。按谜书隐述，弘时之死，与弘历母子联系紧密，故小说中的王夫人、李纨对赵姨娘母子态度不睦。按补记家史来看，将李氏写成主事的王夫人，基本认定雍正对齐妃李氏比较宠信。谜书中的大太太邢夫人，却不管事，是对照乌喇那拉皇后幻写而来，后来的邢夫人突然改换了一副面孔，竟连陪房王善保家的都仗势欺人，此时已改换了朝代，邢夫人也脱胎换骨，成了乾隆年间的皇太后，以后再不必低三下四、忍气吞声、委曲求全了。雍正的齐妃李氏，恰死于乾隆二年，绝对是改朝换代造成的结果。雍正的灵柩是在乾隆二年三月初二送泰陵，李氏是否与陪葬有关，谜书没有明说，清史也没记载。从乾隆死后葬东陵而不愿去西陵给雍正顶脚，同样说明乾隆做贼心虚。在雍正继位初期，乌喇那拉皇后的陪嫁女并不知道雍正与曹老太后达成的协议，只知道雍正写下了传位诏书，还密藏在雍和宫。在他们看来，弘时继承皇位，无论哪个方面都要比弘历占优势，除掉弘时，就等于除掉了弘历通向帝位之路的拦路虎。

二十八回："蒋玉菡情赠茜香罗"，参加冯紫英所设"鸿门宴"的宝玉会是谁的替身？不用怀疑就是"混世魔王"弘时。席间伶官蒋玉菡拿"大红汗巾子"给宝玉，后来忠顺王府找上门来，外加贾环的"小动唇舌"，宝玉就被"大承笞挞"。这绝不是一种巧合，是有人故意给宝玉设下了陷阱。开始焙茗听说是薛蟠告的密，焙茗是何人？是宝玉参加宴会的通知人，隐藏着的关系就是马家的密探，是杀害雍正的直接参与者，他说是薛蟠，一点都不意外。宝玉十分肯定地说："薛大哥哥从来不这样的，你们别混猜度。"特为"呆霸王"做了辩护。再者，薛蟠与宝玉从没利害冲突，他们还是亲姨娘表兄弟，他害宝玉，没理由啊。正如他自己所说："谁这样赃派我？我把那囚攘的牙敲了才罢！分明是为打了宝玉，没的献殷勤儿，拿我来作幌子。难道宝玉是天王？他父亲打他一顿，一家子定要闹几天。那一回为他不好，姨爹打了他两下子，过后老太太不知怎么知道了，说是珍大哥哥治的，好好的叫了去骂了一顿。今儿越发拉下我了！既拉上，我也不怕，越性进去把宝玉打死了，我替他偿了命，大家干净。"这段自辩，明显看出"呆霸王"不可能告密，他的性格是一竿子通到底的主儿，不会拐弯儿。如果是他干的事，他绝不会赖账，别说这点小事了，就是杀了人，他也是敢做敢当。第二个是被缉拿的蒋玉菡不可能自己泄密。第三个艺妓云儿算不上什么人物，纯一尤物，她只认钱，不认政治。再说，她又是"呆霸王"的相好，一切行动均听薛蟠的指挥，她与忠顺王府根本挨不上边儿、说不上话，绝没泄密的可能，其结果只能是设宴的冯紫英泄密。先设鸿门宴后泄密的冯紫英又该是谁的替身？通过解读，这冯家可不敢小觑，他们是与四大家族平起平坐、并驾齐驱的后起之秀，冯家就是乾隆皇后富察氏家的"二马"。马齐在雍正继位不久便谎报军情，称康熙传位给雍正的目的，与弘历继位有关，后雍正对马齐有严旨斥责。想想马家为何设计陷害雍正的皇长子弘时？起码他们当时认为，搬掉弘时就是挪开了挡在弘历帝位之路上的天然屏障，他们必须选准机会挑拨离间，再接着火上浇油。

在对"不肖种种大承笞挞"处，著书人特别做了暗示，贾政说道："你们问问他干的勾当可饶不可饶！素日皆是你们这些人把他酿坏了，到这步田地还来解劝。明日酿到他弑君杀父，你们才不劝不成！"谁可"弑君杀父"？看挨打的"混世魔王"宝玉，他是"性情放纵，行为不谨"的弘时，弘时于雍正五年离世，根本没机会弑君杀父。这就与真正弑君杀父后来当上皇帝的弘历形成了鲜明的对照，也与王熙凤不识"子"形成完整的对接。后老太君的怒骂，露出了真相，弘时是被逼死的。纵观全书，"大承笞挞"是雍正暴打了弘时，也是赵姨娘母子"小动唇舌"的结果，曹老太后也真生了气，一气之下回了南京，毕竟弘时是李家的外甥，李家与曹家的关系是联络有亲。雍正元年，因李家被抄弘时与雍正闹下了矛盾；雍正三年，皇八党被一举歼灭，再将矛头对准弘时，皇宫内的淫妇调唆愈烈，烂舌头的话就愈多，按"含耻辱情烈死金钏"分析，弘时的的确确蒙受了奇耻大辱，这与马家的积极参与、推波助澜具有密不可分的关系。一系列突如其来的明枪暗箭直冲弘时而来，措手不及的他无奈自尽。弘时到底遭受了何等的冤屈？清史记载是弘时与允祀一伙同流合污，被雍正果断赐死。将《手足耽耽小动唇舌　不肖种种大承笞挞》回目中的情节综合在一起，雍正绝对听信了钮祜禄氏母子的恶意挑唆，具体是用什么事件挑唆的，谜书也没明写，某种意义上说，著书人也不能将挑唆的原话讲明白，他也怕乾隆那根紧张的神经出现错乱，毕竟他的子孙多在京城居住。雍正暴打弘时是事实，导致弘时"含辱情烈"自尽也是事实，至于跳井而死，大有可能是著书人做的表面文章。正像贾政所言："好端端的，谁去跳井？我家从无这样事情，自祖宗以来皆是宽柔以待下人。大约我近年于家务疏懒，自然执事人操克夺之权，致使生出这暴殄轻生的祸患。若外人知道，祖宗颜面何在！"弘时是因情烈而轻生，绝非雍正赐死，后弘时的母亲与雍正的感情一直比较融洽，足可判定弘时是想不开而自杀。如果陪嫁女母子当时就知道曹老太后与雍正的那份君子协定，其密诏内容与弘时无关，恐怕弘时就不会那么早离世了。按宝玉的罪名"流荡优伶，表赠私物，荒废学业，淫辱母婢"来看，再对应清史的评价，与"混世魔王"弘时的性格不相上下。

二十三回有这样一段描写："贾政一举目，见宝玉站在跟前，神彩飘逸，秀色夺人；看看贾环，人物委琐，举止荒疏；忽又想起贾珠来（脂批：批至此，几乎失声哭出），再看看王夫人只有这一个亲生的儿子，素爱如珍，自己的胡须将已苍白：因这几件上把素日嫌恶处分宝玉之心不觉减了八九。（脂批：为天下年老者父母一哭。）"应该是雍正晚年生活的写照，"忽又想起贾珠来"，"再看看王夫人只有这一个亲生的儿子"，这句话也是著书人的囫囵语，齐妃李氏可不就弘时这一个亲生的儿子。雍正对弘时还有一定的感情基础，他时不时还会想起死去的儿子。清史记载弘时是被雍正果断赐死，道理与事实都讲不通，估计是乾隆一厢情愿没与雍正商量而做出的安排，反正雍正早被曾静等人确定有"十大罪状"，再多出"弑子"一案也算不上百分百的祸国殃民，顶多算是恶贯满盈，抬高自己贬损雍正可谓是风流皇帝一贯坚持的方针。

弘时的一生与胤礽的悲剧几乎相同，著书人没详细交代，均在隐叙当中。李纨多成为怡亲王允祥的替身演员，如筹建军机处和帮探春协理大观园等，此就不再赘述了。

薛 宝 琴

薛宝琴是薛宝钗的堂妹，其父母是谁，没有交代，这一人物的突然出现，恰好似无源之水、无本之木，给解读真情留下了一团迷雾。看谜书的安排：薛宝钗的堂妹肯定是薛家人，让人无法理解的是她姓薛，又是未出嫁的姑娘，却进了贾家的宗祠，小说写宝琴不仅深得众人喜爱，还特意将进贾氏宗祠点说两次。贾家就是皇家，已被证明过的，她既然进了贾家宗祠，自然就成了皇家的子弟。薛宝琴的明显特征是诗才不凡，她作有十首怀古谜诗。谜书的隐意已交代清楚，姓薛就是被"削"史之人，早被薛宝钗这个替身所验证。她既然是宝钗的堂妹，肯定与皇家有血缘关系，从皇室来论就是弘晳的叔伯兄弟，还是军机处的重要成员。雍正十一年在军机处供职除弘晳外，还有他四个叔伯兄弟，雍正之子弘历和弘昼，允祥之子弘昌和弘晈。按与弘晳的亲近关系而言，薛宝琴只能是雍正五皇子弘昼的替身演员。考清史，确实很少见涉及弘昼的记载，倒是有"荒唐王爷"这一别号深入人心，如同"弘晳逆案"一样。当然，因为弘历当了皇帝，清史所见都是四阿哥弘历如何精明强悍、智力超群、治国有方，三阿哥弘时和五阿哥弘昼是多么纨绔、多么荒唐。不过，被刻意修掉的历史，正是著书人要补记的重点。

尽管清史很少记载弘昼的生活经历，但对他的纨绔和怪诞，乾隆的修史者是不遗余力。清史载：弘昼自小和弘历结伴长大，身份地位也一直相差无几，眼看哥哥成了皇帝，性格一贯孤傲的他，相当长一段时间，没把阿哥当成皇帝看待，至少没表现出应有的尊重。骄矜狂妄的弘昼又倚着兄长的威势，傲慢任性，肆意妄为，昭梿的《啸亭杂录》载，有一次上朝，弘昼因事与军机大臣、获封一等公的讷亲有了小争执，居然对这位军机大臣重拳相向，场面非常尴尬。乾隆目睹了整个事情的经过，既不怪罪，也不出声阻止。接下来的弘昼奉命主持八旗科目考试，由于时值中午，弘昼想请当皇帝的哥哥先去用膳休息，但乾隆也是个事必躬亲的皇帝，尤其害怕旗人子弟考场作弊，迟迟未动。弘昼忽然之间爆发情绪，他极为不快地对乾隆说："难道你连我也不信任？"面对弘昼的突然爆发，乾隆默然不答。在一次给皇太后请安的过程中，漫不经心的弘昼居然抢占了皇帝跪拜的位置，不管是否有意，弘昼已铸成犯上大错，乾隆当场予以严厉斥责，还对弘昼进行罚俸三年的处理。此后弘昼奉命和允禄等一起清点仓储，却只想敷衍了事，再次惹恼乾隆，乾隆当即对弘昼做出罚俸一年的处罚。弘昼总算领教了皇帝的威严，不得不向哥哥低下高贵的头颅，从此以后，弘昼就以一种近似变态的方式折磨自己，发泄心中的愤懑和不满，他经常布置阴森恐怖的灵堂，命家丁把饭菜当成祭品来做，甚至经常命令左右随从在他吃饭期间高奏哀乐。清史载："乾隆三十五年（1770 年）庚寅七月十三日申时薨，谥恭。"也结束了他荒唐的一生。

在"琉璃世界白雪红梅"一回，有回前脂批："此回系大观园集十二正钗之文。"何为十二正钗？解读谜书背面真情，所谓金陵十二正钗，实际隐指的就是雍正朝最高领导集团成员。雍正朝首创军政中枢军机处，取代议政王制，最多十一人，再加上雍正，恰恰组成十二人的全国最高统治中心。此回中有句话值得注意："你们快瞧瞧去！大太太的一个侄女儿，宝姑娘一个妹妹，大奶奶两个妹妹，倒像一把子四根水葱儿。"小说提到新来的四人入诗社，时间是雍正十一年，实际隐写他们进了军机处：大太太家的邢岫烟，对应雍正乌喇那拉皇后的家人讷亲；宝琴自然是弘昼的替身；大奶奶李纨家的李绮、李纹，对应怡亲王允祥的两个儿子弘昌、弘晈。

"访妙玉乞红梅"一回中，贾母喜得忙笑道："你们瞧，这山坡上配上他的这个人品，又是这件衣裳，后头又是这梅花，像个什么？"众人都笑道："就像老太太屋里挂的仇十洲画的《双艳图》。"到程高版本的《红楼梦》中，《双艳图》就变成了《艳雪图》，双艳是指梅花和宝琴，这一点毋庸置疑，可实际的描写还有雪、有丫鬟，用"双艳"概括明显不够，曹霑披阅成《艳雪图》，自然丰满多了，至于仇十洲画没画这幅图，具体叫什么名字，还真的无证可考。薛姨妈因"我闻得女儿说，老太太心下不太爽"，特置席请老太太赏雪。"凤姐（影射雍正）笑道：'姨妈仔细忘了，如今先秤了五十两银子来交给我收着，一下雪我就预备下酒了，姨妈也不用操心，也不得忘了。'贾母道：'既这么说，姨太太给他五十两收着，我和他每人分二十五两，到下雪的日子，我装心里不爽快，混过去了，姨太太更不用操心，我和凤丫头倒得了实惠。'凤姐道：'妙极了！这和我的主意一样。'贾母道：'呸！没脸的，就顺着杆子爬上去了！你不该说姨太太是客，在咱们家受屈，我们该请姨太太才是，哪里有破费姨太太的理——不这样说呢？还有脸先要五十两银子，真不害臊！'"曹老太后心里门儿清，康熙原本要传大位给弘皙，薛姨妈本该是后宫之主，结果反成客居，故有受屈一说。

雍正看曹老太后非常喜欢弘昼，心里自然就有新的想法，当然，他也非常喜爱弘昼，但他心里明白，当年只是浑水摸鱼、欺君罔上，征得康熙的信任，夺得了皇位，后当着老太君的面，写下立弘皙为继位储君的密诏，至今都相安无事。为了让老太君放心，薛姨妈半吐半露地告诉贾母："可惜这孩子没福……那年在这里把他许了梅翰林的儿子，偏第二年他父亲就辞世了，他母亲又是痨症。"凤姐又顺杆爬了，"不等说完便嗐声跺脚的说：'偏不巧！我正要做个媒呢，又已经许了人家。'贾母道：'你要给谁说媒？'凤姐道：'老祖宗别管，我心里看准了他们两个是一对儿。如今已许了人，说也无益，不如不说罢了。'"此时的薛姨妈与凤姐都在替雍正说话，宝玉就是通灵，就是皇帝的宝座。"我心里看准了他们两个是一对儿"此言包含两方面的隐意：一是雍正有传位给弘昼的想法，如果宝琴嫁给宝玉，弘昼自然就是新君，关键要看曹老太君会不会改变初衷；二是指满汉两份传位诏书，所述内容一模一样，肯定是一对儿。"如今已许了人，说也无益，不如不说罢了。"老太君确实担心雍正朝秦暮楚，康熙曾说过胤禛"喜怒不定、变化无常"。贾母说宝琴雪下折梅的画面，比画上还好看，又细问了她的年庚八字并家内景况，正是为了试探雍正，薛姨妈马上转换成雍正的替身，如同行者悟空的变化速度，她即刻明白了老太君的心思。

薛宝琴"许了梅翰林的儿子",又该怎样理解?清朝实行的是皇位世袭制度,即秘密建储,当然,是由圣祖仁皇帝康熙开始实施,一直流传到辛亥革命爆发。其方法是皇帝亲写立储谕旨一式两份,一份封藏于匣中安放在乾清宫"正大光明"匾额之后,另一份则由皇帝保存。待老皇帝驾崩之后,大臣们将两份谕旨取出对证无误,新皇帝是谁方才揭晓。如雍正暴毙之后,张廷玉宣读雍正遗诏密旨后不久,受命继位的乾隆随即传令内侍宣谕:"遵皇考遗旨,令庄亲王,果亲王,大学士鄂尔泰、张廷玉辅政。"薛宝琴早已"许了梅翰林的儿子",就是雍正已将弘昼定为辅政大臣,既确定为辅政大臣,当然就与皇帝无缘了。

老祖宗明知雍正有了新的想法,不放心,饭后,"贾母又亲嘱惜春:'不管冷暖,你只画去,赶到年下,十分不能便罢了。第一要紧,把昨日琴儿和丫头、梅花照模照样一笔别错,快快添上。'惜春听了虽是为难,只得应了。"画园子可视为写传位密诏,其他内容可以随意,唯弘晳继承皇位,就是"照模照样一笔别错"。"众人来看他如何画,惜春只是出神。"此时惜春又成了雍正的替身演员,真正令雍正遗憾的是在弘历继位时,和亲王弘昼并没成为辅政大臣,他还真到翰林院掌修国史去了。不仅如此,又不知什么原因,清史还给弘昼多记了一笔:"乾隆三十年(1765),薨,予谥。"弘昼也糊里糊涂死了两回。乾隆朝的清史还真的没准事儿,随意性太强,需要他啥时死他就得啥时死,裁决权不归阎王爷,说不定跟弘晳于乾隆七年被圈禁而死一样,属异曲同工吧。

甄 香 菱

香菱在谜书中是第一个出场的悲剧女子,甄士隐的女儿,原名甄英莲,三岁那年在元宵节看社火花灯时被骗子拐走,直接造成了甄士隐家庭的破落。长到十二三岁,骗子才出手转卖,被薛蟠强买为妾后,改名香菱。香菱不但长相婀娜多姿,还性情温柔敦厚、蕙质兰心。当薛蟠的正妻夏金桂一来,她的命运就急转直下,名字也改成了秋菱。

在"滥情人情误思游艺"一回写薛蟠外出,薛宝钗要香菱跟自己做伴,入驻大观园,脂批:"细想香菱之为人也,根基不让迎、探,容貌不让凤、卿,端雅不让纨、钗,风流不让湘、黛,贤惠不让袭、平,所惜者幼年罹祸,命运乖蹇,致为侧室,且虽曾读书,不能与林、湘辈并驰于海棠之社耳。然此一人岂可不入园哉？故欲令入园，终无可入之隙，筹画再四，欲令入园必呆兄远行后方可。然阿呆兄又如何方可远行？曰：名不可，利不可，正事不可，比得万人想不到自己忽一发机之事方可。因此思及情之一字，乃呆兄素所误者，故借'情误'二字生出一事，使阿呆游艺之志已坚，则菱卿入园之隙方妥。回思因欲香菱入园，是写阿呆情误；因欲阿呆情误，先写一赖尚荣：实委婉严密之甚也。"看脂砚斋大段的批语，明显是著书人的语气，他为了让香菱入园，真可谓费尽了心思。分析脂砚斋的批示，"香菱入园"，应包含两方面的隐情：

第一个"香菱入园"，是作为康熙传位诏书幻身入园。"回思因欲香菱入园，是写阿呆情误；因欲阿呆情误，先写一赖尚荣：实委婉严密之甚也。"谜书讲薛蟠如何犯浑，正是"呆霸王"控制着香菱，使尴尬人十分不悦。此"阿呆"正是曹頫的替身，隐指曹頫私藏着康熙的传位诏书。"阿呆情误"，隐指雍正五年，弘晳出馊主意以查抄拖欠官银为借口，查抄了江南的曹家，"石呆子"曹頫没与史老太君商量，就把传位诏书及传国玉玺转交给了弘晳。雍正见到了"香菱"，也就放了心，弘晳的目的也如愿以偿，起码说雍正见他再无二心，对皇上忠心耿耿，戒备之心自然消除，二人的关系是越走越近，很快成为形影不离的好朋友，随之加封为和硕理亲王，荣进初建只有三人的军机处，一直到首辅军机大臣，成就了"光灿灿胸悬金印"。

如此一来，反坑苦了弘晳的娘舅"石呆子"。雍正即位第八天，就向各大臣颁布谕旨："所有皇考朱批谕旨，俱着敬谨封固进呈，若抄写、存留、隐匿、焚弃，日后发觉，断不宽恕，定行从重治罪。"而曹頫竟将康熙亲笔诏书隐藏到雍正六年，这是不是胆大包身？正因为他无所顾忌，才无端进京游艺了一年半，此正为脂批"阿呆游艺之志已坚"。著书人之所以称曹頫为"石呆子"，就因为他不加思索就交出了传位诏书和传国玉玺，如果曹頫宁死不交或装傻充愣，雍正也不能奈他何，毕竟皇宫内还有史老太君坐镇。看雍正前期所抄之家，也包括齐妃李家在内，多为流放、充军、出卖为奴，而对曹家竟反其道而行之，不仅全家回迁京城，竟有十七间半房舍居住，一年多后，曹家又神奇般得以复苏，还获得了爵位，这打破了正常的处理方法，至少说明康熙的传位诏书对雍正已没了价值，让阿呆游艺也只是做做样子，老太君的面子是绝对要给的。脂批中的"一赖"该是谁呢？而且还"尚荣"，这就得在"石呆子"的扇子案寻找结果了。

还是在四十八回，薛宝钗与平儿的对话中，平儿咬牙骂道："都是那贾雨村什么风村，半路途中那里来的饿不死的野杂种！"依照曹霑的脂批"但负我平姐"来判断，平儿就是乾隆的第二任皇后乌喇那拉氏，她与曹王妃的关系甚密，谁与曹家作对，她就骂谁。平儿斥骂贾雨村就是那"一赖"，可贾雨村又是原创著书人弘晳的替身演员，弘晳为什么要借他人之口骂自己呢？这还得从雍正五年他出馊主意查抄曹家说起。按当时朝中的实际状况，雍正已消灭了政敌皇八党，处理了十四阿哥，还解决了隆科多、年羹尧这两颗定时炸弹，基本稳定了朝局，朝堂上下再没人敢与他针锋相对，也没人敢拿康熙的传位诏书说三道四，雍正已无后顾之忧，几乎忘记了传位诏书那件事，再说，那份诏书对他已经不值一晒。如果不是弘晳出馊主意要查抄曹家，雍正自然不会去找曹家的麻烦；如果没有查抄曹家那档子事，曹家就不会举家北上，自然也就没曹頫在京城游艺一年半的经历。"香菱入园"的系列恶果，就是弘晳为了讨好雍正，自作聪明，造成了曹家哑巴吃黄连的尴尬处境。当脂砚斋重评《石头记》的时候，才真正意识到自己是多么糊涂，这"一赖"安宿在自己身上，自我感觉是恰如其分。

第二个"香菱入园"，是作为曹王妃的替身入园。可以肯定，香菱的真身绝非什么阿呆的侧室，薛蟠的出走为香菱入园提供便利条件，那只是为了照顾正面的小说故事，真实的故事与阿呆走与不走没任何的关系。看香菱与宝钗的这段对话，就能明白著书人的用意。"'我久要和姑娘作伴儿去，又恐怕奶奶多心，说我贪在园子里来顽，谁知你竟说了。'宝钗道：'我知道你心里羡慕这园子不是一日两日了，只是没个空儿。就每日来一趟，慌慌张张的也没趣儿。所以趁着机会，越性住上一年，我也多个作伴的，你也遂了心。'香菱又道：'好姑娘，你趁着这个工夫，教给我作诗罢。'"

宝钗作为弘晳的替身，正处于"威赫赫爵禄高登"的辉煌时期，虽然后面是黛玉教香菱学诗，实际是弘晳教曹王妃皇宫内的一些注意事项，这是三十八回以后发生的故事，黛玉与宝钗已经"合二为一"了。针对香菱学诗，脂批："写得何其有趣！今忽见菱卿此句，合卷从纸上另走出一娇小美人来，并不是湘、林、探、凤等一样口气声色。直神俊之技，虽驰驱万里而不见有倦怠之色。"脂砚斋明确点明从自己的脑海里走出"一娇小美人"，她才是真正的美人，是弘晳的爱妃曹氏。再者，香菱除了是传位诏书的幻身外，所扮演的基本是女性角色。"湘、林、探、凤"当然是另

294

类了，她们所扮演的大多是实实在在的大老爷们儿，是假的美人，脂砚斋的批语是昭然可见了吧。

谜书借用宝钗的话对圆明园进行了特别交代："我说你'得陇望蜀'呢！我劝你今儿头一日进来，先出园东角门，从老太太起，各处各人你都瞧瞧，问候一声儿，也不必特意告诉他们说搬进园来。若有提起因由，你只带口说我带了你进来作伴儿就完了。回来进了园，再到各姑娘房里走走。"香菱进的是雍正赐给军机大臣的府邸，尤其是"东角门"，直通圆明园。既然曹王妃住进了皇家禁地，就必须要让大管家知道，这也是应该履行的正常程序。接下来写见平儿走来，此时平儿又成了领侍卫内大臣马武的替身，香菱忙问了好，平儿只得赔笑相问，脂批："'只得赔笑相问'，内有无限惊慌。作者模拟神情，无不周密。"按真情讲，马武是曹王妃的娘舅，真正的亲舅和外甥女，见了面却"无限惊慌"，有悖常理啊！此批必有隐藏的秘密，肯定与"狠舅奸兄"分不开。曹王妃住进军机处官邸的具体时间是雍正十一年，这年军机处最高配置十一人，由谜书中的李绮、李纹、薛宝琴、邢岫烟入诗社为证，正好弥补了香菱想作诗的愿望，其实是隐去了曹王妃进驻皇家禁地是想陪伴弘晳的愿望。其中有宝钗的定语"呆香菱之心苦，疯湘云之话多"，足以证明曹王妃进园之后经常混迹于"芦雪庵"，"芦雪庵"可是圆明园内处理政务的重要场所。此时马家早已明白雍正所选的继位人是弘晳，"把他两个都绝了"的大致方针已定，至于哪天行动，正在等待时机。曹王妃的突然介入，无疑在马武的头顶炸响了一声焦雷：一是曹王妃是他亲外甥女，意外住进了军机处，需不需要改变既定的方针；二是怀疑弘晳是否知道了他们的行动计划，故意把曹王妃接进来，好探听他们的机密行动。在马武看来，是曹王妃最不该进园的时候，却偏偏住了进来，这使他一时乱了方寸，其内心隐现出的"惊慌"也没能逃过著书人的眼睛。

曹王妃进园之后，为了苦学诗词，常在梦中作诗说话。脂批："一部大书，起是梦，宝玉情是梦，贾瑞淫又是梦，秦氏家计长策又是梦，今作诗也是梦，一面风月鉴亦从梦中所有，故曰'红楼梦'也——余今批评亦在梦中——特为梦中之人制作此一大梦也。"这段批语绝对是曹霑所为，此时他正在"悼红轩"披阅增删之中，尤其披阅到四十八回，脑际中再次闪现堂姐悲惨遭遇的画面，内心的抑郁和烦闷瞬间迸发出来，当他回首往事的一场一幕，感觉一切的一切都是梦。在这部鸿篇巨著中，原创著书人充溢着对梦的描写：就是根据自己的亲身经历，写出了一部中国封建社会百科全书式的小说，构建成了繁芜纷扰的世界，其梦又是必不可少的小说架构，尽管通过囫囵语和荒唐言，暗示了各种人物的不同命运，但背面的历史真相毕竟隐含太深，解读起来确有难度。解读谜书对读者来说，也须走进梦境，再从梦幻中寻找答案。也许，这就是曹霑把谜书更名为《红楼梦》的主要原因。

第五回，贾宝玉梦游太虚幻境，开了"副册"橱门，"拿起一本册来，揭开看时，只见画着一株桂花，下面有一池沼，其中水涸泥干，莲枯藕败。后面书云：根并荷花一茎香（脂批：却是咏菱妙句），平生遭际实堪伤。自从两地生孤木（脂批：拆字法），致使香魂返故乡。"

首句写的是莲根荷花同长在一根茎上，一样芳香。荷花也称莲花，暗示香菱原名英莲；第二句说的是她的悲惨际遇，从小就与家人失散，又两易其主，其中种种遭遇令人扼腕叹息；第三句中的"两地生孤木"寓一个"桂"字，点出夏金桂的名字；最后一句指的是死亡，暗示香菱是被夏金桂虐待致死的。七十八回宝钗以"我哥哥眼看要娶嫂子"为由搬出大观园，宝钗的出园，又重点唤醒了夏金桂。将夏金桂的名字分解后：夏即华夏，代指明朝；金即后金，代指清朝；桂即吴三桂。更有意思的是：将明朝、清朝、吴三桂三方风马牛不相及的个体，强拉硬拽结合起来，想不热闹、不出祸乱都是煎水作冰，这就将谜书的时代背景推进到清军入关之前。小说是这样介绍夏金桂的："原来这夏家小姐今年方十七岁，生得亦颇有姿色，亦颇识得几个字。若论心中的丘壑经纬，颇步熙凤之后尘。""夏家小姐"就是吴三桂的替身，"今年方十七岁"，代指崇祯十七年(1644)，就是这一年，吴三桂降清，后金定都北京。"颇识得几个字"，隐指吴三桂曾夺得武科举人，也算是半个文化人。王熙凤是女真人帝王的缩写版，故谓"若论心中的丘壑经纬，颇步熙凤之尘"。

香菱介绍说："因你哥哥上次出门贸易时，在顺路到了个亲戚家去。这门亲原是老亲，且又和我们是同在户部挂名行商，也是数一数二的大门户。前日说起来，你们两府都也知道的。合长安城中，上至王侯，下至买卖人，都称他家是'桂花夏家'。……一则是天缘，二则是'情人眼里出西施'。当年又是通家来往，从小儿都一处厮混过。叙起亲是姑舅兄妹，又没嫌疑。虽离开了这几年，前儿一到他家，夏奶奶又是没儿子的，一见了你哥哥出落的这样，又是哭，又是笑，竟比见了儿子的还胜。又令他兄妹相见，谁知这姑娘出落得花朵似的了，在家里也读书写字，所以你哥哥当时就一心看准了。"

崇祯十七年三月十九日，李自成攻破北京，崇祯吊死煤山殉国，同时宣告了大明朝的灭亡，然这并不等于农民起义军已经胜利。一方面，明王朝的大批武装力量，还在一些地方纠结，尤其是明朝勇将吴三桂，领着数万精兵，在山海关伺机而动；另一方面，已在东北兴起多年的后金，由摄政王多尔衮率领大军十四万，正在山海关外虎视眈眈，随时准备乘虚而入，这三股力量都面临着存亡兴衰的严峻局面。吴三桂镇守的山海关已是孤城一座，外面是清军大兵压境，里面是农民军旌旗蔽天，残酷的现实已摆在他的面前：不是降番就是降贼。吴三桂也不傻，他自知已无力挽救大明朝的灭亡命运，究竟投谁，仍在首鼠两端、踌躇不定。李自成抢先招降山海关的吴三桂，他们基本达成协议，但就在此紧要关头，李自成的副将刘宗敏抢占了吴府，还霸占了吴三桂的爱妾陈圆圆。当吴三桂听到这不幸的消息，冲冠一怒为红颜，立马投降了清军，打开了山海关的大门，迎多尔衮领清兵入关。正因为这个原因，吴三桂竟成了明清交替时期闻名遐迩的历史人物。四月，李自成东征吴三桂，多尔衮正统率大军往定中原，大败李自成。

薛蟠是多尔衮的替身演员，他所谓的"上次出门贸易"，代指崇祯十七年四月多尔衮统大军往定中原，"顺路到了个亲戚家去，遇到了夏金桂"。夏金桂即吴三桂的替身，而且还是吴三桂主动降清的，多尔衮"当时一心看准了"，正可谓是天缘。吴三桂生于辽东，长于辽东，十七岁中武举，二十岁升为游击，二十三岁为参将，二十六岁为副将，二十七岁为总兵，一直战斗在抗清战线的最前沿。他与多尔衮"当年又是通家来往，从小儿都一处厮混过"。吴三桂之母是祖大寿之妹，祖氏世居辽东，是宁远卫世将。在李自成攻陷北京之前，祖大寿早已降清，成了皇太极的好哥们儿，故薛蟠与夏金桂是"姑舅兄妹"，确实还是"老亲"。"可惜他们家竟绝了后"，指吴三桂引多尔衮入关，多尔衮封其为平西王，败回北京的李自成将吴氏家族大小三十四口全部处死。香菱说"他家本姓夏"，种植销售桂花，人称"桂花夏家"。脂批："夏日何得有桂？又桂花时节焉得又有雪？三事原系风马牛，全若强凑合，故终不相符。运败之事大都如此，当事者自不解耳。""因他家多桂花"，"多桂"即吴三桂之三表示多数。"夏日何得有桂？又桂花时节焉得又有雪？"点出所谓的夏金桂，即夏、桂、雪之结合，是薛蟠与夏金桂的一种强撮合，不会有好的结果。实际上吴三桂是事明叛明，事清叛清，暗含后来的"三藩之乱"。"香菱道：'我也巴不得早些过来，又添一个作诗的人了。'（脂批：妙极！香菱口声，断不可少。看他下作死语，便知其心中略无忌讳疑虑等意，直是浑然天真之人，余为一哭。）宝玉道：'虽如此说，但只我听这话不知怎么倒替你耽心虑后呢。'香菱以为宝玉有意唐突他，因此以后连大观园也不轻易进来。日日忙乱着，薛蟠娶过亲，自为得了护身符，自己身上分去责任，到底比这样安宁些；二则又闻得是个有才有貌的佳人，自然是典雅和平的。因此他心中盼过门的日子比薛蟠还急十倍。好容易盼得一日娶过了门，他便十分殷勤小心伏侍。"香菱代指南明，南明弘光还不知道吴三桂已经降清，误以为他借清兵同仇敌忾、追剿孟贼，为大明立下了盖世之功。当他们陆续听到吴三桂打败农民军的捷音时，无不欢欣鼓舞，欣喜若狂，简直把吴三桂当成了恩重如山的再生父母，一厢情愿地认为重振河山大有希望。弘光帝朱由崧大夸："三桂倡义讨贼，雪耻除凶，功在社稷。"南明小朝廷纷纷建议同吴三桂取得联系，还派兵进至黄河一带，与吴三桂形成掎角之势，企图一举置农民军于死地。为了鼓励吴三桂的英勇善举，五月二十八日，朱由崧赐封吴三桂为蓟国公，子孙世袭。还把清军当成扶危济困的义师，打算派代表团前去北京，一则对清出兵大败李自成表示感谢，再同清议和，平分江山；二则面见吴三桂，把敕书与赐坐蟒衮纻丝八表里、银二百两及户部发银五万两、漕米十万石等封赏交给他，希望他竿头日进、再接再厉。这就是香菱"心中盼过门的日子比薛蟠还急十倍"的原因，宝玉也为香菱"耽心虑后"，香菱（南明）却是魂牵梦萦、童心未泯。

夏金桂的人品性格是："盗跖性气，爱自己尊若菩萨，窥他人秽如粪土；外具花柳之姿，内秉风雷之性……自为要作当家的奶奶，比不得作女儿时腼腆温柔，须要拿出这威风来，才钤压得住人；况且见薛蟠气质刚硬，举止骄奢，若不趁热灶一气炮制熟烂，将来必不能自竖旗帜矣；又见有香菱这等一个才貌俱全的爱妾在室，越发添了'宋太祖灭南唐'之意，'卧榻之侧岂容他人酣睡'之心。"隐指吴三桂先降李自成，后降多尔衮，其性情反复无常，一切都从自己的利益出发，从不考虑国家的前途、民族的命运，更不会惦记南明朱家的死活。夏金桂所谓的"自为要作当家的奶奶"，意指吴三桂被多尔衮封为平西王；还要将薛蟠"趁热灶一气炮制熟烂"，薛蟠瞬间转变成李自成农民军的替身，隐指吴三桂出征陕西，镇守汉中，征讨四川，全面清剿叛乱贼子，也为自己留镇云南，"将来自树旗帜"奠定了坚实的基础。夏金桂的"宋太祖灭南唐之意、卧榻之侧岂容他人酣睡之心",指顺治十四年（1657），吴三桂上疏清廷，建议大举进攻云贵的永历小朝廷，薛蟠"才貌俱全的爱妾"香菱，又成了南明永历小朝廷的替身。

八十回，夏金桂将香菱改名为"秋菱"，指吴三桂占领云南，永历亡命缅甸，秋菱的名字代指南明残余抗清势力如同秋后的蚂蚱，正如宝玉的《紫菱洲歌》："池塘一夜秋风冷，吹散芰荷红玉影。"薛蟠将宝蟾"好容易圈哄的要上手"，夏金桂却让"小舍儿"通知香菱去取手帕，一不留神打散鸳鸯。薛蟠"不免一腔兴头变作了一腔恶怒，都在香菱身上"，是又骂又打。脂批："铺叙小舍儿首尾，忙中又点'薄命'二字，与痴丫头遥遥作对。""小舍儿"代指清军，发现了南明抗清势力。"薛蟠和宝蟾在香菱房中去成亲"，指三藩驻镇已完全确定，夏金桂折腾香菱，指三藩进攻南明抗清势力。薛蟠"顺手抓起一根门闩来，一径抢步找着香菱，不容分说便咬定是香菱所施"，指清军大举进攻南明残余势力。"薛姨妈气得叫人卖了香菱，宝钗道：'他跟着我也是一样，横竖不叫他到前头去。从此断绝了他那里，也如卖了一般。'"香菱在薛蟠、夏金桂、宝蟾、小舍儿的联手打击之下，无奈只得跟了宝钗，"竟酿成干血之症，日渐羸瘦作烧，饮食懒进，请医诊视服药亦不效验"。隐指南明抗清将士死的死、降的降、逃的逃、隐的隐，所谓"干血之症"即指南明灭亡。香菱去后，夏金桂"又渐次寻趁宝蟾"，宝蟾却"不肯服低容让半点"。"薛蟠此时一身难以两顾，惟徘徊观望于二者之间，十分闹的无法，便出门躲在外厢。"意指三藩拥兵自重，其势烜赫，渐成割据之势，为三藩之乱埋下了隐患的种子。后康熙果断平复三藩，稳固了大清的江山。

第十三章　撕心裂肺的《芙蓉女儿诔》

《芙蓉女儿诔》是宝玉为祭奠晴雯抒发感情的一篇诔文，全篇才华横溢、隐意深远、文情并茂、唾壶击缺，全面体现了著书人文江学海的知识底蕴，是我国诔辞史上不可多得的篇章。

> 霁月难逢，彩云易散。心比天高，身为下贱。寿夭多因毁谤生，多情公子空牵念。（脂批："恰极之至！病补雀金裘回中与此合看。"）

晴雯的名字可分解成青天白日文字狱，晴雯的钗令和钗画，都是文字狱造成的悲惨画面。就晴雯而言，纵然才华、志向比天高，却是狱中下贱之人，也包括所有遭受文字狱迫害正直善良的文人志士。病晴雯是晴雯的重要形象之一，与脂砚斋批语"病补雀金裘回中与此合看"，晴雯的病就是牢狱之灾，晴雯的美就是华丽的文章，晴雯的言行就是文章的内容，可她不顾皇家的三令五申，照样我行我素，一旦触及皇家的文网，必被皇家所不容，凡与皇家有染、不利皇家言行的文字都要受到打击，她遭到皇家的无情打击亦在意料之中。晴雯身上、身边发生的故事，就是著书人著书的险恶环境及让皇帝厌烦的谜书内容；晴雯病重被赶出大观园，就是文字狱之残酷的真实表现；晴雯撕扇，撕的是贾宝玉的扇子，实际撕的是皇家的伪善；坠儿偷手镯，就是雍正、乾隆不顾父子之情，不择手段偷皇权、偷皇帝的宝座；晴雯骂坠儿，就是骂皇家的罪行。

解读《芙蓉诔》的内涵，晴雯又成了曹王妃的替身演员，是著书人对曹王妃含冤离世的真情祭文。小说中的宝玉作为"诸芳之冠"，就是谜书中的第一芳，第一芳当然就是曹王妃了。谜书写曹王妃引决自裁，便将替身演员转换成了丫鬟晴雯，宝玉又转换成弘皙的替身，《芙蓉女儿诔》这出戏的男女主人公，均走到了红楼大舞台的台前，雍正暴死是这出戏的引子;"打草惊蛇"与挤对弘晳辞官,是戏剧的过渡;大观园被查抄、甄家被查抄、住在军机处府邸的曹王妃糊里糊涂变成了刺杀雍正的嫌疑人,是戏剧的高潮;曹王妃住进了"狱神庙"是尾声。

叙述湘云辞行也有悬念:"忽见史湘云穿的齐齐整整的走来辞说家里打发人来接他。宝玉林黛玉听说,忙站起来让坐。史湘云也不坐,宝林两个只得送他至前面。那史湘云只是眼泪汪汪的,见有他家人在跟前,又不敢十分委曲。……宝玉还要往外送,倒是湘云拦住了。一时,回身又叫宝玉到跟前,悄悄的嘱道:'便是老太太想不起我来,你时常提着打发人接我去。'"脂批:"每逢此时,就忘却严父。可知前云'为你们死也情愿'不假。"这史大姑娘历来都是来去自由,随心所欲,从未如此缠绵过。宝玉是曹王妃的替身,隐含的事件与曹王妃被禁管有关。碍于皇老太后的身份,湘云来见老祖宗或许可以,若见宝玉,就没那么容易了。

二十八回后总评:"茜香罗、红麝串写于一回。琪官虽系优人,后回与袭人供奉玉兄、宝卿得同终始者,非泛泛之文也。自'闻曲'回以后,回回写药方,是白描颦儿添病也。前'玉生香'回中,颦云:'他有金,你有玉,他有冷香,你岂不该有暖香?'是宝玉无药可配矣。今颦儿之剂,若许材料皆系滋补热性之药,兼有许多奇物,而尚未拟名,何不竟以'暖香'名之,以代补宝玉之不足,岂不三人一体矣。宝玉忘情,露于宝钗,是后回累累忘情之引。茜香罗暗系于袭人腰中,系伏线之文。"评语先后两次提及袭人,便有红迷认为:袭人后来嫁给了蒋玉菡。此属分析脂砚斋批语,没能看到著书人的血泪家史。解读真情:袭人原是跟随曹王妃出嫁弘晳带来的贴身丫鬟,原名珍珠。在曹王妃喜生双子后,给弘晳做了姜室,以庶母身份照料两个小孩儿,也属于按清室礼法行事。后来,曹王妃在禁所自杀,袭人在弘晳亲友的帮助下,来到弘晳的归隐地。袭人先陪曹王妃禁管,照料其生活,后与弘晳重逢陪伴终生。此情方是对应"供奉玉兄、宝卿得同终始者"。

十九回"情切切良宵花解语"中袭人劝宝玉的话,很有必要解释清楚,不然,会认为袭人是咸吃萝卜淡操心一类。"咱们素日好处再不用说。但今日你安心留我,不在这上头,我另说出两三件事来,你果然依了我,就是你真心留我了,刀搁在脖子上,我也是不出去的了。"脂批:"以此等心,行此等事,昭昭苍天,岂无明鉴?"正是雍正暴死之后曹王妃被禁管时期,袭人为了照顾曹王妃和两个出生百日的小宝玉,甘愿留在禁所。曹王妃既被列为重点嫌疑人，就避免不了被提审、被问话，有没有刑讯逼供，小说没写这方面的情节，但《葬花吟》中的"一年三百六十日，风刀霜剑严相逼"，就是曹王妃被禁管期间的冷酷遭遇。袭人劝宝玉，表面上是"上学读书"，这属于荒唐之言的范围，实际上就是被审讯过堂。反之，就算宝玉不爱读书，也不至于听到"读书"二字就吓成惊弓之鸟，整日里装神弄鬼。

袭人劝宝玉，实际就是劝曹王妃："头一件要改的"就是"化成飞灰"，打消轻生之念。脂批："此评者所谓是何心思，始得口出此等不成话之至奇至妙之语，请诸公如何解得，如何评论。所劝者正为此，偏于劝时一犯，妙甚！"第二件要改的是"你真喜读书也罢，假喜也罢（脂批：新鲜，真新鲜），只是在老爷跟前或在别人跟前，你别只管批驳诮谤，只作出个喜读书的样子来，也教老爷少生些气（脂批：大家听听可是丫鬟说的话），在人前也好说嘴。他心里想着，我家代代读书，只从有了你，不承望你不喜读书，已经他心里又气又愧了。而且背前背后乱说那些混话，凡读书上进的人，你就起个名字叫作'禄蠹'（脂批：二字从古未见，新奇之至，难怨世人谓之可杀，余却最喜）；又说只除'明明德'外无书，都是前人自己不能解圣人之书，便另出己意，混编纂出来的（脂批：宝玉目中犹有'明明德'三字，心中犹有'圣人'二字，又素日皆作如是等语，宜乎人人谓之疯傻不肖）。这些话，怎么怨得老爷不气，不时时打你。叫别人怎么想你？"第二件要改的是劝曹王妃在接受审问时不要硬顶，好歹应付一下就得。"明明德"一词，在此有必要给予解释：《尚书·梓材》两次提及明德，加于此词之上的动词是用，"用明德"即对百姓使用善行，以此效法先王。回到《大学》文本"明明德"一语中，第一个"明"字指彰显，也可指明白。既然上大学受教育，就必须"明白行善的道理"，进而"彰显自己的善行"。明白与彰显，犹如认知与行动，在行善方面是不可分的整体。第三和第四件要改的是："再不可毁僧谤道（脂批：一件。是妇女心意），调脂弄粉（脂批：二件。若不如此，亦非宝玉）。还有更要紧的一件，再不许吃人嘴上擦的胭脂了，与那爱红的毛病儿。"第三件劝曹王妃"再不可毁僧谤道"，所谓的僧道，就是刺杀雍正的男（僧）女（道）。袭人同与曹王妃禁管，深知其性格暴烈，动辄大骂马家。马家就是曹王妃的娘舅家，谜书所谓"爱银钱忘骨肉的狠舅奸兄"，指的就是曹王妃娘舅马齐、马武及表兄傅恒等。第四件是"调脂弄粉，吃人嘴上擦的胭脂与爱红的毛病"，看待这一问题，只要明白宝玉是扮演谁的演员即可明白。脂批："'花解语'一段，乃袭卿满心满意将玉兄为终身得靠，千妥万当，故有是语。阅至此，余为袭卿一叹。"其结果，曹王妃最终还是没能听从袭人的劝阻，毅然决然地走上了一条不归之路，笔者也为"袭卿一叹"。

二十六回，写红玉与佳蕙一段对话，脂批："'狱神庙'回有茜雪、红玉一大回文字，惜迷失无稿。叹叹！丁亥夏畸笏叟。"批语中的"狱神庙"，与二十六回中的贾芸、红玉联系起来，就将宝玉被禁管的实情透出大半。所谓"迷失无稿"，意在说明著书人隐笔过深，不易看出真情，进而被读者迷失。其实是提醒读者，宝玉禁管的地方就是"狱神庙"。谜书中红玉与佳蕙一段对话，就很能说明问题。"红玉道：'也不犯着气他们。俗语说的好，千里搭长棚，没有个不散的筵席，谁守谁一辈子呢？不过三年五载，各人干各人的去了。那时谁还管谁呢？'这两句话不觉感动了佳蕙的心肠，由不得眼睛红了，又不好意思好端端的哭，只得勉强笑道：'你这话说的却是。昨儿宝玉还说，明儿怎么样收拾房子，怎么样做衣裳，倒像有几百年的熬煎。'"脂批："红玉一腔委曲怨愤，系身在怡红不能遂志，看官勿错认为芸儿害相思也。""却是小女儿口中无味之谈，实是写宝玉不如一鬟婢。"曹王妃身陷囹圄，何时是出头之日，则是未知之数。丫鬟婆子等多是皇家派来的看守监管人员，何时离开，"不过是三年五载"。"狱神庙"与"宝玉不如一鬟婢"隐含的意义就不难理解了。

看贾芸来怡红院见宝玉的一段描写："这里贾芸随着坠儿，逶迤来至怡红院中……只听里面隔着纱窗子笑说道：'快进来罢。我怎么就忘了你两三个月！'贾芸听得是宝玉的声音，连忙进入房内。抬头一看，只见金碧辉煌，文章闪灼，却看不见宝玉在那里。一回头，只见左边立着一架大穿衣镜，从镜后转出两个一般大的十五六岁的丫头来说：'请二爷里头屋里坐。'贾芸连正眼也不敢看，连忙答应了。又进一道碧纱橱，只见小小一张填漆床上，悬着大红销金撒花帐子。宝玉穿着家常衣服，靸着鞋，倚在床上拿着本书。"脂批："这说等芸哥看，故作款式。若果真看书，在隔窗子说话时，已放下了。玉兄若见此批，必云：'老货，他处处不放松我，可恨可恨！'回思将余比作钗颦等乃一知己，余何幸也！一笑。"此段隐含的是曹王妃被禁管之后，弘晳到禁所去看望的过程，贾芸自然是弘晳的替身。"老货，他处处不放松我，可恨可恨！"因弘晳比曹王妃整整大了二十一岁，曹王妃被禁管时年仅二十岁，老夫少妻之间常有的甜言戏语被巧妙地批于此处，正是泄露真情的妙笔所在。如把脂砚斋批语直译过来就是：曹王妃如果见到这段批语，必然会说："老货，你写书时还处处不肯放我，可恨可恨！"回想把自己幻写成宝钗、黛玉等人，就好比是自己的知己，我也没啥好幸运的，莞尔一笑。此批直白地道出了批书人就是原创著书人。

　　"冷郎君惧祸走他乡"一回，隐写弘皙将禁所内两个孩子救出后离开京都，宝玉（曹王妃）与柳湘莲（弘皙）在小书房的相会，就是这对儿恩爱夫妻所见的最后一面。宝玉问柳湘莲："'这几日可到秦钟的坟上去了？'（脂批：忽提此人，使我坠泪。近几回不见提此人，自谓不表矣，乃忽于用此处对柳湘莲提及，所谓'方以类聚，物以群分'也。）湘莲道：'怎么不去？前日我们几个人放鹰去，离他坟上还有二里。我想今年夏天的雨水勤，恐怕他的坟站不住，我背着众人，走去瞧了一瞧，果然又动了一点子。回家来就便弄了几百钱，第三日一早出去，雇了两个人收拾好了。'宝玉道：'怪道呢，上月我们大观园的池子里结了莲蓬，我摘了十个，叫茗烟出去到坟上供他去，回来我也问他可被雨水冲坏了没有。他说："不但不冲，且比上回又新了些。"我想着，不过是这几个朋友新筑了。我只恨我天天圈在家里，一点儿作不得主，行动就有人知道，不是这个拦就是那个劝的，能说不能行。虽然有钱，又不由我使。'湘莲道：'这个事也用不着你操心，外头有我，你只心里有了就是。眼前十月初一，我已经打点下上坟的花销。你知道我一贫如洗，家里是没的积蓄，纵有几个钱，又随手就光的，不如趁空儿留下这一分，省得到了跟前扎手。'"秦钟的坟是香冢，是康熙（或雍正）传位弘皙的物证，从宝玉"我只恨我天天圈在家里，一点儿作不得主"便知曹王妃正在禁管当中。"十月初一"对应的是雍正十三年，雍正已死，乾隆继位，军机处已被撤销，弘皙自然也没事可干了，相当于下岗失业。接下来"宝玉道：'我也正为这个要打发茗烟找你，你又不大在家，知道你天天萍踪浪迹，没个一定的去处。'湘莲道：'你也不用找我，这个事不过各尽其道。眼前我还要出门去走走，外头逛个三年五载再回来。'宝玉听了，忙问道：'这是为何？'柳湘莲冷笑道：'你不知道我的心事，等到跟前你自然知道。我如今要别过了。'宝玉道：'好容易会着，晚上同散岂不好？'湘莲道：'你那令姨表兄还是那样，再坐着未免有事，不如我回避了倒好。'宝玉想了一想，道：'既是这样，倒是回避他为是。只是你要果真远行，必须先告诉我一声，千万别悄悄的去了。'说着便滴下泪来"。若想到这是夫妻的永别，将感情抒发到撕裂肝胆、催人泪下也不为过。由于是隐写，著书人不可能将这种离别之情升华到引吭悲歌的高度。"令姨表兄"，从谜书的表面看是薛蟠，可宝玉是曹王妃的替身，其"表兄"就该是她的娘舅马武，因为马武是圆明园的领侍卫。

四十二回中的刘姥姥，在完成雍正的替身之后，就变成了曹寅遗孀"老寡妇"的替身，其三进大观园的真实背景，就是三进圆明园。从曹家第二次被抄来分析，即便是犯了灭门大罪，曹王妃所生的两个孩子可是皇家的血脉，该是无罪的吧。再说，宫中的曹老太君就是老寡妇的小姑子，雍正的齐皇后又是老寡妇的内侄女。如在雍正朝，老寡妇来到圆明园，雍正会不会亲自接见，尚不好确定，起码会惊动整个后宫。不过，正所谓"势败休云贵，家亡莫论亲"，刘姥姥第二次进大观园，远不止带走些破烂玩意儿，而是与曹王妃的两个孩子相关。先写平儿："这是昨日你要的青纱一匹，奶奶另外送你一个实地子月白纱作里子。这是两个蝉绸，作袄儿裙子都好。这包袱里是两匹绸子，年下做件衣裳穿。这是一盒子各样内造点心，也有你吃过的，也有没吃过的，拿去摆碟子请客，比你们买的强些。这两条口袋是你昨日装瓜果子来的，如今这一个里头装了两斗御田粳米，熬粥是难得的；这一条里头是园子里果子和各样干果子。这一包是八两银子，这是我们奶奶的。这两包每包里头五十两，共是一百两银子，是太太给的，叫你拿去或者做个小买卖，或者置几亩地，以后再别求亲靠友的。这两件袄儿和两条裙子，还有四块包头，一包绒线，可是我送姥姥的。衣裳虽是旧的，我也不大很穿，你要弃嫌我就不敢说了。"一段道白前后数次出现"两"字，隐含的目的就不言而喻了。如按正常的人情世故来说，弘晳已经辞官，曹家已经败落，宫中的曹老太后、齐妃等大不如从前了。平儿可是乾隆皇后富察氏的陪嫁丫鬟，对老寡妇那叫个好，完全可用范张鸡黍来比喻，这似乎有些不对头了，他们两家可是冤家对头啊。其实也不难理解，乾隆要扳倒的是弘晳，曹家只不过是"打草惊蛇"的靶子，均已圆满完成了任务，加上富察皇后与弘晳王妃还是姑舅姊妹，这等连络有亲的家族之间，在雍正朝就一直来往密切。平儿的替身乌喇那拉氏与曹王妃感情深厚，关系非同一般，为解救曹王妃的一对儿女，从中不遗余力、竭力周旋，可谓帮了老寡妇天大的忙。脂砚斋在批注中称其为"平姐"，就是曹霑所批，起码说乌喇那拉氏与曹王妃是铁姐们儿。后有丫鬟鸳鸯交代："这是老太太的几件衣服，都是往年间生日节下众人孝敬的，老太太从不穿别人做的，收着也可惜，却是一次也没穿过的。昨日叫我拿出两套儿送你带去，或是送人或是自己家里穿罢，别见笑。这盒子里是你要的面果子。这包子里是你前儿说的药：梅花点舌丹也有，紫金锭也有，活络丹也有，催生保命丹也有，每一样是一张方子包着，总包在里头。这是两个荷包，带着顽罢。"此处特写刘姥姥"喜出望外"，久经世代的老寡妇什么没见过，似乎用词有些过了头。其实不然，隐意是她费尽周折与他人把两个孩子带出了禁所，送到了弘晳身边，能不喜出望外？鸳鸯说到的几种药，均属留给小儿的必备之药，将那"两个荷包"交与刘姥姥，"留着年下给小孩子们"，是曹王妃留给两个小孩的信物，也算留给两个孩子最后的遗产。

在"俏丫鬟抱屈夭风流"一回中："宝玉及到了怡红院，只见一群人在那里，王夫人在屋里坐着，一脸怒色，见宝玉也不理。晴雯四五日水米不曾沾牙，恹恹弱息，如今现从炕上拉了下来，蓬头垢面，两个女人才架起来去了。王夫人吩咐，只许把他贴身衣服撂出去，余者好衣服留下给好丫头们穿。"接着就是蕙香，她与宝玉一天生日，是可忍孰不可忍；然后就是芳官，她是戏子，属教唆犯的范围，一同赶出大观园。写宝玉看望病中的晴雯，那茶壶茶碗及茶叶均是"狱神庙"的生活用品，也是曹王妃被禁管后的真实状况。"晴雯呜咽道：'有什么可说的？不过挨一刻是一刻，挨一日是一日。我已知横竖不过三五日的光景，就好回去了。只是一件，我死也不甘心的：我虽生的比别人略好些，并没有私情密意勾引你怎样，如何一口死咬定了我是个狐狸精？我太不服！今日既已担了虚名，而且临死，不是我说一句后悔的话，早知如此，我当日也另有个道理。不料痴心傻意，只说大家横竖是在一处。不想凭空里生出这一节话来，有冤无处诉。'晴雯拭泪，伸手取了剪刀，将左手上两根葱管一般的指甲齐根铰下；又伸手向被内将贴身穿着的一件旧红绫袄脱下，并指甲都与宝玉道：'这个你收了，以后就如见我一般。快把你的袄儿脱下来我穿。我将来在棺材内独自躺着，也就和还在怡红院的一样了。论理不该如此，只是担了虚名，我可也是无可如何了。'"这是弘晳最后见曹王妃的隐述，脂批："狱神庙慰宝玉一节迷失无稿。"此批中的"迷失无稿"，可理解为隐含太深，是提醒读者要细思细想。实际上，此情此景，就是慰藉宝玉所扮演的曹王妃之文。曹王妃自杀时弘晳并未在京城，谜书借用小丫鬟的口吻讲述晴雯如何仙去，成为什么样的花神，到上天去司花，这是弘晳为曹王妃幻化出来的结局。

曹王妃究竟什么时间命丧黄泉？"埋香冢飞燕泣残红"一回写道："至次日乃是四月二十六日，原来这日未时交芒种节。尚古风俗：凡交芒种节的这日，都要设摆各色礼物，祭饯花神，言芒种一过，便是夏日了，众花皆卸，花神退位（脂批：无论事之有无，看去有理），须要饯行。"暗喻"三春去后诸芳尽"。"三春"在这专指清王朝的第三代皇帝，雍正暴毙之后，紧接着就是曹老太后、齐妃、弘时的福晋、曹王妃等"诸芳尽"。所谓的诸芳，主要指曹、李两家在皇宫中的皇后及嫔妃，曹王妃于乾隆二年的春末夏初自尽，由花残、花谢相对应，由脂砚斋批语"埋香冢葬花乃诸艳归源"为佐证。单从《芙蓉女儿诔》来看，与芙蓉花开时节，相去两个多月的时间。小说写到宝玉对小丫鬟说："你不识字看书，所以不知道。不但花有一个神，一样花一位神之外，还有总花神。但不知是作总花神去了，还是单管一样花的神？"小丫头一时诌不出来。恰好八月时节，园中池上芙蓉正开，小丫鬟触景生情。弘晳早已离京归乡，居住在乐亭的皇粮庄，当他得知曹王妃在京离世的消息，已过去两个多月了，才有小丫头胡诌答道："我也曾问他是管什么花的神？……他就是专管这芙蓉花的。""宝玉又想：虽然临终未见，如今且去灵前一拜，也算尽这五六年的情肠。"透出弘晳与曹王妃婚后共同生活了五六年的时间。

在探视宝玉被打的人流中，著书人突然夹写"琼闺秀女""才貌俱全"的傅秋芳。傅秋芳时年二十三岁，尚未许人，这在清朝几乎是不可能的，即便傅秋芳的哥哥傅试"有一段心事"想与贾家攀亲，也不可能让妹妹在闺阁中变成二十三岁的老姑娘。傅试正对应乾隆皇后富察氏娘家哥哥傅恒（多浑虫），他的老婆多姑娘与贾琏（乾隆）还有一段花边新闻。曹王妃的生母是富察·米思翰的女儿，其表哥就是傅恒。曹王妃离世时二十二岁，那时的习俗都用虚岁计算，与傅秋芳二十三岁的年龄相吻合。与曹王妃相比，傅姓虽假，但秋芳必真，再从曹王妃的替身香菱被改秋菱来讲，"秋"字属于后来添加的名字，自然不能算数，如此推理曹王妃原名就该叫曹什么芳。芙蓉女儿是真的曹王妃，其中的芙蓉与香菱都是她的替身。"香"字已被夏金桂换掉，对应的"芙"字也就随之不存在了，只剩下"菱"或"蓉"。按照循序渐进的推理方法，"蓉"必替代"菱"，曹王妃的原名就该叫曹蓉芳。回头看"冷子兴演说荣国府"中雨村道："更妙在甄家的风俗，女儿之名，亦皆从男子之名命字，不似别家另外用这些'春''红''香''玉'等艳字的。"江南的甄家就是曹家，足可判定曹王妃的名字就叫曹荣芳。

"清香沁诗脾，花国第一芳。"在曹雪芹书箱上题刻有上述两句诗，这个"芳"字，就是曹荣芳。箱内还有著书人一首悼亡诗：

> 不怨糟糠怨杜康，乩诼玄羊重克伤。
> 睹物思情理陈箧，停君待殓鸳嫁裳。
> 织锦童身睥苏女，读书才浅愧斑娘。
> 谁识戏语终成谶，窀穸何处葬刘郎。

弘晳王妃曹氏生于康熙五十四年，属羊，就是"乩诼玄羊重克伤"警句的出处。从全诗的内容看，这是弘晳为悼念曹王妃留下的作品。曹荣芳喜好文学、喝酒、学诗、理妆等，在谜书中多多少少都有隐说。著书人变相告诉读者，补记被泯灭的家史是用隐笔完成的，曹王妃自然就成了补记的重点对象。

《芙蓉女儿诔》是原创著书人借用晴雯这个小说人物，全面替代与其形影相随、同音共律的芙蓉女儿，深刻隐现他们的鹣鲽情深及曹王妃的悲惨命运。

> 维太平不易之元（脂批：年便奇），蓉桂竞芳之月（脂批：是八月），无可奈何之日，怡红院浊玉（脂批：自谦得更奇。盖常以浊字许天下之男子，竟自谓，所谓以责人之心责己矣），谨以群花之蕊（脂批：奇香），冰鲛之縠（脂批：奇帛），沁芳之泉（脂批：奇奠），枫露之茗（脂批：奇名），四者虽微，聊以达诚申信，乃致祭于白帝宫中抚司秋艳芙蓉女儿（脂批：奇称）之前。（脂批：日更奇。试思日何难于直说某某，今偏用如此说，则可知矣。）

诔文开头既遵循了传统的书写格式，又别出心裁以"太平不易"标年，"蓉桂竞芳"标月，"无可奈何"标日，还点出了曹王妃的名字，暗示此诔就是祭奠爱妃曹荣芳的。在"年、月、日"的内容上均采用了荒唐的语言，注入了对现实的无情讥讽及难抑的激愤，为全诔奠定了基调。

开始自称浊玉，正是弘晳的幻笔，非谦辞。原因是弘晳对曹王妃具有深刻的负疚和悔责的复杂心绪，正如脂批"以责人之心责己矣"。一是曹王妃被禁管之后，只顾自己辞官避难，而不顾爱妃的境遇；二是明知雍正被何人所害，却不敢直接出庭做证，来洗刷强加于曹王妃身上的不白之冤。当他听到自己的爱妃蒙冤含恨离世后，内心的悲愤情绪如同决了堤的长江之水，又与悔恨之情交织在一起。接下来用百花蕊的香、冰鲛縠的帛（传说鲛人居住南海中，如鱼，滴泪成珠，善机织，所织之绡，明洁如冰，暑天令人凉快）、沁芳亭的泉水、枫露的茶四样祭祀品，貌似祭品很微薄，其实相当昂贵，如果不是幻笔描写，任何人均不可能也不会同时得到这四样珍品。白帝，即少昊，是汉族神话中五帝之一的西方司秋之神。

窃思女儿自临浊世（脂批：世不浊，内物所混而浊也，前后便有照应。女儿称妙！盖思普天下之称断不能有如此二字之清洁者。亦是宝玉真心），迄今凡十有六载。（脂批：方十六岁而夭，亦可伤矣。）其先之乡籍姓氏，湮沦而莫能考者久矣。（脂批：忽又有此文，不可后来，亦可伤矣。）而玉得于衾枕栉沐之间，栖息宴游之夕，亲昵狎亵，相与共处者，仅五年八月有奇。（脂批：相共不足六载，一旦夭别，岂不可伤！）

著书人用虚笔写出爱妃的年龄与籍贯，实说曹荣芳自五岁进宫，寄养在老祖宗曹皇后处，到十六岁与弘晳成婚，"相与共处者仅五年八月有奇"。将十六岁与"五年八月有奇"相加是二十二岁，正是曹妃仙逝时的年龄，虚岁与傅秋芳相同。为了躲避文字狱之打击，著书人描写的内容是真真假假、虚虚实实，其中的实笔"衾枕栉沐之间，栖息宴游之夕，亲昵狎亵"。"衾枕栉沐之间"，此句明显写出是夫妻关系，被中、枕边、梳头、沐浴，只有夫妻间才有这样的生活状况，虽说丫鬟们也为宝玉梳头，伺候宝玉洗浴，那是她们的职责，哪个丫鬟可随便钻进宝玉的被窝？"狎亵"一词是指态度轻薄、放荡、亲密嬉戏，如果用在一般的男女身上就是狎亵之徒，按现在的说法就是耍流氓。如用在夫妻之间，其意义则表示婚姻美满幸福。对这对恩爱夫妻来说，相处的时间仅有五年零八个月，的确是太短太短了，然而，这短促的生命和更为短促的相处，却在人世间、特别是在著书人的内心刻下了不能磨灭的印痕，又变成娴雅的风范和贤惠品德而获得人们的仰慕。

忆女儿曩生之昔，其为质则金玉不足喻其贵，其为性则冰雪不足喻其洁，其为神则星日不足喻其精，其为貌则花月不足喻其色。姊娣悉慕媖娴，妪媪咸仰惠德。

熟料鸠鸩恶其高，鹰鸷翻遭罦罬；薋菉妒其臭，茝兰竟被芟钼！（脂批：《离骚》。薋、菉皆恶草，以别邪佞。茝兰，芳草，以别君子。）花原自怯，岂奈狂飙；柳本多愁，何禁骤雨！偶遭蛊虿之谗，遂抱膏肓之疢。故樱唇红褪，韵吐呻吟；杏脸香枯，色陈颟颔（脂批：《离骚》：长颟颔亦何伤。面黄色）。诼谣謑诟，出自屏帏；荆棘蓬榛，蔓延户牖。岂招尤则替，实攘诟而终。忳怀幽沉于不尽，复含罔屈于无穷。高标见嫉，闺帏恨比长沙；直烈遭危，巾帼惨于羽野。自蓄辛酸，谁怜夭折？仙云既散，芳趾难寻。洲迷聚窟，何来却死之香？海失灵槎，不获回生之药。

著书人接着从内心深处对自己爱妃给予全面评价。他回想到曹王妃当初与自己生活在一起的时候，其品质，黄金美玉比不上她的高贵；其心襟，晶冰白雪比不上她的纯洁；其神韵，明星朗日比不上她的光华；其容貌，春花秋月比不上她的娇美。姊妹们都爱慕她的娴雅，婆妈们都敬仰她的贤惠。著书人的伉俪之情情深似海，爱之愈深，情之愈切，其眷恋之情就愈加撕心裂肺。

诔文多处使用了《楚辞》的典故，寄托着正直善良人们的爱与憎，如《离骚》"鸷鸟之不群兮，自前世而固然。何方圆之能周兮，夫孰异道而相安"就是表达屈原与楚国贵族抗争的不屈精神。著书人将笔锋一转，谁能料到恶鸟仇恨高翔，雄鹰反遭网获；臭草妒忌芬芳，香兰竟然被人剪除。鸠鸩之类的恶鸟就是那股黑暗势力，因鸠多鸣，像人话多而不实；鸩传说有羽毒，能杀人。好与坏、香与臭已丧失了起码的标准，作为香花的茝兰、杜蘅，作为恶草的薋菉，是截然对立的两股势力。著书人采用往复回环之笔，对那个没有善恶是非标准的洲王朝问鼎苍天，这是什么样的社会？这是什么样的国家？奸佞横行，冤狱遍地，在那礼法森严而又容不得高尚纯真存在的皇室，等待这位手无缚鸡之力的弱女子，必然是悲惨的命运。

花儿原本就怯弱，怎能经得起狂飙？柳枝本来就多愁，有何能力直面骤雨？一旦遭受恶毒的诽谤，就如同得了不治之症。针对曹王妃不幸之惨死，是绝对出乎弘晳的意料，但对无情的迫害者，当朝的乾隆及谗女怨妇，泄露出弘皙裂眦扼腕之愤。"颟颔"：表示受到压抑而憔悴，隐含曹王妃在"狱神庙"禁管期间，樱桃般的嘴唇，褪去了红润，发出了呻吟的声音；杏仁似的脸庞，丧失了芳香，呈现出憔悴的病容。"诼谣謑诟"：表示黑暗势力的流言蜚语和阴谋诡计，从事毁谤中伤的小人们来自皇室，他们就像爬在门窗上的荆棘蓬榛那样令人窒闷。著书人用高翔、雄鹰、芬芳、香兰来比喻曹王妃高标见嫉而惨遭迫害，复用狂风骤雨对花柳的摧残，描绘出一个弱女子在这种残酷现实的摧残之下一筹莫展的悲剧命运。曹荣芳之死，哪里是自招罪愆而丧生，实乃蒙受垢辱而致死，这使她生前既有诉不完的幽愤，死后更抱有无穷的罔屈，这些难言的郁愤，正是对制造虚假冤案者给予无情鄙视和强烈的抨击，同时又寄托着著书人对现实黑暗势力的强烈不满与切齿的愤恨。"高标见嫉"四句，则更进一层，用贾谊受屈遭贬、鲧治洪水而遭杀害的典故来比喻现实，使这种不平之鸣融入了更深刻的历史内涵。

著书人由激愤转为感伤，他对着曹王妃寂寥的孤魂放声悲诉：你独自茹尽辛酸，谁来同情你的夭折？你就像仙云般飘散了，再也难寻你的行踪！生长返魂树的聚窟洲迷失了，哪来神香使你复活？没有仙筏能渡海到蓬莱，就得不到仙药使你回生！海失：传说东海中蓬莱仙岛上有不死之药，秦代有个徐福，带了许多童男童女入海寻找，一去就没有回来。槎，筏子，借作船，又有海上浮灵槎泛天河之事、乘槎游仙的传说，见于《博物志》：银河与海相通，居海岛者，年年八月可见有木筏从水上来去，有人便带了粮食，乘上木筏而去，结果碰到了牛郎织女，这里捏合而用之。短短数句，一字一咽，虽然曹王妃的冤魂已烟消云散，可留下的只有生者的悲哀，这极度的伤感与悲哀，很容易引起著书人与爱妃生前在一起时最美好的回忆，也自然过渡到下文对往事的思绪之中。

> 眉黛烟青，昨犹我画；指环玉冷，今倩谁温？鼎炉之剩药犹存，襟泪之余痕尚渍。镜分鸾影，愁开麝月之奁；梳化龙飞，哀折檀云之齿。委金钿于草莽，拾翠盒于尘埃。楼空鸤鹊，从悬七夕之针；带断鸳鸯，谁续五丝之缕？

回忆了为曹妃画眉、鼎炉煎药，为麝月（应该是曹妃的丫鬟）篦头而被曹妃取笑等亲密往事，抒发了物在人亡的种种悲哀。"镜分鸾影，愁开麝月之奁"，传说罽宾（汉代西域国名）王捉到鸾鸟一只，很喜欢，养了三年它都不肯叫。听说此鸟见了同类才鸣，就挂一面镜子让它照。鸾见影，悲鸣冲天，一奋而死。后多称镜为鸾镜。又兼用南陈太子舍人徐德言与乐昌公主夫妻乱离中分别，各执破镜之半，后得以重逢团圆之事。麝月，巧用丫头名，谐"射月"，同时指镜。奁，女子盛梳妆用品的匣子。鸀鹊，汉武帝所建的楼观名，这里指华丽的楼阁。这段"鸳鸯"和"七夕"值得注意。鸳鸯一词在我国古典文化历来都是美满夫妻的象征，"带断鸳鸯"比喻情人分离。后面的"续五丝之缕"，显然是要用织女在七夕织就的五色丝来为一对"带断鸳鸯"再续前缘。在四大昆曲之首的《长生殿》中，就有用织女的五色丝来为李隆基和杨玉环再续前缘的描写。原句是："织成天上千丝巧，绾就人间百世缘。"借用唐明皇、杨贵妃的爱情悲剧及鸀鹊楼七夕乞巧的典故，竭力抒发夫妻间这种生离死别的悲愤情愫。

> 况乃金天属节，白帝司时，孤衾有梦，空室无人。桐阶月暗，芳魂与倩影同销；蓉帐香残，娇喘共细语俱绝。连天衰草，岂独兼葭；匝地悲声，无非蟋蟀。
>
> 露苔晚砌，穿帘不度寒砧；雨荔秋垣，隔院希闻怨笛。芳名未泯，檐前鹦鹉犹呼；艳质将亡，槛外海棠预萎。捉迷屏后，莲瓣无声；斗草庭前，兰芳枉待。抛残绣线，银笺彩袖谁裁？褶断冰丝，金斗御香未熨。

以"况"字为转折，秋天属金，其味为辛，其色为白，司时之神就叫白帝，也叫司秋之神。对应秋风萧瑟、寒蝉凄切，进一步抒发了"孤衾有梦，空室无人"，如同唐代文学家张说的诗句："往来皆此路，生死不同归。"一个人在孤衾里做梦，起码说以前这被窝里还有另外一个人相伴，但随着突然变故，"芳魂与倩影同消"。试想，晴雯和宝玉的关系再亲密，也不可能钻进一个被窝，如果真的钻进了一个被窝，晴雯的"狐狸精"算是当定了，可事实上晴雯很冤屈，她是一身的清白，与宝玉绝无苟且之事。能同居一室，同盖一床被子的只能是夫妻。"蓉帐香残，娇喘共细语俱绝。"这恐怕就不用多说什么了，"娇喘共细语"，只能是夫妻间性生活的描写。这种感情的倾泻，既是那样滔滔不绝，又层次井然，先由眼前的"桐阶月暗""蓉帐香残"，痛感曹王妃的芳魂倩影已经消失，那轻细的声音再也听不到了。在这细微深刻的感触之后，又将视野推向了广阔的寰宇。文中的蒹葭即芦苇，来自《诗经·秦风·蒹葭》："蒹葭苍苍，白露为霜。所谓伊人，在水一方。"此诗写追求所爱、遥不可及、怅然若失的凄楚之感。从"连天衰草"后四句，移情于物，移物于人，移人于情，似乎秋天的一草一木，虫唤虫鸣，均为曹王妃的冤屈在抽搐、在鸣咽。诔文又逐渐将扩展去的感情拉回到周围可见可闻的景物中来。石阶上的夜露青苔和隔室难闻的寒砧捣衣声、薜荔墙上的雨声，再加上断断续续哀怨的笛声，都无不勾起对逝者的追念。屋檐下的鹦鹉还在呼唤，你的芳名并没有泯灭；栏杆外的海棠正在枯萎，预示着爱妃已枉死罗城。当年在屏风后捉迷藏，到庭院斗草，裁衣熨衣等生活情趣还历历在目，转眼间又魂消香断，人去楼空了。

"怨笛"一词的运用，一方面出自《晋书·向秀传》：向秀跟嵇康、吕安很友好。后嵇康、吕安被杀，向秀一次经过这两个人的旧居，听见邻人吹笛，声音嘹亮。向秀非常伤感，受感情的驱使，写了一篇《思旧赋》，后人称这个故事为山阳闻笛。另一方面又有唐人小说《步飞烟传》中有"笛声空怨赵王伦"的诗句，说的是赵王因索取石崇家的吹笛美人绿珠未成而陷害石崇一家的事，诔文在此兼用了两个典故。

　　昨承严命，既趋车而远陟芳园；今犯慈威，复拄杖而遄抛孤柩。及闻槥棺被燹，惭违共穴之情；石椁成灾，愧迨同灰之诮。
（脂批：唐诗云：光开石椁，木可为棺。晋杨公回诗云：生为并身杨，死作同棺灰。）
　　尔乃西风古寺，淹滞青燐，落日荒丘，零星白骨。楸榆飒飒，蓬艾萧萧。隔雾圹以啼猿，绕烟塍而泣鬼。岂道红绡帐里，公子情深；始信黄土垄中，女儿薄命！汝南斑斑泪血，洒向西风；梓泽默默馀衷，诉凭冷月。

此段一方面在写法上起到了转契的作用；另一方面又避虚就实写出了弘晳"金蝉脱壳"的全过程。"昨承严命，既趋车而远陟芳园。"表面看是父命，实际指皇上的命令。乾隆四年，乾隆下诏要弘晳返京上任，就在上任的路上，弘晳假死隐居了。"今犯慈威，复拄杖而遄抛孤柩。"慈威，仍指皇帝；拄杖，借诈死的机会；遄抛，马上抛弃；孤柩，虚者为棺，实者为柩，装有尸体的棺材，隐义是借假死隐居欺骗了皇帝。下面的"槥棺被

313

燹"，这里不再用柩而成了棺，因为被烧掉的是空棺，也是忽悠乾隆的假戏真演。"槽棺"，小棺材；"石椁成灾"，"石椁"是套在棺材外面的大棺材，能使用"石椁"的人必有辉煌的人生和显赫的地位，"今犯慈威"，所以成灾了，还是死灾，顺理成章将难抑的感情推向既与前文一脉相承而又有所变化发展的新的层面。

著书人接着采用了诸如西风古寺、落日荒丘、白骨磷火等一系列凄凉满目的文字，道出了著书之地的冷漠环境及万箭穿心般的特殊心情。其中"岂道红绡帐里，公子情深；始信黄土垄中，女儿薄命"再次点明是夫妻关系，加上对汝南王与爱妾碧玉、石崇与绿珠两个典故的引用，使这种感情自然升华到更高的境界。"汝南泪血"：弘晳以汝南王自比，以汝南王爱妾刘碧玉比曹妃，《乐府诗集》有《碧玉歌》引《乐苑》曰："《碧玉歌》者，宋汝南王所作也。碧玉，汝南王妾名，以宠爱之甚，所以歌之。"梁元帝《采莲赋》曰："碧玉小家女，来嫁汝南王。""梓泽馀衷"：指石崇、绿珠的故事。石崇字季伦，《晋书·石崇传》："崇有妓曰绿珠，美而艳，善吹笛。孙秀使人求之，崇勃然曰：'绿珠吾所爱，不可得也！'秀怒，矫诏收崇。崇正宴于楼上，介士到门，崇谓绿珠曰：'我今为尔得罪！'绿珠泣曰：'当效死于君前。'因自投于楼下而死。"石崇有别馆在河阳的金谷，名梓泽。无论是汝南王与爱妾刘碧玉的故事，还是石崇与绿珠至死不渝的爱情，都是夫妻间的故事。值得注意的是，石崇无法保护绿珠，才导致"效死于君前"颇为惨烈的动人画卷，与曹王妃之死存在惊人的相似。过去的富贵转瞬便成烟云，如今都留在回忆里，只有通过小说，在冷月下默默倾诉这一切，要把曹王妃的冤屈与不幸告知世人。著书人正是一个活着的死人，顿时感到违背了与爱妃死同墓穴的誓盟，深深愧对说过要同化灰尘的旧话，不仅写出未能实现与爱妃共穴化灰之盟而难以忍受的精神痛苦，同时更加直露地表白对这种残酷现实的无比愤慨。

　　呜呼！固鬼蜮之为灾，岂神灵之有妒？钳诐奴之口，讨岂从宽？剖悍妇之心，忿犹未释！在卿之尘缘虽浅，而玉之鄙意尤深。因蓄惓惓之思，不禁谆谆之问。

　　始知上帝垂旌，花宫待诏，生侪兰蕙，死辖芙蓉。听小婢之言，似涉无稽；据浊玉之思，深为有据。何也？昔叶法善摄魂以撰碑，李长吉被诏而为记，事虽殊其理则一也。故相物以配才，苟非其人，恶乃滥乎？始信上帝委托权衡，可谓至洽至协，庶不负其所秉赋也。因希其不昧之灵，或陟降于兹，特不揣鄙俗之词，有污慧听。乃歌而招之。

此尽力宣泄著书人内心的愤怒和仇恨：本是鬼蜮阴谋制造的灾祸，哪里是老天妒忌我们的情谊！钳住长舌奴才的烂嘴，我的诛伐岂肯从宽！剖开凶狠妇人的黑心，我的愤恨也难消除！你我在世上的缘分虽浅，而我对你的情意却深，我怀着一片痴情，难免老是问个不停。正因为弘晳对曹王妃的感情如此之深之切，在悲痛之情抒发得淋漓尽致之后，忽又悲极生愤，特别对导致曹妃之死的卑劣之徒和狠毒悍妇进行了毫不容情的诅咒与鞭挞。

现在才知道上帝传下了旨意，封你为花宫待诏。活着时，你既与兰蕙为伴，死后请你当芙蓉主人。听小丫头的话，似乎荒唐无稽，以我浊玉想来，实在颇有依据。相传唐代的术士叶法善把当时有名的书法家李邕的灵魂从梦中摄去，给他的祖父叶有道书写碑文；诗人李贺也被上帝派人召去，请他给白玉楼作记。李长吉，即李贺，唐代诗人李商隐作《李长吉小传》说李贺临死前，他家人见绯衣人驾赤虬来召李贺，说是上帝建成了白玉楼，叫他去写记文。还说天上比较快乐，不像人间悲苦，要李贺不必推辞。事情虽然不同，道理则是一样的，任何事物都要找到能够与它相匹配的人，假如这个人不配管这件事，岂不是用人太滥了吗？现在，我才相信上帝衡量一个人，把事情托付给他，可谓恰当妥善之极，将不至于辜负他的品性和才能。我希望你不灭的灵魂能降临到这里，我特地不揣鄙陋粗俗，把这番话说给你听，并作一首歌来召唤你的灵魂。

天何如是之苍苍兮，乘玉虬以游乎穹窿耶？地何如是之茫茫兮，驾瑶象以降乎泉壤耶？望伞盖之陆离兮，抑箕尾之光耶？列羽葆而为前导兮，卫危虚于傍耶？驱丰隆以为庇从兮，望舒月以临耶？听车轨而伊轧兮，御鸾鹥以征耶？闻馥郁而蓬然兮，纫蘅杜以为纕耶？斓裙裾之烁烁兮，镂明月以为珰耶？借葳蕤而成坛畤兮，檠莲焰以烛兰膏耶？文瓟瓟以为觯斝兮，漉醽醾以浮桂醑耶？瞻云气而凝盼兮，仿佛有所觇耶？俯窈窕而属耳兮，恍惚有所闻耶？期汗漫而无天阏兮，忍捐弃予于尘埃耶？倩风廉之为余驱车兮，冀联辔而携归耶？余中心为之慨然兮，徒噭噭而何为耶？卿偃然而长寝兮，岂天运之变于斯耶？既窀穸且安稳兮，反其真而又奚化耶？余犹桎梏而悬附兮，灵格余以嗟来耶？来兮止兮，卿其来耶？

上过天，入过地，上天之时，天是苍苍，入地之时，地是茫茫，都是著书人对自己一生大起大落、贫富交织不同命运的高度概括。写箕星和尾星，和下文的虚、危都属于二十八宿星座的名称。望宝伞光芒绚烂，是抑来箕尾二星之光吗？前面有羽葆排列，两旁有危星和虚星卫护吗？驱赶电师作为侍从，望着舒月驾驶车马离去了？当听到车轨咿咿呀呀的响声，是驾驭着鸾鷖出征吧？问馥郁香气把你围起来了，是把杜蘅这样香草串成佩带了吗？裙裾烂耀，烁烁夺目，是把明月镂刻后装饰到了你的身上，这可像武将的护心镜？借茂盛的蒿草做成祭坛，是用烛兰膏之油点燃了繁莲灯火、照亮了天空？这所有的假设和猜想，都为曹王妃的灵魂离去感到惋惜和到另一个世界的美好祝愿。

"文瓠匏以为觯斝兮，漉醽醁以浮桂醑耶？"起借用曹王妃之口，说出画有花纹的葫芦当作酒器，喝的是用桂浆醁出的美酒吗？仰望天上的云气而凝视，是不是窥看到了什么？向昏暗的地方侧耳，是不是听到了什么？我们家到了汗漫落地不可上进的地步，你怎么忍心嫌弃我于尘埃呢？脂批："《逍遥游》：天阆。上也。"古代传说：有个叫卢敖的碰到名叫若士的仙人，向他请教，若士用"吾与汗漫期於九垓之外"的理由拒绝了他的请求。"汗漫"，形容广袤的宇宙，漫无边际、漫游之远。《淮南子·道应训》："吾与汗漫期於九垓之外。"高诱注："汗漫，不可知之也。"还可以把"汗漫"与广袤苍茫的天空联系起来理解成一幅美丽的画面，是修行的境界，也可理解成是仙班的家园。梦中的爱妃走远了，看不到了，借助风廉为我驱车，希望和你联辔而携归。我心里为你蒙受不白之冤之死而愤激，白白地哀叹悲号又有什么用呢？你静静地长眠不醒了啊！难道说天垓变幻就是这样的吗？脂批："《庄子》：偃然寝于巨室。谓人死也。又变而有气，气变而有形，形变而有生，今又变而之死，是相与为春秋冬夏四时行也。其生也天行，其死也物化。"在此，著书人借用道家生死轮回的观点学说，总希望曹王妃还能在世上生存。既然已经埋葬安稳了，以死为真的话就没有变化了，后又何必要化仙而去呢？能反其真的话，难道就不能

316

化生吗？我至今还身受桎梏成为这世上的累赘，你的神灵能有所感应而到我这里来吗？来呀，来了就别再去了！你还是到这儿来吧。

> 若夫鸿蒙而居，寂静以处，虽临于兹，余亦莫睹。搴烟萝而为步障，列苍蒲而森行伍。警柳眼之贪眠，释莲心之味苦。素女约于桂岩，宓迎于兰渚。弄玉吹笙，寒簧击敔。征嵩岳之妃，启骊山之姥。龟呈洛浦之灵，兽作咸池之舞。潜赤水兮龙吟，集珠林兮凤翥。爰格爰诚，匪营匪篁。

你住在混沌之中，处于寂静之境，即使降临到这里，也看不见你的踪影。我取女萝作为帘幕屏障，让菖蒲像仪仗队一样排列两旁，还要警告柳眼不要贪睡，教那莲心不再味苦难当。素女邀约你在长满桂树的山间游历，宓妃迎接你在开遍兰花的洲边为你吹笙。寒簧为你击敔，再召来了嵩岳灵妃、骊山之姥与你欢聚一堂。

素女：又称白水素女，是我国神话传说中擅长鼓瑟的女神，她与黄帝同时，或言其擅长音乐。素女的身份说法不一，有说是黄帝的侍女，也有说是黄帝的性学老师。关于素女的第一个传说，是她曾以音乐造福生灵万物。

宓妃：三国曹植《洛神赋》序："黄初三年，余朝京师，还济洛川。古人有言，斯水之神，名曰宓妃。"就是三皇之一伏羲的女儿，后成为洛神。

弄玉：汉刘向《列仙传·卷上·萧史》："萧史善吹箫，作凤鸣。秦穆公以女弄玉妻之，作凤楼，教弄玉吹箫，感凤来集，弄玉乘凤、萧史乘龙，夫妇同仙去。"

寒簧：明代叶绍袁《午梦堂集续窈闻记》："寒簧偶以书生狂言不觉心动失笑，实则既示现后即已深悔，断不愿谪人间行鄙亵事。然上界已切责其七笑，故来；因复自悔，故来而不兴合也。"敔，古代的一种乐器，形状如一只伏着的老虎。

灵妃：《旧唐书·礼仪志》：武则天垂拱四年，"下制号嵩山为神岳，尊嵩山神为天中王，夫人为灵妃"。韩愈《谁氏子》诗："或云欲学吹凤笙，所慕灵妃媲萧史。"可知灵妃也是善于吹笙的，与弄玉具有共同的爱好，水平不差上下。

317

骊山之姥：据《骊山老母玄妙真经》记载："老母乃斗姥所化，为上八洞古仙女也。斗姥者，乃先天元始阴神，因其形相象征道体，故又称先天道姥天尊。斗姥上灵光圆大天宝月，号曰九灵太妙中天梵炁斗姥元君，因沐浴於九曲华池中，涌出白玉龟台、神獬宝座，斗姥登宝座之上，放无极光明，化生九苞金莲，应现九皇道体，为北斗众星之母，综领七元星君、功沾三界，德润群生，故又称无极大天尊。"

灵龟像大禹治水时那样背着书从洛水跃出，百兽像听到了尧舜的咸池曲那样群起跳舞，一旦达到开启智慧的境界，四兽就能如意呈祥，还能驱邪除恶。明白了这个道理，才能听到潜伏在赤水中的龙在吟唱；看到栖息在珠林里的凤在飞翔，恭敬虔诚就能感动神灵，这样的境界是从格物致知而来，是从诚心修行而来，不是吃喝享受所能得到的。著书人在诔文中引出素女、宓妃、弄玉、寒簧、嵩岳灵妃、骊山之姥等仙女，她们都是美的化身、高尚品行的典范、中国女性的财富与榜样。寓意自己的爱妃也已升天成仙了，能与她们为伍，是上苍的眷顾，是高尚品德累积的结果，也是自己真诚的企盼与夙愿。

发轫乎霞城，还旌乎玄圃。既显微而若通，复氤氲而倏阻。离合兮烟云，空蒙兮雾雨。尘霾敛兮星高，溪山丽兮月午。何心意之忡忡，若寤寐之栩栩？余乃欷歔怅怏，泣涕彷徨。人语兮寂历，天籁兮筼筜。鸟惊散而飞，鱼唼喋以响。志哀兮是祷，成礼兮期祥。呜呼哀哉！尚飨！

"发轫"，即启程，出发。轫，阻碍车轮转动的木棍，车发动时须抽去。"霞城"，神话以为元始天尊居紫云之阁、碧霞为城。后以碧霞城或霞城视为神仙居住之处。"玄圃"亦作县圃，神仙居住之处，传说在昆仑山上。《离骚》："朝发轫于苍梧兮，夕余至乎县圃。"这里指曹妃从天上的霞城乘车动身，回到了昆仑山的玄圃仙境。既像彼此可以相互交往那么容易，又忽然被青云笼罩无法接近。人生离合，好比浮云轻烟聚散不定；神灵缥缈，却似薄雾细雨难以看清。尘埃阴霾已经消散，明星高悬；溪光山色多么美丽，月到中天，为什么我的心如此烦乱不安？仿佛梦中的景象总在眼前展现，于是我慨然叹息，怅然四望，流泪哭泣，流连彷徨。人们，早已进入梦乡；竹林呵，奏起天然乐章，听见受惊的鸟儿四处飞散，水面上的鱼儿喋喋作响。我写下内心的悲哀，作为祈祷；举行这祭奠的仪式，期望吉祥。悲痛，请来将此香茗一尝。结尾处写得明明白白，祭祀的地方就是在海边，虚写竹林，实写芦苇。

清代与百家争鸣的战国时代大不一样，特别是雍正、乾隆年间，更是文禁酷严、朝野慑恐，稍有干涉朝廷之嫌，难免招来种种灾难。当时，一般人都不敢作伤时骂世之文，一旦触犯文网，丢掉乌纱帽还是轻的，严重的情况下，丢掉脑袋也不稀奇。弘晳倒不稀罕世人的观阅称赞，他基本是逆潮流而动，走自己的路，但也得考虑当时的株连，毕竟他自己的子子孙孙大多在京城，还在乾隆的眼皮下生活，如果给他们招来杀身之祸，恐怕就是终天之恨。在如此恶劣的环境之下，揭露封建政治的黑暗与丑陋，就得采取尚古之风，以文为戏，任意纂著，大肆杜撰，隐匿自己的真实意图。明白了这一点，就不难理解这篇表面上写悼亡女儿之情的诔文中，要用贾谊、鲧、石崇、嵇康、屈原等这些在政治斗争中遭祸人物的典故，暗含的就是著书人对现实社会的无情抨击。

脂砚斋评批："如此我亦谓妥极，但试问当面用尔我字样，究竟不知为谁之谶，一笑一叹。一篇诔文总因此二句而有。又当知虽诔晴雯，而又实诔黛玉也，奇幻至此。若云必因晴雯而诔则呆之至矣。""慧心人可为一哭。观此句，便知诔文实不为晴雯而作也。""明是为与阿颦作谶，知虽诔晴雯，实乃诔黛玉也。试观《证前缘》回、黛玉逝后诸文，便知。"此批又是曹霑忽悠读者究其结局的调侃之笔。要看"黛玉逝后诸文"，自然就得看续书的后四十回。因为宝玉与黛玉没有婚姻关系，不可能有"衾枕栉沐之间，栖息宴游之夕，亲昵狎亵"的具体活动，又没有事实婚姻，更不可能有蓉纱帐里"娇喘共细语"。林黛玉是纯洁的化身，是一块没一点点瑕疵的碧玉。脂砚斋评批两次把"芙蓉女儿"引向林黛玉，目的之一故意把读者引向小说的结局，必造成读者刨根问底的好奇心理，这就需要认真思考，细思细想之后，再对照"看书会看背面"的提示，会在隐史中找到答案；目的之二是忽悠读者要有耐心，一口气将一百二十回本的《红楼梦》读完，再寻找答案。曹王妃没能等到弘晳避祸回来就泪尽了，正如"他年葬侬知是谁""花落人亡两不知"，皆透露曹荣芳"红消香断"无人问津的悲惨结局。小说中的人物，包括脂砚斋评批在内，著书人均可以信手拈来，但对当时的现实人物，绝不能随便泄露，哪怕是姓氏笔画，读者只能根据谜书所隐的内容去思考、去判断了。

回看第五回在"千红一哭""万艳同悲"之后演唱的第一首仙曲：

> 开辟鸿蒙，谁为情种？（脂批：非作者为谁？余又曰："亦非作者，乃石头耳。"）都只为风月情浓。趁着这奈何天，伤怀日，寂寥时，试遣愚衷。（脂批："愚"字自谦得妙！）因此上，演出这怀金悼玉的红楼梦。（脂批：怀金悼玉，大有深意。）

这首仙曲就是专为曹荣芳准备的，脂砚斋批语既点明"情种"是著书人，还说明是石头，属弘晳无疑。"怀金悼玉"还"大有深意"，这"玉"是谁？曹王妃可是"衔玉而诞"啊，与整篇诔文如出一辙，其悲伤、无奈之情犹如一曲深邃寥远的挽歌。

这篇充满激情的诔文，是著书人以反封建的叛逆精神，为自己的爱妃写下的一篇祭文，其饱含着鲜明的爱憎情感，多采用艺术的表现手法，寓于花木、鸟兽、悍妇、美人等的反复咏叹之中，随意所指，信笔而去，长歌当哭，淋漓尽致。

曹荣芳具有烈火一般的性格，却遭诬陷迫害致死，她的性格、她的遭遇、她的结局，与屈原、贾谊、鲧、嵇康、绿珠等非常相似。著书人对其反叛性的高洁品格，给予了高度的赞颂，对其悲惨遭遇和不幸命运，表露出深切的惋惜与同情，同时又对残害她的鬼蜮诐奴进行了愤怒的谴责和无情的诅咒！他一针见血地指出："钳诐奴之口，讨岂从宽？剖悍妇之心，忿犹未释！"是对黑暗社会最猛烈的鞭笞与辱谩。清室皇宫，容不下曹荣芳，容不下和硕理亲王弘晳，就像楚容不得屈原、汉容不得贾谊、晋容不得嵇康一样，高尚的品行，要遭妒忌，正直人们的命运为什么这样不幸？这不仅仅是对曹王妃个人遭际的愤慨，也是著书人向那个不公社会发出愤激的控诉和火山爆发般的怒吼！

这篇诔文，在艺术上继承和汲取了我国古代诗、词、骚、赋等一切优秀传统和表现手法，通篇一字一咽，一句一啼，洒泪泣血，撕心裂肺，具有强烈的艺术感染力。它文辞优美，语言畅达，是这部小说诗词中思想性和艺术性都比较杰出的篇章。

第十四章　巧妙链接淫丧天香楼

　　谜书开篇自云的"荒唐言""真事隐""假语存""故逐一看去，悉皆自相矛盾，大不近情理之话"以及脂批"开卷一篇立意，真打破历来小说窠臼"，肯定了是用特殊的文学方式创作出来的特殊的文学作品。如把巧姐作为传统文学中的人物形象看待时，则充满种种疑惑，可以不客气地讲，简直是荒唐之言。如用特殊的文学眼光看，著书人巧妙安排巧姐这个特殊的人物，在整部谜书中所起的作用，绝对能令人叹为观止。

　　人类社会从远古的梦寐到眼下科技文明的发展，其动力与源泉就是好奇与探索，越是新鲜越好奇、充满疑问的东西，探索究竟的人就越多，参与之人就纷至沓来、云屯雾集，如同到菜市场买菜一样，谁家的菜越有人买，后续的人就越扎堆儿。受关注的圈子越大，传播的范围就会纵横驰骋，就会朝着著书人预想的方向迅猛发展。谜书中那么多的囫囵语、荒唐言，人人读，人人说，人人议论，人人证，在不断的论证过程中，就使谜书的影响波及各个阶层，也使谜书的生命力更加运旺时盛。今天的红学热早在著书人的意料之中，正如宝玉的观点："你证我证，心证意证。是无有证，斯可云证。无可云证，是立足境。"脂批："已悟已觉。是好偈矣。宝玉悟禅亦由情，读书亦由情，读《庄》亦由情。可笑。"黛玉补充："无立足境，是方干净。"脂批："此又深一层也。"

　　巧姐作为王熙凤唯一的女儿，年龄忽大忽小，一个幼女入选金陵十二钗正钗，确实存在许多谜团。这些谜团的中心隐述，就是整部谜书的糊涂人比比皆是，贾雨村、甄士隐、贾宝玉、林黛玉、薛宝钗、王熙凤、贾敬、贾政、贾珍等，唯有这位不说话的小姑娘心里门儿清，她什么都知道。她有佛手，她得给这些糊涂人指点迷津，她必须进金陵十二钗正钗钗簿，否则，这惊天迷梦将永无苏醒之日！

　　巧姐，一是谐音"巧解"，寓意通过巧妙的连接解密谜书中的真事隐；

二是谐音"巧接",寓意巧（妙连）接刘姥姥,"偶因济刘氏 巧得遇恩人"。偶然的机会接济刘姥姥,遇到灾难的时候,巧遇恩人,这是小说的故事。巧姐的钗画"是一座荒村野店,有一美人在那里纺绩",正面看是巧姐长大后,回归村野,成了名副其实的农家女,忙活着农家事,过着农家的田园生活,背面的隐情就与农家生活背道而驰了。这里重点看"纺绩"一词,按谐音分解就成了"访问""事迹",隐含的背后要访问谁的事迹呢? 再与《留余庆》中的"正是乘除加减,上有苍穹"结合起来,"乘除加减"就成了惩罚、处置、枷铐、监禁,这是皇太子后半生的生活,由此得出要访问的正是皇太子的人生轨迹。"幸娘亲,积得阴功。劝人生,济困扶穷":庆幸母亲与父亲情深意切、父子之间的舐犊情深,才两立两废,保全了性命。"休似俺那爱银钱、忘骨肉的狠舅奸兄":狠毒的舅舅隆科多,奸诈阴险的兄弟胤禔、胤禛。按脂批"一笔不写一家事文字"来理解,也包括曹王妃的生活经历,狠毒的舅舅马齐、马武,奸诈阴险的表兄傅恒。"势败休云贵,家亡莫论亲":失去了太子地位,沦为囚徒,不要再提过去的辉煌与荣耀,家庭、事业同时消亡,皇家根本就没有亲情可讲。

刘姥姥又是康熙的替身演员:巧姐的名字由刘姥姥所起,巧姐的结局,由于刘姥姥的特别保护,才算躲过了舅兄的暗算。康熙准备将胤礽禁锢在郑各庄,目的是为了保住他的性命,殊途同归,一定程度上巧姐也是胤礽的替身。刘姥姥到贾府受到极大的礼遇,与贾母亲密无间,"是个庄稼人"与麻将桌上的"庄家"意义相同,就是说话算数管用的人,同是大清朝的当家人。贾母送刘姥姥衣服,贾母是康熙的替身,贾母的衣服就是龙袍,刘姥姥也就穿上了龙袍,万不可看成是乡村老妪。刘姥姥与康熙同岁,她可有辉煌的经历,有主宰天下的特异功能,表面的憨体现了她内心的善。

七十六回写到晴雯的身世,她是被自己狠心的姑舅哥哥卖给赖家的,后赖家转送给贾母,与巧姐的判词基本相似,巧姐在整部谜书中连一句话都没留下。四十一回有这样一段描写:"大姐儿抱着大柚子玩,见了板儿的佛手一定也要,因将柚子同佛手换过来才罢。"脂批:"小常情,遂成千里伏线。"所谓的"千里伏线",就是要用她的佛手来指点千里以外的迷津。这个无言无形的小姑娘,却是正钗第十钗,是谜书中最蹊跷的人物。七月七是她的生日,女儿在七七可要乞巧（蹊跷）,她竟成了技艺超群的绣姐。人们都说生在七七不好,刘姥姥偏偏要给她取名巧姐,目的是以毒攻毒、以火攻火，兵来将挡、水来土掩，这么小的巧姐是否已具备了特异功能？

刘姥姥一进荣国府的目的很明确——要钱；二进荣国府就不仅仅为了一些瓜果，这一回，她老人家是专门给大姐取名来的，尤其在荣府文人墨客彬彬济济的地方，刘姥姥能把大姐（大节）转换成巧姐（巧接），绝对是一大贡献，因为大姐就是谜书的"大节"，大节又连接到巧接，刘姥姥《留余庆》的巧接，对解读整部谜书起到了画龙点睛的作用。巧姐人小多病，那是文人在文字狱高压下的通病，如同晴雯的美丽就像文人墨客写出华丽的文章一样。刘姥姥还有另外一种特异功能，就是讲故事，当她讲到漂亮女儿偷柴火时，荣国府的马厩就燃起熊熊的大火，这是火攻现场开幕前的精准彩排，让带有木柴的黛玉去烧雍正这匹痴马。

七十七回：薛宝钗说"对人参（生）要珍藏密敛"，可保存长久。脂批："调侃语。"脂砚斋是在调侃吗？回答是否定的。"人参（生）要珍藏密敛的"确定无疑，但要看是谁的人生"要珍藏密敛"。在整部谜书中，糊涂人比比皆是，唯有巧姐独自清醒，"珍藏密敛"巧姐的人生，是解读谜书的突破口。七十七是刘姥姥的真实年龄，还是一组相当重要的数字，巧姐一言没留，她已用佛手指点了迷津。七十七回是谜书至关紧要的一回，其中隐写了惊天动地的大事件。司棋离开大观园时，迎春让绣橘给了她一个绢包，留个念想，绣橘谐音"绣姐"，就是乞巧中的大姐大，与巧姐行雨无纹般完成了转换。巧姐的绢包，就是预示她自己命运的仙曲《留余庆》，《留余庆》的谐音"留于琴"，她在十二金钗中排名第十，与薛宝琴的十首怀古诗相吻合，薛宝琴的十首怀古谜诗又是揭开惊天谜案的一把钥匙。

还是七十七回，王夫人说"曾于十五日就留下水月庵的智通与地藏庵的圆信住两日，至今日未回"。那两个老尼还留在府里，当然，贾府一直是不惜破费高标准招待客人，吃喝住行一应俱全，俩老尼只顾高兴，就流连忘返了。她们俩同住两日，两两一组合就是二十二，还至今日未回，就到了二十三日。两个老尼的名字更有讲究，连在一起就是"直通圆心"，恰好符合巧姐用佛手指点迷津：莲花到藕就是一条直通圆心管，也是莲花从管内直通圆心到藕，这莲藕就是直通圆心的谜底。晴雯离世的这晚，宝玉发了一晚的呆，这是宝玉一生从未有过的，具体时间是八月二十二日晚到二十三日晨，与七十六回湘云、黛玉、妙玉联诗后一晚没睡相对应。雍正十三年八月二十二日晚深夜到二十三日凌晨，正是胤禛不明不白的死亡之日。

留于琴的十首怀古诗，加上刘姥姥以毒攻毒、以火攻火，就是用周公瑾的连续火攻，直杀曹丞相的系列战船！

其一《赤壁怀古》："赤壁沉埋水不流，徒留名姓载空舟。喧阗一炬悲风冷，无限英魂在内游。"

写赤壁之战曹军伤亡重大，折戟沉尸阻塞江水不能流动，战舰旗帜上仅留下将帅的姓氏，江口士兵大而杂的叫嚷声、沸反盈天般风吹烈火的呼号声，繁弦急管地交织在一起，无数阵亡将士的英魂正在那里游荡。如此震撼人心惨烈的历史画卷，就发生在赤壁，征战的双方就为了一块石头。这首绝句的谜底是石头，且是红色的石头，就是佩戴在贾宝玉脖子上的那块。这块石头始于秦朝，成为历朝历代最高权力的象征，又有"无限英魂"为了它，曾经历凤凰涅槃、血流漂杵。到了公元 1700 多年后的前清，最终传到了康熙嫡皇孙弘皙手中，从此，它失去了国家最高权力的象征，默默无闻地陪伴着著书人，加上"字迹分明，编述历历"，则变成了旷世谜书《石头记》。"赤壁"还可以理解为"红玉"，又与林红玉、梁红玉遥相呼应。

其四《淮阴怀古》："壮士须防恶犬欺，三齐位定盖棺时。寄言世俗休轻鄙，一饭之恩死也知。"

这是咏韩信的诗。韩信是淮阴人，后被刘邦封为淮阴侯。但对这首诗的解释，却颇有不同，"壮士须防恶犬欺"，壮士当然说的是韩信，那恶犬指的是谁？不少人认为是恶少，就是在韩信没发迹前，欺侮他，让他受胯下之辱的恶少。有人认为是吕后，吕后趁刘邦不在时，诬陷韩信造反，擅自加以诛杀，相当于迎面啮人的恶狗。细研读这首怀古诗，重点是第二句"三齐位定盖棺时"，不是韩信被杀的时候是三齐王，而是被刘邦封为三齐王的时候，已经确定了他盖棺时的命运，即已确定最后会被杀的结局。古往今来的壮士，都要小心身边可能冒出来的恶犬。一个壮士，不会死于明面敌人的刀枪之下，很可能会死于自己并不留意的恶犬，被咬一口就会置于死地。韩信身经百战，没死于沙场，而是死于完全没有防备的陷阱。

怀古诗的最后两句，是说大家不要轻鄙韩信年轻时的穷愁潦倒，在韩信当了三齐王衣锦还乡之时，不但报答了对他有一饭之恩的漂母，还嘉奖了当年要他受胯下之辱的少年。韩信报答漂母一饭之恩的时候，都还活得好好的，为什么要说死也知呢？是著书人要世人不要轻鄙对韩信的评价，刘邦杀韩信认为他要搞分裂，要造反，由此得出韩信属惨遭陷害而死。与著书人弘晳的遭遇基本相同，也寓意弘晳技高一筹，他懂得急流勇退，关键时能"金蝉脱壳"。谜底是玳瑁。玳瑁身上长着坚硬的甲壳，只有头、四肢、尾部柔软，遇到危险马上缩进甲壳中。此谜交代得非常明白的一句是"三齐位定盖棺时"，关键是盖棺时，玳瑁是有盖的甲壳动物。

其六《桃叶渡怀古》："衰草闲花映浅池，桃枝桃叶总分离。六朝梁栋多如许，小照空悬壁上题。"

桃叶渡是南京江北长江边东门桃叶山下的一个古渡口，也是南秦淮河上的一个古渡，位于秦淮河与古青溪水道合流处附近。桃叶渡是南京古名胜之一，位列于金陵四十八景之内。在原渡口处立有桃叶渡碑，并建有桃叶渡亭，从六朝到明清，桃叶渡处均为繁华地段，河舫竞立，灯船萧鼓。这首诗的谜底是芦苇。芦苇的谐音是露尾，蒲草芦苇生长在水边，本身就一条直立的秆，秆上生长着对称的叶片，每年都要被收割，年年根、秆、叶都要分离。六朝以来很多百姓屋顶上盖的是芦苇，还有将其制成窗帘，为了美观，还在窗帘上画画题诗。第五回宝玉游太虚幻境："但见荆榛遍地，忽见警幻后面追来，宝玉忙止步问道：'此系何处？'警幻道：'此即迷津也。'"黑溪就是秦淮河与古青溪水。明朝灭亡，清统治中国之后，江南有无数士子死于文字狱，是他们的墨水染黑了秦淮河与古青溪水。这里有渡口，著书人不说渡口的名字，就是藏在谜诗里的桃叶渡，且只渡有缘者，能过此渡口者就能看明白谜书所隐的历史真相，也是整部谜书结局秘密连接的渡口，"木居士掌舵，灰侍者撑篙"。木已成灰，哪儿来的船？但有缘者就能到达彼岸，前提条件是看懂谜书的背面。这个渡口的"六朝梁栋"是《好事终》留下的胎记。"画梁春尽落香尘……宿孽总因情！"情与清谐音，脂批："六朝妙句。"芦苇为露尾，是谜书最后的秘密渡口。

其七《青冢怀古》："黑水茫茫咽不流，冰弦拨尽曲中愁。汉家制度诚堪叹，樗栎应惭万古羞。"

谜底是墨斗。墨斗在此专指文字狱，墨代表文人，就要挨批斗。墨水在墨斗里漫上来，也不往外流，墨线在为树木做规矩线，可却发了愁。庄子说："吾有大树，人谓之樗，其大本臃肿而不中绳墨，其小枝卷曲而不中规矩。"千百年来樗栎树蒙羞，墨绳不上其身。茫茫的淮河水，早被屈死文人的墨水染黑了，为儒家不让樗栎进坟头制度而感叹，为老庄抛弃樗

325

栎选拔人才规矩感到悲哀。为什么要嫌弃樗栎树，大的（吕留良）嫌其臃肿（朝廷管教不到），绳墨测量不到；小的（吕葆中）又说其弯曲（叛逆）不才。樗栎最后连进墓地的资格都被剥夺，隐指吕留良父子死后被挖出来，抛尸扬灰，让樗栎（吕家）万古蒙羞。七十七回用贾宝玉的一段宏论，就能得到准确的注解："你们那里知道，不但草木，凡天下之物，皆是有情有理的，也和人一样，得了知己，便极有灵验的。若用大题目比，就有孔子庙前之桧，坟前之蓍，诸葛祠前之柏，岳武穆坟前之松。这都是堂堂正大随人之正气，千古不磨之物。世乱则萎，世治则荣，几千百年了，枯而复生者几次。这岂不是兆应？"由清朝盛行严酷的文字狱及残害天下文人为例，著书人想到封建王朝已走进衰败期，到了末世，非人力能够左右的，包括那些植物草木皆与之衰败。正如《尚书·太甲》曰："天作孽，犹可违；自作孽，不可逭。"

其八《马嵬怀古》："寂寞脂痕渍汗光，温柔一旦付东洋。只因遗得风流迹，此日衣衾尚有香。"

谜底是指甲。寻找二十二日的情节，就用上了晴雯病重时交给宝玉的两个指甲了。指甲涂脂抹油，洗衣之后，女人的脂粉汗渍都分解到水里，也浸泡在衣服上，衣服上就有了少许残余脂粉香。指甲亦可称为甲，称甲可就不得了了，是皇帝钦定的股肱之臣。一甲只取三名：状元、榜眼、探花。晴雯留下的是两个指甲，由宝玉做证，就是二甲。二甲赐进士出身若干名，就是进士。进士谐音"近侍"，这就要出问题了。钮祜禄氏为雍正身边的嫔，富察氏是雍正的儿媳，两人与雍正可都属没有血缘关系的近侍，还不把雍正伺候得舒舒服服？这首诗写杨贵妃是在马嵬被逼死的，雍正属马，马嵬谐音"马危"，想想问题该有多么严重。雍正就是在这两个近侍的陪伴挟持之下，稀里糊涂、迷迷糊糊就驾鹤西游去了。

前八首均以史实为题，都能找到出处或地方，后两首则是有名无地，系无源之水和无根之木，没有具体出处地的两首正好揭秘谜书隐含的历史。

其九《蒲东寺怀古》："小红骨贱最身轻，私掖偷携强撮成。虽被夫人时吊起，已经勾引彼同行。"

这首怀古诗是借《西厢记》中张生和崔莺莺的爱情，红娘暗中帮忙一段故事写成的谜语。谜底是炮仗。爆竹外面是纸筒，里面是泥土和火药，制作时要往纸筒里填埋泥土与火药，再用引信连接好，就是一个完整的炮仗了。巧妙链接的小红就是"梁红玉"，虽然身世卑贱，但她练就了一身真功夫，身轻如燕，常在京都或京都周围闲逛，后被"夫人""时吊起"。"夫人"就是富察氏；"时吊起"隐含双方都被吊起胃口的谈判过程。在《村姥姥是信口开河　情哥哥偏寻根究底》中，刘姥姥喜欢讲故事的特异功能就得到了充分的展示："我们村庄上种地种菜，每年每日，春夏秋冬，风里雨里，那有个坐着的空儿，天天都是在那地头子上作歇马凉亭，什么奇奇怪怪的事不见呢。就像去年冬天，接连下了几天雪，地下压了三四尺深。我那日起的早，还没出房门，只听外头柴草响。我想着必定是有人偷柴草来了。我爬着窗户眼儿一瞧，却不是我们村庄上的人。"贾母道："必定是过路的客人们冷了，见现成的柴，抽些烤火去也是有的。"刘姥姥笑道："也并不是客人，所以说来奇怪。老寿星当个什么人，原来是一个十七八岁的极标致的一个小姑娘，梳着溜油光的头，穿着大红袄儿，白绫裙子……"恰讲到这里，南院马棚里走了水。表面上看，是刘姥姥信口开河，胡编乱造，亦属荒唐之言。谜书的隐情往往就在荒唐言的背后才有真实的故事。"梁红玉"决心已定，不杀雍正誓不为人。她离开家乡长达四五年，每日的食宿并无定所，至于钻草堆、住庙宇、露宿街头等更是屡见不鲜，恰好就被刘姥姥看到，这里的刘姥姥已转换了角色，她已成弘历王妃富察氏之母的替身。

谜书接着写道："宝玉心中只记挂着抽柴的故事，真的拉了刘姥姥，细问那女孩儿是谁。刘姥姥只得编了告诉他道：'那原是我们庄北沿地埂子上有一个小祠堂里供的，不是神佛，当先有个什么老爷。'说着又想名姓。宝玉道：'不拘什么名姓，你不必想了，只说原故就是了。'刘姥姥道：'这老爷没有儿子，只有一位小姐，名叫茗玉。小姐知书识字，老爷太太爱如珍宝。可惜这茗玉小姐生到十七岁，一病死了。'宝玉听了，跌足叹惜，又问后来怎么样。刘姥姥道：'因为老爷太太思念不尽，便盖了这祠堂，塑了这茗玉小姐的像，派了人烧香拨火。如今日久年深的，人也没了，庙也烂了，那个像就成了精。'宝玉忙道：'不是成精，规矩这样人是虽死不死的。'刘姥姥道：'阿弥陀佛！原来如此。不是哥儿说，我们都当他成精。他时常变了人出来各村庄店道上闲逛。我才说这抽柴火的就是他了。我们村庄上的人还商议着要打了这塑像平了庙呢。'宝玉忙道：'快别如此。若平了庙，罪过不小。'刘姥姥道：'幸亏哥儿告诉我，我明儿回去告诉他们就是了。'宝玉道：'我们老太太、太太都是善人，合家大小也都好善喜舍，最爱修庙塑神的，我明儿做一个疏头，替你化些布施，你就做香头，攒了钱把这庙修盖，再装潢了泥像，每月给你香火钱烧香岂不好?'刘姥姥道：'若这样，我托那小姐的福，也有几个钱使了。'宝玉又问他地名庄名，来往远近，坐落何方。刘姥姥便顺口胡诌了出来。宝玉信以为真，回至房中，盘算了一夜。次日一早，便出来给了茗烟几百钱，按着刘姥姥说的方向地名，着茗烟去先踏看明白，回来再做主意。"这时宝玉也改变了身份，他成了富察氏的替身。富察氏正愁找不到合适的刺客，听她妈说在城外遇见了女刺客，自然是喜出望外，又问清了大概位置，火速派茗烟寻找。谜书中出现了茗烟——茗玉，合并同类项后就成了"烟玉"，谐音就是"艳遇"，隐指两个女人顺利照面，还制订出了详细的刺杀计划。"梁红玉"唯一的心愿就是刺杀雍正，富察氏正好吊起了她的胃口，等待时机。结果是"私掖偷携强撮成"，即在近侍的指导帮助之下，"梁红玉"携带宝剑，顺利潜入天香楼。最后是"勾引同行"。从"勾引"二字来分析，雍正勾引"梁红玉"绝无可能，尤其在性命不保的特殊情况之下。前文已解读过雍正"摸不着头脑了"，是由"梁红玉""钩引"着雍正的脑袋穿梭同行。宝玉对刘姥姥说："我明儿做一个疏头，替你化些布施，你就做香头，攒了钱把这庙修盖，再装潢了泥像，每月给你香火钱烧香岂不好?"这些承诺就是富察之母能得到的许多好处，她口口声声还"托那小姐的福"。至于林黛玉骂她"母蝗虫"，也就不足为奇了。

其十《梅花观怀古》："不在梅边在柳边，个中谁拾画婵娟。团圆莫忆春香到，一别西风又一年。"

这首怀古诗借用戏剧《牡丹亭》柳梦梅和杜丽娘对梦中情人的牵挂和思念。重点借用柳梦梅的姓，讲"在柳边"。柳树喜水，大多生长在水边；而梅花树喜旱，生长在旱地和山坡上。喜欢跟柳树长在一起的是马蔺，是喜水之物。常见到柳树和马蔺者，往往是经常在河岸湖边遛弯儿的人，柳树下大多长着马蔺。其中一个柳字意义深远，脂批"柳拆卯字"，卯就成了卯兔，五行属木。把马和兔链接起来，正像黛玉所说，"最后两个谜底连三岁小孩都知道"，那就不能离开小孩儿的认知能力和喜好，得出谜底是兔儿爷和月光马。兔是乾隆的生肖，他的爷就是雍正，雍正属马，正是月光马。所谓的天香楼的位置就在水边，轻柳环绕，柳下生长着马蔺。雍正被挟持到这个地方，强迫他酗酒。"金鸳鸯三宣牙牌令"中刘姥姥被逼喝酒的状况就是实证，再逼迫"画婵娟"，就是重写传位诏书。"谁拾"一词颠倒过来，谐音就是"是谁"，也就是给谁，当然是写给他儿子弘历了。"团圆莫忆春香到"，春，是三人的天下，就是皇帝。春香就是天香，天，是天子，也是皇帝，天香就是皇帝团圆（圆寂）的地方，由刺客杀了兔儿爷。"团圆莫忆"，对雍正来说，这次天香楼的团圆尽管都是自己的亲人，后果却不仅仅是噩梦。当他把新的传位诏书写成之后，连同他的小命也随之一去不复返了。接下来就是"一别西风又一年"，雍正葬在西陵，故著书人称其为西风。"又一年"是指雍正纪年从此结束，乾隆纪年可谓是重敲锣鼓另开张，是"总把新桃换旧符"的又一年。

七十八回，贾政不知何故突发神经要说鬼话，他把贾兰、贾环及宝玉都找来，写挽词凭吊姽婳将军，还要求各赋一诗来怀念林四娘。据说林四娘是明末的歌女，被恒王看中，收纳为妾，后在农民起义的队伍包围恒王皇宫的时候，林四娘不顾危险亲自披挂上阵，后香殉沙场。贾政道："谁知次年便有'黄巾''赤眉'一干流贼余党复又乌合，抢掠山左一带。"脂批："妙！'赤眉''黄巾'两时之事，今合而为一，盖云一过是此等众类，非特历历指明某赤某黄。若云不合两用便呆矣。此书全是如此，为混人也。"黄巾、赤眉两个不同年代的事件合在一起是什么目的？先不管赤眉、黄巾的年代合不合，起义的行动毋庸置疑、确实存在，目的就是用起义的事件来核实具体的年代。贾兰写完诗后，特别指出兰哥十三岁，正与雍正执政的十三年相谶，这年，贵州古州（今榕江）九股河地区苗族农民，不堪清朝官吏和土司的剥削压迫，在苗民包利等人的领导下，为反抗征粮、派夫发动起义。用起义核对年代，这是第一步；核实无中生有的姽婳将军林四娘是谁，这是第二步。梳理一下林四娘：身份是歌女，被恒王纳妾，后为恒王上战场杀敌壮烈殉国。以史为鉴，历史上谁人最符合林四娘的条件，从前秦查到前清，整个的帝王时代，只有梁红玉一人。她的前身是妓女，被韩世忠纳为妾，也为韩世忠上战场英勇杀敌、壮烈殉国。林四娘、梁红玉就算对上了号。

林四娘的故事无从稽考，本身就是鬼话，更不必费神，就算查遍所有的历史图书，也不会找到林四娘，她完全是韩世忠之妾梁红玉形象的复印件。梁红玉是抗金英雄，与满洲有世仇，虽未明说，还是通过王熙凤听到小红说自己原来叫红玉时，即刻变脸发飙透出玄机："讨人嫌得很，得了玉的益似的。你也玉，我也玉。"脂批："又一下针。"

梁红玉的丈夫韩世忠，字良臣，晚年号清凉居士，死后被追封为蕲王。蕲为香草名，与绛珠仙草基本一致，黛玉的《五美吟》用红拂替代了红玉，梁红玉犯满洲忌讳，是已经被打入十八层地狱的人物。宝琴在《淮阴怀古》中用韩信替代了韩世忠，他们之间的共同点就是韩姓相连。其次都是慧眼识英雄，红拂青眼认李靖，梁红玉慧眼识韩世忠，漂母识英雄用一饭救韩信，他们都交集在淮阴。漂母祠建在韩信墓对面，梁红玉的家乡在淮阴，且有祠庙，韩世忠的坟墓就在苏州灵岩山下。

林四娘—林黛玉—梁红玉，三者的关系是：红玉、黛玉名相似，林四娘、林黛玉姓相同，似发现还缺少一个真正有牵连的人，连接的链条还不够紧密。最好还是以史为鉴，野史中的吕四娘与林四娘又扯上了关系，到底合不合，还得从隐史中寻求答案。

吕四娘的爷爷吕留良，是浙江大儒，吕家被雍正的文字狱害得家破人亡。雍正年间，湖南秀才曾静因反对清朝统治，上书陕西总督岳钟琪，策其反清。事后，雍正就此事大做文章，对案犯严加审讯，广肆株连。雍正对曾静与死去的吕留良曾进行过严格的划分："曾静只讥及朕躬，而吕留良则上诬圣祖皇考之盛德；曾静之谤讪由于误听流言，而吕留良则自出胸臆，造作妖妄，是吕留良之罪大恶极，尤较曾静为倍甚者也。"针对吕家的处理更是惨绝人寰：对去世多年的吕留良、吕葆中掘墓戮尸；对十六岁以上的男丁全部处斩；对母妻姐妹不是奸杀，就是发配功臣家为奴。据《清朝野史大观》卷十二《江南北八侠》和《甘凤池》两篇笔记小说所载：吕留良之孙女吕四娘因在安徽乳娘家中，幸免于难，年仅十三岁的吕四娘秉性刚强，得知全家祖孙三代或被掘墓扬灰，或被残忍杀害，悲愤填膺，当即刺破手指，血书"不杀雍正，死不瞑目"八个大字。于是只身北上京城，决心替全家报仇雪恨。途中巧逢高僧甘凤池，四娘拜之为师，甘传授吕四娘飞檐走壁及刀剑武艺，几年时间，其武功炉火纯青。之后，吕四娘辗转进京，设计潜入乾清宫，刺杀雍正，削下头颅，提首级而去。这虽是野史传说，可也不是捕风捉影。吕四娘与林四娘名相同，姓氏结构相同，吕是上下口，林是左右木，属五行中的金木，连接虽然勉强，但并不影响大局，她们均是女中豪杰、巾帼英雄。

由林黛玉经过李香玉、林红玉引出梁红玉，再由贾政的鬼话虚构出林四娘，又由林四娘过渡到吕四娘，这就巧妙连接成了一条隐秘的链条。巧姐到这里算是用她的佛手指点清楚了迷津，也叫直通圆心。林四娘奋力抵抗造反的农民而死，梁红玉为抗金而亡，吕四娘怒杀雍正，以雪文字狱之耻。梁红玉是民族英雄，吕四娘又是汉人中的豪杰，最重要的是梁红玉和吕四娘都是在男人昏庸的状况下，成就了伟业，她们才是真正的"金娃玉郎"，这样的女儿是不是比男人更需要称赞和褒赏？

以上只是对吕四娘名字的核对，接下来要对吕四娘的身世逐一核实。在此，须重提"心比天高，身为下贱"的晴雯，她是黛玉的又一副钗，晴雯的死是个符号，代表所有深受文字狱之害之人的终结。晴雯之名可分解为青天白日文字狱，寓意与吕四娘的身世相吻合。吕四娘的籍贯、身份和人生轨迹，均能在谜书中找到蛛丝马迹。

返回到第一回，谜书中的甄士隐，隐藏的是什么真事，不妨再看看吕葆中的档案资料。吕葆中（？—1707）名公忠，字无党，号冰葭。吕葆中是吕留良的长子，自幼蒙受庭训，进士及第后授翰林院编修。和尚张一念在浙江领导抗清起义持续数年，后在康熙四十六年（1707）被捕。吕葆中与一念和尚相识，关系走动较近，一念被捕后，吕葆中因受叛逆案的牵连，同年忧惧而死。甄士隐因受葫芦庙失火牵连，房子给烧了，无家可归。葫芦庙失火的原因是和尚炸供，牵连很多家，烧了一大片，脂批"写出南直召祸之实病"。就是当时江南相互牵连的一念和尚案，在失火之前有个叫严老爷的来看甄士隐，脂批"炎到了"，就是康熙要严办一念和尚案。

甄士隐出身书香门第，著书人对甄士隐形象的描写，实际就是吕留良只作文章不做官的隐士形象。脂批："又夹写士隐实是翰林文苑。"毋庸置疑，他俩的工作性质完全一样。甄士隐的女儿英莲就该是吕葆中的女儿吕四娘。野史中讲吕四娘是吕葆中的女儿不可信，吕葆中去世的时间是1707年，到雍正六年（1728）由曾静案引出会审吕留良案，次年八月审结。刑部等衙门会议提出，判决已死的吕留良及长子吕葆中戮尸，次子吕毅中斩立决，株连子女亲属，家产抄没。如果吕四娘是吕葆中之女的话，到1729年，吕四娘最小也该二十二岁。到了这个年龄的清朝女性，出嫁为妻已是必然，恐怕已是几个孩子的母亲了。再说，吕葆中已死二十二年，吕四娘连他的面都没见上，鞭尸之刑不可能会引起后人的极度仇恨，与杀父之仇、不共戴天不能相提并论。清野史记载：吕留良案终结时，吕四娘才十三岁，由此推论，她是吕毅中之女或其他兄弟之女。野史的结论相比可信度更大些，反正她与吕葆中是亲属关系，吕四娘存在于谜书之中，基本可以得到证实。

再根据脂批"《石头记》一笔不写一家事文字"的结论，在英莲作为吕四娘的替身时，她侥幸逃出，由她的丫鬟娇杏嫁给贾雨村为证。娇杏嫁贾雨村并非实情，目的是借用丫鬟吉利的名字，暗示英莲侥幸逃出。说白点，英莲丫鬟的名字，就是为吕四娘准备的。都是那位从不说话、金陵十二钗最小公主的功劳，她有佛手，却能让无数的红迷走出曹雪芹精心设计的胭脂阵和红粉关。

第二回开始进入了角色转换，脂批："甄士隐小结，真的不去，假焉来也。"真的去了，从此开始说假的，用林海替代吕葆中，贾夫人换去林夫人。林与吕结构相同，一个名海字如海，名和字都有海；另一位名葆中，字公忠，名和字皆有中（谐音）。林如海和吕葆中名和字都有一个同音字，姓名取法一模一样。吕葆中是二甲，属赐进士出身；林如海就来个一甲探花，属赐进士及第，功名相近，都是进士。贾敏（假名）是林如海的妻子，应称林夫人，回目却倒转成"贾夫人仙逝扬州府"，假夫人实际就成了吕葆中的吕夫人。林如海也顺利转换成了吕葆中，林黛玉顺理成章就成了吕四娘的替身。到此，所替代的人物转了一圈儿，又转回到了原点。

在"意绵绵静日玉生香"一回中，宝玉闻得黛玉袖中发出一股幽香，声称香味奇特，从未嗅到过这样的香气，令人心醉神迷。说起香囊，谜书中的真故事算是个特殊饰物，清史记载雍正对香橼有特别的嗜好，身上也常常携带香橼。小说写黛玉与宝玉一语不合，势同水火，愤剪香囊，更有痴丫头意外拾捡香袋，这香袋也就成了"抄检大观园"的重要物证。对应雍正暴亡一案，弘历生母钮祜禄氏与宝亲王妃富察氏为了达到"把他两个都绝了"的目的，选准弘晳为曹王妃两个新生儿做百岁的时机，精心制造出雍正之死的惊天谜案，还设计诬陷嫁祸曹荣芳，将其牵连进谜案当中，列为重点嫌疑人，禁管在"狱神庙"。禁管曹王妃的重要证据，就是她的香橼出现在了雍正被刺的现场，出现这一悖逆不轨、冬扇夏炉的物证，背后的隐情故事就至关重要。返回看贾宝玉讲给林黛玉的故事：打入内部"最标致美貌的一位小姐"是谁呢？通过排查，基本可以认定是芳官，芳官就是小耗子，她真正偷走的不是什么香芋，而是香橼。

在"寿怡红群芳开夜宴"一回中，有回前脂批："此书写世人之富贵子弟易流邪鄙，其作长上者有不能稽查之处。如宝玉之夜宴，始见之，文雅韵致，细思之，何事生端不基于此?""宝玉之夜宴"真是宝玉的生日宴会?非也。真情是曹荣芳生得龙凤双子的百岁儿喜宴，时间是雍正十三年八月二十一日。曹王妃、袭人等女眷开夜宴庆贺，也是白天大宴庆贺的延续。雍正与军机处所有官员均参加了这次盛宴，恰给了马家刺杀雍正并一箭双雕的极好机会。芳官出现在夜宴的现场，也就变成了盗窃犯罪的现场，这个小耗子盯上了曹荣芳的佩戴之物——香橼。

芳官与宝玉在席上划拳，她满口嚷热。脂批："余亦此时太热了，恨不得一冷。既冷时思此热，果然一梦矣。"脂砚斋也说自己热，与天气、身上的感觉都没关系，实指大脑发热，把百岁儿的盛宴办得太大、太风光、太招人妒恨了，尤其不该邀请雍正皇帝及军机处的所有官员。"恨不得一冷"：如果自己当时冷静一些，不惊动朝廷上下，就没有后来一生的遗恨，"既冷时思此热，果然一梦矣"。

谜书中是这样介绍芳官的："只穿着一件玉色红青酡绒三色缎子的水田小夹袄，束着一条柳绿汗巾，底下是水红撒花夹裤，也撒着裤腿；头上眉额编着一圈小辫，总归至顶心，结一根鹅卵粗细的总辫，拖在脑后；右耳眼内塞着米粒大小的一个小玉塞子，左耳上单带着一个白果小的硬红镶金大坠子，越显得面如满月犹白，眼如秋水还清。引得众人笑说：'他两个倒像是双生的弟兄两个。'"应该是"姊妹花"才对。著书人为何做此细述?正与那"标致美貌的一位小姐"对上了号。芳官这晚的穿戴，的确非同一般，八月天"只穿着一件玉色红青酡绒三色缎子的水田小夹袄，束着一条柳绿汗巾"，加上觥筹交错、呼三喝六，不热才怪，她是有备而来。

芳官夜里睡觉时曾偷偷出去过，就意味着她有偷走香橼的作案时机。开夜宴群芳都吃醉了酒，单说芳官："吃得两腮胭脂一般，眉梢眼角越添了许多风韵，身子困不得，便睡在袭人身上，说：'好姐姐，我心跳得很。'袭人说：'谁许你尽力灌起来?'宝玉（曹王妃）道：'不用叫了，咱们且胡乱歇一歇罢。'身子一歪便睡了。袭人见芳官醉得很，恐闹他唾酒，就将芳官扶在宝玉之侧由他睡了（醉倚公子怀中睡，也属荒唐之言）。"谜书讲芳官是袭人扶在宝玉之侧的，大家一觉醒来，"只见芳官头枕着炕沿上，睡犹未醒"。怎么来了个一百八十度的大逆转，变成头枕炕沿了?著书人特写袭人所作所为，正因为袭人平时心细，才注意到这些细节，后来一定讲给了弘皙。芳官此举只能说明她夜里出去过，不然不可能大动睡姿，掉头而睡。宝玉对此还描补了一句："我竟也不知道了。若知

333

道，给你脸上抹些黑墨。"袭人对这件事的记忆是相当深刻。

夜宴唯芳官有备而来，按酒量说她有装醉的嫌疑。在"憨湘云醉卧芍药裀"一回交代，芳官前来讨酒喝：

> "你们吃酒不理我，教我闷了半日。"宝玉（曹王妃）道："咱们晚上家里再吃，回来我叫袭人姐姐带了你桌上吃饭，如何？"芳官道："藕官、蕊官都不上去，单我在那里也不好。我也不惯吃那面条子，早起也没好生吃。才刚饿了，我已告诉柳嫂子，先给我做一碗汤，盛半碗粳米饭送来，我这里吃了就完事。若是晚上吃酒，不许教人管着我，我要尽力吃够了才罢。我先在家里，吃二三斤好惠泉酒呢。如今学了这劳什子，他们说怕坏嗓子，这几年也没闻见。乘今儿我是要开斋了。"

芳官能喝这么多酒，把几个女眷都撂倒当然没问题。她当夜肯定是装醉，然后夜里乘人不备行窃，芳官已被验明是小耗子真身，其受老耗子精——赵姨娘的派遣，潜入弘晳王府，偷走曹荣芳的香橼，后被放在了刺杀雍正的现场。

芳官还姓花，这花姓倒是有些意思了。宝玉的通灵宝玉是花袭人给摘去的，花袭人又是谋杀雍正重要嫌疑人钮祜禄氏的替身演员。六十三回："袭人便伸手取了一支出来，却是一枝桃花，题着'武陵别景'四字，那一面旧诗写着道是：桃红又是一年春。注云：'杏花陪一盏，坐中同庚者陪一盏，同辰者陪一盏，同姓者陪一盏。'众人笑道：'这一回热闹有趣。'大家算来，香菱、晴雯、宝钗三人皆与他同庚，黛玉与他同辰，只无同姓者。芳官忙道：'我也姓花，我也陪他一钟。'"同姓就是一家子，隐义就是同伙，芳官早就与钮祜禄氏有往来关系，再与花袭人的哥哥花自芳结合起来，花自芳谐音"花至芳"，花同姓，芳直通，芳官就成了雍正被刺惊天谜案的帮凶。更有芳官唱了一曲《赏花时》："翠凤毛翎扎帚叉，闲为仙人扫落花。您看那风起玉尘沙。猛可的那一层云下，抵多少门外即天涯。您再休要剑斩黄龙一线差，再休向东老贫穷卖酒家。您与俺眼向云霞。洞宾呵，您得了人可便早些儿回话；若迟呵，错叫人留恨碧桃花。"此曲虽有典可查，若与后面雍正暴死联系起来看，就能使人触景生情、驰思遐想。最要命的一词就是"斩黄龙"，所有的皇帝，都把自己说成是真龙天

334

子，黄与皇谐音，再与当时的实际状况结合起来，被斩的黄龙除了雍正别无他人，加上雍正的脑袋不见了踪影，恰巧符合这一个"斩"字。

芳官最后被发配到了水月庵。在"美优伶斩情归水月"一回，记述了发配众戏子的过程，实际就是乾隆卸磨杀驴、杀人灭口的具体行动。这些被利用过的马前卒，自然要被处理掉。芳官跟了水月庵的智通，蕊官、药官跟了地藏庵的圆信，一起到西方的虚幻世界游历去了。

谜书还详细隐叙了雍正被害的全过程。

在《薄命女偏逢薄命郎　葫芦僧乱判葫芦案》中，贾雨村"补授了应天府"。应天府，顾名思义，就是皇帝发号施令的庙堂之上，也是弘晳人值雍正朝首创的军机处。依照谜书的隐情分析，弘晳贵为和硕理亲王，又是首辅军机大臣，可谓是一人之下，万人之上，摆放好的要接雍正的班，正是如日中天，众望所归。就在这紧要的关头，雍正突然暴死，引发了棘手难断的葫芦案。具体办案的贾雨村就是弘晳的替身演员，也是谜书中的葫芦僧，如何判断雍正之死这一葫芦案，不仅关系到他个人的诸多利益，还涉及闺阁中人多舛的命运。文中所谓的拐子，便是刺杀雍正的凶手；所拐卖的香菱，隐指马家迫使雍正重写的传位诏书。雍正被刺前，有两天时间清史也说不清道不明他具体都干了什么，就在这两天之内，脂批"迟则生变"，结果的确发生了翻天覆地的变化。

下文的乱判，就是对乾隆继位、雍正暴死这一惊天谜案的乱判。谜书幻人幻身，从不固定，读者只能依照故事情节所对应的历史来做判断了。谜书中写道："雨村低了半日头，方说道：'依你怎么样？'门子道：'小人已想了一个极好的主意在此：老爷明日坐堂，只管虚张声势，动文书发签拿人。原凶自然是拿不来的，原告固是定要将薛家族中及奴仆人等拿几个来拷问。小的在暗中调停，令他们报个暴病身亡，令族中及地方上共递一张保呈，老爷只说善能扶鸾请仙，堂上设下乩坛，令军民人等只管来看。老爷就说：乩仙批了，死者冯渊与薛蟠原因夙孽相逢，今狭路既遇，原应了结。薛蟠今已得了无名之病，被冯魂追索已死。其祸皆因拐子某人而起，拐之人原系某乡某姓人氏，按法处治，余不略及等语。小人暗中嘱托拐子，令其实招。众人见乩仙批语与拐子相符，余者自然也都不虚了。薛家有的是钱，老爷断一千也可，五百也可，与冯家作烧埋之费。那冯家也无甚要紧的人，不过为的是钱，见有了这个银子，想来也就无话了。老爷细想此计如何？'雨村笑道：'不妥、不妥！等我再斟酌斟酌，或可压服口声.'二人计议，天色已晚，别无话说。"脂批："实注一笔，更好。不过是如此等事，又何用细写。所谓'此书不敢干涉廊庙'者，即此等处也，莫谓写之不到。盖作者立意写闺阁尚不暇，何能又及此等哉！又，盖宝钗一家，不得不细写者。若另起头绪，则文字死板，故仍借雨村一人，穿插出阿呆兄人命一事；且又带叙出英莲一向之行踪，并以后之归结。是以故意戏用'葫芦僧乱判'等字样撰成半回，略一解颐，略一叹世，盖非有意讥刺仕途，实亦出人之闲文耳。""又注一笔。更妥。可见冯家正不为人命，实赖此获利耳，故用乱判二字为题。虽曰'不涉世事'，或亦略有微辞耳。但其意，实欲出宝钗，不得不做此穿插。故云：此等皆非《石头记》之正文。"上述乱判的过程，最后特写冯家获利，有何真情隐含？冯家就是马家，著书人为何要将马家隐身叙述？因马家参与了刺杀雍正的惊天谜案，如不做一番遮饰，很容易牵动乾隆那根高度紧张的神经，后果是否会将薛家一门斩尽杀绝，就真的不好估计了。马家与四大家族同样联络有姻，又紧靠贾家这棵大树，变幻不定、沉浮莫测：第一，乾隆皇后富察氏是马家姑娘，马家自然就成了国舅家，两家属亲家关系；第二，曹寅儿媳曹颙遗媚是马家的姑娘，乾隆皇后富察氏又与弘皙王妃曹荣芳是姑舅表姊妹，均是皇家的媳妇；第三，雍正皇子弘时的福晋是李煦的孙女，与弘历福晋富察氏成妯娌关系。乾隆时期，贾、史、王、薛、马五家可就成了联姻关系，结果是贾与马走向了辉煌，史、王、薛彻底败落，被扔进了历史的垃圾堆。凤姐可是举足轻重的人物，其能量真不可小觑，如此重大的变迁均与她有关。

"赵姨娘问计马道婆"一回，钮祜禄氏与富察氏婆媳两家联合行动，竟敢冒天下之大不韪，也要为环儿把这偌大的家业争到手。书中幻笔交代：赵姨娘（钮祜禄氏）与马道婆（富察氏）论起功德来，赵姨娘道："前日我送五百钱去药王（影射雍正）跟前上供，你可收了没有？"赵姨娘到底不服弘皙什么："了不得，了不得！提起这个主儿，这一份家私要不都叫他搬送到娘家去，我也不是个人。"这位不受待见的陪嫁女，眼看大好的江山要旁落他人，岂甘被冷落？从她伸出的两个指头儿来分析，头一个当然指凤姐（雍正），只有先绝了他环儿才可承袭家业；二一个指宝玉（弘皙及曹王妃），弘皙早被雍正秘密立储，到这时已是朝堂之上公开的秘密。接下来赵姨娘与马道婆在一起密谋，她俩才是弘历最亲近的人，二人目标一致，事成之后均可得到不菲之惠。马道婆道："不是我说句造孽的话，你们没有本事也难怪别人，明不敢怎样，暗里也就算计了，还等到这如今？"赵姨娘道："你这么个明白人，怎么糊涂起来了？你若法子灵验，把他两个绝了，明日这家私不怕不是我环儿的，那时你要什么不得！"马道婆要的是后宫之主的位子，赵姨娘从来说话都不算数。经过讨价还价，赵姨娘最后写下了文契，才密谋成功。随后便发生了逢五鬼一幕：宝玉项上的通灵宝玉被和尚拿去："青埂一别，展眼已过十三载矣！"雍正王朝到此无奈谢幕。

　　杀一个还不能达到目的，还必须把他两个都绝了，江山才会落到环儿的手里，陪嫁女才能当上皇太后，马道婆才可当皇后。谜书中贾环世袭家业了吗？当然，在"赏中秋新词得佳谶"处，已明确贾环成了世袭者。原文是："不料这次花却在贾环手里。贾环近日读书稍进，其脾味中不好务正也与宝玉一样，故每常也好看些诗词，专好奇诡仙鬼一格。今见宝玉作诗受奖，他便技痒，只当着贾政不敢造次。如今可巧花在手中，便也索纸笔来立挥一绝与贾政。贾政看了，亦觉罕异，只是词句终带着不乐读书之意，遂不悦道：'可见是弟兄了。发言吐气总属邪派，将来都是不由规矩准绳，一起下流货……'贾赦乃要诗瞧了一遍，连声赞好，道：'这诗据我看甚是有骨气。想来咱们这样人家，原不比那起寒酸，定要雪窗萤火，一日蟾宫折桂，方得扬眉吐气。咱们的子弟都原该读些书，不过比别人略明白些，可以做得官时就跑不了一个官的。何必多费了工夫，反弄出书呆子来。所以我爱他这诗，竟不失咱们侯门的气概。'因回头吩咐人去取了自己的许多玩物来赏赐与他。因又拍着贾环的头，笑道：'以后就这么做去，方是咱们的口气，将来这世袭的前程定跑不了你袭呢。'"

　　究竟婆媳俩用什么灵验法子把两个大男人都绝了？敢劫持皇上，如同赌博，还真不是件好玩的事，等同于把整个家族的身家性命全部转换成了赌资。既然敢冒天下之大不韪，当然是为了雍正手中的皇权，要想将皇位弄到手，单单杀掉雍正肯定不行，还必须得到雍正亲笔书写的传位诏书。值得一提的是，谜书中的刘姥姥是个庄稼人，又没介绍她与佛家有任何渊源，却口口声声不离"阿弥陀佛"，正道出雍正信佛这一大特点。看凶家如何摆弄雍正替身刘姥姥的，就是雍正暴死的真相。凤姐（富察氏）道："我们这里虽不比你们的场院大，空屋子还有两间。你住两天罢，把你们那里的新闻故事儿，说些与我们太太听听。"贾母（富察氏之母）道："凤丫头别拿他取笑儿。他是乡屯里的人，老实，哪里搁的住你打趣他。"所

337

谓"乡屯里的人"，只能是用来掩饰刘姥姥真正替身的假面具。特交代鸳鸯令婆子带刘姥姥洗澡，挑两件随常衣服给刘姥姥换上，与"秦可卿淫丧天香楼"中的脂批"因命芹溪删去'更衣'"相符。刘姥姥哪里见过这般阵势，换了衣服来与贾母说话。据分析，雍正被换下来的衣服，完全可能变成栽赃或嫁祸他人的道具，刘姥姥被强留大观园住了两天，恰恰对应雍正历史上失踪的两日。

刘姥姥已出不了城，暗指雍正被马赵两家劫持了。书中说道："可是你老的福来了，竟投了这两个人的缘了。""二奶奶在老太太的跟前呢。我原是悄悄的告诉二奶奶：'刘姥姥要家去呢，怕晚了赶不出城去。'二奶奶说：'大远的，难为他扛了那些沉东西来。晚了就住一夜，明儿再去。'这可不是投上二奶奶的缘了？这也罢了，偏生老太太听见了，又问刘姥姥是谁。二奶奶便回明白了。老太太说：'我正想个积古的老人家说话，请了来见我一见。'这可不是想不到天生缘分了？"真想不到是天生的缘分，此等人家为何对穷亲戚这么上心？如果刘姥姥是曹家老寡妇李氏的替身，前来赴宴应在弘晳处，也不可能到马府瞎转悠。再说，曹家老寡妇见到的贾母就该是康熙皇后，二人是姑嫂关系，即便曹家与皇家三代作亲，她们姑嫂相见也不该称"老亲家"。

为了说明平儿的隐史身份，谜书写道："二门口该班的小厮们见了平儿出来，都站起来了。又有两个跑上来赶着平儿叫'姑娘'。"竟是变着法儿请假。平儿竟道"明儿一早来。听着，我还要使你呢，再睡的日头晒着屁股再来"等粗言俗语，进一步透露她就是掌管钥匙的总管身份。这请假的看门小厮，竟变着法开小差，其中的隐义是秃子头上的虱子——皇帝被劫持了，可是惊天动地的大案，皇帝身边的随从都成了殉葬人，所有知情者都难免一死。此处可不是好玩儿的地方，能溜不溜等于往刀口上撞，转眼之间就要大祸临头，这些小厮恨不得长出翅膀飞出这是非之地。脂批："分明几回没写到贾琏，今忽闲中一语，使补得贾琏这边天天闹热，今人却如看见听见一般。所谓'不写之写'也。刘姥姥眼中耳中又一番识面，奇妙之甚。"劫持皇上，举朝上下一片混乱，就像水淹蚁穴、火烧蜂巢一般，想不热闹都不可能。

三十九回《村姥姥是信口开河　情哥哥偏寻根究底》，写刘姥姥来见贾母的具体场面，脂批："奇奇怪怪文章。在刘姥姥眼中，以为阿凤至尊至贵，普天下人都该站着说，阿凤独坐才是，如何今见阿凤独站哉？贾母之号何其多耶？在诸人口中，则曰老太太；在阿凤口中，则曰老祖宗；在僧尼口中，则曰老菩萨；在刘姥姥口中，则曰老寿星。看去似有数人，想去则皆贾母。难得如此各尽其妙。刘姥姥亦善应接，是村庄中人语。若谓于贾母特增一称呼，反失却作者摹写田野老妪面目矣。"此贾母已不再是皇宫中皇太后的替身，二人一句"老亲家"，便将各自的身份泄露出来。雍正与宝亲王妃富察氏的父母才是真正的亲家。脂批："神妙之极！看官至此，必愁贾母以何相称。谁知公然曰'老亲家'。何等现成，何等大方，何等有情理！若云作者心中编出，余断断不信。何也？盖编得出者，断不能有这等情理。"脂砚斋特别强调"老亲家"的称呼不是杜撰的，无疑就是真实的历史事件了，正是雍正落入陷阱之后与亲家母的照会。

既然是劫持，写游园的过程自然会闹出许多荒唐的笑话："姥姥，你上来走，仔细苍苔滑了。"刘姥姥道："不相干的，我们走熟了的，姑娘们只管走罢。可惜你们的那绣鞋，别沾脏了。"刘姥姥"走熟了的"，说明就在圆明园内。"单见他上头和人说话，不防脚下踩滑了，咕咚一跤跌倒，自己爬起来说道：'才说嘴就打了嘴。'"脂批："'才说嘴就打嘴'，非阅历深者不能道。"刘姥姥本是轻车熟路，怎会这样不小心，闹出笑话来？读者细思，此时的雍正可不是在庙堂之上，身边的随从，无一知己，内心的慌乱无法自控，加上每走一步都身不由己，"一跤跌倒"同样是身不由己。一行人到了潇湘馆。刘姥姥见窗下案上摆着笔砚，又见书架上全满了书籍，说道："这必定是哪位哥儿的书房了。"贾母道："这是我外孙女儿的屋子。""这哪像个小姐的绣房？竟比那上等的书房还好。"单凭此言，就能判断，马家将雍正带到了圆明园的军机处值房。他们到此的目的，就是挟持雍正重写传位诏书，可军机处值房没有雍正的签印，传位诏书自然没能写成。也不排除雍正故意引诱来此，一是拖延时间，以期脱身的机会；二是在此出入的大多是雍正的肱股，万一遇见一位，立马就能转危为安。可惜，整个军机处临时放假，都参加了弘晳的宴请觥筹交错呢。

众人又来至探春房中，这该是到了雍正的寝宫。"探春素喜阔朗，这三间屋子并不曾隔断。当地放着一张花梨大理石大案，案上磊着各种名人法帖，并数十方宝砚，各色笔筒，笔海内插的笔如树林一般。那一边设着斗大的一个汝窑花囊，插着满满的一囊水晶球儿的白菊。西墙上当中挂着一大幅米襄阳《烟雨图》，左右挂着一副对联，乃是颜鲁公墨迹，其词云：'烟霞闲骨格，拳石野生涯。'案上设着大鼎。左边紫檀架上，放着一个大观窑的大盘，盘内盛着数十个娇黄玲珑大佛手。右边洋漆架上，悬着一个白玉比目磬，旁边挂着小锤。"著书人这样细致地描写，意在说明屋子的主人就是当朝的皇帝。是否到此重写了传位诏书？肯定没有，此是雍正被劫持的第一天，他仍在故意拖延时间、等待机会或想遇见想见之人企图摆脱困境。遗憾的是，连看门的小厮和值班早就请假溜走了，哪儿还有雍正想见的人的影子？

著书人将马家摆设的"鸿门宴"夹写在所谓贾母的两宴中间："贾母等各自坐下，凤姐手里拿着西洋布手巾，裹着一把乌木三镶银箸入位摆下。贾母道：'把那一张小楠木桌子抬过来，让刘亲家近我这边坐着。'凤姐使眼色与鸳鸯，鸳鸯便拉了刘姥姥出去，悄悄嘱咐了刘姥姥一席话，又说：'这是我们家的规矩，若错了，我们就笑话呢。'调停已毕，然后归座。"鸿门宴第一件特别器物便是"单拿一双老年四棱象牙镶金的筷子"与刘姥姥，还明说是凤姐与鸳鸯商议确定的，"鸿门宴"正式开场。刘姥姥道："这又爬子比俺那里铁锹还沉，哪里罾的过他。"接下来便是夹鸽子蛋的一场闹剧。试想，哪儿有这样的待客之礼？著书人不可直言动用了刑具，才编出一幕十分荒唐的闹剧。席间特写贾母隔窗往后院看，说道："后廊檐下的梧桐也好了，就只细些。"还听到鼓乐之声："谁家娶亲？"梧桐影射弘历，已做好登上皇位的思想准备；鼓乐之声点明在这宴席之外，还有一场盛宴，相距并不太远，又与弘晳家的百岁儿庆贺盛典联系在了一起。

再看席间行酒令的鸳鸯："酒令大于军令，不论尊卑，惟我是主。违了我的话，是要受罚的。"刘姥姥下席摆手道："别这样捉弄人，我家去了。"明显不论尊卑了，且不管你是不是皇帝，还不把雍正吓蒙？可想要回家早就不可能了。"众人笑道：'这却使不得。'鸳鸯喝令小丫头们：'拉上席去！'果然将他拉入席中。刘姥姥只叫：'饶了我罢！'鸳鸯道：'再多言的，罚一壶。'"看这阵势，与进了刑讯室没什么两样。

"鸿门宴"的第二件特别器物，凤姐命取"十个竹根套杯"，鸳鸯还嫌小，"不如把我们那里黄杨根整抠的十个大套杯拿来，灌他十下子"。这哪里是来喝酒的，分明是要给雍正动用刑具，果不其然，刘姥姥两手捧着大碗喝酒的一幕是多么痛苦，大有跛鳖千里的味道。宴席上还特别布了一道茄子不茄子的菜，影射夹棍之"茄"，刘姥姥是安之若命，吃完酒"只管细玩那杯"，分明是忍受皮开肉绽的夹棍之苦。

所谓三宣牙牌令，对应席间贾母与刘姥姥不同思想情绪的直接表露。

贾母：头上有青天——六桥梅花香彻骨——一轮红日出云霄——这鬼抱住钟馗腿。

刘姥姥：是个庄稼人——大火烧了毛毛虫——一个萝卜一头蒜——花儿落了结个大倭瓜。

贾母之牌令是杀气腾腾，分明要革命创制、改朝换代；刘姥姥信口开河，实则是拖延时间，总想得到自己所想得到的意外。四十回尾批："写贫贱辈低首豪门，凌辱不计，诚可悲夫！此故作者以警贫贱，而富室贵豪，亦当于其间着意。""贫贱低首、凌辱不计"，此处的贫贱，是指刘姥姥，如果把贫贱反过来，就成了雍正的替身。谜书常使用反语，脂砚斋批语亦是依样画瓢、照摹照搬。关键要看"低首"与"凌辱"，别管多么有势力，多么不可一世，但在特殊时期与特殊的状况下，正像古训所说：人在屋檐下，不能不低头。尤其是后一句"而富室贵豪，亦当于其间着意"。点明"于其间"的就是"富室贵豪"，自然也就是雍正了。

究竟雍正答应没答应老亲家那非分之想？黛玉点明："当日圣乐一奏，百兽率舞，如今才一牛耳。"黛玉这句话是指远古的时候，当朝圣的音乐响起，百兽也为之动情，情不自禁翩翩起舞，现在只不过撼动了一只蛮牛而已，说明雍正依照老亲家的要求，写下了传位给弘历的诏书。俗语讲：舍得一身剐，敢把皇帝拉下马。强迫皇帝改写传位密诏又该当何罪？只有先下手为强，杀掉雍正，拥立新君，才能保证整个马赵两家全部的身家性命。这一结果，在"魔魔法"处仙僧持颂的话语绝对不是儿戏："青埂峰一别，展眼已过十三载矣！人世光阴如此迅速，尘缘满日若似弹指。"通灵宝玉早被称之为"命根儿"，雍正把通灵宝玉输给了乾隆，性命自然难保。

看主办"鸿门宴"的老亲家又是如何安排的，贾母道："我的这三丫头却好，只有那两个玉儿可恶。回来吃醉了，咱们偏往他们屋里闹去。"那两个玉儿当然是指传位诏书了，暗指雍正一步步走上了不归之路。

返回看刘姥姥带的板儿，"用佛手换来大姐儿的柚子，见这柚子又香又圆，更觉好玩，且当球踢着玩去，也就不要佛手了"。脂批："柚子即今香团之属也，应与缘通。佛手者，正指迷津者也。以小儿之戏，暗透前后通部脉络，隐隐约约，毫无一丝漏泄，岂独为刘姥姥之俚言博笑，而有此一大回文字哉？"曾有索隐者认为巧姐与板儿交换过物品，预示二人将来

341

必有好的姻缘，这似乎太看重谜书中的情字。在二人是谁的替身都没弄明白的情况之下，大谈姻缘，估计是被谜书情的假象忽悠晕了。况谜书中的姻缘本来就隐含极深，绝不可因柚子、佛手便给二人做起大媒来。其实，柚子就是皇权，到了板儿的手里，竟被当球踢着玩，根本就没把皇权与治理国家当回事。试想这板儿是谁的替身？当然是乌鸡变凤凰的冷子，刘姥姥就是他皇阿玛的替身。得到佛手的巧姐，正好为诸多的糊涂人指点迷津。

刘姥姥被带至大观园，她所走路径："只觉得眼花头眩，辨不出路径……忽见一带竹篱……顺着花障走了来，得了一个月洞门进去。只见迎面忽有一带水池……上面有一块白石横架……顺石子甬路走去，转了两个弯子，只见有一房门。于是进了房门，只见迎面一个女孩儿，满面含笑迎了出来。"大观园，谜书曾有大篇幅介绍，也曾有贾政迷路之文，环境与此恰巧相符。在省亲一文中就有脂批："'此时'句以下一段，似应作注——其作《省杀赋》之注——或以讹作讹，不可知。绮园。"分析谜书省亲之文，虽影射颇多，此批中的《省杀赋》，按谐音理解，就是在省亲别墅杀掉其父。究竟是什么人参与了刺杀行动？一是雍正的儿女亲家富察氏族人；二是赵姨娘家里的赵侍郎；三是雇用来的十七八岁的女杀手吕四娘。毕竟这弑君大案是婆媳两家密谋实施完成的，当上皇帝的乾隆先让富察氏家的二马吃遍天下草，又让钮祜禄氏家的和珅贪尽天下财。

下面一段看似游戏的笔墨，则泄露了真实的含意。"四面墙壁玲珑剔透，琴剑瓶炉皆贴在墙上，锦笼纱罩，金彩珠光，连地下踩的砖皆是碧绿凿花。""常听大富贵人家有一种穿衣镜……这镜子原是西洋机括，可以开合。"可知这就是"丛绿堂"，现代人对玻璃大镜习以为常，可在前清时期，均得从国外进口，此物只留存于皇宫内院，一般百姓难得一见，且相当珍贵。圆明园中曾建有西式园林景区，有万花阵迷宫及西洋楼舍。"刘姥姥忙笑道：'姑娘们把我丢下来了，要我碰头，碰到这里来。'说了，只觉那女孩儿不答。刘姥姥便赶来拉他的手，'咕咚'一声，便撞到板壁上，把头碰的生疼……"描写虽然是刘姥姥的幻觉，女孩儿只是一幅图画。其实，这些幻觉就是雍正亲历的真情，那女孩儿就是刺客，谜书写"把头碰的生疼"，对雍正来说，岂止是生疼，恐怕是脑袋已搬了家。

接着写刘姥姥："找门出去，哪里有门？左一架书，右一架屏。刚从屏后得了一门转去，只见他亲家母也从外面迎了进来。刘姥姥诧异，忙问道：'你想是见我这几日没家去，亏你找我来。那一位姑娘带你进来的。'"这段写刘姥姥连门都找不到，自然也就出不去了，对一个失去生命特征的人，除了老实躺着，还能往哪儿走？当然，幻驽后的雍正阴魂不散，有种荡悠悠、轻飘飘的游历过程，看到的实物，皆是天香楼的陈设。出现的亲家母，虽属梦幻描写，意在点明：雍正被刺，与马家具有密不可分的关系。

"丛绿堂"就是雍正归天的地方，与"淫（胤）丧天香楼"相符。谜书中施暴的情节，正是冯唐、冯紫英爷俩参与的"铁网山打围"。谜书写道："小厮来回'冯大爷来了'。宝玉便知是神武将军冯唐之子冯紫英来了。薛蟠等一齐都叫'快请'，话犹未了，只见冯紫英一路说笑，已进来了。众人忙起席让坐。冯紫英笑道：'好呀！也不出门了，在家里高乐罢。'宝玉薛蟠都笑道：'一向少会，老世伯身上康健？'紫英答道：'家父倒也托庇康健。近来家母偶着了些风寒，不好了两天。'薛蟠见他面上有些青伤，便笑道：'这脸上又和谁挥拳的？挂了幌子了。'冯紫英笑道：'从那一遭把仇都尉的儿子打伤了，我就记了再不怄气，如何又挥拳？这个脸上，是前日打围，在铁网山教兔鹘捎一翅膀。'宝玉道：'几时的话？'紫英道：'三月二十八日去的，前儿也就回来了。'宝玉道：'怪道前儿初三四儿，我在沈世兄家赴席不见你呢。我要问，不知怎么就忘了。单你去了，还是老世伯也去了？'紫英道：'可不是家父去，我没法儿，去罢了。难道我闲疯了，咱们几个人吃酒听唱的不乐，寻那个苦恼去？这一次，大不幸之中又大幸。'"

"大不幸之中又大幸"，参与打围的冯紫英竟叫"兔鹘捎一翅膀"落下"青伤"，与"秦可卿淫丧天香楼"中的脂批"因命芹溪删去'遗簪'"相符，"青伤"就是"遗簪"。再把"三月二十八日"首尾数字一颠倒，就是八月二十三日，正是雍正被害之日。使得"怪道前儿初三四儿"赴席不见。冯就是富察家的二马，初三又是乾隆登基大典的日子。与刘姥姥讲故事时马棚走水联系起来，冯紫英的"青伤"与兔鹘有关。兔鹘是一种猎鹰，且这种猎鹰只有皇家才会有，别家根本就养不起，亦可理解为雍正身边的随从。冯紫英跟雍正的其他随从必有一场恶仗，只是其他随从毫无思想准备，措手不及，难逃丢掉小命的惨运。还有"近来家母偶着了些风寒，不好了两天"。对于刺杀雍正这样的惊天大案，作为参与者之一的宝亲王妃富察氏之母，她哪里见过这样的阵势，其心理承受能力及精神状况是可想而知的。

谜书进一步介绍这省亲别墅："'常听大富贵人家有一种穿衣镜，这别是我在镜子里头了罢？'想毕，伸手一摸，再细一看，可不是！四面雕空紫檀板壁将镜子嵌在中间。因说：'这已经拦住，如何走出去呢？'一面说，一面只管用手摸。这镜子原是西洋机括，可以开合，不意刘姥姥乱摸之间，其力巧合，便撞开消息，掩过镜子露出门来。刘姥姥又惊又喜，迈步出来，忽见有一副最精致的床帐……一歪身就熟睡在床上。"刘姥姥这一睡，雍正就算是驾鹤西去了。既然刘姥姥作为雍正替身被刺客杀掉了，怎么"住了两三天"还能回家？隐史中的雍正必须得死，小说中的刘姥姥是个演员，她不能死，如果假死的演员均变成真死的话，恐怕世上就没演员这种职业了。因为刘姥姥还要继续演戏，她还是曹寅遗孀老寡妇的替身，这位久经世代的老寡妇之所以被部分红迷误解为是贾氏老太君，就因为以"贾"为"甄"，误认为贾家就是曹家。从著书人的隐笔来看，虽真真假假，虚虚实实，死人都可以写活，但四大家族是谁家的替身还是比较清晰的。

面对雍正被杀这惊天谜案，怎样才能让深知传位真相的弘晳无话可说？著书人对此特做交代：一是在"宝玉梦游太虚幻境"之初，"哪里有个叔叔往侄儿的房里睡觉的理儿"，叔叔指雍正，侄儿当然是弘晳；二是设"鸿门宴"的贾母，早就扬言醉酒后到两个玉儿屋里闹去。果不其然，"怡红院劫遇母蝗虫"，刘姥姥扎手舞脚仰卧床上，酒屁臭气满屋。对这两件事的描写，都隐指有雍正的特殊物品落在了弘晳府。按刘姥姥睡觉推理，马家是否将雍正的尸体抬放到弘晳府上？这绝无可能，弘晳正忙着给孩子做百岁儿宴会，且连过三天，府上是人来人往，马家绝无机会将雍正的尸体送到弘晳军机处府邸。如果在弘晳府发现了雍正尸体，就弑君之罪而言，被圈禁的就不仅仅是曹王妃，恐怕弘晳也别想离开家门半步，自然就不会有后来的辞官与隐居。

谜书对雍正替身刘姥姥有这样的交代："且说众人等他不见，板儿见没了他姥姥，急的哭了（乾隆对雍正之死，良心还没彻底泯灭，毕竟雍正是他的亲爹）。众人笑道：'别是掉在茅厕里了？快叫人去瞧瞧。'……众人各处搜寻不见。袭人掇其道路：'定是他醉了，迷了路，顺着这一条路往我们后院子去了。若进了花障子到后房门进去，虽然碰头，还有小丫头子知道；若不进花障子再往西南上去，若绕出去还好，若绕不出去，可够他绕回子好的。我且瞧瞧去。'一面想，一面回来，进了怡红院便叫人，谁知那几个房子里头小丫头已偷空顽去了。袭人一直进了房门，转过集锦橱子，就听得鼾齁如雷。忙进来，只见酒屁臭气满屋，一瞧，只见刘姥姥扎手舞脚的仰卧在床上。这已经拦住，如何走出去呢?"

"袭人这一惊不小，慌忙赶上来将他没死活的推醒……袭人恐惊动了人，被宝玉知道了，只向他摇头，不叫他说话。忙将鼎内贮了三四把合香，仍用罩子罩上。些许收拾收拾，所喜不曾呕吐，忙悄悄笑道:'不相干，有我呢。你随我出来。'（脂批:这方是袭人的平素笔，至此不得不屈，再增支派则累矣。）刘姥姥跟了袭人，出至小丫头们房中，命他坐了，向他说道:'你说醉倒在山子石上，打了个盹儿。'"如顺着雍正被杀的思路看，又有许多方面似是而非，这刘姥姥还躺在弘晳家，真情究竟在哪儿呢? 完全可理解成著书人使用了拟物的修辞方法，已经物是人非了，刘姥姥也就变成雍正随身携带的具体物件，马家又偷偷送到了弘晳府上。袭人作为弘晳妾室，因有警觉，回家发现惊天谜案的赃物，知道问题的严重性，便偷偷扔到"山子石上"去了。所谓无巧不成书，也是命该如此，被袭人送走的祸根竟又被捡了回来。谜书对此有两处交代:一是史湘云作为曹霑的替身，当时十一二岁，是弘晳的表弟加小舅子，前来给新生儿过百岁儿。就是这位还不太懂事的史大姑娘，在府中玩耍时，到"山子石上"捡到了"文彩辉煌的一个金麒麟"。何为"因麒麟伏白首双星"? 三十一回首批:"金玉姻缘已定，又写一金麒麟，是间色法也，何颦儿为其所惑? 故颦儿谓'情情'。"按著书人"一声也而两歌"来看，可从两个方面来理解:一方面隐说拥有金麒麟的二人是"一芹一脂"，使得两位倒霉蛋因金麒麟将不幸的命运联系在了一起;另一方面，两位著书人家族的败落均与金麒麟案有关。有种观点认为宝玉有大金麒麟，湘云有小金麒麟，"因麒麟伏白首双星"，即结局是二人白头到老，进而把"一芹一脂"判定为曹雪芹与史湘云，并冠于"宝湘结合"，不能不说是乱点鸳鸯谱。这不符合著书人的创作原意，原因是贾宝玉从未做曹霑的替身演员，谜书虽属自传体文学，但不是以曹家的盛衰来创作的，其中只有曹家一些影子而已，曹雪芹（曹霑）不等于贾宝玉，贾宝玉更不等于曹雪芹。

金麒麟究为何物，这样举足轻重? 现在看基本确定是雍正宠物狗的金麒麟套尖，史料记载雍正喜欢玩狗，他被刺时身边带着狗，这狗也跟着生死与共了。雍正死后乾隆继位，圆明园中禁管了无数的嫌疑人，也包括曹荣芳。曹家也在乾隆初年二次被抄，甭说弘皙无法保护曹家，就连宫中的老祖宗也无能为力了。谜书特别点明"打草惊蛇"，又借七出之典，写宝钗与湘云搬出了大观园，与历史相符。乾隆即位之初，便撤销了军机处，弘皙作为首辅军机大臣，在雍正十三年末就被挤对辞官。贾环篡夺了宝玉的世袭权，轻松登上了大清帝国的皇帝宝座，这个冷子出人意料地兴旺起来。难道朝中王公大臣就没明事理之人？当然有，而且还不在少数，著书人多处对当时朝局做了隐述。

小说中还有一段戏闹的表述："正月内学房中放年学，闺阁中忌针黹，却都是闲时。贾环也过来顽，正遇见宝钗、香菱、莺儿三个赶围棋作耍，贾环见了也要顽。宝钗素习看他亦如宝玉，并没他意。今儿听他要顽，让他上来坐了一处。一磊十个钱，头一回自己赢了（当上了皇帝），心中十分欢喜（脂批：写环兄先赢，亦是天生地设现成文字）。后来接连输了几盘，便有些着急。赶着这盘正该自己掷骰子，若掷个七点便赢（影射"弘皙逆案"七家王爷），若掷个六点，下该莺儿掷三点就赢了。因拿起骰子来，狠命一掷，一个作定了五，那一个乱转。莺儿拍着手只叫'幺'（脂批：娇态如此，好看煞），贾环便瞪着眼，'六七八'混叫。那骰子偏生转出幺来。贾环急了，伸手便抓起骰子来，然后就拿钱（脂批：更也好看），说是个六点。莺儿便说：'分明是个幺！'宝钗见贾环急了，便瞅莺儿说道：'越大越没规矩，难道爷们还赖你（脂批：酷肖）？还不放下钱来呢！'莺儿满心委屈，见宝钗说，不敢则声，只得放下钱来，口内嘟囔说：'一个作爷的，还赖我们这几个钱（脂批：酷肖），连我也不放在眼里。前儿我和宝二爷顽，他输了那些，也没着急（皇权都输没了）。（脂批：倒卷帘法。实写幼时往事，可伤！）下剩的钱，还是几个小丫头子们一抢，他一笑就罢了。'宝钗不等说完，连忙断喝。贾环道：'我拿什么比宝玉呢。你们怕他，都和他好，都欺负我不是太太养的（脂批：蠢驴）。'说着，便哭了。宝钗忙劝他：'好兄弟，快别说这话，人家笑话你（脂批：观者至此，有不卷帘厌看者乎？余替宝卿实难为情）。'又骂莺儿。"一段儿戏故事的描写，批书人屡屡加批，最后在贾环"不是太太养的"处批有"蠢驴"二字，正道出了著书人的愤激之情。贾环指谁？张爱玲女士有言："贾环篡夺了宝玉的世袭权。"谜书中的贾环正是雍正四皇子弘历的替身，正是谁也看不上眼的冷子，后来竟兴风作浪，独霸了大清的家业。

在曹王妃龙凤胎的百岁儿庆典上，雍正是怎样落入马家精心设置的圈套的？谜书《情切切良宵花解语　意绵绵静日玉生香》一回就做了隐述："谁想贾珍这边唱的是《丁郎认父》《黄伯央大摆阴魂阵》，更有《孙行者大闹天宫》《姜子牙斩将封神》等类的戏文，倏尔神鬼乱出，忽又妖魔毕露，甚至于扬幡过会，号佛行香，锣鼓喊叫之声远闻巷外。"考《黄伯央大摆阴魂阵》，写齐国孙膑与燕国乐毅对敌，乐毅请师父黄伯央摆了迷魂阵，孙膑被困阵中，孙膑的师父鬼谷子得《阴书》指点，下山大破迷魂阵。单从所述戏文分析，就有给人危机四伏的感觉。先看缘由："宝玉见一个人没有，因想：'这里素日有个小书房，内曾挂着一轴美人，极画的得神。今日这般热闹，想那里自然冷清。那美人自然也是寂寞的，得我去望慰他一回。'（脂批：极不通、极胡说中写出绝代情痴，宜乎众人谓之疯傻。天生一段痴情，所谓"情不情"也。）想着，便往书房里来。刚到窗前，听得房内有呻吟之韵。宝玉倒唬了一跳——敢是美人活了不成？乃乍着胆子，舔破窗纸，向内一看——那轴美人却不曾活，却是茗烟按着一个女孩子，也干那警幻所训之事。"警幻所训何事？绝非男欢女爱，而是大展幻术。著书人用囫囵语介绍卍儿："他母亲养他的时节做了个梦，梦见得了一匹锦，上面是五色富贵不断头字的花样，所以他的名字叫作卍儿。"脂批："千奇百怪之想！所谓牛溲马勃皆至乐也，鱼鸟昆虫皆妙文也。天慧悟、大解脱之妙文也。"卍儿按小说的交代，是贾珍、尤氏的丫鬟，且与茗烟有染，正干那苟且之事。这卍儿的背景就值得探究了，她的名字与一匹锦有关，锦可不是活生生的人，自然就成了传位诏书。所说的苟且之事，就是茗烟偷偷摸摸看卍儿，绝不是光明正大，偷看传位诏书是真还是假？细加分析，绝对是真情，看的就是雍正初年写给弘皙的传位诏书，也包括偷拿。著书人采用奇妙的幻笔，时空隧道飘忽不定，若从背面分析真情，宝玉撞见茗烟偷看诏书，实际是马家将雍正引入陷阱，是获取传位诏书的第一步。茗烟又指谁呢？他是雍正的随从，更准确点说是被"兔鹘捎一翅膀"的冯紫英才对。茗烟因问："二爷为何不看这样的好戏？"宝玉道："看了半日，怪烦的，出来逛逛，就遇见你们了。这会子作什么呢？"茗烟嘻嘻笑道："这会子没人知道，我悄悄的引二爷往城外逛逛去，一会子再往这里来，他们就不知道了。"（脂批：茗烟此时只要掩饰方才之过，故设此以悦宝玉之心。）宝玉道："不好，仔细花子拐了去。便是他们知道了，又闹大了，不如往熟近些的地方去，还可就来。"茗烟道："熟近地方，谁家可去？这却难了。"宝玉笑道："依我的主意，咱们竟找你花大姐姐去，瞧他在家作什么呢。"脂批："妙！宝玉心中早安了这着，但恐茗烟不肯引去耳。恰遇茗烟私行淫媾为宝玉所胁，故以城外引之以悦其心，宝玉始说出往花家去。非茗烟适有罪所胁，万不敢如此私引出外。别家子弟尚不敢私出，况宝玉哉，况茗烟哉！文字榫楔，细极！"此二人心照不宣，茗烟想怎样把宝玉带进陷阱，正像张爱玲长篇小说《摩登红楼梦》回目，"陷阱设康衢娇娃蹈险"。从茗烟偷看诏书来说，应该是有错儿被雍正掌握，雍正又想离开皇宫外出溜达溜达，恰逢冯紫英挖空心思正欲寻机下手，双方一拍即合。冯紫英是雍正的随从保镖，加上马二是雍正的"办公室主任"，其他随从与保镖只有听之任之的分儿。"茗烟笑道：'好，好！倒忘了他家。'又道：'若他们知道了，说我引着二爷胡走，要打我呢？'（脂批：必不可少之语。）（像是下人口气，丑话说在前头。）宝玉道：'有我呢。'茗烟听说，拉了马，二人从后门就走了。"

小说接着描写：

　　幸而袭人家不远，不过一半里路程展眼已到门前。茗烟先进去叫袭人之兄花自芳。（脂批：随姓成名，随手成文。）彼时袭人之母接了袭人与几个外甥女儿（脂批：一树千枝，一源万派，无意随手，伏脉千里），几个侄女来家，正吃果茶。听见外面有人叫"花大哥"，花自芳慌忙出去看时，见是他主仆二人，唬得惊疑不止，连忙抱下宝玉来，在院内嚷道："宝二爷来了！"别人听见还可，袭人听了，也不知为何，忙跑出来迎着宝玉，一把拉着问："你怎么来了？"宝玉笑道："我怪闷的，来瞧瞧你作什么呢。"袭人听了，才放下心来（脂批：精细周到），嗐了一声，笑（脂批：转至"笑"字，妙甚！）道："你也忒胡闹了，可作什么来呢？"一面又问茗烟："还有谁跟来？"茗烟笑道："别人都不知，就只我们两个。"袭人听了，复又惊慌（脂批：是必有之神理，非特故作顿挫），说道："这还了得！倘或碰见了人，或是遇见了老爷，街上人挤车碰，马轿纷纷的，若有个闪失，也是顽的？你们的胆子比斗还大！都是茗烟调唆的，回去我定告诉嬷嬷们打你。"茗烟撅了嘴道："二爷骂着打着，叫我引了来，这会子推到我身上。我说别来罢——不然我们还去罢。"花自芳忙劝："罢了，已是来了，也不用多说了。只是茅椽草舍，又窄又脏，爷怎么坐呢？"袭人之母

348

也早迎了出来。袭人拉了宝玉进去。宝玉见房中三五个女孩儿，见他进来，都低了头，羞惭惭的。花自芳母子两个百般怕宝玉冷，又让他上炕，又忙另摆果桌，又忙倒好茶。（脂批：连用三"又"字，上文一个，百般神理活现。）

花袭人、花自芳兄妹二人，见宝玉来时而惊慌，时而放心，时而又百般殷勤，其二人的心理状况已非常态，尤其是花袭人家里偏又来了"三五个女孩儿"，见了宝玉羞惭惭不敢抬头。将脂批"无意随手，伏脉千里"与刘姥姥醉卧怡红院幻觉遇到亲家母相对照，花袭人的母亲正是雍正的亲家母。冯紫英带雍正去哪儿散心属有的放矢、对症下药，毋庸置疑，他们到马府游玩去了。脂批："叠用四个自己字样，写得宝袭二人素日如何亲洽，如何尊荣，此时一盘托出。盖素日身居侯府绮罗锦绣之中，其安富尊荣之宝玉，亲密狎洽勤慎委婉之袭人，是份所应当，不必写者也。今于此一补，更见其二人平素之情义；且暗透此回中所有母女兄长欲为赎身、口角等未到之文。""若看其写一人，就只作一人来看，便是呆了。"文中提到给袭人赎身，作为马家的花袭人，便成了宝亲王妃富察氏的替身。

宝玉看见袭人两眼微红，粉光融滑，因悄问袭人："好好的哭什么？"袭人笑道："何尝哭，才迷了眼揉的。"因此便遮掩过了。当下宝玉穿着大红金蟒狐腋箭袖，外罩石青貂裘排穗褂。袭人道："你特为往这里来又换新衣服，他们就不问你往哪里去的？"宝玉笑道："珍大爷那里去看戏换的。"袭人点头，又道："坐一坐就回去罢，这个地方不是你来的。"宝玉笑道："你就家去才好呢，我还替你留着好东西呢。"袭人悄笑道："悄悄的，叫他们听着什么意思？"（脂批：追魂。）一面又伸手从宝玉项上将通灵宝玉摘了下来，向他姊妹们笑道："你们见识见识！时常说起来都当稀罕，恨不能一见，今儿可尽力瞧了再瞧。什么稀罕物？也不过是这么个东西。"（脂批：行文至此固好看之极，且勿论。按此言固是袭人得意之语，盖言你等所希罕不得一见之宝，我却常守常见视为平物。然余今窥其用意之旨，则是作者借此正为贬玉，原非大观也。）（自"一把拉住"至此诸形景动作，袭卿有意微露绛芸轩中隐事也。）

袭人在其姊妹们面前炫耀一番后，命他哥哥去，"或雇一乘小轿，或雇一辆小车，送宝玉回去。花自芳道：'有我送去骑马也不妨了。'袭人道：'不为不妨，为的是碰见人。'花自芳忙去雇了一顶小轿来，众人也不敢相留，只得送宝玉出去。袭人又抓果子与茗烟，又把些钱与他买花炮放，教他'不可告诉人，连你也有不是'。一直送宝玉至门前，看着上轿，放下轿帘。花、茗二人牵马跟随，来至宁府街，茗烟命住轿，向花自芳道：'须等我同二爷还到东府里混一混，才好过去的，不然人家就疑惑了。'花自芳听说有理，忙把宝玉抱出轿来，送上马去。宝玉笑道：'倒难为你了。'（脂批：公子口气。）于是仍进后门来，俱不在话下。"应注意的是：被袭人摘下来的玉，与脂批"微露绛芸轩中隐事"，该有什么样的联系？就得在大醉绛芸轩中去寻找答案了。

第八回中写宝玉："将手中的茶杯只顺手往地下一掷，豁啷一声，打了个粉碎，泼了茜雪一裙子的茶。"脂批："按警幻情榜：宝玉系情不情。凡世间之无知无识，彼俱有一痴情去体贴。今加大醉二字于石兄，是因问包子、问茶，顺手掷杯。问茜雪、撵李嬷，乃一部中未有第二次事也。袭人数语，无言而语，石兄真大醉也。余亦云：实实大醉也，虽难辞醉闹，非薛蟠纨绔辈可比。"解读真情：所谓宝玉大醉，其实就是借大醉写大怒，隐指雍正被马家所控，逼迫写传位诏书。脂砚斋提示"加大醉是因问包子、问茶而顺手掷杯"。著书人借包子与茶，隐写雍正大怒的原因，包子与茶均幻为传位诏书，雍正自然不会情愿重写，若不是借醉酒缘故，此段文字必泄真无疑。随后，由跟随宝玉的"李奶子怎么不见"引出话头儿。宝玉跟跄回头道："他比老太太还受用呢，问他作什么！没有他，只怕我还多活两日。"透出李奶子与刺客竟是一伙儿，他想多活两日，绝无可能。接着，宝玉来至卧室，"只见笔墨在案，晴雯接出来，笑说道：'好，好，要我！研了那些墨，早起高兴只写了三个字，丢下笔就走了，哄得我们等了一日，快来给我写完这些墨才罢！'"此言明确写出了马家用意，要雍正重写新的诏书。又似乎太露骨了，便采用囫囵语遮饰过去。宝玉都醉成这样，还逼着他写字，这丫鬟真是胆大包天了！

在"枫露茶"事件中，雍正遭受毒打有两处隐说：一是讲宝玉盛怒之举。"将手中茶杯顺手往地上一掷，豁啷一声，打个齑粉，泼了茜雪一裙子的茶，又跳起来问着茜雪道：'他是你那一门子的奶奶，你们这么孝敬他？不过是仗着我小时候吃过他几日奶罢了，如今逞得他比祖宗还大了。如今我又吃不着奶了，白白的养着祖宗作什么？撵了出去，大家干净。'"

袭人用下雪来搪塞贾母，脂批："现成之至!"这天上的雪咋能下到屋内？实际是"天子"身上流出来的血。二是"枫露茶"。著书人用"漺"字来表述这枫露茶，用意不在什么泡茶上。宝玉问茜雪："早起漺了一碗枫露茶，我说过那茶是三四次后才出色的。这会子怎么又漺了这个来？"弘晳是品茶行家，所有喜欢喝茶的人都知道，无论何种茶，沏的遍数越多越淡，上哪儿才能找到沏三四次后才出色的茶？明显是使用了荒唐之言。再说，这"漺"字本意为沸腾声、水涌起的样子，鼎沸，含有鲜血涌突之意。著书人别出心裁的"漺茶"，绝非卖弄文笔，而是泄露真情。"漺茶三四次才出色"，分明是对雍正施暴三四次，砸在地上的鲜血，才会溅到茜雪的身上。所谓的"出色"，是雍正遭到毒打鲜血直流，被逼无奈，才按马家之意写下了传位诏书。所谓"枫露茶"，谐音取意"冯怒杀"，对应冯紫英铁网山打围，透露二马为刺客。老太君早就有言在先，通灵宝玉是宝玉的"命根子"，要是被人摘了去，焉有命在？袭人就是袭击之人，代指马家的刺客。

联想"枫露茶"为红色，茜雪中的茜为绛红色。明张景《飞丸记·客途感慨》中写道："露滑霜沾，轮埋足蹇，几树霜枫如茜。"茜雪即红血。小说中的茜雪是穿裙子的女孩儿，曾在刘姥姥的柴堆里避过风雪。宝玉大醉，项上通灵宝玉被袭人摘去，用手帕包好塞在褥下，还特别交代一句"那宝玉就枕便睡着了"，应该是永远睡去了。脂批："试问石兄：此一渥，比青埂峰下松风明月如何？"暗示通灵宝玉已复还本质，与开篇大石幻玉联系在了一起，这正是脂砚斋所批示的"草蛇灰线，伏行千里"。

返回看花自芳与茗烟将已丢了性命的宝玉放进轿子，以防被人看见，"二人牵马跟随"回府。来时可骑马，回去只能坐轿子了。被马家拿去了性命，脑袋都没了，还要来个"倒难为你了"，这幽默也太有风趣了，比马三立的"逗你玩儿"更令人忍俊不禁。在叙述完宝玉被摘玉之后，便是"次日醒来，就有人回：'那边小蓉大爷带了秦相公来拜。'宝玉忙接了出去，领了拜见贾母"。著书人为了说明问题，特批："以上已完正题。以下是后文引子，前文之余波。此回收法，与前数回不同矣。"此批是怕读者没明白宝玉死而复生是咋回事，复生后的宝玉已改变了替身，这个宝玉亦不再是那个宝玉了。

对应雍正的被害，还有贾天祥被凤姐骗入陷阱，则是更形象的隐述。凤姐两次设局，后一次夜里将贾瑞骗来，等待的竟是贾蔷与贾蓉，二人迫使贾瑞写下欠账字据："贾瑞道：'如何落纸呢？'（脂批：也知写不得。一叹。）贾蔷道：'这也不妨，写一个赌钱输了外人账目，借头家银若干两便罢。'贾瑞道：'这也容易。只是此时无纸笔。'贾蔷道：'这也容易。'说罢，翻身出来，纸笔现成，拿来贾瑞写。然后，写了五十两，画了押，贾蔷收起来。贾蓉又迫使再写五十两欠契才罢。"两张欠契并非一百两银子那么简单，实际已变成了传位诏书。不仅如此，后面又有"一净桶尿粪从上面直泼下来，可巧浇了他一身一头"。此等荒唐情节并非只是好玩儿，从清野史记载来看雍正，流传下来的他是谋父、逼母、弑兄、屠弟、贪财、好杀、酗酒、淫色、诛忠、好谀、奸佞的皇帝，乾隆为了美化自己，屎盆子尽管往雍正头上扣，不必考虑他高不高兴、乐不乐意，反正他早就没发言的权力了。有句俗语乾隆肯定特别喜欢：有其父必有其子！

第八回中，写宝玉就枕便睡着后，脂批："交代清楚'塞玉'一段，又为'窃玉'一段伏线。晴雯、茜雪二婢，又为后文先作一引。偷度金针法。最巧！"谜书的塞玉情节，在"王凤姐弄权铁槛寺"一回中，亦有塞玉之文。真正的弄权，就是刺杀雍正前逼迫写下传位诏书，脂砚斋提醒读者，所谓的"窃玉""摘玉""塞玉"三个环节，在小说中尽管分布较乱，要是综合起来看实际是一回事，均隐指雍正死于非命。

十五回以宁府"送殡"为背景，兼隐写刺杀雍正的具体过程，也可以说为雍正"送殡"拉开了帷幕。先描写众人进入所谓的农庄，"宝玉一见了锹、镢、锄、犁等物，皆以为奇，不知何项所使，其名为何。小厮在旁一一的告诉了名色，说明原委。宝玉听了，因点头叹道：'怪道古人诗上说，谁知盘中餐，粒粒皆辛苦（脂批：聪明人自是一喝即悟），正为此也。'"宝玉指谁？真的连农具都不认识？脂砚斋批语特别提醒那些农具有问题，与为刘姥姥设置"鸿门宴"专用的筷子等属异曲同工之妙。想来这些"皆以为奇，不知何项所使"的东西应该都是刑具吧。后写宝玉动一纺车，一个十七八岁的村庄丫头跑来乱嚷："别动坏了！"宝玉忙丢开手并赔笑。脂批："一忙字，二赔笑字，写玉兄是在女儿分上。"此批隐露雍正被诓进马家事先安排好的陷阱，已失去自由。人在屋檐下，岂可不低头？"宝玉恨不得下车跟了他去，料是众人不依的，少不得以目相送。怎奈车轻马快（脂批：四字有文章。亦人生离聚，未尝不如此也），一时展眼无踪。"此四字中的文章，是关键的一个"马"字。在谜书中马家始终是"犹抱琵琶半遮面"，著书人有时故意写出"马"字来影射。如焦大醉骂处，又是马圈又是马粪；贾珍为贾琏做保山处，特写"二马同槽"（马齐、马武）；凤姐"羞说病"处偏偏"露出马脚"（宝亲王妃富察氏）；"呆霸王调情遭苦打"处，连续出现的"见马、下马、上马"（马武）。"原来这馒头庵就是水月庵，因他庙里做的馒头好，就起了这个诨号，离铁槛寺不远。"脂批："前人诗云：'纵有千年铁门槛，终须一个土馒头。'是此意。故'不远'二字有文章。"由脂批可判断，铁槛寺就是雍正的停灵之地，同时隐指馒头庵就是刺杀雍正的现场。脂批："大凡创业之人，无有不为子孙深谋至细。奈后辈仗一时之荣显，犹为不足，另生枝叶，虽华丽过先，奈不常保，亦足可叹。争及先人之常保其朴哉？近世浮华子弟齐来着眼！祖宗为子孙之心细到如此。所谓'源远水则浊，枝繁果则稀'。余为天下痴心祖宗为子孙谋千年业者痛哭！妙在艰难就安分，富贵则不安分矣。真真辜负祖宗体贴子孙之心！《石头记》总于没要紧处闲闲一二笔写正文筋骨，看官当用巨眼，不为彼瞒过方好。"脂砚斋屡屡加批，是说不肖子孙的不肖行径。因宝玉被强留水月庵内住了两天，恰好应对雍正暴死前失踪的两天。接着写凤姐弄权，她听了老尼的话，便产生了浓厚的兴趣，"凭是什么事，我说要行就行。你叫他拿三千银子来，我就替他出这口气"。此等口气，根本就不是什么娶亲的事，也不是银子不银子的事，准确点讲就是没人伦的事，是儿子杀亲爹的事，也如凤姐所言："你是素日知道我的，从来不信什么是阴司地狱报应的。"脂批："批书人深知卿有是心，叹叹！"探春盛怒中的判断放在这里尤为合适："若从外头杀来，一时是杀不死的，这是古人曾说的'百足之虫，死而不僵'，必须先从家里自杀自灭起来，才能一败涂地！"

看凤姐是怎样解决雍正的？"凤姐便命悄悄将昨日老尼姑之事说与来旺儿。来旺儿心中俱已明白，急忙进城，找着主文的相公，假托贾琏所嘱修书一封。连夜往长安县来，不过百里路程，两日工夫俱已妥协。那节度使名唤云光，久欠贾府之情，这一点小事岂有不允之理。给了回书，旺儿回来，且不在话下。"

"一时宽衣安歇的时节，凤姐在里间，秦钟、宝玉在外间，满地下皆是家下婆子打铺、坐更。凤姐因怕通灵宝玉失落，便等宝玉睡下，命人拿来塞在自己枕边。"

这两段描述，万事俱备，有文有武，大事可成。最后，雍正在他们手中控制了两天之多，"三日后往府里去讨信"与"便等宝玉睡下，命人拿来塞在自己枕边"正对应雍正失踪两天后的龙驭上宾。脂批："忽又作如此评断，似自相矛盾，却是最妙之文。若不如此隐去，则又有何妙文可写哉？这方是世人意料不到之大奇笔。若通部中万万件细微之事俱备，《石头记》真亦太觉死板矣。故特因此二三件隐事，指石之未见真切，淡淡隐去，越觉得云烟渺茫之中，无限丘壑在焉。"

返回看"秦鲸卿得趣馒头庵"，小小一段风流韵事，偏偏发生在水月庵，实属著书人典型的荒唐记述。如用"风月宝鉴"照看，便知雍正写下的传位诏书——秦钟，被智能弄权到手，补叙凤姐坐收三千两银子，王夫人等连一点儿消息也不知道。脂批："一段收拾过阿凤心机胆量，真与雨村是一对乱世之奸雄。后文不必细写其事，则知其平生之作为。回首时，无怪乎其惨痛之态，使天下痴心人同来一警，或可期共入于恬然自得之乡矣。"雍正的传位诏书，就是在智能的穿梭之下，几经辗转，弃旧换新，被贾琏偷娶在一个秘密小院，张廷玉才未卜先知密藏在哪里，才会当夜就能找出来宣读。再者，雍正暴死，包括整个丧葬过程，和硕理亲王弘皙咋不见了踪迹？他为何不理亲丧，别管他是不是军机处的首辅大臣，就单说他是和硕理亲王、雍正的干儿子，也总该露个面吧。不知他究竟去哪儿游玩去了，清史愣是没一字的交代。

整部谜书写宝玉被三次摘玉，两次是花袭人，一次是王熙凤。如果把三次汇集起来，就变成了一次，两个摘玉的人，也就变成了一人。无论天香楼、省亲别墅、绛芸轩、丛绿堂、铁槛寺、铁网山还是花袭人的家，实际就是一个地方，也就是雍正先被摘玉，后被刺杀的地方，距弘皙军机处府邸很近的马家。谜书为了照顾小说的正面，形成一篇完整虚构的爱情故事，隐述的内容自然就烦琐多了。

一代帝王，就这样在迷津中登基，又在迷津中消逝，留下的暴死之谜任由后人评说。"孽海茫茫，何处是岸？沉沦堕落，谁为指迷？"正所谓天知地知，有佛手的小公主知，当事人加著书人爱新觉罗·弘皙更知。

谜书前后数次出现过一个姑娘，很值得注意：一是刘姥姥说院子柴堆里藏着一个十七八岁极标致的姑娘，穿着大红袄儿；二是在绛芸轩中宝玉身边有穿裙子的茜雪，茜字同样是红色；三是在"丛绿堂"刘姥姥只见迎面一个女孩儿，满面含笑迎了出来；四是在铁槛寺宝玉动一纺车，一个十七八岁的村庄丫头跑来乱嚷；五是在花袭人的家里，有四五个女孩儿，其中有位穿红衣的姑娘；六是《蒲东寺怀古》诗中的"小红骨贱最身轻"。

354

将几处出现的姑娘与雍正被刺一案结合起来，这姑娘定是吕四娘无疑，可吕四娘作为刺客，怎么可能混入天香楼？雍正出门绝不可能没有随从和保镖，可以说个个都身怀绝技，一个吕四娘岂是这些人的对手？看三十九回，刘姥姥正讲故事时，荣国府的马棚便"走了水"。这把火有两方面的隐意：一是属马的雍正就要玩儿完；二是雍正的随从皆被处理。后有冯紫英竟被兔鹘捎了一膀子，脸上留下了伤痕，他曾与雍正的随从进行过激烈的搏斗，冯紫英就是茗烟，就是雍正的贴身保镖。吕四娘要报仇雪恨，已苦苦准备等待了四五年，苦于找不到机会下手，富察氏正需要雇一个刺客，对雍正下死手。她俩之间的结合是各司其职，只管雇用，还不必考虑雇用金，前提条件是提供一个恰当的行刺机会，保证事情处理得干净利落。完事之后，吕四娘还顺手把雍正的脑袋随身携去，估计是用雍正的头颅祭奠吕氏全家，超度其父母、爷爷及整个吕家的亡灵。野史传说雍正身首异处，下葬时用金铸之头，此说没能得到准确的印证，却有资料称，二十世纪八十年代考察泰陵地宫时见雍正墓穴为金头，不知何故未对外传播，考古也停了，这一资料的可信度究竟多大，也觉得模棱两可。

结果了雍正之后，马家已做好嫁祸他人的充分准备，伪造的雍正被刺现场已留下曹荣芳的香橼，弘皙家还留存雍正的玉麒麟。这一栽赃陷害造成的历史冤案，使曹妃荣芳付出了年轻的生命代价，她只在世上逗留了二十二个春秋。

第十五章 旷世谜书的传承过程及影响

《红楼梦》自诞生之日起，已经历二百多年的无限沧桑，到目前为止，仍是世界文学界难以逾越的高峰。关于对它的探赜索隐，向来是各持己见、众口纷纭，著书人也深知谜书玄之又玄，理解起来不知所以，故书一绝句云：

> 满纸荒唐言，一把辛酸泪！
> 都云作者痴，谁解其中味？

无论如何，从小说的故事隐含、脂砚斋批语、十二钗判词钗令、谐音寓意及出版的时代背景等出发，解读其中之味，乃是捷径。谜书出版于乾隆后期，正值清代百年承平的康乾盛世走进了衰败时期，尤其是在那个文字狱横行的年代，谜书能顺利出版，真的来之不易，与"曹雪芹于悼红轩披阅十载，增删五次"是密不可分的。他含辛茹苦，"披阅十载"，正与首创《石头记》的时间基本一致：

> 浮生着甚苦奔忙？盛席华筵终散场。
> 悲喜千般同幻渺，古今一梦尽荒唐。
> 漫言红袖啼痕重，更有情痴抱恨长。
> 字字看来皆是血，十年辛苦不寻常。

这部谜书从创作到发行绝非两个十年，具体到实际，乾隆七年（1742）弘晳就开始著书，到乾隆五十五年（1790）出版发行，经历了近半个世纪。单从小说的表面来说，通过描写贾宝玉、林黛玉、薛宝钗之间的爱情悲剧，隐含了封建王朝由盛而衰的末世命运，同时又披露了封建社会大厦将倾时的黑暗、龌龊与丑陋。著书人又从"千红一哭""万艳同悲"的悲惨情态为着眼点，揭示了人生的凄楚、无助和绝望，全书贯穿了怜惜旧事物走向衰亡的同时，又哀叹新事物迟迟不能诞生，小说的核心意涵正为即将衰亡的封建社会及封建制度唱响了最悲凉的挽歌。

很多红学专家及红迷认为，著书人是从乾隆七年以后开始创作《石头记》这部小说的，原因是"荒唐王爷"弘昼于这年修订完雍正八至十三年全部的《上谕内阁》，来到弘晳的归隐地，与弘晳进行了长时间的交谈。弘晳明白了军机处历史被删除的全部内幕，正如小说伊始著书人的自云："今风尘碌碌，一事无成，忽念及当日所以之女子，我之罪固不免，然闺阁中自历历有人，万不可因我之不肖，自护己短，一并使其泯灭。"从此开始了《石头记》血与泪的创作。基本结束是在乾隆十九年（1754）之前，甲戌本就产生于乾隆十九年，且脂砚斋对甲戌本已开始重评了，这时的小说已经完稿。之后，脂砚斋又经过数次评批，二十世纪中叶发现的己卯本，完成于乾隆二十四年冬（1759）、庚辰本完成于乾隆二十五年秋（1760）。甲戌本、己卯本、庚辰本均题名《脂砚斋重评石头记》，可称早期的抄本系统，也是通常所说谜书创作的第一个阶段。

第二阶段是小说的流传过程。自这部小说完成之后，没有马上正式刻印出版，也不可能出版发行，主要通过朋友圈子传阅抄录。比如我有一本，借给你看，也可以抄，抄完了再借给别人，别人接着再抄，以手抄的方式在相互流传。到了后期，手抄本越来越多，甚至在庙市上也出现了手抄本，成了一种商品。包括在北京的隆福寺、护国寺、琉璃厂、火神庙等庙市上均有销售。尽管如此，毕竟是手工抄写，费时费力，不可能风靡全国、驰名中外。这个时期流传的是《脂砚斋重评石头记》，里面全有脂砚斋的批语。消息很快传进皇宫，传进乾隆的耳朵，就算乾隆是个顽皇帝，也能看出隐藏在谜书背面的真故事。其结果《石头记》遭到了查封，还有不少抄书人受到了牵连。这段时间持续了五年，即从乾隆十九年市面传出甲戌本到乾隆二十四年，《石头记》被定为"碍书"，官府进行了全面的查抄。

谜书流传的第三个阶段，自乾隆三十四年（1769）之后，《石头记》像幽灵般又在中国大地上死灰复燃，直到乾隆四十二年（1777），《脂砚斋重评石头记》再次遭到大规模的搜缴与销毁。

乾隆二十七年除夕（公历1763年2月1日），爱新觉罗·弘晳撒手人寰，传书之重任就转移到曹霑的身上。之后才有"曹雪芹于悼红轩披阅十载，增删五次"，又由《石头记》更名为《红楼梦》。现在我们可以查到带脂砚斋评批的手抄本有十一种：甲戌本、己卯本、庚辰本、戚序本、梦稿本、列藏本、戚宁本、蒙府本、舒序本、甲辰本、郑藏本。二十世纪发现的戚序本，是乾隆三十四年（1769）的手抄本，及梦稿本、列藏本、戚宁本、蒙府本、舒序本、甲辰本、郑藏本都属于这个系列，是曹霑在"披阅增删"过程中，将手抄本隐散民间，均是脂砚斋评批的八十回版本。十一种手抄本中，用《脂砚斋重评石头记》命名的有八种，用《红楼梦》命名的有三种，不包括正式出版的程高本。在谜书的传承过程中，曹霑可谓是功不可没。

第四个阶段是谜书通过官方出版局刻印发行的过程。曹霑为了把谜书传承于世，只能采取阉割删节的办法，去掉脂砚斋所有的"碍语"，读者只能看到小说的正面故事，无法了解小说背后的隐史。赵烈文（1832—1893）在《能静居笔记》中记载：谒宋于庭丈（翔凤）于葑溪精舍，于翁言："曹雪芹《红楼梦》，高庙末年，和珅以呈上，然不知所指。高庙阅而然之，曰：'此盖为明珠家作也。'后遂以此书为明珠遗事。"宋翔凤，字于庭，是常州学派公羊学的重要人物，他的这段话所属之事是在高庙末年。高庙是乾隆的庙号，即程甲本刊印之前，《红楼梦》曾呈送给乾隆，由乾隆做最后审查、批准。呈送人是和珅。

《红楼梦》能够出版发行，与和珅的努力是分不开的。在《谭瀛室笔记》中，出自护梅氏《有清佚史》，其中有一则十分有趣的记载，认为《红楼梦》所描写的是清代和珅的家事，其记述十分详细："和珅秉政时，内宠甚多，自妻以下，内嬖如夫人者二十四人，即《红楼梦》所指正副十二钗是也。有龚姬者，齿最稚，颜色妖冶，性淫荡，宠冠诸妾。顾奇妒，和爱而惮之……龚夏日晚浴后，著蝉纱雾壳，肌体依约可见。和少子玉宝，别姬所出，最佻达。龚素爱之，遂私焉。每交接，不避婢媵，丑声四溢，不知者惟和与其妻耳……有婢倩霞，容貌姣好，聪颖过人，喜学内家妆，手洁白，甲长二寸许，幼侍玉宝，玉宝嬖之。龚姬疾其宠，谗于和妻，出倩霞。玉宝私往瞰之，倩霞断甲赠之，誓不更事他人，随之而死。玉宝哭之恸，隐恨龚姬。龚姬多方媚之，玉宝终不释。"

据史学家考证，乾隆看过《红楼梦》，对其评价还不错，用的是"然之"二字。向乾隆推荐《红楼梦》的是和珅，由此推断，《红楼梦》的故事与和珅的家事没任何关系，如果是和珅的家事，想和珅就不会为了出版《红楼梦》前后奔忙了。但出版《红楼梦》之后，和珅从中狠捞了一把，难怪护梅氏非要把和珅及他的公子强拉硬拽牵进红楼迷梦之中，还做谜书的主人公，也算给了和珅不小的面子。

清史载，到乾隆四十五年，和珅开始任《四库全书》的主编。他早就听说了《石头记》，也知道是部禁书，被禁的缘由是"淫书"，其碍于身份和面子不能独自寻觅阅读，恰巧其党羽苏凌阿花费巨资买到了《石头记》的手抄本，珍藏家中。当他从苏凌阿那里看到《石头记》时，异常欣喜，读完之后心悦诚服。他并不清楚雍正末年的那段隐秘的历史，反认定是部难得的奇书，如将其中的淫做一番处理，再出版发行，肯定能收到好的效果，还是一笔不小的收获。

后人也确实找到了一些和珅与《红楼梦》有牵连的相关证据。和珅智慧超群，精通满、汉、蒙、藏四种语言，对诗词书画也颇有研究，在他的《嘉乐堂诗集》中就有不少诗句与《红楼梦》中的诗句相同或相近，如：

一路风吹衣袂香，每于马腹愧鞭长。
偶因大暑思残酷，欲去无方怨德凉。
一任莺花到草堂，自惭庸拙敢徜徉？
金钗十二浑闲事，漫拟同车携手行。

和珅对诗词歌赋颇感兴趣，闲暇之时也不忘写诗与吟诵。有人认为和珅与贾宝玉在多情方面十分相似，其最大的特点就是同为情种，虽然和珅贪婪无度，是中国历史上著名的大贪官，但他也是一个极重感情的人。据说他的结发妻冯氏病重期间，和珅甚至发誓，如有能治好夫人病者，他愿舍弃一切家财。冯氏死后，和珅将她的居室寿椿楼保持原样，不许他人居住，只供自己前去凭吊。传说和珅被嘉庆赐死后，他的几个小妾也都为他自杀殉情了。和珅很可能是从贾宝玉的身上看到了自己的影子，才极力推崇这本书的，当然，出版这本书的利益他心里也十分门儿清。和珅真正呈送给乾隆的《红楼梦》，是程伟元从曹霑哪儿得到的"披阅十载，增删五次"的版本，乾隆又错当明珠家事，糊里糊涂就给解禁了。

乾隆看到曹霑增删后的《红楼梦》，从小说故事看，与明珠之子纳兰性德的境遇十分相似，尤其是谜书中的贾宝玉，简直就是纳兰性德的人物写真。纳兰性德才华出众、落拓无羁、超逸脱俗，与他出身豪门、平步宦海的前程，构成一种常人难以体察的矛盾感受。加上爱妻早亡，后续难圆旧梦，使他无法摆脱内心深处的困惑与悲凉，由此引出对职业的厌倦，对富贵的轻看，对仕途的不屑，对身外之物无心关顾，反对求之不能的长久爱情流连忘返，最终造成了他玩世不恭的特殊性情。他的诗词作品，多与"红楼"及谜书中的人物相暗吻合，估计乾隆小时没少阅读纳兰的作品。如第三回，宝玉初见黛玉，就给她取了表字"颦颦"。探春问："何处出典？"宝玉道："《古今人物通考》上说：'西方有石名黛，可代画眉之墨。'况这妹妹眉尖若蹙，取这个字岂不美？"探春道："只怕又是杜撰。"宝玉笑道："除了《四书》，杜撰的太多呢。"实际这个典故就出自纳兰的《渌水亭杂识》："齐堂村在西山之北百余里，产画眉石处也。"纳兰擅用颦字入诗，亦喜欢描绘女子的眉黛，百分百就是林妹妹的形象。如五言诗《拟古》：

美人临残月，无言若有思。
含颦但斜睇，吁嗟怜者谁？

又如《临江仙》：

夜来带得些儿雪，冻云一树垂垂。
东风回首不胜悲，叶干丝未尽，未死只颦眉。

可用来解释黛玉表字"颦颦"的用意，既概括了眉尖若蹙的相貌特征，还表现出为情愁不尽的个性特征。纳兰对情愁的描写不胜枚举，还对红楼曾有多处的借用。如在《饮水诗·别意》六首之三就有：

独拥余香冷不胜，残更数尽思腾腾。
今宵便有随风梦，知在红楼第几层？

《鹧鸪天·别绪如丝睡不成》一阕写道：

别绪如丝睡不成，那堪孤枕梦边城。

因听紫塞三更雨，却忆红楼半夜灯。

又有《减字木兰花·新月》一阕咏新月云：

莫教星替，守取团圆终必遂。
此夜红楼，天上人间一样愁。

"红楼"二字在纳兰的诗词中反复运用，估计乾隆一直记忆犹新，错把谜书当成纳兰的作品，也就不足为奇了。与其说是纳兰的诗词挽救了谜书，毋宁为曹霑技高一筹，算是把乾隆的脉搏号得恰如其分。

乾隆五十五年（1790），程伟元、高鹗在萃文书屋把《红楼梦》以木活字排版正式印刷出版了。新版《红楼梦》删去了脂砚斋的全部批语，增加了后四十回。当然，其中还有不少的改动及小范围的增删。"披阅增删"后的《红楼梦》，变成了纯文学作品，从此它风行全国，也流传到了海外。嘉庆四年，尤凤真在《瑶华传序》中写道："余一身落魄，四海飘零，亦自莫知定所，由楚而至豫而游三浙，今且又至八闽矣。每到一处，哄传有《红楼梦》一书，云有一百余回，因回数烦多，无力镌刻，今所传者，皆系聚珍版刷印，故索价甚昂，自非酸子纸裹中物可能罗致，每深神往……"毛庆臻在《一亭考古杂记》写道："乾隆八旬盛典后，京版《红楼梦》流行江浙，每部数十金。""乾隆八旬盛典"即乾隆五十五年，京版《红楼梦》每部数十金与尤凤真的记载完全吻合。

今分析程伟元、高鹗程甲本序及程乙本《红楼梦》引言，也许能开阔阅读的视野。

程甲本《红楼梦》程伟元序：

《红楼梦》小说，本名《石头记》，作者相传不一，究未知出自何人，惟书内记雪芹曹先生删改数过。好事者每传抄一部，置庙市中，昂其值得数十金，可谓不胫而走者矣。然原目一百廿卷，今所传只八十卷，殊非全本。即间称有全部者，及检阅仍只八十卷，读者颇以为憾。不妄以是书既有百廿卷之目，岂无全璧？爰为竭力搜罗，自藏书家甚至故纸堆中无不留心，数年以来，仅积有廿余卷。一日偶于鼓担上得十余卷，遂重价购之，欣然繙阅，见其前后起伏，尚属接笋，然漶漫殆不可收拾。乃同友人细加厘剔，截长补短，抄成全部，复为镌板，以公同好，红楼全书始至是告成矣。书成，因并志其缘起，以告海内君子。凡我同人，或亦先睹为快者欤？

小泉程伟元识

程甲本《红楼梦》高鹗叙：

予闻《红楼梦》脍炙人口，几廿余年，然无全璧，无定本。向曾从友人借观，窃以染指尝鼎为憾。今年春，友人程子小泉过予，以其所购全书见示，且曰："此仆数年铢积寸累之苦心，将付剞劂，公同好，子闲且惫矣，盍分任之？"予以是书虽稗官野史之流，然尚不谬于名教，欣然拜诺，正以波斯奴见宝为幸，遂襄其役。工既竣，并识端末，以告阅者。

时乾隆辛亥冬至后五日铁岭高鹗叙并书

程乙本《红楼梦》引言：

一、是书前八十回，藏书家抄录传阅几三十年矣，今得后四十回合成完璧。缘友人借抄争睹者甚伙，抄录固难，刊板亦需时日，姑集活字刷印。因急欲公诸同好，故初印时不及细校，间有纰缪。今复聚集各原本详加校阅，改订无讹，惟识者谅之。

一、书中前八十回抄本，各家互异；今广集核勘，斟情酌理，补遗订讹。其间或有增损数字处，意在便于披览，非敢争胜前人也。

一、是书沿传既久，坊间缮本及诸家所藏秘稿，繁简歧出，前后错见。即如六十七回，此有彼无，题同文异，燕石莫辨。兹惟择其情理较协者，取为定本。

一、书中后四十回，系就历年所得，集腋成裘，更无它本可考。惟按其前后关照者，略为修辑，使其有应接而无矛盾。至其原文，未敢臆改，俟再得善本，更为厘定。且不欲尽掩其本来面目也。

一、是书词意新雅，久为名公钜卿赏鉴。但创始刷印，卷帙较多，工力浩繁，故未加评点。其中用笔吞吐虚实掩映之妙，识者当自得之。

一、向来奇书小说，题序署名，多出名家。是书开卷略志数语，非云弁首，实因残缺有年，一旦颠末毕具，大快人心，欣然题名，聊以记成书之幸。

一、是书刷印，原为同好传玩起见，后因坊间再四乞兑，爰公议定值，以备工料之费，非谓奇货可居也。

　　　　壬子花朝后一日，小泉、兰墅又识

程乙本"引言"云"今复聚集各原本详加校阅"中的"复"字，说明程甲本也是"聚集各原本详加校阅"的，而程甲本序中说是依据一个抄本，"今年春，友人程子小泉过予，以其所购全书见示"，前后矛盾。程伟元所购全书，应该是一人提供，还是他所谓的好友，但程伟元并不知道提供者的真实身份。"引言"中还说程、高的校阅"聚集"了"各原本"。由于"前八十回本，各家有异"，因而采取了"广集和刊"而校成。此话也存在矛盾：一是原本《脂砚斋重评石头记》被乾隆几经追缴，市面上很难找到，程伟元岂肯冒着生命危险历尽艰辛，这不符合一个没有接受传承使命之人的正常作为；二是当时一个原本就需要数十金，手抄本肯定超出印刷本的价格，数个原本就需要数百金。当时流传的可不是我们现在看到的十一个版本，起码说要比这十一个版本多出许多倍。如果程伟元仅靠自己的力量，对一个书生来说，应该是不小的负担。收集完了还得校对，要牵涉一个人多大的精力？然后再找和珅，还得惊动乾隆，能不能刊发尚属未知之数。程伟元如此不遗余力、费尽心机去做一件明令禁止的险事，对一个没有传承使命的人来说，几无可能。合理的解释，他背后有人求他帮忙，《红楼梦》"引言"及"序"中大多观点是曹霑与程伟元谈话内容的复印件，反正那时又没身份证，曹霑可告诉程伟元自己叫张三，或叫李四、王二麻子，反正不叫曹雪芹，曹雪芹已于乾隆二十七年除夕就离开了人世，程伟元不可能想到坐在自己面前的是位已经死去二十多年的活死人。曹霑一通忽悠，是怎样费劲搜集数个版本，又怎样校对成一套完整的《红楼梦》，结果就变成了程伟元出版《红楼梦》的"引言"和"序"。

根据谜书原型人物史大姑娘的性格，编出一通谎话，忽悠忽悠程伟元，可谓不费吹灰之力。实际上，他交给程伟元、再由程伟元转交给和珅、乾隆的原稿，就是"曹雪芹披阅十载、增删五次"的一部完整的《红楼梦》，这就与脂砚斋修改过的《茅屋为秋风所破歌》"安得旷宅千万间，太守取之不尽生欢颜，公祠免毁安如山"形成了完整的链条。《红楼梦》一旦雕版印刷，乾隆想收多少就收多少，谜书仍安稳如山。曹霑还可对程伟元说自己只是一个红迷，已进暮年，名和利对他毫无意义，只要能出版发行，能让更多的红迷读到，就不枉费自己多年收集校对这份心血和汗水了。程伟元肯定不傻，送上门儿来的发财机会是千载难逢，一不小心一块儿大大的馅饼砸在自己头上，还可把别人付出多年的心血及艰辛包揽到自己身上，他肯定会激动得彻夜难眠，包括再找和珅，直到乾隆同意刊发，程伟元肯定是马不停蹄，竭力周旋。和珅就更不用说了，正想睡觉之时，程、高送来了软绵绵、热乎乎的枕头，不费吹灰之力就实现了他数年前的夙愿。

很多红迷认为曹雪芹没能活到《红楼梦》的出版发行日，作为原创著书人爱新觉罗·弘皙，是没看到谜书的出版，他于乾隆二十七年除夕离世；作为继承人曹霑，还要"替他传述"，肩负着将谜书传承于世的重任，到乾隆五十五年，他肯定还活得好好的。有他的好友张宜泉留下的一首诗，以描写曹霑老年时的生活状况为证。诗的名字叫《和曹雪芹西郊信步憩废寺原韵》：

> 君诗曾未等闲吟，破刹今游寄兴深。
> 碑暗定知含雨色，墙颓可见补云阴。
> 蝉鸣荒径遥相唤，蛩唱空厨近自寻。
> 寂寞西郊人到罕，有谁曳杖过烟林。

"寂寞西郊"自然是北京的西郊，绝无可能把石臼坨岛说成是西郊，曹霑曾在京西隐居多年，这个曹雪芹肯定是曹霑。"曳杖"不是拄杖，"曳"在这里的意思是拖、牵引，起码说他行步稳健，游兴甚浓。既然是有了"杖"，就该是步进暮年的老人，也透露出曹霑披阅增删《红楼梦》

时的"悼红轩"，比较幽静偏僻。曹霑在西山留下的不仅仅是故居，还有白家疃村，在风景如画、人文荟萃的西山有一条山间小路，曾是曹霑当年寻亲访友的必经之路，后人称之为曹雪芹小道。曹霑的好友敦敏在《瓶湖懋斋记盛》中确切记载在乾隆二十三年春，曹霑迁徙白家疃："春间芹圃（雪芹的号）曾过舍以告，将迁徙白家疃。"在后注中敦敏讲述了曹霑在白家疃新居的情况："有小溪阻路，隔岸望之，土屋四间，斜向西南，筑石为壁，断枝为椽，垣堵不齐，户牖不全。而院落整洁，编篱成锦，蔓植瓯杞藤……有陋巷箪瓢之乐，得醉月迷花之趣，循溪北行，越石桥乃达。"基本肯定，曹霑最后是在白家疃村度过的，晚年常与贫民为伴。潘德舆《金壶浪墨》说到《红楼梦》及曹雪芹时颇为喟叹："传闻作是书者，少习华肤，老而落魄，无衣食，寄食亲友家，每晚挑灯作此书，苦无纸，以日历纸背写书……"有好友敦诚《赠曹雪芹》一诗为证：

> 满径蓬蒿老不华，举家食粥酒常赊。
> 衡门僻巷愁今雨，废馆颓楼梦旧家。
> 司业青钱留客醉，步兵白眼向人斜。
> 何人肯与猪肝食，日望西山餐暮霞。

这首诗直接点出曹霑居住的位置就在"西山"，首联写曹霑居处的生活环境：小径上长满蒿草，一片衰败，不再有鲜花开放，包括吃饭都成了问题。颔联写居住处的简陋偏僻，往日的豪华宅第只能留在记忆当中。颈联运用了两个典故：一是借用唐朝郑虔和苏源明的友好关系，衬托出曹霑的嗜酒与洒脱；一是通过步兵校尉阮籍对自己所不齿的人以白眼相对，对比曹霑的孤傲，他所招待的都是人品高尚的人。尾联写东汉闵贡客居安邑县，老病家贫，没钱买肉吃，每天只能买一片猪肝，有时屠夫还不肯卖。一天，安邑县令问闵贡的儿子吃什么饭菜，回答说："吃猪肝，屠夫有时候不肯卖给我们。"县令知道后，吩咐属吏经常给他们家送猪肝。闵贡很奇怪，儿子说出了事情的缘由经过，他感叹道："闵仲叔怎能因口腹拖累安邑百姓呢？"于是又连忙搬家到别的地方去了。敦诚写此诗时，曹霑正在西山过着常没饭吃平静的隐居生活，却没有像安邑县令那样的人对他有所照顾。

按《脂砚斋重评石头记》中的评批，整部谜书到八十回已经完稿。从弘晳归隐石臼坨的时间来看，乾隆七年开始著书，到乾隆十九年流传谜书的甲戌本，说明该书已经完稿。即使没有写完，到乾隆二十七年除夕去世，中间还有八年时间，应该有充足的时间将其完成。可留给世人的脂批本只有八十回，包括所有的版本在内。二百多年来，成千上万的痴迷者苦思无解。谜书的结尾部分，到底是被借阅者丢失，还是著书人没有写完，一直是困扰红迷的一个焦点。其实，原创著书人弘晳已经曲折地告诉了读者，谜书已经完稿，《脂砚斋重评石头记》全书共八十回，原因是隐写的血泪家史，包括康、雍、乾帝位更替时的血腥惨剧已全部囊括。也就是说，谜书背面的"真事隐"已经完成，无须再给小说故事来个完整的结局。

证据一：八十回的回前批："叙桂花妒，用实笔。叙孙家恶，用虚笔。叙宝玉卧病，是省笔。叙宝玉烧香，是停笔"。最后一句是"叙宝玉烧香，是停笔"。看八十回中的宝玉烧香一节："贾母打发人来找宝玉，说：'明儿一早往天齐庙还愿。'宝玉如今巴不得各处去逛逛，听见如此，喜的一夜不曾合眼。次日一早，梳洗穿戴已毕，随了两三个老嬷嬷坐车出西城门外天齐庙来烧香还愿。"这里的"停笔"，意思应该很明白了，谜书到八十回宝玉烧了香、还了愿，就不再往下写了，全书到此结束。

证据二：八十回的结尾处，与前面任何一回不同的是多写了一个字："终"。原句是"终不知端的，且听下回分解"。仅凭这一个字，恐怕还不能把问题说明白，也不能让红迷朋友信服，就接着往下看。

证据三：五十回中由史湘云的一个谜语，再次提供了有力的证据：

溪壑分离，红尘游戏，真何趣？名利犹虚，后事终难继。

众人不解，想了半日，也有猜是和尚的，也有猜是道士的，也有猜是偶戏人的。宝玉笑了半日，道："都不是，我猜着了，一定是耍的猴儿。"湘云笑道："正是这个了。"众人道："前头都好，末后一句怎么解？"湘云道："哪一个耍的猴子不是剁了尾巴去的？"众人听了，都笑起来，说："他编个谜儿也是刁钻古怪的。"

第一句是"溪壑分离，红尘游戏，真何趣？"溪水是沿着河槽流动的，"溪壑分离"：即溪水脱离了河道，至于溪水往哪儿流，是上天还是入地，史大姑娘就懒得去管了，爱去哪儿去哪儿，反正她倒觉得这是非常有趣的游戏。其隐含的意思就是谜书不按套路出牌，不循规蹈矩，不走常规之路。"名利犹虚"：是说著书人写书不图出名，也赚不到稿费。"后事终难继"：就是猴子的尾巴被剁掉了，也注解了"终不知端的"，如同猴子般小说没了结尾。"终难继"的"终"，就是八十回结尾倒数第十一个"终"字。也就是《石头记》写到八十回结束了，后面不再写了，只能"终"于不知。有人会说"终不知端的"后面还有"且听下回分解"。那叫套话，就像演讲人演讲结束时说"再见"一样，以后见到或见不到都不重要，重要的是这次演讲大家都听了。再说，著书人也没提自己要"分解"呀，或许原创著书人已预见到后人有人替他干"下回分解"的活儿，自己就更懒得去做了，留给后人去分解也不失自己的面子，反正再写也是小说故事，与其要隐写的历史真相均无多大关系了。

史湘云的断尾耍猴儿谜语，七十八回贾宝玉在祭晴雯《芙蓉诔》的"前言"又做了补充："如今若学那世俗之奠礼，断然不可；竟也还别开生面，另立排场，风流奇异，于世无涉，方不负我二人之为人。况且古人有云：'潢污行潦，蘋蘩蕴藻之贱，可以羞王公，荐鬼神。'原不在物之贵贱，全在心之诚敬而已。此其一也。二则诔文挽词也须另出己见，自放手眼，亦不可蹈袭前人的套头，填写几字搪塞耳目之文，亦必须洒泪泣血，一字一咽，一句一啼，宁使文不足悲有余，万不可尚文藻而反失悲戚。况且古人多有微词，非自我今作俑也。奈今人全惑于功名二字，尚古之风一洗皆尽，恐不合时宜，于功名有碍之故。我又不稀罕那功名，不为世人观阅称赞，何必不远师楚人之《大言》《招魂》《离骚》《九辩》《枯树》《问难》《秋水》《大人先生传》等法，或杂参单句，或偶成短联，或用实典，或设譬寓，随意所之，信笔而去，喜则以文为戏，悲则以言志痛，辞达意尽为止，何必若世俗之拘拘于方寸之间哉？"

著书人借用男主角的口对读者讲述谜书的创作构思，解释和补充了史湘云的谜语。"另出己见，自放手眼，亦不可蹈袭前人的套头"，就是"溪壑分离"，不走老路，另辟新径。"又不稀罕那功名，不为世人观阅称赞"则与"名利犹虚，真何趣"的意义相同。"喜则以文为戏"即"红尘游戏"。"辞达意尽为止"，就是该隐述的真事已经说完，就不再啰唆了。"何必若世俗之拘拘于方寸之间哉"是说《脂砚斋重评石头记》只有八十回，不像有些稗官，硬要凑够一百多回。"贾宝玉杜撰芙蓉诔"的前言，就是对史湘云断尾猴谜的补充，再次提醒读者，《石头记》到八十回，已把谜书背面的历史全部隐叙下来，全书结束。不但谜书的结尾不按套路出牌，就连整部谜书，也是"打破历来小说窠臼"，不走常规之路。不能不说这部谜书的确开辟了历史的先河，前无古人，后有无来者，尚不好定论，起码说这一特殊的文学创作手法，到目前为止，无论中国还是世界，包括所有的文学史在内皆属独一无二。

整部谜书中有几处脂批，均把读者的目光引向了八十回之后，好似八十回后面，还有若干回迷失掉了，现摘录出来：

> 茜雪至"狱神庙"方呈正文。袭人正文标目曰"花袭人有始有终"，余只见有一次誊清时，与"狱神庙慰宝玉"等五六稿被借阅者迷失。叹叹！丁亥夏，畸笏叟。
>
> 此系未见"抄没""狱神庙"诸事，故有是批。丁亥夏，畸笏叟。
>
> "狱神庙"回有茜雪、红玉一大回文字，惜迷失无稿，叹叹。丁亥夏，畸笏叟。
>
> 写倪二、紫英、湘莲、玉菡侠文，皆各得传真写照之笔。惜"卫若兰射圃"文字迷失无稿，叹叹！丁亥夏，畸笏叟。
>
> 叹不能得见宝玉"悬崖撒手"文字为恨。丁亥夏，畸笏叟。

这几处脂批明确点明谜书还有后一部分，只是被借阅者迷失了，与前文史湘云的断尾猴谜存在相当大的矛盾，到底谁真谁假，还真值得分析。这几处脂批的具体时间，都是"丁亥夏"，批书人是"畸笏叟"，时间是乾隆三十二年（1767），与乾隆五十五年出版《红楼梦》的时间最近。这年，弘皙去世四年有余，这些批语肯定与弘皙无关，皆属曹霑所为。也就是说，曹霑正在披阅增删谜书当中，其"被借阅者迷失"可从两个方面理解：一是谜书隐含过深，读者读不透所隐的意涵，此批是提醒读者，这些地方有埋伏；二是批书人故意这样说，自有批书人不可告人的目的，如第二方面成立的话，其真实性就值得怀疑了。从现在看到的《脂砚斋重评石头记》手抄本而言，在乾隆十九年就有甲戌本问世，乾隆二十四年冬又冒出了己卯本，乾隆二十五年秋再次出现庚辰本，三个版本都是八十回，原创著书人弘皙还在世上。如果迷失部分原稿，他应该有所说明，或是补写出来，事实是原创著书人没留只言片语。以愚之见，是曹霑故意耍了个小计谋，使了个小花招，原因是他已计划续书后四十回，如果通篇只是"披阅"和"删"，而无"增"的话，充其量他只能算是谜书的改编人，要他担当谜书著书人这么重要的角色，心中难能踏实。尽管弘晳去世四年有余，可他们的共同好友不少人还在世上啊，如把剁掉的猴子的尾巴再给续上，"余二人"中的著书人之一就不算贪他之功了。虽是续书，计划与整部谜书连成一个整体，再用评批的方式把后面的小说情节隐含一提，足可引起读者的关注，读者如能连同后四十回一口气读下去，该是曹霑的祈盼和愿望。

《红楼梦》出版之后，曹霑终于完成"替他传述"的传承使命，此时六十六七岁的他，估计是真的隐退了。当时的曹家已彻底败落，他也不是名人，正常情况下他叫曹霑，不叫曹雪芹，又是一介布衣，政府补发的任何津贴均与他没有关系，他除了极少的朋友外，也不会引起政府及社会的注意。梁恭辰《劝戒四录》："曹雪芹实有其人，然以老贡生槁死牖下。"《午梦堂集》："暮年虽窘乏，犹典质琴书以应故人之急。""先生晚年嗜酒，终日沈酣于醉乡中，卒以是致殒。无子，著作甚富，散佚殆尽云。"曹霑的迟暮之年是把酒买醉、家徒四壁，至于何时去世，自然也就没了记载。

这些年来，不断有人对《红楼梦》的著作权提出新说，有的说作者是曹寅，有的说是曹頫，有的说是十四阿哥允禵，有的说是墨香，有的说是吴梅村，还有的说是吴玉峰，给人的感觉很是热闹，百花齐放、百家争鸣，其实与康乾盛世一样，不是真正的如火如荼。好些观点均没拿出一整套的实证材料，只是从某一方面或谜书中的某一句话、某一个词，就信马由缰、系风捕影，那不是严肃的学术研究。如果说真正的实证材料，就是整部谜书脂砚斋的评批及十二金钗的判词、钗令，再加上谜书中的戏剧、诗赋、谐音等，尤其是小说背后的历史隐含，能否维系成完整的链条，再把整部谜书背面的隐史揭示出来，方是实证材料的真解。

再就是值得读者注意的是文本诠释。文本诠释绝不能凭借主观的猜测、设想或无中生有、道听途说，这跟讨论一个小说人物不能同日而语，比如林黛玉、薛宝钗、王熙凤、贾探春等，你有你的看法，我有我的想法，各有各的思路，各有各的理解，各有各的评判标准，正如《庄子·齐物论》"彼亦一是非，此亦一是非"，永远不需要有什么定论。如何诠释小说人物及情节可顺口谈天，读者有不同的阅历、修养，接受过不同的教育或经历过不同道德标准的洗礼，对作品中的人物自然就会有不同的解释与判断，无论喜欢还是讨厌，都能说出一大堆理由来。文本的诠释就不是这样了，必须要注重客观事实，包括阅读、阐发及研究，都要尽可能接近原著的创作意图和作品的主题，也包括著书人想要达到的创作目的。由此得出这样的结论：能否准确诠释原著的本意，是检验读者理解能力和知识水平的唯一标准。《红楼梦》是部盖世无双的作品，曹雪芹是伟大的作家、思想家，任何人均没理由不尊重或肆言詈辱旷世奇才的劳动成果。曹雪芹在小说开篇便题诗曰："满纸荒唐言，一把辛酸泪。都云作者痴，谁解其中味？"他非常渴望知音，愿所有的读者都能成为他的知音。

《红楼梦》后四十回续书的作者是曹霑，这并不是难以解决的问题，或根本就不是问题。看谜书的第一回回目"甄士隐梦幻识通灵　贾雨村风尘怀闺秀"与一百二十回回目"甄士隐详说太虚情　贾雨村归结红楼梦"是首尾呼应的，给人的感觉完全是一个人的作品，一气呵成，不留任何斧凿痕迹。也就是说，曹霑在披阅增删的过程中，是紧紧抓住了整部谜书的总纲，衔接起来过渡自然，尤其是《红楼梦》的结尾处，写得明明白白。请看最后一段文字：

这一日空空道人又从青埂峰前经过，见那补天未用之石仍在那里，上面字迹依然如旧，又从头的细细看了一遍，见后面偈文后又历叙了多少收缘结果的话头，便点头叹道："我从前见石兄这段奇文，原说可以闻世传奇，所以曾经抄录，但未见返本还原。不知何时复有此一佳话，方知石兄下凡一次，磨出光明，修成圆觉，也可谓无复遗憾了。只怕年深日久，字迹模糊，反有舛错，不如我再抄录一番，寻个世上无事的人，托他传遍，知道奇而不奇，俗而不俗，真而不真，假而不假。或者尘梦劳人，聊倩鸟呼归去，山灵好客，更从石化飞来，亦未可知。"想毕，便又抄了，仍袖至那繁华昌盛的地方，遍寻了一番，不是建功立业之人，即系饶口谋衣之辈，那有闲情更去和石头饶舌。直寻到急流津觉迷渡口，草庵中睡着一个人，因想他必是闲人，便要将这抄录的《石头记》给他看看。那知那人再叫不醒。空空道人复又使劲拉他，才慢慢的开眼坐起，便草草一看，仍旧掷下道："这事我早已亲见尽知。你这抄录的尚无舛错，我只指与你一个人，托他传去，便可归结这一公案了。"空空道人忙问何人，那人道："你须待某年某月某日到一个悼红轩中，有个曹雪芹先生，只说贾雨村言托他如此如此。"说毕，仍旧睡下了。

那空空道人牢牢记着此言，又不知过了几世几劫，果然有个悼红轩，见那曹雪芹先生正在那里翻阅历来的古史。空空道人便将贾雨村言了，方把这《石头记》示看。那雪芹先生笑道："果然是'贾雨村言'了！"空空道人便问："先生何以认得此人，便肯替他传述？"曹雪芹先生笑道："说你空空，原来你肚里果然空空。既是假语村言，但无鲁鱼亥豕以及背谬矛盾之处，乐得与二三同志，酒余饭饱，雨夕灯窗之下，同消寂寞，又不必大人先生品题传世，似你这样寻根问底，便是刻舟求剑，胶柱鼓瑟了。"那空空道人听了，仰天大笑，掷下抄本，飘然而去。一面走着，口中说道："果然是敷衍荒唐！不但作者不知，抄者不知，并阅者也不知。不过游戏笔墨，陶情适性而已！"后人见了这本奇传，亦曾题过四句为作者缘起之言，更转一竿头云：

说到辛酸处，荒唐愈可悲。
由来同一梦，休笑世人痴！

《红楼梦》结尾处的空空道人已转换了真身，他不再是《石头记》的原创著书人，而是《红楼梦》的披阅增删者。空空道人与曹雪芹的对话，同样是著书人惯用的幻笔描写，如同薛宝钗与林黛玉卖弄家私一般，都属于自己跟自己说话。曹雪芹既是弘晳，也是曹霑，属二人的共用笔名；空空道人在谜书伊始是弘晳的幻身，在谜书的结尾又是曹霑的幻身，与曹雪芹、脂砚斋一样属二人共有，均享有著作署名的使用权。

二百多年来认真阅读并注意研究续书"收缘结果"的人不算很多，大多认为与原创著书人没啥关系，加上又不符合"金陵十二钗"的命运轨迹，总也摆脱不了瞎编乱造的嫌疑。其实，"作者缘起"的一段话极为重要，其中明明白白记载着著书人就是悼红轩中的曹雪芹，除了曹霑自己，还有谁会在记载《红楼梦》"作者缘起"的文字中，直言不讳地提及悼红轩中的曹雪芹？

只要认真比较一下谜书的开始与结尾两处关于空空道人"抄录问世"的描写，就能揭示《红楼梦》收缘结果的著书人是谁。谜书开篇记载："空空道人听如此说，思忖半晌，将《石头记》再检阅一遍，因见上面虽有些指奸责佞贬恶诛邪之语，亦非伤时骂世之旨；及至君仁臣良父慈子孝，凡伦常所关之处，皆是称功颂德，眷眷无穷，实非别书之可比。虽其中大旨谈情，亦不过实录其事，又非假拟妄称，一味淫邀艳约、私订偷盟可比。因毫不干涉时世，方从头至尾抄录回来，问世传奇。"

　　谜书结尾处记载："空空道人见（石头）后面偈文后又历叙了多少收缘结果的话头，自己过去虽然曾经抄录，但未见返本还原，不如我再抄录一番，寻个世上无事的人，托他传遍。"结尾重笔说明原来已经"从头至尾"完整抄录回来，也就是八十回文本《脂砚斋重评石头记》，而后又成了"未见返本还原"，缺少"收缘结果的话头"。石兄只好重新委托空空道人"再抄录一番，寻个世上无事的人，托他传遍"，《石头记》也就变成了《红楼梦》。曹霑确是个世上无事的人，在漫长的数十年中，他除了披阅增删谜书之外，似乎没有其他事可做。看似曹霑是最闲暇的，其实，二三十年来他是相当繁忙：一方面要披阅增删及续书《红楼梦》；另一方面还要把《脂砚斋重评石头记》传承下去，单单手抄本就不知亲自抄写了多少份。

　　任何红迷都可看出，谜书前八十回与后四十回结尾处，关于曹雪芹在"悼红轩"重撰"收缘结果话头"的记载是首尾照应的。如果没有后四十回曹雪芹续书的存在，就无须在前八十回添加"后因曹雪芹于悼红轩中披阅十载，增删五次，纂成目录，分出章回，则题曰《金陵十二钗》"的记载。从表述方式上也可看出，曹雪芹在前八十回中只出现了一个名字，没有任何故事情节。后四十回中的曹雪芹已赤膊上阵，成为小说中的人物，直接同空空道人进行对话，显然，后四十回"收缘结果"的文字就是曹霑的续作。

　　在解读《红楼梦》的人群中，大多走不出十二金钗判词钗令的误区，结果出现了后四十回小说人物的结局与第五回中的判词钗令不相符，有些还大相径庭，就认为后四十回违背了原创著书人的创作意图。如果按照脂砚斋提示"看书要看背面"的方法去看，就不会造成这一系列的错觉了。在霍国玲、紫军校勘的《脂砚斋全评石头记》出版之前，人们大多看到的是曹雪芹披阅增删后的《红楼梦》，即程高本。凡脂砚斋的批语皆被删去，又增补了后四十回，目的是把《红楼梦》刊印出来，流传下去。能看到流传下来十一种手抄本的人可谓寥若晨星，没有脂砚斋的批语，背面隐含的内容就很难被发现，解读《红楼梦》只能依照小说正面的故事去挖掘、去开发，从而得出结论，《红楼梦》后四十回不是曹雪芹的原创，甚至还拉出一个比曹霑小许多的高鹗来冒名顶替。以余之见，在《红楼梦》的创作上，与高鹗没半毛钱的关系，他充其量是出版社的编辑或主编，原因很简单，谜书的背面，绝大部分是前清康、雍、乾帝位更替的隐史真相，就连曹霑这样的皇亲国戚也未必能写得出来。前文已经说得很清楚了，前八十回是弘晳的原创，再加上他自己的评批，后四十回是曹霑的补作，两人的关系是表兄与表弟、姐夫与小舅子。

十二金钗是小说人物，是小说的正面，其判词钗令并非为她们准备的套餐，如非让她们去品尝，自然不对口味儿。像"玉带林中挂，金钗雪里埋"，其意是指弘晳家的玉牒被当朝悬挂起来，雍正朝军机处的历史被篡改，如同被大雪掩埋。这与林黛玉是上吊而死，还是跳湖自杀，根本沾不上边儿。再说，著书人创作谜书的目的就是为了揭秘那段被泯灭的历史，他企盼读者能真正读懂谜书中的"真事隐"，才算著书人几十年的心血没有白费，奖金自然是发不起的，曹雪芹比不上诺贝尔，他们本人也没拿到稿费，除了留下谜书外，实在是囊中羞涩。

二百多年来，已有人或还有人想续写《红楼梦》，说句大实话，真是出力不讨好的苦差事。原因是：一、现代人没有清朝的生活基础，不可能也不会知道清宫秘史，即便从历史档案馆查到一些清宫资料，也未必全是历史的真相，如果把这些内容隐补在所谓新续的《红楼梦》中，与原始资料不可能相匹配，也肯定不是原著的写作思路。再说，和硕理亲王弘晳的历史已被乾隆全部泯灭，就是查清史，也不会找到。二、现代人不可能掌握已被泯灭的清宫秘史，除非像电视剧《步步惊心》那样，现代人再来个时空穿越回到清朝，而且还生活在皇宫里，再把走过的历史重走一回。请问，谁有这样的特异功能？估计是前无古人，后无来者吧。瞎编乱造大有人在，可历史就是历史，它容不得捕风捉影，实际上是连风和影也捕捉不到。三、现代人续写《红楼梦》的基础，无非参照十二金钗的判词、钗令、谜语、诗歌、剧目等，重新设计小说人物的归宿。当知道这些判词、钗令等另有所指，并不是为小说人物准备的套餐，令其强吃强咽，自然如同嚼蜡。因为她们是小说人物，又是演员，扮演的是真实人物，揭示的是真实的历史。如王熙凤的判词"一从二令三人木，哭向金陵事更哀"是否就是被贾琏一纸休书休弃掉，哭闹着回到了南京的娘家？实际隐含的历史是王熙凤所扮演的乾隆皇后富察氏被逼投水自尽，悲凉凄哀地走进了皇家的陵园。

《红楼梦》隐含的真实历史已解读出来，应该说是著书人的企盼，也是著书人想告知天下人的最终目的。至于是否完整，毕竟谜书博大精深，涉及社会生活的众多领域；毕竟余乃天资愚戆且阅历有限，其中必有尚未忖觅到的隐史及著书人的创作意图，也请红学专家和红迷朋友予以谅解。如观点不同，纯属个人看法，与曹雪芹的观点基本一致，"因毫不干涉时世"，不必在乎对谁有益或无益。反正雍正、乾隆不可能也不会来找麻烦，"情机转得情天破，情不情兮奈我何"？

谨以此文致敬文学巨匠曹雪芹老先生的在天之灵。

二〇一七年五月于濮阳

图书在版编目（CIP）数据

前清梦影：《红楼梦》的隐身世界／韩银奎著. —北京：中国文史出版社，2017.6

ISBN 978－7－5034－9280－8

Ⅰ.①前… Ⅱ.①韩… Ⅲ.①《红楼梦》研究 Ⅳ.①I207.411

中国版本图书馆 CIP 数据核字（2017）第 131954 号

责任编辑：牟国煜

出版发行：**中国文史出版社**

网　　址：http://www.chinawenshi.net

社　　址：北京市西城区太平桥大街 23 号　　邮编：100811

电　　话：010－66173572　66168268　66192736（发行部）

传　　真：010－66192703

印　　装：北京盛彩捷印刷有限公司

经　　销：全国新华书店

开　　本：720×1020　1/16

印　　张：24　　　　字数：381 千字

版　　次：2017 年 6 月第 1 版

印　　次：2018 年 6 月第 2 次印刷

定　　价：59.80 元